网络文学
名作典藏丛书

JIANG YE
猫腻◎作品

精修典藏版

入世之人

作家出版社

《网络文学名作典藏》丛书

总策划

何　弘　张亚丽

主编

肖惊鸿

统筹

袁艺方

主编的话

《网络文学名作典藏》丛书聚焦网络文学，遴选名家名作，工于精修校订，集于精品丛书，力图成为记载中国网络文学成长的历史见证，和致敬中国网络文学发展的一座里程碑。

网络文学名作的实体出版极为重要。这是扩大网络文学影响力、推动网络文学经典化的重要途径，也是展现网络文学成果、引领大众阅读和传播以及拉动文化产业发展的有力手段。

在中国作协的支持下，网络文学中心领导和作家出版社领导担纲总策划，落实主编责任制，确定经过时间验证和社会公认的名家名作，组织精修团队，在作家本人参与下，与责编共同负责精修工作。

回顾网络文学发展历程，这样的一套丛书是前所未有的。精修，意味着与作家的高度共识，意味着对作品的深度把握，完成去粗取精、去伪存真的过程，以实体出版的"固化"形式，朝着网络文学经典化、精品化的目标迈进。精修团队本着为作家负责、为读者负责的态度，重视作品的文学性、思想性，尊重读者的阅读体验，为新时代网络文学高质量发展贡献出集体智慧。

愿更多的读者阅读它、检验它。愿中国网络文学真正成为新时代文学的一座高峰。

肖惊鸿

2021 年 5 月 18 日

《将夜》精修成员

总负责人

肖惊鸿　袁艺方

修订

菜　籽　清　白　茹八一　当代贝克特　王　烨

校订

田偲堂　李伟元　程天翔　王　颖

1

宁缺望向自己黑黑脏脏的双手，看不出与原先有什么不一样的地方，握手成拳用力，也没有察觉出自己的身体有什么异样，至少手臂还是那般粗细，没有变成那些传说中身涂绿漆力大无穷的怪物。

然而他知道在昏睡的这段时间里肯定发生了什么变化。四周石墙上的斑驳剑痕里的气息已经消失无踪，房间里的天地元气也回复到正常的水平，想必最开始灌注入体内的那些气息在结束对自己身体锤炼后已经平静下来。

他默默运转念力查看着身体里的动静，发现雪山气海依然存在，那道由气海直落雪山的宽宏通道也已经稳定下来。那道内腑间的通道下端直抵小腹某处，在雪山之前凝成一道很黯淡的光团，随着念力激荡，便有数百道类似天地元气的气息从那处释放出来，依循着大概是经脉的轨迹，散入每块骨骼每个毛孔。

当那些平静储存在小腹深处的天地元气散向四周时，宁缺觉得自己仿佛泡进了温度刚刚好的温泉，身体暖洋洋热乎乎一片，奇妙的是却不会令人精神倦乏欲困，反而刺激得精神一片兴奋，五识六感都敏锐了很多。

他望向屋顶石板上那些仿佛已经失去生命的斑驳剑痕，心意随着那些剑痕的纵横走向而动，那些温暖甚至有些炽热的气息在经脉内疾速行走起来，然后他渐渐感受到空气里有些极细微的气息碎片随着自己的呼吸进入自己的身体。

这种天地元气灌注入身体的速度非常缓慢，比最开始入魔时，小师叔剑痕里那些气息的灌注速度要慢上太多。然而他很清楚，如果自己像冥想培念那般时时刻刻不忘修行小师叔的浩然气，那么大自然里的天地元气便会一直持续不停进入自己的身体，无论这种速度多慢，随着时间流逝，自己的实力境界便会不断提升。

"这便是入魔吗？然而一直这样不停地向天地索取，没有尽头地索取，强大自身，那要持续到什么时候才会停止？才会无法索取？所以这就是被称作魔的原因？"

宁缺缓缓低头，沉默体会感悟着身体内气息的行走轨迹和方式，满是污垢的脸上充满了对未知的惘然和隐隐畏惧。身上那件沾满了血污和灰土的棉衣，仿佛都感受到了他的情绪，变得生硬和畏缩起来，皱巴巴的很是难看。

房间里一片安静，忽然间他想起一些重要的事情，瞬间惊醒，用最快的速度和最不起眼的方式从浩然气修行状态中脱离，走向房间旁边的角落。

凌乱如瀑的黑发散在莫山山的棉裙上。一场艰险的大战过后，白色棉裙上早已染满了灰尘和吐出来的血，但不知为何，在幽暗的房间里依然透着股干净的味道。

宁缺蹲在少女身畔，感受着她身上流露出来的干净气息，看着她的黑发与白裙，不知为何竟觉得自己的身上有些脏，不敢伸手去触碰她的身体。

这种怪异的情绪很快便被他抛去。他轻轻把少女符师扶正坐好，从怀里取出伤药细心喂她服下，然后轻轻拍着她的后背助她散化药力。

不知道过了多长时间，莫山山终于醒了过来，因为失血而越发白皙的脸上长睫毛微微颤动，眼睛睁开流露出紧张甚至有些畏怯的神情。

先前她昏过去的时候，房间里的战斗还在继续，她不知道究竟是谁胜了，甚至以为宁缺和自己也已经落到了老僧的手中，像叶红鱼那般成为对方的食物。

直到看到那名老僧已经化成灰，莫山山才稍微放下心来，喘息着握紧宁缺的手，身体微微颤抖，似乎还是无法忘掉脑海中先前所经历的那一幕幕画面。

宁缺的手被她抓得很紧，甚至有些隐隐生痛。他没有表示什么反对，只是沉默地把她搂着，轻轻拍打着她的后背表示安慰。

忽然间，他眉头微蹙，把手从莫山山的手里抽了出来。莫山山抬头望向他，不知道究竟发生了什么，神情有些恍惚又有些不安。

宁缺把她扶到墙壁旁坐好，从地上捡回自己的朴刀，沉默地向对面走去。

不知何时，道痴也已经从昏迷中醒来，正靠着墙壁漠然看着这边。

那张纯而娇媚的美丽面容因为重伤失血的缘故，显得有些凄楚可怜，只不过宁缺知道对方是怎样强大可怕的一个女人，哪里会被这些外在软化心肠。

看着拿着朴刀一步步向自己逼来的宁缺，叶红鱼冷漠的眼眸里泛起自嘲和轻蔑的神情，无力垂在大腿畔的右手艰难屈起，中食二指并拢捏了个剑诀。

然而就在念力甫出道术未发时，一口乌黑微稠的血水从她唇中喷出落在早已经染了无数血水的裙上，替那些狰狞的各种红色又添了一道色彩。

叶红鱼看着裙上淌落的鲜血，神情极复杂地笑了笑，然后放弃了努力，疲惫地靠到墙壁上，无论动作还是神情都是那般地虚弱。

三人之中她受的伤最重，先是识海直接被震碎，接连被莲生大师施了两次饕餮魔功，最后又强行堕境换来惊艳一击，此时早已不复雪峰间的强大傲然风采。

但她看着向自己走来的宁缺，眼眸里没有任何多余的情绪，没有愤怒，没有乞怜，没有绝望，没有悲伤，甚至连开始的轻蔑和自嘲都尽数化为乌有，只是平静。

宁缺扶刀站在她身前，沉默而专注地看着她的眼睛。在他的字典里从来没有什么不可乘人之危的词汇，为了让自己和桑桑能够生存及生存得更好些，他可以做任何事情，所以他认为当敌人陷入危机时而不出手，肯定会遭受天谴。

这个靠着墙壁，虚弱得仿佛随时会死去的少女，不是普通的少女，是昊天道门年轻一代最强大的道痴，而且是他的敌人。他怎能忘记在魔宗山门之外，自己用元十三箭加上老师留给自己的神符都不能战胜对方，反而被对方打得像条狗一样的画面。如果这时候不杀死叶红鱼，待她恢复境界实力之后，难道会不杀他？

很奇怪的是，宁缺没有拿起朴刀直接把她的胸脯捅一个对穿，而是沉默地看着她看了很长时间。他看着她肩上手臂上那两处凄婉恐怖的大伤口，想着那里缺失的血肉都已经被老僧吞入腹中，然后这时变成那堆灰里的一部分。

细长朴刀锋利的尖端刺入像蛛网般裂开的石板间。

"如果是以前，我一定会杀了你。"

宁缺看着她认真说道，出于一些很复杂的原因，他做出了一个艰难的决定。

因为先前如果不是道痴拼命，他在领悟小师叔剑意出神时已经死了，因为莫山山在身后轻声说了句话，因为他现在根本不在乎什么天谴，因为他终于确认战斗最后阶段她已经昏迷，没有听到自己和莲生那段关于入魔的对话，还因为别的。

"既然曾经并肩战斗过，我想至少在魔宗山门里面，我们是战友。我不像绝大多数唐人那般重视名誉，但我是名大唐军人，我没有在战场上杀死战友的习惯，所以如果你同意我们在这里是战友，那么有什么问题出去再说。"

叶红鱼平静地看着宁缺的脸。这段并不长但感觉很漫长的时间里，她已经很清楚对方的心性和自己很相像，他是一个为了达到目的绝对可以不择手段的男子，所以她已经准备迎接死亡，然而没有想到对方居然做出这样一个选择。

她是聪慧的道痴，是昊天道门维持光明正义的裁决司大司座，所以她看着宁缺认真说道："先前我救了你一命，之后你救了我一命，所以你我便是持平。这时候你不杀我，那么将来我来杀你时，便把这次还你。"

宁缺点点头，说道："听上去很公平，成交。"

说完这句话，他放下细长朴刀，走到叶红鱼身前蹲下，伸手去撕她的裙带，想要查看一下她的伤势到底如何，只是动作显得有些粗鲁，毫不怜惜。

叶红鱼看着他的手指在自己赤裸的肩上抚弄，细眉微蹙，眼中难以抑制地流露出厌恶的神情，嘴里却平静说着："我知道你是好意，只是我讨厌接触我身体的男人，这是一种无法控制的本能。如果你不高兴，可以把我的厌恶当成欢喜。"

宁缺低头专注看着她那两个恐怖的大伤口，看着里面隐约可见的森然白骨，摇了摇头，根本没有在意她目光里的厌恶神情，说道："被你欢喜可不见得是什么好事，你还是厌恶我好了。我只是必须告诉你，你这伤口好像有些麻烦。"

叶红鱼毫不犹豫，干净利落问道："你要什么？"

"不愧是道痴，确实痛快。"宁缺看着她苍白的侧脸，很是认真说道，"我帮你治伤也是要花钱的，如果日后裁决大神官问到隆庆是怎么废了的，你能不能替我说几句好话？不是要你撒谎，只是请你用客观的态度描述一下那个误伤的画面。"

出乎宁缺意料，叶红鱼并没有嘲讽他而是沉默起来，良久后缓声说道："如果你担心神座因为隆庆被废降怒火于你，那么我可以承诺替你解决这个问题。"

2

"为什么？"他不解地盯着叶红鱼的眼睛。

叶红鱼没有回答他这个问题，而是低头看着自己肩头恐怖的血洞，面露厌烦之色，问道："你需要多长时间来治我的伤？"

宁缺从行李里翻找着合适的工具，低头说道："如果是止血除腐倒用不了多长时间，关键是老和尚那两口咬得太狠。而且那家伙大概几十年都没有刷过牙，脏得厉害，口水里谁知道有什么毒素，说不定待会儿还得切点肉下来。"

莫山山不知道什么时候走到了二人身旁，她看着叶红鱼身上的伤口，眉宇微蹙露出一丝同情之色，听着宁缺的话，更是觉得有些恶心。

叶红鱼却没有什么反应，平静说道："他没牙，我被他咬过所以可以确认。"

宁缺低着头说道："口水脏臭也是麻烦的事情。"

莫山山忍不住虚弱地插话说道："你们两个不觉得这么说话很恶心？"

宁缺和叶红鱼同时抬头，像看着纯洁无辜的小白兔般看着她，然后同时摇了摇头，都觉得像莫山山这等没有经历过真正恶心事的少女真是幸福得令人愤怒。

叶红鱼继续和宁缺讨论："道法基于光明之力，普通毒素不用在乎，所以你不用担心毒素会藏在肌骨之中成为日后的麻烦。"

宁缺取出针线，看着她认真说道："伤口用线缝是最快的，问题是你被那老和尚啃掉的肉太多，如果用这种封闭治疗，将来肩上手臂上可能会留两个坑。"

叶红鱼微微蹙眉，不耐烦地说道："留坑又如何？"

宁缺摇了摇头，一边穿线一边说道："留坑不好看，我以为你会在乎这个。"

叶红鱼轻蔑地说道："只有那些红尘俗物才在乎这个。"

宁缺低头看着她肩上那个血洞，思考该从哪里下手，随口应道："你身材这么好，又喜欢穿清凉红裙，裸在外面的身体硬是有两个坑，总看着有些怪异。就算你不在乎，也得为神殿着想，你这个道痴便是形象代言人，漂漂亮亮多好。"

"从今往后我改穿道袍。"

叶红鱼说道。然后她沉默片刻后忽然伸手把肩上血洞边缘一块耷拉着的皮肉掀起摁将回去，低声询问道："这么缝……留下的坑会不会小些？"

宁缺没有注意到她语气里藏着的意味，自然也没有抓住这个嘲讽对方的机会。他的目光全部被她的手指和动作吸引过去，捏着针的手指微微发颤。

这个世界上没几个人能在被一个像鬼似的老僧活生生啃了两口后

还这般平静，甚至还能自己把耷拉的皮肉翻回去，就像这不是她自己的身体一般。

宁缺知道她先前一定很痛，但他硬是没有在她的脸上看到一丝痛意，所以他感到了震惊，甚至有些后悔——他已经很久没有遇到像自己一般狠厉的人物了，遇见这样的人，是不是应该什么都不管，先把她杀死再说？

"缝吧。"叶红鱼面无表情说道，"手不要软。"

宁缺忍不住叹了口气，心想我的手如果不软，你已经被我捅死了。

细针刺破白嫩的肌肤，穿过离散的肉丝，然后再次穿回，带着线在少女娇嫩的肩上穿行缝补着。叶红鱼静静看着，没有呼痛，美丽的脸颊却变得越来越苍白。

莫山山蹲到叶红鱼另一边，紧紧抿着薄薄的双唇，蹙着眉儿看着宁缺手里的针抬起落下，下意识里握紧叶红鱼的手，想要把自己的力量传递过去，让她支持住。

阴暗的魔殿房间内，修行世界最优秀的三个年轻人，在付出极惨痛代价成功推翻曾经最优秀的前代强者之后，像三只受伤的老鼠般蹲在角落里，彼此疗伤彼此呵护彼此给予力量，似乎早已忘了彼此在田野稻草里舍生忘死搏斗的曾经。

终于结束了。叶红鱼身上那两处极恐怖的血洞不再流血，染着污秽气息的血肉也被尽数剔除。她的脸异常苍白，眸子却异常明亮，完全没有昏迷逃避痛苦的想法。

宁缺收好针线，抬起头时恰好与她的明亮眼光相触，不由心头微动。他很好奇她先前明明被老僧完全制住，究竟是用了什么方法居然能够强行暴起，成功地逆转了当时的局面，那段时间他正处于那种玄妙境界之中，只知道结果不知道过程。

叶红鱼看着他的目光便知道他想问什么。其实她也很疑惑宁缺先前那段出神明悟的阶段究竟悟到了些什么，石墙上的那些剑痕是轲先生留下来的，难道说这个家伙居然幸运地继承了轲先生的浩然剑？

两个人都有疑惑好奇，却没有一个人发问，因为他们不确认自己是否能从对方那里得到真实的答案，更不愿意把自己的答案告诉对方。

莫山山和叶红鱼靠着石壁休息，想要完全化解伤势和身体的虚弱，还需要很长的一段时间，宁缺受伤最轻，精神也没有太大的问题，所以他向场间走去。

那座尸骨山早已被气息冲撞变成一地废墟，他深一脚浅一脚艰难地走了进去，看着老僧化作的那一堆灰，沉默着摇了摇头。

他不知该如何评价这位莲生三十二瓣、身兼道魔神通的绝世强者。想当年此人隐隐能与小师叔并肩，自是站在人间巅峰的寥寥数人之一，不知有多少光明在前方等着他，但此人的选择却是那般地疯狂，甚至有些不可理喻。

站在灰堆旁，宁缺举目向四周望去，看着石墙上那些斑驳的剑痕，想着自己继承了小师叔的衣钵，胸腹间一股壮阔之意油然而生，便要将入魔后的惊惧不安和莲生之死带给他的莫名感受尽数排出身躯之外。

就在此时，刚醒来时感受到的那股莫名悲伤之意再次涌入身躯。他下意识里望向一面石墙，不知为何一阵酸楚，他也不知道那面墙正对着南方。

过了片刻，他摇摇头把这股莫名的情绪甩掉，再回头望向地上那捧灰时，生出了一些别的感受，尤其是回忆着老僧死前在精神世界里传过来的那些感受和那些无法理解的碎片信息，越发觉得这满地的灰烬也透着股可怜的味道。

"无关前人恩怨，怎么说也算是相识一场，虽说相识得不算愉快。你终究是前辈，也曾经在世间呼风唤雨过，死后总得有个栖身之所吧。"

宁缺在四周碎骨里搜寻了一番，找到了一个极不起眼的铁匣子，大概是当年某名魔宗强者的遗物，打开匣子一看里面空空如也，什么都没有。

"这个挺合适，虽然小了些，但反正也只装一部分的你。"

他蹲到莲生大师化成的那堆灰旁，摊了摊手，然后随手拾起一块大片的白色腿骨，把那些灰扫进铁匣子里，动作很是随便，就像是扫垃圾一般。

作为修行世界最优秀的年轻一代人物，心性自然坚定异常，然而经历了这么多事情，三人争夺天书的心思很自然地变淡了很多。

宁缺继承了小师叔的衣钵，能活着把那些离家久矣的气息带回书院，他很满足。

叶红鱼身心受创严重，需要觅地休息调养恢复。奉师命来荒原求败的她，终于彻彻底底地败了一遭，并且凭借自己的意志和决心从败中寻觅到了唯一的生机。能够获得如此罕有珍贵的经验与感受，所以她也很满足。

莫山山破解魔宗山门掩阵，又悟到了块垒大阵的阵意，收获不可谓少。更重要的是在死亡阴影前，她终于勇敢地向宁缺说出了那句话，虽然事后无论是她还是宁缺都忘了那个瞬间，但事实上她才是三人当中最满足的那个人。

3

宁缺低头整理着散落在地面的行李，问道："能走吗？"

莫山山的脸蛋儿比平时要清减几些，于是清秀几分，轻轻微涩一笑。

叶红鱼疲惫地靠在墙壁上，蹙了蹙眉，明显也还走不动。

身受重伤是最主要的原因，但人们艰于行走还有一个很重要的原因——就是饥饿——三人空空如也的肚子到了此时竟是连咕咕叫声都已经发不出来。

宁缺叹息道："为什么这么饿？我们到底昏了多少天？"

莫山山摇了摇头，说道："不知道。"

宁缺手掌落到腹部轻轻摁下去，停顿片刻后说道："四天了。"

莫山山眯着眼睛，好把他看得更清楚一些，不解问道："这就能知道？"

一直没有说话的叶红鱼忽然插话问道："你经常饿？"

宁缺正在重新打开行李，听着她的问话随意应道："说到境界我可能不如你和很多人，但要说忍饥挨饿的经验，这个世界上可没有谁会比我更多。"

叶红鱼轻蔑地说道："也不知道你这令人厌恶的自信劲头从哪里来的，说到受饿这种事情居然也敢大言不惭，那是你没有经历过我那样的童年。"

被一个在他看来自幼锦衣玉食长大的道门娇女质疑自己曾经的苦难，宁缺顿时大怒，教训道："你这种女人哪里知道当年大旱时是什么模样。"

叶红鱼嘲讽一笑，准备继续说些什么。

莫山山叹息一声，看着二人无奈说道："这种事情也值得争？"

回忆童年苦难没有继续进行下去，宁缺用铁一般的事实证明了自己对饥饿的记忆和畏惧明显要比叶红鱼强，因为他从行李里成功翻出来了一些食物。

他的身旁总有一大堆像小山似的行李。

大黑马在时都由大黑马背着，大黑马不在时便是他自己背着，就算攀爬险峻的天弃山脉，无论面对怎样的危险，这些行李都永远不会被他抛弃，因为他很清楚储备的重要性。行李里有药有武器有自己研究出来的睡袋，当然不可能少了食物。

叶红鱼靠着墙壁，看着那家伙像搬家一般从行李里向外掏东西，眼眸里现出一丝异色。而当她看到那个细长形状的黑色箭匣时，眸中异色越发浓郁起来。

便是那个匣子里的箭把隆庆射成了废人。

这些威力恐怖的箭在山门外也让她吃了极大的苦头。

她不知道世间哪个宗派居然能修箭，更记不起来何时出现过如此强大的箭。她一生痴于修道，震惊之余难免有极大的困惑和求知欲，很想询问宁缺，然而清楚这肯定是他压箱底的保命本事，询问的话怎样也无法出口。

宁缺把一块肉干和一个小水袋递到她面前，说道："荒人的肉，比军中的干肉好，你兑着水吃但不要吃多了，慢慢嚼。"

说完这句话，他走到莫山山身旁坐了下去，把肉干撕成丝，然后递了过去。

莫山山微笑着摇了摇头，试图举起虚弱无力的手臂自己进食。宁缺摇了摇头，坚持把肉丝喂进她的嘴里，然后举起水袋小心喂她抿了几口水。

叶红鱼没有注意到身旁的动静，她正看着手中那块硬邦邦的肉干发呆。

她这一世经历过很多苦难，见过很多惨事，按道理讲应该没有什么无法克服的问题。然而看着肉干，感受着指间传来的触感，她便联想起先前那座白骨山里的干尸，想起了莲生神座像干尸一样的手指还有冰冷干燥的干瘪嘴唇……

她微微蹙眉，像盯着天书一样盯着眼前的肉干。不知道过了多长时间，她深深吸了一口气，把肉干放进唇中，然后机械地咀嚼起来。

进食饮水稍事休息，三人的身体稍微恢复了些精力，便准备离开。就在这时，却又出现了新的问题，不知道是因为樊笼大阵破碎还是别的什么原因，先前进入这座魔殿的通道已经完全坍塌，以他们现在的体力根本无法强行破开道路。

宁缺看着把通道塞得死死的石山，思忖片刻后转身向对面的石墙走去。

那面石墙上深深揳着两根铁链。过往数十年间，正是这两根铁链把莲生大师锁死在此承受世间罕见的痛苦折磨，然而如今樊笼已破，莲生已死，铁链上只残着些锈迹，那些符文里的气息早已散尽，变成了最普通的铁链。

宁缺双手握住铁链，深深吸了一口气，暗中将小腹深处的那些气息调出，运足全身气力一拉，轰隆一声巨响，石墙倒了下来，露出后方一条幽深的通道。

叶红鱼和莫山山互相搀扶着走到他身后。叶红鱼看着那条幽深仿佛没有尽头的通道，微微皱眉问道："你怎么知道那面墙后是通道？"

"猜的。"

宁缺回答得很理所当然。实际上，能发现铁链石墙后是通道，完全是先前脑海里生出的一种隐约感觉。他不知道这种感觉由何而生，默默想着莫非是莲生大师死之前传到自己识海里的那些信息起的作用？

"魔宗是一个只能进不能出的地方，更准确说，魔宗覆灭后便有一种禁锢出现，只留下一道出口，我相信无数条这样的通道，最终都会通向同一个地方。"

脑海里那种感觉又莫名浮现出来，宁缺下意识里说出这段话，然后微微一惊，看着面前通道陷入了长时间的沉默。此时他终于明白，无论莲生传递过来的那些信息碎片自己能否理解，在需要的时候它们就会涌现出来，告诉自己应该怎样做。

一阵刺骨的寒意占据宁缺的身体，他怔怔看着幽深的通道，完全不知道该说些什么。怎样的境界才能够留下这样的手段，那些不可理解的信息碎片究竟是什么，是莲生对世界的印象还是……魔宗功法，这些会给自己带来些什么？

叶红鱼看着他的背影，有些震惊于他的博识。神殿里应该都没有人知晓魔宗还有这等奇异设置，偏生他却知道。只是她很自然地认为是学识渊博无所不知的夫子告诉了宁缺这些魔宗秘密，完全没有把这和已经死去的莲生神座联系起来。

通道四面全部是由石块砌成，看上去坚固无比，幽深无比，很是黑暗，在没有光源的情况下，即便以三人的眼力也走得非常艰难。途中经历了数处岔道，三人尝试着随便挑了一条，发现己等的运气终于变得好了些，竟没有走错。

站在通道外的断崖前，看着脚下深不见底的云雾，宁缺苦涩一笑，心想这哪里是运气好，明明是冥冥中有个爱吃人的老幽魂正在给自己指路。

云雾极深，不知下方究竟是什么地方。

根据在通道里行走的距离判断，三人应该还是在天弃山脉里。

宁缺把身上沉重的行李绑得更紧了些，指着崖畔一个看上去有些年久失修的绞索篮，说道："如果不怕，那就该上去了。"

漫长的通道之后是漫长的绞索，长索下悬吊着的篮子不大，但容下三人还是绰绰有余。听着风声在篮外呼啸而过，看着触手可及的云雾加速向后方掠去，三人脸上的警惕神情渐渐放松下来。

云雾前方隐隐有光线透出，宁缺微微张嘴，隐约猜到自己终于离开了那个吃人的魔宗山门，不禁露出开心的笑容。

莫山山安静坐在他身旁，也看着他笑了起来。

叶红鱼用手指轻轻梳了一下被山风吹乱的发丝，看着莫山山眼眸里那股散漫却又专注的光泽，看着只顾着高兴根本没注意到的宁缺，忍不住冷冷一笑。

不知道当年的魔宗强者们用了什么手段，竟在人迹罕至的天弃山脉里设置了如此漫长的一条索道，当吊篮缓缓接触地面时，已经是很久之后的事情了。

宁缺从吊篮里跳出来，回头望去。

二女站在他的身旁也同时望去。

山间云雾渐散，清晰可见一道极细的黑线尽头，是一座孤独而骄傲的雪峰。

他们便是从那座雪峰间下来的。

相信他们再也不想回到那座雪峰里去。

宁缺看着魔宗所在的世外雪峰，忍不住摇了摇头，伸手进竹篮里想要提出自己的行李，然而却没有想到，触手处竟是一个柔软毛顺的小肉团。

他吃惊地看着手中那只小白狗，心想这个小东西是从哪里冒出来的？自己这些天受到的惊吓已经够多了，你可别是什么魔宗长老变的。

请一定不要……是莲生大师的鬼魂转世。

4

那只小白狗很乖巧很可爱，睁着水汪汪的眼睛，无辜地望着宁缺。

宁缺怔怔看着它，脑子里转过无数个念头。

忽然，小白狗水汪汪的眼睛里露出一丝得意的神情，猛地张开嘴，露出不长却已经足够锋利的牙齿向宁缺的手腕狠狠咬去，那劲头似乎要把他的手咬断！

前一刻还非常无辜可爱的小白狗，下一刻便变成了凶狠恐怖的狼崽子。它速度奇快咬向宁缺的手腕，尤其是狠狠合齿的动作，已经快到肉眼无法看清，甚至快要追上闪电的步伐，如果被咬实，肯定是肉破骨断的下场。

这次突袭阴险而突然，如果是一般人根本无法逃脱快如闪电的一咬。然而宁缺这一辈子都在和危险的猎物打交道，对这种兽类的动作反应最为敏锐，对丛林里的危险最为机警，哪里会着这种道？

当指尖触着的狗颈处传来一丝极轻微的蓄力感觉时，他便反应了过来，右手向前猛地塞进小白狗的嘴里，接着毫不留情地向里深入，就像是要把自己整条手臂都塞进小白狗的肚子，然后手指在湿黏一片里寻着块软肉用力一掐。

小白狗发出一声被憋住的哀嚎，从嘴到咽喉里面全部被塞满，没有剩下一丝活动的空隙，哪里还咬得下去。尤其是咽喉深处的那股剧痛，更是令它圆乎乎的身躯剧烈地颤抖起来，口水从嘴边淌落，看着异常可怜。

宁缺把右手举至空中，看着那个不停淌着口水、双眼已经被挣红的小白狗摇了摇头。他在岷山里猎兽无数，遇着过无数危险，但被猎物靠得这么近上嘴，被迫用出这般冒险的应对招数，只是小时候遇着那个狼群的那次用过。

莫山山和叶红鱼收回望向雪峰的目光，看着这幅画面不由一惊。

"哪里来的狗？"莫山山微微蹙眉问道。

"我也不知道。"宁缺仰着头打量着手臂前端的小白狗，手臂处传来的湿热黏糊感觉根本没能让他动容。他看着它眼中流露出来的乞怜挣扎神情，心头不由微微一动，觉得这个小东西竟仿佛能够通人性，就像是大黑马或是二师兄养的那只大白鹅一般。

小白狗泪汪汪地看着宁缺，流露出乞怜和臣服的意味，这个人类的气息让它不介意臣服，至于它的眼睛变得如此水润汪然的原因则是因为确实太痛了。

"不要这么看着我，这会让我很挣扎的。"

宁缺看着小白狗叹息说道："虽然我确实很想养一只萨摩，你也表示了愿意被我收养的想法，但只能说昊天安排的机缘太过残忍。我这时候肚子实在太饿，你在我眼里更像是一盆香喷喷的狗肉煲。"

他用左手把朴刀从刀鞘里抽了出来叼在口里，准备杀狗剖腹，含混不清地继续安慰道："吃饭这种事情是比昊天还要更重要的事情，莲生大师这种人物如果想活下去都得天天吃人肉，我们吃几坨狗肉又算什么呢？"

他忽然想到这种貌似可爱的小东西最容易欺骗小姑娘，自己忘了征询二位姑娘的意见，一手把朴刀拿了下来，一手入腹提狗，说道："我们需要活食。"

莫山山有些不忍看，转过身去。

叶红鱼的眼中闪过几抹兴奋炽热，问道："你经常做这种事情？"

宁缺挥着刀骄傲地说道："别说杀狗，岷山里的狼我最后都吃腻了。"

被他悬提在手里的小白狗听着这句话，才知道这个家伙居然是个连狼肉都敢吃的嗜血变态，顿时吓得魂飞魄散断了最后的指望，柔软的身体僵硬成了木头。

便在这个时候，隐在极淡雾后的吊索上，忽然传来了道极愤怒的吼声，因为距离极远而那道声音迅速靠近的原因，那清亮愤怒的声音被压缩得更加尖厉。

"谁！敢！动！我！的！……"

清亮愤怒声音响起时明显还在很遥远的山谷深处，而当说到动字时，那人已经来到了斜后上方的云雾里，而当说到的字时，距离地面上的三人已经极近。

云雾急剧扰动不安，瞬间破开一大片，然后一个身影像从天穹上落下的石头般，呼啸着自斜上方的绞索处跳了下来，向宁缺的位置跳过去。

宁缺提着小白狗回头望向雾间，看着那个速度奇快决然不似凡人的绰约身影，愕然想道，难道天上真的能掉下一个仙女来？

然而当那只破旧的小皮靴在视野中迅速扩大，挟着恐怖的风声离他脸面越来越近时，他终于明白天上掉下来的不是仙女而是一个要自己命的家伙。

铮的一声剑啸！叶红鱼一直在警惕对方的出现，暗中隐蕴念力很长时间，便在那个身影快要砸到宁缺之时，道诀一释，一道无形剑意极幽寂地刺向那个身影。

那个自雾中跳下的人一声轻哼，双拳在身前做了个十字封，竟是用自己的肉身强行封住了叶红鱼凝念已久的一剑，身体骤然向后翻腾了十几圈，然后重重落在地面上，伴着嗡的一声闷响，山谷间烟土飞扬。

尘土渐渐敛没，露出了那人的身影。

那是一个穿着皮袄的小姑娘，她头上戴着兽皮帽，颈间围着一道兽尾，看身材和露在外面的眼睛年龄肯定还很小，两只极长的黑辫子垂在身后轻轻摆荡。

她单膝跪在地面，膝头处现出一道深坑。然而她的脸上却没有什么痛意，无论膝头还是娇小的身体都稳定得像座山一般，根本看不出来受伤没有。

被宁缺提在手里的小白狗在看到这个小姑娘的瞬间便剧烈挣扎起来，宁缺这时候哪里耐烦理会它，重重地甩了它几下，险些把它甩得翻了白眼。

他所有的精力都放在那个单膝跪在地面上的小姑娘身上，瞠目结舌于自己看到的这些画面，怎么想也想不明白，这个世界怎么有人敢从那么高的地方跳下来，而且在用双臂挡了叶红鱼一剑之后狼狈坠地，竟是没有任何损伤！

过了片刻，那小姑娘站起身来，两根又粗又长的黑辫随着她的动作再次摆荡。她望向叶红鱼，露在兽尾外的那双清亮眼眸里露出震惊不解的神情。

"你在山门里遇见了什么事情，实力居然下降得如此严重……我明明看见你在雪崖上已经晋入知命，为什么你这时候只有洞玄的水准？"

叶红鱼脸色微白，唇角露出一丝自嘲的笑容，却没有回答对方的问题。

宁缺看了她一眼。在魔殿里与莲生大师那场惨痛的生死厮杀，他一直有很多疑惑，隐约猜到了某种可能，直到此时才从那个小姑娘的口里得到了证实，不由有些震撼，才明白叶红鱼竟然付出了如此惨痛的代价。

震撼感激佩服之类的正面情绪向来无法在他的脑海里停留太长时间。看出从天而降的那名小姑娘明显与道痴有旧怨，宁缺自然不会老实站在最前面首当其冲，沉默走到叶红鱼身后，动作极为随意自然，根本看不出他在想什么。

叶红鱼神情漠然地看着越来越近的小姑娘，对身旁二人说道："这个魔宗妖女叫唐小棠，不要以为她年龄小便好应付，如果当年魔宗没有覆灭，她便应该是这一代的圣女。这丫头不敢与我正面相斗，狡诈得厉害。"

唐小棠听她提及在天弃山脉里的追杀，本就是一肚子火，生气地大声反驳道："如果不是你用那些见不得人的手段，我哪里不敢和你打。"

叶红鱼微嘲一笑，不愿再就这个问题讨论下去，然而这种态度越发令唐小棠觉得生气和不公平，露在兽尾外的清稚小脸微红起来。

听说对方是魔宗妖女，宁缺却怎么也没觉得她哪里妖了，除了一身本事确实妖异。看着小姑娘微红的脸，无害清稚的眼神，黑黑的长辫子，他忽然觉得自己好像在哪里听人形容过这样的女孩，却怎么也想不起来。

唐小棠看着身前三人，苦恼地挠了挠头，觉得好生麻烦。

她随兄长在山门外看着三人进入圣地，之后便失去了这些人的踪迹，没有想到居然会在山谷里相遇，而且明显这三人已经不再互相敌对。她虽自信不会比对方弱，却不会认为自己强大到能独抗道痴书痴再加上夫子的亲传弟子。

先前离开圣地穿过那些幽长复杂的通道时，一直跟在她身边的小白忽然间走失，她苦苦找寻了很长时间，最后抱着侥幸的希望顺绞索而下。不料在雾中竟听到有人在议论怎样杀死小白并且分而食之，刚刚生出的喜悦顿时被愤怒代替，竟是头脑一热，浑然不顾自己身处高空便跳了下来，然后又被叶红鱼偷袭了一记道剑。

叶红鱼因为她暂时还不知道的原因莫名其妙从知命境界跌落到洞玄境界，那记偷袭没有真的伤到她。但她承自荒人血脉的身体强度虽惊人但毕竟不是石头，从那么高的地方跳下来，内腑还是受到了震伤，只不过表面暂时看不出来。

唐小棠打了个寒战，这才明白先前那刻的危险，竟是险些自己把自己摔死。她心想如果让哥哥知道自己这么糊涂不知道该有多生气，下意识里把脑袋上的兽帽向下拉了拉，后怕地吐了吐舌头，"看起来你们在圣地里遇着了很多事情，圣地本来就是我们的圣地，哪里是你们这些外人可以擅入的。我不欺负你们受伤，你们也不要以人多欺负我人少"。

唐小棠认为自己匆忙做出的决定很聪明，反正她要去长安城拜夫子为师，总不可能把那个叫宁缺的家伙打死，带着稚意清声说道："大路朝天，各走一边。"

宁缺站在叶红鱼身后，不待她发话，抢先说道："女侠有理，就此告别。"

他很清楚自己三人此时的真实情况，被那个吃人肉的老和尚折腾了这么长时间，管你是书痴还是道痴，现在已经虚弱得一塌糊涂，还想和一个元气饱满的魔宗少女拼死拼活？会做这种选择的都是白痴。

看着唐小棠准备开口说话，宁缺心头渐松，身体却依然紧绷，负在身后的右手下意识里握紧，却忘了自己的右手正塞在那只小白狗的咽喉里。手指一紧，小白狗顿时痛得如遭雷击，挣扎出一声极微弱的哀鸣。

听着那声微弱凄惨、仿佛濒死之人无力呼喊亲人的鸣叫，正准备先行离去的唐小棠怔了怔，然后才醒过神来，有些恼火地捶了捶脑袋，心想刚才大概摔得太重竟是摔糊涂了，险些忘了自己冒险跳下来是为了什么。

她看着三人，压抑着愤怒说道："把小白还给我，我就离开。"

叶红鱼回头面无表情看了宁缺一眼，然后走到一侧。

宁缺瞪了她一眼，举起自己右手，看着唐小棠说道："这是你家养的狗？难怪这么可爱，我说这么偏僻的山谷里怎么能有这么一只狗，原来是魔宗圣犬……"

被举到空中的小白狗模样很凄惨，嘴被撑得极大，口水混着血丝不停淌着，腹部微微起伏，乞怜无助地望着自己的主人，眼睛都因为挣扎变得有些红。

唐小棠看着它的模样，哪里还听得见宁缺痕迹极深的吹捧，清亮的眼睛流露出无尽的愤怒，然后也渐渐红了起来。

莫山山站到宁缺身旁，静静看着逐渐走近的小姑娘。

叶红鱼微笑看了宁缺一眼，然后站得更远了些。

宁缺强自镇定说道："反正不管怎么说，你是打不过道痴的，我们三个一起上，你更打不过。"

莫山山在他身旁微笑说道："我是真打不动了。"

叶红鱼在远处神情冷漠地说道："如果真要拼命也能拼，但我为什么要拼？"

宁缺很是恼火，心想这种时候至于这么诚实吗？但看着莫山山和叶红鱼的态度便知道，接下来应该没有什么真正危险，于是看着那名魔宗少女诚恳说道："做人嘛，最重要的就是开心，你的愤怒我能理解，但我的冤屈也希望你能体谅。"

他继续说道："你的这只狗虽然受了些惊吓，但我可以保证它一块肉都没掉。我这时候把它放下来还给你，希望你不要再次头脑发热，好不好？"

唐小棠看着他手上奄奄一息的小东西，哪里还顾得了那么多，连忙点了点头。

宁缺用力把手从小白狗的嘴里抽了出来，递了过去。

唐小棠欣喜地抱着小白，不停轻轻抚摩着它的白毛表示安慰，小白有气无力地蹭了蹭她的脸颊，然后把头埋进小姑娘的怀抱中。

宁缺退后几步，赞叹说道："真是一只可爱的小狗狗。"

唐小棠认真解释说道："小白是雪狼，可不是小狗。"

便在这时，那只小白狼在魔宗少女怀中竟是偷偷抬起头来看了他一眼，目光极其狠毒，似乎是说以后有机会一定要咬死宁缺。

"果然是头狼崽子。"宁缺在心里恨恨想着，以后有机会一定把这头狼崽子扔进书院后山，让它尝尝被二师兄那只大白鹅教育的滋味。

在离开之前，唐小棠对三人说道："离开圣地虽然只有这一条道路，但这道山谷是由我明宗前贤以人力开凿而出，所以预设了几处迷阵。最近天时多雾，你们出去的时候仔细一些，如果迷路了可不见得还能走出去。"

莫山山平静施了一礼，说道："多谢姑娘提醒。"

自南方大河国来到北方荒原，与宁缺一道行走了这么长时间，尤其是经历了莲生大师这件事情后，她对于魔道之分有了很多新的认知，自然也不会再像以往那般看待世事。

唐小棠说道："不用客气，我也只是想让这个家伙心情糟糕一些。"

那个家伙自然指的是宁缺，他笑了笑，说道："要不然我们一道走？"

唐小棠看着他得意地说道："你们总说我们大明宗是魔宗，道魔势不两立，怎么这时候却要我带你们走了？我就是要你求我，你求我啊？"

宁缺大义凛然说道："这是哪里话，我书院向来讲究兼容并蓄，道魔之分在书院看来更多是理念上的差异，而像我本人则是一向很敬佩明宗前辈的风采。"

然后他敛了神情，认真说道："唐姑娘，带我们一道走吧，我求你了。"

5

浑然不顾道魔双方血腥战争的千年历史，更是完全不理会魔宗便是在书院轲先生剑下覆灭的事实，紧接着的下一句说求便求，毫不犹豫，毫不遮掩。

唐小棠怔怔看着宁缺，完全没有想到对方真的会求自己，甚至有些恍惚了。哥哥说的是真的吗，这个人真是夫子的亲传弟子？

便是已经非常了解宁缺性情的莫山山也觉得粉脸有些微微发烫，散漫的目光里透着一丝羞愧，站得离宁缺远了一些。

叶红鱼厌憎地摇了摇头，心想作为唯一一个世内世外相通的不可知之地，书院是何等骄傲的地方，从夫子到轲先生再到君陌这一代弟子谁会真正瞧得起魔宗？宁缺这厮居然能睁眼说瞎话无耻如斯，看来书院有教无类果然不是传说。

其实宁缺并不见得一定需要魔宗少女带路才能走出天弃山脉，凭借意识深处莲生大师留下的那些无法理解的气息和碎片，他或者可以追随直觉走出去。先前他带着莫山山和叶红鱼走出魔宗便是用的这种方法。然而他不想再次进行尝试，因为能在那些幽深的通道里找到正确的道路还可以归功于幸运，但幸运的次数多了则很容易引起他人的怀疑。

"小唐姑娘，你要去哪里？"宁缺问道。

唐小棠回答道："我要去南方。"

"咦？很巧，我们也要去南方，原来大家同路。所谓相请不如偶遇，一起走？"

通往莽莽群山外的通道，是很多条无数年前由魔宗强者们以人力开凿出来的石谷。石壁光滑陡峭如同刀切的一般，即便是雄鹰也无法驻足，不知经历了多少年的风霜雨雪，却依然未积尘土，自然也不可能生出绿意葱葱的草树。

西陵神殿的道痴，魔宗的少女，莫干山的书痴，书院史上最弱的天下行走，这样一个奇异的四人组合便在这些狭窄而漫长的石谷里行走着。

"在我看来，我们这些修行世界了不起的年轻一辈，可不能重蹈前辈的覆辙。"

莫山山神情微凝问道："什么覆辙？"

"一见面就拼命啊，其实打架有什么意思呢？没事儿的时候藏在山里面静心修行，如果见面了就问声好，聊聊天，不比什么都强？"

叶红鱼冷漠说道："无战斗，不修行。"

"这种观点我是一直很反对的，不过我不和你这种修道如痴的怪物争论。以后有机会去长安城，我请三位姑娘吃面，桑桑煮的煎蛋面……"

唐小棠好奇地看着某人的侧脸问道："桑桑是谁？"

"桑桑是我的小侍女，要知道我家桑桑做的面，绝对是世间最好吃的面条。"

莫山山看着宁缺虽然憔悴但提到某个名字便神采飞扬的脸，微微一笑没有说什么，然而却不知为何觉得心里面有些空荡荡的，有些不安。

宁缺看着唐小棠认真说道："就算要打，咱们这时候也别打，出去打感觉会壮阔一些。话说回来，其实我和西陵神殿的仇也很深，不比你浅。"

说到此处，他压低声音，看着前面叶红鱼的背影说道："隆庆皇子知道吗？"

唐小棠被他的神情所感染，声音从兽尾里透出来悄悄说道："我知道，我看着你一箭把他射穿的……你那箭真厉害，那么远也能射中人。"

宁缺诚恳说道："哪里有你们明宗功法强悍，那么高的地方你也敢跳。"

唐小棠微羞低头，轻声说道："我当时也是糊涂了。"

宁缺用手指着叶红鱼的背影，悄悄说道："隆庆皇子被我废了，西陵神殿哪有不报复我的道理。事实上这个女人就一直想杀我，只不过我和她在你们圣地里说好出去再动手，所以到时候如果出了山真打起来，我可以帮你。"

他说话的声音虽然低，却也没有刻意瞒着谁。走在最前方的叶红鱼停下脚步，回头看着他微怒说道："宁缺你能不能闭嘴？夫子收你为弟子，我真替他老人家不值，我敢肯定将来你一定会成为书院之耻。"

"不用将来，我现在已经是书院之耻。"

宁缺笑着回答道。还是那句重复了无数遍的老话，只要能带着桑桑一直活下去，他什么事情都愿意做。既然如此，此时面对着四人行中战斗力暂时最强大，而且看起来也不怎么给书院和夫子面子的魔宗少女，说些俏皮话讨讨对方欢心又算得什么？

只要愿意，从渭城全体军民到师父颜瑟再到皇帝陛下都能被他逗得无比开心，所以魔宗少女唐小棠毫不意外地开心起来，不时发出清稚的笑声。

"原来你就是传说中那个唐的妹妹，久仰久仰。"

宁缺想起在书院后山第一天躺在草甸上陈皮皮说的那些话，微微一惊，然后想起了更多的事情，比如陈皮皮对梦中情人的形容。于是他瞧着身边的魔宗少女越发眼熟，发现除了年纪实在太小了些，这小姑娘完全符合陈皮皮的想法。

"既然你要去南方，那真要去长安城逛逛，和我先前说的煎蛋面无关，那可是天下第一雄城，而且里面住着很多有趣的人。其中有个家伙我想介绍给你认识，他年龄和我差不多，但早在几年前就已经入了知命，都说他是真正的天才。"

唐小棠睁着清亮的眼睛看着宁缺，吃惊说道："那么小便知天命，世界上真有这样的人，难道说那个人比道痴还要厉害？"

叶红鱼听着这话，忽然说道："那个死胖子心性糟糕到了极致，但偏生修行破境极速，只能说昊天对某些人有些偏心罢了，真要打起架来可不是你的对手。"

略一停顿后，她望向宁缺问道："他在书院这些年可好？"

宁缺这才想起来陈皮皮与道痴相识，而且每每提及此人时，那个骄傲嗫嚅的胖子便会恐惧得像只鹌鹑一样，挠了挠头回答道："还不错。"

听到这个回答，叶红鱼沉默了很长时间，然后淡然说道："那就好。"

四人在寂静甚至有些沉沉死意的石谷里行走。他们是修行世界最优秀的年轻人，宗派各异理念不同甚至彼此之间有极深的仇恨，然而却没有上演血腥厮杀钩心斗角的剧情。或许是因为在雪峰深处那个老僧面前看到了太多的血腥和阴谋从而有些腻了，或许只是简单地因为青春作伴回家的路上不愿意去想那些。

青春真的是很美好的事物，无论痴于书痴于道痴于力量还是痴于银子，他们依旧保留了一些简单而纯净的部分，没有完全陷入像泥潭般复杂的世事之中。

然而很可惜的是，所有人都会渐渐老去，渐渐世故，肩上会多出很多的责任，那些沉甸甸的责任会把人的腰压弯，会让人勤于思考却懒于感受。

莽莽天弃山最南端，渐低的山脉探入荒原，然后在呼兰海北面没入平地消失不见。那支来自中原的商队已经在这里停留了很长时间，湖面已经完全冰封，但他们却依然没有离开的意思。

中年男人缓缓抬高帽檐，望向天边遥远的雪峰。

他觉得那里有人。

观里来的人吗？按道理讲，天书明字卷现世，昊天道门不可能只派出道痴和隆庆这些年青一代的子弟，便奢望能把天书抢回去。

然而除了自己和不知藏身世间何处修行二十三年蝉的那个家伙，还有谁知道圣地山门被封闭后剩下的唯一出口就在呼兰海北？

不过就算是观里派来了天下行走，他也不会停止自己的计划，因为他已经在帝国和西陵之间摇摆沉默了太多年，他很厌憎这种感觉，所以他决定做些事情。

只要天书在手，便能获得真正的自由。

作为魔宗在世间寥寥无几的强大传人，中年男人对这个传说坚信不已。

"是喜欢背着木剑的你吗？"

中年男人看着遥远雪峰之巅轻蔑一笑，把手中吃剩的半条羊腿搁回盘中，从下属手里接过丝巾仔细擦拭干净手指间的油渍，然后长身而起。

靴底踩在呼兰海刚刚冰封不久的湖面上，中年男人缓步向着湖对面远处的山峦走去。他的每一步都走得那般扎实，仿佛要把冰面震开一般。

他在世间有很多敌人，那些敌人都知道他不会水，甚至惧水。但他今天却偏偏要从湖面踏过，仿佛要踏破过往这些年月里的憋屈不满。

寒风劲吹胸膛，中年男人觉得自己仿佛回到了青年时，这种感觉很好。

6

时值隆冬，莽莽天弃山间寒风劲吹，雪峰之上的气温更是极低。好在因为峰顶太高，没有被山麓间那些弥漫密谷的薄雾遮住，阳光直射至此，虽然带不来多少真实暖意，却能给人的心理上带来些许安慰。

正如呼兰海畔那个中年男人猜测的那般，苦寒清寂可能万年无人踪的雪峰顶上确实有人，那是一名穿着单薄轻衫、髻间插着根乌木钗的道士。

道士神情宁静身材清瘦，身后负着把木剑，静静看着雪峰下方飘动的白云，以及白云下方荒芜的原野，还有那片像面白色镜子般的呼兰海。

来自知守观的天下行走叶苏，前些日子在魔宗山门外的双峰间，与来自魔宗的天下行走唐，以宁缺和隆庆皇子的破境速度做了一次赌约。

最终宁缺胜了，隆庆皇子废了，于是……他输了。

按照那份没有说出口却彼此心知的赌约，叶苏不能再加入到天书明字卷的抢夺之中，但这不代表他不可以站在雪峰上远远地观看这幕大戏。

他"看"到了呼兰海畔的那个中年男子，但事实上他并没有去看那名中年男子，因为如果自己看到对方，那么对方也能看到自己。

他来自世外的不可知之地，但他很清楚世间一直隐藏着很多真正的强者，比如呼兰海畔的那个中年男人。对于已经接近超凡入圣境界的人间武道巅峰强者，即便强大如他也必须保有几分敬意和矜持。

他现在已经不是那个年少的自己，对于这个世界和自身的认识早已不同。

只是他偶尔还会怀念已经远去多年的逼人的青春。

看看天书究竟会落在谁的手中，是他出现在这里的原因之一。然而自幼在知守观里长大的他从刚识字时便开始看那六卷天书，自然不会像世间凡人或是那些修行者般对天书存有一种莫名敬畏，所以这并不是他来到此地的真正原因，至少不如那个真实的原因重要。

他来这里是为了怀念已经远去多年的逼人的青春，或许是为了祭奠远去多年的逼人的青春，或许是为了寻回远去多年的逼人的青春，那些青春叫作骄傲。

叶苏默默转身，望向山间某处水潭。

那面水潭面积极小，潭底或许有热水涌出，所以前些日子一直没有冰封，只是终究禁不住寒风凛冽，水潭表面上还是结了一层薄薄的冰。

或许是很多天前，或许是先前那一刻，小潭水面的薄冰破了一个很小的口子，便是他也无法确认，那片薄冰究竟是什么时候破的。

但他能确认水潭冰面破口的形状很特别，像是一只木瓢留下的痕迹。

十四年前，他见过那只木瓢，然后再也没有办法忘记。

十四年前，七卷天书中最神秘的天字卷显现出了一个极重要的征兆，然而负责看管天书的观中道人却对此保持了绝对的沉默。

西陵神殿天谕大神官入观阅天书，亦未多言。

然而谁也没有想到，光明大神官卫光明便在此时向天启的神圣领域迈出了半步，那双幽深而纯净的眼眸，看到了黑夜的影子降临人间。

道佛魔三宗这一代的天下行走齐聚荒原。

当年的三位天下行走还是三个少年，他们聚集在一棵小树下，沉默着看蚂蚁看了很长时间，然后他们看着那道黑线看了很长时间，最后各自离去。

那时候的知守观传人叶苏很骄傲，很自信。

他呵斥唐为邪魔，不屑言七念为外道，一剑便把那株小树斩成了五万三千三百三十三块，然后念出一道至今为止自己最满意的道偈。

当时的他并不知道在那一天黑夜将至时，在那道他们不敢跨越一步的黑线那边，有一个穿着草鞋破袄的书生，一直平静地坐在一方小池塘旁，手握一卷书喜乐诵读，腰间挂着一只木瓢，饥渴时便饮一瓢池水。

其后他周游列国，勘破死关，前往南海，兴奋地向师尊禀报。礁石上那位穿着青衣的道人看着他怜惜地笑了笑。

那时候他才知道，原来当日黑线的那头一直有一个人坐着。

于是他无法再像从前那般骄傲，那般自信。

多年后，历经俗世繁华世外霜露，他成功地看淡看透了很多事情，于是自信自然地回到了身躯中，然而当年的青春与骄傲已经不在了。

他一直很遗憾，没有机会向线那边的那个人请教。

直到今天，他似乎终于有了机会。

所以小水潭畔明明没有人。

站在雪峰之巅的他，却认真看着山腰里的水潭，无论是道髻间的乌木钗，还是身上的单薄轻衫，在寒风里都纹丝不动，便如他此时的净明道心。

雪山外的呼兰海畔有人。

中年男子看着眼前的湖岸，忽然停下了脚步，然后他摘去戴了很多天的帽子，露出自己的容颜。他望着远方的莽莽群山，那双浓若墨蚕的眉毛微微蹙起，红如稠血的双唇微微一翘，露出一道意味复杂的笑容。

在凛冽寒风中他再次举步，从湖冰走到坚实的土地上，魁梧坚实有若钢铁的身躯，完全无视荒原劲风的存在，挟着一身肃杀之意向北走去。

他走的速度并不快，甚至有些缓慢，脚步每次落下，也不见如何用力便会陷入被冻硬的荒原地面，留下一道极深的脚印。

离开呼兰海畔向北面的天弃山麓行走，随着时间流逝，中年男子身上的肃杀气息渐渐敛没，身后留下的脚印也越来越浅，直至没有任何痕迹。

他没有像世间那些知天命的大修行者一般把自己和天地自然融为一体，因为他修的从来都不是道法。他用恐怖的念力把自己的身体意识与天地完全隔绝开来，仿佛把自己变成了一颗石头，如果闭上眼睛，根本无法感觉到他的存在。

然而山腰间那片安静了很长时间的小水潭却忽然有了动静。

水潭畔响起一阵很轻微的哗哗声。

这些哗哗声像是木瓢盛水的声音，又像是风吹动树叶的声音。

又很像一只手缓缓合拢书页所发出的声音。

"听闻你十三岁开悟，三十不惑，再三月洞玄，一日之内知命。

"听闻那十七年间你日日登山，却毫无阻碍。

"听闻你第一次登书院后山时，在柴门外看到了四个字。

"那四个字是仁者乐水。

"所以你这一生极喜爱与清溪幽潭亲近。

"今日看来，果然如此。"

叶苏听着遥远山腰间那面小潭畔传来的哗哗轻响，在心里默默想着这些话，然后发出一声极幽寂极满足的叹息声，微笑着向雪峰边缘走了一步。

随着他走出这一步，身后那柄薄薄的木剑悬浮至空中，嗡鸣作响。

天空上的太阳忽然间仿佛变得更加明亮了一些。

数万束光线照耀在那柄木剑之上，竟让单薄的剑身金光大作。

一道极纯净的剑意，就像凝结成束的光线一般，发自雪峰之巅，平静而强大地无视任何空间距离，瞬息之间降临到千丈之外的那面小水潭畔！

如此神乎其神的道法，已然站在人间的最高处，处于知命境界的最顶端，虽然尚未破境，但距离天启境界也只剩下极薄的一线。

如此强大的道剑，世间能得几回见？

当那道纯净剑意降临山腰小潭上空时，水面上的那些薄冰瞬间变得更加凝固，即便是那道极小的口子也以肉眼可见的速度冰封起来。

那些哗哗的声音早已寂灭不闻，潭畔某处响起一声轻噫，似乎有些意外。

然而唤出轻噫之声的那人反应有些慢，启唇的速度很慢，所以这一声轻噫感觉被刻意拖长了很多，悠长幽远咿咿呀呀，便像是戏曲主角登场时的那声唤。

山脚下的中年男人微微皱眉，此时的他当然感知到了那道剑意，他不知道那道剑意刺向何处，却也隐约猜到值得那人倾尽毕生修为刺出一剑的人会是谁。

这片荒原之上他已经撒下无数眼线，更是不惜调动了军部里的帮手，明明那个人前些日子还曾经出现在渭城外的碧湖，怎么却忽然来到了这里？

但他没有犹豫，身为人间巅峰强者，能隐隐感知到自己的气运，知道这是自己一次绝佳的机会，而且他有自己的骄傲。所以他无视雪峰里那场无人知晓、却注定会震惊世间的相遇，神情肃然向着山谷出口处走去。

山谷里依然弥漫着薄薄的雾，遮住那些光滑陡峭如同刀斧砍出来的石壁，也掩去那些逐渐靠近的脚步声，然而却无法永远遮住里面那些年轻人的身影。

雪峰里，知守观传人叶苏终于和线那边的那个书生相遇了，而在雪峰下，中年男人以为自己也马上将与那卷天书相遇，与此相较，再长时间的等待都是值得的。

无论是十四年。

还是一生。

7

身份敌对复杂的四个年轻人在陡峭光滑的石壁间行走了好些天，

身上的伤势渐渐好转，然而食物却也已经告竭，所以因为饥饿而重新虚弱起来。

宁缺没有想到这条魔宗前代强者们开凿出来的通道竟是如此漫长，算着距离竟似乎已经快要横穿整座天弃山脉，然而却还是没有找到出口，不免有些焦虑。

他是最恐惧饥饿的人，想着自己藏着的干粮被这三个女人吃了大半，更觉得愤怒，盯着唐小棠说道："再走不出去我们就都要饿死了，到底还要多少天？"

唐小棠微低着头，看着颈间的兽尾，有些不自信地低声说道："应该快了吧。"

宁缺倒吸一口冷气，不可置信地看着她，说道："我们仨跟着你老老实实走了这么多天，你可千万不要在断粮的时候再来告诉我你没有走过。"

唐小棠仰起小脸看着他委屈说道："山门被封是几十年前的事情，我当然没走过。"

"这句话有些道理，仔细算起来我家小师叔拿着把剑把你们杀得魂飞魄散时，你还在你妈的肚子里，根本没有生出来，怎么可能知道这些。"宁缺的语气明显有些不善，话锋一转怒吼道，"那开始时你不说！"

之所以他敢对唐小棠如此凶恶，当然是因为他已经饿昏头了。在焦虑和饥饿的双重作用下，他哪里还来得及思考这个魔宗少女现在是四人中实力最强的那个人。

而且这些天走在山脉的过程中，这位魔宗少女根本没有什么凶残的魔宗气息，反而是天真可爱甚至有些老实憨拙，渐渐他便忘了对方的身份。

唐小棠果然没有动怒，而是羞愧地重新低下头去，走到了最前面。

"如果到了知命境，这条通道哪里能拦住我们？"叶红鱼的脸色有些苍白，她看着身侧光滑陡峭的石壁漠然说道，"说到底还是实力的问题。"

宁缺嘲笑说道："你不用换着花样来嘲笑我的境界低实力差，你也不过就是在知命境看了几眼便被人打了回来，如果你现在还是知命境会饿到脸白眼花？"

叶红鱼沉默，美丽的容颜上仿佛落了一层霜。

莫山山在旁边虚弱地说道："已然粮绝，你们哪里还来的斗嘴的力气？"

叶红鱼面无表情说道："出山之后我肯定不会与他再斗嘴，到时我会直接杀了他。"

宁缺没有理会道痴的威胁，自幼时逃离长安城到如今，他不知经历了多少次生死的考验，又怎么会害怕这种威胁，便是连死亡也不怎么害怕。然而因为童年那些过于深刻的经验，对于饥饿他确实有一种仿佛先天的恐惧。

沉默片刻后，因为这种恐惧以及恐惧所带来的愤怒，他再次找上了低着头羞愧无语的唐小棠，嘲笑说道："大概也只有你们魔宗的人才会愚蠢到非要把山劈开一条道路，从而把人们逃生的通道变成一条死路。"

唐小棠抬起头来神情凝重看着他，严肃认真地说道："无论圣地还是这条通道都代表着我们大明宗改天换地的意志，请你尊重一些。"

宁缺不想接她的话，尤其是从莲生大师那里听到太多有关改天换地创造崭新世界却怎样也无法完全听明白的魔宗执念故事之后。

唐小棠皱起清稚的眉头，说道："你不要这个样子好不好？如果你们觉得我们大明宗一无是处，真是一群愚蠢的人，那你们还来我们的圣地做什么？"

宁缺恼火地回答道："如果不是天书明字卷现世，就算是夫子求我我也不会来。"

听到天书明字卷五字，唐小棠的眼睛微微明亮，想着自己和兄长在圣地里一无所获，目光很自然落到宁缺身前用布带系着的那个铁匣上，问道："找到了吗？"

宁缺说道："不用这么看着我，这匣子里放着的是一个老鬼留下来的灰……说起来我为什么一直要带着？是不是应该随便找个地方扔了？"

说来也很奇妙，在通道里穿行了好些日子，四人从自己的童年聊到修行再聊到平时爱吃什么零食，但宁缺莫山山以及叶红鱼却是极有默契地没有对唐小棠提起自己三人在魔宗山门里的遭遇，没有提到那位莲生三十二的老僧。

这和唐小棠的魔宗身份无关，和正魔不两立无关，甚至也不是因为那段经历太惨痛恶心以至于三人不愿意回忆，相反却是因为他们三人都把与莲生大师相遇的这段故事当作了自己修行人生中最宝贵的一次经验，不愿意与人分享。

宁缺忽然眉头微挑，望向唐小棠问道："你也没找到天书？那里可是你们的地盘，回老家应该熟门熟路，难道也没有任何发现？"

唐小棠有些沮丧地摇了摇头，说道："圣地里什么都没有。"

宁缺心想明明那里面有一大堆白骨和鬼还有一个比鬼更可怕的老家伙。

天下诸大修行宗派势力齐聚荒原，西陵神殿更是下了极重的筹码，目的便是为了趁魔宗山门应天时开启之时，寻找那本传说中的天书明字卷，然而却是全无所获。那卷传说中的天书的下落，很自然地成为众人心中的极大疑惑之所在。

叶红鱼说道："天谕大神官说过明字卷会在这里出现，那么就肯定会出现。"

宁缺摇了摇头，说道："现在看来，天谕大神官大概是错了。"

叶红鱼微微皱眉，毫不犹豫说道："我神殿大神官怎么会犯错。"

宁缺看着她嘲讽说道："千年之前那位光明神座如果不犯错，这世间又哪里会出现魔宗？还是说你们西陵一直认为魔宗是正确的产物？"

叶红鱼紧紧抿着嘴唇，不再与他说话。

莫山山有些虚弱地叹息了一声，微笑说道："不与他斗嘴了？"

叶红鱼点头说道："先前确实是我犯了错。"

宁缺微感得意，心想这世间除了桑桑，谁还能在言语功夫上胜过自己？

叶红鱼紧接着说道："既然说过说出去之后就杀死他，我何必再与他置气？"

宁缺苦涩说道："几句玩笑话而已，何必当真。"

走在最前面的唐小棠忽然惊喜说道："真的，是真的。"

宁缺怔了怔，问道："什么是真的？"

唐小棠回过头来，指着通道前方那片薄淡的雾气，清稚的眼睛里全是开心的神情，说道："那里真的就是出口，我们走出来了。"

看着通道尽头那片雾气里的隐隐光亮，隐约猜到应该便是出口。历尽千辛万苦已然粮绝的情况下，众人本应该欢欣鼓舞雀跃不已，甚至应该手牵着手肩并着肩，身上挂着一条彩带，脸上洋溢着青春的笑容一起冲过去。

然而他们却停下了脚步，陷入了沉默，即便是唐小棠也不例外。

在漫漫通道里，他们与世隔绝，所以可以抛去彼此的师门背景，暂时忘记所谓正邪之分以及那些复杂的血都洗不清的仇怨。然而一旦走出这座被昊天遗弃的山脉，回到真实的人世间，所有的这些因素便会回来。

四个人看着彼此，沉默维系了很长时间。

叶红鱼忽然漠然开口说道："我很不习惯这种伪装感伤的情景，出去后我要养一段时间的伤，所以要杀你和这个魔宗妖女，也应该是很久之后的事情。"

唐小棠骄傲地看着她说道："你现在身上还有伤，等你伤好了我再打你。"

莫山山轻轻将身上的棉裙整理得平整些，微笑说道："反正与我无关。"

叶红鱼冷笑说道："如果我要杀宁缺，难道真的会与你无关？"

宁缺挥手阻止这些没有意义的对话，说道："出去再说，小棠你走先。"

唐小棠看着他的眼睛，认真说道："我知道你的意思，你担心雾外面有什么古怪，所以才让我走在最前面。我可是明宗弟子，外面万一全部是你们中原的人，我怎么逃？而且你是个大男人哩，你果然像她说的那样，真是书院之耻。"

宁缺面不改色，认真说道："怎么忽然变聪明了？"

唐小棠说道："我只是心好，又不是真的傻。"

听着这句话，宁缺很自然地想起了桑桑，那个只是有些笨，并不是真的傻的桑桑，顿时生出极强烈地想要回到长安城的渴望。

他看着雾中的出口，说道："我先便我先，道魔符最强大的年青一代弟子全部在这里，再加上我这个书院天下行走，别说有人敢偷袭伏击我们，我就完全不信有谁看见我们这种超级组合不会吓到怕得跪下来磕头！"

这段言语明显是用来壮胆的，正如这些天他和道痴及魔宗少女不停斗嘴玩笑，之所以如此是为了化解胸中像石壁一样沉重的心情。

没有人知道他这个夫子亲传弟子已经入魔，便是叶红鱼也只是隐隐猜到他继承了小师叔的衣钵，眼看着便要回到人世间，他不知道如果自己入魔的真相被人发现，山谷外那个真实而冷酷的世界，准备用什么来迎接自己。

宁缺沉默片刻后向雾中走去，右手伸到身后缓缓握住大黑伞的伞柄。

大黑伞是他在这个世间最大的依靠，最温暖安静如同野猫黑屋一般的存在，在魔宗山门里面对莲生时没有来得及拿出来他便险些死了，此时要从与世隔绝的大山里回到人世，那种陌生感和警惕让他随时准备抽出大黑伞。

雾外的世界没有什么万夫所指，也没有偷袭。

迎接宁缺的是一个拳头。

一个比桑桑贪便宜买的土海碗还要大的拳头。

那个拳头光明正大，充溢着金石之气。破风而至，全无阴诡意味。

不是偷袭。

是击杀。

8

确实不是偷袭。

即便是宁缺事后分析，也必须承认那不是一场偷袭。

因为那个拳头出现得非常光明正大，而且当时距离他的脸至少还有十几丈的距离，没有谁能隔着十几丈的距离偷袭，箭可以，但拳头不行。

那个拳头之所以能被看见，是因为在它出现的一瞬间，山道里所有的雾气全部被拳风硬生生击散成更细小的微粒，再也无法阻碍视线。

光滑陡峭的石壁清晰了，山道也通透了，所以宁缺才能看到那个拳头。

以及那个魁梧如山的中年男子。

他来不及思考，更来不及看清楚那名中年男子的容貌，因为那个比海碗还要大的拳头，在震碎通道里雾气之后，几乎毫不停顿便来到了他的身前。

在他的视线里，那个拳头瞬间变大了无数倍。

因为这一拳速度太快的关系，狭窄通道里的风都来不及鼓荡，而是被压缩贴到光滑石壁上，于是所有的声音都消失了，一片死亡般的沉寂。

不是偷袭却比偷袭还可怕，因为这是倚仗着超强实力的绝对击杀！

面对能够把空气排开，似乎比声音更快的这样一个拳头，宁缺只来得及做一个动作，一个他从小到大在死亡前做过无数次，娴熟到无以复加程度的动作。

受到强烈死亡威胁而生出的怪叫声还在胸腹间酝酿，被死亡阴影刺激的战栗肌肤还没来得及支起汗毛，大黑伞已经撑开，像夜穹里的一片般挡在了他的身前。

那个拳头落在了大黑伞的伞面上。

大黑伞没有破，这个世界上暂时还没有出现能击破它的事物，厚实油腻的黑色伞面却在那瞬间深深地陷了下去，出现一个非常夸张的变形。这是大黑伞现世以来最严重的一次变形，可以想象那个拳头上挟带着怎样的力量。

在肉眼根本无法看清，甚至连时光也失去作用的第二个瞬间，大黑伞的厚实伞面开始复原，而随着复原，那道不可思议的恐怖力量传到了伞身上。

伞柄脱离宁缺的虎口，带出数道极深的白色撕裂创痕，那些血还在裂口里发呆，根本来不及渗出，因为第三个瞬间也是超越时间的瞬间。

宁缺眼眸里反映着大黑伞的颜色，然后骤然明亮一瞬，他开始收腹，开始吐气塌胸，双脚开始踮起准备离开地面。

这些极细微的动作都没有来得及完成，大黑伞的伞柄已经重重戳到他的胸间。

但也幸亏是在那般短的瞬间内，他已经开始做这些准备动作，所以他没有死。

大黑伞伞柄落下，就像是一座山直接砸到了他的胸上。宁缺双脚离开地面，胸腹向下一陷，然后便飞了起来。

那股山般的恐怖力量，便在惨然飞的漫长旅途中渐渐消减。为此他付出了极惨重的代价，鲜血像瀑布般喷了出来。

虽然胸间的痛楚像魔鬼般不停撕裂着身体，死亡的恐惧不停刺痛着脑海，但他的眼神依旧冷静而专注，在向后飞坠的过程中不停尝试调整姿势，同时小腹深处蕴藏着的元气迅速向四肢散开，试图用小师叔留下的遗存修复自己的伤势。

但那个拳头不会给他时间。

事实上那个拳头根本没有停止过，就算是大黑伞也没能挡住那个拳头哪怕短短的一瞬间。

宁缺被击飞，那个拳头也飞了起来。

像冥君一般冷漠而强大地跟随着他。

这条魔宗通往天弃山脉外的通道很隐秘，为了保证无论在山外还是山上都无法看到，修得非常狭窄，所以当那个拳头破雾而入击飞宁缺继而想要直接继续砸死他时，途中便必须经过那三名刚刚反应过来的少女。

率先出手的当然是莫山山。

她怎么可能眼睁睁看着宁缺这个家伙被打死。她感受到了那个拳头所夹杂着的恐怖的力量，感受到了那名中年男子身上如金石一般肃厉甚至隐隐比自己师尊还要强大的气息，在诸多方面因素的压迫之下，这名世间最优秀的少女符师终于激发出了前所未有的能力，在睫毛来不及颤动的瞬息之内，画出了最强大的半道神符！

悠远的符意在通道里凝结，强大的气流在此间蒸腾。

然而那个拳头没有任何犹豫，直接轰了过去。

气流尽碎，符意尽灭，归于寂灭。

第二个出手是道痴叶红鱼。

她其实并不想出手，因为她是最先认出那名中年男子身份的人，她知道对方是神殿客卿，她知道对方强大到了何种程度，而且她对宁缺没有任何好感，如果那个无耻的家伙直接被这一拳砸成肉酱，她也不会流一滴眼泪。

然而她不得不出手，因为她发现这个拳头竟是如此完美。

唯绝情绝性才能击出如此完美的一拳，唯有去无回方能沛然莫御。瞬息间，她明白就算对方认出自己，也不可能因此而让这种完美生出丝毫缺憾，这一拳已经融入了最绝对的决然之意，这是出拳之人对这个世间所展示的态度。

她站在那只拳头必经的道路上，于是她只有施展出最强大的无形道剑斩了下去，对于这一剑她根本不抱任何希望，因为她知道就算自己还是知命境界，也远远不是那名中年男子的对手，甚至她一直以为就算是裁决神座也不如对方强大。

果然，道痴最强大的无形道剑，在这记拳头面前就像是小孩子的玩具木剑，骤然崩塌碎裂，瞬间化于真正的无形，没有在通道间留下任何痕迹。

最后出手的是唐小棠。

因为她认为自己是明宗弟子，出口外有可能全部是中原所谓正道修行者，所以她坚持站在最后面。

她不知道那个中年男人是谁，但她猜到了他是谁，所以她的清亮眼眸里没有任何畏惧之色，反而流露出一丝极兴奋的神情。

兴奋不是因为她相信自己能战胜对方，事实上她知道自己根本不可能战胜对方，所以她没有像对着雪原巨狼群那般强悍地硬碰硬，也没有像扛着血色巨刀狂砍隆庆皇子那般威猛，而是双臂十字封于身前，做出了自己能做出的最强防御。

毫无意外，十字封双臂重重回击在她的胸脯上，瞬间散开。

这个拳头的拳意始终凝聚在宁缺身上，只是偶尔路过三名少女，并没有释放出真正的威力，然而这种路过却像是洪水路过小山村一般，摧枯拉朽。

宁缺唰的一声收拢大黑伞，让它像只黑色的尾巴般帮助自己重新平衡，看着那只越来越近的拳头，眼神冷静而专注，左手已经握住了身后的刀柄。

死亡的阴影近在眼前，因为那记拳头近在眼前。他很恐惧，过往这些年来在生死关头挣扎求生的经验告诉他，越是危险的时候越需要冷静。

有很多次都是这种冷静，让他成功地远离了死亡。

他希望今天也能如此。

仿佛昊天或者冥君听到他的祈祷，因为他面对死亡时的冷静从容而动容，莲生大师烙印在他精神世界里的那些信息碎片骤然间鲜活起来。

宁缺看不懂那些东西，但他懂得了那个拳头。

他甚至毫无道理地想到了很多种应对的手段，那些手段是那样地奇妙而匪夷所思，然而……那些手段所需要的境界却是现在的他无法触及的地域！

这就是境界力量的绝对差距吗？

宁缺看着那个拳头，眼眸里终于生出了一丝绝望。

从破雾时，至来到宁缺眼前，那名魁梧如山的中年男子只出了一拳。

呼兰海畔沉思多日，抛开一应世事羁绊，决意与过往做一个完全的割裂，凝聚着人间武道巅峰强者所有精神的一拳。

这样的拳头只需要一个，便足以把四个年青一代的强者打得像狗一样。

这样的拳头根本无法阻挡，世间根本没有几个人值得他击出两次，更没有人能够让这个拳头停下。

大唐皇帝不能，西陵神殿掌教也不能。

然而当这个拳头快要触到宁缺的时候，却停下了。

如此决然完美的一拳，在叶红鱼看来有去无回的一拳，就这样停在了宁缺的眼前。这种极动极静间的转变，展现出了中年男子不可思议的武道境界。

是的，世间没有谁能让这个拳头停下，除了中年男子自己。

可是这个拳头自土阳城千里迢迢、穿原越湖而来，挟着无穷无尽的决然之意，甚至带着与世为敌的决心，为什么偏偏会在此时停下？

一名书生不知何时出现在宁缺身旁。

这名书生眉直眼阔，神情可亲，穿着一件旧袍，踩着一双破草鞋，腰间系着一只木瓢，插着卷旧书，浑身满是灰尘，却显得无比干净。

书生看不出究竟有多大年纪，没有流露出任何强大的气息，就那样安安静静站在宁缺身旁，甚至显得有些老实和木讷。

然而只要他站在这里，那么无论是多么强大的拳头，无论是如何完美决然，无法停下的拳头都必须停下，而且不敢再向前移动分毫。

因为他是书院大师兄。

9

书院后山虽说是唯一与俗世相通的不可知之地，但毕竟有着不可知之地的名声，对外人而言自然有几分神秘。尤其是自轲浩然后，书院后山弟子极少在世间出现，所以没有多少人真的了解那个地方，知道那里面究竟有些什么人。

不要说什么俗世帝国，西陵神殿，即便是远离世外的知守观、悬空寺或魔宗，也只知道书院后山里的大概情况，知道那座大山云雾之后有十三位夫子亲传弟子，他们在那里日夜潜修，实力深不可测。

在夫子的所有亲传弟子中，最有名气的应该算是二师兄君陌以及陈皮皮。二师兄的名声在于他那举世皆知的骄傲自信，陈皮皮则是因为他刚生出不久便被昊天道门认为是举世难觅的真正修行天才，并且得到了知守观的认可。

关于书院大师兄，修行世界唯一的认识就是，那个人是个书生，手里时常拿着一卷书，腰间系着个水瓢，常年跟随夫子在诸国游历。很少有人能够亲眼看到他，而且从来没有人与他真正地交过手。

然而从来没有人敢轻视这位书院大师兄。

因为书院大师兄是唯一有资格跟随夫子游历天下的人，而变态骄傲的君陌每每提及自己的师兄都会叹息一声，然后用最不可质疑的神情表示自己的无上敬意。

这个世界里有很多强大骄傲自信的人，比如那位中年男子，但这些人深夜静思自问想必没有谁敢说自己比君陌那个怪物更加强大骄傲自信，所以只要但凡还没有真正疯狂的人，都不会尝试去挑战书院大师兄。

所以当气息寻常的书生出现在宁缺身边，那个挟着数十年狠厉肃杀之气，便是十万座山都无法让它停下的拳头，便不得不戛然而止。

中年男子没有见过对方，但他看到了那个书生腰间系着的水瓢和随意插着的那卷书，所以他知道对方就是书院大师兄，没有任何理由，非常肯定。

因为书院大师兄就是书院大师兄，无论他是握着书卷行走在荒原的车辙里，还是半蹲在小溪畔以瓢取水，只要你看见他，就能知道他便是传说中的书院大师兄。

因为世间只有一个书院，而书院只有一个大师兄。

和那名在尘世里打熬多年，所以即便在呼兰海畔沉思多日，试图与往日隔断过往，要逆天行事，却依然被太多红尘意牵住心神从而停下拳头的中年男人不同。

站在雪峰之巅的叶苏，一直很想挑战书院大师兄。

他是知守观传人，昊天道门最强大的当代天下行走，十四年前，还是少年时便是那般骄傲自负，最能了解轲先生以及书院二师兄君陌的骄傲自负里所蕴藏的意味，所以他会因为君陌的态度，对那位一直未曾相遇的书生保有尊重和敬意。

但他绝对不会错过挑战对方的机会，因为他青春时的骄傲自信，便是因为黑线那头那名书生的平静喜乐而渐渐敛没，化作沉默孤独。

他很清楚，沉默孤独背负木剑行走天下的自己，要远远比当年骄傲自负的自己更加强大，然而他总想寻回那些失去的东西，所以他必须遇见当年线那边的那个人。

这种想法甚至可以称之为渴望的情绪，在这些年里随着修行境界越来越深妙圆融，随着对这个世界的认知越来越清晰，在他心里也越来越强烈。

甚至比雪峰上方太阳洒下的光芒还要强烈。

十四年过去了，他终于遇见了书生，而且遇见了一个挑战对方的机会。

为了那卷天书，中年男子踏湖冰而行意欲狙杀，书生如果不想看着那个叫宁缺的家伙就这样死去，那么便必然要出手。

叶苏没有把握书生如果不动，自己能不能强迫对方出手，但既然对方现出踪迹准备出手，那么他便有自信能够让这场相遇变成现实，因为他可以先出手。

单薄的木剑悬浮在雪峰之巅的半空中。

那轮太阳是如此地明亮。

木剑已然变成一道金剑。

强大而纯净的道剑气息，已经完全压制住了山腰间那片小水潭。

雪峰之巅的白雪尽数被剑息碾压成比精铁还要坚硬的冰砾，那些冰砾把阳光折射成了七彩的颜色，仿佛变成了一地玛瑙珠宝。

这是叶苏此生施展出来最强大的一记道剑，蕴藏着昊天道门的无上妙诣，他在知守观苦修十余年，周游天下十余年，自死关之前悟到的极致生杀剑意。

当道剑无视遥远的距离，落至水潭畔时，叶苏的内心深处发出了一声叹息，便是他自己都因为这一剑而动容起来，觉得完美纯净到了极点，未惹一丝尘埃。

那时水潭畔的书生抬起头有些意外地向雪峰之巅看了一眼，他身上那件破旧棉袄上面满是尘土，留着千万里路的痕迹，然而给人的感觉却是干净到了极点。

不知过了多长时间，或许很久，或许只是书生一眼之间。

雪峰之巅的冰砾渐渐融化，汇成极细的小溪。

站在雪崖畔的叶苏缓缓低头望向脚旁的积水，看不出脸上是何神情。

凝聚着万束阳光，纯净而强大的生杀剑意，瞬间将积雪碾压成冰，而冰却在此时化了，只能说明那道本应聚束如光的剑意，竟是在慢慢泄漏开来。

那柄单薄的木剑不知何时回到了他的双手中。

山腰间水潭畔的书生已经没了踪迹。

叶苏脸上露出一道极嘲讽的笑容，唇角流出一道极黯淡的血水。

知道对方多年，默默渴望相遇多年，然而一朝真的相遇，自己所能施展出来的最强大的一记道剑，却根本无法压制对方，甚至连留下对方更长一些时间都做不到。

勘破死关、无比强大的知守观传人，没能留下那名书生。

书生出现在山谷中宁缺身边，平静地请那名武道巅峰强者收拳。

长安城南有间书院，书院后山有位大师兄，而用那位以骄傲自负闻名于世的二师兄的话来说，大师兄之所以是大师兄，自然是因为他在书院排在第一。

无论修行境界弈棋弄琴绘画绣花还是烹饪，他都排在第一。

10

直到拳头停下，通道里的风才骤然狂呼而作，天地元气一片紊乱，一应雾气全部被吹拂得干干净净，光滑陡峭的石壁表层像放久了的糕点一般开始脱皮，震酥了的石壁簌簌向下落着薄如纸片般的石屑雨。

那个拳头稳定无比，没有一丝颤抖，坚硬的手指关节呈现淡淡的白色，看上去就像是风中的劲竹，又像是钢刀的圆柄，能在一往无前气势达到顶峰之时骤然静止，而且还能如此稳定，证明击出这个拳头的中年男人非常强大。

但中年男人和他的拳头表现得越强大，越证明书院大师兄更强大。

大师兄平静地看着那个拳头，没有说一个字。

中年男人缓缓屈肘，把拳头向后缩了几分。

大师兄温和的目光落在中年男人脸上。

中年男人微微低头，沉默着向后退了一步。

大师兄的目光落在中年男人脚下一片石屑上。

中年男人微微蹙眉，沉默着向后再退一步。

大师兄平静地望向他肩头。

中年男人再退。

大师兄继续望向他。

中年男人一退再退，直到快要退出通道。

便在这时，他忽然停下脚步，浓如墨蚕的双眉微微挑起，平静回视大师兄的温和目光，红如稠血的双唇微启，声若金石嗡鸣道："抱歉。"

随着这两个字进出嘴唇，一直半伸在身前的那个拳头缓缓松开，五根手指像老竹开花一般缓慢释放，然后骤然一缩！

一股极为强大霸道的气息，从中年男人身上释出，吹得他身上的衣衫猎猎作响，散开复又合拢的五指间释出无形的力量，隔空袭向宁缺的胸腹！

他毕竟是武道巅峰至强者，虽然忌惮书院大师兄的存在，却不代表他在对方面前会变成一个鼠辈，会怕到完全不敢出手。

当大师兄出现之后，他始终在示弱，一退再退，结果却在快要退出通道，眼看着完全无法威胁宁缺、场间众人都已经开始放松的时候出了手！

嘶的一声，宁缺胸前的那根布带应声断裂。

布带系着的那个铁匣子骤然激飞而出，落在了中年男人的手中。

将拳杀之意化作指缚之意，他展露出了对武道最深刻的理解，而他对出手时机的把握以及强大的决断力，是将兵法用到了武力对峙之上，堪称用兵如神。

世间能把武道及兵法都能修至巅峰的人极为罕见。即便是大唐帝国，也只有四位大将军能够做到。

铁匣到手，中年男人再无所求，静默看着大师兄，继续缓缓向山谷外退去，脚下的速度似乎并没有加快，但却瞬间掠退了十余丈。

看着向山谷外退去的中年男子身影，大师兄微微一怔，他确实意外于对方居然明明已经有了退意，最后却还是强行出手，叹息说道："何苦。"

大师兄说话的语速并不是太慢，只是音调有些偏轻，而且似乎在说出每个字之前都有一个很奇妙的停顿，所以感觉何苦二字竟是说了很长时间。

那名中年男子的动作连他都没有想到，没有来得及做出应对，宁缺当然更是没有任何反应，直到中年男子拿着铁匣退出去很远，他才醒过神来。

而且他此时的心神受到了太多震撼，根本分不出多余去思考别的问题。

那个眉如墨蚕、唇若稠血的强大中年男人，按照自己背了这么多年的外貌描写来看，应该就是夏侯？就是那个杀了将军府满门，把自己的幸福人生变成一场冥间修行的夏侯？就是那个在边境屠杀了数个村庄，杀了小黑子全族的夏侯？

而身旁这个穿着破袄草鞋的书生又是谁？宁缺进书院第一天便见

过对方，他清楚地记得这个干净可亲可信到让自己心生恐惧的书生，他记得对方想要用腰间的水瓢换自己的大黑伞，他这时候当然已经猜到这书生大概便是自己的大师兄。

大师兄叹息完毕，才望向宁缺问道："匣子重要吗？要不要抢回来？"

宁缺不明白那个可能是夏侯的中年男人为什么要抢那个铁匣子，也不明白身旁这个可能是大师兄的书生为什么这时候还能慢条斯理地发问。匣子里面装着莲生大师的骨灰，一分钱都不值，当然不需要冒险抢回来，只是对方已经抢了这么长时间，您才想着问自己会不会显得稍微慢了些？

忽然间，他想起陈皮皮曾经对自己说过大师兄做事很认真，非常认真，所以他动作很慢，非常慢……今日一见，对方果然是个很慢的人啊。

宁缺恭敬行礼，低头说道："那匣子不重要，不用抢。"

然后他抬起头来，认真看了两眼——那是一个穿着棉袄破鞋的书生，腰间插着卷旧书，系着只水瓢，身上没有流露出任何强大的气息，也不如何高大威猛。

然而站在这书生身旁，宁缺便无由觉得安全，心生平静喜乐，有回家的感觉，知道再没有人敢欺负自己，就像站在一棵茂盛的大青树下，根本不怕外界的风吹雨打。这种彻底肯定不容置疑的安全感，甚至让他感动到沉默起来。

大师兄大概了解他此时的心情，神情温和地一笑。当他开始认真思考应该和小师弟怎样开始闲聊时，忽然间若有所感，有些诧异地抬头望向天空。

山道里的雾气早已被那个拳头击碎，半空中雾气依然缭绕其间，向天空望去根本看不到雪峰，只能看到雾气被撕开了一道极大的口子，裂口之前是个人影！

那个身影应该是从雪峰上跳了下来，便更像是从天上跳了下来，接连不断撞破空气和雾气，发出令人心悸的低沉振鸣声，可以想象速度已经达到何种地步。

山道上的薄雾轰的一声散出圆形的空洞，那个身影从中落下，身周裹着半圆球状的水雾，双腿上血色的火焰正在蓬勃燃烧。

一股强大霸道的气息自那个身影向地面笼罩而去，将数十丈的区域全部锁死。

那双从极北寒域一路走来的旧靴距离地面越来越近，踩向那名中年男子的头顶。

那名中年男子来时侵略如火，退时也极为迅速。然而从空中跳下来的那个人，明显已经潜伏了很长时间，竟是霸道得一脚锁死方圆数十丈的地面，算准中年男子无论往何处退去，依旧无法完全避开。

更关键的是，他希望中年男子避。这等局面下，只要中年男子今日再次避让，对方赖以强大生存天地间的那口气便会泄尽，便是必死的结局！

然而不避又能怎么办？

那个男人上一次从天上跳下来时，是他脚上的旧靴第一次踏上荒原，他一脚便踩碎了王庭部落最强大武士举着的盾牌，将那名巫师生生踩成一摊血泥！

中年男子没有避让，因为他知道自己避不开，因为他能清晰地感受到头顶那只脚挟带的杀意，以及那股熟悉甚至有些亲近的厉狠肃杀味道。

虽然那个味道他已经好多年没有闻到过了，然而无论相隔多长时间，只要一闻到他便会警惕沉默，因为那也是他的味道，属于大明宗的味道。

中年男子浓若墨蚕的双眉骤然挑了起来，沉峻的脸庞上散出一丝厉狠情绪，双脚啪的一声陷入坚硬的石质地面，沉腰屈膝，将全身的修为尽数递至右拳。

他一拳向着天上砸了过去！

带着血色火焰的旧靴，与泛着金属光泽的拳头，在山谷之中相遇。

霸道强大的气息，直接将谷中的天地元气撕扯成无数道极细碎的湍流，那些湍流却无法四处逃逸，而是瑟瑟可怜地被这两股气质截然相反甚至相冲但却同样霸道强大的气息裹了进去，变成两道半圆形的气流罩。

那只旧靴处的半圆形气流罩闪着血色的光芒，噗噗向天上喷吐。

那只拳头处的半圆形气流罩泛着金色的光泽，噗噗向地面喷吐。

除了噗噗的气流喷溅声，山谷里一片死寂。

山谷外远处的呼兰海面却忽然颤动了起来，被寒风吹拂得日益坚实的冰面上，不知因何出现了数十道极细微的裂缝，裂缝相交处更是冰崩水现，有几尾并不怎么肥的鱼儿从冰洞里跳了出来，在冰面上挣扎了两下便被冻僵。

然后山谷里才有声音出现。

那道声音无比巨大，包含着纯粹的力量，如同一道响雷。

地面上出现了一个半人深的大坑。

响雷之后是旷远的回响，如同钟声。

刚被两道气息震碎的石屑，不再飞舞而是平静落下。

被两道气息再次震倒的莫山山等人，发现自己没有受重伤。

世间最霸道的两股气息相撞，竟是几乎没有一丝力量外泄，而是准确地锁死了彼此，然后由远方的天地给予足够的反应，而这两道霸道气息相撞到最后，竟然演化成了宏大的感觉，交手的那两人已经到了何等的境界？

大师兄看着前方那两道绝对力量的对撞，即便是他也赞叹不已，对不知何时站到自己身后的宁缺认真说道："魔宗的前代高手基本上被小师叔杀光了，现在想要看到两名魔宗大高手的正面对决很难，小师弟你可要认真观摩学习。"

11

听到这段话，宁缺从中发现了一个很令他感到震惊的真相——那名从天上跳下来的男人大概便是陈皮皮提过的那名魔宗天下行走唐，可夏侯明明是大唐帝国大将军和西陵神殿的客卿，大师兄为什么说他也是魔宗的大高手？

大师兄的神态和语气很从容，换个形容便是很慢，宁缺很震惊，又花了很多时间思考。所以当他扶起莫山山和另外两位少女走到满是轻雾的山谷出口处时，那场震天撼地的战斗已经进行了很长时间。

坚硬的石质地面上出现了一个半人深的坑洞，坑底印着两只清晰的脚印，以脚印为中心，无数道细密的裂痕向着四周蔓延，最终大概延展出去十余丈的距离，看上去就像是一面极大的蛛网。

宁缺看着地上若蛛网般的裂痕，想象着先前那个男人从天而降的脚与夏侯迎天而上的拳头相遇时所产生的恐怖威力，不由骇得有些失神。他如今在修行道上已经迈入洞玄境界，再加上领悟了小师叔留下来的浩然剑，已经能够被归入高手之列，但他清楚在这样的绝对力量面前，自己根本无法招架便会被震成血泥。

两个身影在蛛网状的裂痕间高速游走，因为速度快到肉眼根本无法看清，所以只能凭借破空风声判断他们的具体位置空间在哪里。那些破空的风声太过凄厉尖锐，甚至让旁观者的耳膜感到了刺痛。

因为彼此纠缠，尤其是自天而降的那个男人沉默厉杀地将俱焚的杀意凝在夏侯身上，所以两道身影根本无法脱离。方圆十余丈的范围看似颇为宽敞，在他们恐怖的高速度下，其实和针尖大小也没有丝毫差别。

相差一代的两名魔宗大高手，均把各自的肉身锤炼到了极致，对于自己的身体控制也完美到了极点，但依然无法做到完全避开对方的攻击。

既然无法避开，那么便抢先把对方攻击至死，这本身就是魔宗的战斗理念。

在短暂到不及眨眼的时间片段内，场间那两道身影沉默对撞了不下十次，强大的气息像密集的潮水一般连绵向四周的天地涌去，如雷般的巨响连续成了一道似乎永远无法停歇的古寺钟声。

唐的拳头在空中挥舞，带出道道血色般的火焰，令空气战栗燃烧，重重击在夏侯身上，暴出一个约两指深的印痕，痕间隐有火流之意，还有焦煳的味道传出。

夏侯的拳头相较而言更为沉默坚实，强硬的指节间泛着极淡的金属光泽，每一拳落下便像是一把极钝的大刀砍将过去，击在唐的身上就如同打铁一般。

拳拳到肉，雷声连绵，山间石壁上无由出现数十个密集的深坑。烟尘渐渐消失，那些深坑里的光滑内壁显现出来，显得异常恐怖。

果然不愧是世间肉身能力最为强横的人物，这两个男人的拳头并未实际接触石壁，只凭外泄的杀意，便能隔空把坚硬的石壁像面团般击穿，然而如此强悍的拳头，实实在在砸在他们彼此的身上，他们却像是根本没有什么感觉。

这究竟是怎样的拳头，怎样的肉身？每一拳落在肉身之上，就像重锤落在古钟之上，声音越来越密集越来越高昂尖啸，局势也越来越凶险。

山谷畔劲风大作，石砾狂舞，宁缺等四人站在大师兄身后，没有首当其冲，但感觉着那处传来的恐怖威勇，脸色依然止不住变得有些苍白起来。这是因为他们的耳膜被拳风拳声所压迫，更是因为他们的心神被那两个男人的强大所压制住了。

叶红鱼盯着那名自天而降的男子，微白的脸颊透露出她内心的真实情绪，渐渐地她承认这个穿着皮袄、看上去异常普通的男子确实有与自己兄长并列的资格。

唐小棠和她的目光落在同一个地方，看着自己的兄长，微白的脸颊上写满了担忧，清稚明亮的眼眸里则是不停流露着替他加油的神情。

莫山山站在宁缺身旁，小圆脸略显苍白，目光显得有些黯淡。她本是深受修行同道尊重甚至敬畏的书痴，然而今番前来荒原，竟是遇着如此多的大修行者，她才知道原来真正强大的人物都隐藏在世界的幕后，深受震撼。尤其是此时正在战斗的那两个男人竟是强大到这种境界，只怕她的师父书圣大人亲自前来也占不到什么便宜，一念及此，她的心情不免有些黯然。

宁缺不像三位少女想的那般复杂，他只是按照大师兄的要求，老老实实认认真真看着场间这场罕见的肉身巅峰之战，还没忘了凭借自己超人一等的感知能力去感受那两道身影对天地元气的扰动。

然而一用念力感知周遭的天地元气，他便知道自己犯了极大的错误。此时山谷内外的天地元气竟是被那两个男人的拳风撕扯成了无数万碎片，那些碎片形成的湍流毫无规律地流动，复杂繁密到了极点，以他如今的境界，想要感知其间的变化纯属痴心妄想，识海瞬间受到剧烈震荡，脸色苍白应是受了些伤。

那两个男人太强大了，按照昊天赐予的概率或者说普通规律来说，肉身如此强横近乎神将的人物必然举世无双，但偏偏今天就同时出现了两个。

看着满天石砾雨，看着石砾雨间像神迹一般无形出现的越来越多的石坑，看着那两道天神一般的肃杀身影，宁缺怔住半晌后才醒过神来，声音微涩地问道："就这么看着他们打，要不然我们先走？我总觉得和这种怪物们待在一起很危险，就算他们无意识踢飞一块石头都比弩箭还要可怕。"

大师兄看着他不解地说道："那不然怎么办？"

宁缺看着场间笑着说道："要不然你用一根手指把他们都戳死？"

"一根手指怎么可能？我又不是他们这种怪物。他们没有向我出手已经很给老师和书院面子，我很开心，但他们自己之间要打我也没有办法，我总不能去拦他们。至于说主动向他们出手，我觉得好像有些不方便有些不厚道。"

大师兄是个很厚道的人，所以他不会在这时候出手，他的解释也很有耐心，很慢条斯理，很温和动人："而且我真的不怎么擅长打架。"

身为书院后山一员，宁缺当然清楚那座山里生活着的师兄师姐们都是些神神道道的家伙，唯有自己稍显正常一些。然而他还是没有想到大师兄竟然会给出这样一个回答——你站在这里就没有人敢对你出手，结果你还说对方是怪物你不是怪物？如果说你不怎么擅长打架，那究竟这个世界上有谁敢说自己擅长？

发现大师兄也有些没谱，宁缺心里的那种安定温暖亲近感觉没有消失，但心中的敬畏却在瞬间掉落满地。他不再理会对方，悄悄凑到唐小棠身边，问道："你哥？"

唐小棠点了点头。

宁缺心想果然如此，能和武道巅峰强者夏侯如此不讲道理蛮拼的人，也只有那位魔宗的天下行走，接着问道："你们家的人怎么都喜欢从天上跳下来？"

　　唐小棠神情紧张地关注着战斗，随口答道："很难摔出问题，所以就懒得走路。"

　　宁缺身体微僵，心想这对魔宗兄妹倒也真是一对懒到奇处的妙人。

　　便在此时，场间那两道呼啸的身影终于静止下来。

　　战斗中唐身上的皮袄早已在夏侯的铁拳之下如蝶般纷飞，他上半身赤裸，肌肉坚硬如岩石，面部和身上的肌肤表面凝着层极薄淡的铁意，尤其是眸子里更是隐隐透着股不祥的铁锈之意。

　　夏侯浓若墨蚕的眉毛尾部已然尽焦，失去了所有的生机，看上去就像是一只无神的黑虫子，眼眸里满是浓郁的躁意，仿佛有个秋天藏在里面。

　　唐神情冷漠地看着他说道："你要抢天书，我便要抢你的命。"

　　夏侯看着他漠然说道："这个世界上想杀我的人很多，但至少现在还没有人成功过。"

　　今日魔宗两代强者之间的战争，起始发端于唐的无上杀意。他一路沉默跟随在宁缺等人身后，就等着夏侯出现抢夺天书，这场偷袭或者说狙杀他已经默默等待了很多年，才等到这个机会，无论天时地利人和都占着优势，所以夏侯受的伤明显要比他更重，但是夏侯毕竟没有死。

　　哪怕夏侯的胸腹挨了无数记重拳，身上那件棉皮袄像书院梅花糕的模子般到处是洞，气势焦躁黯淡到了极点，但他依然像座不可动摇的山一般站在那里。

　　当年魔宗的叛徒，亲手烹杀圣女，向西陵神殿投诚成为客卿，在大唐帝国领军征伐多年，像这样强大的人物不是那么容易死去的。

　　唐沉默片刻后说道："你的伤比我重很多，我还有机会。"

　　夏侯摇了摇头，说道："你终究不是你那位老师，所以我伤再重，你也没有办法当场击杀我。而你是魔宗的妖孽，我是道门客卿，帝国大将，朗朗乾坤之中，煌煌昊天之下，你怎么可能有机会再杀死我？"

唐转身望向众人中那名书生，认真问道："大先生何以指教？"

大师兄摇了摇头，老实说道："你们的事情和我书院无关，我只是奉老师之命，顺路来荒原接小师弟回长安城的。"

老实人不见得说的都是老实话，到荒原接宁缺无论怎么看都没有办法顺路。

唐点头致意。

大师兄忽然用手指向雪峰，说道："我只是路过，但不知道那个人如何想。"

一道剑意自雪峰之上袭来，瞬间跨冰碾雪而至。

片刻后，那名孤单的、不再骄傲的负木剑者在远处的雪崖上现出身影。

12

天弃山脚下，两代魔宗强者对峙，遥远的雪崖上，昊天道门的负剑行走正飘然而来。与这些真正了不起的人物相比，如今的宁缺自然是个无足轻重的小角色，虽说他现在身上有着书院天下行走的身份，但此时有资格代表书院说话的只能是沉默平静站在场间的大师兄，所以没有人注意他，只是把他当成一个路人。

宁缺没有什么被忽视的黯然情绪，他很高兴自己被场间众人遗忘，唯如此他才能专注认真地看着那个中年男人，而不担心被众人发现自己的真实情绪。

看着那个中年男人渐焦的浓眉，眼瞳里的肃杀秋意，他脸上的神情没有任何异常，负在身后的双手却渐渐握紧，觉得咽喉里有些干涩，想饮些雪水润润。

他的人生就是被这个叫夏侯的中年男人直接改变，他幸福的家庭就是因为这个男人变成血泊中的过往，因为这个男人他在黑暗的人间地狱里生活了很多年。

复仇是人类最原始最本能的情绪，宁缺也不例外。自从知道这个男人的姓名和身份之后，他暗中查了这个男人很多年，暗中看了这个男人很多年，对对方的一切都无比熟悉，包括对方最不起眼的容貌特征以及生活习惯。

但今天他才第一次亲眼看见对方。

那个叫唐的魔宗天下行走如此强大，杀意十足的伏袭，都没能把对方当场击杀。看过这场动天撼地的战斗，宁缺对于夏侯的强大终于有了最真切的认知，越发清醒地认识到自己如果想要复仇还要走很长的一段路。

不过他的心中却没有任何惧意或沮丧，反而越发自信冷静，坚信自己总有一天能亲手杀死对方——因为夏侯再如何强大，面对大师兄还是没有出手。自己就算一辈子都修行不到大师兄的境界，但只要身在书院，便有无限可能。

唐面无表情地看着夏侯，说道："你如果在土阳城我还真不知道该如何杀你，但你既然离了土阳城，藏在呼兰海北意图杀人抢夺天书，那么我怎能错过这个杀你的机会？大概你自己已经忘记，当年大明宗并不只有你一个人活了下来。"

夏侯说道："想杀我的人很多。"

唐说道："清理师门，没有谁比我要杀死你的理由更充分。"

夏侯说道："但你没能杀死我。"

唐说道："我大明宗修行讲究的便是横亘天地一往无前，我荒人部族从不畏怯任何强敌，你先前不敢击出那一拳，说明你已经老了，老了便是废了。"

他看着夏侯继续漠然说道："就算今天我不能当场击杀你，但至少我知道了一些事情……当年明宗最强大的那个男人，如今变成一个胆小如鼠的废物，一个只敢藏在盔甲里的老废王八，像这样的人还能在我的拳下苟延残喘几天？"

夏侯沉默片刻，看着唐微讽说道："你才刚刚调息完？"

唐说道："你也差不多，叶苏过来还需要一些时间。"

"如此甚好。"

夏侯伸手把身上那件挂着无数洞的破烂外衣撕了下来，露出里面一身明亮的盔甲，甲片上镂刻着繁密的黑色符文，流淌着肃杀而强大的意味。

宁缺站在大师兄身侧，注意到夏侯露甲之后身上的气息骤然再涨，不由心头微凛。他看着明亮盔甲上的符文，大致猜到这便是那件由黄鹤教授亲自设计、由书院后山两位师兄亲手打造的强大盔甲。

唐沉默地看着夏侯身上的盔甲，忽然伸手至身畔空中，握住了一把血色巨刀。

刀是唐小棠递过去的。

唐说道："我本不想动刀，因为你这种怯懦的叛徒不配死在这把刀下，但既然你穿的盔甲来自书院，我不用刀未免有些不敬。"

夏侯看着这把血色的巨大弯刀，很自然地想起很多年前的很多画面，声音略显沙哑地说道："没想到修二十三年蝉果然能抛弃世间一切，他竟把这刀也留给了你。"

唐已经调息完毕，再也没有与他多说一个字，小腿间灼热红艳的火苗骤然喷吐，如小山般的身躯以恐怖的速度向对方所在轰了过去。

两代魔宗强者，对彼此的修行功法战斗技法熟悉到不能再熟悉，正因为熟悉所以无法使用任何诱敌之类的手段也无法闪避，只能像最开始那如钟般的万拳对轰一般，实实在在地撞到了一起。

这一次的战斗不像先前那般声势恐怖。

两道身影一触即分，然而凶险处却犹有过之。

只见风沙落时，唐的左肩仿佛塌陷了下去，鲜血横流。

而夏侯那件盔甲上多出了一道极深刻的刀口，繁复符文之意滞碍，再也不复先前的明亮，而是变得无比黯淡，似乎在库房里放了数百年时间，快要散落。

夏侯缓缓眯起双眼，右手轻抚腰间那个冰冷的铁匣子，手指过处锈迹尽褪。

作为魔宗如今遗落在世间寥寥无几的强者，唐很清楚这个叛徒有多么地强大，整个山门里除了他那位消失无踪很多年的老师，谁也不敢说一定能击败对方。

失去盔甲，或许当年那个叱咤荒原的明宗强者真的会回来，这一刻在生死之际决意拿出全数精神与力量的夏侯，要比先前更加危险。

但唐在极北寒域沉默等待了十余年，终于有机会南下杀死这个叛徒，他当然不会错过这个机会，于是他握紧刀柄，想要斩出第二刀。

然而他的第二刀没有斩下去。

因为有一柄木质道剑破空而至，咔的一声落在他与夏侯之间的坚实地面上，无柄的剑尾轻轻颤抖摆动，发出嗡嗡轻鸣。

一道极孤独萧索的气息，顺着那柄木剑向着四面八方蔓延，仿佛那不是一柄木剑，而是一株在荒原上生活了很多年的老树，时刻可能倒下坍塌。

看着那柄木剑，唐微微皱眉，发现那个骄傲孤单的家伙下雪峰的速度比自己想象的要快了几分，不禁有些疑惑究竟发生了什么事情，竟让已经站在修行五境巅峰的那人在短短时日内竟向上再攀行了一段距离。

看着那柄如老树般萧索黯然的木剑，他知道因为对那人速度的细微失算，自己今天失去了与夏侯决一生死的机会，稍一沉默后把刀递给了身后的妹妹。

唐小棠收刀，场间竟是无人能看出她把刀收在了何处。

夏侯神情漠然地看了唐小棠一眼，缓缓释去身上那道时而如铁锈沧桑时而如钢水灼热的气息，然后沉默地向场外退了十几丈。

退是要给场间留出一个位置。

世间有资格让夏侯让位置的人非常少，不过今天呼兰海北的山脚下却来了很多。

浅素色的薄衫在寒风中微飘，叶苏不知何时站到了那柄木剑旁。

他从地面抽出木剑负回身后，木剑上那股萧索孤单的气息似乎也随之一道回到了他身上，他的身躯变成了一株萧索的老树。

这是宁缺第一次看见知守观传人叶苏。

他这时候还不知道对方的身份，只是猜到对方肯定也是一个了不起的人。

很多年之后，他对叶苏提起了当年在天弃山脚下的相遇，多年后的叶苏对当时的宁缺根本没有任何印象，而宁缺则是印象深刻。

"我从来没有见过一个人能那么孤单，好像他的双脚站立的不是人间的地面，而是另外一个世界，而且他明明是活着的，却感觉已经死了很多年。这个说法也不准确，应该说当时我眼中的你似乎是活人又似乎是死人，我觉得你很可怜。"

叶苏并不知道一个被自己当作路人的家伙，此时正在同情可怜自己，他的眼中只有那名穿着旧袄破鞋、看上去很没有存在感的书生。

沉默片刻，不知道想了些什么事情，他向对方平静致意："见过大先生。"

大师兄回答道："你好。"

叶苏转头，望向不知何时被握在夏侯手中的那个铁匣。

唐的目光也落到那个铁匣上。

场间众人都看着那个铁匣，只有叶红鱼神情复杂地看着叶苏。

即便是大师兄也看着那个铁匣，不过他平静温和的目光里没有任何坚定的夺取之意，有的只是带着些古怪意味的好奇。

叶苏忽然开口说道："夏长老替道门夺回天书，可喜可贺。"

唐说道："道门中人果然还像多年前那般无耻。"

夏侯此时却漠然开口说道："此事与道门无关。"

听到这个回答，叶苏沉默不语。

唐国君臣见疑，夏侯擅入荒原抢夺天书，意图杀死书院派来的那个家伙，事后根本无法向长安城交代，此时又被众人围在呼兰海畔。如果他还想要保住自己的声名权力，便只有凭恃神殿客卿这个身份。

叶苏道喜，便是给对方一个脱困机会，只需要拿天书来换，不料夏侯却不接受。

叶苏明白对方为何不愿接受，堂堂唐国大将军，能做出这样的事情来，必然是下了极大的决心，想要与过往的那些年岁完全割裂。而且眼下呼兰海畔的局势很复杂，对方还有机会，最关键的是书院大先生一直没有说话。

天书明字卷将于荒原现世，这是天谕大神官自南海畔归来后批下的谕示，世间没有谁会不相信这一点，尤其是叶苏知道这肯定是观主的结论。

因为这件事情，世间诸国诸派遣人进入荒原，试图进入魔宗山门，最终成功的是宁缺等人，但真正有资格抢夺天书的人其实一直在暗中窥伺。

天书是蝉。

宁缺等年青一代是螳螂。

夏侯是黄雀。

唐和叶苏则是猎人。

大师兄什么都不是，用他的话来说，他只是路过。而他路过这里，呼兰海畔便不再有什么螳螂捕蝉黄雀在后的故事。

于是所有人都望向了那个很普通的书生。大师兄问宁缺："要不要那个铁匣子？"

宁缺摇了摇头。

听到他的回答，大师兄竟是没有任何犹豫，看着场间众人温和说道："这匣子你们想争便争，我们只是路过，还要急着回长安，那便先告辞了。"

13

这句话代表了书院的态度，表示他们无意加入天书明字卷的争夺，那为什么此次书院实修会改在燕北边塞，为什么书院后山会派宁缺一路向北？

叶苏微微皱眉，目光淡淡落在大师兄身上，若有所思。夏侯明显也没有料到局势竟会如此发展，浓郁的双眉骤然挑起，如果书院方面离开，他身处道魔两门之间又该如何自处？

唐看着夏侯，沉声说道："我说过你老了，只有老而将死将废之人，才会把改变命运的机会寄托在虚无缥缈的传说或者天书这种事物之上。如果一卷天书真的能够改变一切，当年我大明宗怎么可能覆没，观主又怎么会一直在南海上漂着？"

听到唐提及家师漂流于僻远南海之上，叶苏的眉头皱得越发紧了起来。

夏侯漠然看着唐说道："若你对天书没有兴趣，又怎会来此？"

唐说道："我来此的目的是杀你。"

叶苏没有理会这两代魔宗强者之间的对峙，虽然夏侯是西陵神殿的客卿，但此次荒原夺天书之行，明显看出这位大将军对神殿已然起了异心，便如他对帝国一样。他只是静静看着书院大师兄，目光在这个很没有存在感的书生身上缓慢地移动，似乎想要看清楚对方做出这个决定的真实意图是什么。

夏侯则是缓缓低头，望向手中紧握着的那块铁匣。

便在此时，呼兰海畔隐隐传来如暴雨般的马蹄声。

大地微微颤抖，无数骑大唐帝国最强大的玄甲重骑从南方奔驰而至，漫过冬日原野的骑兵像黑潮般看不到尽头，声势极为惊人。

紧接着，从荒原东面呼啸驶来数百骑黑甲金符的西陵神殿护教骑兵，在极短的时间内，便来到了呼兰海畔，沉默肃杀却流露着神圣不可侵犯的意味。

两支骑兵来到呼兰海畔，便各自约束布阵，沉默驻马冰侧，骑兵却未下鞍，仍然坐在坐骑之上，保持着时刻发起冲锋的态度。

一股令人压抑的紧张气氛，笼罩在呼兰海畔，天弃山下。

在世人眼中，大唐帝国玄甲重骑以及西陵神殿护教骑兵，毫无疑问是最强大最可怕的两支骑兵，然而因为历史政治宗教等多方面的因素，这两支骑兵从来没有在战场上正面交锋过，至少在能够被看见的历史上是这样。

今日这两支骑兵突然远离中原，深入寒冷的荒原湖泊，担负着接应的任务，是诸方抢夺天书明字卷里的重要一环，难道终于要大战一场？

速度惊人冲击力像移动小山一般恐怖的玄甲重骑，在战场上向来是各种修行者的噩梦，因为那些精心铸造的玄甲，可以让战马和骑士完全无视飞剑之类的攻击。

天书明字卷的争夺，随着乌云黑潮般的骑兵云集，终于从阴暗的角落里走到了世间的明处，再也无法遮掩下去。

看着呼兰海畔的大唐玄甲重骑，书院大师兄脸上始终保持着的温和笑容终于敛去不见。他看着夏侯轻声细语问道："大将军是想要造反？"

叶苏低着头，轻声说道："夏长老是想叛出道门，重投魔宗怀抱？"

这两个人说话的声音都很平静轻柔，然而代表着大唐帝国以及昊天道门这两个世间最强大的势力。纵使夏侯武力再如何强横，他所统率的大唐东北边路军再如何忠心耿耿为之效命，如果同时被两方所弃，也只有死路一条。

夏侯沉默片刻后说道："我确实老了……天书对你们都没有用，所以你们可以不在乎，但对我有用，至少我希望它能对我有用，所以我很在乎。"

然后他望向叶苏，面无表情说道："我是西陵客卿，但也是帝国大将军，我是俗世之人，所以必然要借助俗世之力。今日场间，无论你还是唐都没有把握把我留下来，大先生想必不会出手，所以这卷天书必然要被我带走。"

大师兄似乎想到了一些什么事情，叹道："为何我不会出手？"

夏侯漠然说道："因为我将把天书明字卷献与大唐皇帝陛下，今日当着诸人之面，请大先生作证。而依照夫子定下的规矩，此乃朝政，书院任何人不得干涉。"

身为帝国大将，无诏而远离驻地，眼下更是擅令千余骑玄甲重骑深入荒原，无论怎么看都已经迹近谋反叛逆。然而只要事后夏侯真的把天书明字卷献与大唐天子，那么所有的这些行为都可以找到一个相对合理的解释。

如果大唐朝廷接受这卷天书，那么此事便变成朝政之事，依据夫子的严命，无论书院中人有再多不甘，都必须保持沉默，甚至还应该暗中予以协助。

今日呼兰海畔，如果大师兄不再出手，叶苏与唐身为道魔两宗的天下行走，更不可能并肩出手，那么在千骑护卫下的夏侯，毫无疑问拥有最好的机会。

大师兄叹息一声，说道："做了这么多事情，你就是想看一眼那卷天书？"

夏侯淡淡说道："总要看一眼才能死心。"

大师兄沉默，不再多说什么。

于是场间一片沉默，呼兰海畔的风像刀子般刮过地面和人们脸颊，有些压抑有些寒冷，就像风不知该往何处落一般，也没人知道这场争夺天书的战争该如何收场。

便在这时，一道声音响了起来。

"大将军如果想看天书，那为什么要抢我那个匣子呢？"

宁缺睁着眼睛，好奇疑惑地望着夏侯。他的目光很明亮清澈，神情很天真无辜，事实上却隐藏着极大的恶意，他很想看到对方失望到吐血的模样。

除了莫山山和叶红鱼明白他的意思，其余人都觉得他的这个问题有些无谓。铁匣里自然便是天书明字卷，不然夏侯又怎么可能愿意为了那个匣子强行顶住西陵神殿和书院两座大山？叶苏冷冷看了宁缺一眼，心想虽说明字卷失落已久，自己也没有亲眼见过，但夏侯到手已久，必然通过某种方式肯定匣中之物究竟为何。

大师兄没有进魔宗山门，但不知为何似乎他很相信宁缺的话，温和干净的眼眸里浮起几抹笑意，看着夏侯问道："是啊，为什么呢？"

夏侯看着这对书院师兄弟，神情漠然说道："大先生，十三先生，莫非以为随意一句话便能乱了本将心神？我断然不会看错铁匣中物的气息。"

铁匣很普通，但很厚实，沿线被封闭得极好，表层上有淡淡锈痕又有先前夏侯手指抹出的光滑金属光泽，根本无法从重量和手感上分辨里面到底有什么。

但夏侯能清晰地感觉到匣中事物的气息，那道气息是那般地熟悉而又令他感到敬畏。这种敬畏发源于识海里的最深处，仿佛是本能里的畏怯敬慕，他相信场间这么多人，只有自己这个明宗老人才能如此清晰地感受到匣中事物气息。

除了那卷让明宗开派的天书明字卷，这个世界上还能有什么样的事物，能让自己从本能里感到畏怯敬慕，想要亲近却又不敢太过靠近？

铁匣咔嗒一声打开。

里面没有天书明字卷，甚至连张纸都没有。

只有一匣子黯淡的灰烬，杂着些许没有化尽的骨屑。

他是武道巅峰强者，强大的双手即便举着巨鼎也稳定得仿似山岩，然而此时只是捧着个小小的铁匣子便开始颤抖起来，脸色越来越沉重凝如黑铁。

夏侯盯着匣子里的灰，沉默了很长时间，如墨蚕的双眉早已不带一丝焦意，挑起拧起复又平缓，稠血似的双唇略显苍白，良久挤出一道金属摩擦般的艰涩声音。

"这……是什么？"

宁缺看着他的脸，说道："这是莲生大师的骨灰。"

听着莲生大师四字，无论叶苏还是唐都微微变色，即便是大师兄也禁不住看了匣中灰一眼，心想这些孩子们究竟在魔宗山门里遇到了些什么事情？

宁缺盯着夏侯的脸，他隐隐猜到对方应该和那名如鬼的老僧有关系。

夏侯只是盯着匣中的灰，从听到莲生大师四字之后，他便一直像只雕像般保持着绝对的静止，脸上看不到沮丧的神情，反而似哭非哭一般异常诡异。

不知道过了多长时间，夏侯脸上的诡异神情渐渐敛去，露出一丝深沉苦涩的笑容，看着匣中的骨灰轻轻叹息了一声。

他握着铁匣的手指关节处骤然苍白，似乎在隐隐用力，然而片刻后他便放弃了这个动作，神情漠然地说道："既然是前辈高人的骨灰，那我代着葬了吧。"

局势发展至此时，峰回路转，谁也没有想到，宁缺等人从魔宗山门里取出的、被夏侯断定藏着天书的铁匣子，竟然放着的是一捧骨灰，场间一片死寂。

大师兄看着夏侯，叹息说道："何苦。"

夏侯沉默看着匣中的骨灰，喃喃说道："是啊，何苦呢？"

无论是七卷天书，还是三十二瓣莲，无论夏侯不想继续持着各种身份在光明与黑暗间挣扎往复求解脱，还是他的老师莲生那样平静喜悦化身万千行走在光明与黑暗之间求解脱，最终都只能变成一捧没有任何感觉的灰烬。

然而在成为灰烬之前，人们总还是要为了这些事物、某些理念争来争去，斗来斗去，若要问这是何苦，大概只有感慨道声：人生何其苦。

14

夏侯走了。他捧着那个盛满骨灰的匣子向呼兰海畔走去，那里有无数忠诚于他的强大部属在迎接他的归来，然而他的身影却是那般地落寞，甚至有些佝偻，再不复那位霸道举世无双大将军的风采。

叶苏沉默地看着渐渐消失在湖畔的背影，知道这个人废了——这位名将的前半生一直在西陵神殿和大唐帝国之间摇摆，并且毫无保留地向对方献上自己的忠诚，奉上自己的铁血功绩，然后借此换来了无上的荣耀与背景。今日他将这些历经千辛万苦乃至无数重心劫才换来的事物尽数抛去，想要得到那卷天书却最终只得到了一捧骨灰，事后必然会遭受神殿以及唐国的强大反噬，所以他必然废了。

舍弃在大唐帝国位高权重的重要人物，想必西陵神殿掌教乃至天谕、裁决两位大神官都会觉得有些惋惜。不过叶苏来自知守观，他并不在乎这些俗世的倾轧争斗，只是因为此事下意识里看了那名始终沉默的少女一眼。

他看到那少女身上的红裙凌乱，衣不裹体，没有因为她身上的伤势而露出担心神情，反而蹙起了眉头。

因为他蹙起眉头，叶红鱼的美丽脸颊变得越发苍白。叶苏从雪峰之巅来到场间后，她便一直怔怔地看着他，无论是夏侯的铁匣，还是书院大师兄都不能让她的目光离开。然而叶苏却一直没有看她，直到此时此刻，他终于看了她一眼，目光里却流露出了厌憎的情绪，这个事实令她感到无比地痛苦。

宁缺注意到她的神情一直有些奇怪，顺着她的眼光看过去，看见飘然如鬼似仙的负剑男子，以为猜到了事情的真相，压低声音问道："老情人？"

叶红鱼缓缓转头，毫无情绪地看了他一眼，说道："我会杀了你。"

宁缺悄无声息向大师兄身后靠近半步，得意说道："现在没人能杀得了我。"

唐小棠在旁边插了一句："别瞎说，那是她哥。"

宁缺这才知道自己误会了什么，向着叶红鱼抱歉一笑。

魔宗行走唐是唐小棠她哥，那个背木剑的家伙是叶红鱼她哥，宁缺心想兄妹都是修道天才，昊天老爷果然不怎么公平。接着他又想起自己曾经真诚祝愿陈皮皮喜欢上的姑娘都有一个天下最生猛的兄长，此时看来，如果陈皮皮和叶红鱼童年时没有什么孽缘，难道说将来要和这个叫唐小棠的魔宗小姑娘发展出一段故事？

他正想着这些有的没的很无谓的事情，听着大师兄说道："小师弟，我们走吧。"

宁缺很喜欢被喊小师弟，当然不是被陈皮皮或者七师姐喊，而是被大师兄或者二师兄喊，因为这个称呼里有他最喜欢的安全感。

自己是书院小师弟，那么如果一旦出事，比如说快要被夏侯那个大拳头砸成肉泥的时候，大师兄或者二师兄肯定会出手帮自己。这毫无疑问是世界上最爽的事情，所以他答应得也很脆生："知道了，大师兄。"

叶苏忽然看着他们说道："大先生似乎不想看见我们这些人？"

大师兄静静看着他看了很长时间，很慢很认真地说道："身为书院弟子，我当然很讨厌你们这些道士。虽然我不像君陌那样崇拜小师叔，可我也很讨厌哪。"

叶苏完全没有想到这位让人觉得干净温和到了极点的书生，居然会这样直接干脆地说出讨厌道门的话语，不由沉默了很长时间，然后微微鞠躬，说道："感谢大先生这些年来对小师弟的照顾。"

大师兄摇摇头，没有接受他的道谢，指着身旁的宁缺说道："这才是我的小师弟，至于皮皮你不用客气，因为他是我的师弟，又不是你的师弟。"

唐忽然对他很认真地行了一礼，说道："今后便拜托大先生了。"

叶苏微微蹙眉，不解此言何意，难道凋敝至斯的魔宗余孽们还没有死心，居然想与长安书院扯上什么关系？

唐小棠看着宁缺稚声说道："宁缺，以后我去找你玩啊。"

那只雪茸茸的小白狼从魔宗少女怀中拱出脑袋，盯着宁缺发出一阵低沉呜吼，意思大概是说如果你敢发出邀请，我一定会把你啃成骨棍。

大师兄怔怔看了宁缺一眼。

宁缺很无辜地摊开双手，表示自己和那个魔宗小姑娘之间是清白的。

大师兄没有再多说什么，把腰间的水瓢系紧了些，向场外走去。

宁缺把身后的行李系紧了些，跟着他的身影向场外走去，然而没走出几步，他便蹦跳着跑了回来，跑到莫山山身前，笑眯眯说道："一起走好不好？"

莫山山微圆小脸上微红，不着痕迹地点了点头。

三人的背影消失在荒原冬阳下。

呼兰海畔一片安静。

唐看着远处说道："他在书院排行第一，从不出手，也没有人敢对他出手。我也一直认为与他之间有差距，可万一他并不擅长战斗呢？可惜始终无人敢试。"

叶苏与他看着相同的方向，说道："我试了。"

唐微微皱眉，似乎没有想到这个答案，望向他说道："结果？"

叶苏平静说道："我出了手，他没有出手。"

很简单的描述，很清晰的结果，于是唐再次沉默。

叶苏望向叶红鱼，说道："这两年你不错，在雪崖上破境我看到了，不过有些事情执念太深，对你自己并不是好事。"

说完这句话，他便准备离去。

叶红鱼没有想到会听到如此温暖的评价，虽然叶苏的语调冷淡平静至极，但有不错二字，对于她来说便是最温暖的事情，看着兄长的背影难过唤道："哥……"

叶苏没有回头，说道："什么时候皮皮回到观里，你再喊我哥。"

看着那个孤单的背影逐渐远离，叶红鱼忽然发现，不是自己追不上兄长的脚步，而是兄长从来没有想过让自己站在他的身旁，难道说那个人真的那么重要？

唐小棠在一旁看着她，同情说道："虽然你这个婆娘有时候很讨厌，尤其是战斗的时候，但被自己亲哥哥扔下不管，确实太可怜了。"

叶红鱼脸若寒霜，没有理她。

唐小棠毕竟年纪小，睁着天真的眼睛，好奇地不停追问："皮皮是你的弟弟？不然你哥怎么会因为他生你这么大的气？还有啊，你怎么欺负那个家伙了？"

叶红鱼疲惫地说道："那个家伙就是在山谷里宁缺说的那个死胖子。"

唐小棠吃惊地用小手掩嘴，却捂到了兽尾上，说道："一个知天命的修行天才居然被你欺负到逃家，你太厉害了。"

叶红鱼不知该如何回应这种赞美，如果知道小时候的欺负和隐藏的那些阴郁念头，最终会导致兄长对自己的冷漠不相见，她绝对不会这样做。

唐看着她，忽然开口说道："不要尝试去学你的兄长，就算你够资格站到他的身旁，也会变成像他一样没有气味的活死人。"

叶红鱼轻蔑地嘲讽道："过死关悟生杀，你这种魔宗余孽哪里能懂这等道法。"

唐面无表情说道："但我懂他把你留在这里，我就可以随时杀死你。"

道魔不两立，叶红鱼身为西陵神殿裁决司大司座，唐没有任何道理不动手。然而不知道为什么，或许只是因为看着叶苏离去背影的少女在他的眼中只是一个不起眼的、可怜的失去兄长的小妹妹，所以他只是沉默地带着自己的妹妹离开。

叶红鱼孤单地站在原地，想念着兄长孤单的身影，过了片刻也抬步离去，缓慢走向远处呼兰海畔的神殿护教骑兵。

先前无比肃杀紧张的山脚下，已然空无一人。世间之人为那卷天书而来，最终却是无所得，只看到了一匣子前人的骨灰。黯淡的冬日照耀着寒冷的荒原，被凛冬之湖上的寒风一吹，光线变得越发凄清，令人睹之心生惘然之情。

离别总是苦涩的，不过宁缺没有感受到这一点，因为他这时候正和大师兄坐在一处冬枯杨林旁烤火，火堆下面埋着些从地里刨出来的干薯，隐隐已有香气。

远处传来嘶嘶马鸣，声音显得极为兴奋欢乐。宁缺循着声音望去，只见那道未曾全冻的半温溪旁，大黑马在溪水里像疯子一样甩头不停。

莫山山正在替大黑马梳洗，被它这样一闹，满头满脸都被弄得湿漉不堪。不过很明显她当初在王庭帐外说的并不全是假话，她确实挺喜欢宁缺的大黑马，所以并未生气，反而咯咯笑着露出罕见的少女娇憨神态。

"大师兄，你实在是太令人佩服，这么大的荒原，你居然能够找到这匹憨货，还把它从北边一直赶到了这里，它怎么就能听你的话？"

宁缺看着火堆畔的书生，眼眸里难以压抑地流露出震惊和敬佩的神情。

大师兄拿着一根粗柴，慢条斯理倒腾着火堆，温和解释说道："老师养了一头老黄牛，我常与它打交道，所以它们大概觉得比较可信？说起来，小师弟你这匹大黑马不错，日后若那头黄牛回后山养老，它或者可以替老师拉车。"

宁缺挠了挠头，忽然问道："大师兄你是很了不起的人，刚才我们碰见那两个家伙虽然不如你了不起，但也是很了不起的人，所以有个问题我一直想不明白。"

大师兄抬头看着他，好奇问道："什么问题？"

"像知守观传人叶苏这样的人，怎么会如此死脑筋地相信那个铁匣子里就是天书明字卷？唐是魔宗传人，为什么连他也相信？如果说他们这样的人都肯定天书明字卷一定会在这里现世，那为什么没有一个人找到？"宁缺看着大师兄，认真问道，"那卷天书究竟在哪里？"

15

宁缺盯着大师兄的眼睛，带着期盼好奇的神色等待听到一个答案，哪怕是猜测的答案。为了这卷天书，他从燕北边塞一路行来，不知经历了多少艰难困苦甚至是死亡的威胁，实在是很难接受大家乱打一通便作鸟兽散，再也没有人提及那卷天书的下落。

大师兄想了想后笑着说道："天谕大神官既然说天书会在荒原现世，想来叶苏是会相信的，唐也不会怎么怀疑，至于为什么大家都盯着那个铁匣子……大概是因为夏侯感受到铁匣子里的气息，便坚定地认为天书在里面。他为了这卷天书付出如此大的代价和决心，想来总不至于在这么重要的判断上犯错，所以叶苏和唐也相信天书在匣子里，话说当时有一瞬间，我自己也险些信了。"

"夏侯究竟感受到了什么，会让他把莲生大师的骨灰当成天书？"宁缺微微皱眉说道，"我能猜到他和莲生之间有关系，是什么关系？"

大师兄说道："夏侯是莲生的徒弟。如今看来你在魔宗山门另有奇遇，想来也知晓那位莲生前辈是何等的人物，夏侯叛离魔宗，只怕每个夜里都畏惧莲生复生来寻他的麻烦，这便是所谓心魔。"

宁缺沉默片刻，忽然感慨问道："有没有什么事情是师兄你不知道的？"

"当然还有很多，就连夫子都承认自己还有很多事情不曾明悟，更何况我们这些做弟子的？师弟啊，须知世间本没有生而知之的人。"

说到此节，大师兄忽然怔住，看着他的脸笑了起来。

宁缺没有注意到大师兄神情里蕴藏着的信息，苦恼说道："师兄，我怎么觉得话题好像被你带偏到了南海？能不能不要打岔，说说那卷天书究竟可能在何处？"

宁缺追问天书明字卷的下落，结果说不到一会儿，便变成他向大师兄禀报自己离开长安来到荒原后的行踪事迹。从碧水营里的书院学生说到温溪畔的大河国少女，从夏侯控制的马贼袭击说到王庭里的慷慨以势欺人，又从夜杀东北边军大念师林零说到箭狙隆庆皇子再与道痴一番血斗，直至入了魔宗山门遇着小师叔残留下来的斑驳剑痕以及骨尸山间那名像鬼一样的老僧。

前面那些叙述过程中，大师兄始终保持着平静的神情，即便是听到小师叔遗留在世间的浩然剑意，也不过是唏嘘感慨一叹，唯独听见宁缺在魔宗山门里遇见活着的莲生大师，他的脸色才有了略浓烈一些的变化。

大师兄看着宁缺真诚说道："原来小师叔以剑意拟成的樊笼大阵竟有如斯威力？连老师都不知道莲生前辈还活着，如果知晓此事，我断然不敢让你一个人进山门。本想让你修行磨砺一番，哪料到竟会遇着这多凶险，小师弟，真是抱歉。"

直到此时此刻，宁缺终于确认此次荒原之行是书院的安排，夫子和大师兄果然一直在暗中关注自己。只是很明显看似无所不能无所不知的那位未曾谋面的老师以及火堆畔强大到无人敢于挑战的大师兄并不是真的无所不知，至少他们不知道魔宗山门里还藏着一个化成骨灰都能勾出夏侯心魔来的莲生大师。

想到在那堆尸骨山旁的凶险遭遇，想着那名低头啃噬少女血肉的如鬼老僧，宁缺忍不住热泪盈眶，悲愤交加地说道："大师兄，你也太不负责了。"

"不好意思，不好意思，当时光顾着在雪峰里捡那些东西，真没想到。"

大师兄羞惭低头，右手不知从何处摸出四支黢黑的铁箭递了过去。

宁缺接过四支铁箭，手指抚摩着上面细密繁复的符文，震惊地倒吸了一口凉气。

在大明湖畔悟道破境之后，为了杀死隆庆皇子、对付道痴叶红鱼，他前后一共射出四支元十三箭。那四支符箭或射穿隆庆皇子胸腹后深入雪崖岩体，或擦着叶红鱼的肩头入云不见，他本以为此生再也无法寻回它们，想着书院后山师兄师姐们为此付出的辛苦，好生遗憾，不料现在居然全部回到了手中！

大师兄……他究竟是怎么确定这四支符箭落在何方，又如何捡回来的？

"这箭不错，后山有多少师弟师妹出了力？"大师兄看着他手中的符箭问道。

"所有师兄师姐都出了力的。"宁缺心想弹琴下棋看花的那几个家伙最后也到湖畔来替自己加了加油，这也算是出力吧？

大师兄有些遗憾，说道："可惜当时我不在，或者这箭能再更好些。"

宁缺生就打蛇随棍上、竹杠梆梆响的性子，往大师兄身畔挪了挪位置，脸上流露出真挚的神情，认真说道："那回长安后我们再试试？"

大师兄怔了怔，然后老实说道："好啊。"

宁缺知道大师兄肯定看出来自己的用意，却没有揭穿，甚至连调侃取笑也没有，便这般应下，面对如此笃诚之风，他竟罕见地觉得有些羞涩起来。

"说起来，那位书痴小姑娘对你真不错。"

"大师兄，说这个干吗？"

"你得谢谢对方。"

"知道了。"

大师兄从火堆下的灰里用树枝扒出几颗地薯，说道："吃吧，很香的，这两颗留给书痴小姑娘和你的大黑马吃，不要动。"

宁缺伸手去摸地薯，险些被烫着，有些生气，说道："给山山留颗倒也罢了，就大黑马那头憨货畜生哪里有资格吃。"

大师兄有些不适应他的说法，心想无论是夫子养的大黄牛还是君陌养的大白鹅，平日里都是跟着大家一起吃饭，为什么小师弟养的大黑马却不行呢？

他摇头说道："说起来小时候刚进山的时候我一直不肯吃肉，因为总觉万物皆有灵，后来被老师拿棍子打了一顿又见着黄牛吃肉，才被拧了过来……"

宁缺一边听着大师兄絮叨的回忆，一边与滚烫的地薯战斗，忽然回过神，抬起头来恼火地嚷嚷道："师兄，你怎么又把话题扯偏了？"

大师兄茫然看着他，问道："什么偏了？"

"夏侯如果是因为莲生，误以为铁匣子里是天书，那唐和叶苏呢？"

"唐本来就不是为天书而来，他是想要杀死夏侯，替魔宗清理门户。"

"那个叫叶苏的呢？"宁缺问道。

大师兄挠挠头，有些不自信地试探说道："他好像是为了我来的？"

宁缺沉默片刻后摇了摇头，说道："这件事情没有这么简单。天谕大神官说明字卷会出现在魔宗山门处，呼兰海北畔，这些世外之人既然来了，必然便是相信天谕神座的话。天谕大神官弄出这么一个不真实的谕示，对他对神殿有什么好处？"

他抬头望向大师兄，说道："那么那卷天书究竟在哪里？"

大师兄看着他沉默了很长时间，然后问道："你真的很想知道？"

宁缺说道："世上人都想知道。"

大师兄说道："可是就算知道了，对你又有什么帮助呢？"

宁缺瞪着眼睛认真说道："师兄，你知不知道好奇会杀死一只猫？"

大师兄摇了摇头，认真说道："这个，真不知道。"

然后他抬头望向灰暗的冬日荒原天空，好奇地说道："其实我一直不明白天谕神座为什么会发出那道谕示，如今想来，难道多了位好奇的小师弟也是某种机缘？"

说完这句话，他从腰间取出那卷旧书，递给了宁缺。

宁缺怔怔接过那卷旧书，隐约间明白了一些什么，却完全无法相信自己的判断。

他低头看着手中那卷旧书寻常无奇的封面，沉默了很长时间后，终于鼓足勇气翻开了第一页，因为紧张兴奋而颤抖的手指，把书页翻得哗哗的。

像极了雪峰山腰水潭畔曾经响起的水声。

这个世界对书院大师兄的认识并不多。

他们只知道那个穿着旧袄破鞋的书生，无论身上染着多少尘埃，总让人觉得无比干净。他们只知道那名书生平静喜乐，爱于山溪水池畔流连，腰间永远系着只水瓢，渴时便饮一瓢水，手中永远握着一卷书，时常诵读。

没有人知道，书生手中握着的那卷书便是天书。

失落在荒原不知多少月年，始终未曾现世的天书明字卷。

火堆畔安静了很长时间。

事实上宁缺根本没有敢认真翻看那卷旧书，因为他不知道看后会发生什么。过了很久，他艰难地抬起头来，声音微颤问道："这卷天书一直在你手里？"

大师兄老实承认道："那年暮时观云破境之后，老师便一直交给我代为保管。"

宁缺倒吸了一口凉气，然后发现今天自己倒吸凉气的次数，竟似乎要比过去十几年间加起来还要多些，忍不住感慨说道："难怪先前师兄要叹夏侯何苦。"

七卷天书中的明字卷，一直在书院大师兄手中，然而世间却无人知晓，无数人为此生出贪嗔之念，为之搏生斗死，甚至像夏侯这样不惜放弃前半生的一切。

这真是何苦来哉？

人生何其苦。

很幸运的是，宁缺现在是书院小师弟。

而对书院来说，人生种种悲苦，通常都是别人的苦。

16

当宁缺在火堆畔轻轻翻开那卷旧书时，一道气息自微黄纸面缓缓浮出。这道气息平静淡然澄静，仿似不属人间所有，须臾间飘飘摇摇直上天穹，仿佛便要散入冬日的阴云中，再也不会重新回到书页之上。

冬日天空中那些密集低垂像吸饱水的旧棉褥似的云层，在天书明字卷开启之后迅速做出了自己的反应。厚厚的云层剧烈地绞动着、撕扯着，然后互相纠缠吞噬，最终脱离开彼此的区域，变成无数朵独立的云。

无数朵云之间露出后方遥远湛蓝的天穹背景，让这些云团产生了清晰的悬垂感，变成了无数颗沉默飘浮在空中的石头。

宁缺抬头望着天空里那些云石，想起魔宗山门外块垒大阵里的亿万颗嶙峋怪石，若有所悟，心有所感，感慨沉默不语。

黑色的荒原某处。

叶苏正在望天观云，双手负在身后，仿佛已经握住那把单薄木剑，头仰得很高，仿佛已经靠住那把单薄木剑。他身上的衣衫很单薄，仿佛要随荒原上的寒风而飞舞，他脸上的情绪也很单薄，那是一种自嘲神伤的淡漠形成的单薄。

黑色荒原另一处。

唐也在望天观云，双手垂在身侧紧紧握着，像是两块坚定的石头，头仰得很高，仿佛是块悬崖边欲坠的巨石。他身上的皮袄很厚实，任凭荒原上的寒风劲吹却无痕，他脸上的神情也很厚实，那是一种明悟真相的平静形成的厚实。

黑色荒原又一处。

夏侯轻提缰绳，缓缓举起右手，示意身周如乌云般的玄甲重骑停止。然后他抬头望向天空那数万朵像悬石一般的云团，难以自禁回忆起了很多年前日夜能够见到的山门，想起了很多事情，深沉如铁的面色闪过几丝痛楚。

此时的荒原上有很多人，他们都没有能力接触到那卷天书泄露出来的澄静气息，但他们看到了天空中的异象，看到了那些各自独立沉默不与天地相融的云团。

于是他们震惊，然后沉默无语。

天谕大神官的谕示是真的。

天书明字卷于荒原现世。

遗憾的是，世人望天观云能知天书现世，却不知天书出现在荒原何处。

"师兄，既然天书在你手里，那先前你为什么不告诉他们？"

"他们没有问我，而且……我真的不想告诉他们。"

"有道理，除了咱们书院的人，谁也不能告诉。"

"是啊，告诉他们了，他们肯定要来抢，我又不愿意和他们打。我说过，我不怎么擅长打架，夏侯那些人很强大，要打赢他们很辛苦的。"

宁缺注意到大师兄说的不是很难，而只是辛苦，怔了怔后忍不住笑出声来。

"小师弟，你笑什么？"

"没什么，我只是觉得大师兄你真是一个妙人。"

"嗯？何处妙？"

"到处都妙。"

"好吧，这句话我也不怎么听得懂。"

"大师兄？"

"小师弟？"

"这卷天书怎么关上？总不能老让它这么敞着，天穹的反应如此强烈，万一真有人能觅着痕迹追上来怎么办？"

"关书这种事情呢，一般分三步，首先……"

"大师兄。"

"小师弟？"

"这卷天书有古怪，我先前看了一眼，识海受震太剧烈，这时候想要吐血，所以我才想合上。而现在和你说话我更想吐血，所以能不能麻烦你帮帮忙？"

"噢，明白了。"

"大师兄？"

"小师弟？"

"你为什么不说话了？"

"你不是让我帮帮忙吗？君陌小时候和我说话也很容易生气，那时候他就像你刚才一样，说想要吐血，所谓帮忙，自然就是闭嘴啊。"

"我说的是书……当然，以后我会谨记和师兄你聊天的注意事项。"

"噢，明白了。"

微红的火光中伸过来一只手，那是大师兄的手。旧书的封面对宁缺而言无比沉重，夹杂着无穷威压，便是余光一瞥，便让他识海震荡欲破，然而在大师兄的手下却没有表现出来任何异常之处，轻轻一掀便合上了。

随着书页轻轻合上，天穹上那数万朵若悬石的云团渐渐散开，互相融为一体，重新回复成阴沉绵延一片的湿漉棉絮，盖住整个荒原。

荒原上那些感应到天象、举头望天观云的强者们，沉默了很长时间，然后带着或感慨或惘然的复杂情绪，各自沉默离开。

时已近暮，极淡的夕阳红从云层那头透过来些许，照耀着荒原上的寒林，如少女青丝般的细流温溪映出无数道金丝。溪畔大黑马像只笨拙的妖怪麻雀般蹦跳着，身着白袄的清丽少女符师在后面追逐，林畔的火堆颜色越来越深。

大师兄把吃剩的地薯皮搁到脚边，缓声问道："捡到了浩然剑？"

在魔宗山门里宁缺并没有捡到小师叔当年的那柄浩然剑，但他知道大师兄问的真实意思是什么，所以他点了点头，说道："不是真正的剑，但我捡到了。"

大师兄脸上的神情显得极为宽慰开心，感慨说道："那就好。"

宁缺沉默片刻后，非常认真地问道："师兄，为什么选择我继承小师叔的衣钵？"

天书明字卷一直在书院，书院当然不会去与世间宗派争夺，只可能是为了小师叔留下的那些斑驳剑痕和那道想要回到师门的气息。那些剑痕与气息，代表着小师叔的精神气魄以及衣钵，因为魔宗山门被掩一直流落在外。

数十年后魔宗山门因应天时而开启，而就在这个时间段，帝国和书院改变了秋季实修的方案，让宁缺带队来到荒原，如今他自然明白了到底是为什么。

然而书院后山里有那么多师兄师姐，他的境界最低，资历最浅，与夫子没有见过面，自然更谈不上最受宠爱，那么小师叔的衣钵为什么会轮到他来继承？

"因为这是小师弟你的机缘。"

大师兄神情温和地看着他，干净的目光仿佛能直接看透他的内心。

宁缺喃喃重复道："机缘？"

"机缘是什么？用老师的话来说就是那些说不明白却冥冥中自然存在的因果，不过老师不相信机缘，我却相信。在我看来，莲生大师，神殿千年，荒人南下，皆是如此，而小师弟你也一样。"

大师兄说道："你想进书院，所以进了，陛下需要你来荒原，所以你来，你能感受到小师叔的气息，所以你去，黑夜来临，被封数十年的魔宗山门因应天时开启，而你就在那里，所以你便入。这没有必要用道理来解释，也无法解释，却自有因果，所以这是你的机缘，不是我的机缘，也不是君陌或是别的师弟师妹的机缘。"

宁缺惘然抬头望向远处那片莽莽然的雪峰大山，心想自己幼时离开长安，于岷山南麓艰辛成长，十余年后来到岷山北麓，身为书院最小的弟子，继承小师叔的衣钵，似乎真的有什么在其间发挥着作用。

不知道过了多长时间，他从莫名的感伤情绪中摆脱出来，回头便撞见大师兄那对干净如纯水般的目光，不由微微一怔，旋即生出些黯然情绪。

入魔的事情，要告诉大师兄吗？

天将夜，繁星已出，黑色即将覆盖整片荒原，霜林畔的火堆显得越发明亮，被呼啸的冬风一吹，飘摇火苗照得宁缺的脸明暗不定。

宁缺低头看着眼前的火堆，沉默很长时间后，终于下定了决心，声音微紧说道："大师兄，小师叔当年是不是入了魔，所以遭天诛而死？"

大师兄静静看着他，说道："是啊。"

宁缺抬起头来，问道："那我继承了小师叔的衣钵……"

大师兄笑着说道："浩然剑有浩然气，浩然气有浩然意，我也学过浩然剑。"

宁缺摇摇头，说道："不是的。"

大师兄似乎对他在挣扎什么心知肚明，摆手阻止他继续，微笑说道："小师弟，有些事情如果你真不知道该如何面对，那么以后有机会和老师说吧。"

17

宁缺隐约听明白了大师兄这句话的意思，却有些不敢肯定自己所谓的明白是不是真明白，一时间心思变得有些纷杂，沉默起来。

大师兄看着他脸上神情，猜到他此时情绪，微笑着岔开话题，说道："小师弟，现在你身畔那把大黑伞，不知道还肯不肯换给我。"

听着这句话，宁缺想起当日他初入书院，在巷口遇着一名旧袄书生，那书生说愿用腰间水瓢与自己换大黑伞的情形，不由笑了起来。

那时他哪里知道这书生日后会成为自己的大师兄。

夜色已然深沉，霜林畔的火堆越发浓郁跳跃，暮时骑着大黑马去散步的山山回来了，大黑马蹄步得意快活得仿佛也在跳舞。

伴着烤地薯的香气、柴木噼啪作响的声音，三人一马在林畔的空地间过了一夜。宁缺和山山身上的伤势渐愈，加上熊熊火堆的温暖，也没有觉得太难过。

第二日清晨醒来便要踏上南归的旅途，大师兄不知从何处寻来了一个旧车厢和几条绞索，宁缺和山山看着眼前的车厢，觉得好生奇妙，但想着大师兄的本事，也即刻释然，没有追问什么。

唯有大黑马看着车厢便生出了极为不妙的感觉，大概猜到此行漫漫南归路上自己肩上的重任，马首低垂踢蹄好生烦恼。然而相对于对宁缺发自本能的恐惧和服从，它更不敢违背把自己从遥远的天弃山北麓带到此间的那名书生。

车轮碾轧着坚硬的冻土或松散的雪层，发出截然不同的声响。就在这些枯燥声响的陪伴下，在大黑马愤怒呼出的团团热雾的带领下，坐在旧车厢里的三人渐渐远离那片寒林，向着南方的草原部落王庭而去。

旅途可以有趣也可以枯燥寂寞，虽然因为山山在身侧，宁缺不便向大师兄讨教书院内部修行问题，却有了足够多的时间向大师兄打听修行世界的故事。

以往的宁缺对修行世界完全不了解，比如不知道魔宗的来源，不知道天书明字卷的历史，不知道书院便是传说中的不可知之地，不知道自己就是传说中的天下行走，因为这些事情他闹出了很多笑话，甚至还曾经当着山山的面豪气干云说道天下行走又算是什么东西？

这种心理上的阴影让他很饥渴地想要知道修行世界的历史，此时终于有了机会可以通过似乎无所不知的大师兄看到那个世界最巅峰的所有画面，哪里会错过。

后面这些日子，车厢里的修行故事讲述一直在持续，除了时常因为大师兄说话节奏实在过于缓慢而险些睡着之外，对宁缺来说，这真是一趟完美的归家之旅。

草原部落左帐王廷已经近了，燕北边塞的碧水营还会远吗？再往南去便要入大唐国境，过河北固北二郡便能看到长安城，终于能再吃到煎蛋面了，真好。

大师兄讲给宁缺听的修行故事并不是什么了不得的秘辛，至少对书痴莫山山这种同样系出名门的人物而言，所以她不可能像宁缺那样保持着长时间的兴奋。有很多故事她小时候已经听了很多遍，看着宁缺的兴奋神情，她很是同情书院大先生要扮演启蒙老师，更感慨于大先生居然能有如此强大的耐性。

除了偶尔的感慨，山山还负责照顾大黑马的食水，其余的大多数时间，她习惯靠在车窗畔双手扶着下巴，看着窗外的荒原景致出神。冬日的荒原景致实在乏善可陈，神思无法寄于青草碧水，所以最后观景便成了单纯的发呆。

某日宁缺终于注意到了少女的异样，看着她美丽小脸上的淡淡哀愁，微微一怔，问道："山山，你在想什么？"

现在二人早已熟稔无比，山山在他面前不再像以往那般习惯用沉默或冷淡掩饰微羞与紧张，听着他的问话头也未回，依旧静静看着窗外的厚雪，轻声说道："我从小没有兄弟姐妹，没有家人，不知道那种感觉是什么样的。"

宁缺不知道她是怎样被书圣收为弟子，也没有打听过她的人生，此时听到她的感慨，微惊之余不免有些惭愧，又想起临四十七巷里的那场雨，发现自己竟不知道小卓子除了杀死夏侯之外还有什么未了的心愿，不禁默然想着，自己此生薄情寡义，大概真算不上什么好的朋友人选。

片刻后，他从这种情绪里摆脱出来，看着山山清丽的侧脸笑了笑，知道少女之所以有如此感慨与忧愁，大概还是与呼兰海畔看到的那些画面有关。

单以自身论，莫山山身为书痴，与道痴叶红鱼还有那名魔宗少女唐小棠完全有资格相提并论。然而那两个少女身后各自站着一位强大的兄长，当那些人出现时，根本没有人会注意到她的存在，她会有什么样的感觉，羡慕嫉妒还是感伤？

"我曾经有过家人，但从来没有兄弟姐妹，所以我也不知道有哥哥的感觉是什么样的，如果你有机会去长安看见我家那个，倒可以问问她。"为了宽慰她，宁缺笑着说道，"不过如果你真的很想有个哥哥，我来给你当啊。我不是瞎说胡话，将来我即便赶不上大师兄的境界，但绝对能比那两个家伙强。"

当听到"我家那个"四字时，莫山山疏长的睫毛微微颤了一丝，仿似轻拂湖面的柳枝。直到听到宁缺后面那句话时，她才缓缓回过头来，静静看着宁缺那张熟悉却依然还是有些生疏感的脸，沉默很长时间后，忽然笑而肯定地说了两个字。

"不要。"

宁缺微怔，挠了挠头问道："为什么不要？"

莫山山微微一笑，很认真地解释说道："因为你太弱了呀。"

宁缺看着少女美丽的容颜，紧抿着的薄唇，心头微动，然后再动，暗想这句话实在是太伤自尊了，难道史上最弱行走的帽子自己要戴一辈子？

饱受打击的自尊心异常脆弱，他苦着脸对着山山咕哝说道："我就不相信我以后真不能比那两个家伙强。如果这你都不满意，我让大师兄认你当妹妹，我倒要瞧瞧，你还能在这世间找出一个比大师兄更强的兄长来。"

山山听着这话，心想书院大先生是何等身份，你我相熟调笑一阵倒也罢了，怎能把大先生牵涉其中，更何况还说要让他收自己当妹妹？这等荒唐提议，大先生断然是不会理会的，只是不理会自然便会无趣，怎能让大先生无趣？

她越想越羞恼，狠狠瞪了他一眼，只是因为少女的目光因为近视而过于散漫，所以强行瞪圆眼睛并不可怕，反而显得越发可爱。

忽然这时候，大师兄神情温和地看着她，笑而肯定地说了两个字。

"好啊。"

车厢里忽然变得安静起来，宁缺神情疑惑地看着大师兄，完全想不明白自己只是一句胡闹的玩笑话，怎么会得到这样的回应。他当然不会认为大师兄也是在开玩笑，因为……开玩笑，大师兄会开玩笑还是大师兄吗？

至于山山更是吃惊得不知道该说些什么，瞬间觉得有些手足无措，低下头借着黑色秀发遮掩脸上复杂而不敢幸福的神情，盯着探出裙边的鞋头动也不敢动。

大师兄因为两个人的反应笑了起来，很认真地补充说道："这是我的荣幸。"

莫山山终于知道这是真的，情绪复杂难言地抬起头来望向大师兄。她知道能与书院大先生兄妹相称是何等样的机缘，又会给自己带来多大的好处，一时间有些莫名惶恐，有些真挚的感激，更多的却是因为对方的温和目光而生出温暖的感受。

大师兄看着她平静问道："接下来你原打算如何安排？"

莫山山规规矩矩坐好，敛神静气认真应道："原打算在燕境联军军营里与苑中师姐师妹们相会，然后经由成京入南晋回大河。"

大师兄微笑说道："想要回大河，总是要路经南晋，只是却不见得一定要从成京走，入我唐境路过长安城时还可以周游数日，不知你意下如何？"

莫山山不知大先生为何忽然邀请自己前往长安城，目光微转，悄悄看了宁缺一眼，也不知是想到了什么，微圆的漂亮小脸瞬间多了两抹好看的红晕。

"要去他的长安城吗?"她低着头微羞想着,薄薄双唇里说出来的话却是别的内容,声音比冬日荒原上的蚊子嗡鸣还要细微,"就怕耽搁大先生的行程。"

18

大师兄温和说道:"在长安城见过老师之后,你我之间再换称谓,现在你随小师弟唤我师兄便好。至于行程也不用在意,于我而言修行便是漫游,而且我们要去一趟土阳城,由那处归长安也算顺道。"

宁缺听着大师兄和山山之间的对话,隐约察觉到了一些什么,但却下意识里不想往深入里想,直到听见要去土阳城,想着应该是去见夏侯,不由有些忧色。

担心的话没有说出口,因为无论土阳城是如何凶险的龙潭虎穴,他总不能劝说大师兄这样的人物避而走之,不过忧虑的意思已经表现得非常清楚。

大师兄说道:"那日在呼兰海畔不知马贼之事,便也罢了。现如今既然知道,加上抢天书时递出来的那只拳头,他总需要对这些事情做些交代。"

这个世间已经很久没有人需要做出这种交代,因为已经很久没有人敢对书院后山有丝毫不敬,而上一次无奈做出交代的是西陵神殿桃山上的满山桃花。

荒原上的风从白天到黑夜不停地呼啸,卷起原野表面厚厚的雪,却寻找不到干净的地方抛撒,于是最终还是只能无奈地落在地上。雪层依旧是那样地厚,无论是滚动的车轮还是不甘的马蹄,都无法在上面碾出太过明显的声响。

某日风雪渐停,冬日从云层后方探出头来,鬼鬼祟祟地向大地投以并不热烈的目光,远处荒原间一道微伏丘陵后方忽然响起密集的马蹄声，虽然密集蹄声却依然清晰，明显只有一骑，可以想见那骑的速度快到何种程度。

大黑马拖着沉重车厢在雪地里艰难前行，低垂着头颅，缓慢吧嗒着厚唇皮儿，极为无精打采。听着远处的马蹄声，它霍然抬起头来望着那处，乌溜溜的黑眼珠骨碌碌快速转动，显得格外警惕却又有些莫名其妙的兴奋。

一道白影从覆雪丘陵后像道箭般冲了出来。那是一匹神骏异常的雪白大马，正是在王庭赛马大会上出尽风头，最后却被大黑马弄得狼狈到极点的那匹母马，马背上坐着位身着皮袄的美丽少女，自然便是那位月轮国的公主殿下陆晨迦。

雪马四蹄上染着泥垢，再也不复当时的纯洁美丽，明显经历长途奔波却没有时间休息。马背上的少女容颜依然美丽，眉眼间却满是悲伤与焦虑情绪，显得极为憔悴。

陆晨迦眉头微蹙，右手一提缰绳，极为勉强地控制住身下的坐骑，而此时她与那辆马车相距离不过十余步，能够清晰地看到对方。

车厢的窗帘被缓缓掀开。

陆晨迦看着车窗，眼神此时冷漠得像原野间的冰霜，黑瞳深处隐隐透着痛苦与浓郁的恨意，完全不似以往静好如花的清丽模样。

窗帘完全掀开，一个模样寻常的书生神情温和地看着她，点头致意，陆晨迦微微一怔，然后在书生身后看到了宁缺和莫山山的身影。

她猜到了那名书生的身份，沉默片刻后轻吸一口气，认真恭谨行了一礼，然后不再与马车里的人们多说什么，双脚轻踢马腹，让如临大敌紧张万分的雪马坐骑不再与大黑马对峙，继续向着荒原深处驰去。

"她这是去哪里呢？一个姑娘家，孤零零地在这片大荒原里走，还真是危险。她的身份尊贵，在中原无人敢惹，但这里可是荒原。且不说可能遇见危险的暴风雪，便是遇见荒人也会出大问题，荒人对佛道两宗可没有什么好感。"

宁缺看着窗外渐渐远去的雪马，叹息着满怀忧虑说道。

车厢里一片安静，没有人回应他的感慨。

他微感诧异，然后发现大师兄和山山都用一种很复杂的目光望着自己。

"怎么了？"

大师兄笑了笑，没有说什么。

山山沉默片刻后说道："我发现叶红鱼说得对，你确实很无耻。"

宁缺大怒，问道："我哪里无耻了？"

山山低着头轻声说道："晨迦她冒险单骑入荒原去寻自己的未婚夫，而不愿意与你我照面，明显是因为她知道了隆庆皇子被你重伤将死的消息。你心知肚明这都是你惹出来的事情，何必还在这里虚伪地感慨担心。"

宁缺有些尴尬，不知道该怎么接话来掩饰自己的无耻，于是干脆闭上了嘴。

便在这时，车厢外再次响起匆匆蹄声。

掀开窗帘一看，竟是花痴陆晨迦去而复返。

陆晨迦看着窗畔的宁缺，压抑住心头的情绪，声音微哑地问道："你们见过他吗？"

宁缺看着马背上的少女，沉默片刻后说道："那之后就没见过了。"

陆晨迦盯着他的脸，沉默了很长时间，忽然抬起袖子拭了下嘴唇，然后手垂到腿畔，遮住袖上的那点血渍，声音淡漠地问道："烦请你告诉我他可能去了何处？"

雪崖之上，宁缺一箭射穿隆庆皇子胸腹，其后一连串变故发生。如今叶红鱼既然已经与神殿护教骑兵会合，这个消息自然也在荒原上传播开去。神殿震怒难言，但最关键的却是，没有人知道隆庆皇子现在究竟是生是死。

最关心隆庆皇子生死的人，当然是他的未婚妻，所以陆晨迦不顾曲妮大师姑姑以及神殿众人的反对和拦阻，强行骑着雪马便往荒原深处闯来。

宁缺平静地回视花痴冷漠的目光。他的心里没有什么负疚之意，正所谓理直所以气壮，根本不在意对方目光里的无穷恨意与杀机，说道："当日我离他太远，所以我不知道他是不是还活着，这些事情你应该问叶红鱼。"

听到他的回答，尤其是听着他声音里的平静，陆晨迦微垂眼帘，然后沉默着一提马缰继续向荒原深处行去，一马一人的身影显得格外落寞而悲伤。

在天弃山北麓最北的山坳间，厚雪掩盖着天地间的一切，半掩着一个简陋的皮制帐篷。除了荒人，没有人能在这么寒冷的地方生存下去。

帐篷里住着对荒人父子，他们属于荒人最后南迁的一个部落，刚刚完成冬礼，准备回到部落聚居地。但在回家之前，他们首先要解决掉帐篷里的一个麻烦。

那个麻烦是名年轻的中原男人。

年轻人的衣衫极为破烂，但明黄色的衣物碎缕看着便知道很名贵，想来身份定然不凡。只不过他现在的模样太过凄惨，胸腹间那个凄惨的大箭创因为天寒的缘故没有化脓也没有生虫，却被冻成了腌肉似的事物，看上去异常恐怖。

荒人父子是在山坳里的厚雪堆里发现他的，虽然对方明显是中原人，但这对父子按照荒人行猎时的传统，依然把他拖回了自己的帐篷加以救治。

然而那个年轻人被救醒之后，却依然像是死人一般，瞪着大大的眼睛盯着帐篷顶的油毡，无论荒人父亲问什么，他都不肯开口说话。

荒人父子也懒得理会他，继续每日进出雪山，寻找那些难觅痕迹的小野兽，努力完成冬礼所需要的狩猎任务，拖着沉重疲惫身躯回到帐篷时，随意喂那个年轻人一碗肉汤，也没有再做更多的事情。

不知道是被昊天眷顾，还是体内有某种奇怪的生机来源，那名年轻人没有就此死去，只是变得异常瘦削，眼窝深陷，骨头突出。

某一日那名年轻人终于坐了起来。他剧烈而痛苦地喘息着，抚着依然留着一道恐怖伤洞的胸腹，趁着荒人父子没有注意，抽出帐篷角落里的一把猎刀，狠狠地砍向那名强壮的荒人父亲。

荒人父亲完全没有料到自己救回来的年轻人竟然会偷袭自己，猎刀袭身之时，只来得及侧了侧身。好在那名年轻中原人受了如此重的伤，疲惫虚弱到了极点，便是拿起那把猎刀都已经非常困难，哪有丝毫力量，加上荒人肌肤坚硬如铁，刀锋只在荒人肩头划出了一道极浅的白口子。

啪的一声脆响，将将满十二岁的荒人小男孩沉着脸把那名中原年轻人击倒在地，然后大声骂了起来。只是荒人小男孩的声音清稚明亮，中原语发音比父亲更为生硬，骂声就像冰柱碎裂一般清脆，倒也听不出太多污秽的感觉。

那名中原年轻人则是根本没有听荒人小男孩在骂些什么，他倒在地上，剧烈痛苦地咳嗽，看着自己不停颤抖的双手，眼眸黯淡得像随时可能熄灭的烛火。

19

帐篷里一片死寂，年轻人看着地面上的猎刀一言不发，看不出有什么情绪，隔了很长时间后，不知道想起了什么过往，一丝极微弱的明亮重新回到他眼中。

他扶着地面艰难地坐直身体，看着对面的荒人父子，让过往习惯的庄严神圣回到自己的脸颊上，肃然说道："原来偷袭这种事情也没有太大意思。"

很莫名其妙的一句话，但他说得很认真很严肃。荒人父子觉得他很可笑，但却没有笑。那名荒人小男孩拾起地面上那把猎刀，走到他身旁，想把他的脑袋像雪山里的野兽头颅那般斩下来。

看着猎刀的影子向自己眼前斩来，那名身份尊贵却沦落荒原的年轻人，终于真切地感受到了死亡的阴影，就像在雪崖上感受到那支箭时那样。

其实这种感觉他并不陌生，他前半生在火刑台前，在幽狱里看过无数囚徒临死时的恐惧和惘然，只是那时候的他从来没有把这种情绪和自己联系在一起。

来自中原的年轻人并不怕死，至少他以为自己不怕死，可是他真的不想死在一个荒人小男孩的手里，这种死法太过荒唐，太过不衬他的身份。

他没有死，因为荒人父亲阻止了儿子。

荒人父亲看着儿子摇了摇头，教育道："我们荒人既然救了人就没有再杀人的道理，更何况这个中原年轻人明显脑子已经坏了，杀死疯子不吉祥。"

荒人小男孩问道："那怎么办？总不能养一个疯子。"

荒人父亲解释说道："既然他想杀我们，那我们自然不能再养他。把他扔出去，让他自生自灭，由冥君决定他的生死，这最公平。"

帐篷外是极低的寒温，呼啸的雪风，那名年轻人身受重伤，本就奄奄一息，若没有帐篷和火堆的温暖，只怕过不了片刻便会死去。

荒人父子很清楚这一点，但荒人即便有同情心，也不会愚蠢到任其泛滥，那位父亲像拎小鸡一样把年轻人拎出帐篷，远远地甩进一个雪堆里。

那名年轻人，自然是隆庆皇子。

在天弃山脉深处的雪崖上，他正处于破知命境的重要关头时，被宁缺一道元十三箭射穿胸腹。那一箭除了让他险些当场死亡之外，更严重的是直接摧毁了他所有的修为境界和信心，要知道过往历史早已证明，破境关键时刻被外物所扰，都会产生极严重的后果，会被天地元气反噬。

宁缺的元十三箭绝对不是普通的外物或心魔，对隆庆皇子造成的影响也不是天地元气反噬那般简单。就因为那一箭，他这一辈子都再也无法修行，换句话说，他从一名可能最快进入知命境的修行强者，变成了一个绝对的废柴。

有的人还活着，但已经死了，甚至比死了更加痛苦绝望。

当日雪崖上的隆庆皇子，就是那样的一个人，当道痴把他从死亡线畔强行拉回来后，他像具行尸走肉般跌落雪崖，木然向荒原北方走去。

之所以向北方去，因为黑夜在那边更长。隆庆皇子觉得昊天的光明已经遗弃了自己，那么他选择死亡在黑夜的那头，至少这样还不会污了昊天的眼睛。

天寒地冻，大雪纷飞，他以为自己随时都可能变成雪里的一具僵尸。然而不知道是叶红鱼灌入他体内的精纯道息，还是那粒来自知守观的药丸的效用，他一直没有倒下，艰难痛苦地走了数日，然后昏迷在了山坳间。

被那对荒人父子救醒之后，隆庆皇子依旧惘然，但求死之念稍淡了些，因为无论是谁经历过一次失魂落魄的生死挣扎之后，总会对人间生出更浓郁些的情感。

能够活着让他对荒人父子存有善意，而深植骨内对魔宗的厌憎痛恨、对荒人的轻蔑却依然存在。他心中的感激越浓，内心便越发痛苦煎熬，沉默思考很长时间后，他决定击倒这对荒人父子，然后说出没有机会说出口的一段话。

"我代表昊天宽恕你们的罪恶。"

帐篷里的隆庆皇子无论神智还是逻辑都处于一种极为混乱的状态之中，那种状态横亘在生与死之间，光明与黑暗之间，感激与厌憎之间，荣耀的记忆与狼狈的现实之间，正是因为如此，他才会做出那般莫名其妙的选择。

被扔出帐篷的事实，让隆庆皇子清醒了过来，清醒地记起很多事情——他已不再是那个手拈桃花的西陵神子，不再是自幼锦衣玉食的燕国皇子，不再是有资格被寄望复兴大燕的那个人，而只是一个雪山气海被毁、再也无法修行的废柴。

他在冰冷的雪堆里不知生死地躺着，过往的画面在脑海里快速闪过。不知道是这些画面的因素还是寒冷的原因，他的身体越来越僵硬，瘦削肮脏的脸颊越来越苍白，眼眸里的光泽越来越微弱。

曾经的隆庆皇子此时像个落魄的乞丐，在罕见人踪的雪原上沉默木讷地等待着自己的死亡。然而幸运或者说极为不幸，主掌黑夜与死亡的冥君，似乎极为厌憎这个乞丐身上依然残存的淡淡的光明味道，始终不肯施与甜蜜的亲吻。

一躺至清晨，隆庆皇子眼睫微动，往日里细长迷人的睫毛随着冰霜簌簌落下。他漠然看了看自己的胸口，发现自己居然还没有死，缓缓站起身来，继续自己中断了一些时日的旅程，向着还陷在夜色里的遥远北方走去。

在风雪与寒冷的交互作用下，那件华贵的外衣终于再也无法支撑，丝丝缕缕散落在身后。明黄色尊贵的颜色早已褪去，他身上只剩下一件贴身的内衣，上面染着乌黑色的血渍与乌黑色的泥土。

行走到午时，炽烈的阳光照耀在头顶，然而徒有其明却没有半点热度，如同虚假的存在。他虚弱地抬起头看了一眼天穹，艰难地眯了眯眼睛，然后用尽全身气力向前踏了一步，脚掌处传来异物感，低头一看发现鞋不知何时已经破掉，一片锋利的冰片不知何时深深刺进了脚掌心，只是他已经感受不到痛觉。

单薄的衣衫，赤裸的双足，重伤后的身躯，隆庆皇子虚弱地继续行走。他不知道自己要往哪里去，只是遵从着内心最深处的那种直觉，漫无目的却始终未曾偏离向北的方向。那里的黑夜一直在吸引着临死前的他，如同曾经的光明。

不知道走了多长时间，因为过于虚弱走得缓慢，所以也不知道究竟走出了多少里地。他感受不到饥饿与痛楚，那些属于人类的本能欲望似乎在绝望与死而不能的双重折磨下逐渐淡去，只是他必须要继续向北行走，可以不用吃饭但必须能撑住自己随时可能跌倒的身躯，所以他在路上折了一根树枝当手杖。

那根细细的树枝只是支撑着他向前走出数百丈便脆生生断裂，他的身体重重地摔倒在雪地上，震出唇角几抹发灰的陈血。他艰难地爬起来，脸上依然没有什么神情，木讷地看着北方遥远仿佛没有尽头的荒原，轻轻叹息了一声，然后坐了下来。

不知走了多少天，走了多少里路，依然没有走进死亡，也没有走到黑暗的北方。他感到有些遗憾，静静抬头看天，看着天空中的暮色渐渐被夜色代替。

在寒冷的荒原上坐了整整一夜，直至清晨来临，第一抹阳光照耀在单调的雪原上，照耀在他微眯着的眼睛上，因为已经没有睫毛，那处眼帘显得格外光滑。

"终究还是天亮了。"他看着东方的第一道光，声音沙哑地喃喃说道，"如果这天永远不会再亮，那该有多好，我为什么现在如此畏惧看到天光呢？"

急促的马蹄声从南方传来。

隆庆皇子痴痴傻傻看着东方，根本没有理会身后传来的声音。

马蹄声越来越近，还隔着很长一段距离，陆晨迦从大雪马背上跳了下来，冲到他的身后，然后缓缓蹲下，张开双臂从后搂住他的身躯。

大雪马摇晃两下，险些摔倒在雪原之上，日夜不停连续奔跑了逾千里的路程，它再如何神骏也到了最虚弱的程度。

陆晨迦轻轻搂着他，脸贴着他的脸，不敢用力却也不肯放开，似乎担心如果一旦放手，这名心爱的男人就会再次消失，向着黑暗里走去。

这些日子以来，隆庆皇子的脸上终于露出了一丝微笑，他看着东方熹微的晨光，轻轻嗅着脸畔传来的气息，哑声说道："你难道不觉得自己抱着的是一具尸体？"

陆晨迦低着头，微笑说道："如果你肯回头看看我，就会知道我现在也很难看。"

20

她是天下三痴中最美丽的花痴，听着那个悲伤的消息后，毫不犹豫改换素衫，身骑白马入荒原，昼夜不歇驰骋千里，脸上布满风霜与尘埃，憔悴不堪，与往日如花娇颜相较，确实可以说难看。

隆庆皇子没有回头看她的脸，目光从东方熹微的晨光移到北方深沉的夜色上，嗅着鼻端传来的微酸味道，心头也是一阵微酸。他知道自己这位未婚妻最爱洁净，在这般寒冷的冬日里居然有了汗臭，可以想见她这一路究竟是怎样过来的。

因为心头的酸楚和身体的疲惫，他忽然间有些厌倦，低头看着自己胸口那处难看的伤口，神情漠然地说道："我曾经做过一个梦。"

陆晨迦不知道他要说什么，只是轻轻抱着他，贴着他瘦削蒙尘的脸。

"在攀登书院后山最后那几步时，我做了一个最深沉的梦，在那个梦里我面临着人生最艰难的选择，然而我没有思考太多时间，便伸手握住了腰畔的道剑。"隆庆皇子看着环在胸前她的手，声音微沙说道，"然后我抽出那把剑，捅穿了你的胸口，纵使你那般悲伤地看着我，我依然没有回头。"

一阵晨风袭来，无雪亦寒。陆晨迦身体微僵，搂着他的手却更紧了一些，因为她从他漠然的声音里听出了一些令她感到害怕的情绪。

"事实上我也很痛苦，但我并不后悔，因为我坚信那是正确的选择。"

隆庆皇子艰难抬起手来，指向自己胸腹间那道黑洞般的伤口，说道：

"在那个奇怪的梦里过了很多年，然后我的胸口也被一把木剑捅穿，就像梦中早年我捅穿你一样。我没有死，我的胸口长出了一朵花，一朵黄金铸造的花，那朵黄金花是那样地美丽，甚至可以说是完美，反射着昊天的光辉，庄严无比。

"胸间那朵黄金花，是对我放弃一切侍奉昊天的补偿。我手持道剑，胸绽金花行走在光明的道路上，然而令我感到悲伤遗憾甚至愤怒的是，我在梦里付出了那般多的代价却依然没能走到最后，这究竟是为什么？"

隆庆皇子的眼眸反射着东方越来越亮的晨光，幽然如同鬼火，没有丝毫人类应该拥有的情绪，只有无尽的绝望和对上苍的质问不解。

"为什么会这样？绝对的光明就是绝对的黑暗吗？可我眼中所见道心所感就是光明啊！为什么昊天要给我如此严苛的试炼，难道他认为我的道心还不够坚定？我自幼表现得如此完美，为什么还要经受如此多的挫折？"

他眼中的光泽渐渐敛去，黯淡得有如北方初见晨光的夜，沉默片刻后有些神经质般笑了笑，艰难抬起右手捂住像垂死老人嘴唇般漏风的可怜的伤洞，说道："直到在雪崖之上被宁缺一箭射穿胸腹，洞口外没有绽出黄金铸造的花，只有一朵惨不忍睹绝望的血花，我才知道这个世界上根本没有什么完美的存在。过往所有的骄傲与荣耀，只是为了给最后的覆灭做注脚，就如同桃山之上的道殿建筑雕砌得越华美，倾覆之时才会越令人感伤动容。"

陆晨迦抱着他的双臂微微颤抖起来。

隆庆皇子缓慢而落寞地说道："我知道你真心怜惜我，只是现在的我以及以后的我都没有资格接受你的怜惜。所以不要怜惜，只是陪我说说话便好。"

他缓缓把陆晨迦环在自己颈前的双手拉开，说道："不用担心我会自杀，虽然我确实对这个世界已经没有什么留恋，已经绝望。但我不会寻死，因为昊天似乎嫌我所受的惩罚折磨还不够，不愿意我就此死去。"

重伤之余的隆庆皇子根本没有什么力量。但当他的手指触到陆晨迦的手背时，陆晨迦根本没有作任何抵抗便松开。

陆晨迦跪在他的身旁，痴痴看着他早已不复俊美，甚至看上去显得格外冷漠难看的侧脸，眼眸里没有泪水，没有悲伤，只有发自内心最深处的爱意与怜惜。

"你刚才说世上没有完美的事情，那也就没有什么是不能改变的事情，无论是你受的箭伤还是日后的修行。掌教大人能够治好你，而且我还可以去求姑姑找到去悬空寺的路，那些佛宗大德一定有办法医治你。"

隆庆皇子说道：

"人之将死道心必明，我从未像现在这样弱小过，但也从未像现在这样了解自己过。破境之时识海被毁，我此生再无修行的希望，掌教不行，就算是幽阁里那位光明神座也不行，佛宗那些自守沉默的家伙更不行。

"不要再抱有任何虚妄的希望，没有人能改变我的命运。"

他看着远处不知什么地方，幽幽说道：

"在书院后山柴门之外的勒石上，应该是夫子给我留下了四个字，我本来已经忘了，但前些日子在死亡之前却莫名想了起来，那四个字是君子不争。当时我并不懂这四个字的真实意思，却以为自己很懂，所以觉得不甘甚至轻蔑冷笑对之，反而越发要去争。如今才想明白，夫子说的是我的性格，而一个人的性格则会决定一个人的命运。

"我这一生都在争。

"虽然你们都不清楚我与兄长崇明之间的真实关系，但我确实是在与他争，而且争得举世皆知，我与他争的是俗世皇位。

"在天谕院里我也争。我要争的是首席弟子身份，因为我不甘心疼爱我的神官一朝失势，我便要被人凌辱嘲讽，我那时争的是一口气。

"在裁决司里我更要争。面对道痴这个疯狂的女人，我如果不争些事务权力，哪里有资格与她相对而坐，又凭什么日后坐到那方墨玉神座之上？

"曾经风光过，胜利过，我以为那都是争出来的结果，如今陷入绝望的深渊之中，才明白夫子早已看穿了一切，所有的罪孽与绝望，都是我自己争出来的。

"不如不争。"

陆晨迦无力地跪坐在他身旁，低着头听着他喃喃自言自语，额前飘拂的发丝，像荒原里无生命力的草絮般摆荡，脸色苍白，没有一丝血色。

隆庆皇子痴痴地笑了起来，惨白的笑容显得异常绝望，说道：

"你知道吗？我曾经真的以为自己是光明的守护者，无论我杀了多少人做过多少你们眼中血腥的事情，我的道心依然一片干净，因为我坚信自己是在执行昊天的意志。

"既然是光明的守护者，既然是在执行昊天的意志，当然要做一个完美的人。所以我极为注重外貌形容，穿衣修饰谈吐求严谨无差错，我极少饮酒以防乱性，我对人温和对己严苛，我讲究风度气质，即便是对付极难缠的魔宗余孽，我都没有出手偷袭过。那次在书院后山明明我先到，但为了所谓风度，我等了宁缺很长时间，最终却等来了我这一生最棘手无耻的一个敌人。"

隆庆皇子痴痴看着微亮的天穹，说道：

"受伤之后我本以为自己必死，然而却一直莫名没有死去，所以我在想莫非昊天没有抛弃我，它只是指了一条相反的道路给我？所以我想尝试着往黑暗里去。我不想再管什么风度气度，我积蓄了很多气力，鼓起很大的勇气，拾起那把猎刀，向着一个救了我的荒人身上砍了下去，然而你知道发生了什么？我居然没有成功。

"我连光明都愿意放弃，我已经不要脸了，我已经打算向黑暗投降，走到绝对的另一边去，可是为什么我还是没有成功？"

隆庆皇子的眼眸里流露出极大的恐惧之色，喃喃说道：

"原来这不是一个昊天试炼信徒的故事，不是一个由光明堕向黑暗的故事，不是那些传说中痛苦但依然保有希望的故事，这只是一个……被昊天遗忘的故事。

"在光明与黑暗之间挣扎确实痛苦，向黑暗投降更加痛苦，但那种痛苦是有生命力的，是活着的。可是现在的我呢？就是想向黑暗投降，都被拒之门外，原来我根本没有资格让昊天抛弃，我只是一个被昊天遗忘在荒原北方的小人物。"

他痛苦地咳嗽起来，瘦削的身躯如同老人一般佝偻，仿佛要化为荒原里的雪堆。

陆晨迦痴痴看着他，忽然间眼眸里的悲伤情绪渐渐敛去，缓缓站起身来，稍一摇晃后站稳身体，平静而坚定地说道："我先去杀了宁缺。"

"这有意义吗？"隆庆皇子艰难站起身来，转身捧住她憔悴却依然美丽的脸颊，肮脏的手指在她的肌肤上缓缓摩挲，说道，"这没有意义。"

陆晨迦看着近在咫尺的这张脸，发现这张脸竟然变得无比陌生起来，心头一阵酸痛。她知道如果不能去除隆庆心中的绝望与心魔就根本无法把他带离这片荒原，然而她更知道，根本没有办法能够让隆庆回到从前了。

隆庆皇子与她相识多年，从月轮国皇宫到天谕院，相恋多年，非常了解花痴淡雅冷漠性情下的狂热，看她神情便猜到她要做什么。他艰难向后退了两步，拉开与她之间的距离，神情异常冷漠地大吼道："不要试图打昏我！"

"我是一个废人，但我不想像那些废人一样说什么不要同情我，请你远离我之类的恶心话！我只是想和你简简单单说几句话都不行吗？你非要像那些才子佳人戏一样做这些恶心事！难道你非要我像白痴一样痛哭流涕？"隆庆皇子声音嘶哑，愤怒地冲着她大声咆哮道。

陆晨迦脸色苍白地看着他，双手捧在胸口像是乞求，又像是想用这个动作平缓下心头的痛楚之意，又像是表明自己不会动手击昏他。

寒冷的荒原上一片死寂。

很长时间的沉默之后，隆庆皇子敛了脸上的疯狂怒意。那张曾经完美的容颜上没有任何生机和希望，用很慢的语速很冷漠的语气，带着很绝望的眼神说道："不要同情我，不要让我觉得你在同情我，今日相见，实不如不见。"

陆晨迦没有说什么，缓缓垂下捧在胸口间的手。

隆庆转过身去，拾起那根断成两半的树枝，继续向北方走去。

陆晨迦沉默片刻，然后跟着他向北走去。

隆庆受伤太重，行走的速度太过缓慢，过了很长时间，也不过走出数十丈地。途中摔倒了三次，那根树枝远远地飞走，他再也没有力气捡回来，而胸腹间的伤口再次裂开，开始向单薄衣衫外渗血，遇寒风而凝成冰血珠。

陆晨迦一直跟在他的身后，脸色越来越苍白，却一直没有上前搀扶他。

隆庆皇子疲惫了，坐到坚硬的荒原地面上，右手抓起一把雪塞进嘴里咀嚼片刻，然后试图站起身来继续向北，不料却没有站稳，再次重重摔落在地面上。

他愤怒地捶打着身旁的地面，却因为无力的缘故，地面上的残雪都没有溅起几分。

陆晨迦在他身后沉默地看着他。

隆庆知道她在身后，喘息片刻后，忽然吼叫道："该说的话都说完了，你要再见一面也已经见了，你还跟着我做什么？你再跟着我，我就死给你看。"

陆晨迦的身体微微摇晃，然后迅速恢复稳定。少女明丽的容颜上闪过一丝坚毅，便是最娇嫩的花也是有刺有茎的，她也有她自己的底线。

她看着前方那个像条狗一般的男人背影，大声喊道："那你死给我看吧！"

隆庆皇子的身体微微一僵。

陆晨迦脸色苍白，却倔强地不肯哭出来，喊道："我们在一起这么多年，你却始终不肯让我看清楚你，那么就连死也不肯给我看吗？可是我真的很想看啊，所以如果你想死，那就死在我面前吧，我给你收尸，然后回中原改嫁。"

隆庆沉默片刻，疯癫般笑了起来："真是个疯婆子，就算改嫁也没人敢娶你。"

陆晨迦喊道："改嫁是嫁别人，你那时候已经死了，用不着你操心。"

隆庆沉默，然后继续向北。

陆晨迦也不再说话，沉默地跟着他继续向北。

大雪马疲惫地跟在最后方。

从清晨到日暮，荒原之上风雪再起。

寒风刺骨。

片雪压身。

依然同行。

21

一路向北，继续向北。

隆庆皇子在风雪中独行，花痴陆晨迦在不远处默默跟随，雪马无声踢着马蹄缓缓消除着疲惫。从晨走到暮，再从暮走到晨，不知走了多少天，走了多远距离，荒原北方那片黑沉的夜色还是那般遥远，没有拉近一丝距离。

途中隆庆皇子渴时捧一把雪嚼，饥饿时咽几口口水，越走越虚弱，似乎随时可能倒下再不会起来，陆晨迦也一直默默等待着那刻的到来。然而他虽然摔倒了很多次，但每次都艰难地爬起来，也不知道瘦弱的身躯里怎么有如此多的生命力。

陆晨迦沉默地看着数十丈外的身影，只是保持着距离，没有上前的意思，因为她知道他不喜欢。她渴时也捧一把雪来嚼，饥饿时从马背上取出干粮进食，看着那个因为饥饿而虚弱的身影，花了很大力气才压抑住去送食物的冲动。

从雪起走到雪停，从风起走到风停，二人一马却还是在黑白二色的寒冷荒原之上，后方远处隐隐还可以看到天弃山脉的雄姿，似乎怎样也走不出这个绝望的世界。

某一日，隆庆皇子忽然停下脚步，看着北方遥不可及的那抹夜色，瘦若枯树的手指微微颤抖，然后松开。前些天重新拾的一根树枝从掌心落下，啪的一声打在他的脚上，他低头看一眼树枝打到的灰白色的脚指甲，发现没有流血。

他抬起头来继续眯着眼睛看向北方的黑夜，然后缓慢地转过身，看着数十丈外的陆晨迦，声音沙哑地说道："我饿了。"

陆晨迦眼眶一湿，险些哭出来，强行平静心思，用颤抖的手取出干粮，用每天都暗中备好的温水化软，然后捧到他的面前。

隆庆没有再说什么话，就着她不再娇嫩有些粗粝的掌心，慌乱吞咽干净食物，然后满意地揉了揉咽喉，重新上路。

只不过这一次他不再向北。没有任何征兆，没有任何理由，没有任何言语，自认被昊天抛弃的他，不再试图投奔黑夜的怀抱，而是落寞转身，向南方中原而去。

陆晨迦怔怔看着他的背影，本来刚刚生出喜悦的心情，渐渐变得寒冷起来，因为她确认这并不是隆庆决定重新拾回生机，而是他真的绝望了，包括对黑夜都绝望了。是的他还活着，然而这种活着的人是隆庆吗？

燕国地处大陆北端，与草原左帐王廷交界，身旁又有大唐帝国这样一个恐怖的存在，所以国力难谈强盛，民间也谈不上什么富庶。时值年关相交之时，深冬寒意正隆，都城成京里随处可见缺衣少食的流民乞丐。

一个瘦弱的乞丐可能会引发民众的同情心，一百个瘦弱的乞丐就只可能引发民众的厌恶与恐惧。成京大街小巷酒店饭堂的老板们所见皆是乞丐，自然不可能像长安城里的同行们那样有施粥的乐趣，乞丐能不能吃饱只能看自己的本事。

一个瘦得像鬼似的乞丐，正捧着个破碗，漫无目的地行走在成京城的街巷中。他没有引起任何人的注意，街巷里应该很熟悉的街景，也没有引起他的注意，他的注意力全部被酒店饭堂里传来的香味所吸引住了。只可惜很明显他不像那些老乞丐一般有独门的乞讨诀窍，身上那件在寒风里还泛着酸臭味的外套和比城门绳还要纠结的脏乱头发，让他根本无法进入那些地方。

连续三家酒家直接把他赶了出来，尤其是最后一家的小二，更是毫不客气用棍子在他大腿上狠狠敲了一记，然后把他踹到了街道的中央。

那名瘦乞丐脸上满是污垢，根本看不出年龄，叉着腰，端着被摔得更破了些的碗，在街道中央对着酒家破口大骂，各种污言秽语比他的身上的泥土还要腥臭。直到小二拿着棍子冲出门来，他才狼狈逃窜而走。

街巷那头，花痴陆晨迦牵着雪马，失魂落魄地看着这幅画面，右手紧紧攥着缰绳，眼眶里微有晶莹湿意，却依然没有流泪，因为她还有希望。

这几日她看着隆庆隐姓埋名回到燕国都城，看着他流浪于街头巷尾，俗世的最底层，看着他被酒家小二拿棍棒招呼，看着他挣扎求存，好几次忍不住想要上前，却是不敢。因为自荒原归来的路途上，隆庆见到人烟之后便不再向她讨要食物，每当她想帮忙的时候，他便会疯狂一般凄厉吼叫，甚至会拿起手边能摸到的一切事物向她砸去，无论是石头还是泥巴，除了那只用来乞讨的破碗。

陆晨迦很悲伤，她的悲伤在于隆庆现在的处境，在于隆庆驱赶自己，更在于她发现隆庆只能像顽童或真正的乞丐那样用石头和泥巴来砸自己。每每想到隆庆也会认识到这种现实，敏感而骄傲的他该是怎样地痛苦和难受？

变成乞丐的隆庆皇子，傍晚时分终于从一个妇人篮中半讨半抢到了半只被冻到硬邦邦的馒头。他得意洋洋地把馒头塞进怀里，想念着住处藏着的那半瓮白菜帮子汤，哼着早年在西陵天谕院同窗处听过的艳曲，趿着破鞋便出了城。

城外有道观，隆庆皇子过道观而不入，甚至看都没有看道观一眼。要知道换作以往，若道观知晓隆庆皇子在外，必然会清空全观，洒水铺道，像迎祖宗般把他迎进去，然而数日前那名小道童得知他想在道观借宿时，眼神却是那样地鄙夷。

所以隆庆没有住道观，他住在城外一间废弃的佛庙里。

现在的隆庆很脏，蓬头垢面，头发打结根本无法解开，幸亏是冬天，胸腹间的伤口没有腐烂，也没有蚊虫跟随，不然废庙里的乞丐都不会允许他在此落脚。

回到废庙，隆庆发现自己还不是太饿，至少没有在荒原上向那个女人讨要食物时那般饿，于是他决定把那半个馒头留到明天再吃，满意地捂着自己微微鼓起的腹部，想象着明天清晨馒头被白菜帮子汤泡软后的味道，香甜地睡去。

陆晨迦牵着雪马，在夜色中沉默地看着那间废庙里透出的火光。她知道里面有很多乞丐，也知道这时候那些乞丐大概正在彼此吹嘘今天乞讨的收获，沉默片刻后她转身离开，却没有走远，就在离废庙不远处的一片林子里歇了一夜。

她以为隆庆没有发现自己还跟着他，因为她毕竟是洞玄上境的强者，现在的隆庆只是一个普通人。然而她忘记了一件事情——作为相知相处多年的情侣，她不用念力去感知也往往能清晰感觉到隆庆在哪里，这已然变成一种习惯或者说直觉。

然而幸福或者说不幸的是，隆庆也有这种直觉。

22

隆庆醒了。此时天已亮了，晨光照耀着破落的荒庙，他对着那堵覆着残雪的破墙发了半天呆，然后被腹中传来的饥饿感惊醒，回到自己席畔的砖墙下摸了半天。

摸了半天还是空，他藏在那里的半个馒头，还有半瓮白菜帮子汤都已经不翼而飞，甚至连那个被他当作宝贝的瓮都不知去了何处。

隆庆回头望向破庙里那些神情各异的乞丐同伴，愤怒地大声喊道："谁他妈的敢抢我的馒头！都还给我！还有我的瓮呢？我的瓮呢？！"

他向着那两名唇角带着油渍，满脸得意不屑神情的青壮乞丐扑了过去，想要抢回属于自己的馒头和白菜汤。然而受过重伤，身体比普通人还不如的他，哪里是这等恶丐的对手，三两下便被人踹翻在地，痛苦地缩着身子不停打着滚。

破庙里响起剧烈的咳嗽声，隆庆不停咳着血，痛苦万分。庙里乞丐们望着他的眼神里没有任何同情怜悯，反而满是幸灾乐祸和看好戏的模样。

他擦拭掉唇角的血渍，艰难缩回自己的席畔，把头埋在双膝间痛苦地咕哝道：“我当年在皇宫里锦衣玉食，在桃山风光无限，哪里会在意半个馒头，让给你们又如何？你们这群没天良的王八蛋，欺负我你们一辈子也不可能进皇宫吃点心！”

破庙外，陆晨迦紧紧捂着嘴，苍白的脸颊上满是痛苦的神情，泪珠就像花瓣上的露珠般颗颗坠下。从荒原到成京漫漫道路，无论隆庆如何在精神和语言上折磨她，无论她如何无望痛苦，她始终没有哭过，直到此时。

即便是痛苦的哭泣，依然不能放声。过了片刻她牵着缰绳，失魂落魄离开破庙，漫无目的地向远处行去，身后的雪马低着头，显得无比悲伤。

就在她离开之后不久，破庙里的战斗重新爆发，不知道是因为乞丐们看这个比自己更脏更臭但感觉总有些格格不入的新乞丐有些不顺眼，还是因为隆庆咕哝着喃喃自语里的内容激怒了某些人，总之又是好一场痛殴。

一道清晰的血口出现在隆庆的脸上，血水冲刷掉他脸上覆着的尘埃，露出下面本质洁如玉的肌肤。

隆庆摸了摸自己的脸，怔怔看着掌心里的血，忽然疯癫地笑了起来，伸出右脚把一名乞丐绊倒，然后从衣服里摸出那破碗，狠狠地砸到对方的脸上。

瓷片深深揳进那名乞丐的脸颊，有一片深入眼窝，突兀地出现在眼球上。鲜血四处迸溅，画面无比恐怖，破庙里一片惊呼。

隆庆接着用破碗片割断了那名乞丐的咽喉。

“杀人啦！”

"杀人啦！"

乞丐们拿着家伙围在四周，惊恐地大声喊叫，却没有一个人敢上前去阻止隆庆的动作，因为隆庆的脸上没有任何情绪，那种呆滞分外可怕。

那名乞丐蹬了两下腿便死了，隆庆却依然没有住手，不停用拳头向他的脸上砸去。拳头再如何绵软无力，砸上数十下数百下，还是能把一个人的脸砸成棉絮般的破烂物事。鲜血从那些棉絮里渗了出来，冲掉脱落出眼眶的扁扁眼球。

隆庆脸上漠然的情绪也随着痛殴而渐渐融化，直至眉眼逐渐扭曲，化作似哭似笑的怪异神情，黯淡的眼眸里没有光明，也没有黑暗。

他骑在那名死去乞丐的身上，大声痛哭道："那馒头被冻得硬得像梆子，非得白菜帮子汤泡软了才能吃，原汤化原食你不懂吗？你怎么能就那么吃了呢，你为什么一定要跟着我呢？你害我没有馒头吃了，以后谁来给我馒头吃？"

破庙里不停响起他像疯子一般的号叫。

胆小的乞丐早已如惊鸟般四处散去，那些不愿离开这难得栖身之所的胆大乞丐惊惧地藏在角落里，看着那个恐怖的疯子，有人颤着声音哭喊道："你别急啊，白菜帮子汤是被我们喝了，但那馒头还没吃，太硬了。"

隆庆茫然望向说话的那个乞丐，问道："那我的馒头在哪里？"

那人指着他身下那名乞丐的尸体说道："在他怀里。"

隆庆摸索着从身下乞丐尸体怀里摸出那半个硬邦邦的馒头，痴痴呆呆看了半天，忽然把馒头蘸进血水里，问道："蘸些血是不是也能泡软？"

破庙里没有人敢回答他的问题，当那群乞丐看着他把蘸了血的馒头塞进嘴里后，更是噤若寒蝉，然后生出了一些很奇怪的想法，跟着这样一个疯子混，是不是可以在这个到处是人血的世界里活得更好一些？

最近这些天，位于大唐帝国东北边陲最偏远处的土阳城，气氛显得格外异常。当千名玄甲重骑自荒原归来后，这种气氛变得越来越浓郁，即便是城外远处岷山里的狼群，似乎都有些畏惧此间的气氛，不再敢于夜里凄嚎不休。

之所以如此自然与那千名玄甲重骑有关。城中军民隐隐知道了消息，长安军部来函严厉质询，为何如此重要的兵力调动无论军部还是宫里都没有听到消息，要求大将军马上做出解释。然而大将军府却对此表示了沉默，夏侯大将军称病休养，那两扇朱红色的大门已经很久没有开启了。

忽然某日，镇军大将军府府门大开，城中军民都知道这意味着某件大事即将发生，很是诧异究竟是谁值得夏侯大将军如此郑重对待？

一辆破烂的马车在无数道目光的注视下，缓缓驶进土阳城。

和简陋到随时可能散架的车厢相比，拉车的那匹大黑马神骏异常，非常高大，而且摇头摆尾时的神态很是憨喜。边塞军民多见战马，却也未曾见过这样的坐骑，不由纷纷称奇，心想车中不知是何人竟奢阔到用这种马来拉车？

车窗窗帘被掀起一角，车厢里的宁缺看着城门墙下一名乞丐，不知想起了什么，沉默片刻后说道："当年无论我和桑桑过得再艰难，我们都没有想过去要饭。"

大师兄望着他微异问道："为什么？"

宁缺看着那名乞丐身前的破碗，说道："因为乞讨来的东西总是容易被人抢走，而且要来的饭不香，与之相比较，我宁肯去抢。"

莫山山有些不明白他这句话的逻辑，认真思考片刻后说道："难道说小偷和强盗要比乞丐更值得理解和同情？"

"这就是问题的关键。"宁缺放下窗帘，看着莫山山认真说道，"理解和同情是一种很廉价的情绪，这个世界总是凶险的，如果要活下去便要学会拒绝这些情绪，不能让自己沉浸在这种情绪中无法自拔。我一向以为那些遇着些挫折便冒充孤独、模仿绝望、哭天喊地、伤害自己、伤害亲人、以为全世界都对不起自己的家伙，都是废物中的废物。"

23

此时车厢里的宁缺并不知道隆庆皇子遭遇到了些什么，在射出那支元十三箭后，他就知道隆庆皇子废了，就算没有死也必然废了，因为一个自幼在皇宫里长大，又在昊天道门呵护下长大的西陵美神子，断然不可能像他自己一样可以无视任何苦难，笑呵呵又冷冰冰地面对一切障碍，进而逾越之。

正是因为清楚这一点，所以他登上书院后山巅峰之后，便再也没有把隆庆皇子当作自己人生的目标，或者说假想敌。无论隆庆皇子日后会有任何奇遇，有任何造化，他坚信自己只要击败过对方一次，那便能击败对方无数次。

宁缺再次掀起窗帘，望向陌生的土阳城。秋时带着书院诸生来前线实修时，曾经路经土阳城，只是那时夏侯借故没有接见书院诸生，队伍匆匆而过，他竟是没有仔细看过土阳城的风景。

他看着路旁那个半掩着门的粮草行，看着城墙高处模样有些怪异的箭楼，想起当年在渭城时收到的那些来自远方的信，想起信纸上小黑子提过这些地方，也提过他在这些地方做过些什么。

小黑子已经死了，死在那场微凉的春雨中，就死在老笔斋对门的那堵灰墙下。宁缺看着车窗外的景致，想念着再也看不到的人，情绪有些异常。

车厢里大师兄和莫山山静静看着他，都看出他此时的心情有些异样，却不知道他心情有异的真实原因，还以为是因为马上便要入大将军府面见夏侯，宁缺想着草原上的马贼之事以及天书之事有些紧张。

"军部可以确认林零身份。"大师兄拍了拍他的肩膀，温和说道，"不管夏侯认不认账，单是下属在草原上组织马贼劫掠联军粮草这条罪名，便也够了。"

宁缺笑了笑，其实他并不是很理解大师兄为什么要带着自己来到土阳城，也不是很清楚当日那句关于交代的话究竟该如何理解。草原里的马贼群，他已经拿到了足够多的证据，但单凭这一点并不能让夏侯伤筋动骨，至于呼兰海畔抢夺天书时击出的那一拳及随后赶到的大唐边骑，也不足以把夏侯掀翻在地。

将军府正门厚重宽大，长街洒扫干净，一应偏将校尉之属恭恭敬敬陪侍在侧，与环境相较，那辆马车显得越发简陋不堪。

马车并没有在府门前停留，而是直接驶进了将军府。没有在将军府前下车，还真是因为车厢中人的身份不一样，像大师兄这样的人物极少在俗世里出现，偶尔露面不过是惊鸿一瞥，真让人知道他来到土阳城，无论对朝廷还是夏侯来说，都不是什么好事。

马车驶入将军府深处，在一片冬园畔停下，一名叫作谷溪的文士恭恭敬敬将三人迎入园内，宁缺看着这个人的后背，忽然摇了摇头。

夏侯大将军在园口石门下相迎，神情平静不知心境如何。

距离呼兰海畔之事已经过去了些时日，再次相见，双方很有默契未提那日争夺天书之事，只是寒暄而入，仿若只是初见。

冬园里摆了一场家常宴，乌黑木案桌上摆着的只有淡雅小菜和三色米粥，案畔诸人沉默进食，没有人开口说话。

宁缺喝了碗米粥，夹了块精致咸菜，又喝了碗米粥，又夹了块咸菜放进碗里，用筷尖沉默挑弄片刻，然后他忽然抬起头来，望向桌首的夏侯。

无声处一句话便是惊雷。

俱沉默时一眼便是闪电。

作为客人，这般直视主人非常无礼；作为书院小师弟，当师兄在场时自己先做动作有些无理。然后宁缺就这样做了，因为他实在是很想真真切切看一看这个人。

大师兄微异看了他一眼，然后笑了笑继续低头吃粥，似乎觉得这粥比夏侯、比小师弟、比席间隐隐震荡的风云气息要有意思得多。

莫山山抬头看了他一眼，有些不解有些担忧，看见宁缺神色如常便不再理会，目光便不知飘到了何处，总不过是冬园里的冰池霜树。

夏侯依然半低着头，端着粥碗缓慢而认真地进食，仿佛感觉不到宁缺的目光正像两把刀一样深深砍在自己的脸上，神情淡然自若。

宁缺静静看着夏侯。

此时的夏侯与呼兰海畔那个中年男人完全是截然不同的两个人，面色依然冷如寒铁，双眉依然浓若墨蚕，双唇依然艳若稠血，然而一身霸道至极的威势，却尽数锁在身上那件寻常外衣之内，没有一丝向天地间泄出。

那件看似寻常的素色外衣不是盔甲，不是军服，却是大唐天子当年论战功时亲自披到他身上的御衣。穿着这件御赐素衣的夏侯，便不再仅仅是一位武道巅峰至强者，更是俗世里的大人物，帝国军方权柄最重之人。

宁缺默然想到，即便是书院，想要这样一个大人物做出交代也很难吧？

夏侯缓慢而认真地吃着碗里的粥，比大师兄还要慢条斯理，直到很久之后，他才结束进食，缓缓抬起头来，回望着宁缺的目光问道："小先生为何一直看着我？"

宁缺展颜一笑，说道："因为大将军威武。"

这话自然是没有人信的，不过也没有人无趣到揭穿这种借口，除非是二师兄忽然来到土阳城，或许才会有兴趣批判一下双方的虚伪以及无礼。

撤下饮食，端上名贵的燕西黑毫茶，夏侯望向大师兄说道："犬子都是些上不得台面的废物，就不唤出来让大先生看了。"

大师兄微微一笑，缓缓啜了口茶。在不需要说话的时候，他向来是不愿意说话的，因为他知道自己说话慢，别人大概不怎么喜欢听。

夏侯端着茶盏看了莫山山一眼，说道："你就是书痴？"

大师兄放下茶盏，微笑说道："山山现如今是我认的妹妹。"

夏侯微微眯眼，似乎有些诧异，不解这名大河国的少女符师因何得了如此大的机缘，沉默片刻说道："恭喜。"

莫山山知道接下来冬园的谈话属于大唐帝国内部的事务，站起身来微福一礼，又看了宁缺一眼，便自行离开去给大黑马喂吃食。

冬园内一片安静，只有寒冷的风吹拂着枝上的霜，发出簌簌的声音，像是箭羽擦过弓弦，像是战场上的泥土溅溅到坚硬的盔甲上。

夏侯看着茶盏里黑稠若血的茶汤，沉默了很长时间，手腕一震，送入唇中一饮而尽，长衫随风而动，说不出的豪迈随意，便若饮了一杯双蒸烈酒般。

茶汤入喉如血，大将军的声音越发冷冽肃杀，金石之意大作。

"当年轲先生单剑杀入山门，我明宗子弟或死或遁，各自颠沛流离，苦不堪言。然我明宗本以强权立规矩，所以明宗中人畏轲先生如虎，却不曾厌恨之。其时我年岁尚浅，甫离家师管制，反而觉得便如鱼跃大海，花开彼岸，好生快意，尤其与家妹南下中原，在大唐入伍从军识得诸多好友，更是有此快感。"

宁缺此时没有看他，只是看着面前那盏茶。茶盏里的黑色茶汤让他想起了很多陈年旧事，想起了那座石狮，想起了那些血。他在将军府里想着将军府，然后被这道金石之声惊醒，微微蹙眉，没有想到夏侯一开场便自称魔宗身份。

"世人称我明宗为魔，我便是所谓魔宗余孽，大先生乃夫子亲传弟子，自不会在意，然而世人并不如此。家妹入长安之后，我替帝国镇守边疆，积功而至大将军，不料某日慕容一舞惊天下。她圣女身份曝光，西陵神殿借此事大做文章，一面由掌教大人传书于朝廷，一面尽起三大神座赴岷山向我施压。"夏侯漠然看着茶盏里的黑色茶汤，沉默片刻后说道，"那时我一直期待着朝廷能够对我有所回护，或者夫子能够说句话，然而朝廷没有反应，夫子也没有说话。为了不让西陵神殿因为我的魔宗身份而连累到长安城里那女子，我只好杀了慕容，叛了明宗，做了神殿客卿，变成了昊天的一条狗。"

24

说到此时，这位如今世间最有权势的男人抬起头来，望向桌畔的大师兄，缓声说道："敢请教大先生，若您处于我当时的情况，您会如何抉择。"

大师兄没有沉默，也没有微笑，只是静静看着冬园里的一株树，仿佛在回忆很多年前属于他自己的故事，说道："如果是我，我大概会能杀几人便杀几人。"

夏侯听着他的回答，大声笑了起来："哈哈哈哈，大先生何等人物，身后又有夫子这座大山，这世间有谁敢对你不敬？"

忽然间，他神情一肃，寒声说道：

"但我只是一个师门覆灭不容于世的魔宗余孽，我只是一个惶惶丧家之犬……换一个家宅当狗，似乎是唯一的选择。

"然而便是当狗也是一件很困难的事情。"

夏侯收回目光，稳定而有力的手指缓缓轻击着桌面，说道：

"因为狗都是有主人的，而我这条看似强大可以到处咬人的狗，却始终不知道自己的主人是谁。

"我是西陵神殿的客卿，我又是大唐帝国的大将军，我不可能向神殿出卖帝国的利益，也不能向帝国出卖神殿，那我这条狗能为神殿和帝国带来什么利益？

"我只能不停杀不停地征伐，替我大唐帝国打下越来越多的疆土，消灭越来越多的敌人，只有这样皇帝陛下才不会疑我。同时我又必须暗中听从神殿的命令，替他们处理一些在帝国内部不方便处理的事物，如此他们才会继续信任我。

"这种日子真的很苦闷，陛下始终不肯完全信任我，神殿更是对我戒心十足，而像唐那样的明宗子弟，一旦出世第一件事情就是要杀我。

"我是叛徒，从离开山门的那一刻开始，我就是个叛徒。从河的这边到那边又到这边再到另一边，这并不是在光明与黑暗间反复无常，事实上只是一个黑暗的残余在光明的照耀下苟延残喘，寻觅一线生机和希望。

"然而有时候我也在想，死亡并不可怕，可怕的是你背上扛着的那些过去，那些不想让人知晓的过去。那些东西扛得久了便长在了你的身上你的心上，怎么都无法让它变得轻一些，更不要奢望能够把它从你身上拔出来。

"可世事总是在往前走的。陛下派书院来边塞实修，明显是不想用我了，而一条狗如果没有了用处，随时都可能会被宰掉。我很艰难才在中原活了这么多年，才坐到现在这个位置上，我不想被宰掉。

"怎样才能不被宰掉？除非不当狗。怎样才能不当狗，而是当狗的主人？你要拥有力量。很多人都说本大将军是世间最有力量的男人，但其实你我都很清楚，这种力量并不能超凡脱俗，依旧还在世间，所以我的颈上总有一根绳子。

"所以我想得到那卷天书，我想拥有超出这个世间的力量，我想挣断那根绳子，从此不用再在河的两岸反复挣扎，而可以得到真正的自由。"

夏侯这一番讲话很长，在他说话的过程中，无论大师兄还是宁缺都没有插嘴，只是安静而沉默地倾听着，听着那段含混的历史，听着这位帝国大将军平静叙述里隐藏着的怨毒和不甘，听着那些世间没有太多人知道的秘辛。

大师兄看着他温和问道："为什么要对我们说这些？"

夏侯笑了笑，端起茶盏将冷茶饮尽，轻声一叹说道："自然不是想用这些话改变一些什么，只是这些话在我的心里藏了太多年，一直没有机会对别人说。世间有资格听我说这些话的人太少，而大先生你毫无疑问是其中一人。"

大师兄感慨说道："既然说之无益，何必多言？"

夏侯看着他的眼睛沉声说道："当年我曾经想要求见夫子，请他老人家开解我的痛苦和困惑，我心想书院传说中是一个有教无类的地方，既然能够出现轲先生这样的人物，指点我这个魔宗余孽也不算什么。但是很可惜夫子始终不肯见我，只是让陛下给我传了两个字，直到今日我依然不知那二字何解。"

大师兄问道："哪两个字？"

夏侯应道："无为。"

大师兄沉默片刻，然后看着他笑了起来，温和的笑容里蕴藏着很复杂的情绪，有些怜悯有些感慨也有些毫不掩饰的惋惜。

"观大将军今日行事，看来还真是未解夫子之意。"

"还请大先生指点。"

"无为，便是无所为。大将军自离魔宗来我大唐，所思所行皆锋芒毕现，以武力以战功以暴戾招摇行事，为的便是能在滔滔大河中站稳，从而不给你身后那人带去麻烦。然而你却没有想过，若从一开始时你什么都不做，或许还会更好些。"

大师兄慢条斯理说着话，缓缓举手阻止夏侯说话的意思，继续说道：

"便说当年慕容琳霜圣女之事。先帝接掌教之信大为愤怒，已然准备与西陵刀兵相见，然而你却心忧那人暴露，抢先刺杀慕容以此取信西陵，这又怎能怪帝国不曾助你？

"一应世事本无常，你若无为而对，或许那之后的所有烦恼都会不存在。可惜你太过紧张那人，一步错便步步错，直至到了今日无法挽回的地步。"

夏侯紧握双拳厉声说道："可是当年夫子没有说话！"

大师兄目光微冷，看着他的脸沉声说道："你有什么资格让老师为你说话？你又怎么知道如果神殿动手，老师不会替你说话？你莫要忘了，当年若不是老师点了头，你那妹妹又怎么可能成为我大唐的皇后娘娘！"

冬园里一片死寂，将军府里所有下人早就已经被遣走，没有人能够听到大师兄说的这句话，而听明白了这句话意思的宁缺，则是低着头盯着面前的茶盏一动不动，只有桌下微微颤抖的右手显露着他内心真实的情绪。

大唐帝国的皇后娘娘居然是夏侯的亲妹妹！她也是魔宗的人！

冬园深处一株细细的树枝仿佛是承受不住场间的气氛或是枝上挂着的雪霜，咔嚓一声折断堕入残雪之中。大师兄缓缓将身前的茶盏推得远了些，抬起头来平静看着夏侯说道："如果你的话说完了，那么接下来该我说些你大概不喜欢听的话。"

夏侯微微眯眼，轻击桌面的手指早已停下。

大师兄问道："草原上那群袭击联军粮草的马贼听谁的命令？"

夏侯回答道："我。"

大师兄问道："呼兰海畔那逾千骑大唐骑兵是谁调过去的？"

夏侯回答道："我。"

大师兄问道："是谁想在山道里一拳打死我小师弟？"

夏侯平静回答道："还是我。"

大师兄沉默片刻，然后看着他说道："既然如此，你归老吧。"

夏侯大将军老吗？

无论是长安城里的文武百官、皇帝陛下，还是世间亿万民众乃至西陵神殿的大神官们，都不会这样认为。这位武道巅峰强者还处于自己人生最强大的阶段，精神意志都没有丝毫凋敝的迹象，有很多人以为当许世将军因为年老体衰注定离开历史舞台之后，他便将是世间第一名将。

然而就在这位不可一世的将军自己府邸里，就在这寂清微寒的冬园中，那名穿着旧袄破鞋看似寻常的书生，毫无道理毫无理由便说他老了，然后让他归老。

当这句话从大师兄嘴里说出后，无数层铅色的冬云汇聚而至，来到土阳城的上空，层层叠叠罩住冬园，天光黯淡无比，园中树木老态毕现。

夏侯眯着眼睛看着大师兄。

在回答了很多问题后，他只问了一句话："大先生要干涉朝政？"

大唐帝国有资格的人都清楚，书院严禁干涉朝政，这是夫子给自己以及后山所有弟子定下的铁律。如果没有这条铁律，只怕无论是书院里的那些先生们还是宫里的皇帝陛下，都会弄不清楚究竟谁才是帝国的主人。

夫子说书院不能干涉帝国朝政，那么那间培养出了无数朝臣、最有资格干涉朝政的书院便从来没有干涉过帝国朝政，后山里的那些人也不例外。

今日大师兄要让夏侯这位帝国大将军就此归老，算不算干涉朝政？

身为大唐将领，面对书院的压力，还能淡然相应，夏侯不愧是人间巅峰强者，拥有世人难以企及的自信与力量，这种强大令人心生敬畏。

然而大师兄只用一句话，便摧毁了夏侯所有的强大。

"夫子不让书院干涉朝政，是因为他总以为朝政俗务乃是末道小事，修行之人应该尽量远离，帝国动荡甚至覆灭，只怕也不能让他老人家眨一眨眼睛。你身为神殿客卿，应该很清楚当年夫子上桃山之事，所以你应该明白什么事情才是夫子眼中的大事——你瞒着朝廷和神殿在荒原上组织马贼群是小事，你想抢夺天书也是小事，你是魔宗余孽同样是小事，你这些年所做的任何事情在夫子眼中都是小事，但你想杀我书院小师弟，这便是大事。"

对于世间强者而言，每临大事有静气乃是他们必须具有的气质。

然而面对夫子心中的大事，即便强若夏侯也必须沉默，然后认真思考。他思考的时间很短，盏中如血的黑毫还未全冷，他感慨望向相伴多年的冬园。

"既然老了，那便归老吧。"

25

有很多事情在做出决定之前，总显得那般沉重，然而一旦做出决定，那些事情的重量仿佛会在一瞬间之内失去，被园里的风轻拂便飘摇直上铅云消失不见。

夏侯此时的感觉便是如此。当把归老那句话说出口后，他顿时觉得轻松了很多，识海与目光同时清明了很多，发现原来这本来就是最正确的选择。

在道魔帝国之间挣扎反复，即便是强大如他也感到身心俱疲。他一直苦苦思索怎样才能突破这种僵局，直至此时他才明白，若自己抛弃世间荣华富贵，如夫子当年所说那般不争无为，未老而归老，这样才是所有人都能接受的结局。

无论西陵神殿还是长安城皇宫里的陛下，都会默允自己离开纷争的朝堂与修行江湖，更何况大先生亲自来到土阳城，隐隐里更代表了书院的意思。

"大先生果然宽厚。"夏侯看着大师兄说道，"秋末回京我便辞去所有官职。"

大师兄看着他摇了摇头，缓声说道："太晚。"

夏侯微微眯眼，看着他的脸沉默了很长时间后，沉声说道："大先生，我毕竟是帝国大将军，麾下亲信无数，我总要安排他们的后事，而且中原与荒人之战开春后便将开始，我需要留在土阳城盯着这场战事。"

大师兄盯着他的眼睛，似乎想要听到为什么他要盯着这场战事的原因。

夏侯眼帘微垂，手指轻轻抚着茶盏，说道："毕竟我也曾经是一名荒人。"

大师兄起身向园外走去，在门前忽然停下脚步，说道："不准去西陵。"

将军府的书房在冬园深处，依墙架上陈设着各式兵器，少见笔墨书籍。一股肃杀之意回荡其间，窗外黯淡天光透入，瞬间被压制得无法动移。

军师谷溪站在书桌旁，沉默不语，笼在袖中的双手时而紧握，时而松开，不知道挣扎了多少时间后，声音微哑地说道："属下不甘心。"

夏侯看着书桌上墨渍未干的信纸，神情漠然地说道："拿不到天书，我便是凡人，凡人便必须听天由命，而归老田园已然是我能看到的最好的命。我寄信长安自愿解除军职归老，相信陛下总要给我一些颜面，军中后事相信无论是许世还是军部都会据理力争，至于你若担忧西陵神殿觅你回复，你可以与本将一道归老。"

谷溪眼中浮现感动之色，旋即感动化作感伤，自嘲一笑说道："当年我本是神殿派在将军身边的监视者，谁知一过便是若干年，变成了真正的主仆。将军可以归老，我却必须要回西陵复命，也不知是否还有机会与先生相见。"

夏侯看着他说道："不需太过担心，长安城里的陛下和那些文武官员，只要我肯和平交出手中的兵权，他们不会再做任何计较。至于神殿方面，这毕竟是书院的提议，相信他们也不会为了一个退役的将军与书院发生太大争执。"

谷溪点了点头。

夏侯看着窗上的隔栅和那处透来的黯淡天光沉默了很长时间，浓眉渐蹙，缓声说道："书院大先生果然如我所料是个宽厚仁慈之人，但不知为何那个叫宁缺的十三先生却对我有如此浓郁的杀意，他很想我死。"

随着这句话出口，书房里的肃杀之意大作。

身为武道巅峰强者，对气息的敏锐程度何等恐怖，夏侯能清晰地察觉到大师兄的真实来意，自然无论宁缺如何遮掩，也能体会到他目光里的杀心。更何况当时在冬园宴上，宁缺根本没有掩饰过自己的真实心意。

谷溪看了窗外一眼，低声说道："上次向将军禀报过，林零生前最后一趟回长安城隐约查到了一些事情，和御史张贻琦之死有关的事情，有线索指向十三先生。林零在草原上想杀他，大概也和这个判断有关。"谷溪眼帘微垂，缓声说道："十四年前宣威将军叛国一案，因为陛下提前归京、西陵神殿忽然罢手，而没有完全解决所有的问题。我可以确认有些人还活着，所以我在想这位十三先生……会不会和那件事情有关。"

夏侯很清楚自己麾下那名大念师林零在长安城里的调查结果，也很清楚能把御史张贻琦及那数名离奇死去的人物还有自己联系起来的事件，除了当年宣威将军府叛国一案，便只有燕境屠村一案。

他沉默片刻后说道："这些年我在这个世界上杀的人太多，想杀我报仇的人更多，那位十三先生究竟与我是否真有宿怨，本就不是什么太重要的事情。陛下和神殿都乐意看到我安然归老，尤其是书院已经表态，这个世界上还有谁敢来杀我？没有人会允许有这种变数存在。"

谷溪想起迎对方入园时后背感受到的如锋芒般的目光，沉默思考很长时间后低声说道："那个十三先生有古怪，至少应该查一查。"

夏侯微讽地看了他一眼，问道："如果查到他便是那个人，又能如何？"

谷溪说道："就算朝廷不会管这件事情，但总有办法解决掉。"

夏侯神情漠然地说道："林零在草原上试图杀他，虽然我事先并不知情，但这一次要算在我的身上。在呼兰海畔为了天书我又试图杀他，这便是第二次。莫非你以为书院真会给我留下第三次机会去杀死夫子的亲传弟子？"

谷溪沉默片刻后说道："或许还会有无数次，朝廷和书院总不可能把每次都算到大将军身上，那是很没有道理的事情。"

夏侯沉默地看着他，没有说话。

魔宗余孽夏侯在大唐帝国成为权柄极重的大将军，更成为西陵神殿的客卿，甘愿做神殿的一条狗在长安城和燕境屠杀无辜，所有这一切他只是为了隐藏亲妹妹的身份，不想让任何人知道大唐皇后娘娘也是魔宗中人！

宁缺双手撑着微冷的窗台，回身望向屋内的大师兄，想着先前在冬园里，就是这个面容寻常普通没有丝毫强大气息的书生，只用了简简单单一句话，便让帝国最强大的夏侯大将军甘愿放弃手中的权势荣华归老，不由好感慨。

夏侯与皇后娘娘之间的兄妹关系令他震惊，然而今日所见所闻里能够体会到的书院和大师兄的强大，则更加令他震惊，忍不住问道："大师兄，你究竟有多强？"

大师兄正捧着那卷书在看，听着宁缺的问题，缓慢拢好书卷，抬头望向窗畔的他，沉默片刻后微笑说道："强大其实只是一种相对的概念，比如苍鹰之于蚂蚁，看似苍鹰强大，但苍鹰永远不会与蚂蚁相搏，所以蚂蚁并不弱小。"

宁缺摊手说道："师兄，你说的话太过深奥，我有些听不懂。"

大师兄笑了笑，把那卷书插回腰间，缓步踱到窗旁与他并肩站立，看着冬园里的霜树冰池，缓声说道："这或红妆或素裹的世界里其实被人为区隔成了很多不同的世界，比如皇宫与市井，比如煌煌神殿和破落的道观，比如所谓的不可知之地和充满烟火气的真实人生。据闻悬空寺首座讲经时，有无数飞蚂蚁浴光而起，你说这位首座究竟到了何等境界？又比如说知守观观主能教出叶苏这样的徒弟，那他又该如何强大？然而这些人永远不会……至少到现在为止都不曾在人间出现过，那么他们便是俯瞰蚂蚁的苍鹰，虽然强大但并不会伤害到你。"

宁缺好奇问道："知守观究竟是什么地方？"

大师兄认真回答道："知守观是一座道观。"

宁缺认真等着听后续，然而没有后续。

他有些无奈地笑了笑，忽然问道："夏侯算苍鹰还是蚂蚁？"

大师兄叹道："他本应是荒原天空上的一只苍鹰，只可惜被自己套上了一道锁链，从那之后他便变成了猎人驯养的牧羊犬，然后他便再也无法挣脱。"

宁缺沉默片刻后说道："成为神殿客卿的强者，是不是身上都系着一根链子？"

大师兄认真回答道："夏侯心忧皇后，相对而言自然更为难熬些，只不过师弟你说得也不为错，神殿客卿自然都有自己的难处。"

宁缺想着莫山山的老师，蹙眉说道："难道柳白和王书圣也是如此？"

大师兄感慨说道："剑圣柳白被称为世间第一强者，即便是神殿掌教对他也要以礼相待。然而昊天神辉照耀世间，只要生活在昊天的世界里，便总有些规矩需要去遵守。你我幸而身在书院，相对要自由很多，也幸福很多。"

很简单的一段话，却让宁缺心头微动。

26

大师兄明白他在想些什么事情，说道："夏侯很强大，即便是君陌也不敢轻言胜之，遑论杀之？而且他是皇后的兄长，谁敢无罪斩之？这个秘密除了夫子和陛下，便只有极少几个人知道，还请小师弟善加保存。"

"师兄，我不明白为什么先前你会让我听到这个秘密。"

大师兄静静看着他，清澈而干净的目光仿佛能看透宁缺最擅长的掩饰。

宁缺回望着大师兄，因为信任而没有做任何掩饰。

沉默很长时间，大师兄看着他怜惜地说道："因为我想你需要知道。"

　　宁缺沉默片刻后低头说道："是的，我需要知道这些。"

　　大师兄忽然微笑说道："回书院好好学习，五年之内你一定能杀死他。"

　　宁缺抬起头来，看着大师兄干净的眼眸，心间轻轻咯噔一声，觉得师兄仿佛什么事情都知道，包括自己最大的那个秘密。

　　然而就算知道了又如何呢？以往那些年在世间流离失所挣扎在生死之间，所以外表散漫调皮实际上心思刻厉冷漠忌警所有的人，然而如今自己已经进了书院，成为夫子的亲传弟子，有了这么多的师兄师姐，自己还怕什么呢？

　　宁缺看着大师兄认真说道："听闻当年夫子曾经称赞师兄朝闻道而夕入道，这等境界师弟心向往之，总觉得五年时间太久，想要争朝夕。"

　　大师兄看着他的眼睛认真说道："夫子严禁书院干涉朝政，今日我贸然发话让夏侯解甲归老已算是放肆了一把，而夏侯若真的退出朝政，便是书院也不好再拿他如何。若师弟你想杀死他便只剩下正面挑战这条道路，你可有此信心？"

　　想着在房内与大师兄的对话，宁缺向将军府外走去，在角门处遇着喂食大黑马结束的山山，便邀她出府在土阳城里逛逛。

　　深冬的土阳城寒风如刀，先前看热闹的民众早已各自归家，街道上除了巡逻的唐骑之外，竟是很难看到人影，着实没有什么好逛的。不过年轻的男女逛街更多的不在于逛街，而是在于和谁逛，所以宁缺和山山的心情倒是不错。

　　走过半掩着门的粮草行，宁缺指着城墙上对山山说那处的箭楼当年修的时候出了问题，所以模样有些古怪，不过听说反而非常好使。然后他又带着她去到某条僻巷觅了间极不起眼的铺子吃了顿涮肉，得意说道这便是土阳城唯一的美味。

　　一路行来观冬景食鲜肉饮烈酒，莫山山没有说太多的话，只是静静听他在说，跟着他行走，然后认真地看着他，目光散漫却不再漠然，偶尔掠过些意思。

"你以前来过土阳城？"

"曾经路过一次。"

"那你为什么对土阳城这么熟？"

"因为……我曾经有个朋友在这里生活过很长时间。"

宁缺在街角避风处买了一块烤红薯，仔细用两张粗纸裹好，递给莫山山让她先行回将军府，然后走到一条巷内，望着将军府飞檐一角沉默了很长时间。

将军府里那位大将军马上便要去养老了。他曾经替帝国建立下不朽功勋，如今知情识趣自请解甲，想必朝廷定会倍加尊荣，下场怎样也不能算惨淡。

然而长安城那座将军府里曾经淌过那么多血，燕境的村庄里焚烧了那么多具无头的尸身，老笔斋对面灰墙下的小黑子在雨中死得那般凄惨。

他很想杀死那位大将军，但他知道自己没有办法杀死对方，哪怕现在的自己已经不再是渭城的无名军卒，而是书院二层楼的学生，依然无法杀死对方。

大师兄亲自出面，他也只能眼睁睁看着对方解甲归田便了断了过往所有恩怨，挥一挥衣袖不带走任何往事以及往事里的血腥，所以他看着将军府飞檐沉默了很久。

小巷幽静清冷，无人走过。便在这时，一名身着深色棉服的中年男子悄无声息靠了过来，觅着四周无人注意，才将手中紧捏着的小纸条递给了宁缺。

这名中年男子便是当初在碧水营曾经与他联系过的天枢处阵师。阵师在边塞身份特殊，想在土阳城中与宁缺相见倒也不是太困难。

宁缺的目光落在小纸条上，身体骤然一僵，拿着纸条的手指在寒风中微微颤抖，沉默片刻后，他声音微哑地问道："为什么现在才通知我？"

那名中年男子同情地看了他一眼，低声禀报道："荒原之中根本无法找到先生，所以我只好一直留在土阳城里等待先生归来。"

宁缺看着纸条，缓缓闭上双眼，摇了摇头。

中年男子沉默地走出了小巷。

过了很长时间后，宁缺睁开眼睛，把手中的纸条毁掉，抬头看着灰暗色的冬日天穹，喃喃说道："你怎么就这么死了呢？"

纸条上的消息是大唐天枢处从长安城带来的噩耗，昊天南门神符师颜瑟大师，于日前在长安城北某座山间，与叛离桃山的光明大神官同归于尽。

他来不及回忆当初在书院外草甸间的初次相见，来不及回忆离亭里符文之道的初次问答，来不及回忆长安城内外无数道观佛寺旧亭新榭间师徒二人留下的足迹，便开始悲伤起来。

纸条很短，但隐约包含的内容很多。宁缺大致明白那位光明大神官之所以被囚桃山多年与将军府血案有关，而且根据那些分析，他在冥冥中捕捉到一种很强烈的直觉——那位光明大神官之所以去长安城，应该是在寻找自己！

他不明白这种直觉从何而来，自从在魔宗山门接受莲生大师精神世界里的那些碎片之后，他经常会生出一些很玄妙的直觉，而且他相信这种直觉。

"师父，你是因为我而死的吗？"

宁缺看着灰暗的天穹，心情黯淡难言，情绪糟糕到了极点。如果让师父离开这个世界的人还存在，他还能用复仇的意念压抑住心中的悲伤，然而那个光明大神官也被师父杀死了，自己还能为师父做些什么事情？

他收回望天的目光，望向那座将军府，感慨说道："看来当年将军府的血案真和西陵神殿有关系，当年让你动手的人就是那位光明大神官？你们为什么要这样做呢？师父不该死却死了，像你这样的人该死却总是不死，这又是为什么呢？"

稍一沉默后他说道："大将军解甲归田后，定有千顷良田几座大宅，闲暇时招猫逗狗调戏丫鬟，无聊时搬把椅子躲到瓜荫之下弄孙为乐，这种日子真的很美。"

如果桑桑这时候在身边，便能明白宁缺想表达的真实意思是什么——既然这种日子真的很美，那就不要想得太美。

站在土阳城僻巷中，沉默想着已经死去很久的朋友，刚刚离世的师父，宁缺觉得自己的胸腹间涌出无尽悲伤，然后那些悲伤燃烧成滚烫的灰。

那些滚烫的灰让他身体内的气息运转陡然加速，他的气海雪山开始产生一种难以言说的微妙变化。周遭街巷冬树间的淡淡天地气息仿佛感应到了这种变化，缓慢而平静地笼罩过来，透过厚袄与衣下的肌肤渐渐向他身体内渗入，渐成浩然之势，无法阻挡。

27

一棵冬树斜斜伸在僻巷之中，心有所感的宁缺陡然进入某种莫名的境界，他沉默站在冬树的影子间闭目感悟，很长时间都没有任何动作。

小巷冬树青石残雪里的天地气息，悄无声息笼罩着他的身体，他体内那条贯穿雪山气海的通道越发壮阔，无形却有质的浩然气在其间缓慢流转。

当浩然气散向身躯各处，通道里的气息变得相对稀薄，又被天地间涌入身躯的元气逐渐填满。这种感觉很美好，而当通道里的浩然气淌过他身体里最细微的部分后，感觉越发地美好，如同春水一般洗涤着他的精神与肉体，滋润着每一丝肌肉与每一段骨骼，带来一种温暖饱足却又清新无腻的感知。

巷中并没有风，冬树的影子却在微微颤动，那是因为挂在梢头的凋落残叶，正向着下方他的身体飘去，把细弱的枝条拉得笔直。而巷中石板上并不多的灰尘，也在这无风的时刻飘了起来，渐渐聚集到他的脚边。

不知道过了多长时间，宁缺缓缓睁开双眼，眸子里闪过一抹明亮的光泽，然后迅速敛没归为平常。脚下的树影不再颤动，冬树被绷紧如弓弦的枝条缓缓收回，只有鞋畔的那些灰尘依然堆积，看着仿佛他的脚深陷在厚尘之中。

宁缺看着脚畔的灰尘沉默不语。他知道自己的修行境界与实力在前一刻有了提升，然而这种提升不是原有的修行手段，而是体内浩然气再次凝练强大了一分。

离开魔宗山门之后，他一直没有修行过浩然气，虽然那是小师叔留给他的衣钵，但是基于对昊天光辉的恐惧，他下意识里不想去思考那些事情。

直到今日听闻师父的死讯，隐约猜到那些久远血腥故事幕后的龌龊，看着将军府的飞檐，想着夏侯归老后的幸福人生，他心中生出诸多悲苦不甘，对这个世界产生了诸多不满。种种情绪汇集在一处，便成了滚烫的灰，直至将他烫得心神有些失守，身体里那道骄傲强大的浩然气开始苏醒。

"入魔再深一分，我会和这个世界越走越远吗？"

宁缺看着周遭巷树在冬日里的寂寥模样，看着被细弱树枝割裂的黯淡天光，叹了口气。他的神情依旧平静，精神世界却因为体内浩然气的苏醒而有些不稳的迹象。

浩然气在他身躯内缓缓流淌，看似如大河般无可阻挡，实际上却似乎时常遇着某些障碍，在那些类似叶脉的路线中滞碍难前。这种滞碍带来痛苦和心境上的某种极度不适，令他眉头微蹙，脸色有些苍白。

终究还是心境的问题。当年小师叔持剑行走天下，驴首之前哪有不可行之路，目光之前哪有堪战之敌，心意狂放骄傲故而强大，才能在胸腹间养就不世浩然之气，于世间行浩然之事。而宁缺如今的心境郁结悲苦、不甘沉默，连纵情放肆都做不到，又哪里能够承载浩然气雄浑无双的气息？

住在将军府里那位大将军，不日后便要放弃手中的所有军权，黯然辞职归老，在世上所有人看来，他已经为这些年的所作所为付出了极惨痛的代价，承受了足够多的伤害，对书院和神殿做出了足够的交代，让了一大步。

但宁缺并不这样认为。

宁缺不想让夏侯就此安然归老，便像卓尔留下的那张油纸条上的一些人那般，随着时间的流逝，再也没有人关心那个人以前做过什么事情，把他们遗忘在红尘里的某个角落，任由他们安然归老然后幸福地老去。

　　这就是他的不甘。

　　正是因为他有这种不甘，并且明确了自己的心意，先前体内的浩然气才会苏醒，他的境界才会又有所提升。然而还是因为这种不甘始终停驻在他的精神世界里，所以浩然气始终无法流畅地运行，总有些牵绊和生涩。

　　他望着远处将军府的飞檐，还有檐上那些残雪，闻着街巷两侧民居里传来的葱花味道，沉默不语——心境中郁结可以舒，悲苦可以消，只需要把精神世界里的不甘抹掉。然而怎样才能把这份不甘抹掉？

　　要把这份不甘抹掉，便需要杀死夏侯，然而……大师兄已经明确说过，只要夏侯愿意归老，秉承不干涉朝政铁律的书院便会保持沉默。在没有证据的前提下，信奉唐律第一的帝国，也不会对夏侯做出任何惩处。

　　于是留给宁缺唯一的方法，就是向夏侯发起挑战，进行正面决斗。

　　大师兄说五年之后，宁缺可以击败夏侯，然而……五年真的太长，如果夏侯真的老了怎么办，如果他病了怎么办，如果他在自己战胜他之前就已经老死病死了怎么办？在山中苦修技艺直欲复仇，出山之时仇家或者白头或者早已死去，时间代替自己执行了惩罚，那岂不是世间最惘然心酸的事情吗？

　　宁缺知道自己这时候的情绪有些问题，对修行没有任何帮助反而会造成极大的障碍，如果任由这种不甘悲苦的情绪发展下去，只怕整个精神都会入魔。

　　他明白自己这时候必须做些什么事情，来暂时消弭心境里的魔意。他知道自己现在的实力依然弱小，没有任何资格向夏侯发起挑战，然而无论是身体经脉里艰难艰涩前行的浩然气，还是那份悲苦意都在催使着要做些什么。

　　在巷中冬树影下沉默站了很长时间，看着土阳城里乏善可陈的景致，闻着家家户户飘出的肉香，他想起了小黑子当年写的那些信，抬步向城北走去。

一抬步，他脚下发出噗的一声轻响，鞋畔积着的厚厚灰尘随之散开，向着空中飘去，然后安静地落在树下墙上。

积灰散去，露出干净的青石板。

青石板上出现两道约两指深的脚印，边缘整齐光滑，仿佛是用刀刻出来一般。

宁缺走在土阳城的寒风中。他清晰地察觉到自己的力量与原先有了明显的变化，感觉也比以前敏锐了很多，行走时身体的节奏感非常清楚，鞋底反震回来的大地力道就像是鼓点一般，露在袖外的手背肌肤甚至能察觉到最细的风的流动痕迹。

强烈要破坏一切的冲动与书院后山弟子的责任感强烈冲突，让他始终无法确认自己究竟要不要那样做，直到走到城北那座府邸前，清晰而稳定的脚步节奏终于让他冷静下来，并且明白了自己究竟要做些什么。

大将军府冬园深处。

莫山山看着书桌后的大师兄，轻声说道："宁缺今天的心情有问题。"

大师兄放下手中那卷书，看着少女温和一笑，安慰说道："你在担心什么？"

莫山山沉默片刻后说道："我觉得他好像要做些什么事情。"

大师兄说道："想做什么那就做吧。"

莫山山看着大师兄问道："难道师兄你不担心什么？"

大师兄感慨说道："书院后山这些年来的弟子，大多是像我这样只知修行或专一研道的痴人，唯有小师弟自幼在尘世里拼命挣扎，所以从某些方面来说他是书院最强的那个人。对于危险这种事情，他有自己的判断，我相信他的判断。"

莫山山看着他的眼睛，认真说道："哪怕这件事情会给书院带来麻烦？"

大师兄沉默片刻后，认真说道："书院并不是小师弟想象的那般强大无敌，但我想小师弟做事总有他的理由。而且对于机会这种事情，我同样相信他的判断。"

土阳城北那座府邸侧巷中。

宁缺看着灰色的高高府墙，决定无论如何，也要进去看一眼。

正如大师兄说的那样，他是一个对于危险很警觉的人，而对于机会这种事情，也有非常清晰的判断，很少会错过。

在土阳城里杀人，便等若在夏侯面前杀人，听上去有些匪夷所思。

今天却是他最好的机会。

因为夏侯今天决定归老，所以他便老了——一头苍老的雄狮，对于自家领地的巡视总会疏忽一些，事后的震怒相信也比较容易化解。

宁缺走到灰色府墙下。

他膝盖微弯。

身体内强大的浩然气，瞬间灌注入他的双腿内。

鞋与地面之间发出一声混浊的闷响，无形的气流喷溅而出。

他就像一只大鸟般，轻松寻常地跃起两丈，翻过了那道高高的府墙。

落足之处，是一片渐凋的花圃。

花圃前方是一片庭院。

庭院里有一把松木椅，椅上坐着一个人。

夏侯最信任的军师，谷溪。

谷溪看着花圃里的宁缺，感慨说道："我一直在犹豫要不要杀你，你便来了。"

28

宁缺拨开面前一根棘条，从花圃里走出去，站在庭院间的光滑石坪间，看着椅中的谷溪，问道："我似乎没有得罪过你，你为什么要杀我？"

谷溪缓缓从椅中站起身来，看着他微笑说道："这个世界上有很多事情都需要理由，杀人当然也不例外。只不过我们这种人杀人和朝廷砍囚犯脑袋不同，并不见得是你要得罪我，我之所以想杀你，只是因为在我看来你应该死。"

宁缺缓慢而认真地开始卷袖子，看着不远处的谷溪，神情平静地问道："我还真不知道自己有什么该死的理由，还请军师赐教。"

谷溪脸上的神情有些诡异，笑容里夹杂着一些奇妙的阴恻感觉，几缕短须在寒风间微微颤抖。他看着宁缺呵呵笑道："御史张贻琦那些人是十三先生杀的吧？"

宁缺卷袖子的手指微微一顿，摇头说道："没有听说过这个人。"

谷溪笑得前仰后合，竖起大拇指真心赞叹道："十三先生杀人不留痕迹，便是说谎话也是面不改色，您真心不该去修行而该站在朝堂之上才对，然而……"

随着然而二字出口，他脸上的笑意骤然敛去，幽冷无比："虽然我和林零没有查到任何证据，但我知道当日你在红袖招，尤其是得知十三先生对我家大将军似乎杀意难掩，那便够了，你就已经有了去死的理由。"

"杀一个人不仅需要理由，更需要有好处。"宁缺开始卷右臂上的袖子，低头说道，"我怎么想也想不出来，作为夏侯大将军最信任的部属，你在土阳城里杀死我这个夫子亲传弟子，能给你或夏侯大将军带来什么好处。"

离开长安城进入荒原直至归来，宁缺在与人交谈中用夫子亲传弟子来形容自己时，往往是要用这种身份欺压对方，但今天的情况不同。他是真的想不明白，谷溪立意要杀死自己，难道对方不担心事发后书院和帝国的怒火，会直接把他自己和他誓死效忠的夏侯大将军直接烧成灰烬？

谷溪轻捋髯须，缓声说道："杀死一位书院二层楼学生，自然要冒极大的风险，自然也会得到极大的好处。最大的好处在于你再也不会威胁到将军。"

宁缺卷好了右臂的袖子，双拳垂在腿侧感受着冬风的寒意。

他看着谷溪摇了摇头，说道："这种好处远远不够。"

谷溪忽然眯了眯眼睛，感慨说道："我跟随大将军半生时间，为的是什么？为的就是将军能够站在人间的巅峰之上。然而书院来了你们两个人，大将军便要被迫归老……那我岂不是也要跟着归老，你觉得我能忍受这种事情？"

他看着宁缺的脸，目光幽冷而带着几抹不知从何而来的疯狂意味，悠悠说道："将军想要归老，但我真的不想他归老。可惜我没有资格推翻他和大先生之间的约定，那么想要破坏这件事情，除了杀了十三先生你还有什么别的方法？昊天永远是这样地仁慈，你作为书院历史上最弱的天下行走，似乎最合适的结局便是死去。"

宁缺这时候才明白原来这个军师竟然是个疯子，眉头缓缓皱起，摇头说道："可你想过没有，杀死我夏侯也不可能有好下场，世间人人皆知你是他最忠心的一条狗，谁会相信这是你自作主张？"

谷溪双掌轻轻合在一处，有些兴奋地轻轻叹息一声，说道："所以说这是最好的时机。十三先生你这般弱小，而世人皆知大先生这辈子从来没有杀过人，所以当我杀死你之后，我依然可以活着。那么我就要一直活着，哪怕像条狗那样活着，一直活到长安城，活到朝堂之上甚至夫子面前，替将军把这件事情背起来。"

听对方说大师兄这辈子没有杀过人，宁缺微微一怔，旋即想起师兄平日里的温和行事风范，心想大约是真的，又听着对方后半段话，忍不住微嘲一笑，说道："虽然很不想自夸，不过就凭你的身份想要背起杀死我的罪名，真是痴心妄想。"

谷溪摇头感慨说道："只要我活着，我会告诉全世界，书院的十三先生是我杀的，与大将军无关。我甚至有办法让全世界相信，我是西陵神殿的人，之所以要杀死你，就是为了栽赃陷害夏侯大将军，从而让书院与帝国军方决裂！"

宁缺看着他脸上的满足神情，摇头说道："看来你确实疯了，虽然这项计谋听上去似乎像那么回事，可是谁会相信你是西陵神殿的人？"

谷溪脸上再次浮现出那道诡异的笑容，说道："像十三先生你这样的人大概不会相信，但皇帝陛下会相信，皇后娘娘会相信，最关键的是夫子会相信。"

说到这里，这位惯于在黑夜里替将军打理一切的军师谷溪，抬头望向灰暗的冬日天穹，脸上露出澄净的笑容，感慨说道："因为我真的是西陵神殿的人。"

宁缺不知道该说些什么。他自幼便在生死间挣扎求存，本以为自己已经看透了世间的黑暗与复杂，然而这时候听着谷溪坦承自己最初的真实身份以及如今为了夏侯迸发的疯狂意，才发现原来自己对这个世界的复杂依然没有足够的了解。

他把腰间的衣带紧了紧，确认不会对稍后的战斗产生丝毫影响，然后抬起头来，看着谷溪问道："可你怎么确认就能杀死我？"

谷溪用戏谑的眼光看着他，说道："因为你是书院二层楼最弱的那个人。"

宁缺无奈叹气，心想这个称谓大概会一直跟随自己很多年吧。

他说道："可是我大师兄现在正在土阳城中。"

谷溪应道："你出现在我的府中，大先生自然以为你是来杀我的，他又怎么会管？"

宁缺说道："同样的道理，是不是可以说明夏侯大将军也不会管这件事？"

谷溪微笑说道："说得对，所以今天是一个杀死你的最好机会。其实先前我一直在犹豫究竟要不要杀你，恰好你来了，那我只好杀了你。"

宁缺说道："对于我来说，这也是杀死你的最好机会。其实我也一直在犹豫要不要进府杀你，但既然恰好你要杀我，那我只好杀了你。"

谷溪颇感兴趣地看着他，问道："你现在已经知道我为什么想杀你，然而我还是不能确认，你究竟为什么一定要杀死我，能不能请十三先生赐教？"

宁缺看着他的脸，想起了那张油纸条。

写油纸条的那个家伙早已经死了，那张油纸条也已经被他毁了，但油纸条上的那些名字他却记得清清楚楚，其中在很前很前的位置上，便有谷溪两个字。

很多年前，军师谷溪就已经是夏侯大将军最忠心也最阴险的那条狗，根据小黑子查到的情报，以及后来宁缺通过师父暗中看到的一些天枢处宗卷，都说明这个军师就是夏侯与西陵神殿之间的联络者。

当年正是这个叫谷溪的军师替夏侯定下的计策，以叛国罪灭了宣威将军府满门，而燕境被屠的那些村庄，也是这位军师替夏侯出的主意。

有了这些理由，足以让宁缺杀他千百遍。

不过这时候面对谷溪的疑问，他没有做任何解释。

两袖已然卷到肘间，小臂赤裸在寒风中，稳定的右手探到背后握住刀柄，铮的一声抽出细长的朴刀，刀锋在寒风中耀着霜般的光芒。

宁缺迈着稳定的步伐踏过庭院，向松木椅前的谷溪走去。

谷溪缓缓眯起双眼，负在身后袖中的双手微微颤抖，明显不是因为恐惧，却不知道这些弹动的双指，究竟是在做什么。

雪亮的刀锋斩破安静的庭院，斩断墙外吹来的寒风，斩向谷溪眯着的双眼之间！

谷溪的眼睛眯得越发厉害，目光骤然如电，落在宁缺垂在身畔的左手之上。

宁缺的左手指间拈着一个锦囊。

锦囊里透着一股强大的符意。

颜瑟大师留给他的神符，在魔宗山门前为与叶红鱼相抗，他用掉了一个；今日面对夏侯的强大臂膀军师谷溪，他毫不犹豫启用了第二个。

然而锦囊里那道神符……竟然无法启动！

谷溪的眼睛眯成了两道缝，眼缝里幽芒逼人。

无数道气息各异的符意，从他身后袖间喷薄而出，瞬间把庭院里的天地元气搅动得震荡不安。无数道极细微的元气撕裂湍流，横亘在二人身体之间。

夏侯大将军麾下以计谋阴险著称的军师谷溪……竟然是世间罕见的强大符师！

那些乳白色的空间湍流仿佛地面出现的黑色穴缝，天地元气像是流水般快速流逝，宁缺念力与锦囊之间的联系，被干扰得无法保持片刻的通畅！

他手中那把雪亮的细长朴刀，在看似透明的空间中仿佛陷入了一片泥沼，艰涩难以移动，距离谷溪的那张脸虽不远，但似乎永远无法靠近。

仿佛感应到庭院内混乱到不可思议的符意与天地元气湍流，府邸上方的空气变得凝重压抑起来，不知是哪朵云里的湿意被碾压成雪，缓缓向地面飘落。

一朵雪花飘过宁缺的睫毛，落在他握着刀柄微微颤抖的手背上，瞬间融化。

场间的局势极为紧张，宁缺的处境极为危险，然而当那朵雪花飘落时，他的睫毛眨都没有眨一下，眼神依然冷静专注。

29

谷溪静待已久，负于身后袖中的双手在瞬间内不知施放了多少道符。尤为惊人的是，这些符文的施放顺序似乎经过精心计算一般，符意相冲相突却没有造成绝对的混乱甚至是自我湮灭，而是层层叠加，直至最终爆发，把寂清冬日庭院里的天地元气撕扯成了一片恐怖的湍流海洋。

无数道符文形成的天地元气湍流就像是一片狂暴的海洋笼罩着整个庭院。以符意切断修行者念力与符纸或本命物之间的联系，这种施符的手法异常神妙，可以想象谷溪此人在符道上浸润了多长时间，拥有怎样强大的实力和境界。

好在那些元气湍流自身旋转迅速，大尺度下的移动速度并不快，并不能马上伤害到宁缺的身躯。但谷溪却成功地阻止了宁缺施放符文，以此观之，从一开始的时候，他就猜到了宁缺真正的杀招不是那把朴刀，而是那个锦囊。

锦囊里的符文只能凭念力施放，宁缺似乎只能束手就擒。然而他面色不变，手腕一翻，如同坠落泥沼的朴刀嗡嗡轻鸣起来，刀面上那些细微的符线开始熠熠发光。

师父留给他的神符有锦囊相隔，无法以意念相通，朴刀却是一直紧握在他的手中。肌肤相亲自然能通，瞬息之间，书院师兄们精心打造的符线便开始展现它真实的威力，刀锋哧的一声破开那些湍流，砍向谷溪的面门！

挥刀砍下的宁缺脸上没有什么神情。

谷溪的脸上也没有什么神情，他看着迎面砍来的朴刀，似乎根本感觉不到刀锋上所携带的寒冷气息，负后袖中的右手不知何时出现在二人之间。那根看上去寻常无奇的手指，就像是此时庭院内正在飘落的雪花一般，轻轻地落在刀面上。

朴刀符意初作，刚刚切割开泥沼般的湍流海洋，速度缓慢，所以那根手指才能如此轻易地落在刀面上。只是一根手指又能对这把噬魂寒冷的朴刀做些什么？

手指在朴刀刀面上抚摩而过，随着指腹移动，所触之处的刀面繁复符线光亮骤敛，那些强大无比的符意随之而消失无踪。原来指腹之下竟有一片极小的符纸，而那片符纸正随着指头的移动而不停释放着强大的符意！

那根手指最终来到了刀柄处，细长朴刀之上的符文线条全部失去了原有的明亮光泽，变成一把普通至极的凡铁，再也没有力量向前递上一分。

宁缺的境界实力根本没有办法得到完全的展现，便被对方提前破除。无论是左手的锦囊还是右手的朴刀，似乎对方知道他所有的战斗手法，提前便做好了准备，让他根本无法施展，只有默然等死。

谷溪的双眼眯成了两道缝，静静地看着近在咫尺的宁缺的脸，说道："你死了。"

宁缺感觉朴刀仿佛像座小山那般沉重，他没有说话。

谷溪看着他，平静地说道："那年春天在北山道口你杀了我三名下属，所以我知道你有三把刀，我为之准备了很多道符和很多手段，所以哪怕你有再多把刀也没有意义。另外我很清楚你是颜瑟大师的传人，虽然不清楚大师是不是会赠你几道神符，我自然也要做些准备，我甚至派人去查过，颜瑟大师带你学习时去过哪些道观佛寺亭榭，为的就是评估你的符道境界。相信我，虽然你还没有施出那些可怜的小火球，我也很认真谨慎地为之做了准备。"

宁缺沉默地看着他。

"你念力强大，雪山气海却只通了十窍，修行境界洞玄下境，对天地元气的操控则是非常糟糕。你来自渭城边塞，刀法狠辣精准有军中之风，性情坚狠，擅长近战。你是神符师传人，却因为悟道时间太短，在符道上无甚过人处。

"所以我放你近身让你以刀为掩饰动符，便占了所有先机。"

谷溪脸上带着真挚的惋惜之色，说道："两个人之间的战斗就像两个国家之间的战争一样，需要最完善而准确的情报，准备得越充分便越容易获胜。你连我也是一名符师都不知道，怎么能来杀我？而我却知道有关你的一切，所以你在我面前连一成的真实实力都发挥不出来，怎么能不被我杀死？"

宁缺看着他的眼睛，忽然问道："你为什么知道我这么多事？"

"因为我是一名军师，我最擅长的事情便是收集整理分析情报，只要我开始留意，这个世界上就没有多少我不知道的秘密。"

谷溪最后说道："其实你最让我警惕的，是那个很少人见过的铁匣子，但不知道为什么你今天却没有把它带在身边，或者你觉得一个只会玩阴谋的军师并不足以让你拿出所有秘密？作为一名军师，我非常欢迎敌人的任何轻敌。"

将军府冬园一角。

夏侯看着桌上那盏黑浓如血的酽茶，沉默片刻后缓声说道："十五之后你们马上回京，莫要有任何耽搁。让你们母亲回乡把老院子收拾一下，那些窖里的腌菜拿出来多晾晾，少些辛涩味，来年冬天煮白肉味道不错。但你们不能离京，给我老老实实待在府里，也莫要与那些王公大臣来往，便是亲王府也不要去。"

两名青年将领跪在书桌前，正是他的两个儿子，一人叫夏侯谨，一人叫夏侯端，二人在严苛家教之下，便像自己的姓名般老实本分，全然没有丝毫跋扈嚣张气焰。

　　平日里二人当着父亲的面连大气都不敢喘两声，然而今日从父亲的交代里听出了心灰意冷的味道，猜到父亲准备辞官归老，不由震惊异常，联想到今日来到冬园的那辆神秘马车，忍不住说道："父亲，今天那些人究竟是谁，他们怎敢……"

　　夏侯看着桌上那杯浓茶，面无表情说道："莫要猜测也莫要多事，你二人归京是为父给夫子与陛下做出的保证，若不想家门倾覆无存，就老实一些。"

　　忽然间，他浓若墨蚕的眉毛蹙了起来。

　　桌上那杯浓酽醇润的黑毫茶汤上现出极细微的几道纹路。

　　夏侯转头向窗外望去，知道谷溪这时候应该已经动手。

　　他并不知道谷溪是怎么安排的，就像不知道草原上马贼群袭击粮队的细节一样。他只知道谷溪虽然有些连他也不清楚的想法，但绝对会忠于自己，并且能够确保宁缺死后这件事情不会牵涉到自己，然而大先生真的会出现误判吗？

　　将军府冬园另一角。

　　大师兄看着窗外北方一眼，然后低头继续看书。

　　山山安静地坐在书桌另一头描着小楷。

　　正如谷溪计算的那样，大师兄以为这时候是宁缺在杀人，没有想到宁缺在被人杀。之所以他会如此肯定，不是因为他像夏侯所想的那样出现误判，而是就像先前他曾经对山山说的那样，他非常信任宁缺的选择。

　　前些日子他随老师周游各地，曾经路过渭城，对小师弟做过一次无人的家访。他知道小师弟的成长经历，所以他相信小师弟虽然实力确实有些糟糕，但对危险的敏感和对时机的掌握，绝对是后山里最出色的那个人，在没有绝对把握之前从来不会出手。此时他既然已经出手，那么必然便会胜利。

无数道符文散发的强大符意，让庭院间变成一片狂暴的海洋，天地元气被撕扯成湍流乱絮，修行者的念力无法贯通穿行，更谈不上借用天地元气对敌。

锦囊里的神符根本无法启动，朴刀上的符线被指腹下的符纸碎末敛成普通的图案，身体四周全部是危险的元气湍流，普通人的身躯只要轻轻碰触便会裂开喷血。无论怎么看此时的宁缺已经变成了网中的飞蛾，再也无法活下去。

然而军师谷溪并不知道另一件事情。宁缺确实无法操控庭院间的天地元气，但他自己的身体却有足够丰沛的天地元气，浩然气！

寒风落雪间，宁缺深深吸了一口气，识海里意念微转，身体腰部的雪山骤然一暖，积蓄在腹部那个通道里的浩然气瞬间涌出，向身体的每个部分灌注。

朴刀之势已经去尽，所以他没有选择把浩然气传递到刀身上，而是毫不犹豫地松开刀柄，散握的五指向内一缩，紧握成拳。

宁缺一拳击出。

谷溪眯着双眼，神情平静自信，他不知道这个世界上有哪个修行者，敢用、能够用脆弱的身躯强行突破二人间那些危险的天地元气湍流。

宁缺的拳头上忽然生出一阵狂风，无数道气流从手指间、从手背上那些毛孔里狂暴地喷涌出来，轻而易举地把那些元气湍流撕成碎絮！

世间一天地，体内一天地，两个天地间的气息同源同本，根本没有任何区别，所以当浩然气从拳头上喷涌而出时，那些湍流就像被洪水漫过的旋涡般消失无踪！

谷溪如缝般眯着的双眼骤然睁大，震惊之余依然带着一抹期盼。

因为那个拳头再如何强大，也不足以湮灭空间里所有的元气湍流，依然还有些危险的湍流存在，他很想看到下一刻那个拳头被割裂成碎末的画面。

然而他失望了。

宁缺的拳头不是拳头，至少不是普通人的拳头。

因为他现在的拳头很硬。

硬到那些能将修行者肉身切断的元气碎絮，只能在上面留下一些极浅的血口。

谷溪瞪着越来越近的拳头，发现自己根本无法做出任何反应，因为这个拳头的运行速度已经快到超出了他的反应速度。

他只来得及在眼眸里流露出惊恐的情绪。

因为他至少来得及想明白一些事情。

这个世界上有一种修行者可以在没有天地元气的情况下战斗。

这个世界上有一种修行者的肉身可以强大到无视元气湍流。

宁缺的拳头落到了谷溪的脸上。

谷溪的头颅瞬间爆裂。

一具无头的尸身跌落薄雪之中。

庭院内的符意渐渐淡去，那些细碎的元气湍流同时消失无踪。

一张符纸飘落在谷溪的尸体上，宁缺沉默地看着渐渐燃起来的火焰。

"在战斗中情报很重要，但不能太过依赖情报。因为活在这个世界上的人，都有自己的秘密，那个秘密往往藏在心里最深处，从来没有人知道。

"我最大的秘密不是那个铁匣子，而是别的事情。"

30

庭院里，军师谷溪的尸体渐渐被烧成灰烬，石板上的残雪逐渐融化，变成一道人形的诡异的小岛，让这些画面发生的，便是他曾经轻蔑提到过的那些小火球。

宁缺站在旁边沉默观看，他并不知道大师兄在将军府冬园里会因为自己的表现而满意，他只是为自己先前的表现而感到满意。

谷溪居然是如此强大的一名符师，这确实是他没有想到的事情。

能够把天地元气撕碎成无数道细碎的湍流裂缝，对方在一瞬间至少动用了三十道符文，而且还能让这些符文没有相互冲突，手段着实惊世骇俗。

宁缺很满意自己的应对，面对敌人筹谋已久的手段或者说谋划，他选择了最简单直接的以力破之，在绝对的力量面前，任何阴谋都像火中的残雪那般脆弱。

当那个拳头轰开谷溪头颅后，他胸腹间那些悲伤涩滞似乎也被同时轰开，一片开阔清旷，忆起魔宗山门前的那千万颗石头，他明白了很多事情。

在冬树阴影下，他心中生出很多不甘，那些让情思不得畅快的存在便是所谓块垒。何以浇块垒，凭胸中一道浩然气足矣。何以养浩然气？遇着你想杀应该杀的人时，直接把他杀了便是，瞻什么前顾什么后，想什么大局？

"我自山川河流草原来，我自村庄将军府里来，所来只为取你的性命。"

宁缺轻声说道这首经过简化后的桑桑写的复仇小诗，双手握着朴刀把地面上残留的那些足印痕迹全部抹去。他不担心自己会被夏侯抓住什么把柄证据，只是很注意不让世人从中发现自己已经入魔的真相。

做完这些事情，他轻轻跃出那道灰白色的府墙，远处不知哪个民宅里再次传来清晰的葱香。他怔了怔后向巷口外走去，面容平静神态安详，哪里像是一个自幽冥间探出骨爪想要复仇的死神，只是一个急于归家的旅者。

宁缺回到将军府时，冬园内外一片混乱，所有校尉仆役的脸上都写满了震惊和恐惧的神情，想来军师谷溪死亡的消息已经传开。他没有什么表情，沉默地走到冬园那道石门外的马车畔，接过山山递过来的行李。

冬园外的石阶上，夏侯大将军正在和大师兄告别，那张冷若寒铁的脸上没有任何情绪，似乎那名忠诚下属的死亡对他的心境没有造成任何影响。

忽然夏侯回头望向宁缺。

宁缺神情平静地回望着他。

虽然刚刚砍断夏侯的一只手臂，但宁缺的心里没有任何警惕之意。他和夏侯都杀过很多人，触犯过很多条唐律，他们的身份地位都不普通，只要没有证据没有被当场抓住，那么便拿他们没有办法。

看着石阶上中年男人微微挑起的霸眉，看着对方眼中毫不掩饰的冷冽杀意，宁缺想起呼兰海畔那个无法停下的拳头，然后想起自己先前击出的那一拳，笑了起来。

在这时宁缺很想对夏侯说我会在长安城等你，等着杀死你，但他什么都没有说，安静地把沉重的行囊背起，跟着大师兄上了马车，然后轻轻拉了山山一把。

"其实做人呢，最重要的就是开心。"简陋的车厢中，大师兄看着窗外土阳城的街景，忽然开口说道，"仇恨不是靠鲜血就能洗清的，所以杀人这种事情真的没有太多意思。"

然后他回头望向宁缺，神情温和地说道："我不是奢谈什么宽恕之道，也当然不是要你随时被人去杀，只是这种事情如果循环发展下去，很难找到什么尽头，而且不停被人复仇是件很麻烦的事情。我和你的师兄师姐们可以躲在书院后山不出来，但你若要入世便没有办法躲。书院的名字就算有三十几斤猪头肉那般重，唐律就算再严苛，若对方连死都不怕，自然也不会在意这些。"

宁缺听着大师兄的教诲，沉默思忖片刻点了点头，却没有说什么。

寒风掀起马车的窗帘，不知从何处再次传来浓郁的葱香，他不解地向窗外望去。时已近暮，白天人烟稀少的土阳城街道上，却显得热闹了很多，军士与百姓们的脸上都带着喜悦的笑容，不久前发生的血案并没有对俗世的生活造成太大影响。

宁缺不知想到什么，跳下了马车走进街畔一家还开着的土产铺子，给桑桑买了些东西后，走出铺子时，远方城墙上忽然响起一声响亮的闷响。他微惊望去，只见几道烟花射向空中，照亮了逐渐深沉的夜色。

他提着纸袋站在街边，看着美丽的烟花，脸上露出微笑。

今天是年节，土阳城里家家户户都在包饺子，难怪整座城里都充溢着刺鼻的葱香。

烟花声声，天启十四年就这样结束了。

夜色刚刚降临长安城。

临四十七巷巷口停着一辆黑色的马车，却没有马，车厢暗沉似是精钢铸铁打造而成，上面刻着繁复的线条，那些线条间盛了太多灰所以显得有些颓败。

一块湿抹布从车厢底部探上来，把厢板繁复线条里的灰擦掉，那些线条顿时恢复了原有的生命力，变得美丽而生动起来。

桑桑把抹布放进水桶里用力搓洗了一阵，然后把被井水冻得发红的手在围裙上擦了擦，看了一眼老笔斋旁紧闭的铺门，然后吃力地提着水桶进了铺子。

去年年节，是旁边的吴掌柜和吴婶邀请她和宁缺一起吃的年饭。大概是因为前些日子的扰攘，吴婶今天中午邀她去吃饭时的神情有些讷讷然，似乎并不想她答应。

桑桑看出来了，所以她没有过去吃饭。

走回天井把脏水倒掉，她看着墙角一新一旧两个瓮发了会儿呆，然后去厨房给自己煮了碗面条。没有煎蛋，只是多放了几粒葱，便算是过了年。

隔壁邀不邀她去吃年夜饭，桑桑不在乎，宁缺不在家，所以她愿意过得更简单一些。吃完面条后，她把铺门关上，然后爬上微凉的北炕钻进被褥中。

她天生体质虚寒，要靠体温把被褥焐热是很困难的事情。她已经习惯了要花很长时间才能入睡，所以她把细细的手指伸到眼前，看着指间燃烧的那抹昊天神辉，借此打发着时间，然后又数了一遍枕头下的银票，才闭上了眼睛。

天启十四年最后的夜，昊天仿佛也要给人间增添一些烟花般的美丽，悄无声息散去长安城上方厚沉的雪云，让星光洒向或安静或热闹的宅院。

清淡的星辉落在临四十七巷老笔斋中，落在天井里那两个寂寞的瓮上，也落在老笔斋后院的围墙上。墙头残雪间有一只寂寞的猫，它正舔着在冬雪里与同类抢食后留下的伤口，抬头看了一眼星星，痛苦地轻轻喵了声。

一个帝国要强盛不衰，需要有很多人为之付出更多的努力，尤其是维持帝国运转的官僚机构。大年初一，长安城里的百姓还在酣睡或宿醉未醒时，朝廷里很多衙门已经开始提前办公，尤其是负责都城治安的府衙更是已经全体行动起来。

数十名长安府的衙役手执铁索戒尺，来到临四十七巷，大年初一的巷子，灰墙上压着厚雪，不像以往那些年岁里热闹温馨，而是变得压抑肃然起来。

衙役们敲开所有临街的铺面，极有礼貌却又不容置疑地请铺子里的人们离开，无论是去亲戚家串门还是去西城逛街，总之不准留在巷子里。

卖假古董的吴老二骂骂咧咧地上了马车，吴婶上马车时回头看了旁边紧闭的铺门一眼，心想桑桑还在铺子里，应该不会有事吧？

桑桑没有事，她像平日那般很早便起来了，只是吃完昨天的剩饭，擦洗了一遍桌椅笔砚后，便再也找不到什么事做，所以坐在桌边撑着下巴发呆。

便在这时，老笔斋的铺门被人敲响。

她打开铺门。

老笔斋外是几名长安府的衙役，面容冷峻甚至有些凶恶，手里的铁链在寒风中叮当作响，应该不是被风吹动，而是被手摇动的。

领头的那名中年官员穿着青色官服，双眉微白，脸上大有沧桑之意，正是长安府衙最厉害的捕头铁英大人。

铁英看着眼前这名黑瘦的小侍女，微微一怔，问道："你就是桑桑？"

桑桑微怔，点了点头。

铁英看着她皱眉问道："前些时日，是不是有个老人在你这里待过？"

桑桑抬头看着他。

铁英取出一张画像，递到她面前。

桑桑看了看，确认他们要找的果然是老师，说道："他已经死了。"

"我知道。"铁英说道，"这个老人是朝廷通缉的犯人，你收留他这么长时间，却没有向官府报告，有容凶之嫌，所以你得跟我们走一趟。"

桑桑思考了一会儿，仰头看着他认真问道："要走多长时间？"

铁英和身后的那些长安府衙役都愣住了。

他们今日奉命前来缉拿犯人，根本没有想到是个如此年幼的黑瘦小侍女，而这名黑瘦小侍女竟然没有表现出任何害怕，这更令他们感到有些难以理解。

桑桑接着问道："要带被褥吗？"

31

被长安府衙役围住家门，还能如此冷静问要不要带被褥，这种人要么是和官府打了无数次交道的地痞流氓，要么是毅然赴死不惜己命的狠匪。桑桑很明显和这两类人没有任何关系，所以铁英捕头愣了半天才点了点头。

任何故事总要有些波折，当桑桑抱着捆成一团的被褥跟着衙役们走出老笔斋，被一群青衣青裤青鞋的青头汉子们挡住了去路。

衙役们的神情骤然紧张起来，如果是寻常江湖汉子，哪里敢和朝廷正面作对，然而他们清楚这些青衣汉子都是鱼龙帮众，而鱼龙帮则是过了明路的朝廷打手。

这些日子，老笔斋一直是鱼龙帮重点看守的目标，长安府衙役们执索拿人早就惊动了他们。尤其是看到铁英进入老笔斋，负责监视此地的帮众更是丝毫不敢怠慢，用最快的速度通知了帮主齐四爷。

桑桑与齐四爷见礼，小小的身子抱着大大的被褥半蹲行礼，显得有些滑稽。

齐四爷点点头，然后看着铁英似笑非笑说道："铁捕头，你应该很清楚临四十七巷是谁家的产业，你也应该很清楚老笔斋老板和我鱼龙帮之间的关系，你更应该清楚前年春天因为这铺子闹出来的那些事，所以我不清楚您这是想做啥呢？"

铁英心想春风亭一夜血案谁不知晓，便说前些日子府里的衙役也在注意看顾这间老笔斋的安全，然而今日却是迫不得已，微涩说道："四爷，我劝你今天最好不要插手这件事情。我只提醒你一句，我家府尹大人从昨夜开始便发高烧，一直昏迷不醒，连他老人家都被迫动用了装病这招，更何况是你。"

长安府尹发烧到昏迷不醒？齐四爷从铁捕头这句刻意漏出来的话语间，顿时察觉到了极大的凶险，然而沉默思忖片刻后他依然没有让开道路，挥手示意属下的青衣汉子把临四十七巷两头堵了起来，说道："这是朝二哥的交代。"

春风亭朝小树早已不是鱼龙帮的帮主，离开长安城已近两年，甚至都不知道他是否还会重新踏入这座雄城。然而对于齐四爷以及鱼龙帮中兄弟而言，那个男人永远是他们的大哥他们的帮主，他的话比宫里的圣旨更有力量。

铁捕头看了他一眼，凑近压低声音说道："你来时在巷口有没有看见一个人？"

齐四爷望向巷口，只见巷外一间铺前坐着个年轻的男子，那男子穿着一身简单的棉袄，脸颊瘦削有些黑沉脱皮，看来前些时日晒过很多毒辣的日头，就那般寻寻常常坐着，却有一股说不清道不明的铁血肃杀味道。

"那个人是谁？"他的眼睛眯了起来。

铁捕头说道："王景略。"

齐四爷神情骤凛，沉默半晌后重复道："知命以下无敌王景略？"

对于市井街坊里的普通百姓们来说，修行者的世界是一个奇妙而遥远的地方，他们对那个世界的了解很少。然而王景略这个修行者却不同，因为他的名气太大，大到连普通百姓都知道他是帝国年轻修行一代的希望。

铁捕头看着齐四爷脸上的神情，低声说道："我不知道是谁向长安府举报这小姑娘窝藏逃犯，我只知道压力来自军部，而王景略就是代表军部来盯着我们。"

齐四爷微微皱眉说道:"王景略……不是亲王的人吗?"

铁捕头说道:"就是前年那场血案之后,宫里一道旨意把他发配到了南疆战场,现如今他已经是军部红人,是许世大将军的亲信。"

听到许世大将军的名字,齐四爷的神情变得越发凝重。现如今他是长安城黑暗世界的领袖,暗中还有着侍卫处的背景,然而又哪里能硬抗大唐帝国军方第一人?

铁捕头摇了摇头,示意下属衙役带着桑桑离开。

然而出乎所有人意料,齐四爷明明已经警惧畏怯,却依然强悍地不肯让开道路,他盯着铁英的眼睛,说道:"我已经派人往宫里传信,你再等等。"

铁捕头微微蹙眉,说道:"不过是个小侍女,难道还要闹到宫里去?"

齐四爷没有解释。衙役们听到宫里二字,就像鱼龙帮众听到军方二字一样,警惧万分,既然鱼龙帮没有翻脸动手的意思,只是让他们等等,所以他们决定等等。

长安城里高官贵人无数,皇亲国戚满街,随便一个茶艺师就有可能是名修行者,所以在长安府做事的人,最擅长的便是装病,最多的便是等待的耐心。

但铁英和衙役们有耐心,不代表所有人都有耐心。

比如王景略。

离开长安城,奉陛下旨意前往南疆投军赎罪,两年间在沙场上浴血厮杀,这位曾经的大唐第一青年高手微胖的脸颊瘦了些,晒黑了些,如藕般的手指渐渐如竹般苍劲,他的性情也更多地带上了军队特有的铁血肃杀气息以及果断。

看着那些鱼龙帮众把长安府衙役堵在巷中,王景略按捺着性子等了会儿时间,待发现似乎那些人准备继续等下去时,他决定不再等了。

掏出两块铜板轻轻搁在茶碗旁,他轻掀前襟长身而起,走进临四十七巷。随着他的脚步踩过巷间的残雪,巷侧墙外的树枝簌簌作响,树枝上的残雪纷纷落下,就像是下雪一般,却没有沾到他身上那件布袄丝毫。

鱼龙帮众警惕地看着他。

齐四爷警惕地看着他。

王景略缓步走到老笔斋前，静静看着齐四爷。

齐四爷感觉对方的两道目光仿佛像锤子一般狠狠击打在自己的心上，身体骤然感觉乏力虚弱，双腿一软险些坐到地上，赶紧狠狠一咬舌尖让自己清醒过来。

"前年在春风亭，我曾经想杀朝小树，现在想来那时候的我确实有些过于妄自尊大，不知市井黑夜之间隐藏着怎样的强者。"王景略说道，"但你不是朝二，不是刘五费六，不是陈七，你只是最没有用的齐四，所以朝廷才会让你来执掌鱼龙帮。然而没有朝小树的鱼龙帮，就不再是以前那个鱼龙帮，现在的鱼龙帮，根本没有资格参与到这件事情里。"

说完这句话，他回身极感兴趣地看了一眼藏在那堆被褥后的微黑小脸，认真看了片刻后忽然笑了起来，淡淡说道："走吧。"

桑桑抱着厚厚的被褥，偏着小脸看了一眼前面的地面，便跟着他向巷外走去。

噗的一声！齐四爷没能压抑住体内的伤势，痛苦地喷出口鲜血。

他抹掉脸上的血水，看着王景略的后背狠狠地说："朝二哥同样是修行者，但他平日里对帮中兄弟和街坊就像寻常人一样平静淡然，从不会像你这样以修行为骄傲。我虽然不懂修行但我懂看人，我敢打赌你这辈子都不可能追上他。"

王景略脚步微顿，转身看着他微笑说道："我以前一直想成为世间第一，但后来才发现这种想法太不现实。不过那又如何？能比世间绝大多数人强就很好了。"

齐四爷知道面对这般强大的修行者，帮中的兄弟根本没有任何还手之力，因为鱼龙帮毕竟不是军队，然而他实在没有办法任由王景略就这样把桑桑带走。

他无法想象以后某一天朝二哥回到长安城，问他桑桑被带走时你在做什么，自己只能回答当时我在吐血实在没有任何办法，而且我当时真的怕了。

齐四爷看着王景略忽然怪异地笑了笑，然后从腰畔抽出一把小刀，毫不犹豫向自己心窝狠狠扎了下去！

刀锋之下便是死亡，然而齐四爷却是毫无惧色，看都没有看刀一眼，只是狠狠盯着王景略的眼睛，眼睫毛都没有眨一下。

事实上，当齐四爷做出抽刀自杀这个决定时，心情非但不灰暗反而有些快活，因为他终于找到了一个阻止对方的方法，那就是自己的死亡。

王景略说得很对，他这个鱼龙帮帮主没有办法和朝二哥相提并论，更不可能正面对抗帝国军方和一位知命以下无敌的修行者。

但鱼龙帮毕竟是陛下的东西，他毕竟是鱼龙帮的帮主，他的死亡就算不能改变太多事情，至少可以拖延下时间，拖到宫里来人，拖到死讯传入宫中让陛下动怒。

至于死亡本身，身为江湖儿郎的他真的不在乎。他自幼便在长安城的污水沟和夜色里厮混，杀的人不多，见过的死人太多，对生命早已淡漠到了令人心悸的程度。

看着这道刀芒，王景略眼瞳骤缩，便是他也被这刀里所隐藏的冷漠狠辣所震撼。在修行者看来这些世俗凡人都是蝼蚁一般的存在，但他自问自己做不到对自己的生命如此冷漠，实在难以想象这个普通人怎么有这样的气魄！

血性这种事物总是容易让男人们兴奋然后尊敬，无论是高高在上的修行者，还是在社会底层煎熬的流氓，他们的人生中总有某个片刻会写着血性二字。

王景略也是男人，所以他很欣赏齐四爷的果断狠辣，因为这种欣赏，他决定不管事后会有什么麻烦都不去拦阻对方——慷慨赴死者都值得尊敬，不容打扰。

桑桑不是男人。

桑桑是女人。

被实用主义者宁缺教育长大的桑桑，真的很难想明白血性是什么东西。

所以那把锋利的短刀没能插进齐四爷的心窝，而是插进了一团绵软的被褥。

桑桑收回手，看着被捅破的被褥，有些心疼。

32

齐四爷很愕然很糊涂，他不明白为什么在刀锋及体前的那瞬间，自己握着刀的右手腕处忽然生出一阵剧痛。那种痛是一种烧灼般的痛楚，清晰明确到无法控制，所以他才没能捅穿自己的心窝。他更加想不明白明明那把刀和自己的胸口之间只隔着那么窄的一道缝隙，桑桑那小丫头怀里抱着的棉褥怎么能塞得进来？

因为震惊惘然于这些问题，他竟是忘了阻止长安府衙役把桑桑带走，直到那些人走出临四十七巷他才清醒过来，有些恼火地摸了摸剃成青皮的光头，咕哝着骂了几句脏话，一屁股坐到了老笔斋门前的石阶上。

“麻烦四爷帮忙盯着床下的东西还有天井里那两个瓮，可不能弄丢了。”

桑桑临走前留下了一句话。所以他决定在桑桑回来之前，自己就一直坐在石阶上，吃喝拉撒睡皆如此，反正不能离开一步。

天启十五年的第一天，长安城下起了小雪。

雪花缓慢而稀疏地向地面降落，在枝丫间偶能留存，落在石板缝里也能稍驻，但落在单薄衣裳下的瘦削肩上，便瞬间化成为水渍。

桑桑低头看了一眼肩上的水渍，把怀里厚重的被褥往上掂了掂，显得有些吃力。她可不想把被褥放到脚边，被雪水弄脏了可不好。

整座长安府寂静无声，没有师爷出来嗯嗯啊啊，没有通判召唤下属问案情，一应官员衙役都躲在各自的房间里，便是三急也宁肯绕远路，不肯从园门前过。

王景略一直在旁看着她，想着先前齐四爷抽刀自杀那幕画面，他总觉得有些诡异，难道说这个小侍女竟是深藏不露的强者？

可当时巷中的天地元气确实没有丝毫变化。思忖片刻后自失笑了起来，心想自己大概是因为这小侍女与书院有些牵扯瓜葛，才会因此而想得过于多了些。

缉拿老笔斋的小侍女回军部审问，弄清楚她与光明神座之间的真实关系，以厘清这件事情的真相，防止帝国受损，这是镇国大将军许世亲自下的命令。

——然而窝藏逃犯毕竟属于司法范畴，神圣不容侵犯的唐律中写明禁止军方干涉所有司法案件，所以军部才想着让长安府出面，再用叛国的罪名把她送到军部。

王景略已经把名帖和镇国大将军亲笔书写的执信送进了长安府深处，只待那位府尹大人出来说句话，满足了唐律的要求，他便可以把桑桑带走。

然而长安府尹上官扬羽大人的病似乎越发重了。

师爷愁眉苦脸看着王景略，说道："大人从昨天中午开始发烧，傍晚时分便昏迷不醒，至此时滴水未进，太医院来了两位老人，也完全没想到好法子。"

王景略厌恶地看了那名师爷一眼，心想你家大人若一心想装昏扮死，别说太医院的御医，就算是西陵神殿赐来神丹，也没办法让他从床上爬起来。

就在这时，园内响起一道平静而充满威严感的声音。

"小姑娘，有些问题我们必须问问你。"

一把黄油纸伞出现在长安府，伞面上有细碎的雪花。

说出这句话的不是伞下的道人，而是伞畔一身绛衣的某位官员。

王景略微微皱眉。以往在亲王府做客卿时，他对朝廷里的强者没有太多了解，那个雨夜竟是完全猜不出颜瑟大师的身份。如今他已经是朝廷里的一分子，知道了很多事情，所以很轻而易举地认出了这两人的身份。

一身绛衣的官员是大唐天枢处的最高官员诸葛无仁，撑着把黄油纸伞的道人则是国师李青山的弟子何明池。这样两个人同时出现，足以代表朝廷里的修行者。

诸葛无仁看着王景略微微点头致意，说道："本官不知道军部要查什么案子需要讯问此女，不过我们倒确实有些紧要事情需要问她。"

何明池收了黄油纸伞，看着王景略轻声解释说道："我与诸葛大人去了临四十七巷，才知晓这个小婢女已经被王先生带到了长安府，所以便过来了。"

王景略道："不知诸葛大人要问什么问题。"

诸葛无仁冷漠说道："自然是你不能听的问题。"

王景略沉默片刻后自嘲一笑，负手于身后缓步向外走去，说道："最好快些。"

哗的一声，黄油纸伞再次在何明池手中打开，随着伞面蓬散，一道若有若无的气息也随之笼罩住长安府这片园子，外界的声音顿时变得微弱起来。

桑桑抬头好奇地看了黄油纸伞一眼，大概是想到了自己那把大黑伞。

何明池以为小婢女在担心什么，温和笑着解释道："只是隔音而已，不会对你造成什么伤害。诸葛大人有些重要的事情要问你，你照实回答便好。"

诸葛无仁盯着桑桑的眼睛，语气阴恻地问道："颜瑟大师和光明神座同归于尽之前，世间只有你在那座山顶，我想问你的是大师有没有留下什么东西。"

这位官员的语气很是冷厉，何明池忍不住微微皱眉，大概是在想宁缺师弟既然是天枢处的客卿，你对他的侍女何必如此强硬？

桑桑看着官员沉默片刻后认真说道："那辆马车是颜瑟大师留给我家少爷的。"

诸葛无仁带着厌憎和恼怒情绪厉声呵斥道："你知道我问的不是那个。"

桑桑完全没有被对方的模样吓住，非常认真地回答道："无论是马车还是别的任何东西，就算有也都是留给我家少爷的，所以这和你有什么关系呢？"

诸葛无仁深深吸了口气，冷漠说道："然而有些东西太过重要，就算是当事人也不能私相授受，因为那件东西干系着整个大唐帝国的将来。"

何明池撑着黄油纸伞沉默不语，他非常不赞同天枢处的举动，但他必须承认诸葛大人这句话很正确。长安城这座大阵庇佑大唐国祚绵延千年，它的阵眼无论如何不能流落在民间，流落在一个黑瘦单薄的小侍女手上。

长安府在大唐帝国里永远是最受委屈最受气的那个衙门，就像是大家族里的小媳妇般无奈痛苦。今日帝国军方、天枢处及南门观诸方大势力会集于府内，竟是逼得府尹称病不出，所有官员噤若寒蝉。

府尹大人上官扬羽虚弱地揉了揉痛肿的咽喉，想着昨天下午那盆冰水算是白浇了，不由唉声叹气连连摇头。

夫人在旁忧虑地说道："不得罪书院便要得罪这么多人，这可如何是好？"

上官扬羽那双难看的小眼睛里泛过一丝狠辣意味，冷笑说道："想要把我逼进绝路，想要事后让我去对那位十三先生解释，想得倒美。"

夫人惊讶问道："老爷莫非想出了什么好法子？"

上官扬羽看着与自己感情深厚的老妻，叹了口气，怜惜说道："稍后不要害怕。"

说完这句话，府尹大人从床上艰难爬起，从书桌旁摸出根坚硬的榆木棒子，痛苦地喘息数次，然后一咬牙便向自己的头顶砸了下去！

砰的一声闷响，他顿时头破血流，两眼一黑就这么昏了过去。

这一次是真昏。

房内响起府尹夫人悲痛欲绝的呼喊。

就在府尹大人于卧房中上演谁能比我惨之惨痛戏码时，又有人来到长安府中。

那位管事恭谨地向诸人行礼，说道："殿下正在宫中，来不及赶过来，所以让我过来看看，不知道桑桑姑娘究竟犯了什么错，竟然惊动了这么多大人。"

想不到这件事情会如此迅速地惊动了李渔公主殿下，王景略皱了皱眉。

他代表着帝国军方，完全可以不用太给公主殿下面子，只是如今谁也不知道皇帝陛下会把龙椅传给哪位皇子，所以有些事情必须要谨慎些。

诸葛无仁没有向这位管事做任何解释，用沉默表示着自己的态度。

那位管事却也并不动怒。来长安府前他本以为是场误会，见着场间有如此多的大人物，才知晓事情不像殿下想的那般简单，想必那个小侍女干系着很重要的东西，微微一笑后便与众人告辞，用最快的速度再次通知宫中。

公主府管事前脚离去，后宅里便传出最新的消息，府尹大人本已重病，心系圣恩民俸想要勉力起身审案，不料却因为高烧迷糊而一头撞到门上，现已昏迷不醒。

这等勤于政务的官员真是少见，这样的借口也算罕见。诸葛无仁等人哪里会相信，愤愤然闯进了后宅，然而片刻后他们便神情复杂地退了出来。

"我大唐竟有这般无耻的官员？"诸葛无仁感慨说道。

何明池想着府尹大人头顶恐怖的血洞，叹息道："倒也真够狠的。"

王景略说道："这位大人宁肯自残也不愿意审案，佩服佩服。"

桑桑是一个不愿意给宁缺惹事的小姑娘。

所以最开始长安府索她问案她便来了，这些人让她站在府前她便站在府前，让她站在园前她便站在园前，让她在风雪里等着她便一直等着，直到她确认那个官员是真的要抢自己的东西。

桑桑是个为了三两银子便可以和宁缺拼命的人，更何况今天这些人想从自己手里抢走的东西明显要值更多银子，更何况那本来就是老师留给自己的、颜瑟大师留给宁缺的，所以她的眉头便皱了起来。

她皱眉便表示不喜以及不同意。

她把头从厚厚的被褥上艰难地探出来，看着那个想抢自己东西的无耻官员，黑而透亮的眼眸深处耀出一丝极细微的光辉，然后那些光辉迅速燃烧。

忽然一阵寒风拂过。

桑桑双眸深处的庄严神辉骤然敛去,她缓缓低头。

风是空气在流动,之所以此时陡然寒风起,是因为空气里忽然出现了一个体积极大的物事,那个物事是个很胖的年轻人。

那个年轻人胖到出现在园中便带起呼啸的冬风,然后迅速挤散了冬风,为场间众人带来一股温暖之意,便如他那清秀可爱的眉眼。

"这里好像很热闹。"

桑桑抬起头来,看着他轻轻点头致意。

那年轻胖子看着场间三人,说道:"如果长安府尹敢审案,你们再搬出唐律来审桑桑,如果长安府尹一直躺在床上,你们就不要再出来丢人现眼。"

诸葛无仁面色冷峻呵斥道:"你是何人,说话何其大胆!"

年轻胖子理都懒得理这些人,接过桑桑怀里的被褥,说道:"走。"

桑桑很老实地跟在他后面准备离开,就像来时那般老实。

王景略不知道这个年轻胖子是谁,但他隐约猜到此人身份,看着对方的背影,不禁有些兴奋,轻拂衣袖便向前踏了一步。

年轻胖子停下脚步,回头看了他一眼。

一道若有似无的气息瞬间穿越二人之间的距离。那些还在缭绕的微风未乱,那些缓缓飘落的雪花未颤,王景略的身体却剧烈地颤抖起来。

王景略的眼神却越发兴奋热烈,悬在身畔的右手微颤,似握住一把虚剑。

年轻胖子看着他的右手,微微皱眉,有些吃力地把被褥移到左边肩上,然后极为随意地抬起右手,伸出食指隔空向着对方遥遥一撅。

随着这一撅,王景略的胸腹间骤然下陷,仿佛被一道无形的巨锤击中,猛然撞击到身后的墙上,漫天灰尘石砾间响起震惊凄惶的声音。

"不器意!"

"天下溪神指!"

雪花粘着灰尘渐渐平息。

年轻胖子看着断墙下唇角淌血的王景略，有些无趣地摇了摇头。

"就算是知命以下无敌。

"终究还只是知命以下无敌。"

33

世间向道之人无数，能够走上修行道路者极少，而能够最终晋入知命境的，更是寥若晨星。那些极少数的强者或隐身在各宗派山门深处，或静坐于朝廷最上方，很少出现在世人眼前，然而今日长安府内便出现了这样一位。

诸葛无仁看着身前那个年轻胖子，脸上的神情极为怪异，有些兴奋有些畏惧又有些惘然。作为天枢处最高官员，他时常拜访国师和黄杨大师，应算是世俗中人见过最多知命境大修行者的人，然而他此时依然震惊异常，因为他实在无法想象这个世界上怎么可能有人如此年轻便晋入了知命境！

要知道即便是昊天道门最重视的隆庆皇子，大唐朝野寄予厚望的王景略，也不过被认为极有可能晋入知命而已。而眼前这个年轻胖子竟就这样轻而易举地迈过了那道门槛，并且遥遥一指便把王景略击飞入墙！

片刻后，诸葛无仁终于清醒了过来。世间能够发生如此不可思议修行事件的地方只有一个，那就是长安城南的书院，再联系到宁缺的书院二层楼学生身份，年轻胖子的来历呼之欲出。他声音微哑地请教道："请问是几先生？"

这位官员终究还是高估了书院，所以才会问年轻胖子排序第几。事实上无论书院后山还是知守观抑或悬空寺，世间所有不可知之地加在一处，如今这一代的年轻修行者中，只有这个年轻胖子在数年前晋入了知命境。

他当然就是陈皮皮。

陈皮皮看着墙脚下艰难站起的王景略，想着过往听闻的那些事情，忍不住摇了摇头说道："修行之人理所当然要骄傲自信，但骄傲自信并不是狂妄自大。听闻你以前也曾是个胖子，如今看来竟是连这唯一的优点也没有了。"

说完这句话，他把厚实的被褥挪了个肩膀扛着，便准备带着桑桑离开，没有想到身后再次响起王景略的声音："如果你连续不眠不休厮杀数月，你也会瘦下来。"

王景略抹掉唇边淌落的血水，看着他的背影继续说道："书院不得干涉朝政，没想到今日二层楼竟是直接派十二先生出来抢人。"

诸葛无仁听着他的话，才知道这名年轻胖子便是书院后山的十二先生，强行压抑住心头的震惊，寒声说道："难道十二先生不用给句交代？"

陈皮皮看着他面无表情说道："就你这欺负小姑娘的德行，也配我给你交代？"

王景略从袖中取出手绢，揾在不停流血的唇上，一面咳嗽一面说道："看来书院果然把自己的利益看得比天下还重，一个小婢女都不肯让朝廷审吗？"

陈皮皮看着三人厌恶地说道：

"我最讨厌拿朝政天下来说事。你们这些家伙总想着宫里那把龙椅，有人想用这件事情来试探一下小师弟的反应，有人更是直接不想我小师弟当国师，像你们这样的人有什么资格代表天下？

"谁愿意当国师，谁在乎那把龙椅谁坐？你们这些人与书院处的境界层次不一样，看到的世界不一样，就别再玩这些很无趣的手段，总学着那些农村妇女思考皇后娘娘吃大葱烙饼蘸不蘸酱来做事，只会徒然引人发笑罢了。"

诸葛大人气得浑身颤抖，何明池沉默思忖，唇角挂着苦涩而复杂的笑意，唯有王景略看着他若有所思，似乎因为他的这些话想到了别的一些事情。

陈皮皮看着这三人，心想小师弟现如今是不在长安城，不然若让他知道朝廷里居然有人敢欺负被他珍视甚于钞票的小侍女，谁知道会发生怎样的人间惨剧。

紧接着，他又想起出后山前二师兄严肃的神情，不由心有余悸地打了个寒战，暗想今日如果真让桑桑这黄毛丫头有所损伤，自己只怕会被师兄拿帽子活活砸死。

既然二师兄严威当前，莫说什么天枢处、南门观、大唐军方第一人许世，即便是皇帝陛下和皇后娘娘携手而至，也无法阻止陈皮皮把桑桑带走。

陈皮皮扛着被褥、带着桑桑，一步肉三颤离开了戒备森严的长安府，在离开之前留下了最后一句话："这件事情没完，等宁缺回来再说。"

诸葛大人神情微凛，何明池轻轻叹了口气，王景略自嘲一笑离去。

半个时辰后，长安府正衙背景墙上那幅红日东升图，不知因何缘故咔嚓一声从中裂开，那轮红日与碧蓝的汪洋被截成了两个世界，引来众人一片惊呼。

或许那是因为它感受到了那句话里隐藏着的凶险。

或许这只是书院二层楼某个胖学生对大唐朝廷的一个警告。

镇国大将军府。

许世漠然看着窗外的寒梅，花白的头发被梳得根根不乱，脸上的皱纹都仿似在排兵列阵，身后不时响起的咳嗽声根本无法令他动容。

作为帝国战功最卓著的大将军，他有足够的底气去面对很多事情，然而当他真的那样去做之后，却发现事情的发展与他设想的并不一样。

"因为书院十二先生插手，所以卑职无法留下那名婢女。卫光明究竟靠什么在长安城里隐匿了这么长时间，他和那名婢女之间的真实关系是什么，依然没有头绪，至于天枢处和南门观在颜瑟大师之死里应该承担何种责任，也尚不清晰。"

王景略看着手绢上的斑驳血痕，忍不住蹙了蹙眉。

许世回头看了他一眼，说道："你还要咳半个月的血。"

王景略把手绢塞进袖中，平静应道："能看见传说中的知守观天下溪神指，能亲身感受书院不器意，即便是咳半年血似乎也是值得的。"

听到这个回答，许世有些满意，缓缓点头。

王景略看着窗畔苍老的将军，微微一笑。

他名义上是龙虎山弟子，实际上是一名散修，所谓破境修行全部靠自悟。能知道书院不器意和天下溪神指这种不可知之地的绝学，全是从许世处听来的。

这两年陛下命他随老将军在大唐南疆征战，老将军虽然性情阴沉执拗，对他却是悉心教诲培养，长期相处，他对这位老人竟生出一种如师如父的尊敬爱戴。

"书院后山这种不可知之地太强大了。"王景略沉默片刻后，决定向将军坦承自己最真实的想法，"如果他们没有干涉朝政的企图，我认为不应该去挑战他们。"

听着这句话，许世脸上的皱纹越发深了，说道："世间最强大的是什么人？不是陛下不是宰相而是修行者。我也是名修行者，也曾经见过夫子一面，我在军中度过数十载岁月，比谁都清楚书院的强大。但我首先是一名大唐军人，所以我必须警惕那些强大的修行者，我必须警惕书院，一旦不警惕，那就是身为军人的失职。"

王景略低声说道："如果将军您是想借此事看书院是否还尊重唐律，我觉得并不合适，因为现有的证据很难把那个小婢女与窝藏逃犯联系起来。"

"我确实是想看看书院的态度。"

许世转过身，看着窗外淡薄的天穹，声音微寒地说道："但我更想知道，卫光明在长安城里待了这么长时间，书院为什么什么都没有做，那个小婢女和卫光明之间究竟是什么关系，这件事情和宁缺又有什么关系。"

王景略微微蹙眉，摇头说道："这种警惕……似乎很没有道理。"

许世说道："身为唐人，没有人愿意去撩动书院，但这次却同时有这么多人想动一动，一来因为那名婢女身份卑微，就算动她也不会触及书院根本，她是最好的对象；二来朝堂文武乃至宫中某些贵人，都像我一样开始对书院产生警惕。"

王景略依然无法理解这种对书院的警惕究竟从何而来。

许世说道："为什么朝野之间有这么多人警惕书院？因为这个世

界是由世外和俗世组成的，而俗世里的一切其实一直是在被世外控制。月轮国皇帝就位必须经由白塔寺长老抚顶，而其余的世间诸国君王继位，更是要经过西陵神殿同意。所以桃山之上的道门掌教和三神座才是这个世界真正的主人，而他们身后却是佛道两宗的不可知之地。若能相通便是圣贤……相通便需要入世，但书院为何要入世？"

王景略终于听懂了这段话，在这寒冷的冬天里，汗水瞬间打湿了他的后背。既然都在世间那便没有真正的所谓世外，除了大唐帝国世间别的地方都已经被修行者掌控，如果书院入世也是想像西陵神殿那般干涉俗世，谁能阻止他们？

"书院不得干涉朝政，是夫子定下的铁律。"他仿佛是要压制住心头的不安，声音嘶哑地说道，"如果书院真要像西陵神殿那般行事，这些年来早就已经动手了。"

许世看着云层外黯淡的日头，眼眸里闪烁着幽光，缓声说道："我从来不曾怀疑过夫子，但你要知道，哪怕是再伟大的人物终究有老去死去的那一天。一旦夫子离开这个世界，书院后山那些人不甘寂寞怎么办？如果他们开始干涉朝政，皇权旁落、国将不国，我大唐……还是如今这个大唐吗？"

"如今已经确定宁缺便是书院入世之人，不然书院不会同意他去边塞去荒原。我看过此人在军部的履历，必须承认他是一个很优秀的军人，然而越是如此我越是警惕。因为一名优秀的军人必然冷血无情，而且必须有野心，无论是对战功还是疆土，那种野心都像野火般无法扑灭。"许世沉声说道，"大唐强盛千年不衰，是因为我们不像那些匍匐在神殿脚下的可怜虫。我们对世外之人心存敬畏，始终警惕，不曾臣服。"

34

王景略摇了摇头，说道："然而帝国千年书院亦千年，如果真会发生什么事情，几百年前已经发生，想来不会专门留到我们这个年代。"

许世说道："那是因为书院千年以来只出现了一位夫子，也只有夫子才能教出那些有能力动摇我大唐国本的学生。"

　　王景略想着长安府内那个年轻胖子随意施出的天下溪神指，低头沉默无语。

　　许世寒声说道："生老病死这都是昊天安排给人类的命运，如果夫子没有离世，自然不需要我们多担心。然则如果夫子离世，你们一定不能把长安城和帝国的安危交到宁缺手中，我不管你们用什么方法，也要把那个阵眼抢回来。"

　　王景略依旧沉默。先前何明池的那柄黄油纸伞并没有完全隔绝他的倾听，而且他事先便知道天枢处想从那名小侍女手里得到什么东西。

　　"为什么您如此坚持？"他还是忍不住问道。

　　许世眯眼回忆往事，脸上深刻的皱纹就像是被雨水冲刷过的黄土般沟壑毕现，声音微哑地说道："因为书院曾经出现过一个轲疯子，我不想世间再出现一个宁疯子，但凡是疯子都有可能让整个大唐替他们殉葬。"

　　说完这句话，老将军剧烈地咳嗽起来，痛苦的咳嗽声回荡在空旷的房间里，就像是战场上渐趋破毁的战鼓发出的声音，过了很长时间他才艰难地重新直起身体。

　　大唐皇帝李仲易坐在榻上，平静地看着下首的弟弟，认真地倾听他的解释，忽然间他的眉头痛苦地皱了起来，急忙用手帕掩在唇上把咳嗽堵回胸腹间。

　　"我并不清楚老将军为什么震怒，就算是为了当年与颜瑟大师之间的情分，似乎也有些说不过去。不过天枢处和南门观去问那个小婢女，倒不是针对宁缺或者是书院，关键在于那些事物太过重要，总不能流落在宫外。"

　　亲王李沛言没有注意到皇帝脸上的痛苦神情，但他认真解说了半天却没有听到榻的方向传来声音，不免有些惴惴，继续说道："那个小婢女本身也大有古怪，光明神座在老笔斋与她相处这么久，我总觉得这件事情里透着份诡异。"

他抬起头来看着皇帝陛下认真说道："被皇兄训斥教诲之后，臣弟已然深切反省悔悟，明白我大唐立国根基之所在，然而此次臣弟应西陵之邀入宫传话，却另有想法。神殿要召那名小婢女回桃山，似乎并无恶意，据天枢处眼线回报，甚至神殿有意让那名小婢女继承光明神座之位。那名小婢女是唐人，又是宁缺的侍女，如果日后她真能继承光明大神官之位，对帝国总是有好处的。"

"那也得看宁缺那小子愿不愿意。"

皇帝沉思片刻后摇了摇头，挥手示意李沛言退下。

黯淡的冬日天光映照着地面那些光滑可鉴的金砖，再映照出幽静寝宫里的华美摆设，便构成了数百幅好看的深色画幅。

皇帝陛下看着榻前一块金砖里的那盏瓶梅，唇角露出一丝笑意，然后弯着腰身剧烈地咳嗽起来。此时亲王已经出宫，宫中再无旁人，身为一国之君终于不再需要压抑自己，所以咳嗽声显得格外痛楚或者说痛快。

金黄色的帷幕微荡，皇后娘娘端着药汤走了出来，缓缓坐到他身旁，伸出丰腴的手臂轻拍他的后背，温婉说道："把药喝了吧。"

大唐宫中这对夫妻，实在是数千年来皇朝帝后里的异数。他们感情深厚无间，自前皇后病逝之后便生活在了一处，再也没有分开。如今皇宫里甚至没有别的嫔妃，无论饮食起居都像新婚夫妻那般黏在一处，宫里的太监宫女们早已经习惯帝后之间的相处方式，所以喂药这时节早就已经远远避开。

皇帝接过药碗，看着碗中黑色的药汤，皱眉说道："喝了这么多年真有些腻了。"

皇后劝道："这可是院长的吩咐，陛下必须要喝。"

皇帝无奈叹了口气，接过药汤一饮而尽，然后抓起手帕胡乱擦了擦嘴。

皇后接过手帕收进袖中，手再从袖里抽出来时，掌间便多了一块青叶糖，动作极娴熟地喂进皇帝嘴里，看来这些年她经常做这样的奖励动作。

皇帝含着清凉的糖块，半侧靠在皇后的怀里，惬意舒服地眯起了眼睛，说道："这种日子真是舒服，给个皇帝做也不换。"

皇后娘娘扑哧笑出声来，说道："当皇帝了还这般贫嘴。"

说话时她轻轻捶了皇帝一下，然后顺势变成拍背替他顺气。

皇帝笑着说道："不能贫嘴？所以我说给个皇帝做也不换。"

他想起李沛言先前的禀报，眉梢微挑大笑说道："相比较起来，朕倒确实有些羡慕宁缺，那厮比朕幸运，能随夫子学习，又可以随意贫嘴，如今看来便是他身边那个小婢女也比我身边的女子要强上不少，至少不会天天逼他喝药。"

听着宁缺的名字，皇后娘娘笑而无语。

皇帝坐直身体，看着她说道："虽说朕对卫光明那老贼恨之入骨，但也有些佩服敬重他的能耐，宁缺那婢女居然有机缘成为他的传人，实是令人惊叹。有机会时你召她进宫，看看这小婢女究竟有何特异之处，顺便也安抚一下。毕竟今日大概受了不少惊吓，宁缺那人明面上肯定不会说什么，但心里肯定会有想法。"

皇后点头应下，轻声说道："我来安排。"

皇帝看着她一如往常般温婉的模样，忽然说道："让诸葛自己请辞吧。"

皇后正在轻拍他的后背，听到这句话右手微僵。天枢处诸葛无仁，向来对她逢迎有加，这在宫里从来都不是秘密。然后她继续拍背，平静说道："知道了。"

皇帝看着她的眼睛，沉默片刻后说道："土阳城那边，朝廷已经修书训斥。无诏调兵乃是大罪，却不知夏侯这次准备如何向朕解释。"

皇后娘娘睫毛微眨，事涉最疼爱自己的兄长，除了沉默她不知道还能做些什么。

皇帝看着她紧紧抿着嘴唇的模样，轻轻叹息一声，说道："魔宗信奉力量，沉默横亘世间与昊天两不相见，最是倔强厉狠。你从当年到现在都这般倔强，更何况是他？只怕夏侯这次依然不愿意退。"

皇后娘娘抬起头来，平静地看着他的眼睛，说道："我会修书去劝他。"

皇帝点头说道："如此甚好。"

皇后忽然说道："亲王殿下说不解军方因何震怒，在我看来，只怕是朝野间很多人开始警惕书院，警惕夫子离去之后的书院。陛下当注意这股暗流。"

在钦天监做出那道夜幕遮星国将不宁的评鉴之前，大唐御书房里，经常能够看到皇后娘娘替陛下审阅奏章的画面。皇帝陛下很尊重自己妻子的意见，因为他知道她有这种能力，摇头微笑说道："朕不会警惕书院，事实上在朕看来任何学不会完全信任书院的唐人，都没有资格坐到帝国的最上层，因为那说明他们完全不了解大唐究竟因何是大唐。"

"至于许世……"皇帝眉头微皱，对于这位劳苦功高的军方重将，他实在也没有什么太好的办法，"他对国忠诚，数十年间不知立下多少功勋，就是性情未免冷淡易怒了些。而且他肺病越来越重，也不知还有多少日子好活，将死之人看待这个世界难免会有些灰暗，有些警惕不安倒也正常。"

皇后娘娘欲言又止，眼眸里带着几抹忧虑之意。

皇帝握着她的手，微笑说道："你还年轻，我们的孩子还小，所以你不应该那般灰暗。你要记住如果没有夫子和书院，我们便不可能在一起，而书院对大唐的重要性，便如同你对我的重要性，我绝对不会怀疑或者犹豫。"

皇后娘娘笑了笑，然后她微侧身子，趁皇帝没有留意时从袖中取出先前塞进去的那方手帕，借光仔细审看没有看到血渍，脸上的笑容才变得真正开心起来。

她曾经是魔宗圣女，现在是大唐帝国的皇后，然而她现在认为自己只是深宫里的一个普通女人，不愿意去想别的事情，只希望自己的丈夫和儿子平安快乐就好。

"书院入世让很多人感到警惕不安，比如那些以守护大唐为终生使命的军方将领，因为他们第一次发现世间有武力很难解决掉的威胁。

"但对于长安城里另外一些人来说，书院入世是他们宝贵的机会，因为他们可以借助书院的力量或者说态度，来争取一些他们没有把握拿到手的东西。"

公主府的屋檐残雪下是一片楠木搭建的露台，台间搁着个铜火盆，李渔静静看着火盆里的炭火，开始对皇子李珲圆认真讲述一段还没有发生的故事。

35

"宫里那把龙椅，便是所有人都没有把握拿到手的东西，尤其是对你我而言。皇后娘娘在军中有夏侯大将军的效忠，在修行者里有天枢处诸葛老儿的逢迎，在皇族里有亲王叔叔的支持，国师与她交好，便是宰相大人也隐隐偏向她。

"她的手掌里已经攥住了太多东西，她很担心会出现变数，担心书院入世会吹起一阵寒风，吹进她的掌心把那些东西化为虚无，进而影响那把龙椅的归属，所以她很警惕。这种恐惧一直潜伏在很多人的心底，即便她自己还能保持冷静，但那些效忠于他的人却无法继续冷静下去，这便是为什么今天会发生这些事情。

"而我们什么都没有。华山岳他们还年轻，想要在军中接替许世、夏侯这些大将军的位置不知道还要过多少年，当年长安城里那些书生有的已经入了朝堂，但他们的声音要在朝堂上响亮起来为时尚早，所以我很欢迎书院入世。

"因为当书院入世之后，真到了大唐传袭的那日，无论皇后娘娘拥有多少人的支持，只要书院清晰传达出他们的态度，大臣、军方和修行者们便必须沉默。

"我为什么能够确定书院的态度？

"因为书院入世之人是宁缺，我懂宁缺。

"宁缺这个人性情淡漠寡情，不见得因为那些往事便会帮助我，甚至可能不会理这件事情，但有些事情他必然是要理的。就算他不理，桑桑也会理。

"长安城里别的人都以为桑桑只是个普通的小婢女，有趣的是我知道这并不是实情，幸运的是我一直很喜欢桑桑，桑桑也很喜欢我。

"到那日我若将死，桑桑一定会理我，宁缺便不得不理我，书院也便等于表达了倾向。亲爱的弟弟，为什么我会死？因为夺嫡这种事情，若失败便是死亡。"

李渔结束了这段未发生故事的讲述，拿起铜筷，把火盆里的银炭堆细心整理成极有条理的模样，抬头看着弟弟微微一笑，然后起身去了书房。

在书房里，李渔给远方的燕国崇明太子写了封信。这封信将经由固山郡华山岳直接送入燕国都城成京王宫，这种选择与速度无关，只是出于谨慎的考虑。

在信中她讲了些长安城近日发生的故事，极随意带了几笔自己与老笔斋那对主仆之间的交往，最后才对隆庆皇子的失踪表示了诚挚的慰问。

燕国都城成京，王宫里飘着雪，崇明太子的目光离开手中紧握着的那张信纸，望着栏外飘舞成旋的雪花。

一名谋臣难以掩饰脸上的喜意，对着崇明太子长揖及地，恭喜道："如果十三先生真的代表书院入世，按照信中公主殿下所说的关系，大唐皇位日后落在李珲圆皇子手中的可能性便会非常大。而太子殿下你与李渔公主私交甚好，这对您甚至是您主政后的燕国，都是非常完美的局面。"

崇明太子清楚地接收了大唐公主李渔通过这封信所表达的意愿，他明白那位公主殿下是想要增强自己的信心。如果隆庆真的死了，那么燕国王位便只有一个继承人，他毫无疑问是最大的受益者，更何况日后的大唐君王也会支持他。

现在已经有很多人知道隆庆皇子是被书院宁缺所败，其后失踪生死未知。按道理他应该感谢宁缺然后尽情庆祝，然而面对下属的恭喜，他脸上却没有喜意。

"世人皆以为我与隆庆争夺皇位，仇恨不共戴天，然而你们似乎都忘了我与他毕竟是同血同脉的亲兄弟，当年在这宫里也曾一起玩耍过。

如今他不知道去了哪里，是不是还活着，莫非你们以为我真的能够开心起来？"

崇明太子怔怔看着宫里飘舞的雪花，毫无来由便开始流泪。

那名谋臣看着太子脸上淌下的泪水，不由吓了一跳，紧忙跪下磕头请罪。然而他的内心却是喜悦到了极点，暗想自己效忠侍奉的殿下，居然在这种时刻还不忘虚情矫饰兄弟之情，不肯让燕皇和别的人看到半分破绽，实在是值得追随。

南晋在南方，气候温暖，所以在隆冬时节里也没有落雪。那座像把巨剑般的岩石山反耀着冬天的阳光，每道岩缝每处石穴都那般清晰，就像山脚下那座黑白二色分明的旧式古阁般，透着股凛然而骄傲的剑意。

无数年来很多人发现，要在漫漫修远的修行路上走得更远一些，修行者自身的心志气魄运气机缘缺一不可，而所谓气魄往往便是无比坚定的骄傲自信。

在古阁里清修静悟无上剑道的剑圣柳白，被世间公认为第一强者，自然毫无疑问也极为骄傲自信，那份骄傲自信甚至已经超出坚定的范畴而显得毫无来由。

古阁里响起剑圣平静而又尖锐的声音，这道声音仿佛要刺破云霄，刺穿所有弟子的耳膜："数月前我曾经说过，丢脸的人就不要回来了，那你们为什么要回来？"

剑阁弟子们低着头心中震惊不安，心想自己这些人领受神殿诏令前往荒原，这些日子里与草原人战后又与荒人战，浴血厮杀不曾退却，哪里给师门丢人了？

黑白二色古阁深处，隐有天光落下，罩着一片极小的碧潭和一间草屋，原来由此间向上直至峰顶，竟是被岁月侵蚀出来的一条大洞。

此时日头已经偏移，洞中清幽。

一名长发披肩的男子坐在天光之下。此人身上没有如何强大的气息，然而若有人敢直视他的身影，过不了多时便会觉得眼睛刺痛难忍，甚至会流泪眼瞎。

因为男子披散的发丝，腰间的系带，静垂的衣袂，包括目光和背影，都是剑。

这名男子本身就是一把剑，一把横贯天地的剑。

"你去长安城看看那个宁缺究竟是什么样的人。当年他还不会修行的时候，就能杀我剑阁弟子，现如今成为夫子学生又会进步到什么程度，史上最弱书院行走？我不相信这种话，而且只要是书院行走就算是史上最弱也足以打磨你的精神。"

草屋前跪着一名年轻男子，那男子身材修长，双膝跪地依然像是一株大树。听着潭畔剑圣柳白如剑般的声音，他脸色微微苍白，强行平静动荡的识海，不解说道："可是我去的时候只怕他已经回了长安城。"

"长安城又如何？颜瑟宁愿和卫光明同归于尽，也不愿意与我再战一场，现如今我便要看看他留下的传人与我的传人究竟谁强。你也不用担心书院会阻止你挑战他，书院传人既然要入世便要做好被不停挑战的准备，要准备好时刻被人杀死。当年轲先生便是这样一路杀过来的，现在这个宁缺又有什么资格例外？"

新年之后，没有过多少日子便是华灯节。夜晚长安城变成了灯的海洋，无数百姓全家出游，小孩子们手里拿着糖棒叽叽喳喳到处乱跑，少女们含羞带笑依偎着情郎偷偷转着眼珠，坊市长街之间不知会遗落多少鞋帽多少荷包。

相对民间的热闹欢愉氛围，皇宫里的气氛自然要显得庄严凝重很多。当夜陛下与皇后娘娘邀请朝中大员入宫用宴，散宴后陛下继续与那些文臣赏字谱曲斗酒，皇后娘娘则留下了平日里最亲近的几名夫人去自己殿中继续说话。

无论宰相夫人还是大学士夫人，在这种场合都要讲个凝神静气笑言有规，然而当她们看到殿首那张方案后的李渔时，依然难免露出了吃惊的神色。

大唐风调雨顺，国泰民安，这些年唯一让朝野有些忧心的事情便是皇位的继承。

谁都知道皇后娘娘想让自己的儿子日后坐上龙椅，而李渔公主则毫不犹豫地认为自己的亲弟弟才有资格成为日后的皇帝。双方间一直没有明争但暗斗却不少，公主当年远嫁草原，皇后极少再踏入御书房，都与此事有关。今日居然能在这种场合见到公主殿下的身影，难道说这二位真的准备言和？

心情震荡之下，夫人们便没有注意到安安静静坐在李渔身旁的那名小侍女。

李渔根本不想来，只不过皇后娘娘要见桑桑，这个事情令她很是警惕。如今很多人已经清楚宁缺便是书院入世之人，争取宁缺的支持在很大程度上便等同于争取到书院的支持，皇后见桑桑究竟是想做什么？

场间诸位夫人与皇后娘娘亲近，心中也自有倾向。然而想着自家老爷在朝中的位置，总是谨慎行事，纷纷上前与李渔见礼，只有一位贵妇漠然不动。

这位贵妇便是文渊阁大学士曾静的夫人。

这位夫人当年是曾静府上受宠的小妾，刚刚产下一女便惨被大妇害死。若不是皇后娘娘偶然知晓此事，大怒修书一封到府上，便是她只怕也早已悄无声息地死去，哪有如今一品命妇的荣光？

因为这段历史，曾静夫人对皇后娘娘感激不尽，只要皇后娘娘高兴，别说自家老爷前程，便是她的性命也可以不要。所以当宰相夫人等人与李渔微笑见礼时，她只是漠然坐在桌后，根本没有上前的意思。

她看着李渔身旁那名穿着侍女服的小姑娘，微微皱眉心想，公主殿下如今愈发放肆了，皇后娘娘宴客竟也敢带着侍女出场。

然而看着那名小侍女微黑的脸颊，看着那双明亮的柳叶眼，曾静夫人总觉得似乎在哪里见过她一般，心头毫无来由莫名生出怜惜心疼的感觉。

36

接下来的整整一个晚上，曾静夫人都沉浸在或者困惑于这种莫名的感受。

皇后娘娘说笑话时，她再不像以往那般第一个笑出声来并且笑得最大声，宰相夫人说起长安城里的趣事时，她也不再在旁配合着添油加醋，而是有些忘形地盯着公主李渔身旁的那个黑瘦小侍女看，越看越出神。

她与往日迥异的表现自然引起了一些人的注意，尤其是当贵妇们注意到她直勾勾地盯着公主殿下的方向，更是觉得心中奇怪。坐在她身旁的某位尚书夫人轻声提醒了几次见她还没有醒过神来，忍不住轻轻撞了她一下。

尚书夫人压低声音关切问道："你今天怎么这么神不守舍的？"

曾静夫人勉强一笑，没有解释，因为她确实无法解释，她自己都不明白为什么越看那名小侍女越觉得亲切，心中的疼惜感觉越来越浓。

皇后娘娘聚众人闲话饮茶，却有位很不起眼的小侍女夹杂其间，而且还是坐在公主殿下身旁，不免引起众夫人心中很多疑惑。待茶盏换了两道水后，宰相夫人终于忍不住问了出来，皇后娘娘微微一笑，简单地介绍了一下桑桑。

夫人们这才知晓原来这个小姑娘是宁大家的贴身侍女，虽说还有很多疑惑，却也不便再问。而且她们身份尊贵，虽说不可能把家中婢女当猪狗一样对待，却也着实是两个世界的人，只是看在皇后娘娘分上随意问了几句宁缺如何。

曾静夫人看着同伴们与那小侍女说话，自己也忍不住开问相询，只是她并不关心那位传说中的宁大家每天能写几幅中堂，问的是桑桑的年龄。

桑桑很不适应皇宫里的气氛，如果不是宫里来了旨意，而且李渔答应陪着她，她宁肯在老笔斋里煮粥喝。尤其是先前在宫女们的服侍下吃了顿饭，她越发觉得宁缺当初说得极对，皇宫根本就不是吃饭的地方。

当那些尊贵的妇人问她问题时，她更是觉得有些吃力辛苦，直到听到有人问自己年龄，觉得这问题倒是简单，马上认真回答道："我是天启元年生人。"

曾静夫人低着头看着伸出袖口的手指数了半晌，才算清楚她今年约莫是要满十五岁，微微一怔后感伤说道："如果我那孩子活到今天，也便像你这般大。"

此时殿内的贵妇都与皇后娘娘亲近，当然知道天启元年长安城里那场沸沸扬扬的悍妇杀妾灭子事件，听着这话不由纷纷向曾夫人投去安慰的目光。

皇后娘娘和声安慰了她几句。

曾静夫人看了对面案后的小侍女一眼，微苦一笑，心想自己大概是太过思念早年前死去的那个女儿，今日见着与她年岁相仿的小姑娘竟是有些失态，实是不该。

世间有很多事情一旦动心动念，便很难用别的方式把它抹除掉，正如曾静夫人对桑桑那种无来由的怜惜感觉。她想说服自己只是心系早亡的女儿，却总还是忍不住时不时抬起头来望向对面那方茶案，怔怔看着桑桑。

她越看桑桑越觉得眼熟，尤其是小姑娘微黑的肤色，那双在常人看来并不如何美丽的柳叶眼，都让她觉得无比亲切，忍不住再次问道："先前听你说，你和宁大家早年一直在渭城生活，是不是边塞的日头太毒，所以把你晒成这样？"

桑桑微微一怔，摇头说道："少爷说我从小就这么黑。"

听着她的回答，曾静夫人越发有些神思不宁，再也顾不得别人的异样眼光，就这样专注地盯着桑桑看，仿佛要看出她脸上究竟有什么花一般。

茶凉宴散人自去。

曾静夫人守在殿外，看到李渔带着桑桑出来，把心一横把牙一咬便拦住了二人。

李渔眉头微蹙，不知道这位大学士夫人究竟要做什么。

曾静夫人很清楚，作为皇后娘娘最坚定的支持者，自己这些年可没有给过公主殿下太多好脸色看，甚至可以说把对方得罪得极惨，所以她的语气越发温顺谦卑。

"公主殿下，命妇今日瞧着这小姑娘便觉得亲近可喜，而且您也知道我那孩子……我想顺道送这位小姑娘回家，还请殿下同意。"

李渔静静看着她。连十五年前死去的女儿都搬了出来，看来这位大学士夫人是真的很想与桑桑同行，只是她究竟为什么要这样做？难道说皇后娘娘终于认清楚了书院入世的重要意义，决定绕着弯来接近宁缺？

想到这些事情，她决定拒绝对方谦卑的请求，微笑说道："桑桑不爱与生人相处。"

这是真话，桑桑的性情注定了她不愿意和人打交道，两年间若不是经常来往，便是李渔也很难走进她的世界，何况是她以往从来没有见过面的大学士夫人。

然而就在这时，一直安安静静站在李渔身旁的桑桑忽然说道："可以。"

"你叫桑桑？"

"嗯。"

"这个名字倒有趣。"

"还行。"

"谁替你取的名字？"

"少爷。"

"你家少爷乃当世书家，想必在诗文之道上也极有才华，他取的名字必然是好的，却不知道桑桑这两个字有何深意？"

"没深意。少爷说捡到我时，路边有棵被剥光了树皮，也没有叶子的桑树，看上去和我那时候很像，所以他叫我桑桑。"

"你家少爷是在哪里捡的你呢？"

"河北郡，具体地方他忘了。出岷山后我们还去找过一次，但那时候田里已经长了青苗，剥皮无叶的桑树死了又长出了很多别的树，所以认不出来。"

今夜的长安城灯火通明，游人如织，观灯的人们把去往东城的街巷堵得严严实实，纵使是文渊阁大学士府上的马车，今天也无法提起速度，只有老老实实随人流缓慢向前移动。然而马车里的曾静夫人却不以为意，甚至有些高兴。

路途越遥远，她便能与桑桑在车厢里待更长的时间，问更多的问题。而今夜的桑桑明显也与平日有些不同，对这位夫人的问题竟是有问必答，一夜说的话竟似比上个月加起来说的还要多。

然而当年的那些故事在她的记忆中毕竟太过模糊，基本上都是宁缺转述而来，所以无论曾静夫人怎样旁敲侧击，还是无法得到她想要的答案。

路途再如何遥远，也总有走到的那一刻。

大学士府的马车缓缓停在临四十七巷巷口。

桑桑下车时极有礼貌地对曾静夫人行了一礼。

曾静夫人怔怔看着铺门前那个纤瘦的身影，不知为何心头一酸。

她现在根本无法确认任何事，甚至知道自己可能是在痴心妄想。然而一路同行，她已经喜欢上了这个小姑娘，心想如果自己有这样一个女儿该有多好。

曾静夫人掀起车帘，有些犹豫有些不安地问道："你愿意去学士府做客吗？"

桑桑拿着门匙想了会儿，心想宁缺还要些天才能到家，松枝腊肉已经熏好不用人在旁边看着，自己留在老笔斋也没有事情做，于是她点了点头。

几日后，文渊阁曾静大学士府上来了一位奇怪的客人。

之所以奇怪，是因为那位客人是名小侍女。长安城那么多座王公大臣府邸，从来没有听说过有谁家会把一个小侍女当成正经的客人，所以当管家领着小侍女向后园深处走去时，道畔冬柳下的仆妇丫鬟们指指点点，惊愕难掩。

而当府里下人们看到大学士夫人居然在园门口相迎，而且牵着那名小侍女的手无比亲热，脸上的笑容快要溢出鬓角飞上假山时，更是震惊到了极点。

没有用多长时间，学士府里的人们便已经打听到那名黑瘦小侍女的身份，知道了她的来历，不由议论纷纷。很多人都忍着笑在想，自家当家夫人果然不愧是长安城里对皇后娘娘忠贞不贰的夫人，居然甘愿自堕身份也要让娘娘高兴。

曾静大学士不在府里，或许他也像府里的下人们一样，觉得夫人专程宴请一位小侍女实在有失身份太过胡闹，所以午宴只有曾静夫人和桑桑二人。但桌上菜色却是丰富到了极点，而且桌旁还有四五名大丫鬟敛神静气服侍着。

桑桑这辈子都在服侍人，或者准确说是在服侍宁缺，她很不习惯被人服侍着吃饭，所以显得有些拘束，比华灯节那夜马车上要沉默很多。

曾静夫人看着她只顾低头吃着碗里的食物，眼眸里偶尔闪过怜惜神色，然后她对身旁最得力的大丫鬟使了个眼色。

那名大丫鬟会意，掀帘出去端了碗早已备好的鸽子汤进来。

曾静夫人端着鸽子汤走到桑桑身前，说道："瞧你这小身材，得补补。"

说完这句，她手一滑，那碗鸽子汤便倒到了桑桑的脚下。

桑桑站起身来，低头看着自己打湿了小半的棉裙和小鞋，沉默不语。

曾静夫人慌乱说道："这可真是……赶紧去洗洗。"

棉裙和鞋上染着鸽子汤的油污，确实需要洗一洗。

但桑桑没有动，只是沉默地低头看着自己的裙摆和鞋子。

她察觉到这位夫人是故意把鸽子汤泼到自己身上的。

因为在那一瞬间，她看得很清楚，夫人端着汤碗的手指很用力，根本不会滑。

桑桑没有生气，因为那碗鸽子汤明显在帘外放了很久，早已温冷不烫，别说泼到身上，就算是泼到脸上也不会造成任何伤害。而且她感受不到这位夫人的恶意，反而能感受到对方怯怯的善意，只是她为什么要这么做呢？

37

桑桑时常低着头，不爱看人，但很擅长看人。

用光明大神官的话来说，桑桑从里到外都是透明的，如同深山里的水晶，能够映照出这个世界最真实的颜色，她能很肯定地知道这个世界上究竟谁对她好。遗憾的是这么多年过去了，像宁缺那样的人她只遇见过一个，前不久还死了。

不过她能感受到曾静夫人的善意，所以她听从了对方的建议，跟着进了内室，解开身上那件染了油污的棉裙，脱掉鞋子把脚伸进温水中。

桑桑的脚很小巧，肤色也与身体别的地方不同，纯白似雪，看上去就像两朵瑟瑟的小白花，在盆中清水里缓缓荡漾。

从进入内室开始，曾静夫人便基本上没有眨过眼睛。当桑桑解开棉裙时，她袖中的双手便紧张地握了起来；当她脱掉鞋子时，夫人的指甲快要陷进掌心里；当她看到盆中那双如小白花的娇嫩双脚时，更是险些就这样晕厥过去。

桑桑回到餐桌旁后，夫人双手颤抖抱了一瓮鸽子汤到她面前，声音微颤说道："这些年你大概受了很多苦，趁着现在赶紧多补补。"

桑桑看着瓮中诱人食欲的油花和汤中细嫩的乳鸽，微微一愣，心想先前好像听你说过一遍，只是为什么这遍听时感觉似乎有些不同？

傍晚时分，曾静大学士回府。

曾静夫人非常直接，甚至显得有些粗鲁无礼地将书房里那些来拜见大学士的下属官员赶走，然后走到他的身前，还没有来得及说些什么，眼圈一红便流下两行泪水。

话说曾静大学士也是位狠人，不然当年不可能只用一夜时间便痛下决心休了清河郡崔姓正妻，杖杀三名管家，毅然投入皇后娘娘的阵营。然而他非常清楚，自己现在在朝中的地位实际上依赖于夫人在皇后娘娘身前的位置，加上那些同悲共苦的陈年旧事，他向来对妻子宠爱有加，此时见着她未言先泣，不由吓了一跳。

"夫人，家中出了何事？"他声音微颤问道，心想以夫人这些年养就的性情脾气，若非难以承担的惨事，断不至于如此失态。

曾静夫人抹掉脸上的泪水，看着他强颜笑道："老爷，是好事。"

曾静诧异道："什么好事？"

曾静夫人看着他的脸，一面哭着一面笑着说道："我找着我们的女儿了。"

得知华灯节那夜在宫中相见的事情以及今日府上发生的一些事情，曾静不可置信地看着妻子问道："你说那个小侍女就是我们的女儿？你……你可确认？"

曾静夫人狠狠瞪了他一眼，说道："我自己生的女儿，当然能确认。"

曾静也是被这突如其来的消息弄得有些惊喜交加，起身问道："可有佐证？"

曾静夫人没好气道："都说了是我自己生的女儿，哪里需要佐证。"

曾静苦笑说道："我的好夫人，你就不要再瞒着为夫了，以你的脾气，若没有实打实的证据，你哪里会对我说？想来今日那碗鸽子汤也是你刻意泼的。"

曾静夫人捂嘴一笑，说道："果然瞒不过老爷。那碗鸽子汤便是我让春兰凉凉备好的，为的就是要往那孩子脚下泼，好让她把鞋脱了让我看看她的脚，您猜怎么着？她那双脚啊，果然还像十几年前刚生下来时那样，白嫩得就像两朵莲花！"

曾静微微一怔，问道："除了这个可还有别的佐证？"

曾静夫人说道："当年我在柴房旁边产下那苦命孩子后，就担心被人换了去，昏前仔细察看了一遍。身上确实没有什么胎记，但浑身黝黑像炭头，两个小脚丫却是又白又嫩，难道这还不算证据？我就不信还有谁能长成那苦命孩子这般。"

曾静想起那个必然会牢记终生的日子，想着巷子对面的血，想着自家府里的乱，想起来当时的悍妻便是用女婴身上的颜色作借口，指责小妾生了个妖孽出来，其后又暗中让几名管事把那女婴偷出府去……难道说那个老笔斋的小侍女真是自己失散多年的女儿？可是她不是应该早就死了吗？

他不知道想到什么事情，眉头时而舒展时而紧蹙，显得非常为难。

曾静夫人感觉掌心还在隐隐作痛，说道："老爷在犹豫什么？还不赶紧去通知长安府，然后想个办法把我们的女儿接回来！先前我拼了命才忍着没有告诉她，就想着您回来了就妥了，我可没办法忍受自己的女儿再给别人家当一天婢女！你是没有见过那孩子，那小手粗糙得我摸着都觉得心慌，这些年也不知道受了多少苦。听她说那铺子里无论洗衣做饭烧水泡茶都是她在做，甚至连铺子门坏了也要她去修，像我们这样的门第也没说这么使唤仆人的，真不知道她现在那个少爷是个什么缺德玩意儿，竟是把她当牛马一样驱使！不行！我这就得去……"

说着说着，想起桑桑家那个万恶的少爷，她的眼泪便再次流了出来，再也控制不住情绪，举步便向书房外走去，看样子是准备去老笔斋接人。

"你给我站住！"

曾静轻喝一声，沉默片刻后皱眉叹息说道：

"如果我们女儿这些年真是在普通人家做婢女，那反倒好办，但你可知道她现在服侍的那个少爷是谁？

"那个宁缺不是普通人，他就是传说中花开帖的主人，深得陛下器重宠爱。我这时候才想起来，那份鸡汤帖最前那个名字岂不正是桑桑？"

曾静夫人微怔。她那夜在宫中看见桑桑后便有些神不守舍，竟是忘了皇后娘娘的介绍，这时候才知道自己骂了半天的那个缺德玩意儿，原来并不是长安城里随便一个无良官宦子弟，而是老爷前些时日经常提起的那人。

"我想起来了，娘娘确实提到过宁大家的名字。"曾静夫人说道，"然而那又如何？就算陛下喜欢他的字，但我们接回自己的亲生女儿乃是天经地义的事情，谁会无良到来拦阻？想必陛下也会喜见此事。"

曾静皱眉说道："但你可知晓宁缺的另一个身份？"

"什么身份？"

"他是书院二层楼的学生。"

曾静夫人皱眉不解说道："二层楼是什么地方？"

曾静应道："能在书院二层楼就学的，都是夫子的亲传弟子。"

曾静夫人终于知晓了厉害，然而接回失散多年女儿的强烈渴望在她此时的心里比什么都重要，她恼火地说道："就算是院长也要讲天理伦常吧？而且女儿现在只是个小婢女，我们多补宁缺一些金银，他还能有什么意见？"

曾静缓缓摇头。身为朝廷重臣，他当然对宁缺这个名字不陌生，最早是因为花开帖惹出的风波，其后便是书院登山所造成的震撼，而眼下朝中诸位大臣最关心的却是此人书院行走的身份。

宁缺便是书院入世之人，那么日后大唐帝国皇位传承之时，他的意见便显得非常重要。曾静清楚此人与公主殿下的关系比较密切，他作为皇后一派，非常担心因为要接回失散多年的女儿，而影响到皇后的安排。

只是这些话他却不便对妻子说，稍一沉默后说道："明日你进宫听听皇后的意见。"

曾静夫人没有上过学堂，在朝中这些一品命妇间也谈不上有多少见识气度，然而早年间经过那场惨事，这些年得皇后娘娘提点教诲熏陶，早已从当年那个柔弱无能的妾室变成了极有主意的当家主妇。听着自家老爷这般说话，只见她眉梢微挑，沉声说道："不理皇后娘娘如何说，我的女儿却是一定要认回来的。"

"十三先生宁缺……书院……这究竟是为什么呢？"

皇宫清殿深处，金砖向空气里透着丝丝暖意，皇后娘娘看着手中那封信喃喃自语，丽而微媚的眉梢间难以掩饰疑惑和警惕的意味。

这封信来自土阳城镇军大将军府，夏侯在信中提到了最近土阳城发生的一些事情，并且说他已决意辞去军中一应官职，准备解甲归田，请她向陛下言明心迹。

世间只有寥寥数人知晓大唐皇后与夏侯之间的真正关系。

皇后非常清楚这位疼爱自己到了极致的兄长有着怎样倔强而不肯

服输的性情，究竟书院那两人在荒原在土阳城里做了什么事情，竟让他决意认输归老？

她很愿意自己的兄长远离那些厮杀血腥之事，归老也是极好的结局，看到这封信后很是欣慰，然而这件事情里的过程却让她有些捉摸不透。

便在这时曾静夫人到了。

听着曾静夫人含泪带笑说完关于桑桑的事情，皇后娘娘沉默了很长时间，然后唇角露出一丝温婉的笑容，说道："这是好事。"

38

皇宫某座偏殿内，李渔斜倚软榻，手指轻拈着个茶盅，微嘲道："倦时身后便多了个枕头，渴时便有人送来了几盅清茶，心想便能成事，自然是好事。"

她身前那个小太监低着头，哪里敢接话。

李渔是前皇后亲生女儿，自幼生长在宫中，聪慧明事，不知得到多少宠爱，加上因为远嫁草原一事又得到大唐臣民更多敬重，这些年朝野间有很多人都非常看重她，所以无论宫内宫外有什么消息她总能在第一时间知道。

"皇后娘娘还说了些什么？"

那名小太监仍然不敢抬头，轻声禀道："娘娘说会支持曾静夫人认女，但桑桑既然服侍宁缺多年，自有情分，让大学士府切不可意气用事把这情分断了。"

听着这话，李渔眉尖微微蹙起，想起当年在北山道口火堆畔站起时与那人生出的裂痕，无来由生出些怒意，寒声说道："我用了两年时间，才和那对主仆生出些情分，你居然想莫名其妙认个亲便把这情分抢走？"

那名小太监越发不敢起身，跪在榻前连连磕头。

李渔沉默了很长时间后问道："确认桑桑真是学士府家的小姐？"

小太监应道："看大学士夫人的神情，九成是真的。"

"可有什么凭证？"

"小的不知道。"

李渔挥手示意他退下，留在殿内看着梁上那些繁复美丽的纹饰发呆了很长时间。她很清楚自己先前的愤怒来自无力，所以倚在软榻上显得有些疲惫。

她当初唤桑桑入公主府玩耍时，宁缺还只是临四十七巷一个落魄的书者，这种交往没有夹杂任何功利因素。然而随着宁缺在长安城里逐渐发迹，直至成为夫子的亲传弟子，开始代表书院行走天下，甚至可以预见到将来可以影响大唐皇权传承，这种交往便开始自然而然多了些别的意思。

李渔觉得自己的应对措施很正确，偶尔想起与那小侍女的相识，更是觉得冥冥中有把无形的手在帮助自己和皇弟。然而谁能想到就在这时，桑桑忽然变成曾静的女儿，而曾静却是那个女人的一条忠犬！

如果桑桑真是当年大学士府那名女婴，她与曾静夫妇间的血缘关系又岂是情分二字。有了这么一层撕扯不开的关系，日后若真到了夺嫡之时，宁缺又会怎样选择？一念及此李渔便觉得情绪有些茫然，内心充满了被昊天遗弃的挫败感。

临四十七巷老笔斋内。

"当年那个千刀万剐的管事，趁着老爷没留神，而我当时正半昏半醒，把你偷出了通议大夫府，卖给了一个人贩子。现在看来，那名人贩子大概是想把你带到外郡卖掉，却不知怎的选择了河北郡，时逢大旱他自顾不暇，所以把你给扔在了野外。"

曾静夫人眼泪汪汪看着桑桑，想要伸手去牵她的小手，但看着她手里紧紧攥着的大抹布，又担心她不愿意，只好紧张地绞着手指，满脸企盼看着对方。

桑桑低头看着自己探出棉裙的鞋头，轻声说道："听上去似乎也说得通。"

曾静夫人急忙说道："通，当然能通，孩子你现在肯相信我是你母亲了吧？"

桑桑沉默片刻后抬起头来，认真问道："然后呢？"

曾静夫人微微一怔，旋即怜爱地说道："接下来当然是你跟我们回大学士府，那里才是你真正的家。你的闺房我已经命人在准备，丫鬟们也已经备好，你若不喜欢府上旧有的，我明天就让人牙行带着小丫头们进府给你挑。"

桑桑微微蹙眉，因为不知道该怎样表达此时的情绪而显得有些漠然。

曾静大学士一直在旁沉默看着母女相认的画面，虽然他内心也确实颇为喜悦，但毕竟与前妻育有子女，所以不像妻子那般激动。尤其是看着桑桑微黑的小脸，他便很容易想起那个流血的日子，想起随后发生的那些事情。

虽说他因祸得福，但他还是很不喜欢这段回忆，而且身为大唐高官，总要讲究一个伦理辈分，见着桑桑在妻子面前神情如此漠然便有些不喜。

他用不容置疑的语气说道："去收拾一下行李。罢了，想来这些年你在外流浪吃苦也没什么值得收拾的东西，直接跟我们回府。至于户籍的事情我会让长安府衙去办，而宁缺那里我会请祭酒老大人去说，不会有问题。"

桑桑心想这些年我和少爷藏了那么多银票，怎么会不值得收拾呢？

然后她重新低头，看着探出棉裙的鞋头沉默不语，微黑的小脸上写着不知所措的神情，因为她此时内心的情绪确实有些茫然。

桑桑曾经想象过自己的父母会是怎样的人，但那只是看着别人家孩子都有父母之后自然产生的联想——不知道是宁缺这个监护人做得太称职，还是小侍女对这个世界的要求太少，她竟是从来没有羡慕过别人有父母。

她在这个世界上睁开眼睛看见的第一个人是宁缺，这些年来一直和宁缺在一起生活，可以说她的生命里只有宁缺，没有别的任何人，也已经不习惯有别人的存在，然而今天她发现自己有了父母。按照她所了解的世俗习惯，父母便应该是最亲近的人，甚至要比宁缺更亲近，那岂不是等于说，如今宁缺反而变成了别人？

找到亲生父母本来应该是一件很幸福的事情，然而桑桑一想到自己和宁缺的生活似乎再也无法像以前那般只有自己和宁缺，那种幸福感便不知道去了哪里。

相反她很不适应，甚至有很强烈的抵触感，所以她轻轻摇了摇头。

曾静夫人微微一怔，然后才明白她的意思，有些不敢相信自己的眼睛。曾静的脸色更是骤然严肃，完全无法理解有人居然敢大逆不道到不认父母。

曾静夫人看他脸色知道他要动怒，急忙拦在他身前，微笑看着桑桑和声说道："我知道这件事情太突然，你一时半会儿很难接受。要不然你先跟我们回府，我们认你做义女如何？我相信只要处得久了，你一定能相信我是你的母亲。"

桑桑看着她忽然笑了笑，说道："我知道你会对我很好。"

曾静夫人看着她小脸上露出的真挚笑容，心都快融化了，伸手取掉她一直攥在手心里的那块大抹布，牵着她的手怜爱地说道："那你跟不跟我们走？"

桑桑还是摇了摇头。

曾静夫人不解问道："为什么呢？"

桑桑说道："因为少爷还没有回来，等少爷回来后我会问他应该怎么办。如果他觉得你们真是我父母，那我自然会认你们，到时候我会常去看你们的。"

曾静夫人从她话里听出一些别的意思，愕然重复道："常去看我们？"

桑桑说道："就算相认了，我还是得住在铺子里啊。"

曾静夫人吃惊问道："为什么呢？"

桑桑看着她认真回答道："宁缺他这些年变懒了很多，好多事情都不愿意做大概也不会做了。所以我要煮饭洗衣，还要拖地擦桌，有时候那些府上的管家过来偷废纸，我还得拿笤帚把他们赶跑，实在是没有办法在学士府过夜。"

曾静夫妇怔住了，完全想不明白，一个做牛做马苦累不堪的小婢女，在得知自己是大学士府千金、飞上枝头变成一只雏凤后，没有痛哭流涕扑进他们怀里，而是一心系着要留在万恶的主家替那个懒惰的

173

少爷打理一切事务……那个叫宁缺的家伙究竟是施了什么法术，竟让自己的女儿说出这样的话来？

桑桑接着说道："还有宁缺他有时候想事情想得太多会睡不好觉，只有抱着我睡才能入睡，而有时候我觉得太冷也喜欢抱着他睡，所以如果分开都会睡不好哩。"

曾静夫妇互视一眼，看到了彼此眼中的震惊和疑窦，心想莫非女儿这些年给宁缺做小侍女，二人间已经发生了些事情？但桑桑年龄尚幼，而且看上去也不像啊。

老笔斋的门被人从外面推开了。

桑桑知道宁缺回来的日子，所以知道肯定不是他。

陈皮皮艰难迈过门槛，揉了揉疲惫的圆脸颊，看着铺子里的情形，大悦说道："难道你这里又有麻烦？本天才还正愁那些人被我吓住就不好玩了。"

桑桑解释说道："不是麻烦，你也不用玩了。"

陈皮皮说道："那我们下盘棋吧。"

桑桑向着曾静夫妇抱歉一笑。

就在曾静夫妇有些惘然地离开老笔斋时，一辆简陋的马车驶进了长安城东门，却是宁缺一行人提前数日回来了。

在土阳城外，他们的马车与墨池苑弟子们会合，然后一道南下。今日这些来自大河国的少女终于看到了她们闻名已久的天下雄城，自然难免兴奋。

车厢窗帘被掀起一角，一身白裙的莫山山微眯双眼看着长安城里的景致人物，微圆的美丽脸蛋上挂着淡淡的笑容，看得出来她也很开心。

大师兄揉了揉在路途上被震到有些酸痛的后背，看着满脸期待兴奋神情的宁缺，苦涩笑着问道："小师弟你为何如此急着回长安？"

宁缺认真说道："说出来师兄您可千万别取笑我，我虽然没有择床的怪癖，但只要离了家便睡不好，所以急着回家好好睡上几觉。"

即便是感情亲厚的同门师兄弟，依然还是会怕被对方取笑，所以宁缺这句话其实并不完全是实话，只有他自己知道睡不好觉以及急于赶回长安城的真实原因。

不在老笔斋，便没有人端洗脚水，没有人煮煎蛋面，没有人递牙具，没有人陪你傻笑，没有人陪你悲伤，没有桑桑。而他不能没有桑桑。

39

残雪未退，寒风依旧，这还没到春天呢，长安城的街上却已经开始吐露春的芬芳气息。十余名少女声若银铃，娇颜如花，看着街景指指点点，不知惹来多少行人的瞩目。

少女们穿着浅色的开襟长裙，宽长华丽的腰带系得比较高，风格非常清晰，见多识广的长安百姓很快便猜出她们是来自大河国。

大唐与大河国世代交好，两国子民间有一种先天的亲近感，只是由于路途相隔遥远，这些年长安城里能见着大河国人的次数变得渐渐少了。今日忽然看见这么多来自大河国的秀丽少女，看着她们身上的襦裙，年长些的唐人便忍不住唏嘘起来。

老人们开始回忆开化年间那位隐姓埋名来长安求学的大河国女王，开始对身旁的年轻人们讲述那位女王与唐皇之间的苦涩恋曲。

而年轻的唐人表现得更加兴奋。他们站在街边屋檐下，向着那些大河国少女拼命挥手，喊着欢迎来长安玩，有那胆子更大些的甚至直接追上了队伍，在少女们马畔一面跑着一面打听她们的姓名和住址。

自己一行人受到长安人如此热情的欢迎，本有些不安的莫山山笑了笑，放下窗帘开始闭目养神，疏而长的睫毛微微眨动，似乎心里的不安还没有完全消除，只是她究竟因何而不安？

宁缺凑到她身旁，掀起窗帘向外看去。

在边塞实修的书院学生，大部分随他一同回到了长安城，前些天的急行军让这些学生着实有些辛苦。尤其是落在最后面的钟大俊脸色苍白，比以往瘦了很多，看他那恍惚的模样，竟似随时可能摔下马去。

宁缺很清楚这是为什么，当初他冒充钟大俊随莫山山一行人深入荒原之前，便交代人把钟大俊本人关押起来，后来他在王庭露出真实身份后也忘了这件事情。于是直到他离开土阳城，钟大俊才被放了出来，想必这半年时间吃了不少的苦。

宁缺的品行绝对谈不上端正，但对于钟大俊这种品行绝对不端的角色，也绝对没有任何惭愧负疚之心，理都懒得理他，直接对侧前方吹了声口哨。

司徒依兰听着哨声，轻提马缰来到马车旁。这半年时间，她在碧水营带着同窗和士兵与草原蛮人及联军斗智斗勇斗狠，在军中闯出极大的名声，只是娇颜被风霜摧残，千里奔波又让她满头满脸的灰，看上去不免有些狼狈。

宁缺看着她说道："待会儿去我家，我请你吃面条。"

"你什么时候做事能大气一些。"司徒依兰没好气地说了他一句，然后指着自己满是风尘的脸说道，"虽然在战场上我不在乎这些，但这已经回了长安城，你是不是应该给我留些时间去梳洗打扮一下？你可别忘了我是个女儿家。"

宁缺故作惊讶说道："我本以为女将军不属于女儿家范畴。"

司徒依兰作势挥拳欲击，唬得他连忙放下窗帘，躲到山山身后。

莫山山睁开眼睛，看着他微微一笑，没有说什么。

书院实修归京，自然受到了朝廷的隆重欢迎，尤其是还有大河国墨池苑少女。礼部来了几位官员，宁缺自然没有耐心去走那些流程，征询了一下大师兄和莫山山的意见，在朱雀大街上马车便与大部队分离，径直向东城而去。

行不多时，便来到了临四十七巷。宁缺跳下马车，看着熟悉的街景灰墙，还有那些原户部司库库房院内探出的冬树，深深吸了口气，觉得十分满足。春末去冬末回，大半年时间便这样消失不见，他好生怀念老笔斋里的圈椅墨香井水鸡汤面片汤煎蛋面还有床下的银票，今日终于可以重新拥抱这一切，感觉真好。

忽然间，他看见铺子侧方停着一辆黑色的马车。看着车厢上那些繁密的细纹，他不禁沉默了片刻，朝着马车点了点头，才走上石阶推开了老笔斋的门。

铺子里，陈皮皮与桑桑已经下完了三盘棋，正在吃面。

桑桑是一个不喜欢下棋更不喜欢赌博的人，但既然有人非要送银子给她，她盛情难却也只好勉为其难陪着下了几盘。随着那些泛着油墨香的新银票入手，她渐渐忘了两位老人离去所带来的寂寞悲伤以及大学士夫妇带来的惘然情绪，心情变得好了很多，所以她破例给陈皮皮和自己煮了两大碗素面。

便在这时候，铺门被人推开，发出吱的一声轻响。桑桑低着头捧着面碗，往嘴里吸着面条，心想听声音大约是门轴最下面有些变形，得找个时间修修才是。

忽然间她觉得来人的脚步声有些不对，有些过于熟悉，忍不住好奇地抬起头来。

看到那个家伙，桑桑哪里还能记得吃面条这件事情，素如白脂的汤面挂在唇边，柳叶眼笑得眯了起来，含着食物口齿不清憨喜地说道："宁缺……"

宁缺笑着看着她，眼睛也笑得眯了起来，就像这个世界不存在的月牙儿。

桑桑忽然发现宁缺身后还有别人，有一个书生，还有一个穿着白裙子的姑娘。那姑娘生得很好看，尤其是小脸蛋圆乎乎的很可爱。

桑桑顿时清醒过来，知道自己这时候嘴里全部是面条，脸肯定也被撑得鼓鼓的，只是肯定没有宁缺身旁那个白裙姑娘鼓得好看，所以她有些无来由的慌乱。

她慌忙放下面碗站起身来，哧溜两声，以最快的速度把挂在嘴边的面条吸进肚子里，却险些被面条呛着，一面咳嗽一面低声说道："少爷，你回来了？"

然后她低头望向自己探出棉裙的鞋尖，不再说话。

莫山山安静地站在宁缺身旁，却稍拖后一点点的地方。

应书院大师兄之邀来长安城游览观光，她有些喜悦，有些期待，也有些不安，只不过这些情绪在她淡然宁静的脸上看不到分毫。她很清楚自己不安什么，她甚至有时候在想，自己对长安城的期待究竟是宁缺还是他的那名小侍女。

她跟着宁缺走进老笔斋，然后看到了坐在小板凳上吃面的那个小侍女，从看到对方的第一眼起，她就知道那便是自己想要见到的人，那个小侍女就是桑桑。

鸡汤帖头两字的那个桑桑。

宁缺永远挂在嘴边的那个我家的桑桑。

今天她终于看到了桑桑，却有些吃惊。因为对方不是世间常见的那等俏婢，只是一个肤色微黑瘦弱寻常的小姑娘，年龄还很小眉眼尚未完全展开，尤其是捧着大碗吃面、嘴含汤面眼含笑的模样真让人除了怜惜生不出任何别的情绪。

面对着这样一个小侍女，莫山山觉得自己以往所猜测的所臆想的，甚至包括抵达长安城之前的那些紧张不安，都是非常过分的事情。所以她觉得有些惭愧，怔怔看了对方片刻后便沉默地低下了头，看着探出裙摆的鞋尖不再说话。

桑桑低头看着探出棉裙的鞋，山山低头看着探出白裙的鞋，场面显得有些滑稽可笑，老笔斋里的气氛变得有些怪怪的。

宁缺还沉浸在重新见到桑桑的喜悦之中，根本没有注意到什么，至于大师兄则是负手打量着铺子里的陈设，看似一无所察，实际上却在心里轻轻叹息了一声。

桑桑忽然醒过神来，啊了一声慌忙说道："来客人了，我去泡茶。"

她对着众人福了福，然后端起自己搁在桌上的面碗，从同样处于呆愕状态中的陈皮皮手上抢过另一只面碗，匆匆回了后院。

宁缺看着她瘦弱的背影消失在帘后，有些诧异。虽说她忙碌的模样好久不见却一如往常，可是这么长时间不见，这死丫头怎么就不过来抱抱自己？

无论嘴里有没有塞面条，陈皮皮的两腮都很圆很鼓，比莫山山要圆得多。

手里的面碗被桑桑像阵风般抢走，他才醒过神来，看着负手于后的那个书生，赶紧把面条吸进腹中，跳到书生身后一个长揖及地，恭敬说道："拜见大师兄。"

大师兄回过身来，看着他故作严肃的模样，忍不住笑着摇了摇头，缓声说道："皮皮啊，如今你已经不再是后山的小师弟，说话做事……"

没有等他说完，陈皮皮便张开手臂把他抱进怀里，又是高兴又是悲愤地说道："师兄你可总算回来了，老师他不知道还死在哪里玩，后山里就没有人治得了二师兄。他在山里横行霸道，非要逼我们学什么古礼，师兄师姐们敢怒不敢言，十一师兄甚至被他逼得快要发疯，看着花便往嘴里塞，你可得替我们做主啊！"

40

陈皮皮擦了擦脸上的鼻涕和泪水，便又把宁缺抱进怀里重重拍打了几下，说道："小师弟你辛苦了……噫，这姑娘长得真是好看。"

宁缺极其粗暴地把他推开，回头望向莫山山，不由觉得好生尴尬，介绍道："这位姑娘是来自大河国的莫山山，书圣王大人的关门弟子。"

陈皮皮微微一愣，不可置信地问道："你就是书痴？"

通过这些书院师兄弟的对话，莫山山已经确认此人便是传说中那位世间最年轻的知命境强者，不免有些吃惊，看着他点了点头。

陈皮皮倒吸一口冷气，感慨说道："难怪生得如此漂亮，不过既然你和那个女人并称为天下三痴，我还是少惹你的好。噫，看你眼光似乎有些瞧不起我？你可知道木天才乃是修道天才之中的天才，天才到了极点的那种？"

宁缺在旁无奈解释道："山山她眼睛不大好，你不要误会。"

陈皮皮怔了怔，无赖说道："反正和道痴相近的人我都不喜欢。"

宁缺懒得理他，问道："你为什么在这里？"

陈皮皮说道："你自己问桑桑去。"

桑桑在后院磨蹭了很长时间，茶都还没有端出来时，大师兄三人便告辞而去。

大河国墨池苑少女们的住所安排在礼部贵宾司，莫山山便要去那里与同门会合。用陈皮皮的话，夫子还死在外面瞎玩，大师兄自然要回书院后山处理院中事务，陈皮皮也随大师兄离开。于是当那铺门带着微微吱响关上后，老笔斋重新变成了只有宁缺和桑桑二人的世界，安静而且平静。

桑桑蒸了一钵米饭，煮了钵腌萝卜酸笋炖咸肉，炒了盘家常青菜，便是宁缺回到长安城后吃的第一顿饭。

铺子里烧着炭盆，很是暖和。宁缺解了外衣，坐在桌边安安静静地吃着，桑桑坐在桌子另一边安安静静吃着，时不时替他添碗饭，盛碗汤，没有人说话。

当年在路畔尸堆里捡到桑桑后，宁缺在荒原的这大半年时间，便是二人最长的一次分别。再长的分别也不会让他们觉得彼此之间生出陌生感，然而宁缺总觉得有些不习惯，尤其是看着桑桑渐渐长开的眉眼，发现这丫头竟是清晰地长大了不少。

吃完饭后，桑桑没有洗碗，而是开始对他讲故事。

"那天老头儿穿着件脏袄子进了铺子，说和我之间有机缘，要收我当徒弟，我当时想着他已经那么老了，也不可能吃太多饭菜，所以就把他收留了下来。"

这个故事有些长，桑桑的语言足够简洁，也讲了很长时间。在这个过程中宁缺始终沉默，没有发问也没有端起手边的茶杯喝上一口。

故事终于讲到了最后那个部分。桑桑带着他来到天井，指着墙下的那两个瓮，说道："睡在新瓮里的是我老师，睡在旧瓮里的是你老师。"

然后她走进卧室，在床上掏弄了半天，不知从哪个隐秘处掏出两样东西，把其中一样递给他，说道："这是颜瑟大师留给你的，好像很重要，很多人在找。"

她举起手中那块看似普通的腰牌说道："这是老师留给我的，他说这是西陵神殿光明大神官的腰牌，如果我以后要坐上神座，需要把这个牌子戴在腰上。"

宁缺看着那块腰牌，想起很多年前的那两桩血案，微微皱眉，觉得有些厌恶。

桑桑看着他沉默片刻后说道："宣威将军府的血案，应该是老师谋划的。他说那是因为他曾经在将军府里看见过一个生而知之的人，少爷，那是你吧？"

宁缺点了点头。从小到大，他从来没有对桑桑提起过自己身上背负着的血海深仇，因为他觉得这些事情与她无关，没有必要让她像自己一样变得冷漠寡情。但他也没有刻意瞒着她什么，这么多年过去了，有些该知道的事情自然早已知道。

桑桑看着他的眼睛认真说道："老师要找的黑夜影子，实际上就是传说中的冥王之子，如果他找的就是你，那你岂不就是冥王的儿子？"

虽然宁缺来自另一个世界，身世可以说离奇，但他从来没有把自己和传说中的伟大存在联系在一起过，更何况是什么冥王。听着这句话后他只是怔了怔，嘲讽说道："虽然从某种意义上来说我曾经见过一次冥王，但我比谁都更清楚自己绝对不是什么冥王的儿子，你那个老师不仅是个疯子，更是个白痴。"

桑桑说道："但有很多人会相信老师，所以一定不能让别人知道这件事情。"

宁缺思考了很长时间，然后微涩一笑，感慨说道："你说得不错，除了我们两个人不能让任何人知道这件事情，就像床底下的那盒银票一样。"

桑桑忽然低头看着自己的鞋尖，轻声说道："还有件事情。"

"以后再说。"

宁缺抬头看了一眼天色，走到墙边抱起那个旧瓮，说道："我要先把师父葬了。"

桑桑指着新瓮说道："还有一个。"

宁缺看着新瓮，微微皱眉漠然说道："这个人害死我全家，害死小黑子全村，害死我师父，我不把这瓮砸了，已经算是履行了书院教授的宽恕之道。"

说完这句话，他便抱着旧瓮离开天井，向前铺走去。

桑桑站在原地想了会儿，走到墙边抱起了那个新瓮。

老笔斋外那辆简陋的马车被大师兄带回了书院，院门前还有那辆黑色的马车。

大黑马正在黑马车前无聊地踢着蹄。

宁缺走到车旁，伸手在车厢壁上缓缓抚摩，纯由精钢铸铁构成的厢壁透着股金属特有的寒意，那些深刻的繁密符线却仿佛还留着颜瑟大师的气息。

他抱着旧瓮坐进车厢。

片刻后，桑桑抱着新瓮喘着粗气也跟着爬了进来。

宁缺低头看着旧瓮，对大黑马说道："去城南。"

大黑马仿似听得懂人话，黑色的马车缓缓移动起来。

车轮碾轧着青石板，发出细碎清脆的声音，车厢里一片安静，主仆二人分别抱着自己师父的骨灰瓮，沉默不语。

不知道过了多久。

宁缺忽然抬头看了她一眼，说道："过来。"

桑桑很高兴，抱着新瓮便准备过去。

宁缺看着她怀里的新瓮，皱眉说道："人过来，瓮放那边。"

桑桑低头看了一眼新瓮，抬头看了一眼宁缺旁边的空位，小心翼翼把新瓮搁到座椅旁靠着，然后走到对面，在宁缺身边坐下。

宁缺把怀里的旧瓮放到脚边，然后把她搂进怀里。

一路无话，只有车声相伴。桑桑安心地靠在他的怀里，只是时不时会向对面看上一眼，有些担心新瓮会被摔倒，老师会撒出来。

长安城南。

离书院不远处有块草甸，这片草甸属于书院，却少有人打理，所以哪怕是在隆冬时节，依然能够看到漫长过膝的枯黄野草尸骸。

枯黄野草深处新立起两座坟。

宁缺在一座坟前重重叩了两个头，起身望向几步外另一座新坟，脸色有些难看，说道："我让你埋远点埋远点，你怎么就不听呢？"

桑桑理都不理他，跪在那座新坟前，学他的模样叩了三个头。

宁缺无奈说道："现在居然连我的话也不听了。"

桑桑站起身来，看着他说道："死都死了，还埋那么远做什么。他们在挑瓮的时候就说过，死之后并排陈放还可以做个邻居。"

宁缺看着身前两座新坟沉默了很长时间，忽然愤怒骂道："都死了还做什么邻居？都变成两把灰了，难道还想着能聊天能打架？真是两个白痴！"

<h1 style="text-align:center">41</h1>

大黑马在低头吃草，深冬时节的枯草无滋无味，越嚼越觉着像树皮般苦涩，难受痛苦地吐了出来。它抬头望向草甸深处那两座新坟，看着小侍女暗自想着现在两个人可能成为自己的女主人，还是那个在荒原上替自己洗澡的好些，这个太黑太瘦不好看，那个又白又美手还很温柔。

想着这些有的没有的事情，它踱步向草甸外走去，待看见那个黑沉的车厢后，它的身躯骤然僵硬，心想这世界上怎么有这么重的马车？自从那年春天在草甸间被宁缺瞧中之后，自己便越混越凄惨，莫非这便是一见宁缺误终身？

新坟前，桑桑低身拍掉膝盖上的土屑，走到宁缺身边替他清理了一下衣衫，便在这时天空忽然飘起稀稀落落的雪来。

砰的一声轻响，大黑伞在头顶撑开，遮住天空，也遮住了那些从云层里挤出来的雪末儿。主仆二人撑着黑伞向草甸外的马车走去。

大黑伞下，桑桑低着脑袋轻声说道："少爷我真有件事情要和你说。"

"先不慌。"宁缺想起一件事情，从怀里摸出一个小盒子，"我在土阳城里花了半个月时间，给你精心挑选了件礼物，你看看喜欢不？"

事实上这盒子是年节那天离开土阳城时，他顺手在街边一间铺子里买的，哪里花了半个月时间，又哪里谈得上精心挑选。但他的表情却极认真，看不出丝毫破绽。

桑桑好奇地接过盒子，打开发现里面是一个可爱的小泥老虎。盒子里的小泥老虎半侧着身子憨态可掬，她看着它笑了起来，说道："喜欢，挺好看的。"

宁缺厚颜无耻地说道："那是，你也不想想我花了多少精神在上面。"

桑桑把盒子关上，问道："那个挺好看的穿白裙子的小姐是谁啊？"这个问题来得过于自然，所以非常突然。

宁缺怔了怔，然后笑着说道："她呀，叫莫山山，是大河国……"

夜晚的临四十七巷非常安静，只是今日除了各家里的火盆噼啪声，枯叶落在冬雪上的沙沙声，还多了那匹大黑马特有的喷翻唇皮儿声。

从头到脚洗到清清爽爽，宁缺舒服地靠在北炕上，取出一张当初没有完成不成功的废火符，用手指搓碎，然后用双手均匀擦在头上开始搓揉。不过片刻，符纸碎末里残存的暖意便将湿漉漉的头发烘干，柔顺黑滑。

"准备睡觉。"他高兴地钻进暖烘烘的被窝，感受着炕传来的舒服温度，忽然发现桑桑正跪在那边床上铺被褥，不由诧异道："你怎么不过来一起睡？"

桑桑铺好被褥，脱下外衣叠好放在枕旁，说道："我都这么大了，当然要分床睡。"

宁缺怔了怔，发现这句话很有道理，但还是觉得有些不习惯。他默默想了会儿，把手伸出被子食指轻弹，桌上的烛火应声而熄。

"那就睡吧。"

房间里一片安静，过了会儿忽然响起窸窸窣窣的声音，然后他的被褥被掀开，一个小而微凉的身子钻了进来，然后安安静静靠在他胸口。

宁缺抱着她，手掌在她背上轻轻抚拍，就像小时候哄她睡觉时那样，感受着怀里的小姑娘身体，嗅着颈间传来的她的发丝的味道，感叹道："还是这样舒服。"

桑桑把头在他怀里拱了拱，寻找着最熟悉也是最舒服的姿势，轻轻嗯了一声。

不知道过了多长时间，她忽然睁开眼睛，抬头看着宁缺说道："我真有事要说。"

宁缺低头看了她一眼，沉默片刻后说道："我也确实有件很要紧的事情要告诉你。"

没有重新点亮烛火，借着窗外星光照在冬雪上的明亮，他从墙角不知何处摸出一锭沉重的雪花银，让桑桑专心看着。

宁缺意念一动，便将体内的浩然气运至双手间，双手一搓便将那锭雪花银搓成了一根银棍，然后手指快速轻捏，银棍的尖端瞬间变得无比锋利。

桑桑跪在炕上，肩上搭着被子，不解问道："你什么时候学会变戏法了？"

宁缺把那根锋利的银棍狠狠向自己的手臂上戳去，只见锋利的尖端深深陷入，却只留下了一个极浅的白痕，一滴血都没有渗出来。

桑桑很吃惊，伸出手指戳了戳他的胳膊，说道："这么硬？"

"我学会了小师叔留下的浩然气，就是这股浩然气把我的身体变成了这样，而所谓浩然气就是吸收天地间的元气，然后储存在自己的身体里。"

宁缺看着她眼眸里反射的星光雪色，沉默很长时间后说道："换个说法，我现在修行的功法是魔宗的功法，对这个世界而言，我就是魔宗余孽。"

就算他是冥王之子，对桑桑而言也没有任何影响，更何况是什么魔宗余孽，难道修了魔宗功法的少爷就不是少爷？桑桑怔了怔后，想到另外一个很重要的问题，说道："这样啊……那老师说的可能确实是真的，你就是冥王的儿子。"

"扯淡。"宁缺暗运真气，把手里那根银棍揉成银球，一抖被子把两个人盖进去，说道："少提那些扯淡的事情，明天我要吃煎蛋面。"

桑桑在被子里瓮声瓮气应道："知道了。"

第二日清晨吃了碗加葱加花椒特别加蛋的煎蛋面，宁缺便向书院而去。师父颜瑟把马车当伟大遗产赠予他，他自然就乘这辆马车，原先那辆马车已经花钱退掉。

马车行经冬日晨光下的微黄草甸，来到书院石门外。宁缺跳下马车，解下大黑马让它自行去玩耍，背着行李走入书院，觅着教习交代了边塞实修的一些事务。

然后他背着沉重的行囊，走过诸舍走过窄巷，走到湿地畔看了眼薄冰块间无神游动的鱼，又看了眼远方如剑的密林，便来到了旧书院前。

都是非常熟悉的景致，有他很多的美好回忆，虽然只有大半年不见，他却已经非常想念。对长安城的想念越多，对渭城的想念便越少，抬头看着旧书楼依然开着的东窗，宁缺忽然想明白了一件事情，最想念的地方大概便是家乡。

走过那片将大山笼罩的云雾，右手轻挥赶走最后一缕雾气，他便来到了山腰间那片阔大的崖坪。看着与时节完全不符的青草花树，看着远处那道自崖顶垂落的银色瀑布，他不由精神一振大声喊道："我回来啦！"

喊声回荡在空旷的书院后山里，隔了很长时间，除了他的声音竟是没有得到任何回应，也没有哪位师兄师姐兴高采烈地出来欢迎他。

宁缺不免有些悻悻，顺着山道向那片镜湖走去，然后他脸上的神情变得越来越开心，越来越快活。因为虽然依然没有师兄师姐出现，但他听到了道畔的山林里有人在弹琴唱歌，有棋子落在枰上清脆作响，有锄头入土的声音想必是在葬花。

溪畔有水车，水车前的屋内依然响着打铁的声音，那些单调而枯燥的声音似乎从来没有停止过。宁缺精神一振，掂了掂身后的行囊，加快了脚步。

然而还在中途，他便被人喊住了。

他循着声音望去，只见明镜般的小湖中央，那道被第一支元十三箭轰塌的亭子早已修复如初。七师姐看着他掩嘴而笑，挥挥手便算是打了招呼，而片刻后，神情严肃的二师兄和他那顶极不严肃的高冠一起缓缓走了出来。

"你这次实修的表现不错。"

站在湖畔，二师兄负着手，看着湖光山色缓声说道，语气平淡而不容置疑。

在书院后山，能够得到二师兄的赞美或者说肯定，要比从夫子或大师兄那里听到好话艰难太多，所以宁缺不免觉得有些受宠若惊，完全不知道该说什么。

"射杀隆庆这件事情倒也算不得什么，师兄师姐们耗这么多心神给你做出元十三箭，本来就是为了让你去射那个家伙，所以这是理所当然之事，不值得夸耀。"

二师兄回头看着他，脸上极罕见地现出一丝赞美之色，说道："但在土阳城里杀死谷溪这件事情……你做得很好。不去理会夏侯在城中，不去理会那是东北边军的大本营，只要占着道理那么杀便杀了，要知道我书院弟子讲究的便是道理二字。"

宁缺当日在土阳城里杀死军师谷溪，有很大原因是体内浩然气境界陡进而做出的选择，事后想来确实显得有些疯狂。回长安的旅途中他一直有些担心大师兄会不会因为这件事情而教训自己，却没料到二师兄竟是如此看法。

仿佛猜到他在想什么，二师兄沉默片刻后缓声说道："我对大师兄向来尊敬，但我尊敬的是他的修为、心境乃至德行，至于他信奉的那些宽恕之道，处世之法，我却是与他有不一样的想法。若真以德报怨，那我们用什么来报德？"

听着这番话，宁缺想了会儿后认真问道："那何以报怨？"

二师兄说道："当然是以直报怨。"

宁缺赞叹道："师兄此言简约而不简单，细微之中大有真义。"

二师兄看着他说道："这是老师当年教我们的话，所以你赞美错了对象。"

42

宁缺知道二师兄是个严肃君子，最不喜欢被人逢迎溜须，或者说最不喜欢被人用一种粗劣浅显一眼就能看出来的方式逢迎溜须，所以他苦苦思索出了简约而不简单那句话，并且用一种最自然的方式说了出来，然而遗憾的是还是错了。

这就等同于想要拍雪马的翘臀，结果却一巴掌糊到了大黑马的大屁股上，场面难免有些尴尬。然而他的脸皮何其厚也，顿时沉默不语观湖浑然不觉脸烫。

"听说书痴跟着你回了长安城？"

"那位可是大师兄认作干妹妹，邀请来长安城玩的，和我可没有什么关系。"

二师兄看了他一眼，寒声说道："难道她要嫁给大师兄？"

这不是误会而是赤裸裸的嘲笑讥讽，宁缺的脸皮再厚终也是禁不住了，只好学着那些姑娘的模样，低头看着自己露出前襟的鞋尖。

"去做你的事吧。"

二师兄说完这句话，便踏上栈桥向湖心亭走去，姿势稳定甚至可以说固执，每一步就像尺子量出来那般精确，头上那顶高高的冠帽在微风中不颤一丝。

宁缺看着他的背影，心想二师兄为什么总喜欢在亭子里待着？

这种问题断然得不到答案，或者说得到答案也没胆子到处去说去。他耸耸肩，背着沉重的行囊，走进那间雷声火浪终日不歇的打铁铺。

白色蒸汽间，穿着青色学院冬服的四师兄还坐在幽暗的窗边对着沙盘里的符线冥思苦想，裸着上身的六师兄还在炉旁挥舞着沉重的铁锤。

听着脚步声，二位师兄停下手中的工作，回头望去，发现是宁缺回来了，他们脸上的神情顿时变得激动起来，问道："箭好不好用？刀呢？"

宁缺本以为二位师兄之所以如此激动是因为与自己久别重逢，没有料到他们竟是连一点嘘寒问暖的意思都没有，只关心他们凝结在刀和箭上的心血结晶，不由苦恼一笑，然后深深长揖及地，向二位师兄行了个最郑重的大礼。

此去荒原遇着无数凶险，如果不是铁匠铺里这二位师兄不眠不休好些日子替他造出元十三箭和符刀，只怕他早已死了，这便等若是救命之恩，怎能不感激？

宁缺放下行囊，从铁匣子里取出元十三箭，整整齐齐排在地面上，说道："元十三箭非常好使，我看了一下只需要经过简单的修复便能重新使用。"

四师兄脸上现出狐疑之色，走上前来手指轻点，把地面上的符箭数了一遍，有些不可置信地说道："居然没漏一根？你是怎么捡回来的？"

宁缺老实回答道："大师兄帮我捡回来的。"

四师兄笑了起来，心想既然当时大师兄在场，那这箭自然是不会丢了。

地上这些符箭凝聚了书院后山所有人的心血，尤其是四师兄和六师兄二人，更是把自己毕生所学全部都倾注其间，为之废寝忘食才有了最后的成功。

他们已经知道隆庆皇子惨败的消息，心想小师弟能战胜隆庆，必然是动用了元十三箭，所以没有指望能够看到所有的符箭。没有想到小师弟回来时，符箭竟是一支不少，对他们而言便像是孩子们一个不落回到家里，自然高兴异常。

六师兄看着宁缺憨厚问道："小师弟还需要我们做些什么？"

宁缺有些不好意思地笑了笑，心想六师兄常年与炉火精铁打交道，却没想到能够如此准确猜到自己的想法，然后他把三把朴刀取了下来，连鞘递给对方。

六师兄的手掌极为粗大，一把便抓住三把刀，问道："这刀不好用？"

宁缺斟酌着用词，说道："有些轻了。"

在荒原上他经历了很多场战斗，这三把朴刀帮助他在与马贼群的对峙中收获了很多飞起的头颅，然而当他面对林零、隆庆、叶红鱼以至莲生大师这样的修行强者时，朴刀所能发挥的作用便显得极小，便是上面刻着的符线也用处不大。

和元十三箭以及锦囊比起来，朴刀对他的帮助已经越来越小，然而他毕竟习惯了用刀战斗，也实在舍不得就此弃之不用，所以想请六师兄帮着改造一下。

六师兄低头看着三把刀，问道："你想怎么改？"

宁缺看着那三把细长的朴刀，想起了很多事情。过去的那些年里，他就是靠着这三把刀在梳碧湖畔杀马贼，在北山道口灭刺客，然而随着自己实力的提升，在这个世界上所处的位置不同，很多事情都在发生着变化。

以前他永远背着三把刀，这已经变成了某种标志，那是因为他一直想着如何对付夏侯麾下那些阴险的三人刺客组。现如今他只需要动动手指头便可以杀死那些刺客，所以他已经不再需要三把刀。

他要杀夏侯，而夏侯是一个人，所以他只需要一把刀。

一把很大很重的刀。

那把刀最好能比唐小棠拿着的那把血色弯刀更大更重。

宁缺看着朴刀细长而熟悉的刀身，压抑住心头的不舍。

"麻烦师兄把这三把刀合成一把。"

有些师兄在弹琴唱歌，有些师兄在下棋挠头，有位师兄在葬花流泪，有位师姐在窗畔描簪花小楷，读书人还在山洞外读书而没好脾气，陈皮皮不知道死在了大山里的哪一处，大师兄不知在哪里慢条斯理游山，他想问些重要的问题却找不着人。

因为那个极重要的问题得不到解答，宁缺根本不敢在书院后山修行，不管是二师兄传授的飞剑，还是七师姐传授的飞针。不然他很担心体内浩然气动，一股黑气从自己头顶喷薄而出直冲云霄，惹来书院某个镇山神兽直接把自己镇了。

所以他在后山里百无聊赖地逛着，躺在草甸上看了会儿二师兄那只大白鹅喂鱼后，终于有些待不下去，直接出了书院坐着马车回到了长安城。

想着要尽地主之谊，他去寻墨池苑弟子，准备带她们逛逛冬日的长安城，不料莫山山带着那些大河国少女去赴朝廷的宴请，并不在住处。

于是他回了临四十七巷，带着桑桑去了红袖招。

红袖招是世间最清雅也是最昂贵的欢场，她们不需要做太多生意，便能挣足够多的银钱，所以白天时分一般都不开门。尤其如今尚是隆冬，姑娘们都躲在楼上或小院里嗑瓜子闲聊天，楼子里竟是显得比书院后山还要冷清空旷。

青衣小厮见着有人进门本有些不悦，心想也不知是哪个外地刚归京的官员，竟是不知道红袖招的隐性规矩。待他看见宁缺那张脸后，不由一怔，旋即满脸堆笑将这对主仆迎进楼中，然后把手搭在嘴边大声嚷道："楼上楼下的姑娘们，院子里的姑娘们，都出来接客啦！"

宁缺先是有些发愣，接着便觉得有些得意，暗想自己这辈子大概永远没办法修到大师兄那等境界，但至少在别的方面也算是颇有建树，拥有自己独特的威望。

听说是宁缺回了长安，红袖招楼里顿时响起一阵密集的脚步声，十几位姑娘从栏边探出头来，兴奋地挥舞着手中的手帕，喊着他的名字。

看着这画面，宁缺不由想起当初第一次进红袖招前所受的调戏嘲笑画面，大乐着张开双臂，仿佛要把楼上所有姑娘都抱进怀里，喊道："我想死你们啦！"

43

在长安城里，小侍女桑桑只有两个能说得来话的朋友，一个是大唐公主李渔，另一位便是简大家的贴身婢女小草。

大唐公主和青楼婢女的身份地位有若天壤之别，但桑桑和二人相处时的态度没有任何区别，都是那般平淡寻常，大部分时间里都是很沉默，扮演着听众。

小草轻轻拍了两下栏杆，望着身边的桑桑好奇问道："我听说过书痴，好像是什么天下三痴。我听说过那就应该是很出名了，她长得很漂亮吗？"

桑桑点了点头。

小草愤愤然说道："男人果然都不是好东西。"

桑桑有些不解地看着她。

小草加重语气解释道："我是说你家那个少爷。"

桑桑越发不解。

小草看着她着急说道："现在全长安城都知道，宁缺出了趟远门就带回来了一个漂亮女人，难道你就一点都不担心？"

桑桑看着她，认真问道："我应该担心什么？"

小草牵着她的手，担忧地说道："按你往常的说话，你经常和你家少爷一起睡，那你断然是不可能再嫁别人了，将来肯定是要给他当妾室的。结果他都没和你说一声便带了个女人回家，想来对你也没什么情义，将来那女人若嫁给你家少爷，成为你的当家主妇，你可怎么办啊？"

桑桑低头看着自己紧紧握着栏杆的双手，沉默很长时间后轻声说道："少爷年纪大了总是要娶妻的，当初我和少爷第一次来你们楼子，回到铺子后便一直在讨论谁适合当少奶奶。所以就算他要娶书痴姑娘，我也不会觉得怎么样啊。"

"想死她们了？想她们身上哪处？还是说你想她们死？在荒原上折腾了大半年时间，一回长安城不在书院多学习学习，便跑到青楼里来厮混，真不知道夫子和老大究竟是在怎么教你，难道你真准备打算一朝入世就在红尘中打滚一辈子？"

简大家瞪着身前的宁缺，宽大的额头上写满了不满，连声训斥道。

宁缺规规矩矩站着，哪里敢辩驳半句。

经过魔宗山门之行，听过莲生的回忆，他已经确认那位惨死在烂柯寺前名为笑笑的女子，与红袖招之间肯定有什么关系。小师叔当年因那位女子之死而暴怒执剑毁了魔门，二师兄说过小师叔与简姨相熟，那么他们之间又发生过什么样的故事？他本可以向简大家提出心中的疑问，提及那个叫作笑笑的女子，但想着终究是过去的悲伤故事，何必让前辈们再次徒然心伤，所以一直没有说。

他忽然想到，简姨应该很想知道小师叔的消息，说道："我继承了小师叔的衣钵。"

简大家微微一怔，声音微颤问道："浩然剑？"

宁缺点头应道："是。"

简大家有些不可置信地看着他，旋即眉头深深蹙了起来，微微向前倾身，盯着他的眼睛神情非常严肃地问道："只是浩然剑？"

宁缺怔了怔，再次点了点头。

简大家得到他的确认，骤然感觉放松，身体疲惫地向后靠去，说道："那就好。"

宁缺看着她的神情，心头微动，暗想莫非简姨也知道小师叔入魔的真相？

"我不想你走上他的旧路。"

简大家看着他语重心长地说道："要让这个世界承认你有代表书院入世的资格，就必须经受很多磨炼。当年他骑着小黑驴进长安城时只是一个青衫小书生，结果就因为无法控制自己的心意，在世间弄出那么多风雨，最终落了个死无葬身之地的悲惨下场。所以你此番入世切记低调沉稳，莫要得罪太多人。"

这是今天这场谈话中，宁缺第二次听到简姨认真说到入世二字，不禁有些疑惑，心想那是什么东西，又听到对方拿小师叔来警告自己，忍不住笑着回答道："您放心，我可不是小师叔那等强人，若真有什么风雨我躲进书院便是。"

"不要以为书院就真的是天下第一，如果书院真能解决世间一切事情，当年你小师叔怎么会沦落到那般下场？事后把那座山上桃花全斩了又能有什么用？"

简大家冷声说道，眼角的鱼尾纹里写满了怨意。

那是对书院，甚至对夫子的怨意。

最近这段时间，以镇国大将军许世为代表的军方实力派人物，对书院，尤其是书院后山里那些世外之人产生了强烈的警惕。

让这种警惕变成事实的，是一封来自土阳城的奏章。

在奏章中，战功昭著的镇军大将军夏侯言辞恳切请求归老，词句之间满是疲倦和心灰意冷。在看到这份奏章之后，军部很多将军都生出兔死狐悲之感，尤其是最上层的几位大人物知道夏侯决意归老之前，书院大先生和十三先生去了土阳城，与夏侯在冬园里有过一番长谈，于是他们越发地愤怒。

私调精兵入荒原，与十几年前那桩旧案有隐隐瓜葛，大唐军方有很多人并不喜欢夏侯，然而他们坚持认为这是军方自己的问题，就算要处理夏侯，也只能由陛下或朝廷处治，而轮不到书院来处理。至于夏侯是西陵神殿客卿，在同样是昊天信徒的唐人们眼中，根本算不得什么大事。

当然没有人敢怀疑夫子，只是夫子已经有好些年没有在人间出现过，即便是皇帝陛下都已经很长时间没有见过他老人家，所以军方认为这只是书院后山的错。

"我相信如果夫子知道这件事情，也不会允许后山里那些人如此恣意妄为。"

许世冷冷说道："修行者就应该修行，而不应该干涉朝政。就像那两个不可知之地一样，深在山野或荒原，世外的归世外，世内的归世内，何必相通？何必入世？"

"那件案子查得怎么样了？"他问道。

"御史张贻琦脑中确实有根铁钉，长安府衙对证物的保护还算不错，只是当时没有继续往下查。宣威将军副将陈子贤死于铁铺中时，当日老笔斋没有开门。"

"前军部文书鉴定师颜肃卿死后的清晨，羽林军发现了凶手刻意留下的一块衣料，在另一处院中拾到了一件外衣。因为是兰绣坊的成衣，这条线索无法追查，不过根据命案现场的勘察和衣上的创口，可以确认凶手受了很重的伤。"

一名军部官员说道："颜肃卿死后两日，正好是书院期考，根据学生的回忆，宁缺在那时连续请了两天假，这件事情无法作假。"

许世声音微冷说道："受了重伤自然要请假。"

大唐军方的势力极其强大，一旦开始全面调查某件事情，瞬间便展现出来无比强悍的行动力和极高的效率，没用多长时间便查出来了这么多线索，实在可怕！

这些看似不起眼的线索，就像是一张网，若有若无指向一个隐约的身影，似乎在说明那个叫宁缺的书院二层楼学生，和那几桩命案脱离不了关系。

"任何事情都禁不起怀疑，因为一旦开始怀疑便可以有目标地求证，只要求证便能找到很多证据，不然谁会相信夫子的亲传弟子，竟然是个冷血的谋杀犯。"

许世面无表情说道："我不想知道这些命案背后之间的联系，我也不想知道宁缺究竟是什么人，和这些死者有什么仇，我只想确认他有没有触犯唐律。"

官员思考片刻后摇了摇头，说道："现有的证据不足以说明任何问题。"

许世花眉微蹙，似乎有些忧虑。

那名官员不解地看着他，低声问道："其实……就算真查出来宁缺涉案的证据，难道还真能去书院后山逮他来审案？将军，依卑职看这件事情就算了吧。"

许世看着窗外的冬阳，缓缓说道："夫子曾经说过一句话：唐律第一。我大唐帝国便是以此信条强国富民，书院犯法与庶民同罪，就算不能抓住宁缺触犯唐律的证据，也要让夫子知道这件事情，让宁缺做不得书院行走！"

他沉默片刻后寒声说道："如今看来我对宁缺的警惕果然是对的，如果将来的国师是这样一个恶徒，大唐何以自安？那些来自异国的修行者如果已经入了长安城，交代下去给他们提供方便，让羽林军不要轻易尝试阻止双方之间的战斗。"

那名军部官员身体微微一震，毫不犹豫地表达了反对意见，说道："属下反对，就算宁缺是个恶徒，但他毕竟是我们唐人，怎能假异国人之手对付？"

许世转过身来，看着他微讽说道："你以为老夫是那等不要脸的蠢货？"

军部官员面无惧色，应道："属下不敢，所以不明白将军您那句话的意思。"

"既然要入世便要经受磨炼，当年轲浩然如此，现在宁缺也是如此，我只是想让这种磨炼变得更公平一些，相信书院对我的安排不会有任何意见。"许世寒声说道，"宁缺如果有罪，当然应该受唐律惩处，但现在并没有他触犯唐律的证据。所以我很想他输，一输再输，直到最后失去所有的气魄棱角！"

44

从荒原回到长安城，宁缺一直在思考某个重要问题。如果不能解决那个问题，他在书院后山连修行都不敢，遑论要去与别人战斗。

为了解决这个重要问题，第二天一大清早，准确说是天还黑着的时候，他就用天枢处客卿的腰牌提前出了长安城，来到书院旧书楼后的那条山道前静静等着。

东方晨光初现的那瞬间，山道上的云雾渐散，穿着旧袄草鞋的大师兄缓缓走了出来，看着倚靠在树上不停打呵欠的宁缺，不由吃了一惊。

宁缺行了一礼，问道："师兄今日又要去哪里？"

大师兄微笑说道："我这两年随老师远游在外，竟是不知道朝廷在长安城南雁鸣山下疏浚出了好大一片湖面。昨日我去走了遭，那片大湖空气清新，冰下湖水清澈，又有渔人在那处破冰网鱼，很是喜欢，所以今日准备再去看看。"

对于大师兄说话的语速以及啰唆，宁缺现在已经有了非常丰富的经验，双耳可以自动地过滤那些风景心情之类的废话，捕捉到唯一有用的那几个字。然而这段话里他竟是没有寻找到任何重点，所以有些恼火地说道："师兄，我有问题要问你。"

大师兄微怔问道："很麻烦吗？我还要去看湖，要不然改天？"

宁缺斩钉截铁地说道："不能改天，只能今天。"

"长吗？"

"可长可短。"

"小师弟，如果是猜谜，那就没有意思了。"

"大师兄，我是这种无聊的人吗？"

简短对话过后，书院大师兄和小师弟开始在漫漫山道上攀行。

"这个重要问题就是……当初在荒原火堆边我们烤地薯时我想问你但你说不要问你等回书院后问夫子的那个问题，但夫子还是没有回来。"

"我怎么觉得这句话也像在打哑谜？"

宁缺在那排曾经把自己刺得浑身伤口的冬树前停下脚步，看着大师兄，沉默片刻后，深深呼吸数次，然后尽可能平静地说道："我在魔宗山门继承小师叔的衣钵，用莲生的话说我已经入魔，而且我确认现在我的身体确实有些问题。"

一阵冬风拂过，大师兄看着山道上随风翻跟头的一片银杏叶，沉默了很长时间后收回目光，看着他点了点头，微笑说道："我知道了。"

宁缺有些紧张地看着他的眼睛，等待着接下来的事情，然而大师兄什么都没有做，也没有说，只是笑着摇了摇头，然后继续向山道上方走去。

"你知道我入魔了……然后呢？"宁缺看着师兄的背影不解喊道。

大师兄的声音从前方传来："知道就知道了，还能怎么办？"

宁缺追了上去，恼火地问道："师兄你听清楚了吗？我已经入魔了，接下来是按照书院院规把我烧死，还是把我关进后崖不准我见人？院规到底怎么写的？"

"不行啊。"大师兄轻叹说道，"后崖是当年老师用来关小师叔的，你又没有像他当年那样惹出这么多祸事，罪孽不够深重，哪里有资格被关进去。"

宁缺愣住了，问道："那怎么办？"

大师兄看着他认真说道："等老师回来啊。"

宁缺问道："那如果老师一直不回来呢？"

大师兄伸手拍了拍他的肩头，说道："那我们就当不知道好不好？"

这时二人已经走到了柴门处，走过了那块深埋入山体的勒石。宁缺认真地思考了很长时间，还是无法理解大师兄的态度到底是什么，怎么想也想不明白这么一大件事情，为什么大师兄却根本没有什么他意想中的反应。

那扇能够拦住洞玄境以下修行者的柴门，在二人身前无风而开。

大师兄从怀里取出一块丝帕，慢条斯理地把一面小铜镜擦拭干净，然后放回袖中。

"听说你昨天去见了简姨。"

"是。"

"那也是个苦命女子。"

宁缺看到了那面小铜镜，却不知道大师兄先前用它来做了什么。

师兄弟二人终于登上书院后山的最高峰，宁缺站在崖畔，看着脚下的云海，感受着扑面而来的寒风，回忆起那个夜晚登顶时的风光，心神不由微微摇晃。

大师兄在他身畔看着云海冬日，缓声说道："荒原之行算是一场试炼，你表现得不错，可以正式代表书院入世了，我想你最好还是有些心理准备。"

这是两天来宁缺第三次听到入世这个词。他不安地望向大师兄，虽然不明白到底什么叫入世，却隐隐感觉好像是很麻烦的事情。

"师兄，什么叫入世？"

"入世就是重新回到人世间。"

宁缺不解问道："修行之人历经千辛万苦才出世，为什么又要入世？"

大师兄笑着说道："因为修行者也要吃饭啊。"

这个理由很充分很强大，因为这个世界上没有什么比吃饭更重要的事情，然而宁缺还是有些无法理解其中的逻辑，以修行者的本事到哪里混不到口饭吃？而且修行者需要吃饭和书院有什么关系？和书院入世又有什么关系？

大师兄看着脚下时卷时舒的云海，说道："修行是很奢侈的一件事情，无论是本命物的打造还是别的事情都需要耗费大量资源。就拿你那把元十三箭举例子，弓身箭矢里所需要的硬铁精钢，需要极其珍贵的矿石。为什么以往的修行世界里没有人创造出类似的弓箭？一方面是因为他们缺你脑子里的奇思妙想，缺少四师弟和六师弟令人赞叹的实干精神，更是因为他们不像我们书院一样，有整个大唐的矿山供我们使用。要知道你那把弓箭根本打造不出来几把。"

宁缺知道元十三箭需要的材料很特殊，很稀少，但是当初打造弓箭时，都是由四师兄六师兄负责具体规划，他竟是根本不知道这样一把弓箭，竟是需要集合整个大唐帝国的资源才能完成，不由怔住了。

他忽然问道："难道别的不可知之地也要入世？我看唐和叶苏好像

就在世间漂泊流浪，并没有和俗世发生过任何关系。"

"悬空寺有很多佛寺供养，知守观则在人间有西陵神殿，西陵神殿由全天下的信徒供养，整个世界的大部分资源都在道门的手中。

"而世间只有一间书院，这间书院在长安城的南郊，在我们脚下这片土地上，它是由整个大唐帝国供养着才能持续不断地存在下去。

"都说书院是唯一的两世相通的圣地，其实除了因为老师他喜欢亲近人间之外，最重要的原因便是我们只有出现在人间才能存活下去。"

大山间一阵劲风吹，把崖前那些流云拂开一道大口子，露出下方被残雪覆着的万顷良田，隐隐约约还能看到几处村庄的轮廓，正是美好的人间。

大师兄指着那处感慨说道："看看这片大好河山吧。我们这些修行者不事生产，却要消耗掉普通人一辈子都难以想象的物事，事实上我们是被这片原野这些村庄里最普通的农夫矿工们养着的，所以我们应该替他们做些事情。"

宁缺看着山崖下方遥远的人间，出神问道："那我们应该替他们做些什么？"

"师弟不用担心，所谓入世只是保持书院与人间的联系，并不是很麻烦的事情。你只需要记住，我们要守护大唐的秩序和平安，所以我们也要牢记唐律第一的准则，然后代表大唐和书院参与到这个世界的进程之中。你去荒原便已经踏出了第一步，然后就是当有人来挑战的时候，需要你维护大唐和书院的尊严。"

"怎么维护？"

"简单一点说，便是打败所有敢来挑战你的人。"

宁缺大惊，说道："这么简单粗暴直接？"

大师兄说道："道痴已经回到西陵，她对人说你是和她修行理念最相近的人。据我所知，那个小姑娘一直坚信修行的目的就是战斗，师弟你也是这样想的？"

经过思考，宁缺确认叶红鱼看得很准确，自己就是那样的人。

大师兄说道："那么战斗本身不就是世间最简单粗暴直接的事情吗？"

宁缺看着崖前渐渐合拢的云眉，眉头也皱在了一处，说道："我总觉得哪里有些不对。难道说随便有人来挑战我，我就得和对方打上一场？"

大师兄感慨说道："说来也确实有些不妥当。遗憾的是书院和知守观悬空寺大有不同，没有人知道知守观和悬空寺在哪里，但世间所有修行者都知道书院在哪里，所以我们无法像叶苏和唐一样自在周游世间，只能在这里被动等着。"

"等会儿等会儿，我怎么觉得越听越不对劲。"宁缺说道，"大师兄你总和老师一起在外面玩，我也没见过谁能进后山，那以前那些想挑战书院的人去了哪里？"

大师兄认真解释道："都被小师叔杀死了。"

宁缺怔住很长时间，问道："那小师叔之后这些年呢？"

"小师叔余威犹在，而且一代归一代。"

"听这意思，我就是这一代的小师叔？"

"因为你继承了小师叔的衣钵啊。"

宁缺摇了摇头，有些不敢确定地问道："听这意思，所谓入世之人就是书院用来保持清静的打手是吧？谁要敢来长安城挑事儿，我就得去灭了他？"

"师弟你也可以这样理解，不过打手一词未免有些不雅，大概类似于莲生当年曾经做过的佛宗山门护法。要知道能够继承小师叔衣钵，真是件令人羡慕的事情。"

宁缺沉默片刻后叹了口气，说道："忽悠，大师兄你继续忽悠。"

45

大师兄听不懂忽悠的意思，但宁缺已经被他忽悠得悲苦交加，凝成一道恶意向胆边生，恨不得直接偷了二师兄头顶的棒槌把他敲昏才能发泄出来。

他心想你和夫子天天在外面游览观光，后山里别的家伙弹琴的弹琴，吹箫的吹箫，赏花的赏花，下棋的下棋，过着如此快乐幸福的日子，却要把自己这个排行最小的弟子扔到外间的凄风苦雨里受折磨，这是哪里来的道理？如今想来，书院把实修改到荒原，自己步步惊心入魔宗山门继承小师叔衣钵……

宁缺嚷道："这是一个圈套！"

大师兄笑着说道："这是哪里来的说法？"

宁缺恼火说道："为什么别的师兄师姐不行，非得让我去做那个入世之人？"

大师兄叹了口气，诚恳说道："你也知道北宫他们那些人，整日里流连山川青林之中，痴于琴棋书画打铁符道，完全不通世务，便如稚子般天真，让他们入世实在是不适合，除非你想他们不到两天工夫便被人打得头破血流哭着回来。"

"二师兄呢？他这么强。"

"君陌啊，他看着谨守古礼持身甚正，然而君子之气太过沉重，不会那些场面上的东西，很容易被人逼到没有退路的地步，他的性格实在是有点……"

大师兄说到此处，稍一停顿后苦笑说道："有些二。加上他太过崇拜小师叔，真要放他入世，说不定真会在长安城里掀起一场腥风血雨。"

宁缺又问道："陈皮皮呢？他可是最年轻的知命，这要拉出去游游街，立马便能震慑所有敢于挑战书院的家伙，哪里还用得着出手，比我可适合多了。"

"十二师弟身世有些特别，所以不便让他替书院出面。"大师兄看着宁缺说道，"小师弟你不一样，你身上的人间烟火气息最为浓郁，想必也不可能像我们一样安于山中，所以你最适合入世，这也等若是我在荒原上和你说过的机缘。"

"别净扯那些没用的。"宁缺大怒说道，"师兄说了这么多，我算是听明白了其中的重点。不过就是说我这辈子见的生生死死太多，被污水泡了多年，战斗经验丰富又阴险得厉害，不像别的师兄师姐那样天真，又不像二师兄那样老实，遇着什么事情肯让步够不要脸。最关键的是我不像陈皮皮那样有特别身世有座好靠山。"

"虽然这些确实是真实情况，但我确实不是这么想的，而且这件事情确实没有你想的那般麻烦。"大师兄诚实说道，却不知道他的诚实是给了宁缺二次伤害，"小师叔也曾经走过这条道路。他当年骑着那头小黑驴进了长安城，连败世间三十七名修行强者，弄出好大一场风雨，又怕过谁来？"

宁缺完全没有被这段话激发出什么雄心壮志。和那位单剑灭魔宗的传奇小师叔相比，他认为现在的自己连根毫毛都算不上，哪里有信心去搞风搞雨。

他忽然想到一个法子，问道："敌人太强，书院会帮我吧？"

大师兄认真说道："如果对方是正面挑战，邀你决斗，书院可丢不起那人。"

宁缺震惊说道："难道剑圣柳白来了，我也要和他打一场？"

大师兄安慰说道："他也丢不起那个人……我想今后几年会来长安城挑战小师弟你的，应该都是些年轻人。不过修行宗派里藏龙卧虎，师弟你进步速度虽快，但入道时间晚，境界还是偏低了些，所以需要谨慎啊。"

"师兄你知道我境界低，还这么说，叫我情何以堪。"

"境界都是由低到高的，不用着急。"

"为什么在荒原上听说我是书院二层楼弟子，那些人都吓得跟鹌鹑一样，哪里敢向我发起挑战，而现在我一入世他们就敢来挑战我？"

"因为那里是荒原不是长安。你在荒原可以不接受他们的挑战，甚至他们对你的挑战可以视作对书院的挑衅，但在长安你必须接受他们的挑战，因为这种挑战不再是对书院的挑衅，而是展现修行者们勇气和荣耀的机会。"

"为什么？"

"因为你是唐人，你是书院学生。"

宁缺很难适应这种很没有道理，但隐约又透着些壮阔意味的潜规则，冥思苦想半天后不解问道："我都赢了隆庆，难道还有人不知死活来挑战我？"

大师兄说道："但是没有人相信你是凭自身实力赢的隆庆，而且叶红鱼回到西陵后对你做出的评估里，似乎对你的真实实力评价也并不是太高。"

宁缺怔怔说道："这个叶红鱼，毕竟也算是熟人，说实话做什么？"

然后他开始盘算，如果有像道痴这样强大的修行者来到长安城向自己发出决斗的邀请，自己应该如何处理，或者说自己应该怎样认输才显得比较潇洒。

就在这时，大师兄正色提醒道："反正你不能输，因为老师他更丢不起这人。"

连续三个丢不起这人，直接让宁缺丢掉了对大师兄的所有敬爱，恨恨说道："师兄你似乎忘记了最重要的一件事情，就是刚才我在柴门旁对你说的那个问题没有解决，到时候被别人发现我入魔怎么办？难道说书院要承认收留魔宗余孽？"

"这倒确实是个问题，虽说被外间说我们收留魔宗余孽也算不得什么大事，但终究比较麻烦，还得想些法子来遮掩过去。"

大师兄沉吟片刻后说道："那你不要用小师叔的浩然气便好。"

"……"

和大师兄谈话结束后，宁缺觅着二师兄好生诉了番苦，想要寻求一些同情或者武力上的支持。没想到二师兄非但没有同情他，反而严厉地表示这是一次难得的修行机会，甚至最后感慨说道，如果不是自己早已声闻于世，根本没有人敢来挑战自己，也没有值得自己出手的敌人，他恨不得代替宁缺入世而行。

听到二师兄的话，宁缺终于明白原来所谓入世，并不是书院为了保持清静而把自己丢出去当看门狗，而同样是一种修行。然而他这一生最擅长的事情是在山林里打猎，在黑夜里砍头，对这种修行实在是有些抵触。

不管如何抵触，终究还是得认命，于是他开始认真思考应该怎样面对今后几年里随时可能遇到的战斗邀请。按以前的性子随便认输可能会被夫子挫骨扬灰自然是不行的，遇着强敌便偷偷摸摸在夜里去使些阴险手段割了对方脑袋会被二师兄揉成肉泥自然也是不行的，那么他发现自己真的很需要帮手。

桑桑自然是最合适的对象，但他想着要与那些修行强者战斗，只怕过程会有些危险，不想把她拖进来。他又想着如果春风亭老朝还在长安城，那便真是无所畏惧了，凭他们两人的实力以及战斗中的默契，别说道痴之流，就算是西陵神殿某位大神官来了，也不见得没有一战成名的机会。

可惜朝小树不在。

好在至少最近这段日子里，莫山山在长安，而宁缺本来就要尽地主之谊，于是在接下来的这些天里，他每天离了老笔斋便会去墨池苑弟子们的居所，带着莫山山四处观光游玩，有时候也会带着天猫女一起去某出名酒楼大吃一顿。

想着在荒原上二人已经培养出了默契，宁缺没有向书痴做过多的解释。然而在那些大河国少女的眼中，每天都会准时来报到的书院十三先生，明显对山主有些不一样的情思。

长安城时而阴雪时而冬晴，宁缺和莫山山并肩同游，有时撑同一把伞，有时在护城河畔看同一条鱼，过春风亭时他讲一讲那个雨夜杀人的故事，登万雁塔时他说后面有很多尊石像可以看，有时探讨书文符道，时间流逝得缓慢而平静。

就这般过了些时日，宁缺没有遇见当街跳出来的大汉，更没有看到一柄道剑迎面飞来，所谓入世要经历的那些挑战竟是完全没有踪迹。他心想这样才对，书院盛名在外，有哪个修行者会无聊到来挑战自己。

不再担忧此事，那天大师兄让他隐约明白了书院对入魔的态度，身畔又有美丽的少女符师相伴，他的心情不禁大好。暗想书院入世之人的称谓倒也颇有几分气度，按大师兄所说书院有责任从旁协助大唐有序传承前进，岂不是说再过些年，大唐由谁当皇帝他也可以发表意见，他想着这些事情竟是不由得意起来。

某个冬雪渐化的日子，宁缺撑着大黑伞等在礼部外，他与莫山山约好今日要去碑林看看前贤书法。然而便在莫山山走出礼部后不久，一名穿着单薄僧衣的年轻僧人也跟着来到二人身前，极有礼数地合十问道："敢问可是书院十三先生？"

46

那年轻僧人约莫二十五六岁，容颜清俊神态和善，面色微黑，单薄僧衣随风而飘，颇有出尘之意，但如今尚是寒冬，也不知他怎么就这么不怕冷。

宁缺微感警惕，表情却没有流露出来，微笑问道："这位大师认得我？"

僧人微微一笑，说道："贫僧是用猜的。"

宁缺诧异问道："这也能猜出来？"

僧人平静说道："因为贫僧见过书痴，所以猜到您便是十三先生。"

宁缺想着最近那个愈演愈烈的传言，不由苦笑了一声。

莫山山看着那年轻僧人，散漫的目光渐凝，想起了早年前与对方相见时的情形，微感讶异地说道："原来是观海师兄，近来可好，怎么来了长安？"

通过她的介绍，宁缺才知道原来这位年轻僧人便是烂柯寺长老的关门弟子观海，神情顿时变得有些异样。

这个世界与宁缺曾经生活过的那个世界不同，并不是每个家庭妇女都是佛道双修的高手，与昊天道相比，佛宗的影响力相对要小很多，佛法并不昌盛。

然而烂柯寺的名气实在太大，尤其是对普通人而言，没有谁知道悬空寺，却都知道烂柯寺。对修行者而言，烂柯寺又要比月轮国的白塔寺地位更高一分，即便是对佛宗没有任何了解的宁缺，也听说过烂柯寺的大名，而且印象深刻。

那座千年古寺曾经发生过太多故事。莲生大师当年便是因为与烂柯寺长老辩难而声震天下，后来隐居寺中修行数年；而彻底改变当今修行世界面貌的魔宗覆灭事件，起始的那件血案，也正是发端于烂柯寺前。

宁缺第一次听说烂柯寺的名字，是在隆庆皇子初进长安城的时候，因为隆庆也是在烂柯寺辩难而成就盛名。此时思及此事，他不由暗想世间的修行者想要出名，是不是都要经过烂柯寺这关，要去参加一下对方组织的大专辩论会？

正因为这些故事，烂柯寺在修行界里的地位非常特殊，而常年隐居在后山里的长老更是辈分极高。伞前这名年轻僧人既然是烂柯寺长老的弟子，按道理大概要比传说中的佛宗七子地位更高一些。

依照宁缺的性格，他本应与这名叫观海的年轻僧人好生亲近一番才是。然而最近这些天，因为所谓书院入世之事，他一直在警惕会不会遇着别的宗派前来挑战，此时忽然看见烂柯寺的人出现在长安城，不免有些不安。

"原来是烂柯寺的大德，不知为何在王庭没有见到师兄。"他笑着说道。

年轻僧人连道不敢，恭谨说道："贫僧哪里敢称大德，而且家师在夫子面前执弟子礼，观海哪里担得起十三先生师兄的称呼？至于荒原之事，寺里也收到了神殿的诏令，只是佛宗弟子讲究出家苦修不惹红尘，是以便没有去。"

听着这番话，宁缺暗想不惹红尘自然也不会贪图那些虚名，大概是不会找自己麻烦，心情略安，而且看那僧人清澈目光里竟有些对自己的仰慕之意，更是觉得非常舒服，神情温和地问道："却不知师兄来长安城有何要务？"

观海谦逊不敢承认是师兄，宁缺却是坚持如此称呼，以此观之大师兄说得果然不错，处世圆滑随机应变的本事，他确实是书院后山不贰之人选。

观海取出一个黄布包裹的信封，说道："先前在贵国礼部换了文书，正准备出城去书院，不料便遇着了十三先生，那这请柬正好送上，也能偷懒几步。"

"给书院的请柬？"

宁缺打开黄布，发现信封没有封口，从里面抽出一张很薄的信纸，信纸上的内容很简单清晰，就是烂柯寺长老邀请书院派人参加明年盂兰节。

经过与大师兄的那番对话后，他很清楚日后书院若有什么俗世事务，只怕都是由自己处理，那么烂柯寺盂兰节肯定也是自己去参加。好在还有一年多时间，可以好生准备，而且确定烂柯寺来人是送请柬的，不由越发心安。

他看着观海微笑说道："师兄远自烂柯寺来，本应一尽地主之谊，只是我与山主约好同游，晚间再与师兄品茶言欢，不知可否？"

观海僧人恭谨应道："十三先生客气，贫僧奉师命前来长安，课业已经缓下不少，今日既然已经将请柬送到先生手中，稍后便要回寺了。"

走吧走吧，总要回到自己的家，宁缺很高兴地这般想着，然而表面上却是极为热情地挽留挽留再挽留，甚至拿出了河北郡男人们特有的假怒模样。

观海僧人连连婉拒，说道："课业实在是不能再耽搁了。只是难得来一趟长安城，又能遇着十三先生本人，贫僧有些修行上的疑难，想请先生指教一二。"

"完全没有问题。话说傍晚时分我在松鹤楼订桌全素席面，再来两瓮素酒，你我把酒言欢，喝茶也行，到时我们来好好参详参……噫，你刚才说什么来着？"

宁缺说得兴高采烈，扮足了书院入世之人的模样，直到这时才醒过神来。

世上有很多话不需要明说，也不能明说，因为说得太明会让彼此颜面上都有些过不去。书院、西陵神殿或烂柯寺这种地方出来的人，一般总要讲究一个风度，即便要打架，也要给这件事情寻一件漂亮些的衣裳，美妙些的理由。像宁缺和叶红鱼这种说打便打，从来不管风度姿态只求胜利的人，在修行界里真的很少见。

而那些漂亮的衣裳，美妙的理由，不外乎就是请教修行上的疑难，互相参详一下境界修为。撕掉这些所有的外在，才是赤裸裸的真相：请君一战！

确认这名烂柯寺僧人发出了战斗的邀请，宁缺脸色微变，看着他那张微黑的脸颊，不由想起桑桑和卓尔的肤色，心想自己这辈子似乎和这种肤色的人杠上了。

片刻后，他诚恳说道："出家人慈悲为怀，何必在意那些身外虚名？"

观海僧人更加诚恳地说道："贫僧在寺中苦修多年，时常听闻长老提及当年在夫子席前求教的过往，知道书院乃是世间第一流之所在，对书院诸贤心向往之，早就想前来拜访却一直被课业所系不得脱身。今日难得来到长安城，还请十三先生体谅贫僧这难得的贪嗔之念，不吝指教一二。"

宁缺盯着对方的眼睛，发现这年轻僧人的眼眸里除了恭谨还是恭谨，除了仰慕还是仰慕，除了坚定的战斗意志还是坚定的战斗意志。

对方对你如此恭谨仰慕，难道你好意思骂对方？对方战斗意志如此坚定，而且还是个从不吃荤油极少食盐的油盐不进的僧人，你凭什么说服他？

宁缺完全不知道该如何应对眼前的局面。如果换作以前在渭城时，他大可以跑，然而现在他身上被迫扛上了大唐和书院两座大山，若真的跑起来，只怕有些吃力。

其实他从来不害怕战斗，更不会恐惧打架，只是担心打不赢对方。

观海是烂柯寺长老的关门弟子，在宁缺看来，关门弟子这种隐藏性人物向来很强大，比如书圣的关门弟子莫山山，比如夫子的关门弟子他自己……好吧，他必须承认自己是史上最弱的书院行走，于是他越发没有信心战胜对方。

打不赢对方还要去打，在有些时候可以说是勇气，但有些时候可以说是愚蠢。宁缺撑着大黑伞，在长安城的微雪间陷入了长时间的沉默，在勇敢与明智之间来回挣扎，却始终得不出一个答案。

莫山山一直在大黑伞那边安静站着，大概猜出他此时心里的痛苦，不由眼帘微垂，睫毛轻眨，用了很大的力气才忍住不让脸上露出笑意。

观海僧人是个老实人，从小到大他一直听着长老对夫子的敬畏仰慕，打心眼里就没有想过自己能够战胜书院二层楼的学生，此时见宁缺长时间沉默不语，暗想十三先生大概是不想让自己输得太过凄惨，不由觉得有些感动。

"十三先生若嫌贫僧修为卑微，不如坐而参禅？"他诚恳说道。

宁缺心想烂柯寺以辩难闻名于世，再说你这僧人肤色微黑，又有个观海的名字，不想便知平日里豆油吃得极多，很是擅长与人做口舌之争。我要与你坐而参禅，岂不是不到三息便要无言败退，正式宣告入世第一战的失利？

输不是问题，问题是大师兄不让自己输，问题是那样会让书院蒙羞，让夫子丢人，而夫子好像很丢不起人，那么这便会导致一连串非常严重的问题。

宁缺这般想着抬起头来，与僧人清澈诚挚的目光一触，他心头微微一动，忽然觉得与对方相较，自己好像缺少了一些很重要的东西。

飘落的雪花在大黑伞油腻的伞面上铺上浅浅一层。

宁缺看着僧人平静说道：“能不能麻烦师兄你等我半天时间？”

观海僧人合十。

莫山山看着他问道：“你要半天时间做什么？”

“我需要半天时间来思考一个很重要的问题。”

宁缺说完这句话，收了大黑伞背在身后，一个人在微雪中向长安城南走去。半个时辰之后，他来到城南那片疏浚出来的大湖，于残雪间缓缓坐下。

47

长安城南雁鸣山畔有片大湖，天启十四年秋初才刚刚疏浚完毕，沿湖砌着的石堤里的灰泥似乎还带着新鲜的味道。深冬时节，湖水早就已凝结成冰，空中的浊气似乎也变成了冰层上的尘埃，显得格外清新。

宁缺前些时日听大师兄说过这湖，所以先前撑伞独自离开后便来到了此间。

他在残雪里坐了很长时间，没有看到大师兄的身影，但看到了大师兄提到过的那些破冰网鱼的渔夫。他看着那些吱吱作响转动的绞索，看着那几匹在冰层上喘着热气努力奔跑转动绞索，拖动冰层下巨大渔网的骏马，沉默着不知在想些什么。

烂柯寺长老关门弟子观海，是他代表书院入世后遇见的第一次正面挑战，如果他今日退却躲避，必然会对今后的修行心境造成非常严重的影响。如果不敢接受他人的挑战，那么日后他凭什么像大师兄说的那样去正面挑战夏侯？

之所以这件事情会让他挣扎犹豫如此长时间，关键还是在于入魔。他很担心在激烈的战斗中，自己无法控制，暴露了自己入魔的事实。

就算他能强行控制住自己，然而小师叔传承下来的浩然气是他如今最强大的力量，元十三箭这等箭出必杀的事物也不可能用在修行境界互证的战斗中，这两样最强大的武器都不能动用，他靠什么去战胜观海这样的修行强者？

不能动用浩然气和元十三箭，宁缺还是那个雪山气海只通了十窍的修行废柴，念力操控的飞剑像爬一样，甚至除了桑桑之外，还没有找到自己的本命物。用陈皮皮的话说，这种状态下的他就算晋入知命境界，依然没有任何意义。

宁缺坐在湖畔雪中，看着面前雪堆里的草丝，忽然想起土阳城那个庭园里遮天盖地的符意，想起那个瞬间施出无数道符的军师谷溪。

他右手伸出棉袖轻弹，一片淡黄色的符纸落在冰面上，哧的一声化作一团极微弱的火焰，然后瞬间暗淡，被湖面冰层轻而易举地冻熄。

颜瑟大师虽然肯定他是最有潜质的神符师传人，可是潜质并不等同于实力。符道本来就是一个相对艰难的修行道路，哪里有速成的可能？

宁缺看着湖冰上那些忙碌的渔夫和马儿，沉默不语。

他曾在书院镜湖侧练习飞剑，他曾在魔宗明湖畔破境入洞玄，然而今日他在雁鸣山下这面无名湖畔坐了很长时间，却依然一无所得。

时间缓慢而坚定地流逝，雪早已停止，长安城上方的云层尽散，日头渐斜，红艳的暮光照耀在洁白的冰面上，仿佛要让整座湖都燃烧起来。

看着这美丽到令人心动的景致，宁缺的心微微一动。

他想起师父曾经对自己说过，写符要存形忘意，施符却要以心凝气。存形忘意的意思他在旧书楼二层楼里看书籍时便已经有了很深的体悟，那么以心凝气这四字又应该做何解释？如果说心字指的是念力，气又指的是什么？

自然是天地元气。

所谓施符便是以念力催动纸上的那些符文之意，继而以那些符文里天然蕴藏的气息影响周遭的天地元气。如果符文足够强大，那么这种影响便会以一种难以想象的方式呈现出来，比如燃烧比如静止比如山川倒流以至天地倒开……

要让山川倒流天地倒开，那是传说中比神符师还要高无数境界的圣人才能写出来的惊世之符。宁缺现在距离那种境界还有无限距离，他如今写出的符文太过弱小只能调动极微弱的天地元气，只能用来烘干头发温暖冬日小侍女和少女符师的身躯，便是要点燃灶里的干柴都有些困难，更何况是用来对敌？

然而符纸虽弱，但如果它能调动的气却足够多呢？这就如同街角的小姑娘手里拈着根随时可能被寒风吹熄的火柴，可如果火柴上方忽然出现一桶火药呢？

宁缺看着仿佛正在燃烧的湖面，脸上渐渐流露出一丝喜悦的神情。

对于传统符师而言，他此时的设想完全离经叛道，而且根本没有任何意义。因为众所周知，天地元气以一种相对均衡的状态分布在田野山川湖泊里，就算有的名山大川稍微多些，却也远远达不到那种程度，因为昊天是公平的。

然而宁缺不是传统符师。

他是一个入魔的符师。

从魔宗山门斑驳的墙壁直至长安城的这些日子里，他的身体一直在缓慢地吸收着大自然里的天地元气，然后安静存储在身体深处，变成属于自己的浩然气。

浩然气也是气，而且比自然界里的天地元气凝练精纯无数倍！

微黄色的符纸在眼前微微颤抖。不知道是被湖面上的风吹拂所致，还是因为宁缺的手在颤抖，还是因为它感受到了正在灌注薄薄身躯内的那道恐怖气息。

一道浩然气渡入符纸，宁缺指头轻弹，把符纸弹向湖面冰层。就在符纸飘离指尖前的那一瞬间，识海里的念力同时迸发，瞬间落在符纸之上。

随着微黄符纸被引发，一道极微弱的燥意从纸间渗出。按照湖畔天地元气的浓度，这点微弱燥意本来顶多能形成一团很小的火焰，落在湖面上便像先前那张符纸般瞬间熄灭，然而这一次那道微弱燥意瞬间变成一团幽蓝色的火！

那是附着在符纸上，尚未来得及飘散回天地间的浩然气在燃烧！

极轻微的一声咝后，幽蓝火焰瞬间消失无踪，落在冰层上的位置出现了一个桶般大的洞口，只是从湖岸望去，不知道那个洞究竟有多深。

哗的一声，一条肥鱼从那个洞口里跳了出来，在冰面上啪啪弹动着尾巴。

原来那抹看似不起眼的幽蓝火苗，竟在瞬间之内烧穿了湖面厚厚的冰层！

湖中远处的冰层上响起渔夫们响亮的号子，破冰网鱼的劳作到了最关键的时刻。随着骏马的努力奋蹄，绞索转动得越来越快，冰下的渔网被拖动得越来越快，渐渐露出大洞，里面无数条鱼儿在网中拼命地挣扎。

湖上湖岸响起无数人的喝彩声和加油声。

宁缺看着身前不远处在冰面上弹动的肥鱼，开心地笑了笑，起身拍掉身上沾染的雪屑草枝，便在这震天的喝彩声中离开。

暮色下的冬日长安城分外美丽安宁。

就如宁缺此时的心情，他走进那间茶铺，看着临窗畔正在低声交谈的二人，忽然微笑说道："符真的能改变世界。"

莫山山静静看着他，总觉得此时的他与先前街上的他有了些什么改变。

然后宁缺转身望向僧人观海，平静说道："不管参详还是请教，请。"

僧人观海站起身来，微微皱眉看着他，也如同莫山山此时的感受那般，觉得他与先前有了些细微的差别。然而不过半日时间，又能发生什么事情？

抬头便见冬树枯枝如臂，枝后便是宫墙森森。宁缺收回目光，带着莫山山和观海走进了皇城脚下的南门道观。

在道殿前看着夹着黄油纸伞的道人，他轻声说道："明池师兄，想借地一用。"

何明池看着那名肤色微黑的僧人，微笑说道："观海大师倒来得最早。"

观海合十一礼。

何明池看着宁缺和声说道："师父不在观内，不过既然是这件事情，我便做主。"

宁缺说道："多谢明池师兄。"

何明池摇头说道："十三先生入世第一战，便是在南门观进行，这将来是要写在史书上的事情，谁会愚蠢到把你们拒之门外？"

道殿的大门缓缓关闭。

何明池看了莫山山一眼，说道："不知山主对胜负持如何看法？"

莫山山看着紧闭的殿门，说道："我本以为宁缺必败，但过了半日却拿不准了。"

何明池看着殿门微笑说道："如果必败，他又怎会挑选南门观作战场？"

平日里幽静的南门道观正殿前，已经变得十分热闹，虽然没有人大声说话，但仅仅是呼吸声和窃窃私语声汇在一起便已非常嘈杂。

昊天南门观所有人都现身于殿前，想要最快知道这场战斗的结局。

正如何明池所言，如果宁缺没有必胜的信心，他又怎么会选择这里作战场，要知道稍后无论是他胜还是观海胜，结果都会在最短的时间内传遍世间。

48

选择南门观正殿作为战场，是宁缺刻意的选择。

修行者之间的战斗声势太过惊人，不能在街巷之间进行，而他不愿意让太多人看到自己的出手，所以需要选择一个密闭的空间。那个空间需要足够大，因为只有这样，才能让修行不同法门的修行者都感到公平。

南门道观正殿非常大，顶上那根黑梁仿佛是横亘在天空里的一道线，空间阔大到完全可以装进整株的千年高树，可以装进十几座假山。然而此时的殿内没有高树没有假山甚至连桌椅都没有，只有极高处的横梁侧方的廊柱，显得格外空旷。

地面铺着的乌黑色木板仿佛没有边际。

宁缺和观海盘膝坐在乌黑地板两头的草席上，遥遥相对。

二人点头互相致意。

宁缺说道："我无刀无箭，只有符，今日之战便以符意应之。"

观海僧人说道："我有佛家手印，有佛偈护身。"

殿内太过空旷，二人的声音在乌黑地板上方不停回荡嗡鸣。

观海僧人又说道："好教十三先生知晓，我对书院的尊敬是真的，对先生的仰慕也是真的。但今日之战我只一心求胜，因为我视家师为佛，家师却视夫子为佛，这些年来每念及于此，心中便生嗔念，为除此嗔念，今日我必败先生于掌下。"

宁缺看着远处那僧人，说道："想要败我便请出手。"

观海僧人说道："佛家弟子妄动嗔念已是不该，岂能先行出手？"

宁缺沉默片刻后说道："若我先出手，你便没有出手的机会了。"

观海僧人竖起右掌于身前，面露微笑不语。

宁缺不知这僧人起手势便是佛宗护教明王庄严法像，但能清晰地感觉到清旷的道殿内骤然出现了一股极纯正的佛门气息，澄静淡然令人生出不争之感。

然而既然是战斗，哪里又有不争的道理？

宁缺左手扶着膝头，右手缓缓抬起，指尖微弹，便有一片微黄符纸缓缓飘出。门窗早已紧闭，殿内没有丝毫微风，然而不知为何，那片符纸仿佛可以凭空借风，竟是像秋风中的落叶般，飘飘摇摇穿过整座大殿，向观海僧人处落去。

在那片符纸飘进观海僧人身前两尺时，观海僧人竖于身前的右掌食指骤然一屈。随着这个动作，他以身相待的护教明王法像趋向圆满，身周气息骤然厚实数倍。

在这道雄浑厚实的佛宗气息前，那片飘摇的微黄符纸显得那般孱弱不堪，就如同秋风里的落叶。然而二者甫一相遇，那道符纸瞬间凶猛地燃烧起来，在极短的时间内暴涨成巨大的火团，把观海僧人的身体笼罩其间！

面对着如此猛烈的符火，观海僧人却是神情不变，甚至缓缓闭上了眼睛。竖于胸间的右掌中指再屈，以身相待的护教明王法像多了一道静柔之意，殿内的天地气息受这道静意所感温柔落下，在他身体外形成一道极薄的屏障。

火焰笼罩住观海僧人的身体，灼烧着那道极薄的天地元气屏障，发出一种怪异的噼啪响声，似乎是干柴被烧裂，又像是水壶被煮干。然而飘摇火焰间可以清晰地看到观海僧人眉眼宁静，那道无形屏障稳定依旧，根本没有受到任何影响。

符火依托符意不可持久。

当符纸上的符意消散于空中，笼罩在观海僧人身周的火焰自然也随之渐渐熄灭。那层无形屏障反射着最后的残火，流光溢彩，似极了美丽的玻璃罩，便在这时观海僧人于罩内睁开双眼，望向道殿对面草席上的宁缺，目光平静而坚定。

接下来似乎应该轮到这位佛宗强者反击了。但宁缺说过，如果自己先出手，观海僧人便再也没有出手的机会，而他正是这样做的。

就在符火灼烧观海僧人身周无形天地元气屏障的时候，第二张符纸已经悄无声息飘出他的衣袖，贴着乌黑亚光的地板飘向观海僧人。当符火最终涣散，观海僧人睁开双眼意图反击时，那张符纸开始释放出磅礴的符意。

磅礴暴雨从天而降。

然而现在是在道殿内，殿便有屋顶，哪里来的天？

暴雨便是从道殿内约三丈高的空气中无由生成，然后哗哗落下。

画面显得极其诡异。

观海僧人的护教明王法像，能够凝天地元气为明王护甲，修至精深处，可隔绝世间一切无形无质的力量，比如念力比如符火。然而这场从道殿半空中落下的瓢泼大雨乃是实物，那道无形屏障根本无法阻拦，顿时从头到脚都被淋至湿透。

微寒的雨水顺着单薄的僧衣哗哗向下淌，也在观海僧人微黑的脸颊上纵横。他看着远处草席上的宁缺，心间生出极强烈的不解，这第二道符为什么会是一道水符？

先前那道猛烈的符火让他确认宁缺在符道上的造诣果然精深，如果不是自己早已修成身拟诸天法像，只怕一个照面就要吃大亏。然而水乃世间最柔最弱之物，若要单以水符破敌，那必须修到神符师的境界，才能积世间万水为至刚至强，可宁缺明明距离神符师还有极遥远的距离。

雨水在观海僧人的脸上淌流着，冲刷着他的不解与疑惑。

这些雨水看似磅礴，实际上对他造不成任何伤害，他决意不再思考这些问题，竖于身前的右掌中指忽然弹出，指尖弹中滑落眼帘的一滴雨珠。

事实上观海僧人的手指并没有真的触碰到那滴雨珠，只是他的意思触着那滴雨珠，然后雨珠便明白了他的意思，哧的一声划破殿内空间袭向宁缺面门，疾若羽箭！

宁缺似乎没有看到这滴雨珠，没有做出任何躲避动作，只是低下了头。

观海僧人隔着眼前瀑布般的雨帘，隐约看到那滴雨珠没入宁缺的头发里，不禁神情微凛，暗想若真伤害了对方，烂柯寺该如何向书院交代？

然而出乎意料，那滴雨珠似乎对宁缺没有造成任何影响，他只是静静低着头。

而他施出的第三道符纸，已然飘到观海僧人身前，就在道殿半空落下的那场暴雨渐歇之时，骤然释放出所有的符意，凝在符纸上的精纯气息渗进了每一滴水中。

暴雨骤止，那些雨水却依然在观海僧人的身上、在乌黑亚光的地板上流淌。随着那道符意的渗入，这些雨水以肉眼可见的速度迅速冻凝，地板上淌着的水流化作微缩的冰川，观海僧人头顶淌落的雨水化作微缩的冰瀑！

强烈的寒意笼罩着空旷的道殿。

观海僧人僧衣里的雨水，脸上的雨水全部凝结成冰，睫毛都化作了冬日屋檐下的冰凌般，整个身体都覆上了一层透明的冰甲，就仿佛是一座冰雕的佛像，这座冰雕佛像与乌黑地板之间的水也已结冰。有过寒冬生活经验的人都知晓，似这般冻住甚至要比沥青黏附更加结实，而观海僧人整个人都被冻在冰里，无法发力，短时间内根本无法摆脱这种困境，似乎只有等着被宁缺轻而易举击败。

然而观海僧人虽然声名不显，但他毕竟是烂柯寺隐居长老的关门弟子，佛法修为更在佛宗七子之上，又哪里是这些符冰能够击败的？

观海僧人被冰所凝，身不能动心却能动，唇不能动意却能动，只闻得一道浑厚而充满悲悯气息的声音从他胸腹间响起，意味难明却大有庄严之感。

佛偈！

随着佛偈响彻空旷的道殿，观海僧人睫毛微微颤动，上面凝着的那些冰雪簌簌落下，单薄僧衣上的冰甲寸寸破裂，尤其是僧袖之前冰雪尽化，双手终于获得了自由。

僧人礼佛用的便是双手，所以佛宗功法最重要的也是双手。

观海僧人双手获得自由，毫不犹豫地双掌一合，两道明王印左右互印，一股雄浑的金刚意顿时从他身上喷薄而出，轻而易举地将身周所有符冰震成碎粒。

数万粒碎冰悬浮在观海僧人四周。

殿外最后的暮色从窗缝间漏进来，被数万粒碎冰反照折射，顿时化作无数道金色的光线。观海僧人身在金光之中，以身相侍的明王法像终于到了圆满境界！

便在这时，宁缺抬起头来，静静看着佛光之中的观海僧人，一直扶在膝头上的左手骤然一紧，把那道暗中握了很长时间的符纸捏碎。

宁缺在大明湖畔施出颜瑟大师留给自己的锦囊，观束字符意之后心有所感，在回长安途中悟出了自己修道生涯中第一个动意符。

就是现在施出的散字符！

这道散字符没有飘至观海僧人身前，因为是动意符，宁缺也无法动用今日在雁鸣山畔观冬湖悟出的法门，符意遥遥而去，显得有些微弱。

金光之中的观海僧人眉头微蹙，因为他也感觉到了这道符意的弱小。

宁缺施出这道散字符的目标本来就不是他，而是笼罩在他身周的那数万粒碎冰。散字符符意落下，那些微小的碎片变得更加微小。

比冰粒更微小的是尘埃。冰是水。水化作的尘埃是云，或者是雾。

无数的云雾弥漫在道殿里，仿佛这个世界忽然来到了高空云海之中，遮掩住了所有的视线，甚至扰乱了所有的天地气息。

便在这时，云雾骤然波动起来。

云雾微散，现出宁缺的身影。

他的身影已经来到了观海僧人的身前。

只差咫尺。

49

雾未散，一道身影却穿雾而过，来到观海僧人的身前，在他眼眸里留下道暗淡的影子，让这位佛门青年强者始终宁静的眼眸，终于出现了紧张的痕迹。

看着破雾而至的宁缺，观海僧人做了两件事情：合十的双掌分开，右手的拇指向掌心摁去，由明王印转为心印；左手由竖立转为横向，掌面向前以明王印的最强姿态直接面向宁缺。同时他胸腹骤然微缩，深深吸气便要道出佛偈。

随着两个佛宗手印相辅而出，他身周的雾气骤然大乱，乳白色的云雾透着极微弱的殿外暮光，仿佛要在不同的空间区域里凝出不同的花。而当那声佛偈的第一个音节从他胸腹间响起时，那些虚无缥缈的天地之息花骤然凝形，开始向下飘落。

有的花碎成数瓣如雨落下，有的花连枝带茎整枝落下，密密匝匝笼罩着他的身体，这些花瓣枝茎里蕴藏着两道手印感召的天地元气，又有佛偈助持，一旦触碰到敌人的身体，便会爆绽开来，怒而伤人。

右手定佛心，左手明王怒，再辅以震敌心神的佛偈，在极短的时间内，观海僧人便施出了自己最强大的佛门功法。这位烂柯寺长老的关门弟子佛心精纯坚定，便是在这样的局面下依然能够保持平静，做出了最准确的应对。

相对于普通人，无论道佛，修行者最大的优势便是速度。当普通人还没有看清楚那道亮光时便会被那柄飞剑刺穿咽喉，当普通人还没有来得及躲避时便会被那漫天的花雨震成浴血的妖孽残尸。观海僧人当然知道宁缺不是普通人，但是面对对方诡异的破雾突袭，他确信自己的选择是正确的。

可惜他忘记了一件事情，所谓速度或者说时间流失速度上的优势都需要一定的空间距离才能体现出来，而此时宁缺与他之间的距离不足一尺，近在眼前。

当那些美丽的天地之息花从雾中缓缓飘落，当观海僧人的双手还在掐指结手印，宁缺只做了一个最简单的动作，那就是一拳砸到这名僧人的脸上。

两道鲜血喷溅而出。

一阵痛苦的咳嗽声中，观海僧人左手的心印和右手的明王印都散了，那些自雾中飘落的天地之息花也涣散于无形，最后雾也散了。

云消雾散，道殿回复幽静空旷。

宁缺缓缓收回拳头。

观海僧人擦掉脸上的血水，沉默片刻后说道："我输了。"

残冰融化成的雪水，在乌黑的木地板缝里缓缓流淌，隐有叮咚清脆之声。

观海僧人抬起头来，感慨说道："十三先生果然不愧是神符师传人，符道运用之妙难以想象。连续四道符文各有想法，依序而至，便像一篇大好文章起承转合美不胜收，最后那招弃符用拳更是明悟了战斗的真义。此时想来我竟想向先生挑战，果然有些自不量力，难怪先生开始时那般犹豫，想来是不想让我挫了锐气。"

宁缺最后确实手下留情了，以他现在体内浩然气的充沛程度，身体的强度，那一拳曾经把谷溪的头颅击成破碎的西瓜，又何至于只把观海的鼻子打到流血？

但事实上他也赢得极为侥幸。

宁缺连续施出四道符，念力用得太多，但仗着识海里的念力深厚并无所谓。关键是他附在前三道符上的浩然气直接把他体内的浩然气压榨一空，在施出散字符后又强行纵掠破雾突袭，身体已经虚弱到了极点。

如果观海僧人当时不是选择用威力最强的佛门功法应对，而是重新以身相待护教明王庄严法像，加强自身的防守，只要再撑片刻，先倒下的便有可能是他。

宁缺看着身前诚恳认输的观海僧人，心中暗道侥幸，这位烂柯寺的僧人虽然境界高深，但常年隐居在山寺之中修课业读佛经，竟似乎并不懂得战斗到底为什么。

他忽然想起来叶红鱼在离开魔宗山门的吊篮里说的一段话："世间的修行者大多不懂战斗，想要击败他们是很简单的事情。"

"遗憾的是贫僧修为不足，竟是没能看到传说中的书院不器意。"

观海僧人还在诚恳地复盘，检讨先前的战斗。

他的态度越诚恳，宁缺越觉得有些脸烫，心想自己当时在大街上不肯与你战斗，哪里是担心以强凌弱挫了你的锐气，全然是担心自己大输特输挫了自己的锐气。

宁缺伸手把他扶了起来。

观海僧人道了声谢，然后略带惘然地说道："只是我还是有些想不明白，先生当时是如何避过我指尖弹出的那滴雨珠的，要知道那滴雨珠里浸着我的战意……"

宁缺微微一笑，没有说什么，暗自缓缓回复精神。

观海僧人看他神情，不由惭愧说道："冒昧了，冒昧了。"

他想着宁缺先前悄无声息接下自己那招攻势，必然是用了书院某种绝学，那等绝学只怕与不器意等级相同，自己贸然发问岂不是在窥探书院的秘密？

宁缺笑着摇摇头，扶着他向殿外走去。

其实只有他自己知道当时是怎样应下那滴雨珠的。

他什么都没有做。他只是低了低头，让那滴雨珠落到了自己的额头上，然后渗入发间。

那滴雨珠确实蕴藏着极威猛的力量。

然而宁缺的脸向来极厚，尤其是入魔之后，他的脸越发厚了。

南门道观正殿外的道人们一直沉默地注视着殿内。

这是书院新一代弟子入世后的第一场战斗。

有些白发苍苍的老道，不免联想到很多年前那个姓轲的书院疯子骑着小黑驴进入长安城之后掀起的那些腥风血雨，情绪很是复杂。

道殿的大门一直紧闭，也没有人敢凑到窗前窥视。

观战的人们只看到殿内火势大作，燥意顺着窗缝喷出；紧接着便是哗哗雨声，有水自门下淌出；再接着便是一股寒意自殿内传来，竟似要把殿外的冬意都压下去数分；最后便是佛光大作，佛偈庄严，然后一切归于宁静。

殿内一片安静，没有人知道最后的结果是什么，究竟是书院十三先生胜了，还是烂柯寺长老的关门弟子胜了。

莫山山站在殿外一株老树下看着道殿。当宁缺连续施出四道符时，她的眼睛骤然变得极为明亮；当殿内响起佛偈，隐约可见佛光时，她眼眸里开始流露出担忧的神色；而当道殿归于宁静后，她大概猜到了结局，于是也回复了平静。

因为她知道像宁缺这样的人，或许会败会死，但绝对不会悄无声息地败或者死。

道殿大门开启，宁缺扶着观海僧人缓缓走了出来。

观战的道人们看到这幕画面，尤其是看到观海僧人脸上的血迹时，不由大感震惊，心想宁缺果然不愧是书院入世之人，竟能胜得如此云淡风轻。

当然，因为颜瑟大师的关系，宁缺也算半个昊天南门中人，所以看着他取得了胜利，南门观里的道人们脸上难以抑制地流露出了高兴的神色。

与何明池简单说了几句，宁缺又与观海僧人说了很多没有营养的话，情意殷殷说道明年一定亲赴烂柯寺参加盂兰节会，到时一定秉烛夜谈，然后互道珍重就此离开。

走出南门观时，雪又落了下来。

顺着皇城根脚下走了数十步，宁缺的脸色略显苍白，撑着大黑伞的手有些发抖。身旁的莫山山看着他微微沉吟片刻后，伸手穿过他的胳膊，看着似是像情侣一般挽着，实际上却是撑着他摇摇欲坠的身体。

莫山山说道："观海虽然年轻，但被境界深不可测的烂柯寺长老悉心培养多年，佛法精湛修为惊人，实际上已经是佛门中有数的强者。你今日没有用符箭也没有用颜瑟大师留下来的锦囊，只靠自身修为便战胜他，实在是令我感到有些惊讶。"

宁缺听她说观海是佛门有数强者，心想自己居然正面战胜对方，正有些飘飘然，便听着惊讶二字，不由有些恼火，说道："难道在你看来我很弱？"

莫山山看着伞外飘落的雪花，微笑说道："因为你确实很弱啊。"

宁缺无言。

莫山山停下脚步，看着他的侧脸认真说道："但你今天很强。"

宁缺认真说道："谢谢。"

莫山山想到一件事情，不解道："我总觉得你在道殿里施出的那三道符有些问题，以你现在的修行境界和对符道的理解，按道理无法写出那般强大的符，我在见到魔宗山门外的块垒大阵之前，写的符也不过这般。"

宁缺这才想到身旁的少女对符道的了解要远在自己之上，不由略感不安，心想若让她瞧出来自己在那些符纸上用了些古怪法子，甚至发现自己的魔宗手段……

"那不是符。"

莫山山伸手接过一片雪花，看着晶莹的雪花在掌心缓缓融化，说道："我明白了，你是在以意拟符，难道这就是传说中的书院不器意？"

宁缺虽然是书院二层楼学生，却确实不知道书院不器意是什么，不过此时既然莫山山没有联想到自己是用浩然气代替天地元气，他当然不会出言解释。

然而想着书院不器意五字，他不禁想起自己登山那日，在柴门外的勒石上看到的君子不器四字，默然想道难道这四个字大有深意？

50

夜色笼罩着长安城，皇城角楼里的长明灯向地面散播着微黄的光线，昏暗的光线映照着白色的雪花在红色宫墙前缓缓飘舞，画面非常漂亮。

这里是护城河最偏僻的一段，夜空里降下的雪花，落到河面上便悄无声息。幽静的环境里，踏雪而行的二人脚踩松雪的声音便越发清晰起来。

莫山山轻轻拂开眼前飘拂的发丝，看着红色宫墙前飘舞的雪花，轻声说道："大河远在天南，几乎很难见到雪。"

宁缺想着那个四季如春的遥远国度，向往说道："有机会真想去看看。"

"大河地狭人少，国力孱弱不堪，北方便是强大的南晋，与月轮的关系又向来恶劣，然而这数百年来却一直能保证和平甚至是富庶幸福，你知道是为什么吗？"

宁缺摇了摇头。

莫山山看着眼前这座大唐皇宫，平静说道："因为世间有大唐，有这座皇宫，因为大河世代与你们唐国交好。虽然我们两国相隔千山万水，国土也并不接壤，大河事实上却一直在你们唐国的庇护之下。"

宁缺很清楚她说的是事实，却不明白她为什么会忽然提到这个。

"南晋和月轮都很清楚，如果他们做得太过分，如果他们的军队真的侵略大河，大唐军民还有这座皇宫里的皇帝陛下都不会袖手旁观。所以世间别的国家都认为大唐帝国乃是野心勃勃的霸主，是战乱的根源，只有我们大河国人不这样想。对于我们来说，只有大唐帝国存在，这个凶险纷乱现实的世界才是太平的。"

莫山山看着他微笑说道："修行者的世界其实和世俗的世界从来无法割裂，只有自身强大才能保证唐国和大河的和平，而你现在要做的事情就是通过强大自身，而让唐国也变得比以前更加强大。"

听到这时，宁缺终于明白过来，中午在礼部外大街上，山山大概猜到了自己心境里的那些犹豫摇晃，所以此时借着宫墙雪花世事来开解自己几句。

他摇头说道："谢谢你的开解，其实我已经差不多快想明白了，想要天下太平，不是一味避战便可以的。我只是不明白，像观海僧人这样的佛宗高人，为什么还是脱不开那些嗔痴的念头，为什么一定要过来找我打架。"

"看见一堵高高的宫墙，人们总想绕到墙后去看看那里有什么故事，看到一座山峰，人们总想爬上去看看山上到底有什么风光。"

莫山山指着护城河那边夜色中的宫墙，说道："修行者们也是人，他们也会好奇也会向往，而且因为他们的骄傲，所以这种情绪会显得越发强烈。"

宁缺听着这段话，联想起当初听陈皮皮论及那些世间真正强者时的心境，想起那夜登顶成功之后看着云海那头的几座山峰所生出的豪迈态度。

"对于修行者而言，世间漫漫修行路的尽头便是传说中的不可知之地。对不可知之地他们敬畏却充满了接近甚至超越对方的渴望，而知守观和悬空寺根本无处去寻，他们只能看到书院，那么他们必然要尝试着登一登书院这座山峰。"

微雪间，宁缺和莫山山撑着大黑伞向前走去，关于书院入世及被人挑战的话题就此结束。他们看着护城河水面上的薄薄浮冰，看着那些入水即隐的雪花，经常很长时间都保持着沉默，偶尔心有所感便会就符道书法探讨几句。

他们在荒原上同生共死多日，最近时常在长安城里并肩出游，默契随着肩头与肩头的轻轻碰触而渐渐深入身体的每一处乃至心灵，对符文书法的共同喜好则让他们能够轻而易举察觉对方每一道眼光每一个手势的意图，那道喜乐而宁静的情绪渐渐生出。

走到护城河某段船桥上时，雪渐渐停了。

宁缺停下脚步，收了大黑伞。

莫山山向前走了几步，然后回头望向他。随着这个动作，如瀑的黑色秀发自肩头滑落，白色的裙在红色的宫墙前显得格外美丽，就像先前那些飘落的雪花。

宁缺看着她漂亮的脸，紧抿若红线的唇，发现她的眼神没有丝毫飘移离散，竟是前所未有的平静专注，不由莫名地紧张起来。

莫山山静静看着他，说道："在魔宗山门里我说过我喜欢你。"

宁缺微怔，有些艰难地挤出一句话："我记得。"

莫山山微微抬头，微圆的小脸显得格外倔强和骄傲："我也要你喜欢我。"

宁缺的视线穿过少女的肩头，望向夜色中的红色宫墙，发现没有什么好看的。然后他望向船桥下缓慢流淌的护城河，发现夜色中的河水像墨一般，也确实没有什么好看的。所以他只好重新望着她的脸，认真说道："这是很公平的事情。"

莫山山缓缓低头，看着裙摆前的鞋尖，声音细微地说道："那你喜欢我吗？"

这次宁缺真的望向了少女身后的宫墙，因为那一大片的红色宫墙已经高出了他平行的视线，占据了夜色里的绝大部分区域，可以充当一面很好的背景幕墙。

人生如题各种痴，莫山山是书痴，那么也是一道题，而且这大概是他这辈子所遇到的最难回答的一道问题。所以他需要认真地思考，并且在脑海里反复放映某些画面，以来确定这个问题的答案。

在那片细蓝如腰的海子畔，在清晨的枝头上看见那个随风轻轻摆动的少女，还有她腰间的那抹碧蓝。然后一路同行看见她散漫而冷漠的目光，看着她漂亮的眉眼，像包子般可爱的小圆脸，看着她施出半道神符，看着她从空中坠落。然后再一车同行，说着那些关于书法符道的事情，直至王庭再入北荒。雪中不独行，湖畔曾烹鱼，在满山满谷的石头间蹒跚前行，他背着她，她指引着他，她说过喜欢他的大黑马，喜欢他的字，然后在白骨尸堆前临死之刻说喜欢他。

这些画面在宁缺脑海里、在他眼前的红色宫墙上快速掠过，那些他曾经触碰过的感觉那些他曾经偶尔想过的事情再次出现。他无法确认更多的事情，但至少有一件事情他完全可以确认，而且居然让一个女孩子先说出那句话，他觉得自己再把时间拖长哪怕一刹那都是不正确的。

他看着身前的山山，看着她微微颤动的疏长睫毛，肯定说道："是喜欢的。"

莫山山身体微僵，没有抬起头来看他，而是直接走到船桥边。她低头静静看着像墨水般的护城河，看着河里的浮冰，淡然的脸上渐渐生出微羞的笑意。

宁缺与观海僧人在南门道观正殿里的那一战，并没有在俗世间引起任何风波，但对于修行界各宗派而言，这一战的结果却影响深远。烂柯寺长老关门弟子观海的失败，除了再一次证明书院是人间最高不可攀的那座山峰之外，也让书院十三先生宁缺的名字真正进入了所谓强者的行列。

"观海僧人早年隐居烂柯寺寺后深山，声名不显，但即便是我要战胜他也会有些吃力，没想到宁缺居然能够赢他，看起来他最近这段时间进步得非常快。我想，现在桃山上应该没有人还认为他能连胜隆庆两次，都是依赖于运气了。"

西陵神殿某个幽暗的房间里，叶红鱼看着刚刚收到的卷宗，美丽的容颜上泛起一丝笑容。她没有穿那身标志性的红裙，而是穿了件朴素的道袍。

一名神殿裁决司下属听着她如此说法，不由微微皱眉，沉声反驳道："谁都无法否认这位十三先生的进步神速，但他连胜皇子两次绝对是侥幸。雪崖之上若不是皇子正处于破境的关键时刻，又怎么会被他暗算成功？"

叶红鱼静静看着那名下属说道："暗算也是一种战斗，既然已经成为敌人，难道还要奢望敌人施与宽容和风度？只要是战斗，那就是公平的，而你要记住，昊天也是公平的。像宁缺这般无耻的家伙，能够成为书院二层楼的学生，能够被颜瑟师叔挑中成为传人，那么他在幸运之外一定有值得学习的地方。"

那名裁决司下属不敢再做辩驳，低头应了声是。他出门走到崖畔一株树下，看了一眼那间简陋的石屋，脸上露出一丝讥讽冷笑，压低声音对同伴说道：

"此次荒原之行，神殿受挫严重。隆庆皇子可能死了，咱们这位叶大司座又不知遇着何等强敌，竟是被迫堕境，只怕此生再无进入知命的希望，在我们这些人面前却还要摆出这等自信模样，难道她不知道这样既可怜又可笑？"

荒原之行，叶红鱼确实受了极严重的伤，尤其是被莲生施了饕餮大法，最后强行堕境爆发求生，更是对她的修道产生了难以逆转的损伤。

但她毕竟是道痴，修为境界犹在洞玄上境，哪里会听不到屋外那些窃窃私议。然而她没有动怒，只是轻轻整理了一下宽大的青色道袍，然后沉默地闭上了眼睛。

51

裁决司乃是神殿最现实的所在。荒原之行连番挫败，实力境界受到重创，身为大司座的叶红鱼的前景蒙上了一层黯淡的尘埃，所以那些曾经对她无比敬畏的下属现在敢于窃窃私议，而她也变得沉默起来。

南方某处深山有一座式样简单的道观，没有多少人知道这座道观，道观外古旧的匾上写着知守二字。与入浊世执道权的西陵神殿不同，这座隐藏在道门历史幕后的知守观并不关心俗世里的事情。

知守观深处湖畔有七间草屋，供奉着传说中的七卷天书。其中第四间草屋已经有很多处都处于空空如也的状态，始终未能迎回那卷遗失在荒原上的明字卷，檐上的茅草显得有些凋敝衰败。而其余的六间草屋不知是不是被屋内天书气息所感染，檐上那些金黄色的茅草仿佛是由黄金雕刻而成，映射着太阳的光线，散发着华贵庄严的感觉，让人睹之便欲跪拜在地不复再起。

湖畔第一间草屋内的沉香木案上，有一本封面黑若凝血的典籍。这本典籍因为过于厚沉看着就像一块天然的黑血石，正是天书日字卷。

黑色的封皮，雪白的书页，让这卷天书释放出一种令人心悸的感觉。

桌上的日字卷已经被人翻开，更有可能千万年来从来都没有合上过，完全是空白的第一页，右手边便是第二页，最上方清楚显现着剑圣柳白的姓名，横向不远处是君陌二字，周遭毫无次序规律凌乱出现着叶唐之类的字。

有清风自窗外徐来，像无形的手般簌簌翻动着书页，用很快的速度把这卷天书翻阅了一遍，来到了很后面的一页纸。

去年夏时攀登书院顶峰成功，又于暴雨夜悟符道后，宁缺的名字曾经出现在这里。然而现在他的名字已经消失不见，纸白得好像雪茫茫的一片大地。

湖风在草屋里的梁柱间缭绕，遇着墙壁然后回转，流动到沉香木案上再次开始翻动书页，只不过这一次是从后向前在翻动。

书页翻动的速度很快，偶尔才能够看清楚两三个姓名，比如吕清臣，但更多时候只能隐约看到几个单独的字，比如柳，比如何。

湖风翻动着日字卷，终于来到了距离最前约薄薄数张纸的位置，那张纸上密密麻麻写满了名字，看上去就像花草纹一般美丽繁复。

隆庆皇子的名字在页面一角，只是笔迹已经暗淡到了极点，似乎随时可能渗进绵软的书纸再也找不到任何痕迹。唐小棠的名字出现在页面的另一个角落里，笔迹有些飘忽潦草。莫山山的名字出现在纸张的正中间，笔迹宁静而柔顺。

书纸上还能看到王景略和观海等很多人的名字，从而显得有些凌乱，唯独书纸最上方快要抵到边缘处那里有一片空白，那片空白里只有叶红鱼的名字。

叶红鱼那三个字在那处显得无比孤单而骄傲，笔迹非常浓艳凝稠，艳得仿佛要从纸面上浮现出来，然后借着湖风飞走，尤其是鱼字的最上面那一撇，甚至已经超出了书页的边缘，纵横快意仿若一把锋利的道剑，刺进了前面那页纸。

在书纸右下方角落，宁缺的名字非常不起眼地悄悄显现出来。

清晨的长安南郊，书院外的草甸上，莫山山看着宁缺轻声说道："回大河之后我给你写信，只是你的名字我怎么写也总觉得好像写不好看。"

看着少女的睫毛在晨光中微微闪亮，宁缺说道："又不是马上便要离开长安，怎么感觉好像这就是在告别一般。你回墨池后我们自然是要写信的，不过我在想等夫子回来后，如果没事儿我可以带桑桑去大河看你啊。"

莫山山低头看了眼自己探出裙摆的鞋，心想这个人大概真的从来没有注意到自己说话的习惯吧？然而习惯这种事情自己又有什么资格去改变他呢？

二人走上草甸。在宁缺的回忆和介绍下，莫山山跟着他参观了一下书院，然后二人走过湿地和旧书楼，穿过那片云深不知处的浓雾，便来到了山崖之前。

如同宁缺第一次来到书院后山时一样，书痴也被这片美丽不知四季的崖坪、那些宁静的湖光山色还有远处那道细瀑震撼，她怔怔地看着眼前的景致，说道："这里就是真正的书院？"

宁缺说道："如果说书院二层楼才是真正的书院，那么这里就是。"

莫山山轻声道："对于修行者而言，不可知之地在云霄之上俗世之外，无法接触，书院虽说是唯一两世皆通的圣地，但又有几人能够来到这里亲眼看看这里的风景？想不到遇着你之后，我竟是先进魔宗山门，再来书院后山，实在是有些幸运。"

宁缺站在她身旁，看着眼前的湖光山色，听着她的轻声慨叹，心情也有些骄傲愉悦，说道："遇着我了，以后还会遇着很多幸运的事情。"

虽是随口一句话，却也隐着一些微甜的意思。以后若长相厮守，那么自然还会有更多，莫山山有些不适应这种情景，低头微羞无语。

宁缺脸皮向来极厚，却是完全没有什么不好意思，带着她便往那片镜湖走去，说道："我带你去见见七师姐，除了她别的师兄们都喜欢捉迷藏，实在不好找。"

莫山山心想这便是要拜见对方的宗门？不免觉得有些紧张，低头看着脚下山道慢慢随他前行，轻声说道："你随意带外人进书院，会不会有些不妥？"

作为男子这时候最合适的回答当然应该说……你又不是外人。

然而宁缺这人脸皮厚实口尖舌利，却着实在情爱之事上毫无经验，也严重缺乏能力，听着山山的担忧，竟老实回答道："大师兄已经认你做了义妹，进书院又怕什么？而且今天也是大师兄让我带你进来看看，不然我可没这么大胆子。"

过镜湖时与七师姐打了个招呼，说了会儿闲话，然后便去溪畔打铁屋拜访四师兄和六师兄。习惯裸着上半身的六师兄见着宁缺忽然带了个漂亮得不像样子的小姑娘进来，不由吓了一跳，连忙用比挥锤更快的速度套了件外衫，而四师兄则是沉默坐在窗畔进行着推演，像是什么都没有看到般。

打铁屋里高温难耐，又满是蒸汽，宁缺想着山山毕竟是个爱美的姑娘家，正准备带她来说会儿话便离开。不料山山见着窗畔四师兄的推演，竟是不肯离开，而是走了过去，蹲下身子认真地看着沙盘上那些符线，神情愈来愈凝重。

宁缺神情微异，走到窗畔一同观看，不知道过了多长时间，四师兄抬起头来，看了一眼蹲在沙盘旁的少女，漠然问道："你也懂符？"

问书痴懂不懂符，就等同于问屠夫会不会杀猪，问猎人会不会走山路。宁缺知道四师兄就是这样性格，担心山山生出恼意，赶紧说道：

"师兄，她就是书痴。"

"噢，原来你就是书痴姑娘。"四师兄看着莫山山重复道，"那你懂不懂符。"

宁缺完全无语。

天下三痴中，莫山山素来以淑静贤贞著称，丝毫没有恼意，只是有些困惑，抬头看了宁缺一眼，想起他当日在荒原里的回答，不由微笑说道："略懂。"

四师兄用手指着宁缺说道："比他如何？"

莫山山没有经过任何思考，毫不犹豫说道："比他强很多。"

宁缺越发无语，觉得自尊很是受伤。

四师兄满意地点点头，说道："那你确实有资格看我的推演。"

莫山山看着沙盘上那些缓慢行走的符线，不敢确定地问道："这真是推演算法？"

四师兄说道："如果不是推演算法，你又怎会看得如此出神。"

莫山山吃惊说道："可是听家师说，河山盘推演算法已经失传多年。"

四师兄摇头说道："河山盘推演算法确实在大唐开元年间断了传承，但不到四十年后，你墨池苑七代祖师颖山人便和书院某位前贤共同参详六年，重新创立了推演算法的规范，其后二位先贤又穷毕生之力重铸了河山盘。你师父王书圣既然是颖山人的传人，怎么能连这些往事都不知晓。"

莫山山怔怔看着面前那个普通无奇的沙盘，心想难道这真的就是传说中的河山盘？看着沙盘上那两道仿佛永远平行，实际上却在互相扰动的线条，她眉尖微蹙说道："这是在推演不动符意与元气波动之间的初始时刻线值？"

四师兄没有想到这小姑娘只看了一眼便看出了自己推演的内容，神情微异，大感兴趣地说道："你对这方面也有研究？"

莫山山专注看着沙盘，说道："略有研究，只是没有想过能凭空推演。"

四师兄看着她露出赞许之色，很是欣赏这个女子研习符道时的专注，转头对宁缺不悦说道："还不赶紧搬个板凳过来，难道要让山山姑娘总这么蹲着？"

宁缺觉得非常无辜，然后继续无言，搬了个板凳过来。

莫山山没有道谢，甚至没有看他一眼，直接坐到板凳上，撑着下巴专注看着沙盘，偶尔与四师兄讨论几句，然后继续专注看沙盘。

52

宁缺虽然在符道方面颇有天赋，然而在修行如痴这方面，距离四师兄和莫山山还非常遥远，而且他现在的境界根本无法听懂莫山山和四师兄讨论的那些内容，站在窗畔很是百无聊赖，发现确实没有人愿意理会自己，只好讪讪离开。

走到打铁屋后，他躬身捧着溪水洗了洗脸，让被高温和水蒸气弄得有些恍惚的精神清醒了些，然后坐在溪畔看着缓缓转动的大水车开始发呆，不是因为被遗忘后真有什么失落感，而是在思考前天雪夜红墙前说了那声喜欢后，这件事情应该怎样向下继续发展。很明显莫山山对自己的态度一如从前般平静淡然，那么自己是不是应该不要太过着急，然而为什么总觉得好像自己遗忘了什么很重要的事情？

"听说你把书痴带到书院来了？"

一道声音从宁缺身后突然响起，把他吓了一跳。他回头望去，看着负手走来的陈皮皮正准备说些什么，眉头忽然皱了起来，因为按照对这个家伙的了解，知道自己带着莫山山来书院，陈皮皮肯定会好生奚落打趣一番，绝不会像此时这般严肃。

宁缺说道："不要想着借此攻击我，这是大师兄的意思。"

陈皮皮走到他身旁面溪而立，双手依然负在身后，圆乎乎的身躯竟被他硬生生站出了几分渊渟岳峙的气魄，只听他缓声说道："你想清楚了吗？"

宁缺微异问道："想清楚什么？"

陈皮皮看了他一眼，神情严肃地说道："想清楚你要和莫山山在一起。"

宁缺嘲讽说道:"你不要小时候被叶红鱼欺负得太惨,就此便对女性失去了所有信心,继而想要拆散世间所有情侣好不?这样显得太可怜。"

陈皮皮正准备说些什么,宁缺忽然向后仰身,望向他一直负在身后的两只手。

看到陈皮皮身后那两只明显比猪蹄还要红肿的手,宁缺大吃一惊,倒吸一口冷气,跳起来关心说道:"你这是怎么了?"

陈皮皮看着溪对岸的青草野花,带着不尽沧桑意,悠悠说道:"那天你随大师兄回来时,我曾经向大师兄告了二师兄一状。"

宁缺看着他点了点头,说道:"然后呢?"

陈皮皮举起自己像红烧猪蹄似的双手,轻叹一声说道:"然后就没有然后了。"

宁缺看着他的手,忍不住打了个寒战,不敢确定地问道:"二师兄打的?"

陈皮皮点点头。

宁缺大怒说道:"二师兄下手怎么这么狠?平白无故怎么能随意打人?"

陈皮皮转头看着他,眼眶微湿说道:"小师弟,你居然敢为我怒斥二师兄,我终于确定你真是一个好人。只是二师兄搬出了院规,倒也不能算平白无故。"

"院规我也学过,哪里有不能告状这一条?"

"但有不能撒谎这一条。"

"那天在老笔斋里你撒谎了?"

"嗯……其实也不能算撒谎,就是我说十一师兄吃花那段稍微夸张了些。"

"夸张到了什么程度?"

"十一师兄不是见着所有花都往嘴巴里塞,他也是挑好吃的在吃。"

宁缺不可思议地说道:"就因为这样……二师兄便拿院规惩处你?"

陈皮皮看着他伤感说道:"二师兄是君子,他很严格地按照道理规矩办事。"

宁缺感慨说道："我怎么听着总觉得这毫无道理？"

陈皮皮看着他认真说道："记住，只要夫子和大师兄没有意见，那么在书院唯一有资格讲道理的就是二师兄，也只有他说的话才是道理。"

宁缺点头表示自己已经把这条真理牢牢记在心中，然后轻轻拍了拍陈皮皮的肩头表示安慰，心想原来待在书院后山也不见得如何安全，如此一来想着自己被扔到俗世风雨中去打生打死，心里便觉得平衡了不少。

便在此时，陈皮皮忽然身体骤然僵硬，然后挣开宁缺的手，毫不犹豫转头便顺着小溪向后山深处跑去，胖乎乎的身躯竟像片落叶般倏忽直去数十丈，瞬间消失在满山密林之中，再也看不到他的踪迹。

宁缺怔怔看着他消失的地方，心想果然不愧是年青一代里境界最高的天才人物，明明肉身力量糟糕至极，竟能院服一挥便借了天地元气飘然而去。

"听说你把书痴带到书院来了？"

又一道声音从宁缺身后突然响起，而且问的问题也一模一样，然而他的反应却与先前大为不同，先是身体微僵，然后迅速转身长揖及地，极为恭敬地应道："禀报二师兄，这是大师兄的意思，不过我确实也想带她来逛逛。"

二师兄点了点头。

宁缺直起身，强行压抑住不去看二师兄头上那顶古冠，神情看似平静，实际上院服里早已是汗如雨下，知道自己后面加那一句算是加对了。不然让二师兄误以为自己是拿大师兄压他，只怕也会拿书院的道理来教育自己。

二师兄不知道在想什么，神情有些怪异，看着他沉吟片刻后问道："你可知道师兄因何要认书痴为义妹？"

这个问题不好回答，事实上宁缺也不知道当日在荒原马车上，大师兄为何笑着应下此事。莫山山这样的姑娘当然值得所有人喜欢，但书院后山毕竟不是世俗之地，大师兄的身份更是非同一般，总觉得此事有些突然。

"这件事情好像有些复杂。"

二师兄走到溪畔，回头看了他一眼，说道："南门观一战，你表现不错。"

这已经是连续第二次得到师兄表扬，宁缺高兴地笑了起来，然后想起与观海僧人一战后思及的书院不器意，不由好奇问道："师兄，我那日登山时在柴门外看见的是君子不器四字，隆庆皇子看到的是什么？"

"隆庆看到的是君子不争四字。"

二师兄看着他说道："这是老师曾经说过的一句话：君子无所争，必也射乎。隆庆他既然想和你争，那么被你一箭射死也是理所当然。"

宁缺听着这句话，暗想难道夫子当初在柴门外勒石上留下的话，已经隐隐昭示着未来可能发生的事情？震惊之余不由生出无限向往景仰之情。

二师兄此时正在考虑那件极麻烦的事情，看他脸上流露出来的仰慕神情，心头微动说道："若要能够理解老师的境界，便需一生专心修道方有一线可能。"

宁缺下意识里点了点头。

二师兄又说道："老师他一生未曾婚娶。所以你若想达到那种境界，就不能被男女之事烦心，婚嫁之事还是暂时不要考虑的好。"

宁缺微异说道："暂时不用考虑？"

二师兄严肃说道："当然最好是永远不要考虑。"

宁缺大惊，浑然不顾和二师兄讲道理是件非常危险的事情，连连摆手说道："一辈子不成婚不娶老婆，将来老时岂不是会变成我师父那样的可怜家伙？这事万万不能。"

傍晚时分，宁缺和莫山山离开了书院后山，而书院后山里的人们则是集体会集到了瀑布不远处二师兄的小院中，开始召开一次非常重要的会议。

这次会议到的人数非常整齐。

除了读书人书院后山所有人都到了，无论是那些在林间弹琴吹箫的还是在松下娱棋的，都老老实实出现，然后搬了张椅子各自觅着角落坐好。

平常他们绝对不会这般老实，因为很多时候就连二师兄都没办法把他们从后山那些偏僻的角落里抓出来，然而今天不同，因为大师兄回来了。

只要大师兄在书院，那么无论他们躲在哪里，是在林子里冒充石头，还是在松树上冒充松鼠，或是在花中冒充小草，都会被轻而易举地找到。

书院最近没有发生什么大事，至于宁缺入世并且战胜烂柯寺长老传人观海僧人这件事情，更不会让众人当回事。因为按照他们的想法，小师弟虽说境界低劣了些，但怎么也是自己这些人的小师弟，怎么可能会输给别人？

北宫未央搂着大师兄的肩头，苦着脸说道："亲爱的大师兄，今天究竟有什么事情需要闹出这么大的阵势？赶紧说完赶紧散，我那曲子刚谱到要紧的地方。"

五师兄看着大师兄极为不耐烦地说道："是啊师兄，你回来那天我们已经给你接过风了，今天又有什么事？老八那盘棋眼看就输了，可不能让他借机耍赖。"

八师兄冷笑一声说道："我看是你要输了吧？要不然我们这时候就回去继续？"

小院里一片嘈杂喧嚣，大师兄无奈看着众人，劝说道："不要着急，不要急，什么事情都慢慢来，慢慢说才能说清楚。"

便在这时，一只手掌重重地拍到案几上。

啪的一声。

房间顿时变得鸦雀无声，随着二师兄冷峻的目光缓缓移过，所有人都低下了头。

大师兄微微蹙眉，说道："君陌，不要动怒。"

二师兄听着这话，赶紧站起身来，恭谨说道："师兄说得是，君陌不对。"

这便是书院后山的生物链。

陈皮皮轻轻向自己肿着的双手上吹了口气，看着乖巧站着的二师兄，偷笑想着，原来君陌你也有今天啊。

然而在二师兄目光压迫之下，终于没有人再敢说要走，也没有人再敢多说一句话。房间里顿时变得安静了很多，甚至隐隐能够听到笔尖在纸上滑过的声音。

三师姐余帘，专心描着簪花小楷，似乎发生什么事情都与她无关。

"今日让师弟师妹们都过来，是因为最近发生了一些事情。"大师兄说道，"小师弟入世之后，世间多有猜忖，而朝中有很多大臣已经入宫试探能不能指婚，前天宫里派人到山下传达了陛下的意思，陛下想知道我们书院到底有何想法。"

陈皮皮微怔说道："这算啥？联姻还是下嫁？"

大师兄看着他认真说道："小师弟自然不能算下嫁。不过在我看来这种事情实在是无甚趣味，想来无论老师还是小师弟都不会有此想法，修行之人终究还是要与修行之人相处，而且也要看小师弟自己。"

大师兄最后说道："今日书痴已经进山与大家见过面，不知你们印象如何？我对山山的印象是极好的，所以我很乐意看到她与小师弟琴瑟和谐，当然你们不要在意我的看法以及我与她的关系。"

听着这话，屋内众人好奇地议论起来，心想小师弟找媳妇这件事情，怎么值得大师兄如此慎重，还要问自己这些人的看法。

只有七师姐注意到，听到这番话后，二师兄的神情明显有些不悦。

53

仿佛是为了给大师兄那句琴瑟和谐的话做注脚，铮的一声，十师兄西门不惑轻拨琴弦，九师兄北宫未央用手指轻敲箫管，玎玎琴声在屋内如流水般响起，随着音律同时响起的还有众人热烈的讨论声。

"我怎么总觉得指婚这种事情很恶心？不管是叫联姻还是卖肉，但总有些把小师弟往红袖招里卖的感觉，而且那些府上可没有什么简大家，哈哈哈哈。"

"哪里有你想的这般龌龊，依大师兄的意思，只不过是避免当众驳了陛下颜面不好看，所以才想抢在宫里指婚之前替小师弟把婚事定下。说起来后山这么多年竟没有办过喜事，也该轮着一场。"

"不过大师兄说的那位书痴姑娘我可没有瞧见，不知道究竟是好是坏，小师弟是个孤儿，我们这些做师兄的应该多替他想想才是。她既然是大河国来的人，想必住在礼部那边，明天我们要不要集体进长安城替小师弟掌掌眼？"

"掌眼？那是位姑娘，又不是什么老器物。五师兄，我提醒你那位书痴姑娘是王书圣的传人，修为境界只怕不弱于你，你这些年天天抚松下棋，懈怠了修行，只怕根本不是她的对手，若惹恼了她当心进得长安城却出不来。"

听着这些痴人们说着痴话，大师兄摇头不已。

七师姐把案几下嗑剩的瓜子皮扫到小篓里，抬头看着他的神情，笑着说道："我看书痴不错，小脸蛋儿挺圆的，娶进门来天天掐两把应该舒服。"

陈皮皮听着这话，想着这些年来在七师姐纤纤玉指下所受的折磨，下意识里抬起手来想要捂住自己胖乎乎的脸颊，却忘了手上有伤，痛得眉头快要拧了起来。

六师兄捧着一杯茶，憨厚说道："打铁房里蒸汽足，那姑娘能熬那么多长时间，心性极为少见，我觉得不错。"

四师兄点头说道："后山里终于能有一个真正懂符的人，很好。"

北宫未央和西门不惑对视一眼，放下手中的古琴洞箫，笑道："大家好才是真的好，既然大家都说书痴好，我们自然也说书痴好。"

自宁缺从荒原回到长安城之后，他与书痴莫山山之间的那些传闻便流传开来，书院后山里的人们也知道些许，想着本来便是两情相悦之人，又有大师兄提议，如今见过书痴的人都说好，那么自然便是好的。

书院后山小师弟的婚事，似乎便要这样确定下来。

然而就在这个时候，屋内响起一个声音。

"不好。"

七师姐微微皱眉。

众人吃惊地看着二师兄，完全没有想到他会出言表示反对。要知道二师兄此生最为尊敬大师兄，这些年来只要大师兄说的话，他绝对会毫不犹豫执行。

七师姐看着他嘲讽说道："男女之情这种事情，你懂什么？"

二师兄脸上没有任何多余的情绪，只是微低着头，看着身前自己那顶古冠的影子。

大师兄看着他平静问道："书痴哪里不好？"

"我不是说书痴不好。"

二师兄沉默很长时间后说道："只是小师弟如果一定要娶妻，那么有更好的对象。"

大师兄静静看着他，问道："那又会是谁呢？"

二师兄缓缓抬起头来，直视他的眼睛，缓慢而坚定，说道："桑桑。"

书院后山有好几位师兄都不知道桑桑是谁，还是问了陈皮皮才知道，原来二师兄眼中比书痴更好的选择对象，居然是宁缺的小侍女。

四师兄说道："书院向来不是一个以身份取人的无趣之地，但那个叫桑桑的小姑娘既然是小师弟的侍女，若要成婚便与唐律不合，总归是个麻烦。"

二师兄面无表情说道："没有麻烦，只需要让她出籍。"

四师兄看了他一眼，不再多说什么。

大师兄静静看着他的眼睛，忽然微笑说道："我坚持我的看法。"

二师兄回望着他，神情平静而坚定："我也坚持我的看法。"

大师兄说道："大部分师弟师妹都支持我的看法。"

二师兄面无表情说道："师兄你让大家不在意你与莫山山的关系，但这关系已经存在，所以师弟师妹们的看法在我看来都没有任何意义。"

大师兄平静说道："好吧，师弟师妹的看法确实不应该牵扯进来，但我的看法呢？"

"我不知道师兄你为什么会有这种看法。"二师兄看着他的眼睛问道，"我很想知道，为什么在荒原上你要认书痴为义妹，是不是那时候你就在准备做这件事情？"

大师兄笑了笑，说道："我只是觉得山山这姑娘确实很好，是小师弟的良配。"

二师兄没有笑，说道："那为何桑桑就不能是小师弟的良配？"

大师兄静静看着他，若有所思地问道："你觉得桑桑好在何处？"

二师兄站起身来，走到窗边看着瀑布上方的那些繁星，说道："当日颜瑟与卫光明同归于尽，我与皮皮随后登山，在崖顶看见一个小姑娘跪在地上捧灰，那个小姑娘便是桑桑。我觉得她很好，而且我知道她是要和小师弟在一起的人。"

屋内无比安静，只能听到柔软的毛笔尖轻轻滑过纸张的声音。就在这片安静中，忽然响起陈皮皮有些紧张不安的声音："我也觉得桑桑挺好。"

大师兄神情有些复杂地笑了笑，看着他说道："你又觉得她哪里好？"

陈皮皮思忖片刻后认真说道："我说不出来，但我觉得她哪里都好。"

大师兄微微一怔，然后摇了摇头喃喃叹道："哪里都好，哪里都好。"

书院后山自然是以大师兄为首，他的性情温和而干净，所有师弟师妹都愿意亲近他，并不害怕他，愿意听他的话。然而二师兄却是后山里的镇山律条，所有师弟师妹都害怕他，哪里敢反对他的意见。

以往后山里的众人面对二位师兄时倒也简单，反正大家都听二师兄的，然后二师兄必然是要听大师兄的，却从来没有遇见过今天这种局面。

"我觉得二师兄说的好像也有些道理，虽说我并不明白捧灰是怎么回事。"

"那难道大师兄说的就没有道理了？"

"话不是这么说。二位师兄说的都有道理，我心境不够清明，似这般重要的事情哪里能比二位师兄想得更透彻，所以无论是大师兄还是二师兄的话，我都照着做便是。他们认为哪个姑娘更适合，那便最适合。"

一番刻意的插科打诨，并没有让屋内的气氛变得松动起来，反而因为二位师兄的沉默而变得有些尴尬，于是场间再次回复死寂一般的沉默。

大师兄看着二师兄认真说道:"师弟,有很多事情你不清楚。"

二师兄看着他说道:"确实有很多事情我不清楚,我不清楚师兄对桑桑的敌意究竟从何而来,因为她是光明大神官的传人还是因为别的什么。师兄根本不想让她和小师弟在一起,然而师兄你想过没有,这样对那个小侍女并不公平。"

大师兄沉默很长时间后,平静说道:"我对桑桑没有任何敌意,不过我承认你说的话,我确实不想让小师弟的一生再继续和她纠缠在一起。"

二师兄看着他的眼睛,问道:"为什么?"

大师兄说道:"没有理由,只有感觉。"

二师兄说道:"师兄,我这一生始终信奉一条原则,任何事情都需要理由。"

大师兄看着他说道:"你不需要知道,老师知道。"

二师兄说道:"那为何不等老师回来再说这件事情?"

大师兄说道:"因为宫里已经传来消息。"

二师兄漠然说道:"我们如果不点头,谁敢给小师弟胡乱指婚?"

大师兄微微皱眉。

二师兄说道:"我已经有十年时间没有见过师兄皱眉了,师兄因何皱眉?是不是你也觉得这样做有些问题?"

大师兄依旧皱着眉头,看着他摇头说道:"那是因为我发现过了这么多年,君陌你依然没有成长,还是当年那个只知认死理,却看不到事物全貌的热血少年郎。"

二师兄微怒说道:"老师绝对不会因为提前看到了前方道路上的某些险弯或者某些暗影便提前让我们走上另外一条道路,我相信老师更加不会因为没有发生的事情而提前对无辜者施以责罚,所以我认为师兄你今天做错了!"

书院后山的人们从来没有见过大师兄和二师兄在某件事情上产生分歧甚至是争论,更何况如今争论似乎已经发展到了愤怒的相互指责,更是惊得众人鸦雀无声,别说开口说话,便是连呼吸都不敢让声音变大一些。

一片幽静，只有柔软的毛笔尖轻轻滑过纸面的声音。

所有人的目光都望向房间角落里安静描着簪花小楷的三师姐。书院后山的三师姐喜静厌动，无论何时都不怎么说话，也很少与同门们来往，但大家知道就连夫子都极为赞许她的渊博学识和眼光，所以期待她能化解眼下的僵局。

54

在这等压抑气氛、幽静环境中，目光仿佛也变得有了重量，这么多道目光加在一处，终于让那支细笔缓缓慢了下来。女教授余帘看了一眼纸上的小楷，点了点头，把笔搁到秀气的小砚台上，然后望向那些用企盼神情看着自己的师弟师妹们。

果然不愧是夫子都很赞许的书院三师姐，她只用一句话便解决了这场书院从未发生过的师兄之争，对二位师兄的争论做出了很直接的判断。

"你们都错了。"

余帘看着大师兄和二师兄，平静说道："无论是书痴还是那名小侍女，她们究竟是不是宁缺的良配，这本来就没有答案。因为配之一字讲究的是彼此间的感受，你们再如何坚持自己的看法，又怎么知道宁缺的感受？"

二师兄微微皱眉说道："小师弟是个孤儿，无父无母也无亲族，书院后山便等若是他的家，他的婚姻大事，当然要由老师或者我们这些师兄师姐做主。"

余帘微微一笑说道：

"所以我说你们错了。

"你们不了解小师弟，而我当初看着他登旧书楼，看着他吐血昏迷，看着他在窗畔日复一日地沉默消瘦。我知道他是一个有怎样性情的人，不要说什么宫里指婚，也别说我们这些师兄师姐要他娶谁，即便是老师回来后让他去娶昊天的女儿，他若不愿意便依然还是不愿意，他若愿意谁反对也没有意义。"

她转身看着大师兄平静说道："人生的道路总需要自己走才知道其中滋味，所以最终还是要看他自己怎么选；无论怎么选，他将为之而付出的代价都属于他自己，他也必须学会承担这种代价。而我相信老师也会持如此看法。"

说完这句话，三师姐余帘收拾好桌上的笔墨纸砚，也不与众人打招呼便离了小院，那件套在她娇小身躯上的宽大院服随风轻摆入夜色而不见。

先前那番史上罕见的书院争论里大师兄说的话很晦涩难懂，二师兄说的话也有些含混不清，此时三师姐说的话亦是哲思渺渺不可觅，相信他们三人其实都只是隐约感觉到了什么，那么其余的人更是完全听不懂。

二位师兄陷入沉默中，师弟师妹们跟着三师姐的脚步悄无声息离开，七师姐木柚担忧地看了坐在椅上的二人一眼，把桌上的茶壶灌满热水，然后也出了屋。

烛火轻轻摇晃，院后隐隐传来瀑布入潭的声音。不知道过了多长时间，大师兄缓缓站起身来，干净的眉眼间满是疲惫的神情。

二师兄站起身来，恭谨行了一礼。

大师兄说道："既然她都这样说了，看来你我确实是错了，不过我还是坚持我的看法。而且我想不出来，既然他和山山两情相悦，又有什么道理不会选她。"

二师兄思忖片刻后说道："因为他放不下桑桑。"

大师兄忽然想到一种可能，皱眉说道："小师弟会不会两个都要？"

二师兄肃容说道："这般贪心会遭天谴的，而且那两个小姑娘虽说出身地位相差极大，但绝不是世间那等恶俗女子，岂能容小师弟如此快意。"

大师兄静静看着他，忽然问道："君陌啊，你究竟看出来了多少？"

二师兄沉默片刻后说道："颜瑟和卫光明化灰之时，我看到了霎时动静，只是依然看不真切。难道师兄你已经看清楚了日后之事？"

大师兄微涩一笑说道："只怕连老师都看不明白，何况你我？"

二师兄微微皱眉说道："不知余帘又看出来了几分。"

"她的注意力一直在小师弟身上，只怕还不如你我。"

说完这句话，大师兄不知道在想什么，沉默了很长时间，然后伸手轻轻拍了拍二师兄的肩头，说道："君陌，也许你是对的，只不过我不忍。"

二师兄的身材颀长，见着师兄要拍自己肩头，习惯性地向前微俯，以便师兄能够拍得更顺手些，头上那顶古冠竟是险些打到大师兄的脸。

二人相视一笑，先前争论所带来的些许负面情绪，尽数散去。

只有那不忍二字依然随着瀑布的声音不停回荡。

宁缺并不知道书院后山为了自己的终身大事开了一次大会，更不知道在他眼中已然不惹世间尘埃的二位师兄竟为此事发生了激烈的冲突。最近这些时日，他继续带着山山在冬意渐褪的长安城里游玩，去各家书斋品鉴前人大作。

前后两世加起来二十余载，他从来没有谈过恋爱，甚至没有和异性有过比较亲密的接触，所以他不知道现在自己和山山算不算谈恋爱。那夜在红墙白雪间说过喜欢后，二人之间的相处似乎没有任何改变，依然是那般宁静随意，便是连手都没有牵过一下，唯一有区别的，大概是肩头相触时少女偶尔流露出来的羞意。

恰是这抹羞意，便弥补了宁缺对爱情想象的很大一部分遗憾。带着山山穿行于长安城的大街小巷中时，他时常会想起当日北山道口火堆畔靠着自己的婢女，想起燕北湖畔与自己漫步的司徒依兰，才明白有所回应才是喜悦情绪的根源。

这种感觉真的很好，哪怕没有什么亲密的肢体接触，也没有什么甜言蜜语、海誓山盟。所以宁缺很愿意陪着山山继续走着，只是在经过那些窄巷冬树的阴影时，在踏过那些湖畔渐融的松雪时，他偶尔会觉得心里某处变得有些空荡荡的。

傍晚时分，二人走到临四十七巷。站在巷口的槐树下，宁缺再次向莫山山发出邀请："进去坐坐吧，饭菜肯定是够的。"

莫山山看着不远处老笔斋的铺门，轻声说道："不用了。"

宁缺不解问道："为什么呢？"

莫山山看着探出裙摆的鞋尖，轻声说道："和你一起并肩走在长安城里，我很开心，和你一起评点那些字画，我很开心，那天夜里你说喜欢我，我很开心。"

然后她抬起头来，看着宁缺脸颊上那个不显眼的酒窝，睫毛微眨，忽然抬起手用指尖轻轻戳了下，微笑说道："但只有喜欢是不够的。"

回到老笔斋中，宁缺还在思考莫山山那句话的意思。要他去解数科难题或者是修行悟境，大概都要比理解女孩子们在想什么要简单得多，所以他有些困惑。

"少爷，吃饭了。"

桑桑从小瓮里盛出两碗鸡汤，然后问道："要不要撒点儿葱花儿？"

宁缺说道："你熬的鸡汤是世间最好喝的，所以要喝原味，不能加葱。"

如果是往常，得到宁缺的表扬，桑桑一般会显得比较开心，虽然不见得笑，但给他添饭时总会拿饭勺在碗里用力压一压。但今天她却像是根本没有听到，只是默默地给宁缺添饭，然后默默地坐到桌子另一边，默默地拿起了筷子。

宁缺看着她的神情，忽然想到自己这些天确实有些行踪飘忽，笑着解释说道："那天夜里我对你说过，书院后山那些不要脸的师兄师姐把我扔到长安城里当打手立牌坊，所以这些天一直备着有人过来挑战。"

桑桑轻轻嗯了声，然后捧着饭碗继续吃饭。

宁缺喝完鸡汤，又往面前那个大海碗的白米饭上浇了两勺，然后风卷残云般刨饭。

桌旁一片安静。

宁缺忽然抬起头来，看着桌子对面的桑桑问道："从你很小的时候，我们就一直在讨论究竟应该给你找个什么样的嫂子。"

桑桑把饭碗轻轻搁到桌上，看着他说道："是少奶奶。"

"那是离开渭城之后才改的称呼。"

宁缺想着那时候带着桑桑去红袖招里挑姑娘的往事，不由笑了起来，然后他终于明白为什么这些天自己的心里总有些地方觉得空荡荡的，那是因为他还没有听到某个人的意见或者说他还没有向某个人进行报告又或者他想听到些想听到的。

他看着桑桑很认真地问道："你觉得莫山山怎么样？"

桑桑很认真地看着他的眼睛，过了很长时间后重新端起饭碗，说道："很好。"

宁缺看着快要把小脸埋进饭碗里的小女孩儿，微异问道："就很好？"

桑桑的小脸从饭碗里探出来，看着他说道："就是很好啊。"

宁缺看着她像小池般清澈的眼睛，像雪后初草般微黄的头发，看着她微黑的小脸蛋，看着她脸上粘着的那粒饭，沉默了很长时间，无言笑了笑。

"没什么，就是随口问问。"

他伸手把桑桑脸上粘着的那粒饭捏下来，很熟练地扔进自己嘴里，然后继续低头吃饭，不知为何心情却变得有些低落，默然想着自己的桑桑果然还是个孩子啊。

吃完晚饭，像平常那样桑桑去烧水洗碗，宁缺则是开始写符，疲惫困倦时便会随意写上几幅书帖调剂一下精神，到了夜深时便烫脚上床准备睡觉。

隆冬虽然快要过去，春天却还没有真正到来，夜色下的长安城还是有些寒冷，二人还是睡在去年冬天砌的炕上，如往年那般头脚相对。

桑桑的小脚丫洗得干干净净，被宁缺抱在怀里。他摸着这对光滑娇嫩洁白如玉的小脚，觉得非常舒服安心，吧嗒一声亲了口，然后闭上眼睛进入了美妙的梦乡。

无论怎么看，这似乎都只是宁缺和桑桑过去十五年间夜晚的重复，都只是一个寻常无奇的夜，然而桑桑却根本没有睡着。

她睁着那双明亮的眼睛，静静看着糊着废弃符纸的屋顶，仿佛看着过去这些年来曾经住过的岷山山洞的岩壁、渭城小院的土墙。

55

半夜时分，鸡都还没有叫。桑桑悄悄爬起床，套上那件略显宽大的侍女服，穿上已经有些显旧的小棉鞋，推门走出卧室来到天井里。

她把井沿上的残雪抹掉，打水添满灶房里的水缸，把前天劈好的柴整整齐齐码到墙角下。然后她拿起扫帚走到前铺，把地面扫得干干净净，接着开始抹桌子，收拾桌上那些散乱的笔墨纸砚，蹲在铺门边仔细检查了一下还有没有什么问题。

这些都是她平时每天都做的事情，只不过今天做得更加专注认真。把所有事情都做完，东边的天空已经隐隐透出几抹晨光，她眯着眼睛看了看天，走出老笔斋去巷口买了两碗酸辣面片汤。

坐在桌边安安静静吃完属于自己的酸辣面片汤，然后把属于自己的碗洗干净，桑桑走回卧室开始收拾属于自己的衣物。她从床下取出那个匣子，把里面厚厚的银票分成完全相同的两沓，把她认为属于自己的那沓揣进怀里。

她走到炕边，看着依旧在酣睡的宁缺，眉头缓缓蹙起。她就保持着皱眉的姿势认真地看了他很长时间，然后背起行囊离开，没有任何犹豫的神情。

老笔斋的铺门开了。

老笔斋的铺门关了。

因为前些天她修理过的关系，铺门没有发出任何声响，没有惊动任何人。

她背着行囊，就这样沉默地离开。瘦小的身影消失在夜色与晨光相汇的临四十七巷，再也未曾出现，仿佛如同她以前根本就未曾来过一般。

晨光中的大学士府一片安静，深色厚重的大门紧闭，府门外扫地的仆役刻意控制着笤帚与地面发出的摩擦声，府内的那些参天冬树沉默无言。

桑桑背着行囊走到学士府门前，与那名面露警惕之色的仆役说了几句话，然后不再理会他，皱着眉头走到紧闭的大门前开始敲门。

不知道是不是因为今天情绪不大好的缘故，她的小拳头里竟是蕴藏着很大的力量，落在厚重的学士府大门上，发出咚咚的沉闷巨响，听上去就像激昂的战鼓。

如战鼓般的叩门声顿时惊醒学士府里的人们，门后隐约传来喝骂和不悦的询问声。那名在府外扫地的仆役吓得半死，快步跑到桑桑身后，准备把这个不知道从哪里来的野丫头赶走，然而便在此时门开了。

"二管家，我真没想到这野丫头胆子这么大。"仆役哭丧着脸说道。

睡眼惺忪的二管家揉了揉眼睛，满脸不悦地看着身前这个小侍女，挥了挥手准备命人把她赶走。然而他忽然觉得这个小侍女有些眼熟，下意识里再次揉了揉眼，终于清醒了过来，想起前些日子府里传得沸沸扬扬那事。

"您……您……您是……小……小……"

因为起得匆忙，曾静大学士夫妇二人都穿着便服，莫说洗漱，甚至连头发都还有些乱。看着安安静静站在身前的小姑娘，二人的心情更是乱到了极点。

桑桑紧了紧右肩上的包裹，低头看着自己探出裙摆的小鞋，说道："那天你们说我是你们的女儿？"

曾静夫人连连点头，脸上满是惊喜的神情，如果不是大学士扶着她，只怕她此时已经高兴得晕倒在地上。

桑桑继续看着自己的鞋尖，沉默片刻后轻声说道："我小时候听……他给我讲过唐律，在成婚之前，父母有养育子女的责任。你们那天让我搬到大学士府来住，如果是要完成唐律规定的责任，那我可不可以搬过来住？"

"当然可以。"曾静夫人惊喜地牵起她的手说道，"这是你的家，你当然能回来住。"

曾静大学士看着身前这个黑黑瘦瘦的小姑娘，喜悦之余不免也有些疑惑。想起那日自己与夫人屈尊降贵去那个铺子求她回来，她却偏不回来，说要陪着自己那个少爷一起过日子。他身为当朝大学士，当然知道宁缺回长安城后的这些动静，心想到底发生了什么事情，竟让她愿意回来做自己的女儿。

毕竟是当朝大学士，又是位讲究父道威严的长者，曾静既然已经认定桑桑是自己的女儿，心中有所疑惑便自然很直接地问了出来。

桑桑抬起头来，看着面前这对夫妇很认真地说道："我现在开始不喜欢他了，所以我不想和他住在一起。"

曾静大学士微微皱眉，想起皇后提醒他们夫妇二人的那句不要断了情分，沉吟片刻后说道："你们毕竟也是相处多年，不说主仆情分也总有些相互扶持的过往，便是要搬回学士府，似乎也应该与宁缺打声招呼才是。"

桑桑看了他一眼，忽然转身就往学士府外走。

曾静夫人大惊，急忙把她抓住，颤声说道："这又是怎么了？"

桑桑静静看着曾静大学士，没有说话。

曾静夫人慌乱到了极点，狠狠瞪了大学士一眼，大怒说道："不会说人话就不要瞎说话，你要是再让我这苦命的孩子不见，你当心我跟你没完！"

学士府向来以夫人为尊，是以曾静虽然并不认为自己先前那句话有何错处，对桑桑如此无视自己这个父亲更是感到恼怒，在夫人杀人般的目光下却是只好闭嘴。

桑桑看着曾静夫人说道："我跟着你住，我不要跟着他住。"

曾静夫人大喜说道："都依你，我马上让人把你父亲的东西都搬到书房去。"

宁缺起床后没有看到桑桑，他披了件袄子走到天井里喊了声，也没有听到桑桑的回答，他伸了个懒腰走到灶房看了一眼，发现桑桑没有生火也没有烧水，忍不住摇了摇头，走到前铺便在桌上看到了那碗酸辣面片汤。

"牙都没刷，怎么吃早饭？"

他看着那碗酸辣面片汤皱着眉头想道。这些年他已经习惯了起床后便有一双小手把一碗清水和牙具送到自己面前，忽然有一天没有人伺候便觉得有些不习惯。

"就算你急着出去买汤最鲜的第一碗，也得服侍我洗脸刷牙了才去啊。噫，不对劲，面片汤已经买回来了，你这个死丫头又跑哪儿去了？"

宁缺坐在桌边一面吃着酸辣面片汤，一面想着桑桑去了哪里，最后想着大概她吝啬的习气再次发作，非要去南门菜场买城外乡农挑进来的新鲜蔬菜。

"也就能便宜两三个铜板，也值当起个大清早，还要跑这么远的路？"

吃完酸辣面片汤，宁缺一面嘲笑着某人，一面端着脏碗走回后院，随意把碗扔到灶台旁，觉得还有些困，于是去睡了个回笼觉。

天色大亮时，他再次醒来，揉了揉眼睛，趿着鞋走到屋外，发现前铺和后院里依然没有动静，不由有些恼火地喊道："热水呢？还让不让我出门了？"

没有人回答他，老笔斋前铺后院一片安静。

宁缺怔了怔，走到灶房一看，那只脏碗还搁在灶沿上，灶洞里依旧是冷火秋烟，没有柴火没有生火，自然更不可能有什么热水。

他走到天井墙边，看着那堆被码得整整齐齐的细柴堆摇头叹息了两声，抱了一小堆细柴走回灶房开始生火烧水。

虽说有好些年没有做过家务事，但毕竟前面那些年都是他在负责二人的生活，所以生火烧水这种事情对他来说并不难。没过多长时间，锅里的水面便开始冒出热气。

宁缺看着锅上的热气，忽然觉得事情有些地方不对劲。

水烧热后，他洗了一把脸，不知想到什么，竟是把灶沿上那只脏碗也洗了。

如果是平日，他这时候应该去书院，或者去长安城里游荡的，但今天他哪里都没有去，而是沉默地走到前铺，坐进自己那把太师椅里，看着那些被擦得锃亮的桌椅陈物架，看着被扫得一粒尘埃都没有的洁净的地面，开始发呆。

他在桌边沉默了很长时间，脸上的神情显得有些僵硬。巷子里不时有人经过，当那些人影映上铺门时，他便会抬起头，然而始终没有人推门进来。

没有人推门回来。

宁缺一直沉默地等到快要近午的时候，他忽然起身推开铺门走了出去。

他到东城便宜坊买了只烤鸭，又去菜场买了些青菜，然后回到老笔斋。

铺子里依然没有桑桑的身影，宁缺沉默片刻后进了灶房，抄起锅铲炒了两盘青菜，蒸了一锅米饭，把烤鸭削皮改刀，漂亮地铺在盘子里，然后端到前铺桌上。

两双筷子，两海碗喷着热气的大白米饭，丰盛的菜肴。

宁缺满意地看着桌上的饭菜，双手扶膝，然后继续等待。

然而等了很长时间，依然没有人回来吃饭。

还是两双筷子，却只有一个人，而米饭和菜都已经冷了。宁缺盯着桌上的饭菜看了很长时间，然后伸手拿起筷子开始吃饭。

然而不知道为什么，他的手有些颤抖，夹了半天竟是连一根青菜都夹不起来。

他抓起筷子便想扔出去，却又强行压抑住，缓缓搁到桌上。

他忽然站起身来，走回后院卧室，极其粗暴地掀开床板，取出匣子，然后把匣子里的东西全部倒在了床上。

看着那些飘舞的银票，他终于确认她是自己离开的。

宁缺面无表情伸手把那些银票重新叠好揣进怀里，从墙角杂物箱里取出前日才修复好的元十三箭装进包裹，把所有的符纸全部塞进袖中，从柴堆旁拿起那把柴刀插进腰间，最后把大黑伞背到自己的后背上，走出了老笔斋。

他知道桑桑应该没有什么危险，但他清楚这会是自己这辈子所面临的最艰难的战斗，所以带上了自己所有最重要的东西。似乎只有这样他才能安慰自己，自己一定能够找回自己生命中最重要的那件东西。

如果找不回来，那他也不用回来了。

56

腰间别着柴刀，手里提着箭匣，身后背着大黑伞，宁缺离了老笔斋，来到大街前，开始了自己寻找桑桑的旅程。

第一站是隔壁吴老二家的假古董店。他推门而入，直接问道："吴婶你有没有见过我家桑桑？"

老笔斋如今已经是临四十七巷里的传奇铺子，这一年多时间里的那些故事，让很多人都知道那间铺子是个不简单的地方。吴婶见着宁缺的神情，不自然便生出几分悚意，连连摇头说道："没有见过。"

宁缺没有任何犹豫，转身就走。

接着他来到西城某间赌坊，直接找到了鱼龙帮帮主齐四爷。

"你有没有见过我家桑桑？"

齐四爷神情微异道："前些天送银票过去时见过一面，这几天倒没见着，怎么桑桑又出事情了？"

宁缺微微蹙眉，问道："她以前出过什么事？"

齐四爷说道："你回来之前她曾经被长安府锁回去问过一次话，谁也不知道牵涉进了什么案子，竟是军方直接出的手，我没能拦下来。不过你也不用太过担心，桑桑没受什么欺负，而且当天便出来，可能是书院传了话？"

宁缺不知道这件事情，沉默片刻后心想终究还是先找到她比较重要，看着齐四爷认真说道："让帮里的人在长安城里找找她，算我欠你一个人情。"

齐四爷说道："你放心，只要她还在长安城里，我绝对就能把人找出来。"

宁缺心下稍安，心想鱼龙帮乃是长安城第一大帮派，又有官府背景，帮中子弟无数，密布各坊市街巷之中，无论桑桑藏在哪里，肯定都能找到。然而紧接着他想到，距离清晨已经过去了很长时间，如果桑桑已经离了长安城该怎么办？

于是他紧接着来到皇宫。

"封长安城门？宁缺你是不是疯了？就算是宰相大人也不敢做这种事情。你杀了我，我也没办法，我没那个权力，而且我也不想让陛下以为我想起兵谋反！"

侍卫副统领徐崇山，看着身前低着头的宁缺，正想继续骂上几句，却被他身上流露出来的那抹冷厉杀意慑住了心神，赶紧安慰道："你放心，我马上行文让长安府去替你找人，这样可以了吧？"

宁缺抬起头来看着他，说道："长安府不够，能不能帮我发海捕文书？"

徐崇山倒吸一口冷气，他看出来宁缺今天已经快要进入某种癫狂的状态，哪里敢直接拒绝，轻声解释道："你家小侍女又没有犯案，刑部怎么可能发出海捕文书？"

宁缺从怀里取出一小幅画像，拍到他的胸前，说道："我现在报案，就说她偷了主家一万多两银子，这应该可以让刑部发出海捕文书了吧？"

徐崇山接过那幅画像一看，心想你画画的本事比写字倒是要差上不少，正准备再说些什么，一抬头却见宁缺早已走出了皇宫，不由叹息了一声。

看着那个充满了肃杀意味的背影，徐崇山叹息之余连连摇头，心想如果今日长安城里有谁不长眼撞见这种精神状态下的宁缺，那只怕是真的找死。紧接着他忽然间想到了朝堂上某桩传闻，一拍脑门赶紧追了出去，却不料宁缺走得太快，竟是瞬间消失不见，不知去了何处。

通过朝廷和鱼龙帮双向堵死桑桑外逃的通道后，宁缺在长安城里继续穿行寻找。他去了城南的晨市菜场，去了以脂粉闻名的陈锦记，去了松鹤楼，还去了红袖招，却依然没有找到桑桑的下落。然而所有见到他的人，都被他身上的杀意惊呆了，那道杀意似乎快要把这座长安城掀开来。

最后他去了公主府，然后从李渔的嘴里听到了自己想要听到的答案，只不过这个答案完全出乎了他的意料，所以让他一时有些茫然不知所措。

宁缺看着李渔问道："为什么我不知道这件事情？"

李渔看着他嘲讽说道："可能是因为某人这些天忙着在长安城里和书痴出双入对，哪里会顾得上自家小侍女身上发生了什么事情。"

宁缺看着她认真问道："殿下这是在嘲笑我？"

"不。"李渔看着他冷声说道，"我是在嘲讽你。"

宁缺问道："为什么？"

李渔应道："因为桑桑是我的朋友。"

宁缺沉默片刻后说道："我明白了。"

文渊阁大学士府，今日一片安静，尤其是书房里的气氛，更是压抑紧张到了极点。所有这些气氛的来源，全部是因为站在书房中的宁缺，来自他毫无表情的脸以及身上所流露出来的那股危险气息。

曾静大学士已经让了座，管家也已经奉上茶。但宁缺没有坐，因为他今天在老笔斋那桌饭菜旁已经坐了很长时间；他也没有喝茶，因为他现在的嘴里已经很苦，而且根本没有闲聊的心思。

宁缺看着书房角落里的睡具，微微皱眉，心想大学士常年睡在书房里？岂不是说他们夫妻二人关系不谐？这样的一对夫妻只怕不是什么适合的父母，而且这件事情总有些奇怪，桑桑怎么就忽然多出一对父母来了呢？

这十几年里，他从来没有想过桑桑找到亲生父母之后会怎么办，所以他现在的情绪有些异样，有些很奇怪的紧张。

"首先我想知道桑桑是不是在府上。"他问道。

曾静大学士点了点头，微笑说道："既然相认，总要回府来住。"

宁缺直接问道："你说她是你的女儿，可有什么证据？"

曾静大学士诚挚说道："说实话确实没有什么铁一般的证据，但所谓母女连心，而我家夫人记得桑桑身上一些特征，加上时间确实契合，所以我想这件事情一定不会有错。"

宁缺抬起头来，说道："请恕我现在没有心情与大学士夫人对什么证据，我来贵府只想做一件事情，那就是把她接回去。"

听着这番话，曾静大学士微微皱眉，心想虽说你身份来历不凡，但我乃朝中大学士，岂能容你这般强硬，不悦说道："世间哪有强行拆散骨肉的道理？桑桑既然是我的女儿，又怎能还给你做侍女？"

宁缺沉默片刻后说道："这件事情也可以稍后再讨论，但首先你是不是应该先让我见一见她？毕竟她现在还是我的侍女。"

曾静皱眉说道："依据唐律，她是不是你的侍女还要由长安府判定。"

宁缺看着他说道："大人你最好不要忘记，我是户主，只要我不同意，谁也别想把她迁出去。而且你没有证据，去长安府打官司也是我赢。"

曾静的眉头皱得愈发厉害，还未等他来得及做出什么应对，一直面带微笑强忍怒意伺候在旁的大学士夫人就提前发作起来。她满脸怒容冲到宁缺身前，指着他的鼻子便是一番痛骂："就凭你这等无良的主人也想让我女儿给你做婢？你甭想有这种好事。去长安府打官司？我家老爷乃当朝文渊阁大学士，随意修封书信过去，上官那个丑货难道还敢把我女儿判还给你！"

我家的桑桑忽然多出了对亲生父母，宁缺本就有些无措，心里有些说不出口的大恐惧，此时被大学士夫人一骂，顿时由惧生怒，看着身前这位妇人沉声说道：

"夫人大概还不明白，本人宁缺乃是夫子亲传弟子，书院二层楼学生，御书房里有过座，公主府里喝过茶，你若敢修书给长安府，我就能让陛下写道旨意查查你家大人有没有贪腐。"

听着这番赤裸裸的威胁，曾静大学士勃然变色，一怒拍桌长身而起，走到夫人身旁指着宁缺的鼻子呵斥道："你这年轻人好不知理！"

宁缺丝毫不为所动，看着夫妇二人平静说道："书院教的道理就是拳头，大学士你应该明白，如果把我逼急了，我直接把你们这座学士府给烧了，然后躲进书院后山，你们又能到哪里评理去？"

便在此时，书房竹帘一阵响动，一个瘦小的身影走了出来。

"你们不用怕他。公主殿下肯定会向着我，而且我要回来住，他根本没有任何办法。至于书院那边，二先生对我说过不会让他欺负我，如果他敢把这座宅子烧了，我就去向二先生告状，二先生肯定会把他的人给烧了。"

桑桑走到曾静夫人身旁，看着宁缺面无表情说道。

宁缺看着她那张微黑的小脸，怔了怔，然后情绪很复杂地笑了笑，有一种飞出悬崖却最终抓住了那棵松树的感觉，双腿骤然一软险些坐到地面上。

从清晨到此时，从老笔斋到学士府，他今天走了很多地方，从精神到肉体紧张疲惫到了极点，此时终于看到了她，那种紧张疲惫便放松成了类似虚脱的感觉。

看到了就好了。

因为只要看到了就别想再跑了。

此时终于放松下来的宁缺，回想起这整整一天心中的恐惧，想起那种可怕的感受，难以抑制地生出一股如火焰般的怒意，混合着那种完全说不清道不明的酸意，最终化成了喷薄而出的无数句话。

"不错啊你，找到了亲生父母，翅膀硬了可以飞了？二先生？你居然在书院也有了靠山，先前我在公主府已经被李渔骂了一顿，我是不是还要回后山被二师兄打一顿，你才解气啊？啧啧，到底不愧是学士府的大小姐，居然玩帘动玉人来这招，可惜你不够白，哪里算什么玉人，就是个小炭人儿！"

这话说得可谓是尖酸刻薄到了极点，任何人听了只怕都会愤怒地与他大吵一架，曾静夫人已经气得捂住了胸口，然而桑桑的小脸上依然没有任何表情，她只是看着宁缺的眼睛，非常平静地说道："这关你什么事？"

57

自从桑桑四岁起，宁缺便没有再打过她。

也就是从那天之后，在和桑桑的无数场战斗中，他永远是失败的那一方。就比如此时，桑桑只用一句话便化解了宁缺言语间所有的尖酸刻薄并且变作一道闪电，劈得他浑身僵硬，心生无尽幽怨。

这关我什么事？这关我什么事？你的事情凭什么不关我的事？宁缺越想越是生气，气得像隔壁吴老板一般浑身发抖，卷起袖子便在学士府书房里四处寻摸起来，像极了一只热锅上的蚂蚁。

他想找到一根小木棒，然后找回桑桑四岁之前的美好人生，然而书房里不可能有小木棒，他和桑桑的生活也早已无法回到她四岁之前。

就算找到了，他现在也不可能真把桑桑的裤子脱下来狠狠抽打她的屁股，所以半晌后他很无助地重新走到桑桑面前，低着头说道："跟我回吧。"

桑桑低声说道："不回。"

宁缺抬起头来瞪着她的眼睛，问道："为什么不回？"

桑桑轻声回答道："因为不高兴住那儿。"

"为什么不高兴？"

"没道理，就是不高兴。"

"你不是没道理，你是没头脑！"

"关你什么事？"

宁缺大怒说道："我是少爷，你是我的小侍女，当然关我事。"

桑桑低着头说道："来长安城后你才让我喊你少爷。"

宁缺轻轻叹息一声，伤感说道："我把你从小养到大……"

桑桑抬起头来，认真说道："没有到大。八岁之后就是我负责洗衣服煮饭，还有所有家务，所以是我在养你。"

宁缺酝酿了很长时间的情感攻势，竟是刚开了一个头便被冷冰冰地打断，以至于什么一把屎一把尿之类的话根本没有机会说出口。这种感觉非常难受，就像是酸辣面片汤呛进气管里一般。

他忽然想明白桑桑不是渭城的人们，也不是书院的师兄师姐，她是世界上最了解自己的人，根本不会被自己模拟出来的这些情绪所欺骗过去，自己最擅长的那些手段对她根本没有用处。

他恼火说道："银子还是我挣的吧？"

桑桑蹙起细细的眉尖，说道："但挣银子都是我想的办法，来长安后如果不是我逼着你卖书帖，我们现在还是穷人。"

宁缺这时候的头脑有些不清醒，所以没有听见桑桑说的我们二字，不然他一定会胸有成竹很多。但因为没有听见，所以他此时满腹委屈悲伤，幽怨想着自己在岷山里辛苦打猎，在梳碧湖杀马贼，还有冒着生命危险跟朝小树去杀人，虽说是替小黑子报恩，但还不是想给这个家多挣些银子。

他其实很清楚桑桑为什么会离家出走，和她找到了亲生父母无关，和什么事情都无关，于是沉默片刻后开始继续卷袖子。

桑桑继续低着头，看着自己的鞋尖。

曾静夫人在旁边看着吓了一跳，以为他要打自己女儿，咬着牙便冲将过去，想要把这个天杀的家伙给撞死或者把自己撞死算了。

曾静急忙拉住自己的夫人。

他皱眉看着书房里的宁缺和桑桑，感觉到这二人并不是自己想象中的那种主仆关系。尤其奇妙的是，二人明明是在争吵却依然让人觉着和谐无比，仿佛就像是一个任谁都分割不了的完整的世界。

是的，宁缺和桑桑在一起便是一个世界。

这是一个习惯了相濡以沫从来不会想着要相忘于江湖的世界。如今这个旧的世界终于产生了一道裂痕，即将分裂或者重新组合，这个世界运行的规律即将发生改变，却不知道会向着光明的那个方向去还是黑暗的方向去，抑或会产生一场大爆炸，生成一个完全崭新的世界。

宁缺看着桑桑很认真地说道："我们必须把话说清楚了，无论怎么说我肯定是会结婚的，我们两个不可能就这么混一辈子。"

桑桑看着他微微蹙眉，似乎觉得他这句话说错了。

"不好意思，因为太紧张所以说错了。"宁缺重重拍了下脑袋，重新说道，"毫无疑问，我们两个人肯定是要过一辈子的。"

接着他继续说道："但我终究还是要结婚的，我知道你一时半会儿很难接受，我很明白你现在的感受……"

桑桑忽然问道："你说我们肯定要一起过一辈子？"

宁缺回答得相当理所当然："必须的！"

桑桑说道："那你又要结婚。"

宁缺点点头。

桑桑说道："你结婚就要和别人过一辈子，那你怎么和我过一辈子呢？"

这确实是一个问题，但对脸皮极厚的宁缺来讲这不算问题，他笑着回答道："就算结了婚，我们一样可以一起过一辈子啊。"

桑桑回头看着曾静夫人问道："朝里还有哪些大臣的儿子没有娶老婆？"

曾静夫人已经被二人先前那番对话震惊得完全说不出话来，身为朝廷命妇，她哪里见过这样的主仆关系？这时骤然听到女儿发问，竟是一时没有回过神来，下意识里回答道："好些大人府上都在挑……"

桑桑回过头看着宁缺说道："那我嫁他们。"

宁缺怔住了，有些恼意，又因为这些恼意而生出些羞，汇集在一处便成了羞恼，斥道："你才多大点儿！嫁什么嫁！"

桑桑说道："听说大河国那边十四岁便能成婚。"

听到大河国三字，宁缺无来由觉得自己矮了半截，气魄顿时为之一泄，和颜悦色劝说道："但我们这是在长安城。"

桑桑说道："就算在长安，再过一年我满十六也可以嫁人了。"

宁缺愣了愣，大怒说道："你又黑又瘦，还当过十几年的小侍女，你以为那些有家世的公子哥会愿意娶你？"

桑桑盯着他的眼睛说道："我是当朝一品大学士的女儿，我是公主殿下的朋友，我是光明大神官的徒弟，书院里的二先生宠着我，我手里还有几万两银票，你说凭什么那些人不愿意娶我？"

宁缺气得浑身发抖，说道："你不提银票还好，　提银票我便一肚子气，你居然把银票都分了，你真想分家啊！"

桑桑提醒道："我们正商量我嫁人的事情哩。"

宁缺用力挥动手臂，斩钉截铁说道："不准嫁！"

在他说出这三个字后，学士府书房内一片安静，曾静夫妇神情复杂，而桑桑只是默默看着宁缺，宁缺有些尴尬地放下了手臂。

宁缺看着她的眼睛，终于知道桑桑已经长大了，不再是那个跟在自己身旁牙牙学语的小女童。而一旦长大便无法回去，小女童变成小女孩再变成少女变成小女人最后渐渐年华不再，这是一个不可逆的过程，所以必须开始思考长大之后的那些事情，无论那些事情是喜悦还是酸楚。

小女孩长大了总是要嫁人的。

他能眼睁睁看着桑桑嫁给别人吗？

无论是瘦瘦小小的清稚少女，还是青春正盛的姑娘，无论是婚后变得臃肿唠叨的她，还是白发苍苍躺在竹椅上的她。

只要她是桑桑，他就无法看着她嫁给别人。

他不准她嫁，那她凭什么看着他娶？

宁缺低下了头，有些无措，有些慌张，有些茫然，有些明白。

他明白了桑桑清晨离家时的感受。

他明白了自己的感受。

然而仅仅明白是不够的。

宁缺想起昨天傍晚时分听到的另一句话，身体有些僵硬。

他向曾静夫妇很恭谨地长揖行礼，请他们给自己和桑桑一个单独对话的空间，曾静夫妇互视一眼，叹息着走出了书房。

"我不能骗你，我确实很喜欢她。"

宁缺看着低着头的桑桑，说道："你不用问我，我知道你想问些什么，我小时候偷看那些大姐洗澡的时候确实说过喜欢，在红袖招里看见姑娘们我也说过喜欢，但……她不一样，我是真的很喜欢她。"

桑桑低头看着自己的脚沉默不语。

宁缺接着说道："而且问过你，你也说她很好。"

桑桑抬起头来，说道："她确实很好啊。"

宁缺说道："但你又不喜欢。"

桑桑说道："很好不代表我就要喜欢。"

宁缺问道："那你为什么不喜欢？"

桑桑看着他，很认真地说道："我不喜欢你喜欢别人。"

书房里安静了很长时间。

宁缺低声说道："但我已经对她说了喜欢。"

就像过去这些年里很多次那样，遇着真正难以抉择的问题，他总是习惯于从桑桑那里得到建议答案或者哪怕是精神上的支持，然而他忘了一件事情，这次的问题涉及桑桑自己。

桑桑的小脸上没有任何情绪，没有生气没有愤怒也没有哭泣，她看着他面无表情说道："我饿了，要睡了，你走吧。"

宁缺看着她说道："你不在家我睡不好。"

桑桑不说话。

宁缺说道："那我饿了谁给我煮面吃啊？"

桑桑不说话。

宁缺忽然说道："我给你煮面吃好不好？"

桑桑还是不说话。

宁缺沉默很长时间后说道："我先去静一静，明天我再来接你。"

说完这句话，他转身向书房外走去。

桑桑走到书房门旁，看着向花圃里走去的宁缺，说道："鸡蛋在灶房米缸里，煎的时候你少放点油。"

58

宁缺回到老笔斋，推开铺门时发现铺门没有咯吱咯吱响，于是他想起来这是桑桑修好的。走进灶房把手伸进米缸摸出几个鸡蛋，于是他想起来这是小时候自己教给桑桑的方法。走到水缸边准备盛水煮面，看着满满的水缸，于是他想起来桑桑清晨离家出走前把所有的家务活儿都做完了。

他走出灶房，在天井里沉默地站了很长时间。

他身上还背着黑伞，手里还提着箭匣，腰间还别着柴刀。整整一天时间，他一直奔跑着站立着，没有坐下，没有喝一杯茶，没有吃一点东西，但他这时候完全没有煮面吃的心思，只是怔怔想着心事。

墙角整齐的柴堆，前铺干净的桌椅，勾起了他很多回忆，至于具体回忆了些什么事情，就只有他自己知道。

没有桑桑的家，每个角落里都透着股冷清的味道，他不能习惯。他不禁想到这才一天时间，自己已经孤单寂寞到难以忍受，离开长安去荒原的这大半年，桑桑一个人在家是怎样过的？

院墙上趴着一只猫。

那只猫抬头看着夜空里的星星。

宁缺看了一眼它，从墙角柴堆里抽出一根扔了过去。

正在模仿孤独的猫儿被打扰了情绪，扭头冲着墙下的他发出一声愤怒的厉叫，然后跳下墙去消失不见。

没有桑桑的家，没有烟火气息，四处透着股寒意。

宁缺无法在这样的家里待下去，所以他离开了。

宁缺先去了礼宾苑。

大河国墨池苑的弟子们都住这里。

山山也住在这里。

礼宾苑里生着一大片竹林，纵使在冬季依然泛着幽幽的绿意，此时在夜里被灯光一照，显得越发静谧。

宁缺没有进礼宾苑，他站在苑门对面的锦山假石间，沉默地看着那处的灯光，看着灯光里的人影。他的眼力很好，能够隐约看到最深处的那间厢房里，窗畔有少女的剪影，她正在专心地写着什么。

是在写很难写好看的宁缺二字吗？

宁缺静静看着窗畔的少女剪影，看了很长时间。

然后他转身离开，向城南走去。

长安城南，雁鸣山下雁鸣湖。

宁缺站在湖畔，沉默地看着湖面，湖面上的冰层早已融化，只不过因为冬意犹存，所以冰块没有完全消失，而是变成了近乎柳絮状的事物，在遥远对面湖岸间的灯光照耀下，仿佛是无数道柔软的金线。

扑通！扑通！

他捡起石头向湖面上的那些黯淡金线砸去，一块一块又一块，直到最终把自己眼前的所有冰絮全部砸成碎末才罢手。

先前拿干柴砸野猫，此时拿石块砸冰絮，不是因为别的，只是因为他现在非常不爽。他觉得自己的世界被破坏得不成模样，所以他不允许别人能够藏在他们自己的世界里偷偷笑话自己。

把手里最后一块石头扔到脚下，宁缺扶着腰喘息了半晌才平静下来，看着夜色下的雁鸣湖，用微哑的声音抱怨道：

"鸡蛋在米缸里，煎的时候少放点油？你人都不在了还要管我煎鸡蛋时放多少油？有你这么抠门的家伙吗？蛋在米缸里，水在水缸里，你咋不说饭在锅里，你在哪里？

"什么叫你养我？我杀马贼抢猎户，这辈子什么阴损的事儿都做完了，辛辛苦苦抢些碎银子都交给你收着，最后成了你养我？

"你不要说什么我花钱花得多。我在渭城的时候喝过酒吗？赌钱……确实是赌，但那不一样是为了给家里增加收入？你什么时候看我去滥饮狂嫖过？老子在长安城里逛楼子什么时候给过银子！这样你还不满意？"

宁缺对着夜色下的大湖，扶着腰伸出食指，像个泼妇般大怒训斥道：

"什么叫我不让你嫁我也不能娶？你给我说明白了，你到底想干吗！你这个小黄毛丫头到底想干吗！你给我说清楚了！

"你问我到底有没有过想着娶你？

"好吧，我承认有时候偶尔会想过等你长大了娶你当老婆。但你还是个小姑娘，这事儿想想便罢了，难道还真能说出口？真说出口了你万一羞了要拿柴刀砍我怎么办？就算你不砍我谁知道还有多少人想砍我？

"而且就算我要娶你，也不影响我多喜欢一些人吧？

"我为什么要喜欢别人？

"喂，我喜欢吃肉，不代表我就不喜欢吃虾，人本来就是杂食动物，我喜欢多吃两口别的又能怎样？你又能拿我怎样？

"那你怎么办？

"你跟着我一起吃啊。

"你说什么？

"我喜欢女人，难道你也要跟着我一起喜欢女人？

"嗯，这个好像确实有点说不通。"

沙哑的声音在幽静的湖畔不停响起。

在学士府中，像上面这些对话根本不可能发生。

因为宁缺完全不敢对桑桑说这些话，他知道一旦自己真的如此说，那个倔强的死丫头肯定会转身就走，再也不给自己任何挽回局面的机会。而桑桑也绝对不会问出那些问题，但他知道她心里想问什么。

所以他只有在深夜的雁鸣山下，在寂静无人的湖畔，对着根本听不懂也无法反驳的湖水，像个白痴般连声痛斥，声惊湖鸟。

夜色下的大学士府一片安静。前些日子便已经备好的小姐闺房中，各色陈设华贵异常，妆匣里摆满了陈锦记的脂粉。

桑桑以前最喜欢陈锦记家的脂粉，但她今天看都没有看一眼，也没有理会那些丫鬟神情复杂的请安，只是默默看着铜镜。

铜镜琢磨得非常光滑，旁边镌着繁复的花草枝，一看便知道是很名贵的物事。

桑桑没有看铜镜，她只是看着铜境里的那张脸。

那是一张微黑的小脸，眉眼平淡无奇，头发因为营养不良而明显有些微黄偏软，那双曾经明亮的柳叶眼也变得有些黯淡，无论从哪个角度看，这张小脸都谈不上漂亮，甚至连清秀都不算。

"你长得真的很难看。"

桑桑看着镜中的自己说道。

从昨天夜里听到宁缺那句话，到清晨离开老笔斋，再到下午与宁缺重新相见，她一直都没有哭，甚至没有流露出任何悲伤的神情，因为那是她一直在提醒自己不要哭，无论如何都不要哭。

那些弱质纤纤的大小姐扶着花儿可以流泪，因为她们好看，而你虽然也很弱，但生得这般难看，又哪里有资格哭呢？

桑桑很少照镜子，因为除了白之外她不怎么关心自己的容颜，也因为宁缺身为一个男人根本不知道怎么打扮小姑娘。

在岷山的时候，小女童偶尔会对着溪里的一洼静水，看看自己的脸，在渭城的时候，小女孩会对着木盆里的洗脸水梳头，来了长安城宁缺给她买了妆粉匣子，她终于有了一面镜子。

只是匣子里那面镜子太小，很难清楚地照出整张脸。

所以桑桑觉得此时铜镜上那张小黑脸有些陌生。

她觉得镜子里的那个人有些陌生。

她忽然有些讨厌铜镜里的那个人。

桑桑摇了摇头说道："你真是一个很讨人厌的小孩儿。"

铜镜里的桑桑低头说道："为什么这么说？"

"因为你让他担心了。"

"我是想给他结婚腾地方。"

"但你明明知道他不会把你扔下不管，所以你这就是逼着他做选择，他对你已经够好了，你怎么能这么残忍？"

"可他说过要过一辈子的。既然说好要一起过一辈子，多一个人也能叫一起吗？多一个人还能过一辈子吗？"

"你为什么非要和人抢呢？"

铜镜里的桑桑难过地回答道："可是那本来就是我的呀。"

铜镜外的桑桑黯然地说道："可是他会很难过。"

"我从来没有抢过东西，但这次不一样。就算他会难过，就算我变成讨人厌的小孩子，就算我变得更丑，我还是要抢。"

铜镜内外，桑桑抹掉脸上的泪水，满是小孩子气地倔强地说道。

晨光熹微，雁鸣山下的湖面映出淡淡光泽。

宁缺站在湖畔扶着腰，疲惫地喘息着，时不时地喃喃说上几句什么。

整整一天一夜未曾进食未曾饮水，对着雁鸣湖骂了整整一夜，他的嗓子早已干哑到了极点，脸色憔悴得很是难看。

"小师叔当年呵天骂地，何等豪迈壮阔，你对着这片小湖骂来骂去，又能骂出个什么感觉？更何况纠结的还是那些小事。"

湖畔林中响起一道声音。

宁缺转身看着那个死胖子，恼火说道："你这个自幼受了虐待所以有心理阴影的废柴，哪里知道男女事才是真正的大事。"

陈皮皮耸耸肩，说道："知道你心情不好，我不和你计较。"

宁缺问道："你怎么来了？"

陈皮皮说道："为了某件事情，书院开了一场大会，结果大家吵来吵去都没吵出什么结果，最后七师姐说干脆把你抓回去审问审问，看看你究竟是怎么想的。结果你昨天没去书院，所以大家派我来抓你。"

宁缺这时候的思绪很是紊乱，根本没有听明白他想说些什么，思及让自己苦苦思索了一夜的那个问题，看着陈皮皮很认真地问道："有件事情想要请教你一下，你平时最喜欢吃什么？"

"蟹黄粥。"陈皮皮摸着后脑勺问道，"问这个做什么？"

宁缺说道："我最喜欢吃煎蛋面。但如果让你天天顿顿吃蟹黄粥，你会不会腻？"

陈皮皮思忖片刻后回答道："总吃哪有不腻的道理？"

宁缺皱着眉头，忽然想到一个更合适些的比喻，声音微哑地问道："那清水呢？你喝水会不会喝腻？"

陈皮皮恼火地说道："什么狗屁问题，不喝水是要死人的！"

59

不喝水是要死人的，宁缺想着这句话，认真问道："如果你要吃喜欢吃的蟹黄粥，就喝不着水了，怎么办？"

陈皮皮挥手不耐说道："不可能会有这种情况发生，哪里找不着水喝？"

宁缺坚持问道："如果水有脚，有思想，不想让你喝，当你靠过去，它就自己跑掉，你怎么办？"

陈皮皮愣了愣，思考很长时间后无奈说道："如果真是这样，那为了活下去，还是喝水吧，虽然会痛苦一些。"

宁缺看着湖面上的晨光轻波，忧伤感慨说道："别人都能三妻四妾……好吧，换一个比较好些的说法，别人都能拥有很多段爱情，为什么我就不行？为什么我家那个还是个小孩子就学会争风吃醋了？"

陈皮皮站在他身旁看着湖里的雁鸣山倒影，说道："这种事情你不要问我，对于女人这种奇怪的东西我从来没有想明白过。"

宁缺看了他一眼。

陈皮皮摇头说道："你也不要奢望能从师兄师姐们那里得到什么帮助，后山里没有谁有这方面的经验，都是些天才与白痴。"

宁缺感慨说道："我本以为做人嘛最重要的就是开心，但我没想到她会这么不开心。说起来已经十几年了，我好像就没赢过她一次，这究竟是为什么？世间那些都是很好很好的，而且我也很喜欢，然而她不喜欢，我似乎便没有任何办法，难道这就是命？"

陈皮皮安慰说道："那你就要学会认命。"

"我可不觉得这算是安慰。"宁缺说道，"对了，师兄要抓我回书院问什么事情？"

陈皮皮说道："大家想问清楚你到底是想选山山还是桑桑，不过现在看来可以不用问了，我很赞成你的选择。"

宁缺神情微异问道："为什么？"

陈皮皮看着他说道："因为我知道你会这样选。"

宁缺沉默了很长时间。

陈皮皮眉尖微蹙，揉了揉脸颊，关心问道："这事你准备怎么解决？"

宁缺沉默片刻后说道："桑桑很小的时候不愿意自己洗衣服，我那时候就教过她一句话：自己的事情自己做。既然这是我自己的事情，终究得我自己去处理，而且这种事情必须处理得毫不拖泥带水。"

陈皮皮忧虑说道："你不担心会伤着她？"

宁缺笑着说道："难道我不是一个很薄情寡性的人吗？"

陈皮皮看着他很认真地说道："你笑得很假很惨淡。"

宁缺惨淡一笑，不知该如何言语。

陈皮皮感慨说道："男女之事果然是世间最麻烦的事情，现在想来我还真要感激叶红鱼那个婆娘，她让我这辈子对女人都没有任何想法，如此一来反而让我不需要经历你这些苦恼。"

二人绕湖而过，离开雁鸣山，重新回到人声嘈杂的街市之中。此时晨光大作，长安百姓们都已经起床，在早点摊子前排起了长龙。

一家馒头铺旁，站着两名僧人。一名是干瘦的武僧，裸露在僧衣外的手臂看上去就像钢铁一般，另一名中年僧人肤色黝黑，脸上满是风霜之色。

两名僧人手里捧着雪白的馒头，正在沉默地咀嚼，脚下的石板上搁着两钵清水，僧衣陈旧，形容漠然，与周遭热闹市景形成了鲜明的对照。

"长安城里很少看见苦行僧。"远远看着街边那两名僧人，陈皮皮眉头微蹙说道，"尤其是这么强大的苦行僧。"

宁缺看着前方那两名低头沉默啃馒头的僧人，感慨说道："有生皆苦有生皆苦，我本以为自己已经够苦了，没想到世间还有比我更苦的人，吃馒头居然连腐乳都没的配，真不愧是苦行僧。"

长安城乃天下第一雄城，每日里不知有多少奇人异士出现，虽说苦行僧比较少见，但二人也不以为意，就这样走了过去。

走过那两名僧人身旁时，宁缺看了那名中年僧人一眼。

恰在这时，那名中年僧人抬头看了宁缺一眼。

宁缺停下脚步。

那名中年僧人的目光宁静而强大，仿佛在青灯古佛前被香火静静熏染了几千几万年，没有任何杂质。

而那名中年僧人身上流露出来的气息也极为宁静而强大，他此时虽然站在人声鼎沸的坊市里，手里拿着半个雪白的馒头，但却像是站在莲花盛开的佛国，手里拿着一枝沾露的青枝。

陈皮皮跟着宁缺停下脚步，他蹙眉静静看着那名中年僧人，忽然开口说道："人间净土自身成佛……你从白塔来？"

中年僧人合十说道："白塔寺道石，见过书院十二先生，十三先生。"

道石是一个很没有名气的苦行僧。

陈皮皮没有听说过他的名字，世间绝大部分修行者都没有听说过他的名字，因为道石自出白塔以来，便一直在乡野村落里苦修静悟。

但修行者的名气与实力从来没有什么固定的关系。

陈皮皮看着这名苦行僧站在红尘中，却凝出身在三界外的法像，便知道对方的修为境界非常强大。

陈皮皮看了宁缺一眼。

宁缺看着那名中年苦行僧忽然问道："来找我的？"

道石平静说道："请十三先生赐教。"

既然入世，自然便会不断面临源源不绝的挑战，想当年小师叔靠着一把剑击败世间群雄，才在世间铸就了书院的不世威名。宁缺对于这种局面早有心理准备，但他今天没有准备好。

因为荒原之行的那些故事，因为与花痴之间的冲突，因为那个叫曲妮大师的可恶的老女人，宁缺对月轮国对白塔寺没有丝毫好感。但前些天与观海僧人一战后，他对佛门弟子的观感有所改变。

他看着那名中年苦行僧诚恳说道："我今天有些要紧的事情要做，大师能不能多等几天？"

道石平静说道："佛门讲究缘法，我自月轮千里迢迢而来，于这繁华长安城中遇见你，又岂能错过？"

宁缺微微皱眉。

陈皮皮看着他憔悴的神情，知道他这两天心神不宁，而且没有休息好，不由摇了摇头，看着道石微笑说道："我来？"

道石认真说道："贫僧不是十二先生的对手。"

陈皮皮怔了怔，气极反笑说道："你们若是要挑战书院，我出手还是小师弟出手有什么区别？你们这些和尚要脸还是不要？"

道石黝黑的脸颊上现出一丝微笑，说道："侍佛之人，要脸作甚？"

从昨天清晨到此时的清晨，宁缺没有睡觉，没有吃饭，没有喝水，被恐惧惘然的情绪折磨得不轻，在湖畔站了一夜痛骂一夜也没能让他情绪稍微变得好些，所以他这时候很烦，非常烦。

听着这名白塔寺僧人的说话，宁缺越发烦躁起来，烦到不能呼吸，烦到快要歇斯底里，烦到直接说道："我认输。"

中年僧人说道："未曾战，便言输，无意义。"

宁缺看着中年僧人黝黑的脸颊，看着他脸上那些纵横如山川的皱纹，沉默很长时间后说道："那你选个地方。"

中年僧人说道："佛门讲究缘法，既然在这里遇见十三先生，那便就在这里。"

宁缺看着身周穿梭的行人，看着不远处捧着热包子正在流着口水撕纸的孩子，声音渐冷，问道："我得罪过你？"

中年僧人平静回答道："你我未曾见过。"

宁缺接着问道："那你为什么非要这么折腾我？"

中年僧人看着他的眼睛说道："在荒原上，十三先生辱过姑姑。"

宁缺微微皱眉，说道："你又不是杨过。"

陈皮皮凑到他身旁，压低声音说道："虽然我不知道杨过是谁，但好像你成功地激起了对方的战斗欲望。我必须提醒你，佛宗功法有很多莫名其妙的地方，这名苦行僧走的是莲花净土的路数，你可不见得搞得过他，要不然我们干脆走？反正我在这儿，他也不敢强行拦你。"

宁缺转头看着他说道："难道你不觉得是他激起了我的战斗欲望？"

陈皮皮问道："你为什么要战？"

宁缺回答道："因为我烦。"

中年僧人看着宁缺微微一笑，放下手中那个馒头。

纵使千年如何，最终还须一个土馒头。

宁缺的眼前便多了一个馒头，一个土馒头，一个坟头。

那座孤坟在他的眼帘里越来越清晰，越来越大，渐要遮蔽街畔早点摊子上冒出的热气，快要遮住开心捧着肉包子的孩童的笑颜。

宁缺并未惊悸，他知道眼前真实世界的消失不代表真实的事件，只是自己被那位中年苦行僧人拖进了对方的精神世界之中。

那名中年僧人原来是一位念师！

念师可以直接以念力攻击敌人的识海，以念力操控天地元气直接攻击敌人的内腑，无形无痕，难以防范，非常强大。

修行界一向有种认知：同等境界的修行者中，念师是最强大的。

宁缺遇见过念师。

他在这个世界上遇见的第一位修行者吕清臣老人，便是一位洞玄境的大念师。他在荒原上曾经与大念师林零战斗过。但他没有想到佛门里的念师会有这么强大。

眼前那座无处话凄凉的孤坟越来越近。

真实的世界越来越远。

宁缺的识海一片虚无黯然。

真实世界的街畔，他闭着眼睛，从腰间抽出那把柴刀，向着身前那个光头斩了下去。

精神世界的坟前，他睁着眼睛，从背后抽出那把朴刀，向着身前那座坟头斩了下去。

一日一夜间累积的烦躁和杀意。

尽数都在这一刀中。

60

宁缺与念师战斗的经验很少，但他战斗的经验很多。

所以当清晨这条宁静而喜乐的街、包子铺蒸腾的热气、开心的孩子和木讷的成人以及整座长安城都消失在眼前时，他没有震惊失措，而是做出了最快的反应。

他闭着眼睛，抽出腰间的柴刀，回忆着闭眼之前最后看到的那幕画面，按照脑海中残留的痕迹，朝着身前砍了下去。

刀锋破风而至，并不锋利还带着老笔斋柴木屑的刀身，准确地劈向中年僧人的眉心，一根眉毛的距离都没有偏。

宁缺眼前那座坟头很远，远在千里之外。

却又很近，近在眼前。

他抽出身后细长的朴刀劈了下去，仿佛还带着梳碧湖草屑的刀身，准确地劈中坟头，从千里之外到眼前一步，一寸都没有漏过。

然而这看似沛然莫御的一刀，落在那座孤坟上，竟是没能把这座坟头斩开，刀锋与坟体之间迸溅起无数蓬火花，连绵成了一道火线。

细长朴刀腰身上隐隐可以看见个豁口。

长安城清晨街畔，中年僧人仿佛没有看到迎着晨风斩向自己眉心的那把柴刀，他平静看着前方，眼神专注而坚定。

一直站在他身旁的那名干瘦武僧手腕一翻，一根精铁打铸而成的铁杖呼啸而至，杖尾深插入青石板，杖身拦在那把刀前。

一声沉闷的撞击声。

宁缺闭着双眼，膝盖微弯，踮起脚尖，借着反弹之力向街心飘去半丈，横柴刀于身前，手腕微微颤抖，脸色微白。

一旁观战的陈皮皮微微蹙眉。

在世间行走的念师或剑师身旁，都会有近战武力强横的武道修行者作为协助。这种搭配已然成为一种修行世界公认的规则，那名干瘦武僧替中年僧人出手解决近身威胁，并不违反决斗的规矩。

陈皮皮不知道宁缺对修行世界规矩的了解程度近似于白痴，他并没有愤怒于白塔寺两名僧人对宁缺一人，他蹙眉的原因和那名干瘦武僧的出手无关，而是因为街畔那些神色如常的行人和市景。

孩子还在开心地撕着被大肉包子热气熏软的湿纸。

包子铺里的男人还在那里居高临下冷漠骄傲地收着铜板，往街坊竹筐里分拣着包子，嘴里的叫卖声比蒸屉里冒出来的热气还要安静。

围在蒸屉前的街坊们，有人愤怒地训斥着插队的外乡人，有人和邻居交流着昨夜牌局的胜负，有人压低声音讲述着宫里的某件传闻。新鲜出屉的包子端上来时，所有的交谈便戛然而止，变成了热闹的哄抢。

没有人注意到街畔的两名异国僧人，也没有人注意到书院后山有两位先生出现在人世间，甚至没有人发现街畔此时正在展开一场沉默而惨烈危险的决斗，街畔嘈杂热闹依旧，所以平静喜乐。

这已经不是身在红尘中，意在三界外。

而是以禅动念，在苍生之前修了道铁门槛。

陈皮皮没有想到这名来自白塔寺的无名中年苦行僧，禅念的境界居然强大到了这种程度，不由开始担心起宁缺来。

宁缺向后飘退数步，千里之外的那座孤坟，在他眼中反而变得越发清晰。

坟体是由普通青石黏土修砌而成，看不出有什么特异之处，但先前被他一刀狠狠斩下，上面竟是没有留下丝毫痕迹。

千里孤坟，无处话凄凉。

看着那座无处话凄凉的孤坟，他觉得越来越凄凉，觉得越来越寒冷，仿佛身体里的热量正在丝丝缕缕向着空气里逃逸。然而站在精神的世界中，又哪里有真实的身体？

宁缺看着千里之外的那座孤坟，知道孤坟处传来的寂清意都是那位中年僧人的念力正在精神世界里攻击自己的手段。这种佛宗手段很高明，甚至可以说很神奇。

中年僧人的念力便像春风化雨般丝丝缕缕渗入，平和中正到了极点，也便危险到了极点，乃是沉默的超度意味，让你自行随之而歌而舞，或随之坐而冥想，或自堕于情绪之中，再也难以自拔。如果换成别的人，即便是比宁缺的心意更加纯粹强大，面对这样的佛宗禅念攻势，只怕也会难以应付，甚至不知该如何应付。

然而宁缺曾经和莲生大师的精神世界相通过。

莲生大师学贯佛道魔三宗，曾于悬空寺诵经，做过佛宗山门护法，一身课业惊世骇俗。虽然与宁缺精神世界相通时，大师已然垂死，念力甚至还远不如这名来自白塔寺的中年僧人强大，但论精神和境界，不知要超出此人不知凡几，那种禅念里隐藏着的循循善诱不知更加迷人几分。

曾与大海风暴搏击过的泳者，很难溺于小溪之中，曾经见过莲生七十瓣，瓣瓣皆香的妙境，又怎会被一座坟头所感染？

宁缺在千里孤坟的寂清意前，丝毫不为所动，面无表情。

他固守一颗本心，默然凝念，舍弃手中刀，凭念力在空中幻出一把比山还要大的恐怖虚刀，当头便朝那座坟头再次斩了下去。

那座孤坟再如何坚硬，也顿时便碎了。

不是被刀斩碎，而是被如山般的刀生生碾碎！

包子铺里热腾腾的蒸汽，被端着包子挤出来的人群和微风鼓荡着来到街上。那些白色的蒸汽，笼罩着中年僧人和宁缺的身体，仿佛云端，骤然不在人间。

宁缺松开右手，柴刀自手中滑落，落在地面上，发出一声轻响。他闭着眼睛站在人间的云海里，站在人间沉默不动。

中年僧人脸色骤然苍白，身体剧烈地颤抖起来，摇晃不安，似乎随时便要躺倒在云海之中，一醉便不再醒。

合十的双掌缓慢而坚定地靠拢在了一起。

街上的蒸汽流云渐宁。

中年僧人终于也缓缓站稳了身体，没有倒下。

孤坟被宁缺一刀碾压成无数石砾，漫天飞舞。石雨之后的空中浮现出一尊数十丈高的巨大石佛。

石佛面容慈祥，神态慈悲，睁着的双目间却似乎有雷电正在酝酿累积，说不出的漠然威严，满怀着对身前之人的悲悯与愤怒。

悲悯与愤怒似乎是无法相容的两种情绪，却在这尊石佛脸上得到了完美的同时展现。悯其不幸也，怒其不争也。

石佛的嘴唇紧紧抿着，像是一道线，一道用刻刀雕出来的浅浅的线，似乎数千数万年都不曾张嘴说过话。

宁缺看着这道线，想起了白衣少女那双薄若红线的好看的唇。

石佛没有开口说话，天地间却响起了一道佛偈，单音节的两个字，含义未明，却雄浑苍远。

满天石砾落下，暴烈如雨，砸向大地。宁缺抬头看天，看着土石皆来，不知该如何应对。

满天石砾如雨，落在他的身上，落在他的脸上。

真实的身体的痛苦，清晰地传入他的识海，让他意识到自己的身体每一处都在承受着天地元气的攻击。

在这一刻，他想起了北山道口，吕清臣老人杀死那名书生的一幕。

那名书生已然入魔，依然死了。宁缺已然入魔，但他是真正的入魔。天地元气的侵伐，怎么可能杀死他？

所以只是痛苦，并没有其余。

包子铺里的蒸汽还在向街上飘散。

中年僧人站在云雾间，眼神越发幽深，最深处却有一抹灼热的光辉开始凝聚燃烧，那抹灼热的光辉是震惊是愤怒是杀念。

他没有想到书院宁缺从来不以念力著称，却拥有如此雄浑的念力，在自己用念力攻击对方识海时，竟能如此轻易地化解掉千里孤坟的寂清意。然而更令他感到震惊的是，精神世界里的满天石雨，是他用念力控制的天地元气对修行者肉身发起的直接攻击，居然这样都无法伤到对方！

如此恐怖的肉身强度，而且明显不是武道巅峰强者护体真气所形成的防御，那么只有一种理由，那个理由便是中年僧人震惊和杀念的来源。

中年僧人双掌本来合十，此时渐渐分开。

他左手食指向下一抠，从右手掌心里生生挖出一个血洞，然后他面无表情撕下一片血肉。

做完这个动作，他黝黑的脸颊越发苍白，眉眼之间老态毕现，皱纹仿佛雨水冲刷而成的垃圾堆般层层叠叠，枯槁到了极点。

他把右掌里的血与肉缓缓抹到这张枯槁的脸上。

这不是魔宗邪恶功法血手印，而是佛宗威力最大最决绝的精血饲佛。施出这种功法的佛宗弟子，就算境界再高深，也极有可能就此死去。如果不是山门倾覆，或遇着千世仇敌，没有任何佛宗弟子会使用这种大违佛门慈悲意的手段。

中年僧人挖血涂脸之时，陈皮皮马上便反应了过来，无比震惊，心想此人与小师弟究竟有何仇怨，竟是要置他于死地！

值此危险时刻，身为书院弟子，哪里还管得了什么规矩。他身上那件宽大的院服无风而飘，振荡若旗。食指微屈，那记天下溪神指，便要依着书院不器意袭向中年僧人。

然而这时候发生了一件事情，那件事情让陈皮皮愣了一瞬间。

而精神世界战斗的胜负，往往只需要一瞬间。

61

陈皮皮看上去只是一个人畜无害的可爱年轻胖子，但事实上他是一个很了不起的人。所以当他决意要做某件事时，居然有一件事情能让他心神失守一瞬，那么这件事情必然也是一件很了不起的事情。

当他身上那件宽大的院服无风而飘，抬起右臂便要遥遥一指点过去的时候，那名始终沉默守护在中年僧人身旁的干瘦武僧忽然出现在他的手指之前，那张仿佛由精钢雕刻而成的脸容漠然无情绪。

陈皮皮的修为境界极高，那名武僧竟然能比他更快反应过来，只能说明对方早有准备，早就知道那名中年僧人会动用精血饲佛如此大慈悲大残忍的佛宗神技，也等若说中年僧人就算没有发现宁缺入魔，此行长安也做好了要以伏魔手段把宁缺直接废掉的准备。

然而就算干瘦武僧早有准备、反应快到极点出现在陈皮皮的指前，但他依然不可能拦下这记以书院不器意释出的天下溪神指，因为他的脸他的肉身看似坚若钢铁，却依然还是肉身凡胎。

所以这名武僧毫不犹豫地从袖中闪电般抽出一把锋利的小刀，没有捅向陈皮皮，而是狠狠向着自己的小腹捅了进去。

扑哧一声响，就像是装满水的皮囊被一支羽箭射穿，锋利的小刀深深扎进肚子。武僧脸色骤然苍白，眼神却依然坚定，没有任何迟疑，右手紧握着刀柄狠狠向下一拉，随着哗的一声，鲜血淌了出来。

武僧腹内的肠子，也随着那些鲜血从被小刀破开的豁口里流了出来，冒着淡淡的热气，还有一股刺鼻的血腥味道。

武僧的左手搁在腹部伤口下，捧着越流越多的肠子，神情漠然地看着陈皮皮，仿佛根本感觉不到那处传来的痛楚。

一滴血珠落在陈皮皮的指尖。

他瞪大眼睛看着眼前这一幕，不知道对方想要做什么。

陈皮皮没有杀过人，甚至没有进行过真正的战斗，没有见过战斗里的生死决绝，更没有看过如此血腥的画面。他这辈子就是前些天在长安府冬园里与王景略战过一场，凭恃着修行境界上难以逾越的森严界壑，赢得潇洒随意。

陈皮皮一直以为修行者之间的战斗就应该那样潇洒随意，然而直到今天，看到身前这名武僧剖腹捧肠的血腥一幕，他才明白真正的战斗无关境界实力，更无关风度姿仪，只关乎胜负以及生死。

这名武僧只是想要扰乱自己一丝心神，便不惜舍身成仁，这是一种怎样值得尊敬或者说值得恐惧的精神气魄？

武僧脸色苍白无比，他神情淡然地看着陈皮皮，声音微微颤抖地说道："自剖心肠，请十二先生明白规矩。"

这两名来自月轮国的僧人为今日长街相遇确实做了极其充分的准备，他们很清楚历史上的书院二层楼向来不是一个讲规矩的地方，于是他们不惜用自己的生命为赌注来尝试撼动这种不讲规矩的规矩。

对陈皮皮来说，眼前血淋淋的画面和武僧左手间那些粉色的肠子，毫无疑问是一场极为震撼的教育，这种震撼或许无法改变书院教育让他形成的关于规矩之类的看法，却已经足以让他怔住了一瞬间。

一瞬间便已经足够。

因为只需要一瞬间，中年僧人和宁缺之间的战斗便结束了。

中年僧人的强大，便在于一念之间可以降魔除妖。

陈皮皮的指尖在长安城的晨风中微微颤抖。此时那名中年僧人的精神力量尽数在宁缺身上，根本无所防御，他只需要轻轻一点便能杀死对方。然而他知道那场无形的战斗已经结束了，便等若说宁缺已经死了，如果小师弟死了，他再做任何事情又能有什么意义。

陈皮皮的脸颊颤抖了起来，显得格外痛苦。

他决定稍后把身前这两名僧人全部杀死。虽然他已经隐隐猜到那名中年僧人的来历有问题，虽然他这辈子还从来没有杀过人，但如果用大师兄的话来说怎么看都不会短命的宁缺就这样短命地死了，那么这个世间哪里还有什么必须遵守的原则或规矩？

世间最快的事物不是雾不是雨不是风而是闪电。世人经常用疾逾闪电来形容意念这种东西，意念动时，没有任何时间的流失速度能追上它。

所以一念之间，在精神的世界里，足够发生很多事情。

当中年僧人挖血涂脸，施出精血饲佛法门时，宁缺意念所处的那个空间内，顿时随之发生了很多震撼的画面与变化。

那座高达数十丈的石佛，一直沉默安宁地站在满天石雨之后，鼻下一道直线沉默千年不曾开启，便在这时忽然咧开，于是有了嘴。两道浓稠有若铁浆的血水，从石佛的嘴角流了出来。

这两道血水没有向地面滴落，而是无视真实世界里的空间法则，向着四面八方漫延而去，逐渐涂满那面巨大的佛面。石佛面容上随着浓血漫过，出现了很多深刻的裂口，如同龟裂的干涸大地，然而泡在血水中，更像数千个人身上的血口。

一道极为强大的威压，从石佛处荡开，传遍整个空间。

石佛肃穆的脸上满是无数道细微的伤口，浸泡在血水之中，本应是狰狞血腥之相，反而却显得越发悲悯，仿佛旧庙里的金漆脱落后只留下斑驳沧桑。石佛脸上的血越来越稠，无上悲悯意越来越浓，天地间所有的血腥战乱分离伤害，一应负面情绪似乎都被佛面吸收了进去。

只留下了一片极为干净纯洁的世界。

自空中不停落下的土石被净化，变成满天白色的圣洁莲花，幻作无数花雨纷纷扬扬，向宁缺的身体撒了下来。一片花瓣落在他的棉袄上，静宁无声，却悄然撕开一道口子，鲜血就像溢出碗沿的酸辣面片红汤般渗了出来。

宁缺抬头望天，眉尖微蹙，意念一动，调出体内的浩然气，自眉心间磅礴喷出。随气之所逍，所有接触着的莲花瓣均自碎去。

然而漫天风雨漫天花，莲花的数量太多，又哪里完全都隔绝在天空之上？

莲花朵朵开放，瓣瓣落下，落在他的脸上，落在他的身上，切割开他的棉袄，钻进他的皮肤，把他身上的血肉片片刮落离骨。无尽的痛楚潜进骨髓之中，然后向着身体每一处炸开，最终汇进宁缺的脑中，令他识海震荡如潮，痛苦到了极点。

以精血饲佛，乃是佛宗强大法门。然而漫天花雨之后满脸血水的石佛，实际上走的是舍身成佛的意思。

舍身成佛，暂造一莲花净土，净化一应妖邪秽意，这等手段已然超出世间普通佛宗法门的范畴，乃世外的无上妙境。非大毅力大决断大慈悲大邪恶之佛子，不能入此妙境。

即便是已然晋入知命境界的陈皮皮，若被佛宗大德度入这片莲花净土之中，也会面临极大的麻烦，必须极小心翼翼地应对。

更何况宁缺在大明湖畔才破了洞玄境。

他的境界他的心性，根本不足以看破这漫天的莲花。

漫天莲花雨中透露着非常明确的灭伐之意。

宁缺透过睫毛上滴落的血水帘，看着远处那尊石佛，沉默片刻后问道："原来你从一开始就想杀了我，这件事情和我替书院入世无关，也与你知晓我在荒原入魔无关，你只是想杀了我。所以我很不明白，就算你是来自悬空寺的世外之人，难道你担得起杀死我的后果？"

那尊巨大的石佛咧着嘴，淌着血，似乎在开心地笑，又似乎在悲伤地哭泣，没有回答宁缺的问题，只是沉默。

"这是一场发生在长安城的决斗，我在公平的环境下杀死你，不会有任何麻烦的后果。唐人爱颜面，书院更爱颜面，他们不会迁怒于月轮，更不会迁怒于佛宗，相反为了保持他们那些虚伪的精神，他们会沉默。"

中年僧人的声音在花雨外响了起来。

"更何况现在已经确认，十三先生你已经入魔。"

浑身鲜血的宁缺看着花雨之外，声音微涩地问道："但在知道我入魔之前，你已经准备好要杀我，这是为什么？我究竟对佛宗做了什么人佛共愤的事情，居然会惹得像大师你这样的大德立志入长安城来杀我。"

"我说过，你在荒原上辱过姑姑，那你便等若辱了月轮，辱了佛宗。"

宁缺嘲讽说道："我总以为世间大部分人都是白痴，没有想到有人居然敢把我当白痴。曲妮大师那个老太婆就能让佛宗敢得罪大唐和书院？"

中年僧人的声音平静而坚定："当然还有别的理由，不过当你在荒原上辱及姑姑时，便注定了今天这个结局。你既然已经入魔，那么我只需要杀死你。"

中年僧人的声音在漫天的莲花雨里显得格外缥缈，然后又转为困惑。"书院两代入世之人先后入魔，这究竟是昊天的旨意还是命运的轮转？"

宁缺根本没有注意到花雨外中年僧人的声音里所隐藏的大疑惑。他的注意力这时候全部都在漫天莲花构成的雨中。

他看着掉落在身前身上的莲花瓣，想起了很久之前的那个梦，想起了桑桑洁白的小脚，想起这些年无数个夜里自己在被窝中被那双洁白如莲的小脚踹了无数次，他的心窝便变得酸痛起来，然后开始愤怒。

"我不想理会你有多少杀死我的理由，但你既然知道我入了魔，又搞出这么多双我家桑桑的脚来踹我，我就一定会杀死你。"

他从身后抽出大黑伞打开，黑伞如一朵黑色的莲花，在漫天洁白的莲花间显得格外醒目。他撑着黑伞，站在莲花雨间，看着远处满脸是血的石佛，就像一名撑着油纸伞站在细雨河畔看着对岸烟柳的游人。

然后他说道："那佛，我来杀你了。"

62

与烂柯寺观海僧人心向妙境互印修为不同，这位破袈草鞋沉默站于晨街畔饮清水的中年苦行僧，来到长安城的目的非常明确而清晰，就是要借着挑战书院入世之人的机会，废掉或者干脆杀死宁缺。

宁缺已经整整一日一夜没有休息，没有睡没有坐，没有吃一粒米甚至没有饮一滴水，诸多情绪纠结缠身让他心神疲惫到了极点，面对一名如此可怕的佛宗强者，似乎怎么看都有死去的道理。

昨天清晨发现桑桑离家出走，并且有可能永远再也看不到她时，宁缺遇见此生最大的恐惧，甚至第一次有了去死的冲动。深夜在雁鸣山下骂湖之时，他也纠结得恨不得就这样死去。

然而桑桑还在长安城里，他终于做了一个艰难的决定，又怎么可能在这种时刻死去？如果这时候死了，前面经历的那些煎熬痛苦岂不是都白费了？如果这时候要死，那他还不如到红袖招里去快活一夜。

中年僧人要杀他，而他不想死，所以他就要杀死对方。

漫天洁白的莲花雨终究不可能真的是桑桑的小脚，那么无论隐在花雨后的是石佛还是天神，都无法阻止他撑着大黑伞向那边去。

只要那处不是他永远无法战胜的桑桑。

那么神挡便杀神，佛挡便杀佛。

大黑伞很大，遮住了双眼，也遮住了天。

洁白的莲花缓缓飘落，有些落在厚实油腻的黑伞面上缓缓融化无形，有些落在黑伞面上则像是落在鼓面上的露珠，啪的一声后加速向天空弹回，而更多的洁白莲花则是靠近黑伞后便恐惧地四处流散。

宁缺撑着大黑伞，向远处那尊满脸血污的石佛走去。他的步伐缓慢而平稳，神态从容不迫，就像是一名走上湖桥想去对岸摘柳的游人。随着他的走动，天地间那些漫天花雨一片扰动，数千数万片莲花瓣躲避着缓慢移动的黑伞四处逃逸，形成无数道湍流。

宁缺撑着大黑伞漫步在已然凋零稀疏的莲花雨中，他距离那尊石佛已经越来越近。

那名叫作道石的中年僧人确实很强大，无论自身修行境界还是对佛宗诸般法门的运用都很强大，甚至已经强大到了道痴叶红鱼那个层级。

然而很可惜他是一名以禅念动人、以禅念杀人的僧人。

而他想用禅念杀之的对象是宁缺，是背着大黑伞的宁缺。

因为对中年僧人狙杀自己的原因存有极大的疑惑，宁缺想要知道幕后的隐秘，所以先前才会以肉身承莲，不惜用这种痛苦来拖延时间发问，又或许他只是很单纯地想让自己痛苦一些？肉体上的痛苦，往往能减轻一些精神上的痛苦或者说烦闷，而此时的他确实已经烦闷到了崩溃的边缘。

心意既定，不再思考其余，宁缺身上的杀意尽露。

一股强大的杀意透过他紧握的伞柄传至大黑伞，再扩展至身周的空间之中，令漫天花雨惧散而避，覆至石佛的血脸。

因为桑桑离家出走，他身上的这股杀意从昨日清晨酝酿至日幕，随着他在长安城里的寻找而逐渐凝练恐怖，当时便险些要将整座长安城给掀翻，昨夜在湖畔又被夜风风干至腊肠一般辛辣干硬。

可以佐酒，可以杀人。

宁缺走到石佛脚下，把大黑伞像刀一样扛在肩上，抬头望去。

石佛脸上覆着密密麻麻的莲花瓣，花瓣之间鲜血渗淌。佛眼露在花瓣之外，只是开始时的悲悯威怒情绪已被惘然所代替。宁缺看着满是血莲的佛面，沉默片刻，悬在身侧的右手并掌为刀，隔着数百丈距离，遥遥一掌斩了过去。

没有凌厉破空的刀声。

也没有纵横千里的刀气。

稀疏的莲花雨轻轻舞动，佛前没有任何声音，然而那张佛脸上却多出了一道极大的深刻刀痕。

那道刀痕从佛髻处生成，斜向左下方延展，划破了似笑非笑的佛唇。刀痕之间莲花碾烂为泥，浸着血水缓缓流淌。石佛眼眸里的惘然又迅速被恐惧和震惊所代替。

莲花瓣开始从石佛脸上脱落，不知是不是因为粘着血的缘故，每一瓣花瓣脱落，便会牵扯下一片小石块。莲花渐褪，佛脸上原先那些龟裂变得更加深刻，已然千疮百孔，然而残留的那些眉眼鼻唇尽皆崩裂剥离成石雨，向着地面落下。看上去就仿佛是数千万年间的风吹雨打，尽数浓缩在这一瞬之间。

石佛轰然倒塌，震起些微烟尘，几瓣莲花。

宁缺撑着大黑伞站在石堆之前。

意念一动便是万里，便是万年。

精神世界里的战斗已经持续了很长时间，但在真实的长安晨街畔，时间只不过刚刚过去了极短暂的一瞬间。

在这一瞬间里，那名剖腹自杀的干瘦武僧左手里捧着的热肠已流出来了一截，脸色苍白的陈皮皮以为宁缺死了，然后他决定破除自己的执念和规矩，从此开始自己血腥的灭佛战斗生涯。

而在这瞬间之后，有清风自街头徐来。清风吹散包子铺里冒出的热气，吹动宁缺的衣角，吹动他潦草系着的黑发，吹得他身后那把大黑伞微微摇动。

伴着晨风，宁缺的身体里散发出来一道气息，这道气息充盈着鲜活的生命味道，却又是那般地骄傲自信，强大凛然到了极点。

宁缺睁开眼睛，望向铺门旁的中年僧人。随着这一眼，中年僧人眉心间发出噗的一声轻响，向下陷去。

声音很轻，在此时清晨的街畔却显得格外可怕。

中年僧人的莲花净土被毁，舍身成佛佛已灭，无数念力尽被那把奇怪的大黑伞挡了回来，识海在那一瞬间被震破！

中年僧人迷惘震惊绝望愤怒悲伤地看着宁缺，两行鲜血从唇角渗了出来，喉咙里嗬嗬作响，虚弱哑声奋力喊道："你果然是……你果然是幕……"

临死之时，其言也急，然而他只来得及说出那个"幕"字。

陈皮皮脸色苍白，猛拂院服广袖。

拦在他身前的干瘦武僧大吼一声，插在腹中的锋利小刀一划，溅出漫天血雨便向陈皮皮身上喷去，想要再拦他一瞬。陈皮皮先前已经被他阻了一瞬，此时心神剧震之下，哪里还会再给他机会。广袖之间天地元气剧震而妙敛，轻而易举把喷向自己的血雨尽数敛没，嗞的一声袖口一圈断裂成丝，如闪电般射出，然后化作柳絮微弯轻点中年僧人枯唇，将最后那个幕字生生逼了回去。

宁缺更清楚不能让那名中年僧人临死前喊破自己的秘密，体内浩然气息暴起，掠至对方身前，并掌为刀斜斜一斩！

他的掌缘并未接触到中年僧人的脖颈，但中年僧人的脖颈间多了一条细细的红线，然后中年僧人的头颅一歪，便要掉了下来。

便在此时，陈皮皮袖口那根布带嗖的一声依着那条血线绕了一圈，把中年僧人将要掉落的头颅紧紧系在了身体上。

那名捧肠的武僧脸色苍白，毅然回头便向街中的人群里挤了进去。

陈皮皮沉默地看着那名武僧的背影，似乎有些犹豫。

宁缺看了陈皮皮一眼。

陈皮皮抬头看天。

清晨的长安街头依然平静喜乐，有人在买馒头，有人在买包子，孩子对着大肉包子吹着气，小心翼翼地咬上一口，咬着肉馅便流露出高兴又遗憾的神情，高兴于肉馅的香，遗憾于这么快便吃到了。

包子铺门外中年僧人缓缓坐下，没有人知道他已经死去，也没有人注意到人群里有名僧人正在捧着自己的肠子疾走。

宁缺取出箭匣，沉默地开始组装，弯弓搭箭。他对准平静喜乐的长安街头，射出了一支元十三箭。符箭破空呼啸而去，不知最后落向了何处。街上行人太多，根本看不清楚到底有没有射中那名逃亡中的武僧。

忽然间，远处街头传来一阵骚动，有人惊恐喊道："杀人啦！"

宁缺提着箭匣，背着黑伞，与陈皮皮走进侧巷消失不见。

胆小却好热闹的孩子们惊慌地叫嚷着，呼朋引伴向那边跑去。那名捧着热腾腾的大肉包子的男孩子，跑过铺门前时，不留神撞了坐在铺门外的中年僧人一下，手中的大肉包子跌落到了地上。孩子看着地上滚动的肉包子，心疼得快要哭出声来。

中年僧人的尸体受此一撞，被布带固定住的头颅轻轻落了下来，落到地面上骨碌碌地滚动不停，似乎也是一个肉包子。

孩子揉了揉眼睛，看着僧人的头颅，吓得大声哭了起来。随着哭声，长街上最后的平静喜乐气氛一扫而空。

净土终究是虚假的。

真实的世界永远这般险恶。

63

冬末清晨的长安城，除了那些热闹的所在，还有很多幽寂无人的地方，比如那些横穿在坊市间的小巷异常清静。宁缺和陈皮皮走在窄巷里，很长时间都没有人说话。陈皮皮看了他一眼，眼神有些复杂，那种复杂很难用言语来形容。

"想问什么，你就问吧。"

宁缺揉了揉微白的脸颊，把身体里的疲惫驱散些许。

陈皮皮摇了摇头。

宁缺忽然问道："你就不想知道那个幕字究竟是什么意思？"

陈皮皮耸耸肩，无所谓地说道："幕后黑手？反正我又不关心这些。"

宁缺忽然停下脚步，抬头看了一眼被冬树树枝切割成碎片的灰暗天空。陈皮皮神情微异，随他抬头向天空望去，却没有看到任何奇怪的东西。

宁缺沉默望天很长时间后，忽然笑了起来，看着陈皮皮说道："我入魔了。"

陈皮皮没有去看他的眼睛，依旧看着天，讥讽说道："这笑话不好笑。"

宁缺看着他圆嘟嘟的脸，很认真地说道："你知道这不是笑话。"

陈皮皮说道："但我还是觉得这是一个笑话。"

宁缺没有丝毫退缩的意思，盯着他问道："如果这不是笑话，你准备拿我怎么办？"

时至今日，知道宁缺在荒原魔宗山门修行浩然气堕入魔道的人只有桑桑，书院大师兄或许已经隐隐知晓，但却始终未曾挑明。

以往宁缺曾经和陈皮皮讨论过一次魔道的事情，在那次讨论中，陈皮皮毫不掩饰地表明了对魔宗的厌恶甚至是唾弃。

但宁缺在这片冬日天空下，还是向他坦白了这件事情，因为陈皮皮在没有成为他的十二师兄之前就对他很好，是他在长安城里除了桑桑之外最亲密的同伴。在对方已经隐约猜到真相之后，他实在是无法再继续隐瞒这件事情，并且他确实很想知道陈皮皮会怎么对待自己。

对于这件事情，陈皮皮的应对方法很简单，沉默片刻确实无法继续装傻之后，他开始充愣："我没有听到你在说什么。"

宁缺凑到他耳边大声喊道："我入魔啦！"

陈皮皮吓了一跳，赶紧拿手去捂他的嘴，前后左右紧张地查看了一番，斥道："又不是什么光彩的事情，你喊这么大声想让整座长安城都听见？"

宁缺说道："我主要想确认你能听清楚。"

陈皮皮掏了掏耳朵，烦闷说道："刚才那名武僧剖腹喷出的血进了我的耳朵，我现在耳朵有些不舒服，所以今天没办法听清楚。"

宁缺走到他身前，开始连比带画讲述小师弟入魔的故事。

陈皮皮哪里肯看他的唇形和手势，紧闭双眼，眉头皱得极为愁苦。

宁缺伸手去掀他的眼睛皮子。

陈皮皮终于被他逼疯了，暴跳如雷吼道："让我知道这件事情干吗！你不说我就当什么都不知道不是很好？难道说非得让我一掌拍死你？"

宁缺觍着脸说道："师兄哪里舍得。"

二人大眼瞪小眼，然后忍不住笑了起来。

彼此心里都明白，这件事情算是真的过去了。

走出侧巷，街畔有一间茶楼。宁缺饥渴奔走一夜，早已疲惫不堪，与那位中年僧人瞬息一战更是受了极重的伤，精神已经濒临崩溃的边缘，看见茶楼外的大茶壶，嗅着里面传来的点心味道，便再也无法走动道。

坐在茶楼二层栏边的桌畔，宁缺风卷残云惊涛拍岸收拾掉桌上所有的食物茶水，便开始隔着窗看着清晨的长安城发呆，就像这一日一夜里他经常做的那样。

陈皮皮学着大师兄的模样，慢条斯理挑着辣汁腌渍的螺蛳肉，看着宁缺的神情不禁有些担心，暗想小师弟的识海莫不是在先前与中年僧人的战斗中受了重创，被莲花净土里的佛意度化成了傻子？

"师兄，能不能帮我做件事情。"

宁缺收回望向窗外的目光，看着陈皮皮很认真地拜托道。

陈皮皮怔了怔，问道："什么事情？"

"这件事情是这样的……"

"什么意思？"

"就是那个意思。"

"几分和几分？"

"三分和七分。"

书院二位师兄弟正在专心致志讨论的时候，茶楼楼梯间传来脚步声，二人很有默契地住了嘴，沉默地望向楼梯口处。

何明池腋下夹着黄油纸伞走了上来，微微佝偻着身子，看上去就像乡村私塾里夹着戒尺和书卷的教习老师。

两名来自月轮国的僧人离奇死在清晨的街道上，这件事情自然会惊动大唐官方。长安府对这件事情毫无头绪，也不知道是谁动的手，但天枢处没有花多长时间便确定了当时的情形，并且找到了人。

　　宁缺请何明池坐下，给他倒了一杯茶，说道："我记得唐律里关于挑战这类事情，从来都是尽可能尊重双方意见。"

　　何明池有些拘谨地与陈皮皮见礼，犹豫片刻后说道："但唐律一直都不允许生死决斗，而且决斗需要在官府备案。"

　　宁缺说道："这种事情哪里说得准的，至于备案，我这时候向你备案行不行？"

　　何明池苦笑说道："我回去就让处里把今晨决斗的备案做好。"

　　宁缺以茶代酒敬了他一杯，笑着说道："那你还来找我们作甚？"

　　何明池放下茶杯，叹息说道："问题是你下手太狠了。"

　　宁缺平静说道："如果不狠现在死的就是我。"

　　何明池握着茶杯沉默片刻后说道："但那中年僧人不是普通人。"

　　宁缺和陈皮皮沉默不语，他们已经猜到那名中年僧人的来历不凡，极有可能出身悬空寺，但知道与确认是两回事。

　　"道石确实没有名气，就算是天枢处也没有关于他多少记载。前些天他入长安之后，如果不是我偶尔好奇查了一些老卷宗，又问了些月轮国方面传来的消息，大概也只会认为他是名白塔寺的无名僧人。"

　　何明池看着宁缺说道：

　　"很多年前，白塔寺长老在寺外捡了一个弃婴。天枢处当时就觉得这件事情有些诡异，因为白塔寺距离皇宫太近，禁卫森严，很难有人把一名弃婴放到那个地方。那名弃婴就是道石。

　　"传闻道石僧人与月轮皇宫里的某些贵人有关，而我们查明这几年，他一直在悬空寺读经修佛，这也间接证明了他的身世传言——所有人都知道，那位姑姑虽说令人厌憎，但在佛宗的地位极高，与悬空寺也一直有暗中的联系。

　　"而且道石僧人与曲妮大师姑姑的心性并不相似，虽然才自悬空寺归来时间不长，却已经在月轮国佛门里获得了极大的尊重。今晨十三先生不只杀了他，还把他的头颅斩落，只怕会同时激怒月轮国和佛宗。"

宁缺说道："我这两天面临着一个很麻烦的事情，那件事情牵涉到我的世界毁灭或者重生。在这种时候，别说那名中年僧人有可能是曲妮大师的私生子，就算曲妮大师这老太婆自己来了，我也会让她去死。"

何明池叹息一声，说道："但他的师兄是七念。"

佛宗天下行走，悬空寺讲经首座大弟子七念。

陈皮皮沉默，因为他小时候就听过很多次这个名字，而且这个名字是从骄傲的西陵师兄口中说出来的，所以他知道七念很强。

宁缺也沉默，他沉默的原因比较简单，因为陈皮皮沉默。他想起了七念是什么人，也比较具体地理解了自己杀死道石，最终触怒的是怎样等级的对手。

"我今天心情不好。"宁缺最后总结道，"他撞我刀口上，那就算他运气不好。"

长安街头。

一双手捧起地面上的那颗头颅。

这双手肤色黝黑，曾经捧过食钵，曾经匍匐于佛前，曾经抚树沉默，更多的时候握着一根铁杖，随着飘动的僧衣行走世间。

这手属于白塔寺一名普通苦行僧。

苦行僧双手颤抖捧着那颗头颅，跪在包子铺前那具无头僧尸前，用了很长时间，才把头颅和身体拼凑安好。

那名干瘦武僧的尸体也已经找到，被平放在中年僧人盘膝遗体的身旁，肠子已经被塞回腹中，被符箭射穿的胸口显得异常恐怖。

苦行僧手持铁杖，跪在两具僧人的遗体前，缓缓低头。

街道上，十余名来自月轮国的苦行僧，也随之跪下，低头合十。

初冬有风自街那头无由而起，吹得僧衣飘飘，十余名苦行僧黝黑的脸庞上露出戚容，然后悲愤神色渐现。

诵经声随风而起，飘荡于晨街之中。

很多长安城百姓在长街两头旁观，随着经声若有所感，纷纷低头。

雪花纷纷扬扬落了下来，覆在铺门外那两具僧人身上，似乎想要掩盖住他们颈间和身上的血渍，这是今年冬天长安城最后一场雪。

64

何明池走出茶楼，看着飘落的雪花，微觉诧异。他看了眼天，又回头看了眼楼上那二人，取出黄油纸伞撑开。

茶楼二层窗畔桌旁，陈皮皮想着宁缺先前说那位中年僧人今日惨死，是因为对方运气不好撞到他心情不好的刀口上，忍不住摇了摇头，打趣说道："莫非以后你们两口子每吵一架，便需要不可知之地来个人让你杀了出气？"

宁缺注意到他的用词，看着他认真说道："看来你很喜欢我家桑桑？"

陈皮皮说道："你去荒原这大半年时间，我偶尔会去老笔斋坐坐，对桑桑姑娘有诸般好感，来自很多原因。其中有一点是因为她如今是光明神座的传人，我毕竟是道门中人，当然会倾向她一些。"

宁缺说道："既然如此，那这个忙你就一定要帮了。"

陈皮皮无奈说道："我真是疯了才会答应你的请求。"

"我想不明白那名叫道石的中年僧人刚入长安城，怎么就能找着我，知道我会走那条长街。我想这件事情，有些人需要给出一个交代。"

宁缺起身离开了茶楼，陈皮皮摇头跟在他的身后。

二人来到礼宾院，穿过那片繁密的竹海，天猫女高兴地迎了上来，牵着宁缺的袖子叽叽喳喳说个不停，兴奋地告诉他昨天去了长安城哪些景点，又吃了哪几家的点心，紧接着墨池苑的女弟子们也围了过来，宁缺身边顿时一片莺歌燕舞。

大河国少女们不知道陈皮皮的身份，但想着是宁缺的朋友，自然也极热情。宁缺极富耐心地倾听少女们的讲述，与她们微笑着言谈交流。

来到深处内院前，墨池苑女弟子们纷纷散去，因为她们知道十三师兄是来找山主的，她们很自觉地想要把清静的空间留给二人。

散去前她们神情怪异地打量了陈皮皮好几眼，心想这个胖子怎么一点都不识风情，都这时候了还要跟着进去。

礼宾院环境清幽，茂密的竹林在冬日里稍嫌暗淡，但依然保有着足够的青葱之意，有些微黄的竹叶飘落在窗台上。

莫山山静静看着窗台上的微黄竹叶，然后回头悬腕提笔，在微黄书纸上写出一撇，笔锋便若竹叶形状锋利而清秀。

听着院门处传来的声音，她抬头望去，露出微微诧异的神情，没有想到宁缺会忽然过来，更没有想到他会带着书院的十二先生。

看着窗畔书桌旁的白衣少女，看着散落在衣裙上的黑发，看着她微闪的疏长睫毛，和美丽的微圆脸颊，宁缺忽然生出马上转身离开的冲动。

昨夜他曾经在这间小院外驻足静观良久，看着少女在窗上的剪影良久，然后去湖畔挣扎痛苦良久，最终他做出决定时以为自幼冷血寡情的自己有足够的精神准备。然而当他此时看到书桌旁的少女时，觉得心里的所有的事物忽然一下全部流光，空荡荡的极为难受。

这种空荡荡的感觉是眼睁睁看着美好事物与自己终生错过的茫然空虚无力感，更是当美好的事物降临到自己身前时却要被自己无情且傻×地拒绝，从而可能伤害到对方的强烈挫败负疚感，所有这一切最终就变成了心虚二字。

因为心虚所以心慌，至于有没有隐藏在最深处的心痛，宁缺当时没有表现出来，事后也没有对任何人说过，他把陈皮皮拉到自己身旁。

莫山山自书桌畔起身，与陈皮皮见礼，然后疑惑地望向宁缺。

宁缺用力地咳了两声，清了清有些沙哑艰涩的嗓子，伸手示意莫山山坐下，然后艰难挤出一丝笑容，说道："今天我们为大家说段相声。"

陈皮皮紧张地看了他一眼，说道："相声是什么东西？"

宁缺说道："相声啊，是一门语言艺术，讲究的是说学逗唱。"

陈皮皮夸张地噢了声："原来是这样。"

莫山山虽然久居墨池苑，不谙世事，但却是世间最冰雪聪明的少女，看着二人此时的模样，竟是隐隐猜到了一些什么事情，细细的眉尖微微蹙起，然后换作淡然雅静，平静坐下沉默不语。

在接下来的时间里，宁缺接连说了好些相声，《贼说话》《写对子》《相面》《白事会》，也不理会里面有些段子有没有人能听懂，反正他按着自己的想法就这样讲了下去。只在长安城瓦弄巷里听过两段评书，从来没有听过相声，更没有参加过某小学相声表演的陈皮皮哪里会接话，反正便是一个劲地嗯嗯啊啊。

"为什么我总是只能嗯嗯啊啊？"

"因为你是捧哏，我是逗哏。"

"可你明明在茶楼里说的是三分逗，七分捧。"

"嗨，这不是逗你玩嘛。"

莫山山把砚畔搁着的秀气毛笔搁到笔架上，然后平静坐在椅上看着二人，当宁缺把那段《逗你玩》说到一半的时候，她终于唇角微翘，笑了起来。

陈皮皮一直在紧张地注视着她的反应，看到少女的笑容后觉得僵硬的身体顿时放松，高兴说道："她笑了。"

宁缺看着他很认真地说道："多谢师兄帮忙。"

坐在椅中的莫山山忽然抬起手来，指着陈皮皮说道："十二师兄的捧……哏不熟练，所以不好笑。"

陈皮皮擦掉额头上的汗水，尴尬说道："刚学的，见谅见谅。"

莫山山看着宁缺说道："我更喜欢你一个人说的。"

陈皮皮看了宁缺一眼，毫不犹豫转身而出，把安静的房间留给冬末的竹林疏影，以及竹影里的这对年轻男女。

片刻沉默后，宁缺声音微哑地说道："山山你那天在巷口说的是对的……"

一句话还没有说完，汗水就像暴雨般从他僵硬的身体里涌了出来，把身上的衣裳从里到外全部打湿。

莫山山看着身前的地面，疏长的眼睫毛微微眨动，听着他的声音，忽然站了起来，没有让他把这句话说完，轻声说道："十三师兄，请。"

宁缺微微一怔。

莫山山在书桌上铺好黄芽纸，镇纸摆在一角，注水入砚开始磨墨，然后指着笔架上的那些笔，轻声说道："你选一支。"

宁缺不知她要做什么，沉默上前选了支惯用的狼毫。

莫山山看着他认真说道："在荒原上你答应过我，要给我写很多书帖。"

宁缺回忆起当时的情形，沉默片刻后认真说道："你说要我写多少就写多少。"

莫山山美丽的容颜上少见地流露出少女的娇憨调皮，打趣说道："我要你写多少便写多少？那写无数张如何？"

宁缺微涩应道："那怎么也写不完啊。"

莫山山静静看着他说道："所以就给我写一辈子啊。"

礼宾院竹海畔的内居门一直紧闭，从白天一直到暮时，始终没有开启过。宁缺一直在和莫山山讨论书道，在给她写书帖，直至入夜点起烛火，窗上的剪影变成了两人，从外面看上去那两个影子仿佛合在一处。

灯花微跳，莫山山拿起小剪把灯芯剪短，然后走回宁缺身旁，静静看着他运笔如飞，她知道他这时候已经很累了，但她知道他这时候不需要怜惜。

终究不可能写一辈子。没有第二次剪烛，房门吱呀一声轻响，莫山山送宁缺出门，在门槛外，二人平静行礼，然后互道珍重。

直起身后，莫山山看着宁缺的眼睛，忽然向前走了一步，然后把身子前倾，有些笨拙生硬地把脸贴在他的胸膛上，静静听着。

经过瞬间犹豫，宁缺把她抱在怀里，轻轻拍了拍她的背。

莫山山静静靠在他怀里，说道："你还欠我一张便笺。"

走出礼宾院，宁缺剧烈地咳嗽起来，咳得非常痛苦，哪怕是用手绢捂着，也不能让咳嗽的声音变得微弱些。

陈皮皮知道他现在疲惫到了极点，而且在清晨那场战斗中受了重伤，一直在院外等着他。此时看着他咳嗽，忍不住叹息说道："本来就受了重伤，却要来做这些心神震荡之事，岂不是伤上加伤，真是何苦来哉。"

宁缺笑了笑，把手绢塞进袖中，没有说什么。

陈皮皮余光看见手绢上的斑斑血迹，沉默片刻后说道："如果让书痴知道你受了重伤咳血，她会不会更感动些？"

宁缺摇了摇头，说道："已经做了决定，就不再需要什么感动，那除了让我自己高兴没别的任何意义，甚至那很下作。"

陈皮皮拍了拍他的肩头，说道："我们喝酒去。"

宁缺问道："你什么时候爱上杯中物了？"

陈皮皮说道："二师兄打听过像你现在这种时候就需要借酒浇愁，所以他专门去黄鹤教授那里借了两罐双蒸，我们这时候就去把它给喝了。"

宁缺笑了起来，想着二师兄这样的人居然也会关心自己生活里的这些事情，而陈皮皮更是一直陪伴着自己，不由心头微暖。

不过今夜此时宜独处。

宁缺拒绝了陈皮皮借酒浇愁的提议，决定回家休息。然而他走到临四十七巷巷口时，忽然想起桑桑现在还在学士府，老笔斋里幽静得像座坟场，床炕冷得像是坟墓，所以他沉默片刻后转身离去。

不多时，他来到长安城老字号松鹤楼前，要求对方给自己准备一桌最丰盛的酒席，因为即便他不想谋一场醉，也想做些很没有意义的事情。

65

夜已深了，松鹤楼也打烊了，楼里的人们正在收拾清扫，听着宁缺的要求，为难地表示了拒绝。然而此时的宁缺哪里肯离开，他从怀里取出厚厚一沓银票，思考片刻后还是只抽出了一张递到掌柜身前。

昨日离开老笔斋时，他抱着找不着桑桑便再也不回去的心态，所以把最重要的身家全部带在了身边，除了元十三箭当然还有这些银票。

虽然只有一张银票，但掌柜清清楚楚看到了银票的面额，再想到先前在自己眼前挥舞的那一厚沓银票，顿时吓了一跳，心想随身带着这么多银票的豪客已然不是普通豪客，绝对是松鹤楼得罪不起的角色，哪里还敢多话，老老实实接过银票，极恭谨地把宁缺迎进楼里，把他安置进二楼一个临窗的雅间。

各色佳肴吃食流水全端进雅间，搁在桌上。宁缺坐在窗畔，看着被白日冬雪抹过一遍从而格外清新的夜空，手里捉着只酒杯缓缓地饮着酒。

芽菜蒸肉就着春泥瓮中的小酒，越喝越有，宁缺眼睛渐渐眯了起来，看着夜空里的繁星，想着这两日里的纠结事，拿着手中筷子轻敲酒瓮，哼唱道："我们还能不能，能不能再见面，我在佛前苦苦求了几千年……"

便在这时，隔壁雅间里传出一道声音："这是什么乱七八糟的曲子？难听到了这等程度也算是罕见，用词更是完全不通。"

松鹤楼临湖一面设着露台供客人赏景小憩，每个雅间都有通往露台的小门。此时夜深人静，声音只需要稍大些，便能通过门窗传到露台，再传到相邻的雅间里，宁缺微醺之后的歌声也是如此。

宁缺才知道原来松鹤楼里居然还有客人。听着那道略显苍老的声音，知道那人年纪应该不小，他笑着说道："我倒不觉得难听，俗也有俗的好处，比如这时候酒上心头，想不起别的曲子，这曲子却能一下浮现出来。"

隔壁雅间那位客人好奇地问道："这曲子可有名？"

"《求佛》。"宁缺回答道，"如果没记错的话，应该就叫这个名字。"

那位客人笑了两声，嘲讽说道："佛家修的是自身，连世事都不如何理会，更何况是这些凡夫俗子的小情小爱。年轻人，如果你真想少惹这些红尘烦恼，除了避开别无他法，求佛不如求己。"

宁缺听着这话有点意思，从窗畔向隔壁望去，想要看看这如自己般半夜饮酒作乐的是什么样的人，哪里来的这些闲趣。

夜穹星辉之下，隔壁雅间露台上坐着一人。因为光线暗淡，加上侧着身子，看不清楚容颜，只是那人身影异常高大，纵使身下是一把极宽大的椅子，坐在里面依然显得有些局促。

看着那个高大身影，宁缺觉得有些眼熟，总觉得在哪里见过一般，但当场却一时想不起来。皱眉回忆片刻，旋即自失一笑，心想相逢何必曾相识，摇摇头重新坐回椅中，取出手帕捂在唇边咳了些血出来。

沉闷的咳声回荡在松鹤楼的露台上。

宁缺取下手帕塞回袖中，想了想，提着酒瓮和椅子走到了露台上，看着不远处那个高大身影说道："不介意我坐在这里？"

那人说道："本来就是你的地方。"

松鹤楼的掌柜知道最后的两名客人都坐到了露台上，有些疑惑不解于他们的不惧寒，却还是极为细心地命人在露台边缘挑起了防风灯。

昏暗的灯光笼罩着露台，宁缺把那人看得清楚了些。只见那人身穿着一件极名贵的绛色狐裘，容颜清癯，下颌有须随夜风轻飘，似极了长安城大富做派，但身上的气息却又透着股说不清道不明的感觉。尤其是此人明明是位老人，但从他的神情气质上却感觉不到任何苍老。

"要不要聊两句？"宁缺问道。

那名高大老人摇了摇头，提起手中酒壶说道："我回长安城首要事是先喝三壶松鹤楼春泥瓮存的新酒，酒不喝完，没兴趣聊天。"

宁缺不再理此人，坐回椅中看着长安城天上那些繁星，缓缓饮着酒。

那老人坐在椅中，看着天上那些繁星背后的夜穹，缓缓饮着酒。

宁缺的酒量很一般，如果和桑桑比起来，就像是小溪之于汪洋，尤其是他受了伤又疲惫憔悴至极，没有过多长时间眼神便开始迷离起来。

那位老人看似不凡，仿佛江湖里那些神龙见首不见尾的隐者，然而酒量也着实有些糟糕，没过多久也开始有了醉意。

醉酒之人分很多种，有所谓武醉，那便是要借着酒意发泄打人踢树砸墙，也有所谓文醉，那等人要借着酒意写诗抄诗卖弄诗。宁缺不属于这两种，因为他不会写诗，所以他只是借着酒意不停喃喃自语。

那位老人醉后的神态也极为有趣，明亮的双眸盯着繁星之后的夜穹，不停轻声说着什么，像是在对这片夜空说话。只是看他面色如霜沉如铁的模样，可以想象那些话大概不是什么好话，更可能是脏话。

未曾相对，相邻饮酒，老少二人同时长吁短叹起来。

宁缺叹的是人生。

虽然他在大唐的人生还不到二十年，但两世为人又经历了这么多的蹉磨，总有很多可以感慨的地方，比如河北郡大旱人比鬼狠、岷山里人比兽狠、草原上人比狼狠，又比如最难消受美人恩，此生最痛舍不得如何云云。

老人感慨的内容则更为具体一些，在人心不古世风日下的大框架下，具体针对的是某郡某酒铺无良老板往烈酒里兑水这等煮鹤焚琴之举，又比如松鹤楼居然也堕落了，一道芽菜蒸肉居然用的不是长安南郊的黑猪，就连这春泥瓮的泥居然也换了出处，怎么闻酒里都有股黄州泥的味道。

"这是用来储酒，又不是用来磨墨写字的，怎么能用黄州泥呢！"

老人愤怒地挥舞着手臂，花白的胡须在夜风中乱飞。

老人的声音越来越大，传进宁缺的耳中，他侧头看着愤怒的对方，感慨说道："真是对生活有要求的人，但你这样不累吗？"

老人蹙眉看着他不悦说道："既然活着当然要好好活着。"

宁缺沉默片刻后，微涩一笑说道："那是因为你老人家生活幸福，所以你不知道，有些时候，只要能活着便是世上最大的幸事。"

老人像驱赶蚊子一般挥挥手，似乎是要把宁缺这番陈词滥调以及话语里透着的自怨自艾恶心感觉全部驱出露台。

宁缺此时酒意上涌，只是下意识里想要抒发自己的人生感慨，哪里会理会老人对他这一套很是不屑。

"我本以为我是卧龙岗上散淡的人，后来混得好了，我又以为自己是那些直指本心杀伐决断冷漠无情可以在世上建立功业留名字刻石柱的人，然而直到这两天我才发现自己只是一个在世间不停扮家家酒的人。

"人生啊，就像一场扮家家酒，扮得久了，你也就当成是真的了，于是什么冷漠无情也都会被柴米油盐熏染成我以前最不屑的责任或习惯。大概是因为从小的时候就一直想，如果没有我那她该怎么办啊，然后又变成，如果没有她我该怎么办啊？我依然能活着，说不定还能活得更轻松，但什么才是轻松？习惯了，如果习惯被打破，就不可能轻松，因为你总会觉得你生命里少了一些很重要的东西，总觉得你的身体少了很重要的一部分。"

宁缺转头看着椅中的老人嘿嘿笑着说道："你可不要嫌我说得酸腐骚情，要知道为什么世上总会有这些话语？因为事后人们总能通过各种方法证明，原来这些东西真的是很要命的一些玩意儿。"

他举起春泥酒瓮，对着夜空里并不存在的那轮明月，说道："没有就会不习惯。就像这片夜空，无论是十四年前的夜空还是现在的，无论是渭城的夜空还是长安城的夜空，只要没有月亮，我就不高兴。"

老人来了兴趣，看着他问道："月亮……又是什么东西？在天上吗？以前从来没有见过，也没有听人说过。"

"月亮是一种会发光的东西，有时是圆的，有时是弯的，它出现在黑夜里，有时候也会在白天偷偷出来逛逛，很漂亮。月亮这个东西可以做很多事情，比如遮遮太阳，搞搞潮水，变变狼人……"

宁缺看着老人的神情，叹息说道："我知道你不会相信真有这种东西，你不要这样看着我，你就当我喝多了吧。"

老人说道："如果不是我这时候也喝多了，我一定要把你抓到钦天监去，逼你用那里的玩意儿好好在夜里找找。"

宁缺嘲讽说道："不提这个了，反正这么玄妙的事情，像你这样家财万贯的大俗老爷是怎么听也听不懂的。"

老人闻言大怒，训斥道："姜是老的辣！"

宁缺不屑应道："韭菜还是嫩的香。"

老人无语。

宁缺忽然说道："和你正经说件事情，你可别怕，我想杀人。"

老人看着他吃惊说道："你白天才刚刚杀了两个，这时候又想杀了？"

宁缺这时候已经醉得有些厉害，竟是没有听清楚这句话。

他看着夜空里的繁星，感慨说道："我有时候真觉得自己的性格有些问题，每当不高兴的时候，我就想去杀些人。"

老人看着他很认真地说道："你的性格没有问题。"

宁缺微微一怔，看着他喜悦说道："你这样认为？"

老人嘲讽说道："但你的脑子有问题。"

66

宁缺对这个说法极为不屑。身为书院二层楼学生，与陈皮皮这样的人物并列，自己是天才的判断在他心中愈来愈坚定。

因为很高大，老人坐在椅中总感觉有些局促，换了好几个姿势才最终找到稍微舒服些的位置。他半靠着椅背，手撑着下颌，看着宁缺问道："不高兴的时候就想杀人，难道你以前杀过人？"

宁缺把手中将空的春泥酒瓮搁到脚边，说道："我可不会告诉你我杀过多少人，那可是触犯唐律的事，不过你可以这样设想。"

老人摇了摇手中已经空了的酒瓮，有些恼火地咕哝了一声，喊楼下的掌柜再送两瓮，然后看着他问道："可你为什么想要杀人？"

宁缺沉默思考片刻后摇头说道："虽然我这时候已经快喝醉，而你已经喝醉，但这件事情还是不能告诉你。"

掌柜一路小跑来到了露台上，恭恭敬敬把两瓮新酒搁到老人身旁，然后低头哈腰退了下去，别说催着结账，话都不敢多说一声。

他不知道这位老人是谁，就连松鹤楼真正的东家，朝中某位大官也不知道这位老人的真实身份，只是松鹤楼无数年来一直藏着幅画像，和一个简单的规矩。那个规矩就是，如果有一位长得像画像中的老人来到松鹤楼，楼中所有人都必须把老人当祖宗一般供着，且又要像对待杀父仇人那样不用理会，以免惹得那位老人心烦意乱不高兴。

就算不是画像中的老人也无妨，因为认错祖宗顶多会让松鹤楼损失一些银子，丢一些面子。而如果祖宗回来，你却招待不周，那么松鹤楼还有什么道理继续在长安城里存在下去？

老人拍开春泥酒瓮，极快意地饮了一口，说道："其实我像你这么年轻的时候，也经常想杀人。"

宁缺看着他的容颜，无法确定老人的具体年龄，但想来应该是极老了，那么他年轻时是何时？是多少年前的事情？

"当年你想杀谁？"他好奇问道。

老人把酒瓮搁到椅旁的小桌上，看着露台前方光秃秃的冬树枝丫，说道：

"我母亲是父亲的第三房小妾，父亲在我三岁的时候就死了，之后族中不容，母亲带着我离开老宅，四处颠沛流离，活得很辛苦，受尽了世人的欺侮。

"所以当我有能力杀人之后，我想做的第一件事情就是回到老宅，把当年曾经欺侮过我们母子二人的那些老太婆还有那些亲戚全部杀个干干净净，然后再去把我父亲的坟墓掘开，挫了他的骨扬了他的灰。"

说的是杀人放火灭门绝户的世间最阴狠事，老人的神情却极平静温和。此时的他不像是个历尽沧桑的老人，而像是躺在谷草垛最上面的孩子，稚气的脸上飘过白云，讲述那些久远的往事。

宁缺沉默地看着老人，忽然皱眉问道："你杀了吗？"

老人修长的食指在桌上的春泥酒瓮上轻轻一敲，发出一声清脆而不单薄的声响，就像百世老宅幽静祠堂里牌位落在地面上的声音。

他看着宁缺微笑说道："不告诉你。"

宁缺无语，心想你都这么老了，怎么还这般小气和记仇？

"我想杀的那个人……他害死了很多无辜的人。当然我不是什么圣人，复仇也只是想让自己的心情能够得到真正的平静。那个人毁了我最美好的一段人生，害死了最疼我的父母，我要报的是私仇，和你当年的想法差不多，只不过当年你族中那些人相对可能好杀一些。"

他沉默片刻后继续说道："而我想杀的人实力非常强大，位高权重，而且有些连我也觉得棘手的背景。"

老人看着他皱眉说道："看你也不像是没有身份地位的人。"

宁缺微微一笑，得意说道："老人家果然阅尽红尘，识人无数，生就一双巨眼，实不相瞒，我乃是……个极有身份地位的人，因为我那位老师很了不起，所以理所当然我也很了不起。"

老人不悦道："这说的全然都是废话，你那个老师当然……就算他很了不起，和你了不起之间有屁的关系？"

宁缺没有理他，继续说道："现如今就算是与我想杀的那位巨豪相比，我们之间的身份地位也可以说相差无几。"

老人冷笑道："那你还愁苦什么？想杀便寻着机会去杀便是。"

宁缺沉默了很长时间，脸上流露出挣扎无奈的神情，感慨说道："问题在于我的身份地位都来自老师，而我那位老师似乎很愿意我们这些学生不讲道理，但其实他是个死脑筋，非常讲道理，总说什么唐律第一。你说说他这种说法是不是很没有道理，唐律第一那怎么不讲道理？"

听着这番话，老人的脸色顿时难看起来，不悦地训斥道："这当然有道理。不讲道理和唐律有什么关系？不走歪门邪道，难道就不能杀人？"

宁缺没注意老人的神情，摇摇晃晃走了过去，很主动地拎起一壶新酒拍开封口泥，便往嘴里倒酒，说道："如果唐律第一，那我就要找证据打官司，问题是我去哪儿找证据？如果不走歪门邪道，又怎么杀人？难道要我光明正大走到那人面前说我要杀你然后我被揍成肉泥？"

夜风轻拂，老人坐直身体瞪着宁缺，因为这个家伙的愚钝和糊涂而越来越难以抑制内心的怒意，修长的手掌紧握着椅背，似乎如果再不发生点什么事情，他便会一巴掌直接向宁缺的脑袋上扇过去。

宁缺此时已然醉眼迷离，哪里能注意得到这些细节，一面向腹中灌着美酒，一面抒发着人生的感叹，那些关于复仇关于不舍关于月亮的感叹，那些感叹越来越重复越来越无聊，总是绕着某些关键词打转，好在他酒醉之后依然下意识里封锁着大部分内心，没有说出夏侯的名字以及自己究竟是谁。

"老人家，先前我是拿银票敲开的松鹤楼，你是怎么来的？

"你没见过月亮吧？可怜的老头儿哟。

"这么说起来你真的很有钱，你钱是怎么挣的？我是靠西城赌坊那边挣的，你和那边有没有什么生意上的来往？

"别瞧我穿的这身棉袄难看，据说都是我那死鬼老师定的款式。

"哟，你吹胡子的模样好有趣。

宁缺不停絮叨着咕哝着，指着椅中老人哈哈大笑起来。

砰的一声闷响。

笑声戛然而止。

宁缺捂着额头，震惊迷惘地看着身前的老人。

老人手中握着根极粗的短木棒，看着他恼怒说道："废话真多！说得我头皮发涨。就凭你这副模样，居然也想杀夏侯。"

宁缺没有听清楚这最后一句话，两眼一翻便晕了过去。

就在他的身体向后倾斜，眼看着要重重摔在露台上时，一阵风拂起。

旧袄微飘，草鞋无声，书院大师兄出现在了露台上，扶住了摇摇欲坠的宁缺，右手一探抓住正在快速落下的那瓮新酒。

大师兄抱着昏迷的宁缺，看着老人茫然问道："老师，小师弟怎么了？"

老人偷偷把那根短木棒收回袖中，有些尴尬地咳了两声，说道："没有什么，他冒犯师道尊严，所以用院规处罚了一下。"

大师兄看见那根短木棒，不由惊得险些昏倒，心想当年老师就是用手中这根戒棍把青衣道人逐到了南海，今夜竟是用此物迎头敲了小师弟一记，小师弟就算不被生生打死，只怕救活后也会变成一个白痴。

一念及此，大师兄的脸色便变得苍白起来。

老人看着他脸色苍白，却没有想到他是在担心宁缺的安危，微微蹙眉说道："十年前就说过要你慢些再慢些，怎么还这么快呢？"

大师兄先前就是感应到宁缺有些问题，才会随风而至松鹤楼露台，哪里会在意自己的损耗，看着老人担忧说道："老师，小师弟不会有事吧？"

老人看着昏迷中的宁缺，说道："这小子学了你小师叔的本事，一身筋骨强得不像话，就被轻轻敲了一棍子，哪里容易这般死去。"

大概老人自己也觉着这番话没有什么说服力，咳了两声后极为严肃地解释道："他今日心力耗损过大，昏睡一阵是有好处的。"

书院大师兄只有一个老师。

那位老人自然便是传说中的夫子。

夫子说的话，在大唐帝国甚至比圣旨还要好使，而对于终生敬爱老师的大师兄来说，夫子所说的一切都是真理。夫子如果说黑夜是白的，那么必然就是白的，如果夫子说昊天是黑的，那么昊天就必然是黑的，夫子说宁缺没有事，那么不管到底有事没事，宁缺一定不会有事。

深夜的长安街头，夫子背着双手踩着极寥散的枯叶缓慢前行，风姿极为潇洒，大师兄背着宁缺跟在他身后艰难前行，有些狼狈。

"你说得不错，万家灯火里总会有一盏与众不同。"

夫子看着巷子里的隐隐灯火，看着远处巡夜的羽林军士兵，说道："你小师弟虽然算不得出淤泥而不染，更谈不上什么好人，但看似冷血无情的身躯里还有些情意，只是那些情意藏得深了些。"

67

"渭城里的人到今天还能收到银子，也懂得怜惜桑桑那个小姑娘，那么想必将来他对你和小陌会一直尊敬下去，对书院也会有应有的归属感。"

夫子回身看着昏迷中的宁缺，微笑说道："虽然这些都是些无关紧要的事情，但我想或许会对这个孩子将来的选择有影响。"

听到桑桑的名字，大师兄微微皱眉，但他没有就此发论，而是忽然说道："出淤泥而不染，我一直记得老师当年所作《爱莲说》里的这句话。"

夫子停下脚步，转身看着自己最喜爱的大徒弟，缓声说道："那文章本来就是写你的。"

大师兄低头说道："学生愧不敢当。"

夫子说道："世间本无完人，但在道德心性方面，你比我强，比你小师叔强，比我这无数年来见过的所有人都强。然而前些日子那件事情，你却做得不好，想得不善，不如君陌。"

听着老师的批评，大师兄沉默受教，却说道："小师弟身后那把大黑伞，只怕佛宗的人已经看出了些端倪，不得不慎。"

夫子静静看着他，忽然轻拂袍袖，街面上枯叶乱飞，直上寂清深夜天穹，仿佛要在繁星的背后留下某些路引。

"冥界都没有找到，何况冥君？

"冥君都没有找到，何况冥君之子？

"那个小姑娘我见犹怜，何况这个痴儿。"

夫子看着依旧昏迷不醒的宁缺，微笑了起来。

然后他平静说道："以往我便说过，对于世间无法了解、无法确认的事情，没有任何人有资格提前去做评判，更不可以为了抹除掉某种不好的可能性，而断绝了任何可能性的发展，因为活着便是无数种可能的集合。"

大师兄想着那夜在书院后山与师弟的争论，想着当时的话语，忽然发现自己竟忘了老师曾经的教诲，不知是因为背宁缺太累还是内心受到的震撼太大，顿时汗如雨下，湿透了身上那件旧袄。

"老师，我错了。"

夫子微微一笑，转身向前，大师兄背着宁缺，跟在身后。冬末的深夜，长安城巷中，一名老师带着他这辈子最疼爱的两个学生平静前行，却不知最终会走向何方。

深夜的长安城，万家灯火已经熄了九千多家，除了皇宫城墙上的灯光，便只有西城通宵热闹的赌坊青楼还亮着。南城多住大臣富商，门禁森严，早已一片漆黑，但今夜却还有一座府邸散着灯光。

文渊阁大学士府中，曾静夫人坐在书房的圆凳上不停抹着眼泪，保养极好的脸上愁苦与怜惜心疼的神情异常清晰。

曾静大学士看着她叹息一声，说道："女儿已经接回府了，夫人你为何还如此伤心？现如今还有些陌生，再过些时日，总是能喊出那声母亲，你不要太过急切。"

曾静夫人抬头看着他伤感说道："我哪里不明白这个道理，难道我还非要逼女儿今天就要如何。我只是觉得她这些年受了太多苦，做母亲的总觉得伤心愧疚，尤其是看她如今这小模样便忍不住流泪。"

曾静大学士微异问道："她又如何了？"

"静岷园里给她住的小楼，本来就配着四大四小八个丫头，谁知道先前我去时，发现那八个丫头都被女儿给赶了出来，进楼一问，你猜女儿怎么说？她竟说这些年只习惯服侍人，不习惯被人服侍。"

曾静夫人说着说着眼泪又流了下来，看着大学士说道："你说这让我这个做母亲的听着心里有何感受？而且你也不要瞒我，我知道昨儿你迟疑那刻是为什么，你不就是担心皇后娘娘想要拉拢书院，所以不想让女儿与她那个杀千刀的主家完全断裂关系。"

曾静想着先前管家私下里的观察回话，对桑桑的观感也更好了几分，这个多年未见的女儿虽说不怎么爱说话，似乎有些不讨喜，但实际上平静可人，教养极好。他点头捋须，想着皇后娘娘的交代，沉默片刻后说道："毕竟是你我的亲骨肉，无论皇后娘娘做何想法，她都不会再离开我们身边，放心吧。"

便在此时，学士府外街上忽然传来急骤的蹄声，书房距离大门处极远，但此时夜深人静，这道蹄声竟显得那般清晰，甚至有些惊心动魄。

曾静大学士微微蹙眉，站起身来望向书房外。

随着密集的脚步声，学士府管事恭恭敬敬带着一位太监进入了书房。

曾静看着那名太监容颜，眉头蹙得更深了些，挥手屏退所有下人，亲自斟了杯茶递到那名太监身前，张了张嘴却没有说话。

书房里一片安静。

曾静以为是皇后娘娘询问女儿自老笔斋归来一事，在腹中想了诸多说辞，然而还没有等他开口，那位太监却是微笑说道："曾大人，是陛下的旨意。"

曾静先是恍然大悟，难怪来的是林公公，接着便是疑惑不解。天启年来大唐风调雨顺，官清民安，极少有这等深夜急旨之事，即便是边境有事，按道理陛下也不可能派太监来召自己这个文臣入宫，而且竟然派来的是陛下宫中最得用，也是品秩最高的太监首领。

林公公没有给曾静更多思考的时间，轻声说道："陛下知晓大学士父女重逢的喜事，很是高兴，明日大概便有相关旨意下来，今夜先来给大人道喜。"

道喜不用深夜前来，曾静知道这道旨意必然还有后话。

果然，林公公继续说道："只是桑桑现如今在户籍上还是宁缺的侍女，为防民间议论，陛下请大学士今夜先把她送回老笔斋。"

曾静面上隐然透出怒意，心想陛下这道旨意完全是乱命，哪里来的拆散骨肉逆人伦的道理，沉声说道："我要进宫面见陛下。"

林公公似乎早已猜到他会有此反应，毫不惊讶，向前走了两步凑到他的耳边轻声说道："这是书院院长的意思。"

曾静大惊，不可置信地问道："夫子……回京了？"

林公公感慨说道："不错，夫子已经有很多年没有对宫里传过话了，您应该很清楚他老人家难得说句话的分量。就算他老人家说要陛下把大明宫给拆了，只怕陛下也只有真把大明宫给拆了，谁让我们的陛下这辈子都把自己视作夫子的学生，从未有半分违逆？"

曾静犹豫。

曾静夫人在旁忽然颤声说道："我已经失去她十几年了，我女儿不愿意离开，谁也别想把她从我身边再带走。"

曾静夫人不是高门大阀出身，与清河郡那些大姓更没有任何关系，在嫁给曾静为妾之前只是名最普通的民女。而在大唐，也正是这些民间最普通的人，他们的感情和是非观才会最朴素，也最坚定。

在这种朴素坚定的感情与是非观前，权力和力量往往会失去它们本来的魔力，无论是夫子还是皇帝，或许都要暂避一二。

林公公微微一怔，对这位学士夫人暗生敬意，和声说道："夫人您误会了，这件事情当然首先要听桑桑小姐自己的意思，陛下这道旨意只是让你们莫要拦阻。我想二位是不是能让桑桑小姐出来听我说句话？"

曾静夫妇对望一眼，心想陛下既然是如此说法，自己确实不好再表现得过于强硬，便命人去静岷园看看桑桑睡了没有。

没在老笔斋，桑桑自然睡得不好，昨夜她一直睁着眼睛看着帷帐上那些繁复美丽的花纹看了整整一夜，今夜她则是坐在窗边发呆。

她来到了书房。

林公公只说了一句话："宁缺受了重伤。"

桑桑沉默片刻，然后转身走出书房，就像是没有听到。

片刻后，她抱着自己的行囊走了回来。

她对着学士夫妇行礼，低声说道："我去看看，明天回来。"

然后她想了想，又补充了一句："他好了我就回来。"

礼宾院里的竹林被夜风吹拂着，像黑青色的海，像深秋的墨池里密集的水草。墨池苑的弟子们不知道白天宁缺师兄和山主之间说了些什么话，不知道发生了什么事情，在各自的房间里香甜地入睡。

莫山山没有睡。她对着烛光，看着身前那些书帖，这些书帖都是白天的时候宁缺写的，墨迹已干却依然新鲜，仿佛还带着当时的味道。

酌之华披着一件单衣走了进来，看着她的脸颊，担心说道："究竟发生了什么事情，要提前离开长安。"

莫山山看着烛光下的书帖微微一笑，红唇抿得极紧，就像是柳树上系着的红线，而在大河国，柳树上的红线代表着姻缘。

"听说宁缺今天来之前受了伤。"

莫山山眉尖微蹙，简洁问道："谁？"

"月轮国的道石僧，在晨街上正面挑战，被宁缺断头。"酌之华犹豫片刻后说道，"那位道石僧听说在悬空寺里读经礼佛多年，境界很是高深，所以我想宁缺受的伤应该不轻。"

莫山山站起身来，沉默片刻后又缓缓坐下。

"原来你写书帖时已经受了伤，可你为什么不说呢？"

很久没有人去剪的烛芯微微卷曲，光线昏暗，映在少女的白裙上泛着淡黄，但映在她的脸上，却依然遮不住微微的苍白。

68

宁缺醒了过来，还没有来得及睁眼，便倒吸了一口冷气，因为头上传来一阵剧痛，痛到他有些糊涂，怎么想也想不起来昨夜在松鹤楼上最后的画面，不清楚头痛究竟是宿醉还是因为别的什么事情导致的。

他想了很长时间，终于想起来那个穿着狐裘的高大老人，想起老人最后手中握着的那根粗短棒子，也明白了自己头痛的原因，不由又是愤怒又是羞愧。愤怒于那厮居然敢对自己下黑手，羞愧于自己身为夫子的亲传弟子，居然会被长安城里一个垂垂老矣的富翁敲了闷棍。

自己这时候还躺在松鹤楼的露台上吗？宁缺想着这些问题，手下意识里摸了摸，从身下炕面传来的硬度和被褥的味道看，自己是躺在老笔斋中，那么是谁把自己送回来的？松鹤楼的掌柜还是那个可恶的老家伙？

被褥熟悉的气味在他的鼻端缭绕，不是异味而是一种令他心安的气息，他以及她的气息。然后他闻到了另一股并不熟悉却在回忆里非常清楚的味道，那股牛肉蛋花粥的味道让他一时惘然起来，仿佛回到当年。

很多年前，他带着桑桑去渭城投军，路上经过图什镇时，遇见有草原蛮人厨子在镇上卖牛肉粥。镇上一位老爷极有讲究地在牛肉粥里打了个鸡蛋，鲜滚的牛肉遇着晨时刚落草的鸡蛋浆成的花，顿时变成了一种极为香甜嫩滑的绝妙食物，便是远远看着也能觉得极为好吃。

桑桑很馋那碗牛肉蛋花粥，但宁缺为了省钱却没有买，二人默默地穿镇而过。后来在渭城他第一次随部队劫杀马贼，拿到第一笔银钱后，桑桑连着做了四天的牛肉蛋花粥，二人都吃到有些恶心，这才明白，牛肉蛋花粥这个东西很补，但吃多了味道其实也只是普通，所以从那之后再也没有做过。

宁缺睁开双眼，看着屋顶糊着的那些白纸，闻着门缝里飘进来的牛肉蛋花粥香味，揉了揉生痛的脑袋便坐了起来。

他从炕脚扯过外袄套在身上，推门走到天井，看见院墙下那些垛得整整齐齐的柴堆少了些，就像夜里被老鼠偷过一般，最上面那排有个豁缺。

他又向前铺望去，只见前天剩在桌上的青菜白饭和烤鸭都不见了，桌子被擦得干干净净，地上也已经拖洗完毕，没有任何灰尘。

有热腾腾的雾气从灶房里飘出来，宁缺走了过去，发现那些剩菜都已经被倒进了泔水盆里。冰冷了两天的灶洞重新泛起温暖的火花，几把细柴正在里面安静地燃烧，灶上粥钵咕咕作响，不停喷吐着水雾和香气。

灶前有个小板凳，桑桑就坐在她最习惯坐的地方，看着柴火，听着粥声，把握着火候。头微微轻垂，似乎有些疲惫困倦，微黑的小脸被柴火映得通红，在额前飘着的微黄细发被火温燎得卷得更加厉害。

宁缺看着她瘦小的背影，沉默片刻后走上前去，拍了拍她的肩膀。

桑桑醒了过来，仰起小脸看着他问道："醒了？"

宁缺嗯了一声，说道："看样子你一夜没怎么睡？"

桑桑嗯了一声。

宁缺说道："那你先去睡会儿，我来熬粥。"

桑桑从灶前小板凳上站起，把额前微卷的头发捋到后面，走到灶房门口时忽然想起一件事情，回头提醒道："注意些火，不要太大了。"

宁缺说道："知道了。"

桑桑又说道："你不会喝酒，以后少喝点。"

宁缺说道："知道了。"

然后他走到灶前坐到小板凳上，从灶眼里抽出燃得最厉害的那根干柴，又转了转风挡，把柴火弄得小了些。

中午的时候，桑桑醒了过来，她取出毛巾和牙具简单地洗漱了下，进灶房看了一眼粥钵，然后走到了前铺。

前铺桌上放着一盘削皮分骨摆得很漂亮的烤鸭，两盘青葱鲜嫩蒜蓉如雪的青菜，一钵焖香微焦能引起食欲的牛肉蛋花粥，两双筷子，两个空碗。

除了桑桑熬的牛肉蛋花粥，其他的菜与前天一模一样，趁着她睡觉这段时间，宁缺竟是去菜场买菜重新做了一遍。

桑桑看着桌上的菜，忽然低头看着裙摆外的小鞋，低声说道："你伤好了没有？如果伤好了我就要回学士府了。"

宁缺说道："你不用回去了。"

桑桑怔了怔，沉思片刻后，走到桌旁拿起碗替他盛了碗粥，摆在他的身前，又把筷子递到他手里，才开始替自己盛粥。

"吃饭。"宁缺夹了一个鸭腿放到她碗里。

桑桑认真说道："这是菜，不是饭。"

宁缺说道："都一样。"

然后两个人在铺子里开始安静地吃饭，偶尔他给她夹一筷子青菜，偶尔她替他把鸭皮蘸酱再送到碗里，然后她又替他盛了第二碗粥。

宁缺忽然笑了起来。

桑桑也笑了起来。

临四十七巷巷口停着一辆马车。

莫山山坐在窗畔，掀帘看着不远处的老笔斋。老笔斋没有关门，她可以清楚地看见铺子里的画面，可以看到很多细节的东西。

她的眼神依然平静，睫毛却在微微颤动。

进长安城的第一天，她就看到了桑桑，出乎她的意料，那只是一个很普通的小侍女，然后今天她再一次看到桑桑。

这一次她看到的桑桑，是和宁缺单独在一起的桑桑。

看着老笔斋里对桌吃饭的宁缺和桑桑，莫山山终于确信这两个人在很多年前，便已经是一个单独的世界，对于他们来说，世间其余的任何人都是世外之人，任何事都是世外之事，很难在那个世界里留下自己的影子。

就像是眼睛和睫毛，只不过平时眼睛看不到睫毛，睫毛也刺不到眼睛，而当外界吹来一阵劲风时，两者才会注意到彼此的存在。

"但我是山，不是风。"

莫山山缓缓放下窗帘，取出一封书信交给身旁的酌之华。

酌之华犹豫说道："我们真的就这样离开长安城？"

莫山山平静说道："毕竟是大先生邀我前来，稍后我们去南郊书院，见过大先生之后，我们再离开。"

酌之华叹息一声，不再劝说什么，拿着那封信下了马车。

吃完饭后，桑桑去洗碗，宁缺坐在桌旁拆开了那封信。

信纸上是莫山山熟悉的笔迹，少女的笔迹并不一味娟秀细腻，走锋飞捺间颇有宁静外表下掩之不住的磊落决然意。

这封信里最后有几段这样的话：

"或许命运安排你们很多年前便是单独的世界，不需要有人站在柴门外轻敲，也不需要有人在院外冬树下呼喊打扰，但我不相信命运。

"荒原一路同行，我受益极多，长安冬日并肩而游，很是欢喜。

"雪夜红墙，你曾说过喜欢，我曾说过喜欢是不够的，而且最后证明确实是不够的，但至少你曾说过喜欢，我很喜欢。

"长安城与大河国相距甚远，但不及荒原路途遥远，若真想来，若真想去，也便极近。日后你来看我，或我来看你，或他山云雾之中再见，都是人生欢愉事。

"经历诸多事，我眼中河山已有新意，重逢那日，所书所写定然较今日更加壮阔，望你也多加努力，莫要令我失望。"

看完这封信，宁缺沉默了很长时间，然后他走回后院卧房，掀起床板，取出下面的匣子，却发现匣子里的银票已经回来了。

看着匣子里厚厚的银票，他忍不住笑了笑，明白自己吃饭前就算不说那句话，桑桑也已经做好了搬回来的准备。

他把匣子重新放回床板下，看着手中的那封信思考片刻，扔进书桌旁的废纸篓中，然后拿了大黑伞，对桑桑说去前铺等她。

桑桑洗完碗后开始打水。前天清晨便打过一次水，水缸基本上还是满的，很快她便结束了家务活儿，习惯性擦了擦额头上并不存在的汗珠，走回卧房开始换衣服，然后她看见了废纸篓里的那封信。

她沉默了片刻，把沾着水的双手在围裙上很认真地擦干净，走到废纸篓前捡出那封信，又不知从屋里哪个角落摸出另一个匣子，很郑重地把这封信放到了匣子的最深处，然后把匣子放回原位。

这是桑桑的小黑匣，里面放着些宁缺基于某些原因决意扔掉，但对他很珍贵的东西，比如卓尔死后的那个雨夜宁缺摹的《丧乱帖》。

她知道这封信对宁缺来说是珍贵的，那么便好好留着。

走出老笔斋，桑桑撑开大黑伞，跟着宁缺向临四十七巷外走去。

宁缺早已经习惯了她铺床叠被洗碗撑伞，但走了片刻，他忽然从桑桑手里接过大黑伞。

桑桑仰起小脸疑惑地看了他一眼。

他微笑说道："走吧。"

桑桑眯着柳叶眼，微笑着点了点头："嗯。"

长安城落下了第一场春雨，珍贵如油。

伞下的主仆二人看着雨帘，仿佛看见了从前和以后。

69

就在天启十五年的第一场春雨里，宁缺带着桑桑去了长安城很多地方，首先去的当然是大学士府。毕竟无论如何，大学士夫妇是桑桑的亲生父母，而且从最近这几天的事情来看，对桑桑确实有真情有实意。

站在安静的书房里，宁缺有些不知从何处来的紧张，与前天那般狠厉强大的模样截然不同。大概是因为他很清楚，今后有些事情就算不需要面前这对夫妇点头，但在世人眼中他天生就比这对夫妇矮上一辈，那是好几个头。

曾静大学士夫妇知道宁缺的身份，自然不会把他当成普通人看待，而且他们也知道自家女儿和宁缺间的关系并非寻常主仆那般简单，所以对宁缺有三分尊重、三分警惕、三分不安还有一分审视。

关于桑桑脱籍的事情，书房里的人们很有默契地没有提及，宁缺是不愿意桑桑与自己在户籍上分离，曾静大学士想着皇后娘娘的希望，曾静夫人则只顾着拉着桑桑的手，在几天住老笔斋几天住学士府的问题上眼泪涟涟，根本没有注意到这个问题，而桑桑则是懒得想这些事。

最终双方经历了一番友好的谈话，确定了日后交往的某些基本原则。宁缺做出了不干涉学士府一家团圆的承诺，学士府方面也很隐晦地承认了宁缺在某些方面拥有优先权以及某些衍生权利，就此欢愉暂别。

接下来宁缺和桑桑去了公主府。

李渔看见大黑伞下的主仆二人，在心中轻轻叹息一声，看着宁缺平静说道："你应该很清楚皇后娘娘为什么重视这件事情。"

宁缺这两天忙着寻人骂湖杀僧写帖，还确实没有想过这件事情和宫里也能拉扯上关系，不过这件事情并不复杂，他只想了片刻便想明白了其中的缘由，想了想后说道："我不认为自己有资格代表书院的态度，而且我想无论老师还是大师兄都应该没有兴趣对这件事情表达态度。"

李渔说道："问题在于如果到时候皇室自己无法确定这件事情的走向，大唐若要稳定永续，便需要书院表明态度。"

宁缺说道："我相信文武百官到时候肯定会有自己的倾向。"

"如果到时候文武百官分面两派，各自争执不下呢？"李渔看着他的眼睛，不给他任何闪避的机会，说道，"书院虽说不干涉朝政，但书院的态度对文官们来说极为重要。军方虽说与书院相对疏离，但书院一旦表态，相信没有哪位将领会敢于提出反对意见。"

宁缺皱了皱眉头，沉默不语。

"书院二层楼弟子为何需要入世？因为书院存在于大唐，书院自身也需要大唐长治久安，而你既然是入世之人，便需要背负起这个责任。"

宁缺叹息道："好像有些重。"

李渔说道："颜瑟大师把整座长安城的安危都交付了你，你肩上的担子本来就已经很重，再加上这些又算得了什么呢？"

"债多了不愁，虱子多了不痒，难道是这个道理？"宁缺感慨道，"当初我们一道回的长安城，殿下你应该很清楚我只是一个很不起眼的小人物，如今两年不到，便要承担起这么多的责任，我真的没有什么心理准备。而且说实话，我不认为自己有这种能力。"

李渔说道："谁让你成为夫子和颜瑟大师的弟子？你来长安这两年的遭遇看似并不奇怪，都是你凭自身毅力和能力攀爬而上，然而如果从结果倒推，只怕五百年来大唐都未曾出过似你这般幸运的人。"

"长安城的安危我现在还没有能力承担，至于大唐国祚的延续，也自有他人操心，殿下刚才那番话真是徒乱我心。"宁缺忽然想明白了一些事情，顿时觉得轻松了不少，说道，"真有解决不了的问题或局面出现，我可以去问老师和师兄师姐们，相信他们一定比我有智慧得多，到时候我顶多便是那个入宫转达书院意见的家伙。"

李渔沉默片刻后看着他微笑说道："希望到时候你入宫时看到的

是我。"

宁缺说道："我只希望到时候在宫中的你看到我时不要失望。"

第一场春雨来得悄无声息，去得也悄无声息，淅淅沥沥一阵便没了影踪，化作了长安城无数黑檐粉墙上的潋潋湿意，没让街巷变得更冷，只是替尚未抽芽的冬树洗了洗颜面，润了润身躯。

桑桑接过宁缺递过来的大黑伞，束好背到身后，仰脸看着他说道："你和公主殿下说的话为什么总是这么难懂？"

"说的都是一些很简单的话。"宁缺想着李渔这些年在朝中在军方不停扶植忠于她的青年力量，说道，"只不过说话的人比较复杂。"

桑桑说道："你今天没有说她是白痴。"

宁缺回答道："虽然我还是认为她的做法有些白痴，但毕竟她是你的朋友，和我关系也算不错，留些口德也好。"

他们接着去了红袖招，去了西城赌坊，甚至去皇城逛了一圈，见到了简大家、齐四爷、徐崇山等人。在这几个地方宁缺没有逗留太久，也没有说什么，只是带着桑桑出现在他们眼前，便足够表达出清楚的意思。

桑桑已经回来了，你们不要担心了，不用担心桑桑的安全，也不用担心宁缺身上那股快要把整座长安城掀开的杀气。

离开皇宫经过南门观时，宁缺看着观里的飞檐和一枝瑟瑟探出头的蜡梅，忽然想到何明池曾经说过的那件事情，看着身旁的桑桑问道："虽然我很厌憎那个死老头，但你毕竟是他唯一的传人，听说西陵神殿那边一直想把你接回去，也就是说日后你有可能当光明大神官，这件事情你觉得怎么样？"

桑桑说道："老师没有要我去西陵。"

宁缺笑了笑，说道："我也没有让你去西陵的意思，只是偶尔想想我家的桑桑，居然可以当光明大神官，便觉得这件事情很有意思。"

"一名光明大神官替你端茶递水铺床叠被甚至还要暖床，确实是很值得得意的事情，但如果让世间亿万昊天道门信徒知道你如此邪秽的想法，你信不信就算你进书院后山，都会被唾沫星子淹死？"

陈皮皮不知何时出现在二人身前，看着宁缺嘲笑说道。

宁缺看着他问道："为什么你总能这么容易地找到我？"

陈皮皮说道："因为你身上无耻的味道很重。"

宁缺懒得和他打嘴仗，问道："今天找我又有什么事？"

他忽然想起在雁鸣山下湖畔陈皮皮提起过书院开了一场大会，大家吵来吵去都没吵出什么结果，七师姐说要抓自己回去审问，不由警惕问道："师兄师姐们到底为什么事情争执成了这副模样？非得让我回去参加？你莫不是要骗我回去，让我代你成为他们的出气沙包？"

陈皮皮看了他身旁的桑桑一眼，说道："那件事情已经解决了。"

宁缺微异问道："怎么解决的。"

陈皮皮说道："因为某人自己解决了，所以师兄师姐们也就解决了。"

桑桑轻轻扯了扯宁缺的袖子，提醒道："他好像是在说你。"

宁缺点头说道："我也听出来这件事情里有些古怪。"

然后他望向陈皮皮问道："既然事情已经解决了，还来找我做什么？"

陈皮皮应道："找你回书院。"

宁缺问道："又发生了什么事？"

陈皮皮说道："因为老师回来了。"

南门观那株探出墙孤零零的蜡梅下，宁缺很长时间没有说话。

从进入书院开始，他便一直期待着与老师——传说中的夫子相见的那一天，然而夫子始终在外游历，即便大师兄出现了依然没有出现。直到此时，忽然有个人跑过来说夫子已经回到了长安，这未免太突然了些。

宁缺不知道夫子是怎样的人，甚至除了西陵桃山一剪没之外，没有听说过夫子任何传奇事迹。然而他很清楚，一个能当小师叔师兄的人，一个能教出大师兄二师兄这样人物的人，必然是一个传奇到了极点的人。

这样的人是自己的老师，每每想到这点，他便骄傲得意得牙疼，今天终于要见到老师，他便紧张焦虑得牙疼，下意识里想要逃避。

"我还没有刷……我刷了牙，但我……我还是没有做好准备……你看，你看我身上这件冬服……已经好些天没有洗过了，上面还有粥渍。"宁缺指着襟前牛肉蛋花粥的污渍，很认真很紧张地解释说道，"我看我应该回去沐浴焚香净身再换件新衣裳再回书院。"

"沐浴焚香净身？"

陈皮皮看着他非常严肃认真地说道："如果让老师知道你做了这些事情，肯定会让二师兄把你揍成肉饼，因为老师认为只有逝去的先人才能配享这些待遇，也就等于说你把他当成了一个死人。"

宁缺不知道在松鹤楼露台上自己已经骂过夫子是个死老头，所以此时听着陈皮皮的威胁，顿时从"恶"如流，表示立刻跟他回书院。

他望向桑桑，准备让她先回老笔斋。

"同去同去。"

陈皮皮看了一眼桑桑，说道："老师大概对你家这位候选光明神座小侍女很好奇，专门吩咐让你带她一起去。"

宁缺点头。除了他，桑桑对世间任何事情都持无可无不可的态度，既然他同意她一道去，那么她便一道去。

然而去往书院的三人还没有走出长安城，便被迫停下了脚步。

因为长安城南门前的朱雀街宽坪间挤满了人。

不知道是什么热闹事，竟在雨后吸引了这么多人。

陈皮皮踮着脚尖向人群里望去。

只见人群中间空出来的一片空地里摆着一个长条凳。

长条凳下趴着一只白狗。

长条凳上躺着个小姑娘。

小姑娘身上穿着件破旧的皮袄。

皮袄之上是块沉重的条形大石。

70

小姑娘身上那件破旧的皮袄有些薄，被沉重的大条石压着，似乎随时可能和她小小的身躯一道破开，看到这幅画面的人不免有些心惊胆战。

一名衣着破烂的潦倒男子站在长凳旁，脸上的神情木讷，眼中却透着恐惧，双手高举着铁锤，却怎样也无法砸下去。

围观的长安百姓有人转过脸去不敢看，有些人担心地劝阻，有些人紧张得不敢说话，有些人则是兴奋得目不转睛。

长凳腿下的白狗无聊地趴在自己的前腿上。

"胸口碎大石？"

陈皮皮看着人群里的这幕画面，不可思议地说道。宁缺也有些吃惊。话说胸口碎大石这种把戏，在长安城里已经很少见到，因为太过俗套，然而玩胸口碎大石的居然是个小姑娘，这便极为少见了。

陈皮皮担忧说道："别说锤子落下去，看着这么大块石头也要把这小姑娘压死了，这可不行，得赶紧拦着，太危险。"

说完这话，他便往人群里挤去，想要阻止这件事情的发生，然而还没有等他走过去，长凳上的那个小姑娘似乎瞪了身旁的男人一眼，那男人仿佛受到了极大的惊吓，双手一软，铁锤便落了下来！

砰的一声闷响。

小姑娘身上那块沉重的大石崩裂成了无数段，从凳旁砰砰落下，有块石头砸中了凳腿旁的那只白狗，白狗摇了摇头。

南城门街道上一片安静，鸦雀无声，人们看着长凳上一动不动的小姑娘，心想莫不是被生生砸死了吧？有些人的脸上露出了不忍的神情。

便在这时，只见那小姑娘极为利落地从长凳上翻身而起，掸掉身上的灰尘石屑，看着身旁那汉子恼火说道："当日在破庙里挑你就是看中你力气大，但你不敢发力哪能有什么效果？下次可别这样了。"

围观的人群这时候才醒过神来，看着那个满脸稚气的小姑娘，看着她浑若无事的模样，才明白她根本没有任何事，不由兴奋地高声喝彩鼓掌起来，一时间喝彩声、口哨声响彻长街。

那小姑娘摘下头上的皮帽，向围观的人群走了过去，先前塞在帽中的大黑长辫垂了下来，一直垂到膝弯处不停摆荡。

小姑娘的笑容清稚可爱，说话利落干净，长安城百姓先前见着她胸口碎大石，已是佩服到了极点，这时见她小模样讨喜，哪里还有不掏钱的道理，不多时她手中那顶皮帽里便塞满了铜板。

小姑娘捧着一帽子沉甸甸的铜板，笑得越发开心。

还有一些好心的长安城百姓把那潦倒汉子好一通教训，说道无论如何穷困，也不能让自家年幼的妹子做这等危险事情，又道若下回还在长安城里见着你让那小姑娘胸口碎大石，定让长安府把你抓回去问罪。

小姑娘从皮袄襟前一个破洞里找到那颗硌得自己有些慌的石砾扔掉，走到那潦倒汉子身旁，拍着自己的小胸脯，对众人笑着解释道："谢谢大家关心，不过真没事儿，我打小便是练过的。"

拍胸的动作显得极为豪迈，但她是个年纪尚幼的小姑娘，手掌也小胸脯也小，这动作便自然多了几分可爱，惹来众人一片善意的笑声。

陈皮皮张着嘴，瞪着眼睛，像个受惊过度的白痴般看着场间那个小姑娘。

宁缺望向场间，忽然间身体微僵。

先前那幕胸口碎大石的画面让他也有些吃惊，然而当他看清楚那名小姑娘清稚的容颜时，顿时被震惊到说不出话来。

"你带着桑桑先去书院，我还有些事情，稍后就到。"

他对陈皮皮说道。

陈皮皮有些疑惑地看了他一眼，提醒道："千万不要去焚香沐浴更衣。"

宁缺微涩一笑，说道："不会。"

陈皮皮加重语气说道："终究是要见老师的，你不要想着溜掉。"

宁缺叹息说道："丑媳妇见公婆的道理，我懂。"

在朱雀大街侧向的一条静巷中，宁缺低头看着身前的唐小棠，感慨说道："我在想你是不是疯了，居然会出现在长安城。"

在南城门胸口碎大石的小姑娘自然是唐小棠，除了这位魔宗少女，世间还有哪个小姑娘能够拥有如此非人的身体强度？

唐小棠抬头看了他一眼，说道："我哥让我来长安的。"

宁缺怔了怔，说道："那就是你哥疯了。"

唐小棠不高兴地说道："你才疯了。在呼兰海的时候我就和你说过，我会来长安城找你玩，怎么一见面就这样？"

宁缺完全无法理解这对魔宗兄妹的思维方式和逻辑，倒吸一口冷气说道："来长安城玩？你到底有没有搞清楚，这里是中原，这里是大唐帝国，这里是长安城，而唐小棠你是传说中的魔宗余孽！"

唐小棠困惑看着他，问道："那又怎么了？"

"怎么了？"

宁缺警惕地看了看巷口，恼火地围着巷中那棵树转了一圈，俯身盯着她的眼睛说道："一个魔宗余孽出现在长安城，这就像是小白兔跑到正在拉屎的大黑熊身边，就像飞蛾扑进熊熊烈火。"

唐小棠展颜一笑，安慰他说道："原来你在担心这个。不用怕，我们明宗弟子身上根本没有气息波动，你们这里的修行者根本看不出我们的身份，当年明宗那么多前辈都藏在中原，也没见出什么事。"

宁缺看着小姑娘稚气犹存的脸，不知该说什么好，强行压抑下心头的怒意，认真解释说道："现在已经不是当年，确实没有什么人能想到居然还会有魔宗余孽敢在光天化日下出现，但你刚才做了些什么？居然玩胸口碎大石！等你在长安城里出了名，你以为天枢处还会查不到你的来历？"

他接着说道："就算神殿裁决司那些穿黑衣服的家伙不能进长安城来逮你，你以为就没有人会对你动手？先前那些怜惜你心疼你佩服你的长安城百姓这时候可以给你鼓掌，但如果知道你是魔宗的人，他们肯定会端碗井水来生吞了你，你可别忘了我们唐人也是信奉昊天的。"

唐小棠很无辜地摊开手，显得十分可爱，说道："从荒原来长安城的路途太远，才走到成京，我的银钱便花完了，一路讨饭过来的。想着进了长安城再乞讨怕给书院和你们丢脸，所以才想着卖艺挣钱。"

宁缺微微一怔，这才注意到唐小棠身上这件皮袄比在荒原相遇时要更加破旧，脚上那双小皮靴前端甚至裂开了口，想必是漫长旅程上确实吃了不少苦。

看着小姑娘此时的模样，他不禁想起多年前自己和桑桑在世间颠沛流离的画面，怎样也不忍心再做指责，心情有些异样，于是便没有注意到唐小棠先前那句话里最后那段关于丢脸的描述。

唐小棠笑着说道："唐人真的挺好啊，一路上到处都有人指路，还有人帮我找官府。我要饭的时候，有好几次他们都煮新的饭菜给我吃，从来就没有人害我，而且你不也对我挺好，从来没有想过要杀我。"

宁缺对除魔卫道没有任何兴趣，更何况他现在也已入魔，换句话说与身前这小姑娘才是同类，又哪里会有什么敌意杀意。

思忖片刻，他从怀中掏出几粒碎银子塞进唐小棠手里，叮嘱道："你先去松鹤楼包个雅间吃些饭菜，等我回来……"

忽然间他想起昨夜在松鹤楼露台上那个袖中藏木棍的阴险老头儿，觉得那里好像也挺危险，干脆递了把钥匙给她。

"东城临四十七巷有个铺子叫老笔斋，那是我的，你去那里等我回来。我提醒你不准翻墙，必须走门，然后里面的东西不要乱翻。"

想着夫子还在书院等着见自己，宁缺实在是没有时间与唐小棠再多说什么，用极快的语速交代完这些事情后，像阵风似的向南门外跑去。

唐小棠一手握着碎银子，一手握着钥匙，看着宁缺匆忙的背影，想要告诉他自己有地方去，然而却晚了，只好可爱地耸了耸肩。

这些天大黑马一直扔在书院后山里野着，所以宁缺没有骑马，也没有坐马车，走出长安城南门后，便走进官道旁的深深冬草之中，开始凭借自己入魔之后获得的强大力量和仿佛不知疲倦的肉身奔跑。

生命力倔强的冬草和生命力更为倔强的虫儿不时拍打着他的脸颊，他眯着眼睛狂奔，没有用多长时间，便来到了南郊的书院侧门。

不远处的官道上，有车队正在缓缓向南驶去。

宁缺看着那处，猜到车队里面应该是离开长安城的大河国少女们。

看着渐行渐远的车队，他沉默了很长时间，然后转身向书院里走去。

然后他看见一位小姑娘站在道旁的深深冬草间。

这个小姑娘与他刚刚在长安城里分手，然后很快重逢。

冬草丛中，唐小棠微微喘息，看着他说道："你跑得可真不慢。"

71

看着草丛里的唐小棠，宁缺怔住了，叹息问道："你是鬼吗？怎么我到哪里你就跟着到哪里？我跑得再快好像都没有用。"

听着他的语气不善，唐小棠还没有来得及反应什么，那只雪白的小狗便从她的身后冲了出来，露出初显锋利的牙齿，冲着宁缺低声呜吼。只不过大概因为在荒原山道里被宁缺摧残的记忆过于深刻，它只敢站在自己主人身前表示狂野，根本不敢向宁缺靠近一步。

"你跑得真的很快，我差点以为你是我们明宗的人了。"唐小棠说道，"不过你就算跑得再快也不可能比我更快。"

宁缺无奈问道："我的小姑奶奶，你到底跟着我要做什么？"

唐小棠说道："我哥让我进书院拜在夫子门下当学生。"

宁缺愣了半天才确认自己没有听错，不由生出一把火把前面道畔的冬草全部烧光的冲动，说道："你们兄妹二人果然是疯了，居然想拜夫子为师？难道你不知道我老师是中原正道领袖？……好吧，虽然他好像很少出面，至少也算是精神领袖，看见你这个魔宗少女就算不用雷霆手段降你除你，难道还会收你当徒弟？"

唐小棠困惑说道："我哥说书院向来是有教无类。"

宁缺说道："反正我劝你死了这条心，我不可能带你进书院后山，再说了我现在是最受宠的小师弟，凭什么要多你这么一个师妹。"

说完这句话，他转身便走，顺着微斜的石径向着书院侧面那面青坡走去，然而无论他走得多快，唐小棠和那只小白狗始终能跟着。

唐小棠在他身后笑着说道："如果夫子知道你是这么一个无耻的家伙，可能不会喜欢你，甚至有可能把你逐出门去，那我岂不是刚好可以填你的空缺？"

宁缺心想自己这辈子什么事情都肯做，惯会做小伏低讨好溜须，想当年渭城的几任将军，还有师父颜瑟大师，包括大师兄在内所有人都被自己哄得高高兴兴，夫子又哪里能逃出自己的手掌心？

"我们还能不能，能不能再见面，我在佛前苦苦求了几千年……"

便在这时，斜斜石径下方忽然传来一道歌声。歌者的嗓音并不如何美妙，不沙哑却总透着股古怪的苍老气息，配上歌词，再加上五音不全把所有旋律都唱成了说话，便越发显得荒唐滑稽。

唐小棠好奇地扭头向后看去。

宁缺听着这旋律虽然极陌生，但歌词总觉得好像在哪里见过一般，忽然间醒过神来：这歌除了自己之外怎么可能还有别人知道？

他向石径下望去，只见一个穿着深色名贵狐裘的高大老者，手里提着一个漆面食盒正向坡上走来，不正是昨夜松鹤楼露台上那人？

看着那名老者，宁缺的头便一阵剧痛，想着那根偷袭自己的短木棍，一丝冷笑开始在唇角生出，准备上前拦住此人好生痛揍一番。

所谓报仇雪恨，以拳还棍，便是这个道理。

忽然间，他余光瞥见那只小白狗躲到了唐小棠的小皮靴后，耳朵耷拉着，嘴里发着呜呜咽咽的恐惧臣服声，不由心头微动。

他知道那只小白狗不是狗，而是荒原上真正的雪狼，而这只白色幼狼即便再如何畏惧自己，也不曾对自己稍有降服之意，那它为什么这时候会有这样的表现？难道说那名老人让它本能里感到了恐惧？

在岷山草原里斯杀多年，宁缺不知遇见过多少惊险的状况，反应速度早已被锤炼得异常惊人。此时只是这样一个极小的细节，便像是火星落在干草堆里一般，在他脑海里燃起熊熊火焰，让他想到了某种可能。

这里是书院。

那个穿着狐裘的高大老人很强大。

想到那种可能，宁缺心头微动然后迅速寒冷，再因为震惊而颤抖起来。

在这关键时刻，他完美地展现了自己对情绪和身体的控制力。

看着拾级而上的那名老人，他的脸上没有流露出任何多余的情绪，唇角刚刚泛起的那丝冷笑，就像是遇到了万丈阳光，骤然间温暖无比地绽放成花，体内的浩然气如春雪般悄无声息融化，虚握刀柄的双手自然上扬在胸前相聚成拳，微微躬身行礼温和说道："没想到能再见到老先生。"

夫子拎着食盒走上青坡。

他颇感兴趣地看着身前的宁缺，却没有说话。

宁缺平静回望着夫子，无论是面部表情还是身体姿势都看不出来任何异样，然而只有他自己知道，在夫子眼光看不到的地方，被威压震慑得快要崩溃的身体正在和他强大的意志力做着激烈的对抗。

数十颗汗珠缓慢悄然地从他后背渗出，渐湿衣背。

因为要用意志力强行控制自己身体本能的恐惧和反应，虽然他此时神情平静，眼神里的笑意温和甜美，实际上已经付出了十二分的力量，脚底板钻心般疼痛，小腿肚子撕裂般疼痛，随时可能抽筋。

夫子忽然开口说道："我只是个普通老人家，当不得你这般郑重。"

宁缺不忿说道："谁敢说您是普通老人家？"

夫子高大的身体微微前倾，居高临下看着他，直到看得他有些发毛后才笑着说道："但昨天夜里有人说我是个可怜的老头儿。"

宁缺觉得不妙，却依然想做垂死挣扎，勉强笑道："昨夜酒后胡言乱语，似老先生这等人物，哪里会和我这个后生计较。"

夫子叹息说道："临到老死，决定最后再收个学生，结果自己还没死，便成了他口中的死鬼老师，我真是何苦来哉？"

宁缺如遭雷击，却依然强行坚持着装傻当作没有听懂。

夫子看着他笑了笑，说道："装傻的本事倒是世间一流，只是你身后的衣裳已经湿了，脚只怕也要把那颗石头踩碎，还装什么呢？"

被直接点穿，宁缺就像是破了的酒罐，再也没有力气坚持下去，哎哟一声跌坐到了地上，拼命地揉着抽筋了的小腿和脚底。

夫子看着坐在地上的他，叹息了一声，摇摇头便提着食盒继续往坡上走。

那声叹息很轻，落在宁缺耳中却像是一道惊雷，心想莫不是夫子对自己失望透顶，这该如何是好？

他这一世历尽千劫百难，不知在生死间来回了多少次，才终于走进了书院后山，有了如今的生活，所有的一切都来源于这位从来没有见过面的老师，哪里能够眼睁睁看着这一切化为泡影？

宁缺像被蜇了屁股一样从地上弹了起来，一瘸一拐地跑上前去，恭敬地跟在夫子身后，伸手便想替他老人家提食盒。

夫子没有把食盒交给他，看了茫然站在冬草里的唐小棠一眼，挥手把她召了过来，然后把手里的食盒交到了她的手中。

唐小棠这时候终于清醒了过来，从宁缺的神情和先前那番对话中，确认了这位高大老人的身份，小手接住沉甸甸的食盒，笑着看了宁缺一眼，带着小白狼兴高采烈跟在夫子身后向书院里走去。

看着斜斜石阶上夫子肃然高大的背影，宁缺沮丧到了极点。

他本想着自己是书院二层楼最小的学生，那便是传说中的老幺，凭自己脸厚心黑嘴巴甜的能耐，一定能把夫子哄得开开心心，日后在书院里备受宠爱。然而谁能想到松鹤楼露台上那个怎么看都不像是正经人，被自己嘲笑奚落打趣了半夜的老家伙便是自己的老师？

而且看眼下情形，夫子只怕还真会把唐小棠收进书院二层楼，那岂不是说自己连老幺这个天然受保护的地位也没有了？

走出山雾，便来到后山崖坪之上。

夫子不知去了何处。

唐小棠站在一棵银杏树下，正在欣赏书院后山美丽的风景。

宁缺走到她身旁，沉默不语。

小白狼在山坡下那片草甸上奔跑，大概在荒原上从来没有见过这般翠绿如毡的草甸，它极为兴奋，竟是越来越快，快要变成一道白色的闪电。

忽然间，一道黑色的闪电从斜刺里杀将出来，瞬息间超过小白狼，就像一团黑色的雨云般，笼罩住它的全身。

正是大黑马。

小白狼被大黑马的气势吓傻了，看着那些如同大树般的马蹄，听着那些战鼓般的蹄声，竟是直接吓得缩成一团，不敢有任何动作。

宁缺冷笑一声，准备对身旁的唐小棠吹嘘一番自家这个憨货。

然而今天的他确实很不适合冷笑，因为下一刻，他唇角刚刚泛起的冷笑，再一次变作了无奈的羞恼神情。

因为看上去颇有气势的大黑马，实际上是个逃兵。

一只大白鹅歪歪扭扭地从草甸那头追了过来，动作看着很滑稽，但速度却极快，尤其是它高昂的脖颈，像极了某人头上的那顶古冠，骄傲到了极点。

瞥见大白鹅，大黑马惊恐地嘶鸣一声，四蹄如飞，再次向草甸那头闪电般奔驰而去，不停喘着粗气，模样显得极为委屈。

72

看着仓皇奔逃的大黑马，宁缺忽然想明白一件事情，作为最后入门的老幺，极有可能最受宠爱，但论资排辈也是最没有地位。

大白鹅这时候已经追着大黑马跑到了镜湖畔。

缩成一团躺在草丛里装死的小白狼，确认那些可怕的家伙都已经消失，才畏畏缩缩地站了起来，夹着毛茸茸的尾巴跑回唐小棠身后，再也不敢离开半步，被惊吓得太过厉害，竟是连走路都显得有些腿软。

唐小棠把它抱进怀里。

小白狼觉得自己安全了很多，把头探出她的臂弯望向湖的方向，看着那处正在呼啸追逐的黑影白烟，心想这个地方太古怪了，连我这种血脉尊贵天赋奇才的雪原巨狼王子，似乎在这里也排不上什么号。

宁缺不知道唐小棠臂弯里的小白狼与他有着极相近的感慨，不然说不定他会把这头小白狼抱进怀里痛哭一场。

陈皮皮和桑桑站在镜湖旁等待。

待他看清楚宁缺身边那个小姑娘后，不由吃了一惊，心想这不是在南城门胸口碎大石的小姑娘吗，怎么进了书院后山？

"我来书院这么多年，能够进到崖坪的外人，除了你家的桑桑和书痴外，便再没有任何人，我很想知道，这位小姑娘又是你家的谁。"

"她不是我家的谁，是夫子让她进来的。"

听着宁缺的回答，陈皮皮更是吃惊，打量着这个穿着破皮袄的小姑娘，眉头渐渐蹙了起来，想着大师兄常年不离身的那件旧袄，犹疑问道："是老师带进来的？难道这小姑娘是大师兄家的人？"

宁缺走到桑桑身旁，听着陈皮皮不着边际的猜测，没好气地说道："不用瞎猜了，知道她的来历，你也不会高兴。"

陈皮皮看着这个抱着雪白小狗的清稚小姑娘，越看越是喜欢，笑着说道："不过就是个小姑娘，哪里会让我不高兴。"

唐小棠打量着这个胖子，想起荒原山道里宁缺和叶红鱼的一番对话，对话里有个据说很有修道天赋但心性糟糕到了极点的家伙，好奇问道："难道你就是宁缺提到过的那个少年便知天命的天才死胖子？"

陈皮皮微微骄傲地点了点头，心想宁缺这个小师弟在外游历之时也不忘宣扬本师兄的天才，倒算是懂事，伸手正准备拍拍宁缺的肩膀，忽然想起这小姑娘话中最后死胖子三字，神情便有些恼火。

宁缺看着他说道："死胖子是叶红鱼说的，如果你觉得不爽，你可以自己去西陵神殿找她解决这个称呼问题。"

"那还是算了。"

听到叶红鱼的名字，陈皮皮便觉得头大，非常迅速地做出了决定。他是极聪慧之人，心想宁缺只是在荒原上遇见过叶红鱼，那么按照这小姑娘的说法，当时她也在场，不由微异问道："原来你们在荒原上见过。"

宁缺点了点头。

陈皮皮说道："那为什么先前在城门处你不说。"

宁缺说道："因为我当时不想让你们认识。"

陈皮皮看着唐小棠微红的小脸，干净的眉眼，看着她那根在膝弯处荡来荡去的小辫，心想若解开想必便是一头乌黑亮丽的长发，不由心头微动。

这便是他最喜欢的女生的模样。

忽然间他想起自己曾经对宁缺说过这件事情，转头瞪着宁缺，心想你明知道我喜欢这样子的姑娘，却偏偏不想让我认识，是何居心？

宁缺心想夫子既然让唐小棠进入书院，想必她的身份也没有办法一直隐藏下去，沉默片刻后嘲讽说道："她是唐的妹妹。"

陈皮皮很豪迈地挥手说道："那又如何？"

宁缺再次提醒道："唐，汤唐躺烫里的唐。"

陈皮皮很惘然。

宁缺叹息一声说道："魔宗那个唐。"

陈皮皮这才醒过神来，指着唐小棠半天说不出话。

"记得当时你说过没有比你更强的女生，我当时祝你喜欢上的姑娘都有一个天下最生猛的兄长，如今看来这两个条件都满足了。而且我必须提醒你一件事情，叶红鱼亲口说过如果战斗，你不是这小姑娘的对手。"

宁缺拍了拍他的肩膀，表示最诚挚的安慰。

唐小棠听不懂这两个人在说些什么，她只是对陈皮皮这个胖子感兴趣，不明白为什么既然他是最年轻晋入知命境的修道天才，却被叶红鱼认为在战斗方面是个绝对的废柴，连自己都打不过。

她笑着自我介绍道："我叫唐小棠。"

陈皮皮看着这名魔宗少女，沉默片刻后说道："我叫陈皮皮。"

唐小棠总觉得这个名字似乎听哥哥提起过，低着头想了会儿，终于想了起来，高兴说道："我想起来了，你就是叶苏的那个师弟。"

陈皮皮沉默片刻后说道："正是在下。虽然说道魔有别，正邪有分，观里与你魔宗山门势不两立，我这时候似乎应该马上把你打死，但既然这里是书院，你又是老师亲自带进来的，所以你放心吧，我暂时不会对你出手。"

唐小棠稚嫩的脸上满是兴奋的神情，看着他高兴说道："不要紧啊，我们先打一场怎么样？我一直都很想和你打一场的。"

陈皮皮看着她的脸，不由想起了多年前自己在观里的悲惨童年，想起了喜欢穿红裙更喜欢找自己打架的小女孩。

他沉默，然后开始悲愤。

便在这时，远处山间传来道极清旷的笛声。

大山真的很大。

宁缺在书院后山学习了这么长时间，也只去过其中一些地方，像今天书院后山弟子聚会聆训的这间草屋，他便是第一次看到。

这间草屋很大，由梁柱搭构而成，四面无墙，极为清旷透风，好在地处后山深坳，并不会显得冷，屋檐上那些淡白如霜的草，也不知道是从哪里运进来的。

草屋前坪有排竹椅，椅上坐着桑桑和唐小棠，椅下藏着一只受惊过度的小白狼，椅后有一匹气喘吁吁的大黑马。这憨货不知道什么时候终于摆脱了大白鹅的追逐，于是赶紧来找自己心目中的二号女主人。

桑桑坐在椅上，看着手中刚刚摘下来的一些花草无聊发着呆。

唐小棠踢着椅前的石头，无聊发着呆，忽然她转头望向桑桑笑着说道："你好，我叫唐小棠。"

桑桑说道："你好，我刚才听你说过。"

唐小棠接着说道："我来自荒原，我准备进书院读书。"

桑桑怔了怔，轻声说道："我叫桑桑，我是宁缺的侍女，我来自……"

以往说家在何处时，她说是不知道该说哪儿，是岷山还是渭城还是宁缺捡到自己时的河北郡，但这时她忽然想起来自己应该出生在长安城，于是她不知因何而高兴起来。

"我是长安人，我不准备进书院读书。听说西陵神殿要我过去读书，但我也不打算去，所以我不知道今天要我来做什么。"

如果是别的修道女子，听见桑桑说西陵神殿要她过去读书，第一反应只怕便是不信。然而唐小棠却是毫不犹豫地选择了相信，说道："你做得对，西陵神殿那种地方没有什么意思。"

然后她伸出手去，爽朗说道："既然认识了，那我们就是朋友了。"

桑桑有些不适应这种热情，但想了会儿后，认真地点了点头。

四面无墙通风的草屋里忽然响起了激烈的争论声。

桑桑依旧低头看着自己手里的花草。

唐小棠望着那边，喃喃说道："难道书院真不收我们大明宗的人？"

夫子回到书院。

后山里的人全部到齐。

就连读书人都抱着一卷书靠着廊柱在看书。

今日草屋之内发生了两场极为激烈的争论，第一件事情是陈皮皮悲恸欲绝表示反对唐小棠入书院，然后被二师兄无情镇压；第二件事情是宁缺对自己昨夜饮酒过量言行不端一事做出了深刻检讨，然后在他试图做出辩解时又被二师兄无情镇压。

然而真正让书院后山诸弟子震惊无语的是接下来发生的事情。

夫子看着宁缺缓声说道："你是我未曾见过的学生，但既然当日你能通过我设下的重重考验，登上峰顶，无论过程里君陌皮皮他们做了什么手脚，总之你成功了，那么我便会承认你是我的学生。"

不知为何，宁缺总觉得会有什么极不好的事情要发生。

"荒原之行，虽然没有让书院太过丢脸，尤其是神殿裁决司那两个小孩的意气之争，但行事终归孟浪无端，有失堂堂正道气象。

"依为师看来，你的心性依然还是有些问题，所以行师礼还是迟些日子再举行，接下来这段时间，你好生反省一下，也算是对你的惩罚。"

宁缺问道："老师，我该如何反省？"

夫子淡然说道："我罚你入崖闭关，何时能想通，何时再出来。"

听到宁缺要被罚入崖闭关反省，后山弟子们震惊地望向端坐椅中的老师，完全想不明白老师为什么会做出这个决定。

因为他们很清楚后崖对于书院来说意味着什么。

他们更清楚一入后崖，再想出来那是多么困难的事情。

老师对小师弟的处罚，为何如此严厉甚至可以说冷酷？

73

书院有后山，山后还有崖。

除了宁缺，后山里的人们都去过那片崖壁，曾因那片崖壁的绝世风光而震撼，也正因为过于震撼而极少过去。对他们来说，那片崖壁算不得什么绝境险地，但他们很清楚去那处看云海飞瀑，和入崖闭关则是两件事情。

因为书院上一个被囚在后崖的人，是那个曾经声震天下，如今除了后山里的人们再也没有谁愿意提及、敢于提起的小师叔。

他们知道小师叔在后山崖壁里闭关的故事，知道想要从那里破关而出需要怎样的毅力天资，所以当听到宁缺要去后崖闭关思过时，所有人的脸上都流露出了不可思议的神色，很难接受小师弟要面临如此的磨难。

草屋里一片死寂，后山弟子们情绪复杂，很明显并不赞同夫子对宁缺的处罚，但没有人敢说话，因为坐在椅中的夫子缓缓闭上了眼睛。

夫子除了身材高大，看不出有任何特殊的地方，除了曾上西陵斩桃花，他没有太多的传奇事迹在世间流传，甚至不如他师弟轲浩然在人世间留下的痕迹更多，然而修行界里的人都确认他才是千年来最大的传奇。

而对草屋里的人们来说，夫子是令他们敬爱且畏惧的老师，所以他们非常不理解更无法赞同夫子对小师弟的处罚，却不知道应该怎样办。

便在这时，陈皮皮有些紧张地搓了搓手，走到场间宁缺身旁，对着椅中的夫子极为老实地长揖行礼，颤着声音说道："老师，太重了些吧？"

宁缺入门之前，陈皮皮是书院二层楼最小的学生，除了大师兄之外最得夫子宠爱，按照以往的习惯，这时候确实也只有他能站出来说几句话。

去年春天到今日，虽说宁缺远赴荒原，在后山里停留的时间并不是太长，但后山里所有师兄师姐都很喜欢这个新入门的小师弟。此时陈皮皮既然鼓足勇气开了头，其余的师兄师姐们也纷纷上前替宁缺求起情来。

七师姐木柚走到夫子身后替他捏背，北宫未央和西门不惑愁苦着脸唉声叹气说着后山崖壁的险峻，五师兄八师兄想着说话打岔，众人用着各式各样的方法哄着老师开心，想让老师收回处罚的决定。

十一师兄王持没有上前围着老师打转。他看着老师，沉默思考很长时间后，非常认真地问道："无物自然无心，无皮自然无毛，无花自然无色，无罪自然无罚，老师如此重罚小师弟，不知罪在何处。"

王持向来沉默寡言，只爱与花对话，此时居然也对老师的处罚措施提出了意见，可以想见大家对宁缺被囚进后崖的结局非常担忧。

二师兄向来最重视道理伦常礼仪，极为讲究尊师重道，然而此时他看了十一师弟王持一眼，没有厉声呵斥，反而是望向椅中的夫子缓声禀告道："老师，先前我思遍院规，小师弟并未犯过值得如此重罚的罪过。"

草屋一角书案畔，三师姐余帘停下了描簪花小楷的笔，看了老师一眼，又看了宁缺一眼，若有所思却思不分明。

书院后山诸人不停劝说着夫子，夫子始终静坐椅中闭目不语，大师兄静静看着老师，忽然向前走了两步，深深一揖。

便是这一步，草屋里顿时回复安静，后山弟子们各自沉默，然后退回各自的位置，紧张而充满希冀地望着大师兄。

夫子缓缓睁开眼睛，有些意外地看着他，说道："你也有话说？"

大师兄直起身来，认真说道："老师此举自然有深意，弟子隐约也能猜到一些，然而小师弟入门时间尚短，虽说荒原之行有奇遇，修为境界增益颇快，但又哪里能与当年小师叔相提并论？"

二师兄微微皱眉，也想起了当年的那个故事，摇头说道："老师，师兄说得有理，万一小师弟十年也想不明白，那该如何办？"

夫子看着自幼便跟着自己的两名弟子，看着草屋四周那些面带恳求之色的孩子们，两缕长眉微微飘起，说道："想不明白便永远不要出来。我向来不信机缘，但既然他应了那个机缘，那便需要他自己来解决那个机缘。"

夫子的眼神很平静。

他只缓缓扫视了众人一眼，而所有人都觉得老师的目光始终停留在自己的身上，平静里蕴藏着不容反对的威严。众人下意识里低下头去，再也不敢替宁缺出言求情，场间安静得仿佛一面死潭。

关于书院后山的后崖，宁缺以前听陈皮皮提起过一次，当时并不在意，便是先前听到夫子要罚自己入后崖闭关，也没有太过震惊，想着既然是闭关总有出关的那日，夫子也许是想借此事磨砺自己心神，再送自己一场造化。

然而看着师兄师姐们的反应，连大师兄和二师兄的神情都那般凝重，他才明白被囚后崖是极可怕的惩罚，尤其是最后听到二师兄说到十年这个时间段，夫子回答永远不要出来，他顿时感到了一股寒意。

都说人世间任何事情都是修行，然而在人世间修行和在孤单寂寞冷的囚房里修行毕竟是两回事。就算是再如何宏大的造化，如果真要十年甚至终生被囚禁在后山崖壁间，他也绝对不能接受，死也不能。

宁缺低头想着终生被囚的悲惨将来，身体像是堕入冰窖一般寒冷，怎样也想不明白，自己究竟做了什么错事，竟要接受这样的惩罚。

然而当他抬起头来时，脸上没有任何愤怒不甘的神情，因为他知道面对着夫子，那些情绪没有任何用处，只是认真问道："老师，怎样才叫想明白？"

夫子说道："想通了便是想明白了。"

想通便是想明白，这句话怎么听也像是一句废话。

宁缺想着自己当初雪山气海诸窍不通想通时的场景，想着当初悟符之时冥思苦想的画面，却隐约想明白了一些事情，想通了一些关窍。

他沉默片刻后说道："那怎样才能证明我已经想明白了？"

夫子说道："想明白时你自然便能明白。"

宁缺看着他说道："弟子以为总要有个标准。"

夫子看着身前的小徒弟，看着他平静面容下隐藏着的坚持，眼睛忽然明亮起来，就像是松枝上的露珠，反耀着清晨的光线。

"自然是有标准的。"

"谁来确定标准？老师您？"

"标准已经在那里。"

"老师，可是我没有办法长时间在后崖里闭关，陛下还要见我，我还要学着怎么管长安城那座阵，再过些天就是我那个师父颜瑟的百日祭，我也得去磕头，不如我每十天闭关八日如何？"

听着宁缺的话，夫子眼眸越来越亮，露珠渐渐汪成水泊，水泊里尽是清澈而不知究竟何意的笑意，笑意浓得仿佛要溢出来般。

忽然间，夫子眼中的笑意骤然消失，看着宁缺缓声说道："昨夜在松鹤楼露台上，你曾说过你是什么岗上什么淡的人？"

"我本是卧龙岗散淡的人。"宁缺喃喃应道。

夫子说道："我不知卧龙岗在何处，但知散淡何意。"

宁缺听懂了这句话，抬头望向草屋檐角垂落的白草，知道似夫子这样的人，断然不可能因为松鹤楼露台上的那番争执便对自己的学生动怒，那么为什么要把自己关进后山呢？是因为自己……入魔的原因吗？

小师叔当年遭天罚而死，声名与身躯一道湮灭于荒野之间，不复再闻。莫非夫子便是因为那件旧事，便要把自己这个继承了小师叔浩然气的弟子关进后山，这是为了书院的正道名声，还是因为别的什么原因？

思绪纷沓而至，宁缺先前才想明白一些的事情顿时又变得面目模糊起来，胸腹间那道浩然气随意念而动，如一把刀般直直向上而去，刺得他的喉咙有些干涩，声音微哑地说道："老师……原来是个不讲道理的人。"

听着这话，草屋里的书院后山诸人大感震惊，二师兄面露不悦，大师兄缓声叹息，虽说平日里夫子与诸学生之间相处和谐，但老师便是老师，在这等严肃场面下，谁敢像宁缺此时这般质疑甚至是批判？

夫子没有动怒，说道："在松鹤楼上你不是说过你的老师最不讲道理？"

宁缺沉默片刻后说道："请老师允我与家中侍女交代些事情，再去后崖。"

夫子说道："不用了，你在后崖之上总还是要吃饭，让你带着小侍女过来，便是要她服侍你，稍后带她一起去后崖便是。"

宁缺这时候才明白为什么夫子要自己带着桑桑一道来见他，原来早就已经做好要把自己关进后山的准备。他忽然间想到一件事情，以桑桑的性情，自己被囚禁在后崖，她肯定不会一个人离开，实际上便等若两个人一道被囚，那么如果自己被关在后崖一辈子，桑桑难道也要被关一辈子？

一念及此，那道像刀般凛冽质朴的浩然气直冲胸臆，他再也难以控制自己的情绪，恼怒地望向椅中的夫子，握紧了拳头。

然而他什么也没有做，他只是静静看着夫子，深深地吸了一口气，强行将那口气咽了回去，然后平静说道："谨遵师命。"

夫子看着身前这个最小的弟子，也是自己最后的弟子，静静看了很长时间，看着他苦苦思索，看着他沮丧认命，看着他愤怒难抑，看着他气魄渐起，看着他敛声静气，看着他归于平静，看着他回复如常。

"哈！哈！哈！哈！……"

夫子忽然仰首大笑起来，然后他自椅中长身而起，一拂身上黑色罩衣，未向众弟子交代一声，落寞向草屋外行去。

走出草屋，看着道畔那棵多年前两个人亲手种下的金兰树，看着树上茂密青绿的树叶，老人有些喜悦又有些遗憾地低声感慨道："世间果然没有两片完全相同的叶子，那么又怎么可能有完全相同的两个人呢？"

74

看着向瀑布方向走去的夫子背影，大师兄和二师兄隐约明白了些什么，然而他们依然认为老师把小师弟囚禁到后山崖壁的处罚过于严苛，因为虽说置之死地而后生，但不是谁都能像当年小师叔那样。

余帘收拾好案上的笔墨纸砚，向草屋外走去，路过宁缺身边时停下脚步，轻声说道："既然老师的决定无法挽回，便带着你家侍女随老师去吧，不要让老师在前面等的时间太长。"

宁缺此时也正看着远处夫子的身影，祈祷着夫子几声大笑之后便忘了自己，让自己避过这个劫数。然而听着三师姐的话，才知道自己只是在痴心妄想，苦笑着叹息一声，随她走出草屋来到竹椅前。

余帘师姐对唐小棠说道："你随我来，我给你安排住处。"

唐小棠高兴地点了点头，和桑桑挥手告别，说道："看样子以后我会一直待在书院里，到时候你来找我玩啊。"

桑桑点了点头。

唐小棠开心地跟着余帘向崖坪方向走去，开心蹦跳着就像个不安分的石头，余帘则是文静恬淡得像是棵秀树。两个年龄相差颇大的女子，身材同样娇小，气息则是截然不同，在一处却显得极为和谐。

宁缺收回目光，看着身前的桑桑，笑着说道："刚才拜师，夫子见着我便很开心，决定传授我一些书院不传之秘功法，估计这些天我便要在后山闭关潜修，你先回老笔斋看家，完事后我马上回城。"

夫子让他带着桑桑来书院后山，便是预备着他被囚之后需要人照顾，然而宁缺哪里肯让桑桑随自己一道被困在崖壁之上。

桑桑看着他轻声说道："先前你们在屋里说话的声音太大，而且少爷你知道我的耳朵很好，所以我都听到了。"

宁缺沉默片刻后说道："是的，我被老师惩罚囚禁在后崖闭关，我不知道自己什么时候能够破关出来。"

桑桑看着他担心说道："那可怎么办呢？"

宁缺看着她，她摇了摇头，说道："我肯定要和你在一起。"

宁缺想了想后说道："那先看看情形吧，如果我在后崖被困的时间太长，你就先回学士府，想来没有人会拦你。"

桑桑没有说话。

他看着远处那道山径向瀑布下的密林伸去，夫子飘然的背影快要消失不见，沉默片刻后带着桑桑向那边走了过去。

直到草舍消失在二人身后，桑桑看了看四周，扯了扯他的袖角，低声悄悄问道："是不是因为入了魔道，所以书院要把你关起来？"

宁缺说道："在荒原上大师兄应该已经猜到我学会小师叔浩然气之后发生了什么事情，那么老师肯定也已经知道了，不过我不确定老师对我的惩罚是否与此事有关，先前在草屋里没有提及。"

道畔有一株歪着的老梅。

梅花自桑桑微黑的小脸旁掠过，让她脸上的神情显得越发紧张起来，声音压得更低了些，说道："老师说过你是冥王的儿子。"

宁缺恼火说道："不要提你那个神棍老师，我说过我不是。"

桑桑担心说道："但书院要把你关起来，会不会和这件事情有关。"

宁缺不想承认这种推论，然而心情却变得沉重起来。

心情沉重，脚步自然变得更加沉重，宁缺不知道后山崖壁里有什么遭遇在等待着自己，下意识伸手牵住桑桑的小手，沉默地向前行走，速度非常慢。

前方山道间那件黑色的罩衣迎风飘舞，时而消失在密林里，时而出现在银瀑畔，夫子看似走得极快，却始终停留在他们的视野里。

绕过二师兄的小院，再走些时间便近了那道银色的瀑布。四周林间瀑声如雷，空气里全部是极细碎的水星，笼成一片凉雾，让呼吸都变得清新起来。

宁缺的呼吸却变得有些急促，他很想牵着桑桑的手就此转头离开，然而他清楚这是妄想。而且就算真的逃离书院，那将意味着这些年的辛苦尽数化为泡影，他和桑桑将重新回到黯淡的人生里。

跟随着那件飘舞的黑色罩衣，二人来到瀑布下方。

瀑布下是一面静潭，向着崖坪方面没有任何出水口，看模样与镜湖并不相通，溢出来的潭水顺着右前方一片低洼的乱石流出。

宁缺牵着桑桑踩上那些乱石，随着水流的方向折向前行，和那些汩汩细流一道，走进一条幽深的峡谷。

峡谷很窄，高不过十余丈，上方巨岩相触并拢，其实更像是一个天然形成的巨洞，洞内空气湿润微寒，壁上生着青苔片片。静潭淌出的细流便在洞底石间穿行，漫成一片似水田般的画面。

峡谷前方是晴朗的蓝天，被裁剪成椭圆的一片，就像是蓝色的瓷盘，非常美丽，宁缺和桑桑踩着水田里的石头，向那片蓝色走去。

随着行走，峡谷骤然急束，乱石间的水流顿时变得湍急起来，哗哗乱响，白浪渐生，冲得石上的青苔剧烈摇晃。

走出峡谷，迎面便是一道绝壁。湍急的潭水雀跃着、争先恐后地向悬崖外涌了过去，碧蓝的天空被悬崖切成上下两半，中线便是这道水线。

桑桑紧紧握着宁缺的手，看着眼前的风景，说不出话来。

曲径通幽到最后，陡然而现绝境。

山风呼啸劲吹，站在悬崖畔瀑布边，看着瀑布向绝壁下垂落，却听不到任何声音，仿佛绝壁之下是片无尽的深渊。

深渊看不见，宁缺眼前除了天空什么都没有，四周除了崖壁什么都没有。

崖壁向着天空和两侧无尽延展，看不到尽头，仿佛就是传说中草原西王庭北面那片大戈壁，只不过这片戈壁横在了天空里。

和无边无垠的山崖绝壁相比，二人所在的峡口只是个不起眼的小豁口，这道瀑布更只是一道细线。宁缺向崖壁远处望去，只见竟有十余道瀑布正在向着绝壁下方垂落，高低远近各不相同，看上去十分美丽。

阔大的崖壁，碧蓝的天空，细如线的十余道瀑布，合在一处构成一个极为辽阔的世界，再强大的人在这些画面前，也会感觉到自己的渺小。

宁缺极小心向绝壁旁走了一步，牵着桑桑的手俯身望去，只见绝壁下方云雾遮罩，根本看不到底，更不知道还有多深。

崖壁上那十余道瀑布如束如柱落入云雾之间，溅起圈圈云波，然后就此无声无息消失不见，仿佛那云雾之下是片不属于人间的世界。

书院后山之后的崖壁，是一片美丽的新世界。

只不过此间的美丽很容易令人感到震撼无措。

站在崖畔，俯看云生云灭，静观众瀑入云，宁缺没有生出任何飘然欲仙的感觉，因为云生云灭云还聚，众瀑入云无水声，他反而产生了某种恐惧。

想着来时的路径，他确认这里应该是大山的西面，难怪过往两年间在长安城通往书院的官道上没有看到过，从来不知道有这样一片山崖。

山崖绝壁看似陡峭不可攀爬，实际上其间隐着极窄的石径。宁缺抬头望去，只见夫子的身影正在绝壁间飘掠而上，时而在东时而在西，竟是无论怎样专注去观察，都无法确定他究竟在山崖的哪一处。

宁缺牵着桑桑的手，开始向上走去，二人自幼在岷山里生活，对悬崖峭壁自有一套攀爬手段，对脚下的绝壁和天空视而不见。

往山崖上方去后，青树渐无绿意渐少。这里没有静湖草屋，没有笑语琴声，和山那边是截然不同的两个世界。这片山崖沉默或者说冷漠地看着对面的天空，不知道看了多少万年。

狭窄石径尽头，终于出现了一方不大的崖坪，崖畔搭着一间极简易的草屋，临崖处有个山洞，夫子坐在崖畔，看着远方不知在想着什么。

宁缺走到夫子身后，向崖外远处望去。

他的视线落在云海之外，竟然看到了长安城。夕阳正在落下，金色的阳光照耀在黑青色的城墙上，反射出一种极为肃穆神圣的光泽。

那是人间最壮观的雄城，那是人类最完美的杰作。

宁缺看着暮色中的长安城，一时间百感交集，很长时间说不出话来，良久之后才轻声感慨说道："长安城……这时候真的很好看。"

夫子说道："长安城一直都很好看。"

宁缺说道："当初修建长安城的那些人肯定很了不起吧。"

夫子掀开身畔的食盒，拿出小酒瓮斟满酒杯，很随意地说道："修城的人没有什么了不起，因为有城便需要有守城的人。"

宁缺怔了怔。

夫子饮尽杯中酒，夹了一片葱油渍羊肉片吃掉，看着远处的长安城，开心地笑了起来，似乎怎么看也看不腻。

长安城笼罩在暮色中，夫子在暮色中看着长安城。

他看着自己的长安城。

看着夫子的背影，一股难以言喻的情绪涌上宁缺的心头，先前心中那些负面的情绪，那些疑虑不安，尽数被眼前的画面消解一空。

在云端看着云下，在世外看着世内，那是一种怎样的感觉。老师你守望的是这座雄城，还是大唐，还是整个人世间？

75

暮色中，崖壁上的洞口，看上去就像是一只怪兽张开的嘴。

宁缺看着洞口，脑海中便生出这样的感觉。他知道这种形容太过俗套，然而实在是再也找不到比这个更贴切的了。

那个洞口仿佛准备着吞噬掉走进去的所有人或物，甚至包括光线，春夏，秋冬，时间以及附着在时间上的所有感受。

一想着走进这个崖洞，不知道什么时候才能走出来，有可能几个月，几年，甚至十年都被囚禁在里面，宁缺便觉得身体寒冷无比。

事实上宁缺有可能被囚禁在后山比十年更长的时间，比如一辈子，只不过此时站在洞口前的他，无论如何也不愿意做出那种设想。

他是书院二层楼学生，他是夫子的亲传弟子，在先前看到暮色里的画面后，他心里那些偏黑暗的情绪尽数化去。他信任书院后面的这座山以及山里的人们，但他毕竟自幼活得极为凄苦，一想到要把自己的生命和自由完全交付给别人，从本能里便开始产生抵触和想要逃离的念头。

宁缺回头看着坐在崖畔吃羊肉喝酒的夫子，问道："老师，到底为什么要把我关起来？因为入魔还是因为……别的什么？"

他本来想问夫子，是不是因为光明神座认为自己是冥王之子，所以夫子才会对自己做出这种惩罚，让自己与人世间隔绝，终究还是没有问出口。他坚信自己和虚无缥缈的冥王没有任何关系，然而多年前为了那些虚无缥缈的传说，曾经掀起过一场腥风血雨，他不想与这件事情扯上任何关系。

夫子没有回头，说道："囚禁是什么意思？"

宁缺看着他的背影，沉思片刻后回答道："剥夺自由。"

夫子说道："自由是很珍贵的事物，与自由相比，甚至生命都算不得什么，比自由更珍贵的只有自由本身。"

宁缺没有听懂这句话。

夫子把筷子放回食盒，用手指拈起一块姜片送入唇中缓缓咀嚼。

片刻后他站起身来，回身望着洞口的宁缺，说道："既然比自由更珍贵的只有自由本身，那么剥夺你的自由只有一种理由，那就是希望你获得更大的自由，这本来就是很简单的一件事情。"

宁缺隐约明白了更多的一些事情，无奈说道："老师，既然是简单的事情，您为什么不用简单的方式告诉我？"

说完这句话，他缓缓转身看着身前的崖洞，沉默很长时间后，深深吸了一口气，便向里面走了进去。

最后的暮色照耀着远处的长安城，也照耀着此间荒凉的崖壁，金红一片仿佛最纯净的火焰，崖洞就如同火中一条通往未知的入口。

崖洞里很安静，连风都没有，略有些微凉，空气很是干燥。

从明亮处走进幽暗间，宁缺这些年打猎杀贼所磨砺出来的反应，让他本能里在瞬间闭上眼睛，然后再次睁开，便习惯了环境的亮度。

崖洞外的光照耀进来，洞里并不像先前从外面看时那般幽暗，可以清晰地看到洞壁上石头间的天然纹路。

宁缺忽然醒过神来。

自己就这么走了进来？

就这么简单？

他转身向洞外望去，只见桑桑扶着洞口一块突起的岩石正满脸担忧地望着自己，而崖畔的夫子已经在开始收拾食盒，准备离去。

明明与洞口相距极近，甚至还能看到远处云外长安城南城墙的最后画面，然而一旦走入崖洞，宁缺便觉得自己仿佛被外面真实的人间所遗弃，内心深处泛起一股强烈的孤单的恐惧感受。

"老师。"

宁缺看着准备离开的夫子，颤声问道："有可能永远出不来吗？"

"先前那么多人都在替你求情，你的人缘看来不错，如果真要在这里待一辈子，相信他们也会来陪你，你不用担心太过寂寞。"

夫子看着他说完这句话，提着食盒向山下走去，身上那件宽大的黑色罩衣在红色的夕阳光辉照耀下，仿佛是燃烧的鸟翼。

看着夫子离去的身影，宁缺露出一丝苦涩的笑容，如果真要在这崖洞里被囚禁一辈子，再好的人缘又能有什么意义？

久病床前无孝子，久在深山无人知，再好的朋友谁又能陪你被囚禁一生，如果自己真的一直在崖洞中，最终还是会慢慢被人世间遗忘。

当然，有个人肯定会一直陪着他。

宁缺看着洞口外的桑桑，明明相隔不远，却感觉她远在天涯，他看着她的眼睛说道："如果三个月后，我还出不来，你就下山。"

桑桑想说些什么。

宁缺摇头说道："不要逼我用那些娘们的法子。"

崖洞口看似空无一物，偶有一缕细风拂过，灰尘借着最后的天光缓慢飘浮，自由出入，但宁缺知道，那里一定有东西。

夫子把他囚禁在这个山洞里，让他想明白了才能出去，想明白便是想通，想通便是能通世间一切，通便是走出山洞。

他在崖洞里闭关，可以说是惩罚，也是磨砺心性，更是一场考验。

每当遇到真正考验的时候，宁缺确认无法通过别的方式绕过去，便会用最快的速度冷静下来，把所有焦虑情绪尽数驱散，绝对不会着急，而是会做好最充分的准备，才会尝试着面对这场考验。

所以他盘膝坐下，闭上眼睛，开始冥思培念，身体内的浩然气缓缓流淌，依循着某种节奏开始吸纳周遭的天地气息。

太阳此时已经落下，长安城笼罩在阴影里，那里的人们大概已经提前看到了黑夜，绝壁高处的人却还能多享受一些残余天光。

光线照在他的睫毛上，晶亮得像是涂了一层蜜粉。

宁缺睁开眼睛，确认自己无论从精神还是身体都调节到了最好的状态，起身向洞口走去，脚步缓慢而稳定。

最后的余晖笼罩着崖洞出口，他走进了余晖。

骤然间，宁缺感觉身前的空气，甚至包括空中的那些余晖都凝滞起来，就像是放了无数蜜糖的水般黏稠，带来了无数阻力。

尤其是越往洞外去，那股无形的阻力越无数倍地放大，最后简直要变成泥沼，让他的呼吸都变得艰难，再难向前踏出一步。

感受到洞口处的障碍，他没有强行试图突破，而是用最快的速度向洞里倒退而回，一直连退三步，才终于摆脱那些黏稠的无形力量，微微喘息了片刻，才让有些发白的脸色回复到正常状态。

桑桑从崖畔草屋里走了出来，手里拿着一根点燃的火把。

借着火把照出的暖红光线，宁缺很认真地查看着崖洞口，他查看得非常细致，洞壁上那些看似天然的纹路，甚至连地上的石砾，都没有放过。然而他没有发现任何符意波动，也没有看到阵法的痕迹。

崖洞的禁制不是符不是阵，而是一道凭空出现的气息。

这道气息非常简单，然而却无比强大，就像是最纯净的酒，却烈到了极点。

万仞绝壁间的天地气息，以他无法理解的方式，被这道气息召到洞口。

如此多数量的天地气息堵塞着小小的洞口，可以想见被压缩到了何等程度，厚实凝练得难以想象，甚至已经超出了某种界线，直接引发了某种质变，让本应无形的天地元气变成了一道实质的障碍！

桑桑举着火把伸头往洞里看，喊道："少爷，怎么样？能行吗？"

"没那么简单就能找到出去的方法。"宁缺摇了摇头，看着举着火把的她，忽然说道，"你让开一点路。"

桑桑艰难地把火把插到洞口外的地上，回到崖畔的草屋里。

看着崖洞口，宁缺心想如果洞口的禁制是某种繁复的阵法，或者说一道神符，以他现在的境界实力，确实没有任何办法，然而此间的禁制是那道强大气息直接让天地元气凝练成形，更类似于实质的屏障。

对于修行者来说，这道禁制凝结的天地元气数量太多，甚至可以直接对他们用念力操控天地元气产生极大的影响，但对宁缺来说，这道禁制似乎有某种可以利用的漏洞，因为他不需要调动天地元气。

继承小师叔浩然气入魔之后的宁缺的身躯变得越来越强，只要屏障有形，他便应该可以凭借蛮力冲过去，越想他的眼睛越亮，觉得这个方法似乎可行。

宁缺看着崖洞口，想着稍后自己冲出去，带着桑桑下山时，诸位师兄师姐震惊的脸色，老师难看的脸色，越来越兴奋。

浩然气默默流转，灌输到他身体最细微的每一部分。

宁缺盯着洞口双膝微屈，脚跟渐抬，啪的一声，左脚狠狠蹬到坚硬的地面上，坚硬的地面上出现了一个清晰的脚印。

借着巨大的反震力，整个人呼啸破风，如一道箭矢般猛地向洞口掠去！

崖洞口处传来一声闷哼。

一道人影如同被箭矢射穿脖颈的大雁般惨然震飞坠地。

宁缺重重摔在地面，狼狈不堪。

他一口血喷了出来，血水如雨落在自己刚刚留下的脚印上。

76

火把微红的光下，脚印上的斑驳血迹像是墨点。看着那处，宁缺的脸色变得有些苍白，发现自己被洞口的禁制直接震回了原地。

左脚上的鞋子已经震成棉絮状的东西，他伸手撕掉，艰难坐起，望向已经被夜色笼罩的洞口，眼睛里不由流露出几丝悸意。

先前他猛烈撞向洞口，就在快要撞击到禁制的那一瞬间，那处浓郁以至黏稠的天地元气不知感应到了什么，竟骤然间狂暴起来，变成了一片恐怖的海洋，直接把他的意识和身体全部卷了进去！

宁缺没有去过宋国，没有看过那片著名的风暴海，但他相信就算是那片真实的风暴海，也没有先前那瞬间他堕入的海洋可怕。

那片由浓厚天地元气凝聚而成的海洋，无论海面还是海底都在剧烈地摇晃震荡，数千数万个巨大的旋涡让他根本来不及做出任何反应便直接沉进了海水深处，那些无处不在的压力变成了无数根极细的针，刺破他的衣服皮肤，然后直接刺进了他的身体。

宁缺体内看似雄厚的浩然气在这片狂暴海洋中就像是一盏烛光，霎时之间便熄灭，被那些细针刺得四处逃逸。而那无数根细针所带来的痛苦，直接击毁了他念力对识海的保护，让他痛苦万分。

最后那片狂暴的海洋翻起一个浪花，轻轻松松把他打回了岸上。

他能感觉到这片浪顶多只是这片海洋万分之一的力量，但竟似比当初在荒原呼兰海畔遇着的夏侯那记拳头更加强大！

桑桑听着响声，匆匆跑出草屋，借着火把的光线看着宁缺倒在地上，吓了一跳，想也未想，便往崖洞里跑去。

宁缺强行咽下涌到喉头那口鲜血，大声呵斥道："不要进来！"

从小到大艰难度日多年，为了活下去二人间早已培养出了默契，无论遇着怎样的情况，桑桑总会无条件地执行宁缺的意见，这已经变成某种本能里的东西，所以当听着这声喊后，桑桑再如何担心他也没有进来。

她扶着石壁，看着脸色苍白的宁缺，声音微颤问道："怎么样了？"

宁缺伸手把左脚抬到右膝上，闭上眼睛开始冥想。

浩然气在体内缓缓流转，确认识海雪山气海以及小腹里的气旋都没有出大问题，尤其是确认先前那片狂暴海洋并没有让自己体内的浩然气毁灭，他才稍微放下心来，低声说道："没事，死不了。"

他这辈子受过太多次伤，桑桑见他受过太多次伤，只要死不了，两个人都不会当成太严重的事情——死不了便是没事。

待震荡严重的识海渐趋宁静后，宁缺站起身来，缓慢走到崖洞口，伸手在空气里轻轻一按，手掌便顿时感到了滞碍。那种触觉不像是水，更像是灌了水的皮囊，柔软却又坚不可破。

"为什么走进来的时候没有感觉到禁制的存在？"

他看着崖洞口，思考着这处禁制的神妙，心想难怪师兄师姐们白天的反应那般震惊，如果想要破关而出，只怕真不是短时间的事。

确定必然是一个漫长的过程，他的心情也渐渐平静下来，做好了长期战斗的准备，沉默片刻后看着桑桑笑着说道："不管如何总得先吃饭，不然还没老死便饿死了，去看看草屋里有什么吃的。"

他本想用句笑话来让桑桑轻松一些，但他此时脸色苍白，神情黯然，笑容牵强，胸前还有血渍，桑桑哪里能够轻松？

"草屋里有米油菜肉，不知道是什么时候备好的，先前我已经把饭蒸上了，只是水缸里的水最多只能用十天，不知道去哪里挑水。"

桑桑向他汇报了一下眼前的情况，然后走回草屋开始准备晚饭。

山崖绝壁寂静无声，夜空里繁星闪烁，隐隐可见崖下流云，此间似乎已非人间，孤单凄清得令人有些心寒。

宁缺靠着洞口的石壁，看着崖前的夜景，情绪有些低落。虽然明知道老师把自己囚禁在此间定有深意，但依然还是有些愤懑和不甘，心想自己本无过错，为何要被关在这个像思过崖似的鬼地方？

右前方传来水声，他望过去，只见桑桑正蹲在悬崖畔洗菜，小姑娘眼中大概没有什么绝壁风光，壮阔天地人类渺小的概念，洗完菜后，很自然地把盆里混着泥沙的水直接向悬崖下泼去。

无视如此险峻恐怖的绝壁悬崖，自顾自在崖畔专心洗菜，大概也只有桑桑才能做出来。不知崖下那些洁白的云雾，被一盆洗菜水淋湿，会不会和平时被那些清澈的瀑布淋湿有一样的感觉。

宁缺静静看着桑桑的身影，心想幸运的是自己应该不会听见什么狗屎山歌，也不用担心她像泼洗菜水一样泼掉自己。

饭菜做好了，虽然食材简单，香味却依然随着山风传进了崖洞内。

崖洞口被宁缺用石头画出了一道深刻的线，桑桑做饭的时候，他用手掌缓慢感受了很多次，最终确定了触发禁制的范围。

桑桑盛了一大碗热乎的饭菜搁到洞外的地上，然后拿了一根木柴，依照宁缺的指引，小心翼翼把碗推过了那道线。

"这道禁制果然不管死物，不然我岂不是要被饿死。"

宁缺捧起那碗铺着青菜腌肉的米饭，高兴说道。

两个人捧着热乎乎的饭菜，坐在地上面对面吃着晚饭，就像平日里在老笔斋里一样，只不过平时他们中间隔的是一张桌子，现在隔的是一条线。

那条线很短，却分出了山洞和崖坪两个世界。宁缺在线的里头，桑桑在线的外头。好在终究还是在一起。

山崖绝壁临西，地势极高，没有书院阵法遮蔽，又没有青树环绕，所以山风极为强劲，尤其是入夜之后，寒风呼啸而至，崖坪上急剧变冷。

宁缺碗中的饭菜还冒着温温的热气，桑桑手中那碗却已经变得冰冷，她下意识里缩了缩身子，想要往宁缺身边靠，却不敢逾越那条线。

看着小姑娘瑟缩畏寒的模样，宁缺又想起来了那个童话，心情和眼神都随着崖坪的温度寒冷，心想桑桑自幼便有虚寒症，哪里禁得住这等折磨。一念及此，心中本来对夫子已然消失的恨意骤然复生，低声骂了几句。

就在他准备想办法把桑桑骗下山去的时候，崖坪下方的石径上忽然传来脚步声。

虽然只被囚禁了半日时间都不到，然而此时听着脚步声，宁缺竟是没来由地高兴起来，喊道："是哪位哥哥这般好心来看我？"

忽然间，他明白了那个猴子当年被压在山下时的心情。

夜色中，大师兄背着手，二师兄挑着担，走上了崖坪。

大师兄很轻松，二师兄的担子很沉，就像是挑着两座小山。

待他把担子里的东西拿出来时，才发现竟是包罗万象，有水有米有菜有柴有肉有酒有书有棋有琴甚至还有两只老母鸡。

桑桑拎着两只老母鸡兴高采烈地走回草屋，心想明天可以炖鸡汤给少爷喝了，刚才他吐了那么多血，确实是得补补。

宁缺看着被她倒提在手中咯咯直叫唤的老母鸡，震撼感慨道："师兄你真是大手笔，这么陡的山路也不知道你是怎么挑上来的，话说至于拿这么多东西？看模样你真盼着我在这洞里住上好几年？"

虽说二师兄乃世间至强者，但毕竟不是专业的挑夫，一路挑担而行也是有些辛苦。他没有回答宁缺的感慨，而是自袖中取出手绢，很细心地擦去颈间的汗水，然后把头顶微微偏了一丝的冠帽扶正，这才望向宁缺认真说道："师弟你要清醒些，这决然不是十天半月的事情。"

宁缺心想二师兄真不是一个合格的探监者，连吉利话都不会说。

崖坪上生起篝火，桑桑身上披了件鹿皮袄子，在旁边打着瞌睡，这件袄子是余帘师姐送上来的，大小刚刚合适。

火光照耀着大师兄身上那件旧袄，仿佛照着一个破落的灯笼，映着二师兄头上那顶高冠，就像是照着一个生着独木的孤峰。

宁缺坐在洞里，看着这一幕，忍不住笑了起来，指着二师兄头顶的高冠说道："看着真像是一根柴。"

二师兄问道："有何好笑？"

"为什么好笑？我不告诉你。"宁缺笑着说道，"二师兄，其实大家都觉得你头顶这个高冠很好笑，只不过害怕你生气，所以一直没有人告诉你。"

二师兄微微皱眉，不悦说道："休得胡言乱语，若说是惧我动怒而不敢告诉我，为何小师弟你此时却敢对我说？"

宁缺指着身前那道线，大笑说道："因为现在我出不了洞，你也进不来，我想了半天才想出这么个好处，哪里能不用？"

大师兄看着二人笑了笑，没有说话，心想君陌遇着小师弟这样一个人，以后大概也不会再继续那般无趣下去吧？

篝火堆里响起噼啪轻响。

二师兄煮好茶，倒了四杯，第一杯先恭敬送到大师兄身前，第二杯搁到桑桑身前，然后食指轻弹，把第三杯茶隔空弹进洞中。

乌黑色的茶杯落在宁缺身前，轻转三圈便静止，没有一滴茶水泼溅出来。

二师兄最重视礼数规矩，奉茶的顺序自然也有讲究，先奉长或贤，再赐幼，至于第三杯先给宁缺，自然是看在他身陷囹圄的分上。

宁缺道了声谢，端起茶杯送到鼻端轻轻嗅了嗅，没有饮，忽然低声问道："如果真出不去，那就真出不去了？"

77

夫子罚他入后崖闭关，确实让他沮丧甚至有些绝望。然而他总以为若真到了山穷水尽那一天，书院还是会把自己放出去，总不可能眼睁睁看着自己从一夜到白头，直至垂垂老死在这洞里。

然而这才一日不到，他在云端崖洞里沉思，越来越觉得自己的判断并不值得信赖，或许这个崖洞真是个没有止尽的深渊。

听着他的问题，篝火堆旁的二人陷入了沉默，不知道过了多长时间后，二师兄摇了摇头，大师兄发出一声轻微的叹息。

有山风呼啸而至，崖坪上的柴火飘摇渐弱。

宁缺捧着热茶，看着火苗，忽然觉得有些寒冷，有些后悔先前就这般跟着夫子来了后崖，而没有带着桑桑逃走。

那道寒冷和被囚终生的恐惧，让他这半日里蕴积的愤怒终于爆发出来，大声喊道："第一天见着自己的学生，就把他关进山洞里，准备关他一辈子，这叫什么道理？我又没有犯错，又没有违反院规，他凭什么这么做？他以为他是谁？皇帝还是长安府尹？不是说唐律第一吗？他私设牢房阴囚无辜，算不算违反唐律？我要告他去！我要出去告他一状！"

火堆旁的二位师兄知道他只是在发泄，没有理他。

宁缺渐渐冷静下来，自嘲微涩一笑，心想夫子不是皇帝，但他是比皇帝陛下更尊贵的人物，他说的话比唐律更有效力。

篝火照耀着崖洞口四周，大师兄看着他前襟上的斑点血渍，知道他果然如大家所料，刚进崖洞便已经开始尝试脱困，劝道："崖洞闭关不是这么简单的事情，当年小师叔用了三年时间才能想明白，你要有些耐心。"

白天在山那边的草屋里宁缺已经知道小师叔曾经被囚禁在崖洞中过，但此时他才知道原来连小师叔这位曾经的世间第一强者，居然也要花整整三年时间才能脱困，身体不由变得越发寒冷。

他再如何自信也不敢奢望能与小师叔相提并论。小师叔当年用了三年时间，那么自己要用多长时间才能脱困？十年还是一辈子？

他低头说道："如果出不去怎么办？把我囚在崖洞里关一辈子，对任何人都没有意义，待耗到白头才发现没有意义，那真是最没有意义的事。"

"小师叔当年曾经说过，命运本身就是一个很残酷的家伙，在确定你能承担使命之前，会想尽一切办法打断你的每一根骨头，剥离你每一丝的血肉，让你承受世间最极端的痛苦，如此方能让你的意志心性强悍到有资格被命运所选择。"

二师兄看着他说道："只有真正的绝境才能激发真正的勇气，所以这个崖洞对于你来说必须是死地，如此才能让你想明白那件事情，真正做到欺天瞒地。当初小师弟你与隆庆登山之时，我曾见过你的心性意志，我知道你有潜质，有可能，所以这件事情就算对人世间没有意义，但对你有意义。"

宁缺抬起头来，看着篝火旁的师兄，想着他那句话里欺天瞒地四字，再联想到当年小师叔也被囚禁崖洞三年，最终确认了自己心中那个猜想，夫子之所以让自己闭关，果然与入魔之事有关。

只是小师叔当年为什么练浩然剑入魔？夫子为什么要把他关进山洞？宁缺忽然很想知道当年究竟发生了什么故事，因为他自己似乎重新走上了小师叔当年的道路，那么他需要学习借鉴以及思考。

大师兄看着火堆畔抱膝入睡的桑桑，犹豫片刻后笑了笑，缓声说道："我说话太慢，还是让君陌来说吧。"

二师兄说道："我们都来过后崖绝壁，却从来没有进过这个崖洞，书院这么多年，只有小师叔曾经被老师关在这里整整三年。"

他望向洞里的宁缺，说道："小师弟你当初在旧书楼上曾经看过浩然剑初探，后来在镜湖旁我也曾传你浩然气，如今你在魔宗山门里继承了小师叔的遗息，学会了浩然气，自然明白浩然剑与浩然气是两回事。"

事到如今，宁缺再隐瞒自己入魔的事实没有任何意义，尤其是当着两位师兄的面，他沉默片刻后说道："浩然气呼吸天地气息于体内。按照昊天道门的教义，学会浩然气便等若入魔。"

很明显篝火旁的二人很早以前就知道这件事情，脸上没有流露出任何惊讶神色。

二师兄回忆往事，赞叹道："浩然剑乃是书院前贤所创剑法，修炼至精妙处，飞剑凛冽可破九霄重云，便是与柳白的大河剑法相较也毫不逊色。当年小师叔天纵其才，轻而易举把浩然剑修炼到了这等极致境界，却丝毫不以此自满，又凭浩然剑意领悟出了浩然气，那时小师叔才十六岁。"

宁缺早已习惯了书院后山里都是些天才，更何况小师叔是二师兄的偶像，自己也曾在荒原上感受到小师叔遗留剑意的无上强大，所以此时听说小师叔十六岁便与如今的世间第一强者柳白境界相仿，并不是太过震惊。只是想着浩然气竟是小师叔所创，心神还是不免有些轻荡。

"如今你我都知道，小师叔的浩然气本质上便与昊天道门的理念相冲突，换句话说就是魔宗功法。所以老师发现此事后，直接把小师叔关进了这个崖洞，据说当时老师对小师叔也说了那句话。"

宁缺问道："哪句话？"

"你什么时候想明白了，就什么时候出来。"

宁缺默然无语。

二师兄继续说道："小师叔用了整整三年时间，才想明白了一些事情。他走出崖洞，骑着小黑驴出了书院进了长安城，就此入世，此后他凭手中一柄青钢剑杀尽世间强者，更远赴荒原灭了魔宗。在这无数场战斗中，小师叔的浩然剑纵横无双，却没有受到昊天道门或佛宗诸寺的任何怀疑。"

他看着宁缺说道："因为小师叔在崖洞里想明白了一些事情。"

宁缺也想明白了一些事情。

二师兄沉默片刻后继续说道：

"小师叔单剑灭了魔宗后，因为某事心灰意冷，骑着小黑驴便回了书院，在前山剑林里苦思一夜，又进后山与老师长谈三日，便来到崖畔修了这间草屋，便是你眼前这间。

"小师叔灭魔宗后，被公认为世间第一强者，不知多少世外高人想来挑战他。当年书院后山没有云深不知处那座大阵，谁都能上门挑战，比你前些天在长安城里遇着的更加麻烦。"

大师兄想着当年后崖绝壁间的剑气佛光，微微一笑。

"小师叔也不觉得厌烦。他在崖畔草屋里清修思索，想到苦闷时便有真正的强者送上门来替他试剑，于是他便一剑斩之。如今想来，知守观和悬空寺后面这些年如此沉默，只怕也是那些年在小师叔手里死了太多人。"

二师兄回头望向不远处的绝壁，想着当年此间的那些战斗，想着那些来自不可知之地的五境巅峰强者纷纷陨落在小师叔剑下死伤惨重坠入悬崖，竟是没有任何人记得他们的名字，便觉得骄傲而又遗憾。

当年那些来到这片山崖绝壁的世外之人，明知小师叔举世无敌却依然纷至沓来，都是些真正值得尊敬的强者。那种修行者先天便应该拥有的骄傲，哪里是如今修行界里的这些庸碌惧死之徒可以比较。

二师兄也很骄傲，他一直想追随小师叔的脚步，他也想重现当年山崖间人们为了尊严和骄傲把生命燃烧成烟花的画面。非常遗憾的是，当年的那些人都死了，如今世间又有多少人值得尊敬配得上出手？

"那些世外之人或死或伤遁，再也没有人敢来书院挑战，山崖归于平静。后来某日小师叔忽然离开了草屋，从此再也没有回来。"

二师兄讲完了当年的故事。

宁缺沉默了很长时间。他在荒原上听叶红鱼说过小师叔最终是遭天罚而死，大概正是因为这个原因，夫子上西陵斩了一山桃花。昊天道门不想再提起此事，当年的世间第一强者声名渐渐湮灭无闻。

小师叔为什么会受到天罚？因为浩然气不容于昊天，而他已然是世间第一强者，从而引发了昊天神怒？小师叔在崖洞草屋间前后思考多年，最终还是走上了毁灭的道路，自己何德何能又凭什么能把这件事情想明白？

"老师把你困在崖洞里，便等若是把你当作当年的小师叔一般看待，其间隐着很大期望。若你连这第一道关口都无法渡过，以后又如何行走？"大师兄看着他微笑说道，"小师弟你如今的境界修为比当年小师叔差太多，自然不会马上便出现问题。然而天未下雨，却不妨碍提前带把黑伞出门，而且正因为你现在境界尚浅，所以要解决那个问题，却又比当年小师叔要容易一些。因此不要总想着自己不如小师叔，你是有希望的。"

宁缺望向崖洞外的夜空。

从荒原回到长安城，他一直在思考那个问题，怎样才能不让浩然气入魔的本质被人发现。在与观海僧人的战斗中，他已经做出过某种尝试，只是那种手法形诸于表，并不能从根本上解决问题。

如果要从根本上解决这个问题，便要学会撒一个弥天大谎，骗住世间所有人，甚至要连这片天地都欺瞒住。

78

当年小师叔在崖洞和草屋里前后闭关两次。

第一次，他用三年时间完美地解决了以浩然气行走世间的问题，然而当他成为世间第一强者，再不需要欺骗世人时，却要面对更麻烦的局面。

于是他再次闭关苦思，不知道思考多长时间，他最终发现无法欺骗自己，于是飘然下山离开书院，去直面那片天穹然后就此消失无踪。

宁缺看着崖坪外的夜空，看着黑幕上缀着的繁星，目光第一次试图落在繁星之后，触碰那些深沉的底幕。

他看着夜色里的天空，在心中喃喃说道，难道是要瞒过你的眼睛，然而你是天道你是神辉，你怎么会有眼睛呢？

宁缺的思绪有些混乱惘然，骤然间感觉有些心悸，明白自己与世间真正的本源层次相差得太遥远，根本没有资格去思考这些事情，一旦思考，夜空里的那些星星仿佛都在发笑。他必须解决眼前的问题。

如何离开这片崖洞的问题。

这个问题当年小师叔曾经完美地解决过。

现在轮到了他。

有资格或者说有必要知道的人都接到了书院的传信，知道了两件事情，第一件事情是夫子终于结束了历时两年的游历，回到了书院，第二件事情是书院二层楼十三先生宁缺奉夫子命闭关修行。

文渊阁大学士曾静虽然是当朝一品官员，其实也没资格接到书院的传信。只不过因为他最近刚刚寻回失散多年的女儿，所以除了皇城之外，学士府竟是最早知道这两件事情的地方。

"闭关修行？那要多长时间？"曾静大学士皱眉问道。

林公公摇了摇头，犹豫说道："一个月两个月？这个谁能说得准，书院二层楼里那些奇人的概念，和我们大概不一样。"

曾静不解问道："依照唐律和宫中的规矩，书院的事情向来由礼部理会，尤其是书院二层楼，除了宫中和军部有资格知道之外，没有人知道，为什么陛下要让公公专程来告诉本官？"

林公公苦笑着说道："还不是因为您家府上那位新回来的小姐。听闻院长亲自发话让她照顾十三先生，十三先生既然要闭关修行，您家小姐只怕也得在那儿陪着，您可别问我什么时候能回来，我真不知道。"

听着这话，曾静夫人顿时慌了神。

两位师兄离开崖洞之前，还对宁缺说了一些话，他知道老师和书院不会就这样把自己扔在洞里任由自己自生自灭自己想，稍微放下心些，在洞里觅了块吹不到风的角落，铺好铺盖沉沉睡了一觉。

一觉醒来，他睁开眼睛，发现天色依旧晦暗。

走到洞口向外望去，只见并无风雨，崖外云海远端的长安城笼罩在晨光中，非常美丽，这才想明白山崖绝壁对着西面，在洞中能多看几眼落日，但想要亲近朝阳晨光，却要比云海下的人们要困难很多。

二师兄挑的担子里有很多东西，甚至有很多是老笔斋里的物事，不知是陈皮皮还是哪位师兄师姐进长安城取了过来。睡前桑桑清点了一遍，大黑伞元十三箭以及那匣银票都在，便连牙具毛巾也在。

桑桑把清水牙具毛巾递进洞里，宁缺草草洗漱一番，然后吃过早饭，顿时觉得神清气爽起来，忽然间他想到一个问题，不由皱了皱眉。

"有马桶。"桑桑看他脸色就知道他在担心什么。

宁缺无奈说道："会很臭的。"

桑桑说道："勤洗便是。"

宁缺看着山崖绝壁间的云海，摇头感慨道："真是可惜了这些云，不过小师叔当年也污过，想必再多我们两人也不算什么。"

真正的清爽过后，宁缺捏着鼻子，便准备去提马桶。

桑桑看着他的模样，忍不住笑了起来，说道："小时候不都是你自己做这些事，这才几年时间，就会嫌臭了。"

宁缺正色说道："居移体，养移气，咱们现在身份不同，自然感觉不同，说起来有件正经事一直忘了和你商量。"

桑桑问道："什么事？"

宁缺说道："我在想是不是应该去买个丫鬟。"

桑桑指着自己，困惑问道："我不就是丫鬟？"

宁缺笑着说道："你虽然还是我的小侍女，但毕竟是当朝一品大学士的女儿，铺床叠被倒也罢了，怎好让你继续做那些粗重活儿？"

"我可不习惯被别人服侍。"桑桑说道，"想着老笔斋里会多个人，我便觉得有些别扭。"

宁缺想了想，说道："确实有些别扭。"

桑桑笑着摇了摇头，端着盆清水走进洞里让他洗手，然后走到角落提起马桶，走回崖畔倒进了那些流云里。

宁缺洗完了手，扯下洞壁上挂着的干毛巾擦了擦手，看着她提醒道："搁远点儿，虽然是自己的味儿，闻着还是恶心。"

桑桑嗯了声。

宁缺擦手的动作忽然僵住，看着她的身影，觉得自己有些眼花。

他忽然醒过神来，震惊喊道："你怎么进来了？"

桑桑愕然回头，这才发现原来自己已经走进了崖洞，而且先前提马桶的时候，已经进来过一次，不由轻轻啊了一声，轻跳着赶紧跑了出去。

片刻后，她扶着洞壁，小心翼翼探头望向里面，问道："没事吧？"

宁缺有些糊涂，说道："没事，问题是你有没有事？"

桑桑低头看了看自己，又拍了拍自己的胸口，确认没有受伤，也没有像宁缺一样吐血，说道："好像没事……你要不要再试试？"

宁缺走到崖洞口，站在昨天画的那道线里面，伸出手撑向空中按下去，有些失望地发现掌上依然传来了那道凝滞的触感。

"我出不去。"

他摇了摇头，明白是怎么回事。

崖洞口的禁制是夫子当年为了囚禁小师叔专门设置的，针对的便是小师叔体内的浩然气。夫子附在洞口的那道简单气息，一旦感应到浩然气的存在，便会突然发作，而浩然气的强度越大，所触发的镇压便越强大。

他和小师叔的体内都有浩然气，那么如果想要走出崖洞，只有把浩然气修行到足够强大，强大到击败夫子留下的这道气息，把洞口凝聚的天地元气海洋直接毁灭，或者想明白怎样让体内的浩然气与大自然间的天地元气融为一体，和谐得不分彼此，如此才能不触动崖洞处的那片元气海。

还有最后一种方法，那就是毁了体内的浩然气。

宁缺看着崖洞口，生出很多感慨。夫子布下的这个禁制非常简单，实质便是他留在此间的一道气息，却给破禁制的人设下了无穷难题。

世间有很多题目很难，难在无数繁复的线索之下，你需要寻找到唯一的答案，而夫子留下的这道题目也很难，却难在它有几个答案。

这几个答案非常难选择，如果没有信心能够把浩然气修炼到战胜夫子的程度，那么你舍得毁掉自己体内强大而珍贵的浩然气吗？

时间会在破题者的犹豫和挣扎之间流逝，随着时间流逝，一天一天过去，做出选择便会变得越来越困难，甚至变成一种可怕的折磨。

若被囚崖洞多年，你终于决定放弃，回首望向当年入洞的第一夜，想必会痛苦于为何自己没有当时便毁掉体内的浩然气，自己坚持了这么多年，岂不是变成了最愚蠢的行为。在这种痛苦前，你还甘心放弃吗？

很明显，小师叔没有选择最后那种方法，因为他离开书院入世时，依然禀着浩然正气，群魔辟易。而且小师叔这等绝世人物，肯定会比宁缺更早明白夫子这道题的真实用意，以他的心性意志，若要放弃肯定会在第一时间放弃，而不会有任何犹豫，更不会需要浪费三年时间。

宁缺没有想过小师叔凭浩然气直接冲破夫子布下禁制的可能，没有什么道理支持他的判断，他只是觉得这种画面很没有美感。

小师叔应该选择了第二种方法。

"三个月。"宁缺看着依然不敢重新走进崖洞的桑桑，重复说道，"三个月，我不如小师叔这般强悍，我需要用三个月时间来思考要不要用最后那个方法，如果到时候我舍不得废掉身上的浩然气，你知道应该怎么做。"

桑桑有些紧张地问道："要用那个法子？我可从来没用过。"

宁缺说道："我需要你的帮助。"

桑桑沉默片刻后说道："你确定？"

宁缺说道："我确定。"

绝壁间出现一袭青衣，被山风吹拂着时裹时舒，隐约可见衣下娇小的身躯，今天率先来探视宁缺的是三师姐余帘。

余帘走上崖坪，走到洞口那道线前坐下，从袖中取出一卷旧书，递给洞里的宁缺，看着他轻声说道："如果要解决问题，只有一种方法。"

那卷旧书封皮上写着"天地气息本原考"七字。

宁缺看了一眼手中的旧书，认真请教道："哪种方法？"

余帘将鬓角的发丝抿到耳后，说道："学习。"

79

"师姐，这是什么书？"

"这是一本禁书。"

听着余帘温和的声音，宁缺愕然抬头。

"这本《天地气息本原考》，乃是数百年之前某位大修行者口述的著作，曾经在修行界里产生了极大一场波澜，因为与昊天教义相违背，所以被西陵神殿列入禁书名录，严禁在世间出现，这本书最后一次现世，是在宋国某个大家族里，而那个家族因为私藏此书而惨遭火门。"

宁缺捧着旧书的手掌微微一僵，没有想到这本书的来历如此惊人，有些想不明白，问道："那为什么书院里能有这本书？"

余帘微笑说道："书院书院，自然不能少了书。依据老师的吩咐，每隔十日我会来崖洞一趟，十日时间里你好生学这本书，有什么疑惑都记下来，到时候一起问我。"

接下来的整整一天里，宁缺除了吃饭，便一直在看书学习。越看他越明白，为什么当年西陵神殿会把这本书列入禁书的名录。

因为这本《天地气息本原考》开篇明义，便说清楚自己要讲述的细则以及最终想要论证的论点是什么：自开天辟地以来，生万物，又有日生天穹，赋万物形状精魄，万物凋灭更新，体内之精魄散于天地荒野之间，便是如今修行者们能够感知到的天地气息，也就是所谓天地元气。

宁缺对这个世界的本原没有任何研究，却觉得这个论点相当新奇有趣，但想必也正是因为这个论点过于新奇，所以才会招致西陵神殿的严厉封杀。因为这个论点认为天地气息来自万物自身，而非昊天教义里所说的由昊天赐予，如果世人真的相信了这种说法，那么道门何以维持修行者对昊天的敬畏？

入书院后宁缺在旧书楼里看过很多修行方面的典籍，他看的第一本是《天地元气初探》，现在手中这卷《天地气息本原考》要显得深奥晦涩很多，所以哪怕他非常有兴趣，但阅读得依然非常缓慢。

从日出到日落，他一直坐在洞口借着天光，沉默地读着这本禁书，思维沉浸在前人的智慧当中，对于这个世界的构成，尤其是天地气息的产生以及数量还有运转规律有了很多崭新的认识。

他并不清楚这卷书对于自己破解夫子留下的这道题，对自己完成闭关有什么具体的帮助，但既然夫子让他看这本书，他便会一直看下去。因为他相信夫子把自己困在崖洞里，绝对不会只是想让自己变成一名书院教授。

宁缺在崖洞里看书，桑桑在崖洞外看着他看书，看的时间久了，他依然津津有味，每当理解一段深奥的阐述，脸上便露出喜乐神情，而桑桑则是无聊起来。好在这些年她早已经习惯了无聊，所以顺便洗了个头。

黑夜渐渐笼罩长安城、原野、流云以及山崖。

桑桑做完饭，宁缺胡乱吃了几口，又开始看书，桑桑看火把的光有些飘忽，想了想走进草屋，找了半天找出一盏油灯，递进了洞里。

伴着略显昏暗的油灯灯光，宁缺捧着那卷书继继专注看着。前世的经验让他对学习知识这件事情其实有所抵触，然而也正是前世的那些经验告诉他，如果想要尽快学到书中的知识，并且能够运用，那么必须保持绝对的专注。

一直看到深夜灯油将尽时，宁缺才放下手中的书卷，没有急着去睡，而是闭着眼睛对今日的阅读在脑中做了一番温习。

因为睡得太晚，宁缺第二日清晨被崖洞外扯风箱似的呼呼声惊醒时，依然倦意深重，不禁有些恼火，心想这鬼声音究竟是从哪里来的？

他揉着眼睛，披了件单袄走到崖洞口，看着洞外那个扶着腰看着崖外绝壁风光，一面喘息一面还要装×的胖子，面色骤变。

把他从睡梦中惊醒的声音，正是陈皮皮攀爬石径时所发出的喘息声，只是他怎么也想不到，一个人的喘息声竟能轰鸣如雷。

"至于累成你这副模样吗？"他无奈说道。

听着他的声音，陈皮皮没有转身，扶着圆滚滚的腰，看着身前的万丈绝壁，看着山崖间的流云，看着远处晨光下的长安城，喘息着嘶哑着发出文人的感慨："噫吁兮，曾登绝顶览……"

"吁！"

宁缺用赶驴的方式阻止住他的感慨。

陈皮皮转身看着他连连摇头，批评道："不雅不雅，虽说小师叔当年骑的确实是头驴，但当此绝妙风光，何必行此不雅之事。"

宁缺看着他那模样便一肚子气，恼火说道："明知道我心情不好，就不要拿那些酸词腐语来污我的耳朵，当心我把你踹下山去。"

陈皮皮想着先前上山时近在咫尺的绝壁，双腿又有些发软，余悸难消地拍了拍胸脯，说道："这道崖壁太陡了，爬上来险些要了我的亲命，想着你要在这里待个十年八年，确实心情没办法好起来。"

宁缺冷笑说道："那是你太胖的缘故。"

这句话直刺要害，陈皮皮嗫嚅着不知如何反击。

他看着崖洞忽然眼睛一亮，赞叹道："原来这便是小师叔当年的居所，因为山路险峻我不曾来参观，今天竟是第一次看到。这个崖洞可不普通，非常具有历史意义，能住在里面真是荣耀至极，我很羡慕你。"

一块石头从洞里呼啸破空而至，险些砸到陈皮皮的脚上，在崖坪上颠了几颠，落入崖壁云海之中，再也找不到。

陈皮皮吓了一跳，指着崖洞蹦蹦跳跳着大喊道："要杀人啊！"

宁缺在洞里继续寻摸了半天，实在是找不到第二块石头，愤怒冲到洞口大声骂道："你这个不要脸的东西！这么有历史意义的洞要不然换你来住？这份荣耀我全部让给你！你进来啊！你进来啊！"

陈皮皮冷笑说道："有本事你出来。"

宁缺不齿说道："有本事你进来。"

桑桑一直站在崖洞旁边，看着这对师兄弟闹腾，这时候终于忍不住，说道："我觉得你们都挺有本事的。"

宁缺和陈皮皮同时望向她。

陈皮皮犹豫片刻后认真问道："你说的是真话还是反话？"

桑桑看着他不说话。

陈皮皮一直认为自己是绝世的天才，然而前些日子他去了几趟老笔斋，和桑桑下过几盘棋后，至少在桑桑面前便再也没有这种自信。相对应地，他非常看重桑桑对自己的评价或者说赞美。

桑桑的沉默，让他的自尊心受到了一定程度的伤害。

他看着崖洞里的宁缺，嘲笑说道："只有被关在铁笼子里的猴儿，因为太过无聊才会向人扔石头，我原谅你。"

宁缺说道："随便你怎么说，有本事你也砸我一下。"

陈皮皮从怀里取出一个物事，直接向洞里扔了进去。

事发突然，宁缺险些被砸中脸，幸亏他现在的身体反应奇快，一个侧身右手疾出，便把那个物事抓了手中。

那是一本皱巴巴的书，封皮上没有名字，却有很多像汗渍一样的东西。

宁缺心想这些汗渍只怕是这个死胖子身上的，便觉得有些恶心。

"这是什么书？"

他强忍着恶心，看着洞外的陈皮皮问道。

陈皮皮说道："没有名字。"

"那这本书是讲什么的？"

"书院不器意。"

宁缺没有听懂，问道："什么玩意？"

陈皮皮以为他又在调戏自己，大怒说道："这本书讲的是书院不器意！你要再说没听懂，我就告诉老师去！"

80

书院不器意？

宁缺看着手中这本皱巴巴的书，很自然地想起去年春天书院二层楼开启那日，自己艰难攀爬至山下柴门处时，转身在那块勒石上看到的君子不器四字，不由微微皱眉，陷入长时间的思考当中。

前些天他从二师兄那里得知，隆庆皇子当时看到的是君子不争四字，事实上是夫子对此人所做的批注，那么君子不器四字，毫无疑问也是夫子专门留给他的话，或者说是对他的生命进行的警醒。

勒石上出现的君子不器四字何意？这四字里的不器和这卷旧书有什么关联？难道夫子提前便预知了自己需要学习书院不器意？

宁缺望向洞外问道："若书中有疑难，如何解决？"

陈皮皮说道："我隔十日上山一趟，你若有什么不懂的地方……"

这句话刚开始说，宁缺便明白和三师姐余帘一样，这都是夫子对自己的课程安排，摇头说道："你可不是三师姐，所以不要想得太美，你每天都必须上山来，不然我和桑桑只怕要无聊死。"

陈皮皮嘲讽说道："要我上山来陪你，你求我啊？先前还对我那般凶恶，我这便拍屁股下山，你又能拿我怎样？"

宁缺回答道："那你赶紧滚下山去。"

陈皮皮还真听话，转身便准备走下崖坪。

忽然间他停下脚步，转身望向洞内的宁缺，长时间沉默不语。

宁缺神情微异看着他。

陈皮皮忽然说道："听说老师准备了三本书给你看，如果三本书都看完了，你还不能出来，那么你这辈子或许真的就出不来了。"

宁缺微微皱眉问道："第三本书是什么？"

陈皮皮摇了摇头，说道："没有人知道。"

宁缺沉默片刻后，忽然笑了起来，说道："如果真有一天确认我出不去了，还得麻烦你到时候帮我找个调羹。"

陈皮皮微讶问道："要调羹做什么？"

宁缺指着身后幽暗的崖洞深处，说道："给我一个调羹，我就能挖一条长长的地道，直接穿越书院的崖壁镜湖云雾，回到人间。"

陈皮皮觉得他的脑子有些问题，同情说道："不要给自己太大压力。"

宁缺知道他听不懂自己那句话里究竟在表达怎样的精神与态度，不过他自己清楚就足够了，低头开始阅读那本书。

陈皮皮叹息一声，缓慢而圆润地离开了崖坪。

形而上者谓之道，形而下者谓之器。

器，器物也。

大道不器，乃指天之道，不在乎具体的形态。

君子不器，是指人不能拘泥于一些固有的规则。

不器二字，便是对规则秉持着居高临下，骄傲而散漫的态度。

翻开手中这本封皮上没有字的旧书，宁缺很快便被书里所写的内容吸引了全部的心神，目光再也无法离开纸面。

接下来的一日一夜里，除了吃饭睡觉，他便是在看书思考。一本书看到有些厌乏，或是思维陷入某种僵滞局面时，他便换另一本，而当这本的阅读也再难前进时，便会换回原先那本，时间便在轮转和调剂间缓慢流逝。

桑桑做饭洒扫，在他疲惫时陪他聊聊天，在鼓足勇气再次走进崖洞后，安安静静坐在他的身旁，拿着针线在那处绣鞋底。

不论这两卷书对宁缺解决问题、摆脱囚徒生涯有何帮助，书中前贤的知识与智慧已经足以令他感到沉甸甸的收获。

《天地气息本原考》这卷书，让他首次接触到这种全新的世界设想，接着在其后的数个小节里，明白了更多新鲜的说法。

所谓天地气息，便是自然存在于原野河川间的某种无形无质的微粒，也就是修行者们所称的天地元气。按照这本书的说法，世间所有的天地元气，其最初的源头都是天穹里那轮烈日，只有极少部分来自大地深处。

这些本初同源的气息，随着岁月的浸泡冲洗，因为附着共生的事物不同，因为环境的感染，而开始呈现出不同的特质。

比如树木里蕴藏的天地元气，与石中的天地元气便截然不同，只是这种差异在普通修行者的感知中极为微妙，很难被发现。

宁缺想着在大明湖畔始见魔宗山门块垒阵时的感受，发现书中这种说法，虽然与师父颜瑟当初的说法有些分歧，但确实有几分道理。

思考片刻后，他取出数片符纸依次施出，看着身前的火团水雾，用念力细细感知其间的差别，然后把其中所得认真记在纸上。

午后，他吃完饭后随意把碗搁在身旁，再次开始施符体验天地元气间的细微差别。他平日里在老笔斋无事时便以写符为闲暇乐趣，虽说符力依然微弱，但却存下了不少符纸，用来做实验绰绰有余。

这一次他施的是水符。

微黄的符纸在空中消解无形，崖洞里的天地元气缓慢敛聚而至，凝成一捧清水，然后向地面落去，恰好落在了那个碗中。

清水在碗中荡漾数下，然后归于平静。

宁缺看着碗中渐浑的水，若有所思，翻开身边那本讲述书院不器意的书，开始与书上的某些内容进行对照。

然后他又施了一道水符，任由那捧清水落在地面上，目不转睛看着那些水顺着石缝逐渐消失无踪，就像是无数只透明的蚯蚓。

碗是器物，石缝是器物，便是天穹原野也只不过是个尺度极大的器物。

水落在碗中，便是半圆形，落在石缝间便是透明蚯蚓，被云层释出，便是珠帘，润进原野，便是无数的细小颗粒。

水本身没有任何形状，只是因为承载它的器物才有了形状。

这便是真正的不器。

天地元气就是这种像水一般的存在？

得出这样的推论很简单，宁缺看着那卷书，没有丝毫得意的情绪，试图从书中找到把这个推论与崖洞禁制联系起来的地方。

不知道过了多长时间，他从沉思中醒了过来，有些疲惫地揉了揉眉心，然后才注意到桑桑不知何时来到了身旁，正在那里绣着东西。

"记得我去荒原前，你说自己的绣工太糟糕，不愿意让长安城里的人看见，所以把针线什么的都送给了小草，这又是从哪里来的？"

宁缺问道。

桑桑抬起头来，用针尾挠了挠有些发痒的鬓角，说道："这是昨天我下山向七师姐讨的，总得找些事情做打发下时间。"

宁缺心想她在崖坪上待着确实无聊，忽然想起一件事情，把手中那卷不器意之书递了过去，说道："无聊时看看书也好。"

桑桑微微一怔，说道："我也能看吗？"

这两卷书都是书院珍藏的绝学，想来是夫子精心替自己小徒弟挑选的教材，世人根本无法看到。按道理来说，宁缺不应该让桑桑看，但他早已习惯与桑桑分享所有的好东西，甚至还把她排在自己前面。

最关键的是，他自幼穷困怕了，养就了吝啬抠门的性子，如今不再发愁没钱，却依然下意识里想要贪些小便宜。

宁缺说道："这可是好东西，不看就吃亏了。"

桑桑觉得确实有些可惜，说道："但我看不懂。"

宁缺说道："连光明大神官那个无耻神棍都要收你当传人，在修行上你肯定极有天赋，说不定比我和陈皮皮还强。这些年你跟着我，我却没有想着发掘你这一面，说不定是埋没了一个修行天才。"

桑桑笑了起来，说道："你又在取笑我。"

宁缺说道："不管那么多，你看一眼我们就算是占了些便宜。"

桑桑心想有道理，接过那卷书开始认真阅读。

宁缺继续看那本《天地元气本原考》，越看越觉得西陵神殿封禁这本书有道理，因为这卷书里居然把魔宗功法吸纳进体内的天地元气，与昊天神辉等同观之，认为根本没有什么本质上的区别。

忽然间，他的眼睛骤然一亮。

因为他居然在这卷书后面看到了一整套养气的功法！

宁缺握着书卷的双手微微颤抖，被囚崖洞的苦闷，尽数被此时内心里的惊喜以及对夫子和三师姐的感激之情所替代。

书院修行典籍要分享，这等极大的收获与快乐更要分享，他第一时间转过身去，想要告诉桑桑这件事情。

然而他却看到桑桑已经进入了梦乡。

看着抱着书卷，倚靠着崖洞墙壁已经沉沉睡去的桑桑，宁缺忍不住笑了起来，心想看来小丫头果然不是修行的材料，至少不是读书的材料。

片刻后，宁缺收敛心神，静静将那卷书上的养气之法从头到尾又细细地看了一遍，直到确认能够记住里面每一个字，才缓缓闭上了眼睛。

他第一次开始养气。

养的是浩然正气。

81

养是赡养，是抚育，是怜悯，是保护，是修补。

养气便是对吸纳进身躯里的天地气息，进行上述的这些动作。

宁缺按照书中所述，进入了一种近乎冥想的状态，却不像冥想那般深沉，依然与真实的世界保留着丝缕不断的联系。

这种联系便是呼吸，或者说吐纳。

崖洞里的空气依循着呼吸的节奏进入他的肺部，然后再从口鼻处回到外部，空气里蕴藏着的丝缕天地元气，却在这个过程里逐渐沉降停留下来，开始滋润他身躯的每一处，哪怕是那些最细微的部位。

每一次呼吸，宁缺便能感觉到有一丝天地元气进入自己的体内，这种变化非常细微，然而当呼吸进入某种节奏之后，这种细微变化的叠加则会变得更加明显，甚至明显到他能够感觉到气息数量的增加。

在魔宗山门继承小师叔衣钵之后，他吸纳天地元气转换为浩然气的过程始终缓慢，此时终于发现能够主动修行浩然气，从而强大变成一种可控可期待的事情，震惊然后开始喜悦，这便是惊喜。

夜已深沉至极浓处，便是晨光将起时，崖洞里桑桑在一旁打着瞌睡，宁缺盘膝而坐，认真地呼吸吐纳着每一口空气。

他感受着天地元气涌入自己的身体，就像嗜酒的酒徒饮着一罐一罐烈酒，欢愉难抑，陶醉难言，浑然不知自己身在何处，又将走向何方。

崖洞里的空气流动，将洞外熹微晨光下的微寒山风带了进来，拂在桑桑的身上，激得她从睡梦中醒来，揉了揉眼睛。

她望向身旁的宁缺，小脸上露出惘然的神情。

随着天地元气的涌入，宁缺身体里的浩然气正在以缓慢却无法阻挡的速度增加，他的身体也因此而发生着某种变化。

这种变化深深隐藏在皮肤之下、肌肉之间、血液之中，除了他自己之外，任何人凭肉眼去看，都看不出任何痕迹。

但桑桑依然感觉到，宁缺正在发生着某种变化。

因为她能感觉到身周的空间里似乎有某种很淡渺的存在，甚至比风更加淡渺的存在，正在缓慢向着宁缺的身体靠拢而去。山崖绝壁间的晨雾，仿佛也感受到某种召唤，飘进洞中轻轻覆在宁缺的身体上。

不知道过了多长时间，宁缺醒了过来。

他沉默地看着崖洞外那片湛蓝的天空，若有所思。

山崖绝壁流云间，天地元气无处不在。青树静水游鱼里，依然有天地元气，那么进入人类的身体，依然还是天地元气。如此思考，昊天道门挥手而至的昊天神辉和魔宗强者身躯内的真气，又有什么本质的区别？

《天地气息本原考》这本书讲述的便是这个道理，并且试图从理论上解决修行者们的疑虑，尝试建立一个统一的体系。这个全新的体系，将从根基上推翻昊天道门的教义，难怪会让西陵神殿封禁。

另一卷书告诉宁缺，不必在意天地元气以何种形式运转，就如同自然界里的水一般，无论是在绝壁间，流云中，山涧里，无论是在湖中平静还是在河中奔涌，本质不会有任何改变，依然是水。

两卷书的理念在某种程度上是相通的，只不过《本原考》一书最后放弃了形而上的讨论，直接走到了把某种特性的天地元气修行到极致的道路，因为但凡极致终将回到事物的本原。

夫子把宁缺囚禁在崖洞里，等若提出了一道艰深的问题，并且提前放了三个答案在他的身前，这两本书里的理念，便是夫子指点他的两种方法。

或者养浩然正气至极雄浑境界无视天地，或者以不器意令身内的浩然气与身外的天地元气和谐同一不分彼此。

陈皮皮说过有三本书，这是其中的两本，那么第三本书是什么书？通过阅读那本书又能找到别的什么方法？

十天的时间很快便过去，三师姐余帘翩然而至，宽松的院服在悬崖绝壁间鼓荡如旗，走入崖洞后便瞬间文静得有若案上的绢布。

宁缺没有浪费任何时间，简单行过礼后便拿出这些天里记载疑问的纸张，认真请教自己在阅读当中所遇到的疑难。

余帘略一思忖后开始解答，言语简洁甚至过于简单，显得有些惜字如金，然而便是这些简略的回答，却往往能落在最要害的地方，直接让宁缺凝滞的思绪骤然开朗，轻而易举看到雾中新的道路。

最后宁缺犹豫片刻后，开始请教那卷书后面的养气功法。

余帘细眉微蹙，沉默不语。

宁缺看了一眼坐在崖洞外借着天光绣花的桑桑，以为师姐此时之所以沉默，是因外有书院外人在场，有些不便。

余帘微笑说道："老师既然让这小姑娘陪着你，便不介意她在旁一同听讲，而且所谓养气看似魔宗功法，但这崖洞远在云端世外，何必在意？"

第二天，陈皮皮喘息着爬上了崖坪。

宁缺自然对他好生嘲笑了一番，对于这些天他始终没有上崖来探望自己，表示出了极大的不悦。

陈皮皮解释了几句诸如石径太斜，崖壁太陡，却得不到宁缺的谅解。他无奈叹息一声后不再理会这个家伙的烦闷，自顾自开始演练书院不器意。

"所谓不器，形诸外象便是无从寻觅其痕迹，便如雪泥鸿爪，倏尔在东，倏尔在西，根本无法知道雪上究竟何处微颤。"

"你意动时，随意而动无意而行，敌人又如何知道你意欲何为？"

陈皮皮抬起右臂，无名指轻跷，直指绝壁上方的青天。

一道无形无质的气息，骤然间从他指间喷射而出，却没有依循手指所向射入天穹，而是鬼神难测地射进崖洞之中。

那道无形无质的气息，便是被压缩到了极致的天地元气。

这道气息擦着宁缺的肩头飞过，悄无声息地落在坚硬的崖洞岩壁上，发出哧的一声轻响，洞壁上顿时出现一个漆黑的浑圆小洞。

那小洞竟不知有多深。

82

宁缺完全没有任何反应。

直到那道无形无质的指气擦过肩头，在洞壁上射出一个幽深黑洞后，他才醒过来，一股寒意涌上心头。

他并不知道陈皮皮这一指便是知守观的天下溪神指，让他震惊的也并不是这一指的威力，而是陈皮皮出指时鬼神莫测的变化。

明明指尖所向是湛湛青天，却怎么落在了自己的身后？

这便是书院不器意？

"修行者修的是天地与自身，我们需要用身体里的念力操控天地元气，我们的身体是柴，念力是火，天地是锅灶，元气是蔬菜肉鱼之类的食材，战斗手段则是食材的搭配方式。而能不能做出一道美味佳肴，除了上面这些要素之外，最关键的还是看炒菜时的火候如何。

"如果要去问一名厨师怎样掌握火候，普通厨师大概会给你说何时该用何等火，烹煮时间大概会多长，而真正高明的厨师，反而不会如此死板地讲道理。他只是用手掌在蒸汽间快速一捞，便知道锅中的食物究竟如何，这是一种经历无数次尝试而得到的经验。这种经验很难用语言去说明，甚至有时候会让人觉得过于玄虚，只能自己去感知去体会。"

陈皮皮看着崖洞里的宁缺，说道："火候，就是意。"

宁缺思考片刻，明白了他想要说什么，尤其对那本讲授书院不器意的书籍，顿时多了很多直观的认识和了解。

三师姐和陈皮皮奉夫子之命登崖授课，主要是解决宁缺在阅读中遇到的一些疑难问题，真正领悟还是需要靠他自己。陈皮皮解说之后，宁缺决定夜里找时间好好消化一番，这时候没有必要再研讨太多。

他已经在崖洞中被囚十日，不知道书院外的人世间又发生了哪些事情，问道："最近长安城可还太平？"

陈皮皮说道："长安何时不太平过？你在关心什么事？"

宁缺说道："朝廷里似乎有人对我很有意见，我知道回京之前，甚至有人想把桑桑弄到军部去审问，你当时在场。"

陈皮皮点头说道："事情很简单便解决了，你不需要担心。"

宁缺摇了摇头，说道："前些天我们两人在晨街上遇到的两名苦行僧又算怎么回事？就算道石是从悬空寺出来的人，也没有能力在人口如此众多的长安城里轻松找到我，那场相遇更像是被人设计的。"

陈皮皮微微蹙眉，说道："你在怀疑什么事情？"

"长安城里只有天枢处和军方才能如此轻易确定我的位置。"宁缺说道，"不知道是他们当中哪方势力通知了悬空寺来人。"

听着这话，陈皮皮的眉头蹙得更紧些，说道："帮助外人来挑战我书院入世之人？就算是军方只怕也没有这么大的胆子，而且难道那些人不担心事情败露之后，被长安城的百姓骂到半死？"

宁缺在大唐军队里生活了很多年，他当然非常清楚军方行事的风格，说道："只要确认对帝国有利，将军们什么都不会在乎。"

陈皮皮赖在崖坪，蹭了顿桑桑煮的白肉酸菜火锅，擦了擦油乎乎的嘴唇，极其无耻地无视了满地狼藉和堆成小山般的脏碗，哼着小曲快活地向崖壁下走去，无论宁缺怎样诅咒，他也没有失足跌入深渊。

对着绝壁流云，宁缺大声骂着陈皮皮，可惜绝壁在身侧，身前流云之外便是虚空，根本听不到任何回声，这番骂不免有些寂寞。

他不再浪费任何时间，走回崖洞深处，坐在那张半旧的蒲团上，盘膝闭目冥思，继续按照《本原考》书中的功法养炼体内的浩然气。

山崖绝壁间白云悠悠，似无所感，正蹲在崖畔洗碗的桑桑，却清晰地感觉到了洞里的变化，回头望去。可惜此时没有晨雾，看不到前时那种画面。

夜色笼罩山崖时，宁缺缓缓睁开眼睛，结束了今日的修炼养气。看着端着食盒站在身前的桑桑，他摇了摇头，说道："暂时还不饿，你放在旁边，若累了就早些去歇息，如果无聊就陪我说会儿话。"

桑桑知道他一直担心自己无聊寂寞，更知道以他的性情，在没有解开这道题目之前，肯定没有什么闲聊的兴趣，也没有那个时间。所以她笑着摇了摇头，把食盒放在他身旁，便走回了崖畔的草屋。

宁缺依旧盘膝坐着，两手摊开轻轻搁在膝头，左手掌心里出现了一张微黄的符纸。那张符纸正以肉眼可见的速度缓慢解体，向空中释放出符意，他的右手掌心里则是空无一物，但油灯的光线却在那处微微变形。

两只手掌间隐隐溢出的气息各不相同，左手上方是用符纸凝聚而来的天地元气，右手上方则是精纯的浩然气溢体而出。

他神情专注地看着身前，看着这两道无形无质的气息，深厚的念力缓慢而细致地触摸着气息里的每个片段，试图从中发掘出一些什么。

他左手凝聚的天地元气，和右手中的浩然气，都无形无质如同虚空，但在念力感知下却能清晰地分辨出区别。

按照《本原考》一书里的概念，魔宗修行者体内的真气，以及他现在体内的浩然气，其实都是天地元气的一种，如果他能够从现状倒推至无数年前的本原状态，然后将浩然气的外显改变成本原的模样，那么崖洞对他的禁制便能迎刃而解，夫子出给他的这道题目便能有一个完美的答案。

然而可惜的是，他现在还处于知其然不知其所以然的层次当中，更遑论从知道所以里倒推出具体的操作手法。

当初遇着观海僧人挑战，他在雁鸣山下冬湖畔静思半日，想出了以符意调用浩然气的法子，并且收到了极佳的效果，借着符意引发的元气紊乱可以有效地遮掩浩然气的气息，但若遇着真正的大修行者，一眼便能被看穿。

身为夫子亲传弟子，书院二层楼学生，哪怕被世人看穿入魔，大概也不会马上面临身死名毁的结局，然而若让别的存在看到了呢？

崖洞深处蒲团上，宁缺看着双手间的两道气息，沉默地思考了很长时间，脸上的神情虽然依旧平静，内心却是有些惘然惶恐。

桑桑不知何时从崖畔草屋里走回洞里，觅着片干燥清静处，打开铺盖，已经沉沉睡去。宁缺走到她身前，静静看着她微黑的小脸，看了很长时间，然后伸手把被角掖好，转身向崖洞更深处走去。

这些天他的心思一直放在破题上，没有怎么在意聊作居室的崖洞，此时思绪有些紊乱，干脆抛开这些烦心之事，漫步行走起来。

崖洞不大，临着绝壁那侧开着一道约两人高的口，里面便是约十余步方圆的空间。洞壁并不光滑，也没有嶙峋岩石，看不出任何特异，再往深处去，分往左右两方各有一条斜长的洞穴。

这两条洞穴有些狭窄，走不过十余步便到了头，最深处全部是坚硬结实的花岗岩，没有任何继续前进的可能。

宁缺举着油灯，望向洞壁，只见石壁上有无数道细密的切痕线条，有可能是天然形成，但看着更像是被锋利金属物切削而成。

忽然间他眼睛一亮。

在荒原极北端的天弃山脉深处，在废弃的魔宗山门殿宇里，他曾经在那里的青石墙上见过小师叔留下的斑驳剑痕，也正是依靠那些剑痕，他领悟了浩然气的真谛，继承了小师叔的衣钵，然后才能战胜可怕的莲生大师。

他想到小师叔当年被老师囚禁三年，没有同门前来探望解乏，更没有桑桑，只怕苦闷得要死，难道这两条窄洞是他用剑削出来的？

如果这两道窄洞也是小师叔当年留下来的，那么这些看似刀切斧凿的痕迹，会不会像魔宗山门里的斑驳剑痕一样，蕴藏着某些气息，隐含着某种意义？

宁缺举着油灯，站在这满壁切痕之间，心情渐渐激动起来。

他去拿了根木棍，把油灯挑在窄洞入口前，借着昏暗的灯光，开始认真地观看石壁上这些如湖水细纹般的切痕。

无论想法是否正确，总应该试一下。

他看了很长时间，没有从这些切痕里看出任何蕴藏的气息，也没有从这些纹路上发现任何规律。但他依然不死心，沉默片刻后伸出双手放在墙壁上，缓慢地抚摸着石壁，感受着掌面上传来的粗糙起伏感。

他从洞口摸到洞底，从脚下摸到头顶，没有放过任何一道切痕，没有遗漏任何一片区域。这一摸便是整整一夜，崖洞外的夜色渐被淡青色的天光代替，他的脸上写满了疲惫的神情，却没有任何气馁的迹象。

83

从夜色笼罩山崖到青色晨光渗入洞内，整整一夜时间，宁缺都在看洞壁上的那细密切痕，像盲人一般仔细地摸那些切痕，直到摸到双手掌面有些发红，甚至开始脱皮，却依然没有发现小师叔留下的任何秘密。

冥思苦想整整十日，废寝忘食读书十日，强行压抑心中焦虑故作平静十日，他已经疲惫到了极点，尤其是精神状态非常紧绷。在这样一个徒劳无功的夜晚过后，所有这些负面的东西顿时爆发了出来。

凌乱的黑发披散在肩头，眉眼间尽是憔悴神色，宁缺看着膝间那两卷书，不停喃喃自语念着什么，却因为声音沙哑虚弱的缘故，怎么听也听不清楚。

桑桑端着清水走进洞里，担心地看了他一眼。

宁缺接过毛巾，神不守舍地用力搓了把脸，湿毛巾擦掉眼角那些黏结干涸的浊物时，连带着撕出了一道极细的口子，痛得他连连皱眉。

湿毛巾是冷的，不知道是因为疲惫还是痛楚，他脸颊上多出了两抹红色。猩红的颜色，出现在因为缺少日晒而略显苍白的脸颊上，并不如何好看，反而显得非常不健康，如同久病之人。

精神糟糕到了极点，阅读和学习的效率自然也变得极为低下。他捧着两卷书强打精神观看，却发现仿佛又是在看旧书楼里那些典籍，而自己又重新变成那个不会修行的废柴，纸上的那些墨字调皮地浮出纸面，开始像蝌蚪一般向四周胡乱游动，怎样也无法捕捉住。

他有些无奈地合上书页，闭上眼睛开始温习前些天的所得，然而此时就连脑子似乎也变得不清醒起来，记忆也出现了极大的偏差。想着《本原考》一书中某种疑难时，明明余帘师姐前日便已经做出了解答，但他这时候怎么想却也无法想起来师姐那时候究竟是怎么说的。

郁结烦闷之下，有所思便自然说了出来。他沙哑疲惫的声音是那般地含混，完全是在喃喃自语，以发泄心头的情绪。

然而他没有想到，一直安安静静坐在他身旁纳鞋底的桑桑忽然开口说了一句话，竟便是前日余帘师姐所做的那番解答。

宁缺微微一怔，这才想起来自家小侍女的记忆力向来与众不同。

桑桑开始复述前两天余帘和陈皮皮的讲述，然而宁缺此时的状态太过糟糕，听了片刻后便无奈地挥了挥手，示意不用继续。

他把那两本书像垃圾一般扔到蒲团旁，站起身来伸了个懒腰，打着呵欠慢慢地走到崖洞口，向洞外的世界望去。

书院后山之后的崖壁，真是一片极其美丽，甚至美丽到惊心动魄的天地。然而绝壁上的线条即便像刀子般直刺人心，终究不是真的刀子，看的时间长了总是一成不变的线条。

山崖之前的湛蓝天空更是永世都不会变化那般，平静沉默地停留在那里，最初的美丽如今渐渐变成最拙劣的画匠涂出的死板的蓝色颜料。

绝壁腰间的那些流云深雾，亦是如此。

宁缺看着崖洞外的风景，身体微寒地想道，这才不过刚刚十日，而且自己这些天忙于修行也没有怎么看风景，此时便已经觉得腻了，那如果真的被囚禁在崖洞里十个月，甚至十年，那自己又该怎样撑下去？

正在他开始觉得空虚寂寞冷的时候，崖坪下方的石径上，忽然传来好热闹的一片声音，衣袂声脚步声更多的是争吵声。

似乎永世难变的绝壁风光，随着这些声音的加入，不知为何顿时流动起来，鲜活起来，有了与先前完全不同的美丽。

原来空虚寂寞这些东西，永远与风景无关，只与人有关。

"太难爬了！太可怕了！十二师弟说过我们上不来，我说在瀑布那里喊小师弟两声，尽一尽同门情谊便好，结果你们偏要往这里爬！"

九师兄北宫未央喘息着埋怨道，恼怒地挥舞着手中那根古色古香的箫管，似乎想要把同行的人们全部赶下悬崖。山风钻进箫管再钻出来，发出呜咽的低鸣，仿佛是哭泣，但更像是他此时的喘息。

五师兄擦掉额头上的汗水，取下背在身后的滴水木棋盘，看着他嘲笑说道："但我们终究是爬上来了。"

北宫未央小心翼翼向悬崖畔挪了两步，探头看了下方一眼，然后闪电般连退数步，拍着胸口心有余悸说道："我只担心等会儿下不去。"

七位师兄联袂来探望自己，宁缺很是感动，站在崖洞口，兴奋等着他们来对自己嘘寒问暖。不料等了半天，发现他们还是只顾着斗嘴吵架，终于忍不住大声提醒道："喂喂，我在这儿哩！"

书院后山弟子平日里往往都如痴如癫做着自己的事情，加上后山太大，所以并不是每天都能见面，甚至有时候往往数十天都见不了一面。但同门之间的情谊却并不会因为这点而稍淡，宁缺入门时间最晚，是最小的师弟，自然理所当然得到了师兄们的疼爱与照顾。

师兄们担心小师弟被囚崖洞，孤单过度，牢骚太盛，断了愁肠，专程去请示夫子，得到了上山探望的允许，便联袂而至。

然而当真正看到崖洞里神情憔悴、脸色苍白的小师弟后，他们反而不知道该说些什么了，因为无论从哪个角度看，书院后山这些各种痴的人们，真的很不擅长安慰人或者说开解人。

众人把目光投向王持，因为都知道他喜爱思辨之术，最关键是他排行十一，在上山诸人中最小，所以这种艰难任务当然要交给他。

王持沉默了很长时间，在心中默默组织了半天词句，终于想到了该怎么说，艰难地挤出一丝虚伪的笑容，看着宁缺认真说道："既然老师不阻止我们上山来看你，那么以后我们天天来看你便是，如此一想，就算你当真一辈子出不来，也算不是太麻烦的事，刚好还可以趁机静心求学问。"

宁缺的脸色顿时黑了起来，说道："十一师兄，我可不是山林里那些只会解语不会说话的野花，你能不能说点吉利话？"

五师兄赶紧拎着棋盘上前圆场，笑眯眯坐到崖洞口那条线前，把盛放黑子的棋瓮扔到宁缺怀里，说道："何以解忧，唯下棋耳。"

宁缺抱着棋瓮，无奈说道："我的身体过不了线，怎么下棋？"

五师兄一想也是这个道理，伸手把棋瓮要了回来，然后说道："你口述，我让八师弟替你行子。"

八师兄轻拂院服广袖，像神仙般飘然走了过来，然后一屁股坐到五师兄身旁，看了一眼宁缺说道："小师弟，虽说是为了给你解闷逗趣，但你也得认真些下。虽说是代你行子，但我还是不想输给他。"

北宫未央在旁冷笑一声，说道："听说老师给了小师弟三本书，看他如今神态，只怕心神消耗巨大，哪里还有精神陪你们下棋？"

宁缺心想这句话说地真是妥帖靠谱。

北宫未央转头望向宁缺，说道："小师弟，还是由我和西门吹奏一曲，来替你清心静神吧。"

宁缺略一沉默，望向五师兄说道："师兄，我先走。"

琴声琤琤，箫声清雅悠远，棋子落在滴水木棋盘上发出清脆动人的声音，时不时响起五师兄的怒斥，八师兄怒其昏庸地替宁缺不停支招，无数种声音混在一处，哪里还有什么美妙可言，乱糟糟的无法言喻。

此时的崖洞绝壁哪里还有半点寂寞孤清，热闹得仿佛清晨长安南城的菜市场，宁缺拈着一枚黑子，有些怔怔地想着，这样也算是闭关？

他忽然间有些怀念先前的空虚寂寞冷。

一直沉默在旁的四师兄终于看不下去了，严厉地把那些痴人赶离了洞口，然后看着如释重负的宁缺说道："大家也都是好心。"

宁缺诚恳应道："我能体会。"

四师兄又说道："我们这些人学的东西，对你破关没有什么帮助，今日前来主要还是替你鼓劲，不知你想要些什么？"

宁缺笑着摇了摇头，准备让桑桑泡茶水给诸位师兄喝，虽说他现在是书院绝壁囚徒的身份，但草屋里着实有些好茶。

然而当他望向桑桑时，发现小姑娘这时候正和六师兄站在崖畔，对着草屋指指点点，不知道在说些什么，六师兄不停憨厚地点头。

当六师兄走回崖洞前时，众人才知道先前他和桑桑在商量什么。

二人竟是准备把草屋彻底改造一番，加固翻新不说，最关键处是要修一道雨廊，直接把草屋和崖洞连起来。

如果是在平地里，这般规模的改造工程，自然算不得什么，然而崖坪高悬于后山绝壁之间，单是物料的运送便是极大的问题。

北宫未央看了眼陡峭狭窄的石径，脸色骤然变得极为苍白。

他的预感果然没有错。

四师兄冷冷看着众人，说道："都得动手。"

新树旧石，无数物料源源不断送上崖坪，然后交由六师兄亲手打造，不到半天时间，这项看似艰难的工作竟然便顺利完成了。

崖畔草屋被加高了一层，由十四根横梁依崖固定。王持偷偷去山那面的草舍偷了好些老师最喜欢的霜色长草，由细铁链锁死在梁上，看上去不仅美观大方，而且此后更不用再担心什么暴风骤雨。

草屋与崖洞间的雨廊设计得更为精妙，没有剥去树皮的细树，横在半空之中，上面覆着七师姐从二师兄院子里抢来的六张草席，草席被撕开了很多小洞，幽绿的细藤穿行其间，为天空添了诸多生意。

宁缺站在洞口，看着焕然一新，美丽至极的崖坪，看着那些满身泥土汗水的师兄师姐正对着雨廊青藤傻笑，忽然觉得山间微寒的风都变得暖和了起来。

84

青藤并不茂密，中间露着很多缝隙，天光投射其间，被微细的叶片折射，变幻着明淡，便成了完全不一样的风景。

宁缺向师兄们表达了最诚挚的感谢，并且挽留他们留下来吃晚饭，却惹来好一番嘲笑。众人笑道："即便是在崖畔结庐而居，小师弟你终究也是个被囚的可怜鬼，并不是真的隐士，何必还要摆出主人家的模样？"

浑身污脏、像极了苦力的师兄师姐们与他挥手告别，扶着石径旁的崖壁，揉着酸痛的腰颈，呻吟着走下山去。六师兄因为要对翻新的草屋进行收尾工作，所以多留了一段时间，直到红日西斜，暮色笼山才收拾东西准备离开。

告别之时，宁缺问了问前些时日拜托给他的那件事情。

六师兄说道："三把刀合铸为一把，难度并不算太大，设计已经结束，工序也已经排好。只是你要求三把刀都在里面，那么这把新刀的刀身不免过于沉重，普通材质很难满足要求，需要一种球墨粉。朝廷已经派人去南方矿山开掘，下个月应该便能回来。"

他算了算时间，接着说道："如果材料齐备，那么夏天之前应该能出来。"

要知道六师兄虽然沉默寡言，内心却像炉火一般热情，品性像百炼精钢一般纯粹，没有把握的话绝对不会说。

六师兄看着他憨厚笑道："师弟你还有什么需要做的？"

"我现在就有些迫不及待想看看师兄你打造出来的那把刀，究竟是什么模样，哪里还有心思管别的事情。"

宁缺笑着说道，忽然间看见正站在雨廊青藤下系线的桑桑，顿时想起了一件事情，眉梢微微轻挑。

当初在荒原大明湖畔，他和莫山山二人携手，竟依然不是道痴叶红鱼的对手，尤其是当叶红鱼召唤出来的那条水鱼深处绽放出万道光线，将青翠山谷和静湖照耀得炽白一片时，他竟生出根本无法与之对抗的念头。

对于那场战斗里的很多细节宁缺都记得非常清楚，但真正能在他心中留下长时间悸意的画面，还是那轮湖面上生出的太阳。

如果不是莫山山在关键时刻以神符蒸腾湖水为雾霭，让那万丈光芒稍微暗淡了些，只怕当时他就已经死在了叶红鱼的手下。

事后宁缺才知道，叶红鱼当时施展的是西陵神殿的神术，便是她自己也才刚刚领悟时间不长，却已经拥有了如此强大的威力。

身为书院弟子，理所当然要想着如何对抗那座神殿；身为小师叔衣钵传人，宁缺先天便有与西陵神殿对抗的理由；而作为一个入魔之人，他必须时时刻刻想着怎样战胜昊天道门的强者。

尤其是在毁了隆庆皇子之后，相信神殿里的人们一定期盼着击败甚至毁灭他，而这些事情，理所当然会由叶红鱼来具体实现。

宁缺和叶红鱼战斗过，交谈过，同行过，知道万法皆通的道痴少女拥有怎样深不可测的境界和潜力，更知道她大概是世间修行者中为数极少的、如自己一样精通战斗技巧以及本质的人物。

他如今境界突涨，进步飞快，但他觉得叶红鱼的进步速度绝对不会低于自己，所以他必须想些方法，拉近两人之间的实力差距。

首先要做的事情，便是找到应对昊天神辉的方法。

宁缺问道："师兄，有一种东西不知道能不能做。"

六师兄这辈子就喜欢做东西，而且他知道洞里这位小师弟时常有些匪夷所思的妙想，听着这话便高兴起来，说道："你设计的？"

"应该不算吧。"

宁缺有些犹豫，举起双手中空虚握着，放在自己的眼睛上，轻声开始叙说那个东西大概是什么模样，又有什么特征。

听着宁缺的叙述，六师兄思考片刻后遗憾地摇了摇头，说道："比那把刀好做多了，没有什么特殊的地方，也没有什么难度，十天便能做出来。到时候你出关取刀的时候，顺道带走便是。"

送走六师兄后，宁缺坐在崖洞口，撑着下巴看着桑桑在雨廊间忙碌的身影，忽然笑了起来，笑得有些得意。

六师兄觉得那东西太过简单，没有什么挑战性，所以觉得有些遗憾，但宁缺却很高兴。因为那东西如果真能对付昊天神辉，那么作为光明神座传人的桑桑，就算会了神术，想来也不可能是他的对手。

能在与西陵神殿道痴的战斗中胜出，或者说保住小命，当然是很重要的事情，但能在与自家小侍女的比较中胜出，或者说保住男人以及家长的尊严，对宁缺来说，这才是最重要的事情。

被囚崖洞第二十一天时，三师姐余帘依照约定前来替他解疑授课，只是这一次她的身旁多了一个同样娇俏的身影。

宁缺看着唐小棠稚气未脱的容颜，震惊说道："你还真赖在我们书院了？老师真收了你？难道我以后要叫你小师妹？"

唐小棠清脆地笑了起来，说道："多个小师妹难道不好吗？"

宁缺说道："我现在是被囚山崖，当然不能多个小师妹。想着便觉得有些发堵，如果你再唱两句荒人民歌，我可能会吐血。"

崖洞旁的人没有谁能听懂他的抱怨或者说吐槽，便是桑桑也不能。

余帘微微一笑，说道："小姑娘太调皮，还不快拜见你小师叔。"

宁缺目光在师姐和唐小棠的脸上来回移动，犹豫片刻后有些不敢确定问道："唐小棠她……拜在了师姐门下？"

余帘平静地点了点头。

宁缺大感震惊。

唐小棠乃是魔宗少女，她的兄长唐更是当代魔宗天下行走，书院居然真的把她留了下来！要知道无论是夫子亲自收徒，还是让三师姐收她为弟子，在世人眼中都是书院庇护魔宗的铁证！

余帘看着宁缺淡淡说道："师弟你见过我这弟子，也知道她身份有些特殊，所以日后在外间尽量不要提起她。"

如果书院收了一位魔宗余孽为徒的事情传到世间，必然会引发一场轩然大波，西陵神殿和天下亿万昊天信徒，肯定不会允许这种事情发生。

书院就算再如何强大不可一世，也不可能战胜整个世界，以及这个世界里无处不在的昊天神辉，否则当年又怎么会发生那些事情？

宁缺想着自己体内的浩然气，想着遭天罚而死的小师叔，沉默片刻后看着三师姐神情凝重地说道："理当如此。"

他望向唐小棠，发现少女清稚的脸上神情坦然，似乎根本不知道自己在书院求学，会给这座大山里的人们带来多少麻烦和危险。

他本想提醒她几句，但想着自己已经入魔，已经给书院带来了很多尚未展开的麻烦，让老师不得不把自己囚禁在此，不由自嘲一笑。

"道痴叶红鱼和她哥哥，那位知守观天下行走，都见过唐小棠的样子，以后必须警惕小心，尽量少让她离开书院。"

宁缺提醒余帘。

余帘平静说道："这丫头既然拜到了我的门下，那么如果不能杀死叶红鱼，又哪里有资格离开书院？"

85

听着这番对话，唐小棠睁着大大的眼睛，困惑问道："但我那时候一直都是拿狐儿尾巴遮着脸的，他们怎么能认出我来？"

余帘看着自己新收的学生，缓声说道："每个人都有自己独特的痕迹，尤其对于修行者来说，你可以理解为味道。"

宁缺没有参与到讨论当中，沉默地坐在崖洞内，脸上的神情平静，内心却因为三师姐先前那句话而掀起了阵阵波澜。

余帘所说的这句话听上去平淡寻常，却是那般地自信骄傲，因为这等于在说——唐小棠既然拜到她门下，那么如果将来不能战胜甚至直接杀死道痴叶红鱼，会是件很没道理的事。

她的神情依旧恬静，并不是刻意骄傲嚣张给任何人看，只是基于某种近乎本能的自我判断，很随意地说出了这句话。正是这种随意和寻常，越发显得有些深不可测。

联想起当年剑林里的对话，宁缺的思绪不禁有些紊乱。书院后山所有人都知道三师姐是洞玄上境修为，她那份平静的自信究竟从何而来？

宁缺想了想，最终归结于书院后山弟子共同的气质特性，三师姐排位仅次于大师兄和二师兄，本来就有资格无道理地自信。

他诚挚道："师姐是后山同门里第一个收学生的人，恭喜。"

余帘说道："都是老师的安排。"

她回头看着唐小棠，平静说道："过来给师叔见礼。"

唐小棠走到崖洞前，站在那根线外面一点的地方，收敛笑容，神情凝重认真地行礼，拜道："小棠见过小师叔。"

宁缺注意到小姑娘身上的旧皮袄换作了崭新的书院院服，脚上那双旧皮靴换成了一双小巧的青布鞋，显得很是清爽。正打量着她，忽然听着小师叔三字，他不知为何忽然心情变得极为舒爽，片刻后便明白了这种美妙心情由何而来。

首先他不用担心自己多出一位小师妹，其次他比唐小棠高了一辈，那将来岂不是那位魔宗行走也得敬自己三分？

最关键的地方在于，对书院而言，小师叔是具有特殊意义的一个称谓。

书院后山的上一位小师叔是世间最了不起的角色，是二师兄念念至今依旧崇拜到无以复加的传奇人物。如今宁缺他成为下代弟子口中的小师叔。每一代中，小师弟只有一个，小师叔自然也只能有一个。想着从今往后，可能会有更多的人不停对自己恭敬行礼，喊自己小师叔，他便觉得很是得意。

唐小棠行礼完毕，直起身来，发现宁缺的神色变幻不停，似乎陶醉到了极点。在荒原上便相识，于长安城重逢，她在书院里最熟的便是宁缺，而且二人年龄相近，真的很难把对方当成真正师长来看待。她偏着脑袋看着他，觉得他此时的神情好生滑稽可笑，竟是忍不住咯咯笑出声来。

宁缺看着她说道："再叫两声小师叔来听听。"

唐小棠当然不想喊他小师叔。在她看来像宁缺这样实力弱小，又很是无耻的家伙，哪里有资格做自己的师长。先前是因为老师有命，而且初入书院总要见过所有人，所以她才会耐着性子行礼，喊了一声小师叔。

"快喊啊。"

宁缺没有注意到她的神情变化，乐滋滋说道："我最喜欢听别人喊我小师叔了。"

"书院三代弟子现在就是我一个。"唐小棠咬着牙，看着他说道，"哪里有别人？"

宁缺说道："所以你以后多来崖洞探视我，多喊我几声小师叔。"

唐小棠生气说道："你要再这样，我以后不来找你们玩了。"

宁缺得意说道："我现在辈分比你高，你必须听我的话。"

唐小棠恼怒说道："不要忘了我是书院三代弟子第一人，也就是说我将来会是书院大师姐。小师叔你如果不想以后的儿女或者是爱徒被我欺负一辈子，最好现在不要太过欺负我。"

宁缺怔了怔，感慨说道："繁华中原果然是蚀骨污魂地，一个不通世事的荒原小姑娘，只用了这么短时间便变得狡猾起来，真是无趣。"

唐小棠不再理他，走到桑桑身旁，牵起她的小手把她拉进草屋里，开始关心她在崖坪上过得好不好，有什么需要她做的。

桑桑有些不习惯她的开朗和热情，愣了愣后才想起来月前在山那边的草屋外她们已经说好要做朋友，小脸上露出开心的笑容。

她向唐小棠讲了讲在崖坪间的生活，虽说听着有些无趣，但似乎一切都好。唐小棠确认自己这个最好的朋友没有受小师叔宁缺的欺负，也没有吃什么苦头，才如释重负，拉着桑桑坐到地面上，开始玩耍起来。

桑桑未满十五岁，唐小棠年龄更小，尤其是心性都很简单，凑在一起玩的还是那些孩童喜欢玩的石子棋。

崖洞口，余帘师姐正在翻看宁缺这些天记下的学习疑难，静思片刻后，她抬起头来开始轻声讲述其中的某些道理。

宁缺专心致志地听着师姐清雅柔和的声音，发现有很多自己百思不得其解的地方，经由师姐简洁描述提醒之后，顿时豁然开朗。

余帘明显不懂浩然气，但对天地气息的运转规律，尤其是在不同材质间的细微差异上极有研究。而且她的知识渊博到了极点，信手便能拈来一段修行往事或是精妙比喻，最让宁缺震惊的是，这位师姐的思维方式竟是那般地缥缈，常常能于不可能间发现可能，于山穷水尽里看见山清水秀。

时间缓慢流逝，绝壁外的日光渐趋强烈。宁缺沉浸在师姐为自己点破的那片风光中无法自拔，对师姐的敬佩已经到了无以复加的程度，心想果然不愧是书院后山仅次于两位师兄的女子，无论见识智慧乃至眼光竟都强大到了如此程度，即便是陈皮皮和她相比起来，只怕也有极大一段差距。

余帘的授课向来简洁明了，没有任何废话，时间刚刚过午时，她便已经解答完了宁缺所有的疑难。

不等宁缺致谢，也没有任何寒暄的意思，她平静地站起身来，唤出草屋里的唐小棠，向洞中轻轻点头，便飘然下山而去。

狭窄陡峭的绝壁间，两道娇小身影和那两件款式相同、宽松相似的院服时隐时现，没有用多长时间，便来到了那道瀑布处。

先前在崖坪草屋里，唐小棠拉着桑桑玩耍，要她陪自己下石子棋。

石子棋是从荒原到大河国所有孩童都会玩的简单游戏，也正因为简单，所以输赢往往没有什么规律，然而她竟是一局都没有赢过！

唐小棠是意志力坚强、极为好胜的魔宗少女，一开始连输十余局，如果换作别的人，面对如此简单的游戏大概便会觉得很是无趣，就此罢手，但她却是坚决不干，非要和桑桑继续下，最后竟是输了一百二十九局！

如此简单的石子棋，居然连输一百二十九局，唐小棠怎么想都想不明白这一切究竟是怎么发生的。她再如何意志力坚强，此时的小脸上也不免流露出几分沮丧神情，看着身旁的老师苦恼地问道："老师，我是不是很蠢？"

余帘缓步自绝壁悬崖畔走过，向那道窄峡里走去，说道："你不是蠢，你只是愚蠢地选择了一个错误的对手。"

唐小棠远远跟在她身后，好奇地问道："我知道桑桑是光明神座的传人，但下棋这种事情又不是修行，再说怎么可能一盘都赢不了呢？"

余帘平静地说道："数十年间，西陵神殿那座桃山之上，便只有光明神座拥有真正的智慧，他所挑选的传人自然非凡。至于为什么一盘都赢不了……那是因为她把你当成了真正的朋友，所以她很认真。"

听说桑桑把自己当成了真正的朋友，唐小棠稚嫩的脸上流露出开心的笑容，蹦蹦跳跳像个调皮的石头般追向余帘的身影，先前的沮丧和难过仿佛像叶屑一般，被峡谷里的风瞬间拂进深渊之中，再也找不到了。

想着自己的好朋友终日待在鸟迹罕见的绝壁之上，唐小棠忽然又不开心起来，抱怨说道："宁缺这个无耻的家伙，自己被囚也就算了，还要拖累桑桑……"

余帘停下脚步，说道："那是你的小师叔，岂能直呼其名？"

唐小棠在她身后吐了吐舌头，辩解说道："我喊宁缺喊习惯了。"

余帘平静地说道："教后再犯，依院规当罚。"

唐小棠微惊问道："怎么罚？"

余帘说道："走到这道瀑布之上，再跳下来。"

唐小棠看着不远处那道急落如束的银色瀑布，愁苦说道："好像有些高。"

余帘说道："一百二十九次。"

86

唐小棠听从兄长的建议，远自荒原千里迢迢南下，路上历尽万般辛苦，才来到长安城，然后偶遇夫子，才终于进入了书院。

对于世间而言，书院二层楼虽然依然神秘，但毕竟是两世相通之地，尤其是对他们兄妹这等已然处于修行界顶层的人来说，书院后山的人们有很多都听说过。且不提大先生二先生这等人物，也不提陈皮皮这个被昊天道门视若珍宝的家伙，便是北宫未央那些人，当年在入书院修行之前，在各自领域各自国度里亦享有盛名，只是随着时间流逝而渐被世人遗忘。

然而真没有多少人知道书院二层楼里有位三师姐，她的名字叫余帘。

夫子命唐小棠拜在余帘门下，小姑娘震惊之余，第一个想法便是拒绝。

那个穿着宽大青色院服的女教授，文静淡雅可亲，但境界实在谈不上高深，只与自己相差无几，甚至还不如自己。她是要成为天下最强的女人，怎么可能接受一个实力境界还不如自己的女子做老师？

然而就在她准备拒绝的时候，余帘淡然看了她一眼。

书院三师姐的眼神就像她的人一般，清清柔柔不堪一击，然而却自有一番气度风姿，便是这一眼，唐小棠顿时生出不敢违逆的感觉。

唐小棠自幼生活在极北寒域，过着艰辛的日子，荒人的血脉和魔宗的教育让她天然形成疏朗的性情，小小年纪便敢扛着巨大的血色弯刀和恐怖的雪原巨狼群对峙战斗，敢与叶红鱼大打出手，甚至还顺带一刀斩了隆庆皇子凝结的冰桃。

然而这样一位天不怕地不怕的魔宗少女，面对着余帘平静而温柔的目光时，却感到了恐惧，不敢有半点放肆。

　　"要我跳一百二十九次瀑布？！"

　　唐小棠看着老师娇小的背影，震惊的声音都有些颤抖起来，一方面是因为这个惩罚实在是太过严苛，更因为这个次数竟是和她先前在崖坪上输给桑桑的次数完全相同。自己明明没有说过，她怎么知道的？难道说当时她在崖洞口为宁缺答疑解惑的同时，完全掌握着崖坪上所有的情况？

　　余帘转过身来，说道："明知下石子棋不是桑桑的对手，却是屡败屡战，不肯认输，直至连输一百二十九局，看似勇气可嘉，实际上却是愚蠢不堪。如果你总是这般容易头脑发热，又凭什么胜过叶红鱼？"

　　唐小棠倔强地说道："哪怕是愚蠢，也不能认输啊。如果就这么一直下下去，说不定什么时候，我真的能赢一盘。"

　　余帘平静地说道："我知道你不可能改掉这种性情，所以我也不准备纠正这一点。既然你坚持勇气是世间最重要的事情，那么今后我会尽可能地锻炼稳定你的勇气，让你去跳瀑布便是其中一点，你怕了吗？"

　　这是最简单的激将法，唐小棠当然听得懂，然而哪怕明知道这点，她依然无法控制自己的情绪，倔强地向瀑布那边走去。

　　从这一点上来看，如同宁缺感慨的那样，余帘大概真是位很好的老师，她了解自己学生的性格，并且能够善用。

　　"从瀑布上跳下来简单，我们都知道她从小修行魔宗功法，就算受些伤，也不会致命。但那么湿滑的山崖，要爬上去就难了，更何况师姐要她从瀑布里爬上去，你是没看见那水有多大，水里那些石头上的青苔有多滑！

　　"那个小姑娘跳了整整一夜，爬了整整一夜，摔得鼻青脸肿，身上到处都是小伤口，看着那叫一个惨。二师兄的小院不是隔那片瀑布近？他是最先提出反对意见的，认为这样教学生实在是'毁'人不倦，最后就连大师兄都站出来替唐小棠求情，但你猜怎么着？师姐她竟是连两位师兄的面子都不给！

"她现在还在跳。

"说起来这个小姑娘还真是蠢到了极点，倔强到了极点。从瀑布里摔下来时一声不吭，也不肯求情讨饶，就像是要和师姐赌气一样。你问她跳了多少次？我到的时候已经是深夜了，前面不知道她跳了多少次，但光我看着她就跳了三十几次，算起来应该快六十次了，但离师姐的要求还差一半！

"一百二十九次！就算真的让她完成了，只怕人也要废了！真不知道师姐到底在想什么！平时看着如此文静温柔的一个女子，收了个女学生后便变得如此可怕，你说这里面是不是隐藏着什么情绪问题？"

宁缺被囚崖洞的第二十二天，依照夫子的安排，陈皮皮登上绝壁崖坪，来替他讲解书院不器意。然而很明显这个胖子今天没有任何传道授业解惑的心情，坐在崖洞外用力地挥舞着手臂，喷吐着唾沫，对书院后山从昨天到清晨发生的这件事情表达了最沉痛的反对和愤怒。

听了半晌，宁缺大概明白发生了什么事情，想着唐小棠这个小姑娘就因为没有喊自己小师叔，便落到如此悲惨下场，不禁有些惴惴不安。

他早就发现陈皮皮今天的精神状态有些问题，皱眉问道："按照最早时候你警告我时说话的语气，我本以为你恨不得所有魔宗余孽全部去死，怎么今天听你说话，感觉好像不是那么回事？"

陈皮皮怔了怔，羞恼说道："她现在既然已经入了书院，拜在三师姐门下，便是我们书院弟子，是我们的师侄女，和魔宗又还有什么关系？如果照这般说，我现在似乎更应该先把你给灭了！"

宁缺冷笑说道："有本事你进来。"

陈皮皮不齿说道："有本事你出来。"

桑桑端着茶盘走到洞前，沉默地放下两杯茶，然后分别看了二人一眼。

二人有些尴尬，拿起茶杯，沉默不语。

桑桑摇了摇头，说道："最好换些词。"

然后她犹豫片刻，望向洞里的宁缺说道："我想去看看她。"

宁缺知道她想去看唐小棠，说道："既然是朋友，当然应该去。"

桑桑离去之后，陈皮皮忽然开口问道："你在荒原上便见过唐小棠，你说这个小姑娘怎么这么倔强？"

宁缺开始讲述自己对唐小棠的印象。

陈皮皮端着茶杯无滋无味地饮着，想起在长安城南门见着的那个胸口碎大石的小姑娘，长时间沉默不语。

然后他望向绝壁间的白云，蹙着眉尖，苦苦思索片刻后说道："既然是魔宗之人，又怎么能这般可爱？"

宁缺向来没有什么道魔不两立的概念，如今自身入魔后，对这种看法自然更是反感到了极点，看着他嘲讽说道："道痴叶红鱼乃是昊天道门骄女，那为什么在你我眼里，她却是那般可怕？"

陈皮皮喃喃说道："有道理。"

宁缺看着他圆脸上的失神，忽然间想到一种可能，犹豫片刻后试探着问道："你从昨天夜里一直看唐小棠跳瀑布看到清晨？"

陈皮皮点了点头。

宁缺倒吸一口凉气，说道："虽说这小姑娘确实有一头乌黑亮丽的长发，而且能和叶红鱼打成平手，强得不像话，除了有个过于强大的兄长之外各方面都符合你对完美伴侣的想象，但我必须提醒你，她可是魔宗的少女，换作魔宗全盛时，甚至毫无疑问可以去当魔宗圣女，而你却是昊天道门的宝贝少爷。所谓道魔不两立，书院还可以站中间，你怎么站？"

陈皮皮此时心神有些恍惚，并没有完全听明白这段话，下意识里嘲笑回应道："先前谁还在嘲笑我腐朽的正魔观念？"

宁缺叹息说道："但你有没有想过，她现在比我们低一辈，你是她的十二师叔，这能成吗？老师能答应吗？"

陈皮皮终于听明白宁缺在说什么，胖乎乎的身躯像弹性十足的鱼丸般嗖的一声从地面弹起，满脸通红地指着洞里的宁缺，破口大骂道："欣赏！你懂不懂什么叫欣赏！你这人脑子里怎么尽是这些污秽的东西！"

宁缺说道："恼羞成怒不能说服对手，只能暴露自己的真实情绪。"

陈皮皮痛心疾首说道："那小姑娘才十四五岁，你能不能不要这么禽兽。"

宁缺冷笑说道："我看你是禽兽不如。"

陈皮皮忽然想到一件事情，极为鄙夷地看着他说道："你以为世间谁都像你一般，可以禽兽到对自家小侍女下手？"

别的事情宁缺能忍，这件事情不能忍，他大声吼道："死胖子！如果不是我出不去，看我今天怎么收拾你！"

陈皮皮冷笑说道："有本事你出来啊！"

宁缺恼怒说道："有本事你进来啊！"

忽然间，两个人同时闭嘴，带着畏怯的神情望向崖坪边缘。

他们非常担心桑桑这时候忽然回来，再次听到这段幼稚至极的对话。

二人尴尬地互视一眼，挥挥手表示并不介意。

87

"三师姐究竟是个什么样的人？"

"你问我？"

"难道我是在问苍天问大地？"

"你要问什么？"

"三师姐……当年怎么进的书院？"

"我当年以六科甲上的优异成绩，直接被老师召进书院二层楼时，三师姐便已经是大家的三师姐，我怎么知道她是怎么进的书院。"

"能不能不要每次讲到书院历史的时候，你都要把自己的光辉事迹拿出来说一遍？我实在是有些听腻了。"

"但我确实是六科甲上啊，这么多年来谁考出来过？记得你入院试的时候有两科好像是直接弃考，交了张白卷？"

"当我没问。"

宁缺和陈皮皮坐在崖洞内外，一面啃着桑桑提前煮好的玉米棒子，一面含混不清地聊着天，只不过聊天的过程一如往常那般幼稚无聊。

记挂着那个魔宗小姑娘能不能逃脱三师姐的毒手，陈皮皮今天完全没有心思和宁缺讨论书院不器意，在崖洞口坐立不安半晌后，终于忍不住站起身来，很认真地说道："我有些重要事情忘了做。"

宁缺挥挥手表示理解，笑着说道："不管你是急着去上茅房，还是夫子要考较你功课，无论什么理由，反正你去吧。"

陈皮皮有些尴尬地笑了笑，转身便欲向崖坪下走去，忽然想到一件事情，从怀中取出一卷旧书，扔给了宁缺。

宁缺拿着那卷旧书，微惊说道："难道……这就是第三本书？"

夫子为他准备了三本书，现在已经学习了两本，他知道迟早会看到第三本书，但却没有想到，会这么早以及这么简单地拿到手里。

"不是。"陈皮皮说道，"读书人知道你被囚在崖洞里，想来看你嫌山太高，浪费读书的时间，所以托我带本书给你当礼物，让你解解闷。"

宁缺看着书封皮，不解问道："《茶经》？"

陈皮皮点头说道："读书人说，茶可以清心也，没时间没心情泡茶喝的时候，读读《茶经》，也能有一样的功效。"

"不用喝茶，也不用看《茶经》，我的心已经足够清。"宁缺说道，"不然你以为我这时候为什么还没有发火？"

陈皮皮尴尬干笑两声，转身便向崖坪外走去，片刻后，他再一次停下脚步，擦着脸上汗水重新走回崖洞前，带着几分无奈说道："还有件事情，二师兄要我通知你一下，所以得说完了我再走。"

宁缺微微一怔，问道："什么事？"

陈皮皮说道："几天前，有个从南晋来的剑师，向书院递交了挑战书。"

宁缺笑着说道："世上原来还真有不怕死的人。"

陈皮皮说道："那个大剑师年纪不大，但实力很强。"

连陈皮皮都称赞那位南晋人的实力，宁缺不由有些意外，问道："难道又从哪里冒出来一位知命境的大修行者？"

陈皮皮摇了摇头，说道："又不是道畔的野草，哪里能想遇便遇着一个。"

宁缺心想，书院后山前院里便至少有五六位知命境强者，包括你在内，那岂不是说你们都是道边的野草或者野花？

陈皮皮说道："那位南晋大剑师已经在洞玄上境浸淫多年，想必已经看到了知命境的门槛，大概与当初刚到长安城的隆庆皇子差不多。"

宁缺总觉得这件事情里透着份古怪，洞玄上境在世间修行者眼中确实已然是很强大的存在，但当初隆庆皇子挟耀世声威入长安城，却依然入不得陈皮皮的双眼，为什么他会如此重视这名南晋大剑师？

更关键的是，那名大剑师只有洞玄上境，凭什么敢对书院递交挑战书？

他忽然想到一种可能，试探着问道："那个南晋大剑师败后还没有走？"

陈皮皮摇了摇头，说道："他没有败，自然没有走。"

宁缺说道："就算二师兄不出手，你随便也把那人打发了，出了什么事？"

陈皮皮看着他说道："那名南晋剑师挑战书上指明要挑战你。"

宁缺心想果然如此，指着崖洞里的被褥，蒲团，说道："我现在是个囚犯。"

陈皮皮安慰说道："总有一天是能出去的。"

宁缺走进里洞拖出一把竹躺椅，舒服地靠在椅背上，说道："我无所谓，既然书院不怕丢脸，无人应战，那就让那名南晋大剑师在书院门口守着呗。反正现在还未入春，也未转暖，想必他也等不了太长时间。"

陈皮皮说道："不是我们不想出手，而是没法出手。"

宁缺微异，坐直身体问道："为什么？"

"因为那个南晋剑师根本不和我们动手。"陈皮皮无奈说道，"他一旦感知到我们即将出现，便扯着嗓子在书院门口大喊什么以身祭剑的白痴话，好像随时都可能自杀。"

宁缺无情说道："他想自杀就自杀，你们管那么多做甚？顶多让前院的杂役教工多准备几桶清水，到时候把血冲干净便是。"

陈皮皮说道："因为他的身份来历有些棘手，家中……和书院里好几位教授都是旧识。他只是坐在书院门口，态度又极为恭敬诚恳，说要等你结束修行闭关出山，然后谋公平一战，我们实在没理由把他赶走。"

宁缺说道："为什么他非得要和我打一场？"

陈皮皮同情地说道："大概是因为所有人都知道，你是我们当中最弱的那个。"

宁缺对这种形容早已麻木，感慨说道："结果偏生最弱的那个，被你们这些家伙推到了最前面，要去和人打生打死。"

忽然间他想到陈皮皮先前那句话，问道："这个剑师究竟是谁？"

陈皮皮提醒道："他来自南晋。"

宁缺忽然想到那个金光夺目的名字，神情骤然变得凝重起来，不可置信地看着陈皮皮问道："世间第一强者剑圣柳白……居然要挑战我？"

陈皮皮愣了愣，然后恼怒说道："你觉得这可能吗？"

宁缺醒过神来，尴尬说道："好像确实没有什么可能。"

"那名南晋大剑师虽然不是剑圣柳白，但与柳白确实有些关系，所以对方既然把姿态放得低，我们哪怕像吃了苍蝇一般恶心厌烦，也不好做什么。如果二师兄今日出手，将来还怎么和柳白决战？"陈皮皮说道，"那个人叫柳亦青，是柳白的幼弟，据闻一直在柳家私宅里修行，没有入剑阁，所以声名不显。直到此次单剑入长安，世人才知道原来柳家又出了一个剑道上的年轻强者。"

宁缺问道："我如今被老师关在崖洞里，短时间内根本没有办法出去，二师兄为什么要你专程来告诉我这件事情？"

"柳亦青已经在书院门口坐了整整七日。"

陈皮皮看着他说道：

"他坐在蒲团上，喝书院提供的清水，吃自己带的干粮，成日里打坐冥想，就是要等你出关。

"看他的做派，就算在书院门口等一年也不出奇。

"柳亦青态度恭谨，却是极为执着，无论前院教授如何劝说，他只是微微笑着，不肯离开，也不愿意入书院等待。

"他身下蒲团虽未挡着学生通行的道路，但就这样天天坐在书院门口，在别人眼中便如同堵住了书院的大门，来来往往的人都免不了指指点点。这件事情已经传到了长安城里，只怕马上便要传遍世间。

"二师兄觉得有些恼怒，所以他让我告诉你，书院外来了名挑战你的强者，希望你能尽快解禁制出洞。"

宁缺沉默片刻后问道："柳亦青的境界实力究竟如何？"

陈皮皮知道他问的肯定不是洞玄知命之类的分境，而是具体战斗实力，但他这辈子极少战斗，无法做出精确的评价。忽然他想起二师兄站在山腰远远看着书院门口那名盘膝而坐的南晋剑客时，曾经发出过一声感慨。

"二师兄说，柳亦青如果不失机缘，日后成就极有可能追上他的哥哥。"

宁缺怔了怔，然后再次陷入沉默。

他没想到自己被囚崖洞二十余天，山那面的书院外竟然发生了这样一个精彩的故事，他更没有想到，在战胜烂柯寺观海僧人，尤其是杀死出身悬空寺的道石大师后，自己的入世修行居然还没有结束。

还有人来挑战自己。而且那人竟是当世第一强者剑圣柳白的亲弟弟。

真正棘手的是，连二师兄都认为对方有成为第二个剑圣的潜质。

宁缺思考了很长时间，忽然笑了起来，往后重新躺回微凉的竹椅之中，然后从袖中取出一方丝巾，轻轻盖在了脸上。

陈皮皮疑惑问道："你这是做什么？"

宁缺的声音透过丝巾，显得有些沉闷："我要睡觉。"

陈皮皮说道："有人堵着书院门口要挑战你，你还能睡着觉？"

"就像我们这些天斗嘴时说的那样，反正他进不来，我又出不去，不管那个南晋人再如何强大，总之伤不到我，那我还用担心什么？"

"你难道不担心书院声誉受损？"

"书院的声誉难道因为我睡场觉就消失殆尽？若真到了忍无可忍的时候，我相信二师兄才不会理会柳白的面子，肯定会直接把那厮给灭了。"

宁缺侧了侧身，转向洞内舒服地躺着，把后背晾给陈皮皮，说道：

"你帮我传话给那个柳亦青,就说十三先生我如今正在修行武符兼备之法,至少需要闭关三个月。如果他能忍着草甸里的马屎味、车轮带起的灰尘和夜里的低温,那么想等多久便等多久,等到花儿谢了我也不在乎。"

88

柳亦青是个沉默而温和的年轻人。

沉默与温和并不代表他不骄傲,只是他很好地把骄傲隐藏在沉默温和的外表之下,就如同前些年,他听从其兄的命令离开柳氏老宅,隐姓埋名加入剑阁时那样,无论剑阁同门如何冷漠,甚至流露出敌意,他始终温和。

因为他的兄长是剑圣柳白,他有足够的资格骄傲,那么他便没有必要把这份骄傲展现给剑阁里那些弟子知道。

但面对长安城南这座书院时,他的沉默温和便多了很多诚挚的意味,因为他很清楚自己没有资格在这个地方骄傲。

因为对书院的尊敬,他选择静坐的位置远离书院正门,是通向后山比较偏僻的侧门。陈皮皮在崖洞里对宁缺述说的所谓书院羞辱,自然有些夸大其词,不过一名南晋剑师登书院门挑战,并且静坐等待某人破关,依然引发了世间很多议论,吸引了很多人的目光。

清晨时分的初春,晨风依然带着凉意,柳亦青缓缓睁开眼睛,从冥想状态中醒来,平静望向周遭那些神情复杂的围观群众。

围观这位南晋大剑师的人大部分是书院前院的学生,但随着他在书院门口坐的时间越来越长,消息传到长安城内,触发了更多人的好奇心,城内一些好事的看客竟是结伴而来,想看看他究竟长什么模样。

侧门吱呀一声推开。

黄鹤教授走了出来,站到蒲团旁,抬头看着有些阴沉的天色,忽然叹息一声,说道:"看在你兄长的面子上,我请你进书院,你却偏不进,如今竟是惹来了这么多看客,难道你不觉得这件事情有些荒唐无趣？还是说你来长安之时，心中便已经决定用这个法子来让书院蒙羞？"

"不敢。"柳亦青从蒲团上站了起来，躬身行礼说道，"哪里敢对书院无礼，只是奉命前来，若不能与十三先生一战便退去，回南晋后实在不知该如何对家兄回话。既然十三先生在闭关，那我在这里等他便是。"

黄鹤看着这名年轻的南晋剑师，仿佛看到了当年那个浑身充满了桀骜之气的男子，虽然身前的年轻人神情温和，但身体里似乎也有那种不达目的不肯罢休的执着倔强。

"你要等，那便等下去吧。若渴了，院中有水，但书院不会给你提供食物。身上的干粮如果吃完了，便回长安吧。"

柳亦青说道："先生放心，我带了不少干粮。"

从清晨坐到黄昏，很多书院前院弟子专程绕到侧门处来看柳亦青，待发现这名年轻的南晋强者并没有任何特殊之处，坐在蒲团上一动不动，便觉得有些无趣，各自散开。

而那些从长安城里过来看热闹的好事百姓则是一拨接着一拨，围在不远处对着柳亦青指指点点、窃窃私语，甚至因为某种看法不同而激烈地争论起来，本来偏僻幽静的侧门，竟没有片刻清静。

"大剑师……应该是很厉害的修行者吧？"

"我还是第一次看见活的修行者。"

"听说他已经是洞玄上境了，和隆庆皇子的水准差不多。"

"那又如何？听说他这次要挑战的书院二层楼学生，在荒原上直接射死了隆庆皇子，难道还会败在他的手里？"

"说起来这个南晋人还真不像别的南晋人那般怯懦无能，居然有胆子跑到咱书院来堵门。"

"我就不明白，书院大门已经被这厮堵住了，为什么院里的人还容他如此嚣张，不赶紧把他赶走。"

"首先这个南晋人坐的地方是侧门，你看除了我们这些街坊外，还有谁会从这里经过？其次既然他挑战的那名二层楼学生正在闭关，书院其他的人自然不方便出手，再次院里那些人随便出手，岂不是跌了份？"

"有道理，你们猜这个南晋人能坚持在这里坐几天？"

"十天半月？谁知道。"

"我只知道当那个书院二层楼学生破关而出时，这个南晋人就不会再坐着，而且马上就会很惨很惨地输掉，狼狈地滚回南晋。"

天下诸国自然以大唐帝国最为强大，而第二强国便是南晋。南晋依凭着西陵神殿的支持，雄霸南方，对大唐向来有些不服，而大唐人看南晋就像看着永远的第二名，警惕之余更生出诸多嘲讽不屑。

南晋年轻强者上书院挑战，对于唐人来说是难得的热闹，也是多年和平无战争的世间，一个教育南晋人谁才是真正老大的难得机会。

至于坐在书院门外这名南晋人有没有可能战胜那名书院二层楼学生……唐人并不知道那名二层楼学生是谁，也不知道实力境界到了什么水准，但他们从来没有想过书院里的人会输掉这场决斗。

这和骄傲自信狂妄自大没有任何关系，这只是唐人血液里不停流淌着的某种气息。在战斗尚未开始之前，绝对不会想着失败之后的情形，因为战斗的目的就是胜利，除了胜利没有别的任何杂念。

日复一日，前来看热闹的长安百姓不停重复着好奇打量、窃窃私语、激烈争论，直至最后统一意见，认为这名南晋年轻强者，现在看着嚣张，但注定肯定不是书院中人的对手，一定会输得极为凄惨。

日复一日，柳亦青坐在书院侧门外，迎接着无数双目光的打量，感受着目光里的好奇与鄙夷，听着那些唐人的议论以及议论里对自己和南晋人的奚落嘲讽，脸上的神情依旧平静，仿佛毫不在意。

侧门前石阶下开起一朵野花，代表着春意终于降临了人间，柳亦青看着那朵瑟瑟小花，平静的脸上忽然流露出一丝笑意。

他脸上的笑意很温和，心里的笑意却有些微寒。

身为剑圣柳白的亲弟弟，而且是南晋剑阁里最出色的年青一代弟子，他理所当然有资格骄傲自信，就算面对着书院，他也只是把这份骄傲自信深埋进了心里。然而听着这些唐国俗人的议论，又哪里不会愤怒？

书院十三先生宁缺？

柳亦青离开剑阁之前，剑圣柳白曾经警告过他，书院后山弟子里除了一、二、一十二这三人，除此之外都不能输。

这句话的意思很清楚，在柳白的眼中，除了书院大先生二先生和那位声名在昊天道门里隐隐流传多年的十二先生，其余的人应该都不是柳亦青的对手。

柳亦青很清楚宁缺现在的境界实力。

一个在荒原上才破境入洞玄的人，又如何能是自己一剑之敌？

如今真正让宁缺在修行世界里奠定地位的那三场战斗的详细过程，早已成了诸修行宗派里参详研究的对象，包括其中的每个细节。

柳亦青离开南晋来长安的旅途中得知烂柯寺观海僧人的失败，对宁缺在符道上的手段开始警惕，待来到长安城后，他仔细研究了宁缺这三场战斗，最终得出的结论，除了世间修行宗派所说的那些之外，还注意到很关键的一点：这位代表书院入世的十三先生，在战斗里非常喜欢投机取巧。

柳亦青自落地便开始练剑，勤勉修行，不停打磨精神意志，吃了无数苦头，才有了今时今日在剑阁中的地位。他一向很厌憎那些只会投机取巧，或者说运气很好的人，而在他看来，那个叫宁缺的家伙，只不过因为运气好被夫子收入门下，才会有后续这些风光。

所以他对书院无敌意，但对宁缺有敌意。

而且他坚信宁缺不是自己的对手。

柳亦青对宁缺有无穷敌意还有另外一个原因。

那个原因甚至连他自己都没有察觉到，那便是书院二层楼开启时，他还在柳氏老宅剑塾里苦修，对此他极为遗憾，觉得自己错过了最珍贵的机会。

而这个被他无奈错过的机会，最终落在了宁缺的身上。

坐在书院侧门外的蒲团上，他看着不远处那些面容可憎的围观唐人，默然想着如果不是家兄严命，要让自己把握住此次磨砺精神的机会，尝试被夫子看中收为学生，待宁缺破关之后定要将他一剑斩了！

一个穿着蓝布大褂手里拿着竹扫帚的老妇人从侧门里走了出来，走到蒲团旁，看着柳亦青的侧脸，缓声问道："你不高兴？"

老妇人离柳亦青如此之近，他才发现，不禁有些震惊，心想都说书院里藏龙卧虎，难道这个老妇人也是位了不起的世外高人？

但他在老妇人身上没有察觉到任何念力波动。

柳亦青平静回应道："没有什么不高兴的。"

"没有不高兴就好。"

穿着蓝褂的老妇人，佝偻着身子走到石阶下，开始扫地。

柳亦青微微皱眉，心想明明看见我坐在这里，这老妇人扫地的时候为什么不留神些，还扬了这么多灰起来？

老妇人仿佛察觉到他心里在想些什么，停止了扫地，扶着竹扫帚微微喘息片刻后，看着他说道："有人要我给你带句话。"

柳亦青神情微凛，说道："请讲。"

老妇人眯着眼睛看了看阴沉的天空，似乎在回忆传话之人究竟说了些什么，过了很长时间，终于想了起来，说道：

"你要挑战的那个人，现在正在崖洞里闭关修行，修的是什么……

"想起来了，他在尝试符武双修。"

老妇人接着说道："他说如果你能憋着不进书院上厕所，能忍着屎尿味道和灰尘还有初春料峭的寒冷，那么便等他三个月。"

柳亦青沉默。

夫子回到书院，十三先生宁缺开始闭关修行，这件事情现在已经有很多人知道。然而今天听到老妇人代宁缺传话，他才知道宁缺竟然让自己等上三个月时间，尤其是听到什么符武双修，更是心生愤怒。

修行者确实经常需要闭关悟道，但需要长达三个月的时间进行闭关，或者是那些大修行者，或者是面临着破境的紧要关头。

宁缺的境界如此低下，当然不是那些需要问天求道的大修行者，而且此人刚刚在荒原上才破境入洞玄，难道他现在又要破境入知命？

在柳亦青对修行界的认知中从来没有发生过这种事情，至于符武双修，听上去更像是个笑话。所以他越想越觉得这一切都是假的，宁缺闭关也是假的，只是想要避战的无耻借口！

柳亦青面露鄙夷之色，说道："如果宁缺没有信心代表书院入世，言明便是。居然用这等借口，真是给书院和夫子蒙羞！"

穿蓝大褂的老妇人传完话后便不再理他，佝偻着身子继续扫地。

只不过她扫地的时候，手中的竹扫帚扬得更高，仿佛是她感受到了初春的气息，想起了数十年前少女时期的美好，竟要跳一曲舞般。

灰尘混着沙砾被高高扬起，然后缓缓落下，竹扫帚在老妇人的舞动下，明显刻意地把尘土向着石阶下扫去。

柳亦青满身满脸都是灰尘，看上去极为狼狈，脸色因为愤怒而变得苍白起来，看着扫地老妇人厉声说道："难怪宁缺会让你来传那般话，原来这就是所谓忍受灰尘？难道这就是书院的待客之道？"

老妇人面无表情地看了他一眼，说道："坐在主人家的门口，无论如何邀请都不进去，我从未听说过世间有这样的客人。"

柳亦青微微皱眉。

老妇人看着他说道：

"就算你要等宁缺破关，你可以在书院里面等，你可以在长安城等，甚至你可以直接从南晋剑阁修书一封，但你却偏偏要坐在我书院门口等。其实所有人都清楚你为什么这样做，只不过书院里的老人还有小黄鹤，早年间都与柳白有些交情，不好说你什么。

"近百年来，我见过很多苦修多年意图一举成名的年轻修行者，他们都像你一样，认为书院之魂在于夫子，其余的弟子只不过幸运拜在夫子门下，便有了你们如何勤奋辛苦也无法获得的机缘。

"我知道你想一举惊天下，成就不世名。

"但你选错了地方，也选错了对象。

"你不喜欢别人投机取巧，却盯着二层楼里最弱的宁缺不放，难道这就不是投机取巧？一旦开始投机，你这身袭自柳白的剑意便失了根本的道理。

"因为你兄长柳白从来就不是一个取巧的人。

"也正因为如此，所以他才是世间第一强者。"

老妇人轻轻掸了掸身上那件蓝色的大布褂，说道："连灰都不能吃，又如何吃得了苦与闷，苦闷都不能挨，又有什么资格拿书院来做你名声的注脚，连这种事情都想不明白，又凭什么成就不世之名？"

柳亦青听着老妇人的这些话，沉默不语，脸色变得越来越苍白，冷汗涌出后背，打湿衣衫，甚至湿了身下的蒲团。

片刻后，他坐直身体，双手向前按在地面上，低首行了一个弟子辈的大礼，诚挚说道："多谢前辈一语惊醒愚人。"

老妇人走到他身边把那些混着极少落叶的尘砾垃圾扫进筐中，说道："不用谢我，我也不是专门来提醒你什么，只是你在书院侧门外坐了七天，我便有七天时间不得扫地，如果你真要等那家伙三个月，我总不能这三个月都不来扫。我这人啊，就是最不愿意看见地上有垃圾。"

老妇人佝偻着身子走进了侧门。

柳亦青回头望向紧闭的书院侧门，总觉得老妇人最后那句话说不愿意看见地上有垃圾是在嘲讽自己，但他却并不愤怒，反而若有所思。

如果宁缺当时在书院侧门外，当然能认出那位穿着蓝褂的老妇人是谁。书院学生们经常能看见一个拿着竹扫帚，佝偻身子在书院每个角落里扫地的老妇人，斯人斯景早已成为书院传说中的一页。

因为那位老妇人并不是负责洒扫工作的教工管事，而是书院唯一的女性荣誉教授，是书院数科无人敢于招惹的大拿。

宁缺入院时数科考了唯一一个甲上，当时的题目是大师兄出的，而事实上大师兄一共出了五道题备选，最终由这位老妇人选中了斩桃花那道。

而此时他在崖山绝壁间苦思闭关之时，也想起了这道题目。

89

被囚禁在崖洞里的宁缺想要破关而出，便必须解决掉崖洞口夫子留下的强大禁制。他不奢望能够战胜夫子，又不舍得废掉体内的浩然气，那么自然只能选择第二种方法——对浩然气进行改造，让它与自然里的天地元气和谐相处，甚至合而为一，完全抹去二者间的区别。

按照《天地气息本原考》一书里的说法，自然界的天地元气与魔宗修行者体内的真气以及浩然气从本原上来讲是同一种东西，只不过随着岁月流逝和附着物质的不同，渐渐拥有了完全不一样的特征。

宁缺自以为可以倒溯反推，凭借雪山气海和那条通道以及气旋的共同作用，把体内的浩然气直接解构成最细微的微粒，把浩然气变成最初原始的模样，然后通过别的方法抹上如今自然界里的色彩，便能伪装成天地气息。

然而真正开始尝试后，他发现这个方法连第一步都不可能走通，无数次惨痛的失败，让他终于确信，没有谁能与时间这般伟大的存在为敌。

在沉思数夜后，他忽然想到，夫子给自己的两本书并不见得分别针对两种方法，而应该是相互联系起来。

于是他开始尝试用书院不器意把浩然气模拟成自然界的天地元气，就如同陈皮皮曾经说过的那样，这时候的书院不器意便是火候，锅灶便是自己的身体，而浩然气便是锅中的食材。

他需要做的事情，便是用书院不器意掌握好火候，用自己的智慧经验和知识做调料，把体内的浩然气炒成一盘香喷喷的天地元气。

经过一番演算推断，宁缺觉得这个方法应该可行，马上开始着手进行准备。他选择的模拟目标是自己最熟悉，也是最先悟出来的水符。

他用符纸凝出最精纯的水意，对其进行了长时间的认真观察，仔细地揣摩分析这道气息的特征和最细微处的差别，然后记在笔记上。

同时他没有忘记修炼书院不器意。

到他确认自己完全掌握了那道水符凝出天地气息的全部特征和味道，并且已经掌握了书院不器意的精髓，能够随心所欲时，便正式开始了改造。

暮色笼山时，他盘膝坐在蒲团上，缓缓闭上了眼睛。

朝雾入洞时，他缓缓睁开眼睛，从蒲团上站起。

念力入体缓慢流淌，宁缺自视腹内气旋，沉默感知着那些浩然气。当他终于确信体内的浩然气在不器意的伪装下，已经全部变成了带着水符特征的天地元气后，眼眸里不禁流露出惊喜的神色。

片刻后。

宁缺擦掉唇角的鲜血，沉默地看着崖洞口飘舞的尘粒，回思着当自己试图穿过洞口时却引发禁制的情形，陷入了苦苦的思索之中。

明明在书院不器意的伪装下，自己体内的浩然气已经改变了模样，变成了天地气息中的一种，为什么还是引发了崖洞的禁制？

夫子留下的那道简单气息，究竟是凭什么发现自己体内流淌的还是浩然气，而不是清风流云间的天地元气？

晨光从绝壁对面的湛蓝天空里透进崖洞。

宁缺被光线刺得微微眯眼。

忽然间他想到一件事情。

世间没有完全无色的光，甚至没有完全单色的光。至少在他现在身处的这个世界是这样的。

就算肉眼无法看见，但那些不可见的波段里依然有着自己的色彩，就如同看似圣洁的昊天神辉，其实是由很多种颜色的光线组成的。

与此同理，自然界里也没有完全单一的天地元气，那些清风流云、青树白石里的天地元气看似各自不同，实际上自开天辟地以来，经历亿万年的沉淀融合，虽然依然保有着各自的特征，却早已带上了别的气息。

只有符纸或者阵法所凝结召唤出来的天地元气，才是绝对精纯的存在。

宁缺走到崖洞前，沉思片刻后取出一张符纸，以念力触动，让其凝作一团火球，随风向洞外飘去。

如果按照以前的想法，这团微弱的小火球里所蕴藏的是天地元气，那么便应该不会被夫子的气息发现，能够轻松出入才对。

只听得哧的一声轻响。

那团微弱的小火球飘到崖洞口处，骤然熄灭。

崖洞处的禁制骤现骤隐。

宁缺沉默地看着那处，脸色变得有些苍白。

原来夫子留下的这道禁制，不仅不允许浩然气通过，甚至不允许有任何非自然的天地气息通过。换句话说，只要是修行者，哪怕他识海里的念力只是引发极微小的天地元气波动，都无法通过崖洞。

宁缺想着前些天师兄师姐们上山探望自己的情形，注意到他们所有人都没有进过崖洞，甚至没有向线这边伸过一次手，这才明白，大概师兄师姐们早就知道夫子这道禁制的不可思议之处。

他忽然想到一件事情，把桑桑喊进洞来。

他盯着进出自如的小侍女，觉得自己的思绪更加混乱。

如果说夫子这道禁制，针对的是非自然的念力或者符力以及魔宗修行者的真气，那么桑桑跟随光明神座修行，体内至少也会留下一些道门气息，为什么那道禁制却对她没有任何反应？

宁缺不再想这件事情，而是继续开始研究破关之事。

确定了崖洞禁制的真义，他意识到，如果要把体内的浩然气模拟成自然界里的天地元气，那么便不能只模拟其间的一种，而是需要模拟成无数种天地元气，可以不拘各种数量但必须尽皆都在。

问题在于，自然界里的天地元气有无数种，他就算有书院不器意，又能以符观察各种元气的特征，但如何能够让浩然气模拟出所有？

他体内的浩然气就像是一筐青菜，无论调料放多少，无论火候控制得如何精确，难道他能把这筐青菜炒出三百多盘菜来？

而且还有一个更关键的问题。

"如果给你一把青菜，你能不能烧出一碗红烧肉？"

宁缺看着身前的桑桑问道。

桑桑想了会儿，说道："当然不能。不过昨天大先生提了几斤新鲜猪肉过来，少爷你如果想吃红烧肉，我待会儿给你做。"

宁缺没有沮丧太多时间，马上又投入到学习和破题之中。

夫子留下的这道题目实在是太过艰深，看着似乎只有三个正确答案，但无论哪个答案都需要极大的勇气。有的答案你明明已经看到，却发现答案上面附着一个极为复杂的密码。

他现在的境界与能力完全没有可能解开这道密码，因为这道密码已经隐隐指向世界的本原，自然的构成。

也就是在这个时候，他想起了书院前院那位穿着蓝大褂的老妇人。

当初书院入院试那道数科题目，谢承运先是用穷举之法，得到了一个近乎无限之数，宁缺却是直接一眼得了结果，所以拿了唯一一个甲上。

宁缺很擅长学习，或者说擅长考试，而像数科这种考试，很多时候就是投机取巧的才华展现，所以他一向有些瞧不起那些不知道运用公式和答题技巧，只会老老实实进行计算的同伴。

而现在他没有现成的公式，也找不到任何技巧，于是只能重新捡起曾经被自己瞧不起的笨办法，开始试图暴力破解。

暴力破解便是穷举。

所谓穷举便是完全归纳，一个一个地试答案，那么只要拥有足够长的时间和耐心，最终总会撞到唯一正确的那个密码。

宁缺试图暴力破解崖洞禁制，和解除密码还是有一些小的区别，因为他需要找到无数种天地元气的特征，并且把体内的浩然气模拟成对方，这便等若是他需要找到无数个密码，然后把这些密码组合在一起。

只有这样他才能看到最后的答案。

他很清楚，这必然是一个极为浩繁，甚至可以用壮阔来形容的工程，别说三个月时间，就算是三百年也不见得会有结果。

但他依然不停地尝试着。

因为他只给了自己三个月的时间。

如果不在这三个月的时间里，付出自己最大的努力，那么将来临死时想起当年被自己亲手废掉的浩然气时，一定会有很多遗憾。

崖洞里的宁缺变得越来越沉默，没有时间梳理的头发散在身后，显得有些潦倒，他的脸色越来越憔悴，但眼睛里的光泽却是越来越亮。

陈皮皮经常会过来探望他，看着他如今的模样，既不忍让他这般自我折磨下去，却更不忍让他中途放弃，只好像他一样沉默。

别的师兄师姐也会过来探视，把他们搜集的药材美食全部交给桑桑，让她随时烹煮，好让小师弟保持精神。

唐小棠跟随余帘修行，依旧苦不堪言，偶尔能上崖玩耍时，牵着桑桑的手不停抱怨，但看着洞里的宁缺，却觉得有些惭愧。

日子就这样一天一天过去，春意渐深。

90

春意渐深入花时，崖洞里的宁缺却没有机会去亲近一下田野里新生的野花，好在洞里时常能够见到摘下来的花束。

桑桑隔一段时间便会回长安城在学士府里陪父母说会儿话，却不肯留宿，当天便会赶回书院，在路上看着花儿便采撷为一束，带给宁缺。

宁缺被囚崖洞闭关苦修，只能从桑桑和陈皮皮的嘴里，知道书院外的世界里发生了些什么事情，而这些事情和他似乎都有些关系。

来自悬空寺的苦行僧被他在晨街杀死，令佛宗和月轮国都震惊悲愤，只不过这是正面挑战，所以佛宗弟子们只能沉默。而月轮国大概是因为那位痛失爱子的曲妮大师姑姑，竟被怒火冲昏了头脑，国主亲笔修了一封书信送至长安城，在信中要求大唐皇帝严惩凶手。

大唐帝国何时受过这种挑衅，皇帝陛下震怒，召来月轮国使臣一通痛骂，直斥月轮国主是个白痴。最终看在这次决斗月轮国死了位未来的大师，大唐极为风光的分上，陛下没有派兵去教训对方，却毫不留情面地颁下一道圣旨，要求从即日起，月轮国白塔寺不得在大唐境内传教，而那些散落在乡野里的苦行僧，必须马上出境，不然一律严惩。

如此强悍的应对措施自然引得佛宗诸寺极大震惊，烂柯寺住持修书一封寄给长安城里的黄杨大师，确认大唐只是针对月轮国和白塔寺，对佛宗的态度并未变化，书院依然会派人参加盂兰节会，才放下心来。

西陵神殿在这次事件中保持了沉默，而当这件事情的余波正要淡去之时，西陵神殿却忽然派出使团正式出访长安。

神殿使团由天谕大神官亲自带领，人数超过百人，包括天谕司、裁决司三名司座，还有掌教大人的私人书记，较诸两年前送隆庆皇子入唐的使团，无论在规模还是在级别上都要远远超出。

天谕大神官乃是西陵神殿三大神座之一，在昊天神辉普照的世间，尤其是在除了大唐之外的别的国度，他的身份地位甚至要比一国之君还要尊崇。像天谕大神官这般地位的大人物，即便是下桃山离开西陵，往往都是悄然入世修行，很少会出现在世人面前，出访他国更是罕见。

此次天谕大神官出访的目的地，更是世间唯一敢与西陵平等对话的大唐帝国，顿时在世间引发一片潮水般的震惊。南晋、月轮、燕、宋、大河等诸国皇室都紧张猜测着西陵神殿此举的真实用意到底是什么。

西陵神殿统领昊天道门，在世间拥有亿万信徒，在唐国境内虽是由昊天道南门观处理具体教务，但在大唐百姓心目中依然拥有极崇高的地位，所以大唐朝廷自然不可能像对付月轮国这般对待。

从接到西陵神殿访问要求开始，大唐朝廷便开始进行缜密而细致的准备，比如接待标准，陛下究竟何时与大神官见面，相见时双方应该采用何等礼节。让陛下像世间别的国君那般行跪礼自然是不可能，似乎也不大合适让天谕大神官跪拜陛下，总之有无数的细节需要费心去处理。

大唐朝廷唯独不用猜测天谕大神官访问长安的意图，虽然这令很多人感到紧张疑惑，但长安城里的人们很清楚这位神座大人的来意。

春意渐深初浓时，天谕大神官和他的使团终于抵达了长安城。

经历了一番烦琐而讲究的程序过后，西陵使团完成了明面上的访问任务，却没有离开的意思，天谕大神官住进了南门观。

之所以如此，是因为西陵使团访问长安城真正要办的那件事情还没有办，更准确地说，是天谕大神官要找的那个人还没有找到。

大唐君臣根本不用理会这件事情，因为这件事情的关键在书院，天谕大神官要找的那个人也在书院，她在崖洞里服侍她的少爷。

某日，天谕大神官忽然出现在文渊阁大学士曾静的府上。

曾静虽说是大唐当朝一品大学士，但忽然发现在昊天信徒心中尊崇无比的西陵神座出现在眼前，依然险些激动得昏了过去。

其后又一日，天谕司司座程立雪试探性地询问大唐国师李青山，天谕神座想入书院拜见夫子，不知可否做出安排。

李青山思忖片刻后，答应他去书院问问。

半日后，李青山为西陵使团带回来了一个不怎么妙的消息——夫子说天谕如果想来书院逛逛，自然没有什么问题，反正你以前也曾经来过，只不过如果你们是想办那件事情，那么就算见着我也没有任何意义。因为那小姑娘究竟去不去西陵，她父母管不着，我也管不着，能管的那个人不知道什么时候能出来。

如果西陵使团就这样留在长安城中，尤其是天谕大神官留在这里，时间长了，诸国的焦虑不安只会越来越多，事情会变得有些尴尬。

好在这个时候，那件早已安排好的大事终于按照原定计划在北方荒原上发生了，它成功地吸引了所有人的目光，而忘记了长安城里的西陵使团。

奉西陵神殿诏令，中原诸国联军深入荒原，与草原左帐王廷骑兵会合，向自极北寒域刚刚南迁一年的荒人部落发起了进攻。

进攻荒人部落的主力，是左帐王廷的骑兵以及燕国的军队，实力最为强悍的大唐东北边军，很奇怪地负责殿后以及粮草后勤。

当左帐王廷某部族骑兵因为分赃不均发动叛乱时，沉默了很长时间的大唐东北边军急行数百里，用了一夜的时间，便把叛乱镇压了下来，然后那个叛乱部族的所有男丁都失去了自己的头颅。

与荒人的战斗进行得非常血腥惨烈，但当人们看到战报时，才发现原来最血腥惨烈的一幕，还是出现在夏侯大将军的手中。

这位以暴戾强大著称的夏侯大将军，依然不断地攫取着一个又一个的战功，赢得大唐朝野一波又一波的赞美。根据朝中很多人的判断，当秋后夏侯大将军依言解甲归田时，必然会获得最高的尊荣。

柳亦青在书院侧门外的蒲团上已经坐了两个多月，身上满是灰尘，形容憔悴，眼神却极为明亮。

和书院那位穿蓝大褂的老妇人对话之后，他静坐蒲团之上沉思三天三夜，不饮不食，没有选择离开，却变得越发沉默。

也就在那次重新睁开双眼后，他的眼神变得越发明亮，就如同被春水洗过的利剑那般，漾着清明的意味。

便是静坐，境界居然又有增益。

修行界里有很多人在注视着书院侧门。

很多人现在已经知道宁缺闭关号称是要符武双修。没有人听说过什么叫符武双修，也没有几个人相信有人能够做到这一点。

他们很简单地判断得出，宁缺在连番胜利之后，终于清醒地认识到自己的境界实力太弱，所以才会选择闭关不出。

西陵神国，因为天谕大神官带着使团离去，因为去年那场被掩埋到教典最黑暗的深处的光明神座叛乱，桃山显得有些寂寞。

而远在深山里的知守观，则已经习惯了这种寂寞，所以当供奉七卷天书的草屋里响起一声轻噫时，声音竟是那般地清楚。

风拂日字卷，中间某张纸的最高处依然是道痴叶红鱼孤单的名字，而原本不起眼角落里的某个名字，却已经消失无踪。

一名中年道士站在日字卷前，神情有些复杂。

昊天神辉普照世间，日字卷上记录着所有世间修行者的名字与境界，当一名修行者的名字完全消失，只有三种可能。

那名修行者已经越过那道铁门槛，破了五境。

或者那名修行者死了，万事皆空。

要不然就是有人用禁制隔绝了天道的俯视。

然而有谁能够拥有如此不可思议的能力？

当然是夫子。

中年道士感慨万分，沉默无语。

基于很多情绪，比如想看看书院二层楼学生和剑圣亲弟之间究竟谁更厉害，或者就是想看看书院十三先生被人打得像条狗。总之，很多人盼望着宁缺破关而出的那一天。

长安城里的西陵使团，在南门观里静思的天谕大神官，也在等着他出来。

却没有人想到，宁缺可能这辈子都无法出来。

春意已深，正浓。

崖坪上雨廊里的紫藤茂密青葱遮住了所有的阳光，让洞口显得极为清幽，枝蔓间淡紫色的花朵正在盛放，美丽到了极点。

宁缺走到崖洞口，随意把披散的头发绾了绾，扶着石壁看着眼前的绿意、远方云外的青青田野，说道："只有穷困潦倒，对生命了无热情的绝望之人，才能如此自虐，原来这才是穷举的意思。"

桑桑走到他身旁，看着雨廊间那些悬吊着的紫色花朵，想着平日里自己的细心照顾终于有了成果，开心说道："听说等秋天时结了果子更漂亮，那些果子都是长条状的，就像是豆角，而且炖肉吃很香。"

宁缺说道："秋天啊？那我们肯定是看不到了。"

桑桑忽然怔住，惊喜问道："少爷，你可以出去了？"

宁缺笑着说道："肉已经炖好，只差放豆角再焖一焖，快出锅了。"

91

今天崖洞午饭的主菜是红烧肉。

宁缺蹲在洞口，捧着饭碗，嘴里嚼着油腻的肥肉，看着清峻的绝壁风光，含混不清问道："陈皮皮那厮以往闻着肉香便会跑过来抢饭吃，最近这一个多月来的次数倒少了很多，就算过来待不了多会儿便急着离开，他究竟在忙啥？"

桑桑把锅里的红烧肉用锅铲扒到一边，只用肉汁泡进白米饭里，端着碗走到他身边蹲下，想了会儿后说道："我也不知道，不过前天唐小棠上来玩的时候提起过一句，说最近他经常帮她解决修行上的疑难问题。"

宁缺怔了怔，想起两个月前那番关于禽兽的对话，冷笑说道："解决修行疑难？老师让他来帮我，却不是去帮那个小姑娘。道门魔宗，相看不厌，且问今日之后山，究竟是何人在做禽兽。"

桑桑没有听懂他在说什么。

宁缺忽然看着她问道："听说天谕大神官去过学士府？"

桑桑点了点头，继续吃饭。

宁缺又问道："所以这一次你没回学士府？"

桑桑低着头嗯了一声。

宁缺看着她微黑的额头，低声问道："这件事情你到底是怎么想的？看神殿这做派，还真把你这个光明神座传人当了回事，以前都没有听说过哪位神座传人引起神殿如此重视，甚至还让一位大神官专程来接。"

桑桑说道："少爷你怎么看这件事？"

宁缺沉默片刻后说道："虽然我对西陵神殿没有什么好感，也完全没有想象过你真的成为光明大神官，直到今天我还觉得这件事情很荒唐，但如果真有这样的机会，我必须承认这件事情很荣耀很强大，错过可惜。"

桑桑忽然放下手中的饭碗，看着他很认真地说道："现在我们似乎应该更多考虑你怎么破关的事情，而不是这些小事。"

笨鸟终于先飞进了树林，蠢人最终获得了福报。

殚精竭虑穷举数十日，宁缺面临绝境时再一次爆发出不可思议的毅力和耐心，就如同走出岷山、登旧书楼、暴雨悟符时那样，完成了这个看似永远不可能完成的事情，成功地掌握了天地气息所有的本质特征。

这也意味着他终于能把体内的浩然气变化成自然界天然形成的天地气息，从而能够在走出崖洞时不会引发夫子布下的那道禁制。

他很确信自己做到了这一点。

也正因为这种确认，当他再一次失败，被禁制震回崖洞里时，脸色变得异常苍白，极为少见地出现了类似绝望的情绪。

他的判断没有出错，崖洞口处夫子留下的那道气息确实没有对他体内的浩然气有任何反应，然而令他意想不到的是，就在右脚快要踏过那道线时，他的身体忽然撞到了一面无形却坚不可摧的墙壁上！

这究竟是为什么？

崖洞深处，宁缺抱着头蜷缩在双膝间，用了很长时间才压抑住心头的绝望和自暴自弃的念头，重新开始认真地思考。

忽然间他想明白了，却真的绝望了。

夫子在崖洞口留下的这道气息，一旦感应到浩然气或者是非自然的天地气息，便会激发禁制，简单地召来山崖绝壁间的无数天地元气，然后凝成一片狂暴的海洋，将任何试图强行突破的人用浪潮吞没。

而当没有任何非自然天地元气的人试图通过这道禁制时，夫子留下的这道气息，自身便会变成一道墙壁，一地栅栏！

和狂暴的天地元气海洋相比，这道气息确实显得并不那么可怕，但毕竟是夫子留下的气息，想要通过，又岂是那般简单？

或许真的很简单。

哪怕以宁缺眼前洞玄下境的修为也能通过，因为他有浩然气，而且他学会了《本原考》一书最后记载的养气之法。只要他能够将身躯内的浩然气养炼至磅礴，甚至只需要再雄浑几分，大概也能撞破夫子最后留下的那堵墙。

换句话说，他现在就差一口气，浩然气。

然而他体内的浩然气雄浑一分，通过崖洞时引发禁制的危险便增一分，禁制一旦触动之后，那片天地元气海洋的狂暴便会多一分。

他穷举三月，疲惫不堪，更何况是更多数量的浩然气。他实在是再也没有精神和决心，去重复已经重复了无数遍的这种过程。

正是这个原因，在最近的这两个月里宁缺已经停止了养炼浩然气，而且他隐隐明白，如果真的把浩然气修炼下去，自己不只会像如今这般备受折磨，甚至最后可能会重新走上小师叔的老路。

这种可能让他警惕，甚至恐惧。

这便是矛盾。

这便是夫子给他出的最后一道题。

在绝境里看见曙光，曙光里却隐藏着极大的风险。

在这种时候，你会怎么选择？

是继续沉默地等待，等待天色越来越亮，或者天永不再亮。

还是以生命为赌注，向那片天光里勇敢或者说疯狂地再踏出一步？

坐在崖洞地面上，宁缺痛苦地思考了很长时间，没有得出答案，情绪反而变得越来越低沉，喃喃自语说道："有完没完？"

不知道他这个问题是问谁的，夫子还是老天爷？

他的声音略微大了些，却还是那四个字："有完没完？"

他忽然站了起来，抓起身旁那把竹躺椅，用力地摔到崖洞石壁上，只听得啪的一声脆响，竹椅支离破碎，变成了一堆垃圾。

被囚崖洞整整三月，眼看着希望，然后又失望，直至绝望，不停重复着这种过程，乏味并且让人心生厌烦放弃的情绪，到了此时，他终于崩溃了。

"有完没完！"

宁缺愤怒地大喊着，抓起身边能够抓到的一切东西，用力地向洞壁上砸去。竹椅，汤瓮，水盆，笔墨纸砚，甚至包括那两本书，似乎只有这样，才能宣泄掉心头那股极为郁结不甘的闷气。

崖洞里的所有东西都被他摔碎了，桑桑昨天去山那边瀑布下摘的一束野花，也被他甩得散落在地上。

他跌坐在那些花枝间，神情落寞地低着头，看上去极为可怜，就像是一个迷了路、再也找不到家的小孩子。

忽然间，他想起了和夫子的第一次相遇。

那次相遇在松鹤楼的露台上，结束于夫子很不讲道理的短棍一击。

宁缺抬起头来，看着洞崖出口处。

在这时候，他没有想起什么前辈，因为这条道路上的前辈只有小师叔一人，而且小师叔最终走上了毁灭的结局。

他想起了昊天道门的那些强者，从道痴叶红鱼开始，到桃山之上的大神官，从那位背负木剑的天下行走叶苏，再到传说中青衣飘飘的知守观观主，直到最后他的目光落在绝壁外的湛湛青天之上。

"我会继续修炼浩然气，我会再试一次。我不管会不会引发老师你设下的禁制，我也不理会将来可能会遇到什么。"他默默说道，"因为我不想再待在这里，我想出去，去你的吧。"

桑桑正在草屋里洗碗，听着崖洞里传出摔东西的声音，赶紧擦手准备去看看，又听到这四个字，不由神情微异，心想你被关在洞里闭关，月轮国那位佛宗大德姑姑，究竟又如何得罪了你？

她走到崖洞口，正准备进去，却看到洞内一片狼藉，宁缺盘膝坐在地面上，神情恬静，仿佛一尊坐在远古废墟上的神像。

近两个月的时间里，宁缺一直在试图改造浩然气，却未曾修炼蓄养过，小腹深处那个气旋平静得有如一方小池。

这时候，浩然气仿佛清晰地感知到了他此时的决然心意，缓缓流淌起来。

或许正是因为寂寞了太长时间，当浩然气流淌起来后，竟是完全无视宁缺的念力，骤然开始加速，并且速度越来越快。

到最后，宁缺腹内那道气旋竟是开始颤动摇晃起来，近乎疯狂一般旋转，平静的小池骤然狂暴起来，似要卷起风雨。崖洞里的天地元气，如同斜风细雨一般自四面八方袭来，然后以近乎灌注的方式拼命向他的身体里涌入。

宁缺清晰地感觉到了当前的情况，不由生出一丝悸意，心想如果任由如此多的天地元气灌入体内，最后自己极有可能爆体而亡，就像那些被魔宗挑选为弟子，却最终惨死在第一关的人们一样。

有那么一瞬间，他想要停止腹内气旋的暴走。

但不知道是无法停止，还是极度渴望重获自由的他，想用生命为赌注来承担这种突发状况的结果，总之他什么都没有做。

感受着天地元气不停涌入体内，宁缺脸色微白，身体微颤，但他依然坚定地盘膝坐在地面上，不动丝毫。

绝壁间的清风仿佛感觉到了崖洞里的异状呼啸席卷而至，变成一场挟风带砾的狂风，穿过崖畔草屋和雨廊，直接灌进了洞中。

桑桑扶着洞口的石壁，艰难地稳住身体，担心地望向里面，想要大声把宁缺喊醒，但在如此强劲的山风中，竟是完全张不开嘴。

宁缺闭着眼睛静坐在洞中，心神全部在体内暴涨的浩然气上，根本不知道外面发生了什么事情，衣服飘荡如一面荒野中的战旗。

山风在崖洞内呼啸，先前那些被他摔碎的竹椅笔砚的碎片直接飘了起来，围着他的身体在空中不停盘旋，偶尔撞到洞壁上，变成更细的碎片。

崖洞石壁看上去极为坚硬，然而在这番如暴风骤雨般的密集撞击下，最外面的那层石壁竟是渐渐裂开，有很多石屑簌簌落下。

其中一面石壁上，隐约出现了四个字。

山崖绝壁间的天地元气随风入崖洞，不停向宁缺身体里灌注，瞬息间便填满了他雪山气海里的所有窍洞，紧接着便向他身体四处涌入，不停地充斥占据，不肯放过任何一处地方，哪怕是最微小的细窍。

宁缺觉得自己的身体鼓胀了起来，仿佛变成充满酒的皮囊，甚至觉得自己的每根头发和每根睫毛里都充满了天地元气。

腹部里的气旋变得越来越大，边缘处的速度自然越来越快，甚至隐隐让他产生了内脏被生生切开的痛楚感觉。

他知道任由这种情况继续，自己会被不停涌入的天地元气爆体而亡，但他依然没有停止，只是默默念着那四个字，不停等待着最后那刻的到来。

就在天地元气完全充斥他身体每一处，开始要侵伐他真实的身躯时，就在那极短暂的一瞬间，宁缺用强悍的意志，忍着识海震荡所带来的恶心感，忍着那股并不真实却异常可怕的痛楚，让念力落在了体内的气旋上。

很多年来，他一直不停地冥想，因为他想要修行。无论他能不能修行，他都在冥想培念，睡觉时在冥想，发呆时在冥想，写字时在冥想，给桑桑煎药时在冥想，他无时无刻不冥想。

他付出了普通修行者难以承受的毅力和渴望，所以在能够修行之后，他便拥有了普通修行者难以想象的充沛念力。

所以当天地元气已经灌入他的识海，压榨干净最后一分空间，驱散近乎所有念力时，他依然还能保有最后的清明，最后一丝念力。

当那丝念力落下时，宁缺已然浑浑噩噩的识海里，骤然闪过一道亮光。

那道亮光有若闪电，让他瞬间清醒过来。

他想到了夫子留在崖洞处的那道简单气息。

那道简单气息，能够把山崖绝壁间的无数天地元气尽数召唤而来，然后压缩凝练成方雨之海，把崖洞隔绝在世界之外。

既然天地元气能够压缩，那么身体内的天地元气自然也能压缩。

被囚崖洞的三月时光，变成无数画面，在他的眼前快速掠过。

崖洞口的禁制，那片狂暴的天地元气海洋，那本叫作《天地气息本原考》的禁书，禁书最后的养气功法，那本没有名字的书籍里记载着的书院不器意，无数种天地元气，这些信息片段不停冲撞组合，解构重生。

原来要自在，便需要自由。

宁缺不再担心会不会爆体而亡，也不去理会那些眩晕和痛楚，只是平静内视着体内气旋，任由它自由地高速旋转扩张。

最关键的那个瞬间到来。

磅礴的天地元气占据了宁缺身体。

这时，一幕奇妙的画面发生了。

急速扩大、快要突破空间的浩然气旋，似乎因为扩张到极致，边缘的气息密度变得有些稀薄。虽然很快便会被新涌入的天地元气补满，但就在那瞬间，气旋自身的数量似乎无法抵抗旋心的引力，有了一丝颤抖。

然后气旋开始收缩！

虽然气旋开始时收缩的速度非常慢，但加速却非常快，在电光石火的一瞬间，竟是收缩到只有最开始面积的一半！

这已经不是收缩，而是坍缩！

在宁缺完全还没有来得及做出任何反应之前，前一刻还磅礴无比的浩然气旋，已经全部坍缩进了旋心，变成了一个漆黑的小点！

他身躯里的浩然气都随着气旋的坍缩而回流，离开每根骨头，每片指甲，每根头发，每根睫毛，全部灌注进了那个小点里！

虚无的空间里一片寂灭，没有任何声音，也没有任何运动。

只有一滴像水般的液体，悬浮在空间的正中央。

那滴液体没有颜色，晶莹透明，纯净如水。

宁缺看着那颗水滴，心念微动。

透明的水滴忽然开始闪耀出金黄色的光线。

美丽到了极点。

每一根光线里都蕴藏着浩然气，丝丝缕缕在他身体中流淌，如同春风细雨般，滋润着每一处干涸的土地。

崖洞里回复了宁静。

再也没有什么天地元气的风暴，自绝壁间席卷而来的山风渐渐停了，那些竹椅笔砚的碎片落在了地面上。

只有桑桑采来的那束野花，先前被风撕扯成碎片，如今花瓣相对较轻，随着轻风在宁缺身旁缓缓舞动，就像是无数只蝴蝶。

宁缺缓缓睁开眼睛。

花瓣撒落他一身。

崖洞内一地残骸。

宁缺拿下身上的花瓣，走到那片外壁剥落的洞壁前。

那片石壁上有四个字，勾画如剑，尽露不屈骄傲神情。

想来是小师叔当年被囚崖洞时所写，却不知为何被石壁遮住了。

宁缺在决定进行这场赌博之前，也说过这四个字。

此时看着洞壁上小师叔留下的四个字，回想起先前自己说出这四个字时的情绪，宁缺终于明白破解崖洞禁制的关键是什么。

他一直差的那口气，不是天地元气，也不是浩然气，而是因为对自由的向往从而对这苍天生出的一口不甘之气。

他看着石壁上那四个字，仿佛看到了当年那个像自己一样愤怒不甘的小师叔，忍不住开心地笑了起来。

他走出崖洞，轻轻地抱住了桑桑。

然后他走到崖畔，看着身前的绝壁流云，万丈深渊，以及那片湛蓝的天空，双手扶着腰后，大声喊道："去你妈的。"

92

绝壁之前便是天空，没有什么回音，宁缺的喊声出崖不远便消失无踪，并不袅袅，更没有绕壁三年不绝。

看着绝壁旷美风光，宁缺沉默片刻后，忽然转身向崖洞里走去，只是在快要走进洞口时，双脚下意识地停了下来。

桑桑说道："想再看看，便进去看看吧，我陪着你。"

宁缺点点头，和她一道重新走了进去。

他在这个崖洞里被囚三月，精神与意志禁受了极为严峻的考验。在那些冥思苦想，失望绝望的夜里，他无数次想到，如果能够突破禁制，走出崖洞，一定要马上带着桑桑飞一般逃离崖坪，这一辈子都不会再进这个崖洞。

然而当他真正破关出洞，又再次走回崖洞后，却忽然发现，自己的心情竟是如此地平静，洞里那些令他厌乏苦闷到极点的石壁，此时看上去，似乎多了很多自然的美意，眼前的洞景与往日截然不同。

只有经历过风雨才能看见彩虹，而经历过风雨的人，忽然抬头在崖坪外看见的那道彩虹，必然是最美丽的。

从外面进入到崖洞深处，相对应地有些幽暗，宁缺三个月来第一次从洞外走到洞内，更是有些不适应，于是他伸出右手的食指。

精纯至极的浩然气，从他腹内那颗水滴中缓缓释出，穿通道而入雪山气海，自经脉运至手臂指间，然后化作一抹圆融的洁白光焰。

桑桑怔怔看着这幕画面，下意识里细指伸出，来到宁缺食指的旁边，心意微动，便有一团洁白的光焰生出。

两团光焰瞬间便将崖洞照耀得有如白昼。

除了桑桑指间那团光焰庄严神圣气息异常浓郁之外，二者之间没有任何区别。

二人看着彼此指尖生出的光焰，脸上流露出笑容。

宁缺问道："这就是昊天神辉？"

桑桑点了点头。

所有颜色的光融合在一处，便是透明无色的阳光。

所有的天地元气融合在一处，也成了透明无色的阳光。

阳光便是昊天神辉。

巅峰境界的浩然气和昊天神辉唯一的区别，便是缺少了天道所赋予的威严神圣气息，但浩然气又比昊天神辉多了些别的气息。

神辉属于昊天，只是赐予修神者使用。

浩然气却属于修行者自身，拥有自己的骄傲和气节。

除了这些极细微，但可能是最无法调和的差异，巅峰境界的浩然气和昊天神辉在本质上没有任何区别。

昊天神辉可以幻化成无数种天地气息，所以西陵神殿的强者，苦修神术至巅峰时，往往可以万法皆通。

浩然气同样如此。所以当年小师叔轲浩然一法通便万法皆通，天才横溢如他，甚至不需要学习，只需要看上一眼，就能明白西陵神术的奥秘，在魔宗石壁间刻下万道剑痕，凭剑痕里的浩然气，便筑了一道樊笼神阵。

宁缺看着指头上圆融的光团，明白了所有的事情。

除了浩然气的变化，最重要的是，他似乎看到了昊天世界最基础的一些构造，甚至隐隐约约间，看到了从未奢望过的彼岸。

这些都是极宝贵的财富，并且这些财富必将在今后的漫长修行生涯里不断给予他支持和帮助，让他能够走得更远。

正因为清楚这一点，所以宁缺对二师兄曾经转述过两次的那段话，那段小师叔关于命运和毅力联系的话，有了更深刻的认识。

此时此刻，宁缺似乎应该骄傲，但他没有任何得意的神情，而是走到那片外壁剥落的石壁前，就像在大明湖底那些石头间一样，就像在魔宗山门看着小师叔的笔迹时那样，双膝跪倒在地行了个弟子礼。

小师叔当年用了整整三年时间才能离开崖洞，他只用了三个月。但他很清楚，并不是自己的天赋智慧远胜小师叔，而是因为小师叔当年用绝世的天赋智慧想通了这个道理，然后夫子把他的经验留给了自己。

站在巨人肩膀上的人，永远不可能真的比巨人更高。

继承了小师叔衣钵的他，只是一个学生。

什么时候他能在师长们的智慧经验之外，拥有自己对世界的认识，构筑出全新的体系，那时他才有可能成为一个真正的巨人。也只有到了那一天，他才能重新回到崖洞，骄傲地告诉小师叔自己已经不再是个学生。

行完礼后，宁缺站起身来，走出崖洞来到绝壁之前，想着老师与学生，很自然地想起了夫子。此时再来回思三个月的囚徒生涯，他当然明白了夫子的良苦用心。夫子给他的两本书，不仅仅隐藏着小师叔当年的智慧精华源头，也不仅仅是教授他两个破禁出洞的方法，而是要教会他两件事情。

耐心以及勇气。

大师兄走上了崖坪，看着站在崖畔的宁缺，温和地笑了起来，缓声说道："老师让我过来看看，原来是这个缘故。"

宁缺恭敬行礼，说道："这些日子辛苦大师兄了。"

大师兄从腰间抽出那卷旧书，递到了宁缺的身前。

宁缺怔了怔，然后忽然明白了过来，看着眼前这卷旧书，不可思议地说道："这……就是老师要我看的第三本书？"

大师兄说道："是的。"

宁缺吃惊得说不出话来。

他没有想到老师传授给自己的第三本书，竟是需要自己破禁出洞之后才能看，而真正令他震惊难言的事实是，第三本书竟然是那卷天书！

93

宁缺手中这卷旧书便是天书明字卷。

去年秋时，西陵神殿发出谕令，中原诸国组织联军北伐左帐王廷，暗中却有无数强者潜入荒原深处，便是因为魔宗山门因应天时而开启，而那些强者之所以要进入魔宗山门，最重要的原因，便是因为这卷天书。

然而没有人知道，昊天道门唯一失落在外、近千年不显踪迹的这卷天书，竟一直被书院大师兄很随意地插在腰间。

在荒原林畔的火堆旁，关于这卷天书，宁缺曾经和大师兄有过一番对话，甚至还掀开过这卷天书的封面，因应了西陵天谕大神官的那个预言。只是当时的他根本没有能力往天书看上一眼。

宁缺握着明字卷，就像握着一厚沓巨额银票，又觉得像是握着二师兄的高冠，无比紧张，以至于手臂微微颤抖起来。

"师兄，我真不敢看。"

大师兄看着他微笑说道："既然老师在你破关之后让我送书前来，想必现在的你应该能看懂一些。要知道七卷天书里的这一卷最为特殊，你能看懂多少便努力去看，相信总会有些好处。"

宁缺回忆起在荒原上掀开天书明字卷时识海所受到的恐怖威压，苦笑着说道："也不知道那个好处值不值得受这等痛苦。"

大师兄说道："神殿天谕司的历史渊源便来于此，佛宗的某些重要理念也与此书有关，魔宗更是直接在这卷天书的基础上产生，这卷天书直接造成了我们这个世界的很多变化，你说值不值得？"

宁缺忽然好奇地问道："大师兄你一直把这卷天书带在身边，想来看了很长时间，你得了什么好处？"

"具体的好处不见得就是好处。"

大师兄犹豫片刻后，老实回答道："而且这卷天书我也有很多地方看不懂。"

宁缺想到一件事情，说道："师兄曾经说过，七卷天书若在世间开启，自有征兆让所有人都看见，师兄可以隔绝天书的气息，我却没有那个能耐，一旦翻开明字卷，岂不是等于告诉别人这卷天书在书院中？"

大师兄望向崖洞。

宁缺马上便明白了。

走入崖洞，桑桑已经提前清扫出一片干净的地面，宁缺盘膝坐下，平静心神，然后不再犹豫，伸手缓缓掀开这本天书明字卷的封页。

当他的手指掀开封页，一道极为淡然澄静的气息从微黄的纸面生出，然后开始向着崖洞四处弥漫而去。

天书明字卷的气息本来就非人间所有，自然要向天穹飘摇而去。如果让这道气息最终触碰到天穹，便会以一种奇特的方式显露出所有世人都能看到的征兆，从而向人间宣告自己的开启。

宁缺不知道大师兄平时阅读这卷天书时究竟是用了什么样的法子把这道非人间所能有的澄静气息屏蔽住，但他今日翻开这卷天书时，并不怎么担心会被那些世间强者发现天书的踪迹。

因为他此时在崖洞之中看书，而崖洞有夫子布下的禁制。

果不其然，明字卷里散出的澄静气息，与崖洞里任何事物所散发的气息都无法相融，淡然却又决然地向着洞外飘去。

就在崖洞口，明字卷的气息遇到了夫子留下的那道气息。

两道气息相遇，没有产生怎样惊天动地的画面，甚至没有什么相斥的感觉，只是沉默互视，然后渐渐安静下来。

片刻后，宁缺毫不犹豫地伸手合上明字卷的封页。

此时他只看了这卷天书的第一页。

似乎担心忍受不住看天书的诱惑，他没有再往这卷天书的封页上看一眼，甚至直接紧紧地闭上了眼睛，眉头皱得极紧。

他的识海已经到了破裂的边缘，再也无法承受明字卷澄静气息的冷漠注视，所以他必须离开这个远远超出自身能力的世界。

天书第一页里那些古朴的字迹还在他的脑海里盘旋不去，却已经变得细碎不堪，如同山崩之后的漫天碎石，根本看不到那座山原先的壮阔景致。

看天书果然就是看天书，根本无法看懂，甚至记不住什么。

宁缺觉得有些遗憾。

然而在崖洞里闭关三月，夫子没有出面，便已经教会了他一些东西。

那便是他曾经想到过的耐心以及勇气。

宁缺不甘心就此罢手，双眼紧闭，眉头皱得越发紧，双手紧握搁在膝头，开始试图把脑海里那些细碎的天书字迹还原。

这种尝试需要思考，而人类一旦思考，天书似乎便开始在虚无的空间里冷笑，让他的识海剧烈痛楚起来。

如果换成别的人，肯定无法完成对这些天书字迹的重组，但宁缺拥有足够的耐心和勇气。更关键的是，两年前他初入书院，登旧书楼观书不倦，哪怕吐血昏迷也不放弃，其后终于用永字八法，接近了那些只有洞玄上境修行者才能看懂的文字。他对文字有一种先天的敏锐直觉，更有一种无法言喻的能力，所以颜瑟大师才会认定他有神符师的潜质。

这些过往和经验，尤其是那些看书时的痛苦和惘然情思，如今看来，似乎都是某种准备，准备着他今天观看这卷天书。

所谓机缘，大概便是如此，而且这种机缘不是昊天安排的，也不是夫子安排的，是他自己通过自身的努力得到的。

随着时间流逝，天书明字卷残留在他精神世界里的那些玄虚破碎字句渐渐地重新复原重构，就如同漫天的碎石依循着精确到极点的顺序，依次落在地面上，然后渐渐重新生出一座大山。

宁缺终于想起来了明字卷第一页里的几句话。

开篇第一句是："明字，日月也。"

"日月轮回，光暗交融，生生不息，自然之理。

"自然之理谓之道。

"道以衍法。

"法入末时，夜临，月现。"

宁缺不明白天书上记载着的这些话意味着什么，但他感觉到了一种前所未有的寒冷和恐惧，尤其是当他想到某个关键点时，顿时惊醒过来。

他抬头向崖洞外望去，发现已是深夜，才发现原来自己不知不觉思考了很长时间，膝上那卷天书已经不见，大师兄和桑桑也不知去了何处。

深夜的山崖上方，繁星满天，却没有月亮。

宁缺看过月亮，在这个世界里他无数次怀念过月亮，无论是圆如银盘，还是弯若秀眉，然而他却再也没看见过。

所以他很确认这个世界真的没有月亮，甚至这个世界上的人都不知道月亮是什么东西，那为什么明字卷里会有月亮？

天书明字卷第一页里那些字句，仿佛是某种预言。

宁缺越想越觉得浑身寒冷。

所以他过了会儿，才注意到悬崖畔那个高大的背影。

就在看到那个高大背影的瞬间，一股暖流涌进宁缺的身躯，把那些惘然恐惧和不安尽数化为深春的花香叶意。

宁缺站起身来，揉了揉有些发麻的膝盖，走出崖洞来到崖畔，跪在那个高大背影身后，重重叩了个头。

现在他早已理解了夫子把自己囚进崖洞的苦心。

听到宁缺磕头的声音，夫子没有回头，看着夜穹中那些如同镶嵌在黑绒布里宝石般的繁星，忽然问道："你看懂了几句？"

宁缺沉默片刻后，把自己从日字卷上记住的那几句话复述了一遍。

"明字，日月也，明字卷讲的便是日月轮回之理，日月轮回，光暗交融……"夫子皱眉说道，"然而月究竟是何物？"

宁缺沉默不语。

夫子缓缓转身，被夜色笼罩的崖畔，身影显得格外高大。

宁缺看着老师，总觉得自己在哪里见过他。

夫子看着他，忽然说道："在松鹤楼的露台上，你说我是个可怜的老头儿。"

宁缺尴尬地笑了笑，想要解释。夫子没有让他辩解的意思，继续说道：

"在说我是可怜老头儿之前，你曾经嘲讽了我一句。

"当时你嘲笑我，我没有看过月亮。

"如此说来，你想必是见过月亮的。"

夫子看着只有满天繁星的夜空，沉默片刻后问道："那么，什么是月亮？"

宁缺根本不知道该怎么回答，声音微涩地说道："老师您都不知道月亮是什么，我又怎么可能知道？"

夫子收回望向夜穹的目光，看着他的眼睛，说道："因为世间没有无所不知的人，包括我，而你却是一个生而知之的人。"

听着这句话，冷汗瞬间从宁缺的身体里涌了出来，打湿衣背。

94

这个世界上一直都有月字，比如月轮国，比如月轮国里著名的月桂，再比如以月桂花瓣颜色而出的月白色。但这个世界里的月字一直没有具体的字意，就如同轻重清浊一般模糊指向淡淡的意味。

夫子此时问的月当然不是指颜色，因为他问的是月亮，因为这个问题，宁缺顿时紧张无措起来。按照他以往的行事风格，在这种时候肯定会想尽一切办法装傻，但这时候如果他再装就是真傻。

因为夫子已经点明，他是一个生而知之的人。

宁缺低着头，感觉着冰冷的汗水在背后流淌，渐湿衣襟，沉默很长时间后，声音微颤地说道："日月轮回，光暗相对，想来那月亮可能是和太阳相对应的一个东西，太阳出现在白天，月亮出现在黑夜。"

夫子说道："具体一些。"

宁缺看着身前不远处的山崖绝壁，星光下的流云，再次陷入了长时间的沉默，然后说道："可能是……一个悬浮在夜穹里很大的石球，因为能够反射太阳的光线，所以在夜里显得很明亮。"

他无法解释自己为什么能够形容并不存在于这个世界的月亮。

夫子看着他微微一笑，帮助他给出了一个也许并不合理，但至少可以说得通的解释："看来你在梦里看到的画面很有趣。"

听到梦这个字，宁缺抬起头来，看着站在崖畔的老师，看着夜风中轻舞的衣袂，隐约间似乎捕捉到了一些什么。

"这个设想确实很有趣。"

夫子转身望向夜穹，赞叹说道："万古长夜，总需要有些光明。"

"世间万事隐然对应，有日现于白昼，相对应地有个月亮也不错。可是如果真的有月亮，它会在哪里？如果月亮如你所说反射着太阳的光线，那么岂不是说黑夜时，太阳也在我们的世界中，只不过看不到？

"那么黑夜之时，太阳又在哪里？真像西移落山时那般，降落到了我们脚下这片大地的更下方，然后清晨时再升起？

"那岂不是说太阳在围绕着我们这个世界转动？可我们所处的世界是一片平坦开阔的大地，边缘处是无尽的深渊，为什么当年我等待了十几天，也没有看见太阳落下深渊，它只是那般突然地消失？"

夫子负手看着夜穹，自言自语说道。他并不是在对宁缺说，而是在与过往无数年间苦苦思索答案的自己进行对话。

片刻后，他望向远处原野间的长安城，皱着眉头说道："有很多地方依然不通，如果这个世界是个球，似乎便通了。"

俗世里的人们，习惯了太阳东升西落，习惯了日复一日笼罩在昊天的光辉之中，就如同看惯了街畔的早点摊，井沿上的青苔，从来不会对这些事情产生什么疑问，更不会去思考这些事物为什么会存在。

但夫子不是俗世里的人，他需要思考。

前面这番喃喃自语，世间大概没有几个人能听懂，甚至听到这些话的人，会认为夫子是个有些疯癫的老头儿。

宁缺听懂了一些，情绪有些惘然，然后便是无尽敬佩。

夫子明显没有什么天文知识，只是依照宁缺的形容简单推理，便快要触及世界的真相。只不过那个真相并不属于这个世界，而是另一个世界，却不知道那个世界并不存在于久远的过去，而是很久之后的未来。

"这片夜空我看了很多年。"夫子指着山崖上方高远而漆黑的天幕，指着彼间悬缀着的繁星点点，说道，"无论是多年前还是多年后，那些星星始终停留在它们原先的位置，没有发生过任何变化，说明大地与天空的相对位置是固定的，这种稳定充满着一种古典肃穆的永恒美感，但看的时间长了不免有些乏味。"

宁缺顺着老师的手臂望向夜空，不知道他想要表达什么。

"但从天启元年开始，夜空里的这些星星一天比一天变得黯淡起来，凡人眼中根本看不到区别，但我知道它们在变暗。"

夫子说道："其中有一次变暗的过程，被钦天监的官员看到，才有了那句夜幕遮星，国将不宁的批语。"

宁缺知道正是钦天监这句批语让大唐帝国陷入了一场纷争，间接导致数年后李渔远嫁草原。然而他今天听到老师的话，才知道原来这句批语竟然是真的，至少前半句是真的，原来夜空里的星星真的在变暗！

"哪里会是国将不宁的事。"

夫子笑了起来。

宁缺的心情略微轻松了些，没有想到夫子接着说道："如果整个人世间都进入了万古长夜，又哪里会只有大唐一国不得安宁？"

想到明字卷里那些类似于预言的语句，想到某些传说，宁缺难以控制心头的紧张和恐惧，问道："老师，难道真的有冥界入侵？"

夫子说道："天书明字卷预示了黑夜的到来，在西陵教典和佛宗古卷中也有相关的传说故事。因为这些预言和传说，无数年来有多位智者对此发思，千年前那位光明神座远赴荒原传道却开创了魔宗，佛宗诸寺枯守深山定禅不动，大概都与此有关，至于传说是不是真的，却没有人知道。"

宁缺问道："老师您也不知道？"

"我说过，世间没有无所不知的人，哪怕是生而知之的人，也只能知道梦里他曾经看到的那些事物，未曾见过，他依然不知。"

宁缺沉默不语。

夫子看着头顶的夜穹，沉默片刻后说道："这两年我和你大师兄在世间游历，中间去了一趟极北寒域，发现那处的黑夜已经明显变长了很多，热海竟然都渐趋冷凝，所以荒人才被迫撕毁千年之约冒险南归。"

宁缺听过冥界的传说。市井之间的百姓绝大多数都知道这个传说，只不过传说毕竟是传说，加上西陵神殿对这种传说向来冷漠无视，所以这个传说变得越发虚无缥缈起来。

然而夫子本身就是传说中的人物，当冥界的传说从他口中凝重说出，并且似乎隐约有了证据时，那么传说只怕便是真的。

宁缺觉得一片寒冷，湿透的衣背仿佛要结成冰。

"没有谁注意到，即便是长安城去年的冬天也比前年更冷些。当然这或许只是偶然，因为到目前为止，我依然认为冥界入侵还只是用来吓唬小孩子的故事，因为没有谁发现过冥界，我也没有。"

夫子看着宁缺略显苍白的脸，安慰说道："而且就算万古长夜来临，按照明字卷和佛宗古卷里的记载，也不可能是个很短暂的过程，必然极其漫长。或许百年，也许千年，甚至万年，和我们这些人又有什么关系呢？"

宁缺黯然说道："老师又在骗人，如果你真不相信冥界入侵的故事，又怎么会到处去找冥界，而且怎么可能需要万年时间。"

"那你告诉我，冥界究竟在哪里？"

夫子微笑看着宁缺，笑容里似乎隐藏着无比丰富的意味，问道："或者说，在你的那些梦里，冥界在世界的哪个方向？"

宁缺感受着老师的目光，想起光明大神官关于自己身世的离奇说法，衣间冰寒的汗水瞬间消失无踪。

难道自己真的是冥王之子？

难道说老师早就知道自己是冥王之子？

宁缺根本无法接受这种说法，因为他根本不知道冥王是什么，而且他很清楚地知道自己来自何处。而且如果这种说法成立，自己真是什么传说中的冥王之子，那么当年西陵神殿在长安城里掀起的那场血雨腥风，便似乎有了某种凭由，而他非常厌憎这种凭由，哪怕这种凭由没道理。

看着他焦虑不堪的神情，夫子笑了笑，说道："当世人思考的时候，昊天总是在发笑。如果真有冥界将会入侵人世间，那也是无上天道才需要考虑、有资格考虑的事情，你这个孩子又能做些什么，改变些什么？如果什么都不能做，那么你如此痛苦焦虑，又有什么意义？"

宁缺并不同意老师的这种态度，想着大师兄当年朝闻道、夕入道的画面，心想朝闻道夕死可矣，就算不能改变世界毁灭的最终结局，甚至有可能看不到这个结局，从而可以自在快乐地和桑桑一起在人世间白头到老，但只要是能够思考的人，总想知道时间的尽头是什么，为什么会发生这一切。

不过既然不想再讨论这件事情，尤其是不想再和他讨论这件事情，那么无论他再怎么发问，夫子都不肯再多说一个字。

宁缺低头沉默了很长时间，忽然抬起头来，看着夫子认真问道："那么老师，请你告诉我小师叔当年究竟是怎么死的。"

然后他补充了一句："这件事情对我有意义。"

知道这件事情对宁缺确实很有意义，因为他现在正走在小师叔当年的那条道路上，而且他想要改变这个故事的结局。

95

夫子问道："你有没有想过天道是怎样的一种存在？"

宁缺想了想，对于天道这种虚无缥缈的存在，自己还真没有什么概念。

"没有，您刚才不是说过，当世人思考的时候，昊天总是在发笑？"

"但有些时候，即便被取笑，我们依然要思考。如果婴儿迈出第一步时摔倒被人嘲笑后便不再尝试，那他必然一辈子都不会走路；如果你学书法时写的第一个字太难看便不再继续，那么你必然不可能成为现在的宁大家。"

"老师，我觉得你这时候就是在取笑我。"宁缺笑着说道。

他想起自己多年来苦苦求索能够踏上修行之路的方法，捧着《太上感应篇》茶饭不思时，也曾被渭城里的人们取笑过，而自己并没有放弃，才最终有了今天。

然后他想起自己和桑桑颠沛流离、凄苦不堪的十几年岁月，确认自己一直以来秉持的看法是正确的，那么苍天肯定没有一双始终俯瞰着人间悲欢离合的眼睛，因为命运对待世人并不公平。

所以他思考片刻后回答道："天道是很虚无的存在。"

夫子对他的回答有些满意，说道："昊天有没有生命，我们不知道，有没有具体的形态，我们不知道，昊天在哪里，我们依然不知道。但它有没有意识，师弟他以死亡为代价再一次做出了确认。"

微寒的夜风卷动了崖下的流云，挟着湿冷的水汽，一往无前地撞向绝壁，然后四处流散，渐渐漫至崖坪之上，平添几分凉意。

夫子抬头望向高远而冷漠的天穹，悠悠说道：

"如果真有天道，它俯瞰世间，大地上那些艰难求存的百姓，甚至是那些看似可以呼风唤雨的修行者，也只能是些蚂蚁一般的存在。

"如果真有天道，它根本不会对蚂蚁投予丝毫怜悯与关注，而当那些蚂蚁里有几只忽然抬起头来望向它，甚至开始生出薄如蝉翼的双翅飞向天空，试图挑战它时，它的意识和意志又怎会允许这种事情发生？

"如果真有天道，那么天道无形，更加无情。"

宁缺看着站在崖畔夜风中飘然若仙的老师，思考着这连续三句如果真有天道，沉默了很长时间后，忽然坚定地说道："但老师你不是蚂蚁。"

夫子大声笑起来，笑声中满怀壮阔之意。

这道笑声自崖畔骤然升起，直刺高远冷漠的天穹夜色，崖壁间的云海恐惧乱流，直至夫子的笑声渐远，云层才恢复了平静。

夫子站在崖畔，看着夜星乱云，沉默很长时间后，忽然感慨说道："棒子老虎鸡，可惜没有虫子。"

棒子老虎鸡是最简单的酒拳，但宁缺知道夫子当然不是此时想要饮酒，才会说出这句话。他心想这种简单甚至粗浅的形容，想必便是老师此生对昊天的认知，只不过言俗意深，他暂时还无法了解。

夫子先前的话解开了他心中某些疑惑，却又生出了一些新的疑惑。如果小师叔当年便是那只生出双翼的蚂蚁，想要飞上天穹，因为触动了天道的尊严则遭天诛而死，那他为什么要这样做？

人世间亿万蚂蚁，肯定有不止一只曾经抬起头来，向着天空望过一眼。漫长的岁月里，肯定有很多人曾经试图飞向那湛湛青天。

那些人都去了哪里？像小师叔一样壮烈地死去，还是真的如西陵教典里记载的那些羽化故事一般，回到了昊天光辉的怀抱，进入了完美的永恒？

如果说当年小师叔的境界，已经不允许他再在浊世里继续停留，那么他为什么没有选择进入永恒，而是选择对天道发起挑战？

仅仅是因为骄傲吗？

可老虎再如何凶猛骄傲，也不会无缘无故对着猎人的哨棒厉啸。

还有一个问题，夫子为什么还留在人世间？夫子把自己的翅膀收敛在什么地方？夫子难道不想去看看天道真实的模样？

他看着崖畔的夫子说道："老师，还有很多事情我想不明白。"

夫子说道："你什么时候能把第三本书完全看懂，大概也就能明白了。"

宁缺知道那必然不是短时间内能够做到的事情，沉默片刻，从今夜这番完全务虚的玄妙谈话气氛中摆脱出来，回到真实的人世间，诚恳请教道："学生如今体内的浩然气可以伪装成天地气息，只是这身体却不好遮掩，若让人的兵器落到身上，昊天道门一定能瞧出古怪。"

夫子说道："你不是让人对世间传话，说自己正在符武双修？"

宁缺有些尴尬地笑了笑，说道："武道修行，哪里能骗得过人？"

夫子微嘲说道："修行之事，只要你能打得过人，自然便能骗得过人，不要让人伤到你的身体，谁会知道你身体的古怪？"

宁缺沉默不语，心想修行者之间的战斗变化无端，凶险异常，就算自己境界增进不少，又哪里能够确保不让对方的本命剑之类接触到自己的身体？就算是道痴叶红鱼，想必也不敢夸下如此海口。

夫子看着他的眼睛，沉默片刻后说道："当年师弟离开这个崖洞后，便再没有让任何人接触到他的身体，直到他死去的那一天。"

夫子离开了崖坪，宁缺一直坐在绝壁之间，思考并且分析着夫子先前说的所有话，并且对自己被囚崖洞三个月的时光做了一次细致的梳理，把那些境界心志上的收获转化成了身体里的实际存在。

天光熹微时，桑桑回到了崖坪上，服侍他洗漱完毕，带好所有的行囊，顺着斜斜狭窄的石径，向山下走去。

一路绝壁风光依旧，石径陡峭险峻，瀑布注入云海。

顺着那道峡谷向东走不过数步，便看见了陈皮皮的身影。

然后是诸位师兄师姐。

书院二层楼弟子，今日都来欢迎小师弟出关。

唐小棠蹦蹦跳跳跑了过来，从桑桑身上解下一些行囊，瞪了宁缺一眼，然后牵着桑桑的小手，走到了前头。

大师兄看着宁缺温和一笑，说道："这些天辛苦了。"

宁缺揖手弯腰，对着师兄师姐们行礼，说道："师兄师姐辛苦了。"

众人高兴地围了过来，向他表示祝贺。

十一师兄送给他一束野花，桑桑有些不乐意。

九、十两位师兄开始弹琴吹箫，好不得意。

五、八两位师兄发现自己什么事情都做不成，总不能这时候拉着宁缺去下棋，只好不停重复着恭喜恭喜的话，就像是无趣的四劫循环。

六师兄拍打他的肩膀以示安慰，那双打惯铁的手，险些把他打到吐血；七师姐上前疼爱地掐了掐他的脸蛋，险些掐出血来。

二师兄站在远处，脸色有些难看，看着宁缺有些紧张的目光，却还是点了点头，唇角甚至挤出了一些极为罕见的笑容。

今日书院后山一片欢声笑语，四面透风的大草舍内，饭菜香气四溢，七师姐和唐小棠桑桑主厨，弄了好丰盛的筵席。

筵席既是为了欢迎小师弟宁缺终于成功破关，不用被囚禁在崖洞中悲惨老死；也是为了欢迎老师结束游历天下归来，虽然欢迎的时间晚了三个月。最重要的原因是宁缺的拜师礼，他将正式拜在夫子门下。

宁缺跪在夫子椅前，恭恭敬敬，老老实实，毫不偷奸耍滑磕了三个响头。只可惜他修行浩然气后身体太过结实，这三个响头把身前的青砖砸得露出了裂缝，额头却依然没有流血，甚至连青肿都没有，只有些灰尘。

没能趁机让老师看看自己的诚意，顺道拍拍马屁，他觉得好生遗憾。

站起身来，从三师姐手中接过一盏温茶，宁缺走到夫子身前双手奉上。夫子接过缓缓啜了一口，拜师礼便正式完成，显得非常简单。

七师姐抱着一堆衣服走了过来，说道："小师弟，选个颜色。"

宁缺微微一怔，望向师姐怀中，才发现她抱着的都是书院院服。

时逢春日，自然都是应时的春服，和前院院服相比较，二层楼学生的院服并没有什么明显的区别，只是在颜色上多了很多选择。

他望向草舍四周的师兄师姐们，注意到大家的选择似乎都很随意。三师姐依然还是那袭宽大的淡青色院服，大师兄则是穿着旧袄，根本没有穿院服，其余人的院服颜色纷杂不一，有红有灰。

七师姐看着他犹豫的神情，打趣说道："确实得慎重些，选了可就不能换了。"

宁缺下意识地望向桑桑，自从离开岷山不再做兽皮野人进入渭城之后，两个人穿什么衣服，向来由桑桑做决定。

桑桑点了点头。

宁缺明白了她的意思，说道："师姐，我要那件黑的。"

七师姐笑着说道："后山里你可是第一个挑黑色的人，小师弟果然有眼光。男要俏，一身皂，说的就是这个道理，某些笨人可是从来都不明白。"

站在夫子身后的二师兄严肃莫名。

大师兄看着正把黑色院服往身上套的宁缺，忍不住轻声一叹。

夫子轻捋胡须，看着宁缺问道："为什么要选黑的？"

宁缺在桑桑的帮助下，把斜襟布扣系上，老实回答道："黑色禁脏。"

这是真实的答案。他和桑桑根本没有想到男要俏一身皂，主仆二人更在意的是怎么少洗几次，节省些水和皂。

大师兄怔住了。

夫子捋须的手指微微一僵，笑着摇了摇头。

96

筵席散后，二师兄走到宁缺身前，说道："那名南晋剑师还在院外等你，既然此间事情已了，你什么时候出去？"

宁缺笑着说道："反正也没有人知道我从崖洞里出来，着什么急，且让他继续等着呗，我先休息玩耍两天再说。"

这话说得有些无耻，二师兄却没有动怒，只是看着他冷冷说道："你破关的消息我已经告诉了前院的教习，所以你不要想着还能拖时间。快点出去把这件事情办了，不然老让柳白的弟弟坐在书院门口，成何体统。"

宁缺心想自己好不容易才从与世隔绝的崖洞里脱身而出，才吃了一顿饭，连澡都没有洗，就要去和别人打生打死，有你这么做师兄的吗？他心中大怒，然而脸上却是丝毫怒色都没有，看着二师兄委屈说道："知道了，我马上就出去会会那厮。"

二师兄离开后，陈皮皮凑了过来，担忧说道："怎么办？你被囚崖洞这些天，那个姓柳的家伙一直在书院外等着，却也没有白等，境界实力好像比刚来时又有提升，我看你真打不过他。"

"不管那么多，我先歇会儿再说。"

宁缺看着消失在山林里的二师兄的背影，神态极为放肆，声音却压得极低，说道："现在老师回来了，难道我还怕你不成？"

陈皮皮眉开眼笑说道："就是这个道理。现如今二师兄还想像以前那般严厉管教我们这些师弟师妹，我们就找老师告状去。你不知道，老师他向来不爱理会这些琐事，通常都会保持沉默装傻，我们就可以假称老师发了话去骗大师兄，然后用大师兄去压二师兄。除了你的亲事，二师兄可从来不敢违逆大师兄。"

这番话有些车轱辘乱转的意思，宁缺沉默片刻后，看着他感慨说道："真没有想到，原来你的无耻也有我几分风采。"

陈皮皮正欲反唇相讥，忽然间敛去脸上轻佻的神情，把双手背到身后，看着宁缺云淡风轻说道："你是师弟，我不与你争执。"

宁缺微异，听到身后的脚步声，余光看见唐小棠的身影，顿时明白了一些，嘲讽地看了陈皮皮一眼，说道："出息。"

陈皮皮很没出息地不敢与他眼光对视，向着唐小棠迎了过去。

唐小棠却是根本不理会他，直接走到宁缺身前，声音清脆说道："宁……"

这个字刚一出口，小姑娘便怯怯住了嘴。

她看了看四周，发现老师余帘不在，心有余悸地拍了拍小胸脯，可爱地吐了吐小舌头，继续说道："小师叔，我要带桑桑去玩。"

清晨时分，书院后山下了一场温柔的春雨。

唐小棠要带着桑桑进山，去采那些新生的蘑菇。

宁缺望向桑桑，心想小丫头这三个月陪着自己在崖洞里苦挨，虽说偶尔能够下山逛逛，但想来也憋得不轻，揉了揉她的脑袋，说道："去吧。"

看着两个小姑娘手牵着手向山上走去，陈皮皮重新站回宁缺身畔，想象着将来的生活，感慨说道："她们两人现在提前便成了好朋友，我们是不是也应该加强一些交流沟通，以免将来婚后被收拾得太惨。"

"出息。"

宁缺看着他不屑说道："我家向来是我主事，你什么时候能够让唐小棠替你打洗脚水了，才有资格来和我讨论这些问题。"

说完这句话，他转身便向镜湖方向走去。

陈皮皮在他身后喊道："你要去做什么？小心别碰着二师兄。"

宁缺大怒，心想你故意喊这么大声音，岂不就是想着让二师兄听见？

他转过身来，看着三步外的陈皮皮大声喊道，就像是在与对面山崖里的农夫对话，嘹亮的声音在书院后山不停回荡。

"我去验货！放心吧！我不会告诉唐小棠那件事情！你听到了吗？"

陈皮皮听到了，然后痛苦了，想着二师兄三师姐甚至唐小棠本人都可能听到了宁缺这番无耻的栽赃，他便想在草丛里找个兔子洞钻进去。

这是一把样式很普通的朴刀。

暗黑色的细长刀身看上去就像是夜色下皇宫的飞檐，线条微弯而流畅，锋利的刀口上泛着寒光，设计为双手握的长柄上捆着细密的哈绒绳，单从外表看上去，仿佛就是当初三把朴刀里的任意一把。

但宁缺刚握住这把朴刀时，便知道这是一把全新的刀。

因为手掌间传来了一道与以往截然不同的感觉，这把细长朴刀竟是难以想象地沉重，和眼中所看到的体积长短完全不符。

如此细长的刀身，居然拥有如此的重量，可以想象密度高到什么程度，自然也可以推测出，会有多么的坚韧。

　　"你说要三刀合一，所以我把那三把朴刀全部都炼进了这一把刀里。"六师兄像看着孩子般看着宁缺双手捧着的朴刀，憨厚地说道，"本以为很简单，但没想到这么困难。融墨反而顺利，麻烦的是锤炼的部分。"

　　把三把朴刀合炼成一把，等于完全相同的体积里要融进三倍的金属量，宁缺心想若非千锤百炼，哪里能够做到，不由对六师兄好生感激。

　　六师兄递过一个不知是什么皮革制成的刀鞘，说道："刀身上的符线，用的就是你设计的那种，不过四师兄说，最好还是由你自己亲手刻画。"

　　宁缺对六师兄诚挚道谢，便准备动手开始刻符。有了过往制造元十三箭的经验，这种事情对于他来说并没有太多难度。

　　然而他不知想到了什么事情，沉默片刻后，把这把沉重的朴刀收进了刀鞘中，看着不解的六师兄说道："以后再说。"

　　"自己的武器当然要由自己做主。"六师兄说道，"小师弟，我只想拜托你一件事情，我对这刀真的非常满意，如果要给这把刀取名字，一定要想个好听的名字。"

　　宁缺身体微僵，想着上次大家伙一起研发符箭时的经历，想起那些银箭、穿云箭乃至元十三箭这类极不靠谱的名字，顿时理解了六师兄心头的担忧，戚戚而有同感，坚定说道："师兄放心，到时候我请老师赐名。"

　　六师兄犹豫片刻后说道："小师弟，其实……老师取名字也不怎么靠谱。"

　　师兄弟二人大眼瞪小眼，最终还是决定暂时搁置给新刀命名一事。

　　掀开匣子，宁缺看着自己请托六师兄制造的另外一样物事，高兴地说道："真没想到能这般光滑，师兄你用的什么材料？"

　　"这个小玩意的制造工艺并不困难。"六师兄说道，"请工部去寻了些黑水晶，然后做些边框，还多做了个，这里一共是三副。"

　　宁缺心想这个东西越多越好，忽然间他又想到一件事情，看了看四周，确认桑桑不在附近，凑到六师兄身前，低声说了半天。

六师兄浓眉微蹙，不解问道："透明的水晶倒是好找，哪怕要求没有一丝杂质也不困难。如果是为了防尘，为什么一定要有那般微小的弧度？研磨雕琢起来要求太高，就算用水磨功夫也不能保证。"

宁缺犹豫片刻后，说道："我有个朋友，她眼神一直不太好，看东西总有些模糊，她如果戴着这个东西，可以改善这种情况。"

六师兄微惊，心想小师弟果然是天赋其才，脑子里居然有这么多奇思妙想和智慧，连视力受损居然也能治？

就在他正准备刨根问底，弄明白为什么戴着那种曲线的透明水晶能够帮助视力受损之人时，厚重的皮门帘被人掀开，四师兄走了进来。

看着宁缺背在身后的那把刀，四师兄问道："符刻好了？"

六师兄摇了摇头。

宁缺解释说道："待会儿有件事情要做，以后再刻。"

四师兄微微蹙眉，说道："原来你知道自己还有事情要做？二师兄让你赶紧去解决问题，你还在这里待着干吗？虽然那些看热闹的人进不了后山，但一想着书院门外围满了闲杂人等，我就觉得不舒服。"

宁缺幽幽想着，只是觉得不舒服，便要把自己这个小师弟赶出书院去打生打死。你们这些当师兄的自然觉得那个南晋年轻强者只是不起眼的渣渣，但那个人是剑圣柳白的亲弟弟，你们的小师弟可真不见得能打赢啊。

他看着向沙盘处走去的四师兄，试探问道："师兄，二师兄在哪儿？"

四师兄不耐烦地挥了挥手，示意他赶紧去书院侧门完结那件事情，说道："二师兄随老师去西潭钓鱼去了。"

在西潭钓鱼，既能看风光，享受垂钓乐趣，又可以多陪陪老师，拍尽马屁，真是幸福无比。而自己却要去书院侧门打架，像钩上鱼儿般垂死挣扎。

宁缺越想越觉得不平衡，根本不愿意出后山，然而他又担心自己留在后山里会被二师兄撞见，那可是比和剑圣亲弟决斗更危险的事情。

忽然间他想到最危险的地方便是最安全的地方，便循着瀑布声音，悄悄走到二师兄的小院之外，双手攀着低矮的院墙，探头向院内望去，确认那只可怕的大白鹅不在，顿时放下心来。

拍掉手掌上的灰尘，宁缺潇洒推门而入，看着屋内那个清稚可爱的小书童，得意说道："我要洗澡睡一觉，有热水没有？"

小书童睁着大大的眼睛，神情无辜地看着他。

书院的人都知道，有一名南晋年轻强者向宁缺发起了决斗的请求，而且对方坐在书院侧门外的蒲团上，整整等了宁缺三个月的时间。

三个月里，那位南晋强者被风吹日晒，雨淋灰掩，生活可称艰难，甚至要比在崖洞里闭关的宁缺更为辛苦。宁缺明知现在的情况，破关而出后却没有第一时间去应战，居然还有闲情洗澡睡觉？

97

洗完澡，宁缺真的就在二师兄的小院里美美地睡了一觉。待他醒来时，太阳已然过了中天，向西方缓慢移去，照耀着庭院。

换好崭新的黑色院服，请小书童帮忙梳头，宁缺看着铜镜里的自己，很是满意，心想果然随便来个人都比桑桑梳得要好。

向小书童道过谢，宁缺便离开了小院。

虽然他真的不想和那个剑圣柳白的弟弟打上一场，但他更清楚，对方在书院外坐等三月，绝对不会中途撤走。自己总不可能一辈子就躲在书院里不出去，终究是要打的，那么晚打不如早打。

而在崖洞里闭关三个月，破洞而出得闻春风，得见野花，他此时无论身体还是精神状态，都处于最饱满完美的时刻。

甚至隐隐约约和在荒原大明湖畔破境后的感觉有些相似。

南晋剑圣柳白之弟与书院十三先生宁缺的决斗，因为等待的时间太长，有足够发酵的时间，所以较诸宁缺与观海僧人一战、与道石之战要轰动很多，吸引了世间所有修行者甚至是很多俗世百姓的目光。

书院后山的师兄们虽然急着让宁缺把这件事情处理完毕，却对这件事情本身没有任何兴趣。各自痴各种痴的人们，早已超脱了胜负的执念，根本不关心宁缺究竟能不能战胜那名年轻强者，至于宁缺可能会受伤，甚至会死……

这个世界上还没有敢在书院门口杀死夫子亲传弟子的人，别说那名南晋年轻强者是剑圣柳白的亲弟弟，就算是当世第一强者剑圣柳白自己，也不敢做出这样的事情，因为书院有夫子。

所以当宁缺洗浴静思完毕，身着黑色院服，于春风间飘然而赴前院，心中生出风萧萧兮之感时，根本没有人来送他。

当然桑桑会跟着他。

唐小棠跟着桑桑。

陈皮皮跟着唐小棠。

走到后山崖坪边缘草甸时，宁缺忽然停下了脚步，向草甸下方那条溪望去。

二师兄养的大白鹅此时正在溪边。今天它没有喂鱼，而是高昂着头，在草甸里骄傲地行走。

大黑马垂头丧气地跟在大白鹅的身后，不敢落后一步，不敢超前一步。

小雪狼则是畏缩地跟在大黑马身后，小心翼翼地保持步伐与前面两个家伙一致。

大白鹅走得很是认真，走到草甸尽头，便再次折回，行走的线路，是一条笔直的线条，没有丝毫偏差。

回头时，它看到了大黑马垂头丧气的模样，愤怒地叫了两声，声音很严厉。

大黑马顿时像是看到了宁缺一般，恐惧得连忙抬起头来，扮演出高傲优雅的模样，它又想讨好大白鹅，咧着厚唇皮，所以显得格外滑稽。

站在草甸上方的四人怔怔看着这一幕画面。

唐小棠看了宁缺一眼，嘲笑说道："小师叔养的这马，倒真和小师叔你的性情有些像，胆小如鼠又溜须拍马。"

宁缺看着黑马那副模样，便觉得极为丢脸，此时被唐小棠一说，越发羞恼，说道："师侄养的小雪狼倒是精神，尾巴却怎么总耷拉着？"

唐小棠耻笑道："总比某人让对手在书院外晒太阳枯等，自己却是偷偷洗澡睡觉养足精神好，小师叔真够阴险的。"

宁缺说道："好说好说。"

陈皮皮本想替宁缺解释两句，但看着唐小棠清稚的眉眼，便不知为何心头一虚，说道："是啊，师弟此举有些过于阴险。"

桑桑看着草甸下说道："那只大白鹅真神气，感觉像是操练军队，这么说起来，它岂不是后山里的将军？"

"将军再骄傲得意也没有用，因为他操练军队总是要给皇帝陛下看的。"宁缺看着溪畔草丛里屈着前膝闭目养神的老黄牛说道。

果不其然，大白鹅带领着大黑马和小雪狼完成了四次来回队列前进，来到了老黄牛身前不远处，恭敬地低下了自己高傲的头颅。

老黄牛缓缓睁开眼睛，看了它一眼，轻轻上下摇晃了一下牛首，然后似乎觉得这件事情太无聊，转过身去嚼了口草，然后继续养神。

宁缺看着那头把青草嚼成末，却不吞进腹中，反而厌恶地吐出来的老黄牛，看着老老实实站在它身后的三个家伙，若有所思。

这里是神奇的书院后山，后山的兽都这般骄傲，那么自己作为后山的人，理所当然应该更骄傲。那么，便去证明自己的骄傲吧。

书院侧门很偏僻，平日里向来幽静，除了后山里的人们偶尔会从此间进出之外罕有人至。但随着南晋强者柳亦青向书院递交了挑战书，并且在侧门外的蒲团上坐下后，侧门附近顿时变得热闹起来，书院前院学生以及长安城纷至沓来看热闹的百姓，仿佛要把这里变成一处风景名胜。

尤其是今天，侧门外围拢了逾千民众，如果不是朝廷反应神速，派出羽林军前来维持秩序，只怕清幽草林早就被兴奋的人群踩到稀烂。

普通世人很少能够见到修行者，更何况是修行者打架。长安城因为强者云集，所以城中的百姓在这方面的见识稍微多一些，但像这种可以近距离观看的机会却依然是极为罕有。

有人挑战书院一事已经传了三个月，所有人都知道这场决斗的地点，甚至很多长安百姓已经来看过那名坐在书院门口的南晋人。今天当被挑战的书院十三先生破关出洞的消息传到长安城后，无数人都过来看热闹。

毫无疑问，这是一场大热闹。

不远处山坡上有条青石铺成的官道，道畔密集停着数十辆马车，想来长安城里有些府上的小姐，也无法禁受这场热闹的诱惑，来到了此间。

数十辆马车中，更多的当然还是那些尊贵之人。他们不可能像普通百姓一样拼命向前挤，更不可能像有些百姓那般不顾身份冒着风险爬上杨树，而且越爬越高，只为寻找到一个最佳的观看位置。

这些身份尊贵的人里面包括大唐帝国的相关官员，还有军方的几位将领，自然少不了那些闻风而至的各宗派修行者。

南晋使臣和几名剑阁弟子沉默地站在自己的马车旁边。

大唐天枢处几位官员微笑着站在离他们不远的地方。

昊天南门观道人何明池，腋下夹着那把黄油纸伞，静静站在一辆马车旁。

那辆马车黑色中绣着繁复的金纹，看上去威严美丽。在如此拥挤的官道上，这辆马车四周却是空空荡荡的，那是所有人对这辆马车表示出的尊重。

这辆马车属于西陵神殿使团。

天谕大神官不在车中，书院二层楼学生和柳白亲弟之间的决斗，还远远不足以让这位大人物屈尊出现。车中坐着位须容皆白，容貌却很年轻的男子。

西陵神殿天谕司司座程立雪。

程立雪在神殿中的位置甚至要隐隐高过隆庆皇子一筹，与赴荒原之前的道痴叶红鱼可以并排而坐，也是位极重要的大人物。轻轻掀起窗帘，程立雪看着静立在窗畔的何明池，略一犹豫后，微笑说道："何师兄为何不上来坐？"

何明池笑了笑，说道："习惯了站着。"

程立雪沉默片刻后，举目望向山坡下方的书院侧门，望向坐在蒲团上的柳亦青，发现在无数双目光注视下，被无数议论声包围，这位来自南晋的年轻强者依然保持着心境的清明。

从清晨传出宁缺破关将要赴约的消息，到现在已经过去了整整半日，那个早就应该出现的人却始终没有出现，四周围观的长安城百姓都已经等到百无聊赖，有些人甚至已经离开。然而柳亦青的脸上却没有任何焦躁的神情，身体的姿势甚至连衣袂都没有任何改变，这一点非常可怕。

程立雪看着他微微动容，忽然开口问道："何师兄，你说宁缺会出来吗？"

何明池笑了笑，说道："宁缺是最不像夫子弟子的一个人，所以我也说不准。"

程立雪想着在荒原王庭上的那次相遇，也忍不住笑了起来，说道："那确实是个极有趣的人，不过我想他应该马上就要到了。"

不是就要到了，而是已经到了。

书院侧门被人从里面缓缓推开，一道黑色的身影出现在世人眼前。

一片欢呼。

98

裁剪得当的黑色书院院服在暖意十足的春风中轻轻摇摆，黑发紧束然后结了个极为简洁干练的髻，脸颊微瘦较以前清俊些许，宁缺出现在众人眼前时，便是这样的形象，显得格外神清气爽。

观战的人群中自然有很多书院前院的学生，褚由贤等人更是与宁缺相当熟稔，所以看到宁缺时忍不住高声喝彩起来。被这些书院学生的气氛所感染，民众变得更加兴奋，甚至有人开始吹口哨。

钟大俊站在拥挤的人群里，看着远处石阶上那个黑衣飘飘的青年，想起两年前初入书院时的那些画面，眼眸里闪过一丝怨毒和嫉妒，然后那些情绪尽数化作惘然和落寞。如今他与宁缺早已经是两个世界的人，就算他是阳关大族子弟，却再也无法抓住对方的衣袂一角，更何况是要报复对方。

喝彩与欢呼声被春风送至山坡官道畔的数十辆马车中，那些怀春的长安官家小姐急切地掀开了窗帘，脸上满是希冀和崇拜的神情，而包括神殿天谕司司座程立雪在内的很多人脸色变得凝重起来。

为了观看这场战斗，世间各大修行宗派都来了人，除了月轮国白塔寺的苦行僧，因为他们已经被唐帝的一道旨意尽数驱出了国境。

这些修行宗派的人们，对那位本来籍籍无名，却忽然间赢得极大名声的柳亦青很感兴趣，想要知道剑圣柳白的弟弟，究竟拥有怎样的境界实力，但他们真正想看的，还是稍后宁缺在这场战斗中的表现。

书院乃是唯一与尘世相通的不可知之地，与西陵神殿遥相抗衡。在隐约了解其余不可知之地的那些人心中，书院的真实顶尖力量，甚至要比西陵神殿更加可怕，然而问题在于，书院二层楼里的人们究竟有多强大？

世人皆知夫子很高，却不知究竟有多高，有极少数曾经与书院大先生或二先生照过面，事后均自感慨不已，却未曾有半分细节流露。

数十年来，书院中人竟再也没有在世间展露过自己的锋芒。之所以如此，是因为轲先生之后，书院再无入世之人。

直到宁缺的出现。

轲先生从人世间消失之后，西陵神殿严禁任何人提及他的名字和事迹，但这位当年的世间第一强者在世间留下了太多伤痕和震撼回忆，所以世间各修行宗派，都想确认宁缺的实力以及心境。

宁缺与烂柯寺观海僧人一战，在南门观道殿之内，世人只知其时光明大作，却不知内里详情。

宁缺与月轮国道石之战，更加震撼了各修行宗派，因为当时在街畔以念为战，他竟战胜了来自不可知之地的佛宗高僧。要知道佛宗大德苦修精神，无论禅念还是心志，都是修行界中最强大的那类人。

晨街之战的最后，宁缺直接砍掉了道石的头颅，这个事实则让诸修行宗派震撼之余，生出了一些很不好的联想。

佛挡杀佛，神挡杀神？

当年轲先生似乎便是这样一路杀将过来，杀出了书院的赫赫大名，杀得直到今日依然无人敢对书院有丝毫不敬。哪怕传说中这位强者遭天诛而死，可是即便连西陵神殿也不敢明着对其进行任何指责。

众人远离宗门来到书院，便是想要通过这次难得的机会亲眼确认书院二层楼的真正实力，而为了避免人世间再出现一位轲先生，他们更想看到书院的失败。

书院史上最弱天下行走的称谓从西陵神殿道痴之口传出，早已传遍了整个修行界。就算宁缺入世后连续获得了两场胜利，就算他曾经击败过隆庆皇子，所有人依然坚定地认为，这几场胜利都有问题。

先前看着柳亦青静坐蒲团，仿佛与尘世相离的画面，观战诸人好生赞叹，都认为不愧是剑圣柳白之弟，如此年轻便已经在洞玄上境浸淫多年，竟隐隐然有了破境的征兆。如此境界要战胜宁缺，想必是手到擒来之事。

然而此时看到站在石阶上的宁缺，感觉到他身上疏旷随意的气息，联想到他入洞闭关悟道的传闻，又不禁觉得自己似乎低估了他的实力。

程立雪轻抚头顶银白如雪的发丝，静静看着山坡下的书院侧门，忽然开口问道："何师兄，你觉得谁会获胜？"

何明池微笑说道："当然是宁缺。"

程立雪诧异道："为何如此笃定。"

何明池说道："因为他是夫子的学生。"

程立雪骤然明悟，为自己先前的判断而感到有些好笑，说道："那确实。"

宁缺站在石阶上，看着远处那些兴奋的前院同窗，笑了起来，向他们挥了挥手，然后望向侧门旁坐在蒲团上的那个男子。

那个男子很年轻，坐在蒲团上却像是一株根深千尺的老树，给人一种无论外界的山风再如何强劲，都无法让他撼动一分的感觉。

宁缺知道这名男子便是自南晋而来、为了挑战自己而在书院门外静坐三个月的柳亦青，他还知道这名男子便是剑圣柳白的亲弟弟。

羽林军拉了几根极长的绳索，把观战的民众都拦到了绳外，在书院侧门前辟出一大片空地，那片空地便在石阶之下。

空地很大，宁缺和柳亦青却隔得很近。

柳亦青站起身来，静静看着他。

片刻后，他脚下那张陪了他三个月的蒲团片片碎裂。

在书院门外坐了整整三个月，没有崖洞遮蔽，被风吹雨淋日晒，这位年轻强者的模样不免有些狼狈。头发纠结在一处，衣服上尽是灰尘，露在袖外的双手指甲里满是黑色的泥垢，根本不像是握剑的手。

尤其是和刚洗完澡，换了一身新衣服，显得格外干净清爽的宁缺相比，柳亦青更像是个乞丐。然而他脸上的神情却很平静，仿佛他身上的衣服没有丝毫灰尘，比宁缺身上的黑色院服更加干净。

柳亦青看着宁缺，眼眸明亮至极。

他确实很疲惫，很憔悴。

但他这把剑，在书院侧门外的凄风苦雨中整整洗了三个月，洗得无比明亮。

他等了宁缺整整三个月，今天终于等到了对方的出现。

这把洗至明亮如春水的剑，恰好拥有了最磅礴的剑意。

"宁缺？"柳亦青问道。

宁缺点了点头。

柳亦青忽然笑了起来。随着他的笑意自唇角泛起，他脚下的蒲团碎片飘离地面。

地上的尘土无风而动，却没有丝毫上扬，如同滚动一般向着四面散去，形成了一幕极为奇异的画面。那些尘土像蛇般越滚越远，渐要离开这片空地，绳后那些观战的民众看着向自己扑来的尘土，下意识地便要往后退，却哪里能挤得出去。就在他们暗道糟糕的时候，那些尘土却骤然在绳前静止。

形成一道浅浅的土垄。

垄内垄外，两个世界。

垄内是战斗的世界，不容打扰。

书院侧门四周响起一片诧异的惊呼，然后陷入死寂一般的安静中。

官道侧那数十辆马车，也被死寂的气氛所笼罩。

马车里的官家小姐们吃惊地紧紧掩住了唇。

马车里的各宗派修行者们，沉默地看着柳亦青，不知该做如何反应。

他们想到剑圣柳白之所以敢让自己的亲弟弟前来挑战书院，那么此人肯定境界高妙，实力强悍。而且先前他们已经确认了柳亦青确实足够强大，但他们却没有想到这个人竟强大到了这种层次。

念力随笑意而动，便能将场间所有尘埃驱散，而且做得是如此完美，这看似奇异的画面，需要对天地元气无比细腻的操控。

大唐天枢处的官员们沉默地看着书院侧门，脸上的神情忧心忡忡，在柳亦青展露境界之后，所有人都不再看好宁缺。

程立雪看着那处，也陷入了沉默。

和别的修行宗派不同，领袖天下的西陵神殿，在很多年前便已经有了柳亦青的资料，因为他是剑圣柳白的弟弟。

在柳亦青声名不显之时，西陵神殿已经知道此人是个极为罕见的剑道天才，把他列入了重点观察的名单之中。

此时看着柳亦青所展露出来的境界，程立雪发现此人比神殿所了解的更加强大，一抹忧色渐渐浮上他的眉宇。

西陵神殿当然不希望书院又出现一个轲先生似的人物，但同时他们也不希望南晋剑阁再出一位世间第一强者剑圣柳白。

柳白是神殿首席客卿，南晋也是神殿在俗世里最大的力量。但如果南晋剑阁的实力随着柳亦青的成长变得更加强大，那么神殿对剑阁的影响力便会相对变得更加弱小，万一将来主客易位，神殿如何自安？

"原来你竟是剑圣大人藏了多年的一把宝剑。"程立雪看着远处的柳亦青，声音微涩地说道，"如此看来，就算宁缺是夫子的亲传弟子，今日也不可能是你的对手了。"

书院侧门。

柳亦青看着宁缺，说道："你终于来了。"

他说话的语气很平静，但声音的最深处，却是毫不遮掩流露出骄傲和自信的情绪。因为今日他将战胜夫子的亲传弟子，那么即便是在书院之前，他也终于应该拥有一份属于自己的骄傲和自信。

但宁缺向来不是一个按常理出牌的人，为了赢得战斗的胜利，他可以做任何事情，就算不冒险换牌，他也可以选择不看对方的牌。

宁缺没有与柳亦青明亮如剑的眼光对视。

他看着纤尘不染，干净得仿佛可以鉴人的青砖地面，诚恳赞叹道："你这扫地的本事，只怕与你兄长一样，都是世间最强的。"

99

柳亦青怔了怔，却没有因为宁缺这句话而暴跳如雷，眼中反而流露出果然如此的神色，淡然解释道："这些天我一直在蒲团上静坐，虽非有意，但总是影响了书院打扫清洁，所以我才会尝试着自己做。不过手熟耳，不值得佩服。"

宁缺没有想到对方竟然没有动怒，诧异之余自然生出警惕，但神态言语上却是没有丝毫展现，笑着说道："我比较习惯用扫帚。"

柳亦青微嘲一笑，心想果然又要开始先斗一番嘴吗？看来宁缺果然如传言中那样，从来不会错过任何扰乱对方心绪的机会。

然而就在他准备回话的时候，宁缺忽然敛了脸上的笑容，左手轻掸院服前襟，右手摆在身前空中，看着他平静专注地说道："请。"

他摆出的这个姿势很有气势，而且脸上的平静专注神情，配上那个简洁到了极致的请字，顿时惹来围观民众的一片喝彩。

陡然而至的气氛变化，让柳亦青微微眯起了眼睛。

按照修行界对书院十三先生宁缺的形容，这是一个心性狠辣、对敌决然，但却习惯用废话以及孩子般的斗嘴的人。西陵神殿裁决司曾经得出过这样的评价：所有的废话斗嘴幼稚冲动，都是宁缺的障眼法，是他用来扰乱对手心境的手段。

柳亦青对宁缺的性情自认有非常深入的研判，所以先前当宁缺说出那句足以令很多人心神大乱甚至吐血的嘲讽语句时，他可以平静以待，他甚至已经做好了要在众目睽睽之下与此人说很长时间话的准备。

然而他却没有想到，对方今天竟是如此地直接而且简单。

莫非对方在崖洞里闭关苦修三个月，真有某种奇遇造化？

柳亦青警惕地看了一眼宁缺，转身向洁净无尘的青砖地面中间走去，随着脚步踏出，情绪逐渐回复最初绝对的冷静。

宁缺也走到了场间，安安静静等着。

所有人注视的目光随着二人的行走，从书院侧门处转移到了青砖地上。趁着无人注意到自己，桑桑从侧门里走了出来。大概是因为唐小棠的魔宗身份，陈皮皮和她并没有出现。

柳亦青举起左手，满是泥垢的修长手掌间握着一把样式普通的青钢剑。他举剑望向宁缺，毫无情绪地说道："我知道你最强大的武器是箭，我还是用剑。"

桑桑站在场边青树下，听着这句话，解下了身后沉重的行囊，把大黑伞放到一边，找出黝黑的铁箭匣，准备宁缺说话，便把箭匣送过去。

宁缺没有说话。

他看着柳亦青握在左手里的那把普通青钢剑，眉头缓缓挑了起来。

因为他认得这把剑。

两年前从渭城来到长安城，他和桑桑在临四十七巷租了个铺面，开起了老笔斋，当时老笔斋的生意很冷清，所以他清楚地记得，老笔斋的第一个客人是谁。

那天长安城在下雨。老笔斋外的檐下，有个中年男子在避雨。那个男子穿着一身磊落青衫，眉眼清俊洒脱，笑起来时能照亮晦暗的雨天。

那个中年男子是铺面的东家，腰间习惯系着把剑。

那个中年男子有一个非常嚣张的姓，有一个非常温柔的名。

他姓朝，大唐朝的朝。

他叫朝小树。

宁缺和朝小树见面的次数并不多，但他记得朝小树这个人，而且想来一辈子都不会忘记。

他也认得朝小树身上那把看似普通的青钢剑。

但那把剑，今天却被南晋强者柳亦青握在手里，伸进春风中。

这里并不是春风亭。

宁缺看着那把剑，沉默片刻后说道："我今天不用箭，我用刀。"

他没有问柳亦青这把剑的来历，但柳亦青主动提起了这把剑。

"你认得这把剑？"

宁缺点头说道："这是春风亭老朝的佩剑。"

柳亦青看着他平静说道："你难道不想知道为什么这把剑会在我手中？"

宁缺想了想后，很老实地说道："想。"

柳亦青似乎对他的回答很满意，说道："春风亭老朝……真是一个很有味道的名字，两年前春天的那个雨夜，我想当时春风亭的味道应该都是血腥味，你们可能都忘了自己曾经杀死过一名南晋剑师。"

宁缺沉默地回忆那个雨夜里的画面，虽然那夜朝小树和他杀死的人太多，但那名强大的南晋剑师却不是那么容易忘记。

他喃喃说道："原来那人……是南晋剑阁的弟子。"

柳亦青面无表情地说道："那是家兄的亲传弟子，却惨死在你们二人的联手之下，这件事情总需要有个交代。朝小树败给了我，所以他的剑现在在我手中，但是还差一个你，所以我在书院门口等了你三个月。"

从看到那把剑后，宁缺的眉毛一直微微挑着，哪怕老实答话的时候，也没有落下来。然而这时候听到柳亦青说朝小树败在他手中，他的眉毛忽然落下，神情平静到了极点，甚至让人觉得有些寒冷。

柳亦青说道："你想不想知道朝小树现在在哪里？"

宁缺的语气依然很老实："想。"

柳亦青看着他寒声说道："那就拿出你的真实实力，与我一战。这一战无论胜负，我都会告诉你你想知道的事情。"

宁缺忽然笑了起来，思考片刻后，转身向场边青树下的桑桑走去。

柳亦青以为他是要去取传闻中那把恐怖的铁弓，骄傲地微笑起来。

宁缺走到桑桑身前，却没有动作。

他不是来取元十三箭，而是准备取六师兄刚刚替他做好的另外一样物事。因为先前那刻，他准备杀死这个叫柳亦青的南晋剑客。

但走到桑桑身前时，他忽然改变了主意。因为有时候活着应该比死了更难受。

所以他从桑桑身边又走回场间。

柳亦青看着双手空空的他，微微皱眉说道："我要看到你真实的境界。"

"我说过我今天不用箭，只用刀。"

宁缺把右手伸至空中，看着他平静说道："因为你不配。"

柳亦青依然没有动怒，漠然问道："那究竟谁才配呢？"

"我的铁弓射过隆庆皇子，射过道痴，你不如这两个人，所以你不配。"

说完这句话，宁缺深深地吸了一口气，虎口一紧，右手握住身后斜斜指向青天的刀柄，缓缓拔出那把黑亮无痕的细长朴刀。

他的动作很寻常，很随意，却坚定得不容任何人打断。

就像两年前那个雨夜，穿着青衫的中年男子在他身前纵剑杀敌，近身毫无防御，毫不犹豫地把生命交付给他时，他所做的那样。

柳亦青清楚地察觉到了宁缺身上气息的变化。

他的情绪却没有任何变化，满是污垢灰尘的衣衫随春风而飘，整个人就像是一把被春水洗至无比明亮的剑。他最尊敬的兄长曾经告诉过他，无论面对怎样的敌人，无论敌人发生怎样的变化，你所需要做的事情，只是把剑抽出鞘来，然后刺进对方的身体。

所以柳亦青平静地抽出鞘中青钢剑，然后直直向着宁缺的身体刺了过去。

直刺，如棍，如凝在时间里不再摇摆的柳。没有什么剑意纵横，也没有飞剑呼啸破空。

这是最简单的一剑。

却是最强大的一剑。

南晋剑阁，与世间所有修剑宗派都不同，修行的不是驭剑之术。

剑阁出来的弟子，从来都不会用念力操控天地元气，再用天地元气去操控本命剑。

剑阁弟子只信任自己握剑的手，他们最强大的剑术，便是手中剑。剑在手中，根本不需要靠天地元气操控，直接便能凝剑周的天地元气。

这便是世间第一强者剑圣柳白的剑道。

剑在手中，挥之便是一道大河。

身前一尺无敌，便万里无敌。

过往岁月在老家私塾里的孤单，来到剑阁后所受到的冷眼，在书院门前静坐三个月的所思所得，包括那些唐人嘲讽轻蔑的目光，那些令他愤怒却隐而不发的议论声，以及内心最深处的骄傲，全都融化在这一剑里。

如此简单的一剑，倾注了柳亦青毕生的境界修为，剑锋之前的空气骤然坍缩，向四周避开，出现一道绝对的真空。

空中飘舞的几片青叶，根本无法落到洁净无尘的青砖地面上，便化为粉末。

书院侧门外的天地元气剧烈地震荡，向着他手中的剑身凝聚灌注，然后再自剑锋渗出，隐然成一道风雷，呼啸作响。

瞬息之间，柳亦青掠过二人之间的距离。

剑尖挟着风雷，直接轰向宁缺的面门。

100

柳亦青剑尖的风雷，震惊了所有观战的人。人们的惊呼声还在咽喉间酝酿，场间一片死寂。

如此简单的一剑，怎会凝聚如此强大的威力？

包括各修行宗派在内，今日在书院侧门观战的人中，能够真正看懂这简单一剑的人，只有西陵神殿天谕司司座大人程立雪。也只有他一个人在柳亦青刚刚刺出剑时，便已经察觉到了这一剑的恐怖之处，右手扶上窗棂，沉默无言。

这简单的一剑其实并不简单，有着最饱满甚至完美的精神意志，带着春天百日的等待隐忍，最后竟隐隐然有了柳白的剑意！

简单，所以强大。

世间任何事情都是这样的，昊天神辉也是如此。

程立雪单手扶着窗棂，感受到书院侧门处传来的凛冽剑意，心想如果面对这记简单一剑的是自己，自己肯定接不下来，只能飘然疾退，退至退无可退之处，以绝境压榨不可能中的可能。

就算隆庆皇子还活着，面对如此简单而又强大的剑意，面对着剑尖那记风雷，他也只能选择暂避其锋，冒险以受伤的代价觅最后的生机和杀机。

如果在柳亦青剑前的是道痴……她能挡下来吗？

程立雪想到西陵传来的消息，默默在心中补充了一句，当然是去荒原之前的道痴。

紧接着，他在心中否定了自己的想法。如果是去荒原之前的道痴，她绝对不会挡这记简单一剑，而是会面无表情地决然抢攻。在她自己被剑刺死之前，握剑的人必然会先死。

所以她不会死。

她可以应对柳亦青的这记剑。

风雷扑面而来，其间隐着森森剑意。

面对着如此凶险的局面，威力如此恐怖的一剑，宁缺选择闭上了眼睛。

在这种时刻闭上眼睛，往往只有一个解释，那就是想自杀。

宁缺不想自杀，所以在闭眼的同时，他一刀向身前砍了过去。

他知道以自己现在的境界修为，肯定无法接下这道剑，所以他根本没有想过要接，也没有像叶红鱼可能会做的那般抢攻，而是对攻。

他挥刀砍下的动作很简单，比柳亦青的剑刺更简单，更原始。

宁缺感受着刀柄传来的沉甸甸的分量、刀锋破开空气回震的细微触觉，一种很久不见的坚定可靠感觉回到了自己的身体里。

448

他已经很久没有砍柴了，非常怀念。

今日再次砍柴，虽然闭着双眼，他的动作还是那般地纯熟。

纯熟到让人看着觉得很自然。

自然到让人看着觉得很舒服。

只有刀锋所向的柳亦青，觉得非常不舒服，甚至难受。

宁缺一刀砍出，动作自然向前。随着一甩腕，体内磅礴的浩然气顺着刀柄疯狂地向刀身里涌入，哪怕是皇宫里的宝刀，骤然注入这么多浩然气，也会瞬间分崩离析成无数金属碎片。

但这把被六师兄千锤百炼，硬生生融进三把朴刀分量的新刀，却极为强悍地支撑住了。细长的刀身以肉眼根本无法看清的恐怖速度颤抖起来，似乎随时可能会断裂，又仿佛永远都会沉默地承受一切。

一声嗡鸣！

先前柳亦青展露境界之后，青砖地面看似纤尘不染，但此时青砖缝间那些最细碎的灰尘数被宁缺的刀势震了出来，向四周漫射！

观战的长安城民众根本看不出来场间到底发生了什么，他们眼中的画面，还停留在柳亦青风雷一剑将要刺到宁缺面门，而宁缺手中的那把刀砍将出去，却依然只是空中一把普通寻常的刀。

只有境界高深的修行者才能清晰地感觉到，有一道磅礴的天地气息正围绕着宁缺手中那把朴刀不停飞舞。这道天地气息的数量和精纯度，甚至要比柳亦青风雷一剑所吸附的天地元气，更加恐怖！

程立雪右手也扶上了窗棂，身体紧绷，面露震惊之色。

站在车畔的何明池霍然抬头，右手握住了车轮。

空中那些被柳亦青剑意碾成粉末的青叶，触着刀风便化作无形。

远处石阶畔裂缝里瑟瑟探首的一朵野花刹那间消解。

宁缺的刀和柳亦青的剑终于相遇。

刀势磅礴，压制得柳亦青剑尖上的那道风雷不停摇晃颤抖难安，仿佛就像是劲风之中的残烛，随时可能熄灭。

柳亦青震惊。

他没有想到宁缺明明是书院二层楼最弱的一人，甚至被道痴点评为书院之耻，为什么此时却展现出来了如此强大的修为实力。但他不准备退避，不准备停下剑势，手中剑依然一往无前。

因为他在书院侧门静坐思考了整整三个月，他对这场决斗中可能会发生的状态，包括宁缺苦修破关之后境界暴涨，都做了最充分的准备。他坚信在宁缺的刀和自己手中的剑相遇时，肯定会有丝毫凝滞。

因为只要是人，就一定会思考。

只要思考，宁缺便会从自己手中这把剑想起朝小树。

朝小树的剑为什么会在自己手上？朝小树真的败给了自己？朝小树是活着还是死了？

如果朝小树活着，宁缺你这一刀还砍得下来吗？

你就不担心砍下这一刀，朝小树会跟着我陪葬？

你以为你闭上眼睛不看这把剑，就可以让自己停止思考？柳亦青冷漠想着。

他坚信宁缺会思考，那么就算宁缺拥有非人类的意志力，能够保证挥刀的动作没有任何停滞，但他的心境肯定会出现一处缺口。

强者相争，争的是胜负，而胜负往往只在一念之间。

柳亦青知道自己能抓住宁缺心境上的缺口，为此他已经准备了很久。

然而宁缺的动作没有丝毫停顿。

他闭着眼睛，一刀向身前砍下，砍得是那般决绝而狠辣。

他闭上眼睛的原因，不是不想看见朝小树的剑。他根本没有去想这是谁的剑，根本没有想朝小树可能死了，可能被关在剑阁里生不如死，如果自己一刀砍下，朝小树可能真的死了。

他什么都没有想，他只是想砍下手中的刀。

宁缺手中的朴刀骤然间变得明亮起来！

无数道金色的光线从暗沉的刀身上喷薄而出，如一轮太阳跃出云海，又像是暮色中正在燃烧的云彩。

刀身喷射出的金色光线被宁缺的念力束成一蓬，没有向四周播撒，而是化成一蓬火苗，直接击打到柳亦青的脸上。

程立雪扶着窗棂的双手骤然一紧，在车中站起身来。咔嚓两声，窗棂粉碎，马车车厢壁被他撞破一个大洞。

站在车旁的何明池根本没有注意到身后的动静，握住车轮的右手因为紧张而用力，指节深深陷入车轮之中，木屑四处喷飞。

二人震惊地看着书院侧门处，不可思议地喊道："神术！"

书院侧门前的青砖地面上，响起一道凄厉的惨叫。

宁缺刀身上的万道光耀如流火般击打在柳亦青的脸上，那些纯正的昊天神辉映入他的眼帘，然后刺入他的识海，令他一阵剧痛。

然后他的双眼传来真实的剧痛，任何光线瞬间消失，世界变得一片黑暗，他再如何剑心坚定，也不由心神涣散，剑势顿乱。

宁缺手中的朴刀，砍在了柳亦青的剑上。

刀势浩然。

柳亦青剑尖上的风雷，顿时如灰飞，如烟灭。

仿佛正在燃烧的朴刀，继续砍下。

柳亦青手中的剑直接变成无数碎片。

刀势依然在继续。

宁缺闭眼出刀，他只知道柳亦青原先的位置，所以朴刀落下时，没有砍中柳亦青惨呼退后的身躯，而是砍在了青砖地面上。但只要砍下来，那便够了。

燃烧的朴刀重重地砍在地面上，溅起无数道火星。刀身上的昊天神辉更是骤然间爆开，化作一道恐怖至极的天地气息，隔空击打到柳亦青的身上！

狂风大作。

在这道浩然至极的天地气息里，柳亦青的身躯就像是飓风之中的沙袋，轻飘飘地斜斜飞起，重重落到坚硬的地面上，狼狈不堪地连续翻滚了十几圈，直到撞到山坡下的一棵桃树上才停下。

只听得咔嚓一声响，不知道是桃树断了还是他的骨头断了。

柳亦青用颤抖的右手扶着桃树，艰难地站了起来。

他此时衣衫破裂，身上鲜血直流，染着尘埃，惨不忍睹，已经开了些时日的桃花簌簌如雨落下，撒在他的身上，比血的颜色还要更浓三分。

最恐怖的是，他的双眼看着完好如初，甚至还带着刚开始时的凛冽剑意，然而看他茫然左顾右盼的神情，竟是不能视物！

片刻后，柳亦青终于从浑噩的精神状态中醒了过来。唯其清醒，便开始恐惧，因为恐惧至极，便开始疯狂。

他两眼无神望着天空，手里紧紧握着残余的剑柄，像握着最后的救命稻草，对着四周不停疯狂地挥舞，声嘶力竭吼道："你怎么会用神术！谁教你的神术！"

101

书院侧门外一片死寂。

无论是青砖地外，还是官道旁的车辆间，都没有任何声音。只有柳亦青一声凄厉过一声的惨吼，在不停回荡。

各宗派的修行者震惊无语。谁也没有想到，这场战斗开始得如此简单，结束得如此狂暴。结局时柳亦青惨飞出去的画面，就在他们眼前发生了。

难道这就是这些日子传得沸沸扬扬的符武合一？难道宁缺在书院闭关真的是在符武双修，而且获得了成功？

官道畔的修行者们震惊地思考着。

侧门外的观战民众则是根本没有想什么。他们看都看不懂先前这场修行强者之间的战斗，不过在普通唐人的心中，书院二层楼的学生都是近乎神仙一般的人物，战胜那个南晋来的剑客，是理所当然的事情。

之所以场间一片死寂，最开始时是因为这场战斗结束得太快，人们还来不及兴奋激动，而当他们想要喝彩欢呼时，便看到了柳亦青的惨状，听到了他如疯如癫如泣如诉的凄厉喊声。

唐人崇拜强者，同情弱者，他们对这名胆敢对书院发出挑战书的南晋人没有丝毫好感，然而此时看着先前强大如斯的对方，此时双眼皆瞎，凄惨不堪，不由心有所悯，竟是集体保持了沉默。

"你怎么会神术？"

柳亦青站在桃树下，无神的双眼看着天空，手里紧紧握着残余的剑柄，终于比先前那刻稍微清醒了些，脸色恐惧又有极大的不甘。

他忽然再次愤怒起来，像个疯子般握着剑柄四处劈刺，厉声吼道："我不甘心！宁缺你在哪里！快来与我再战一场！"

柳亦青确实很不甘心，尤其是发现自己眼睛瞎了之后，那份不甘越发浓郁，直接把悲伤无助变成了愤怒。

他是世间第一强者剑圣柳白的亲弟弟，他是南晋剑阁新一代弟子命中注定的领袖人物，就连书院二师兄都认为他确实有追上柳白的剑道潜质。从最开始的简单一剑里，便可以看出他在剑道上的修为确实恐怖到了极点，单从实力境界论，绝对不会弱于宁缺，就算在战斗中可能因为一时失手而落败，也绝对不应该败得如此凄惨，败得毫无还手之力。

柳亦青以往认为宁缺之所以能够战胜隆庆，战胜观海，杀死道石，并不是因为他比这些人强大，而是因为他的运气很好，手段阴险狡诈。他坚信如果不是这样，如果不是宁缺阴险地把昊天神辉藏在刀中，他绝对不会毫无准备，输得如此凄惨。

看着眼前的黑夜，回想着先前战斗的过程，他悲愤交加，越发觉得不甘不服。他认为如果再重新打一场，自己一定能赢。

柳亦青扶着桃树，无神的眼光不知落在何处，手中紧紧握着残余的剑柄，对着山坡方向，颤声凄喊道："来！再战一场！"

宁缺静静看着他，忽然开口说道："你已经输了，我凭什么还要和你战。"

柳亦青听着他的声音，迅速转身，用泛着恐怖白色的眼瞳望过来，却险些跌倒，厉声喝道："因为你取巧，所以我不服！"

宁缺看着他，平静说道："我哪里取巧了？"

柳亦青左手在桃树微糙的树干上颤抖抚摩，想要握得更紧些，让自己的身体更加稳定，颤声怨毒说道："这里是书院，而且你……"

没有等他把话说完，宁缺抢先问道："书院？你觉得我这个书院二层楼学生占了地利？我们在长安之南，身周尽是唐人，所以你失了人和，还是说今日是我破关之日，刚好是精气神最饱满的一瞬，所以你失了天时？"

看着他脸上的怨毒神情，宁缺嘲讽一笑，说道："不要忘记，是你在我书院门口堵了三个月，全世界都知道你在等我破关而出的那天。所以这场战斗的地点本来就是你自己挑的，时间也是你挑的，那么你凭什么不服？"

柳亦青身体微微颤抖，破烂外衣间的鲜血混着尘埃，滴落地面。

宁缺对敌人向来没有任何怜悯之心，虽然他今天在桑桑身前转头便回，没有拿出那样物事，等于是提前给对方留了一条性命，但他的目的，本来就是要让对方活着比死了更难受，所以胜利之后的精神打击怎么能少？

"所以说如果你要不服，不服的对象也不应该是我，而应该是你愚蠢的思考能力。千不该，你不该堵在我书院门外挑衅我们的骄傲，万不该，你先前不该拿出朝小树的那把剑，来挑衅我的杀心。"

听到这句话，柳亦青忽然疯狂地笑了起来，鼻涕眼泪在脸上纵横，用手中残余的剑柄指着宁缺，嘶声喊道："我知道你冷血无情，但没想到居然还是低估了你的绝情寡性程度。你明明看见朝小树的剑在我手中，却对那个曾经对你有恩的人的安危毫不在意，居然心神间没有留下任何缺口。我修剑多年讲究的便是剑心如铁，今日却遇着比我更冷酷之人，败在你手中我确实不应该不服。"

骄傲的南晋年轻强者，今日在失败之后终于第一次说出了服字，只不过这声服依然说得非常怨毒，充满了绝望的嘲讽。

宁缺低头看着脚下青石砖上的尘埃，忽然抬起头来，看着对方说道：

"首先，朝小树与我之间乃食客之交，只说煎蛋面和银子，不谈恩怨情仇。

"其次，我不知道他的剑是怎样落在了你的手里，但我知道像你这种蠢货根本不可能战胜他，那你凭什么用这把剑来扰我心神，你又凭什么不服？"

宁缺向桃树下走去。

听着脚步声，柳亦青紧张起来，手中残余的剑柄握得更紧，有些慌乱地四处扫视。先前他说不甘想要再战一场，然而当宁缺真的向他走过来时，他才想起自己伤重眼盲，只怕连个普通人都打不过，更何况是对方。

宁缺走到柳亦青身前，停下脚步，看着他满是鲜血污垢的脸，说道："我知道你现在依然不服，因为你觉得我隐藏实力，过于阴险。"

柳亦青身体微颤，紧紧抿着嘴，用了极强大的意志，才能忍住没有因为痛苦而呻吟起来，没有因为伤势而倒地昏迷。

这位年轻的南晋强者，用沉默和姿势，表明自己确实如宁缺所说，依然不服。

"其实那是因为你根本还没有懂战斗是怎么回事。你以为自己的这一剑已经足够简单，却根本不是真的简单，因为你想了整整三个月，你想着要应对我的箭与符，想用言语和朝小树乱我心神。"宁缺看着他说道，"而我没有用符，也没有用箭，我甚至什么技巧都没有用。我没有想朝小树，也不去想你手中握着的剑，不关心你和剑圣之间的关系，不畏惧你，不轻视你，不以言语试探你的战意，不用手段扰乱你的心思，我只是抽出鞘中的刀，然后一刀向着你砍了过去。"

柳亦青听明白了一些，身体颤抖得越发厉害。

宁缺看着他，说道："这才是真正的简单。"

柳亦青沉默片刻后，似哭似笑说道："我懂了。"

宁缺毫不留情，直言说道："你根本不懂，想法简单，才是真的简单。你想得太多，所以你才会输给我，而且你说得也太多。"

柳亦青扶着桃树，身体一阵摇晃，险些昏倒过去。

宁缺没有停止，看着他继续说道："开战之前，你说如果我拿出全部实力与你真正一战，你便告诉我朝小树的下落，这句话本身就很愚蠢。"

说到这里，他停顿了片刻，看着柳亦青身下如血般的桃花，说道：

"就算你不告诉我朝小树的下落，我也会把你打成一堆狗屎，你威胁我，只不过是让我更加清楚把你打成一堆狗屎的必要性。现在我已经把你打成了一堆狗屎，我倒要看看你说不说朝小树的下落，我倒要看看你还能怎么不服。"

柳亦青终于明白了自己今天输在何处，虽然依然心有不甘，却是不得不服。然而听着对方不停的言语刺激，把自己形容成一堆狗屎，再想着自己身上的重伤，瞎了的双眼，顿时心生怨毒之意。

片刻后这些怨毒之意尽数化为茫然无措。作为南晋剑阁指定的下一代领袖，他在世人眼前输给了对方，而且双眼已瞎，这一生都再也无法恢复境界修为实力，只怕连剑都无法再握住，将来又凭什么雪恨？

柳亦青内心里的骄傲在这场惨败和宁缺平静却狠辣的战后分析中逐渐消失，直到最后了无踪迹。他看着眼前的黑夜，想象着黯淡的未来，胸中充满了绝望的情绪，意志骤然崩溃，身体靠着桃树重新坐了下去。

他的右手再无力握住那把残余的剑柄。因为宁缺的话语，把那最后一根稻草也都毁灭了。

宁缺向前走了一步，拾起残余的剑柄，沉默地看了很长时间。

这确实是朝小树的剑。

朝小树当然不可能败给柳亦青这种人物。

那么他的剑为什么会落在南晋剑阁里？

战斗的时候，为了保持心境的清明坚定，为了让自己砍出的那一刀简单到极致，宁缺什么都没有想。此时战斗已经结束，那些不吉的判断瞬间涌入他的脑海，令他握着残余剑柄的手微微颤抖起来。

当年春风亭雨夜血战后，世间很多人都以为宁缺和朝小树相交莫逆，非常熟稔，才能浴血并肩，但宁缺自己清楚实情并非如此。

他和朝小树之间是东家与租户的关系，是长安城黑道领袖与花钱雇佣的杀手之间的关系，或者像先前他对柳亦青说的那样，是食客之间的关系。二人之间可以说风花雪月却没有说过，更多的时候都是在说银钱与煎蛋面。所以他和朝小树并不是那么熟，只见过几次面，他甚至连朝小树的家都没有去过。

但人世间总会有那么一两个人，不知道是从哪里冒出来的，很随意地走进你的生命，和你说了几句话，然后两个人便开始同生共死。

就像朝小树在雨天里走进老笔斋的情形。

也很像当年宁缺和卓尔在燕境山村里相遇时的状况。

这种关系很淡，淡到可能很多年都没有任何联系，或者偶尔通通书信，即便相遇于繁华夜舫上，也只是举起杯中酒，叙两句别后事宜，然后再次分离。

这种关系很浓，浓到多年之后再次相遇，两个人在街畔对视一眼，微微一笑，便可以接过对方递过来的刀，向着无穷无尽的敌人杀将过去。

而当你知道对方在世间某个角落处于危险的境地需要你的帮助时，无论当时是在考科举，还是和公主成亲，你都会毫不犹豫地掷掉手中的毛笔，撕掉案上的考卷，推开主持殿试的官员，冲出皇城，扯掉身上喜庆的新装，无视床畔美丽含羞的新娘，骑上骏马远赴千里之外。

宁缺看着手中的剑柄，沉默不语。

不知道朝小树如今在哪里，面临着怎样的局面。

他忽然发现自己和朝小树不熟的事实，真是个美丽的前提。

因为这样，他就不知道朝小树是不是信奉剑在人在、剑亡人亡那套的家伙，因为这样，他就不用这时候便确认朝小树已经死了。

宁缺抬起头来，望向箕坐在桃树下有如死人般的柳亦青，把刀握得更紧了些，然后向前再踏一步，缓慢而坚定地举起刀。

观战民众发出一声惊呼，他们没有想到宁缺似乎要杀死这个南晋人。

人群中，黄鹤教授眉头微蹙，担忧地摇了摇头，示意他不要乱来。

102

宁缺听到了人群的惊呼。身为唐人，他很清楚在敌人投降认输之后再杀死对方，并不是一件光彩的事情。

他余光看到了黄鹤教授担忧的神情和摇头的动作，他知道教授在担心什么。如果在这种情况下杀死柳亦青，便等若与南晋剑阁，尤其是和那位世间第一强者剑圣柳白结下了不可解的深仇。

宁缺从一开始就没有想过要杀死柳亦青，因为他要这个南晋人生不如死，如今对方双眼已瞎，他很满意这个结果。

但他此时看着箕坐在桃树下、面色苍白的柳亦青，依然缓慢而坚定地举起了手中的朴刀，似乎下一刻便会斩下。

因为他很清楚一个道理，就算陷入生不如死惨境里的人，依然不想真的死去，不然世间便不会有生不如死这种情况的出现。而越是意志坚定强大的人，越相信自己能够摆脱这种困境，对生的希望越贪婪。

柳亦青此时看着凄惨不堪，绝望至极，但毫无疑问，他本质上是一个拥有强大坚定意志的人，所以他肯定不想死。

宁缺想让他觉得马上便会死去，如此才能达到自己的目的。

果不其然，柳亦青感觉到头顶传来的寒冷刀意，感受着宁缺毫不掩饰的杀心，身体骤然僵硬起来，沙哑说道："你要杀我？"

"剑在人在，剑亡人亡。"宁缺说道，"朝小树的剑在你的手中，那么想必他已经死了，既然我把这把剑砍碎了，难道我还会让杀死他的你活下去？"

柳亦青感到了恐惧，挣扎片刻后说道："我没有杀死朝小树。"

宁缺看着他说道："以你的实力境界根本没办法伤到朝小树，但谁知道你有没有用什么见不得人的手段？"

柳亦青有些神经质地笑了笑，说道："朝小树已经入了知命境，难道你以为那些见不得人的手段能用来对付他？"

宁缺说道："但他的剑确实在你的手中，既然我们都同意朝小树足够强大的判断，那么似乎只有一种可能？"

柳亦青不知道想到什么，神情骤然紧张，再也不肯多说一个字。

宁缺沉默片刻后说道："柳白亲自出的手？"

柳亦青没有回答他的问题。

宁缺抬头望向残着花瓣的桃枝，忽然说道："告诉我当时的情况，告诉我朝小树现在的情况，我不杀你。"

柳亦青眉头微皱，陷入强烈的挣扎之中。

便在这时，不远处的人群里忽然响起一阵喧哗，隐隐传来激烈的争执声。

柳亦青听着那处的声音，精神微振，循着宁缺的声音抬头望去，被昊天神辉刺瞎的眼瞳里蒙着的白雾，因为他此时重新回到身体里的骄傲而显得越发恐怖，他咬着牙寒声说道："莫非你还敢挑战我家兄长？"

宁缺看着他摇了摇头，说道："柳白是我家二师兄的，不是我的。当然，如果以后柳白被我家二师兄揍成一堆狗屎，我也不介意上前去踩两脚。"

听着这话，柳亦青的脸颊震惊得扭曲了起来。他这辈子，从来没有听见过有人敢用这种语气提及自家的兄长。

战斗结束已经过了些时间，观战的民众看着宁缺走到柳亦青身前，却听不到他们在说些什么，只看到宁缺作势欲斩，于是发出一片惊呼。

官道畔神殿使团和各宗派的人均自沉默，南晋使节和两名剑阁弟子面色如土，慌张地跑下山坡，想要阻止这件事情发生。

书院侧门处早已被羽林军拉起了负责警戒的长绳，除了参加决斗的二人，谁都不能进去，双方顿时激烈地争吵起来。

南晋使节愤怒说道："输了我们认输，但你们怎么能不让我们进去替柳大师治伤？你们唐人究竟想做什么？"

大唐是第一强国，南晋国力紧随其后，所以南晋人隐隐习惯把唐人视作对手，唐人的眼中却根本没有南晋的存在。羽林军在长安城里就是最骄傲的一群人，更是对这位使节的愤怒视若无睹。

场间关于朝小树的对话是宁缺和柳亦青之间的事情，并没有刻意提高音量，所以观战的长安民众和书院前院学生并没有听到，但官道畔马车里的那些修行者，却是听得清清楚楚。

朝小树的名字过往只是在黑道江湖里赫赫，然而在春风亭雨战之后，这个名字顿时传遍了整个修行界。各宗派这才知晓，原来大唐还隐藏着一位修行强者，而且这位强者不久后便晋入了知命境。

朝小树居然被南晋剑阁杀死或者是囚禁了？

各宗派修行者知道春风亭的故事，自然以为自己明白了宁缺的愤怒，明白了他为什么这时候举着刀，准备砍下柳亦青的头颅。

不过他们并不认为宁缺如果真的杀死柳亦青，会是个正确的决定。

朝小树身上究竟发生了什么，只是柳亦青自己所说，南晋剑阁完全可以不认这件事情，因为谁都没有证据。

而柳亦青眼瞎重伤，却是上千人亲眼所见。昊天之下，唐人就算再如何霸道，也不可能阻止南晋替柳亦青治伤，然后带走。

然而此时很明显，宁缺并不准备让柳亦青活着离开书院。

宁缺握着刀。

柳亦青低着头，似乎等着受死，实际上却是听着外围的动静。

南晋使节愤怒地冲着羽林军士兵咆哮着，两名剑阁弟子脸色难看到了极点，似乎随时准备把腰畔鞘中的剑拔出来。

场间的气氛因为对峙，变得异常紧张。

就在这个时候，安静了很长时间的书院侧门里，传出了一道声音。

这道声音平静而严肃，听似温和却流露着不容置疑的意味。

"此人在书院门外静坐三月，意志毅力可嘉。我等书院中人，未能将他请入院中，已是失礼，今日此人身受重伤，双眼已瞎，哪里还禁得住长途跋涉。若任他自生自灭，实在有伤天和，更不是我书院待客之道，小师弟你还不赶紧把他带进书院，然后好生替对方医治一番？"

人们听着这番话好生疑惑，心想此人严肃说了这么多正确的废话，究竟想要说什么，待最后听到此人竟是要把柳亦青带回书院里，不由哗然。

书院里有很多妙人。但能用如此一丝不苟严肃的口吻，讲述如此正确的废话，以至于极为讲理地不讲道理，要把柳亦青关进书院的人，只有一个。

当然是二师兄。

听着二师兄的话，宁缺笑了笑，把朴刀收入刀鞘中。黄鹤教授一脸苦笑，连连摇头，心想这件事情看来会越来越麻烦了。

南晋剑圣亲弟柳亦青与书院十三先生宁缺筹备三个月的一战就此结束，围观的人们渐渐散去，脸上还带着意犹未尽的神情。他们只是俗世凡人，根本无法看清这些修行强者的战斗细节，在他们的眼中，这场战斗只是柳亦青刺了一剑，然后宁缺砍了一刀，便结束了。

看不明白不代表不会发表议论，这场注定是近期内世间最轰动的决斗，想必会通过长安城民众不停地转述，最终变成一个和真实情况完全不一样，但却更为精彩、惊心动魄的传奇故事。此后一段时间里的市井酒铺、深山宗派里，肯定会有很多人讨论宁缺那简单而浩然无双的一刀，而这甚至可能会成为长安城百姓很久远的记忆。

官道上的数十辆马车也渐渐驶离书院，只有那辆属于西陵神殿使团的马车还停在原地，显得有些孤单。程立雪没有离开，他走出已经破烂不堪的车厢，来到何明池身旁，向下方的书院侧门望去，眉宇间满是困惑的神情。

书院侧门紧闭，门前的青砖地上残留着一些血渍，四周那数道灰尘形成的矮垄，先前证明了柳亦青的强大，此时却显得有些可笑。

"难道说真的可能符武双修？"

程立雪蹙眉望着那处，苦苦思索。作为西陵神殿天谕司的司座大人，他的道法境界高深，见识更是广博，但却从来没有在任何典籍上见过符武双修这种说法，当然更没有听说有谁练成过。

"就算你在崖洞里闭关苦修三个月把符武之道合二为一，但为什么最后你砍出那刀时，却明明用的是我西陵神术？"

程立雪问了自己一个问题。

这个问题，柳亦青先前双眼骤瞎，恓惶不堪时也颤声问过。

"宁缺怎么会神术？谁教的神术？"

一直安静站在他身旁的何明池，似乎听到了他内心深处的声音，轻声说道："宁缺是夫子的学生，那么一切都有可能。"

按照西陵神殿教典的记载，根据桃山上那些云端神座的形容，书院里的夫子确实似乎是无所不能之人。

程立雪觉得这个推论成立，但隐隐约约间又觉得这件事情没有这么简单。

他想起刚才自己看到的那个小姑娘，那个站在大青树阴影下的小姑娘。

然后若有所悟。

103

西陵神术乃昊天道门最神圣最至高的道法，甚至被称作道法之源。和巡视世间的裁决司执事们所用的神术不同，这种神术并不是具体的功法，而是昊天赐予修行者的神辉武器。

桃山之上能够修炼神术的道门弟子，并不见得是悟性资质最高的，但必须是道心最干净、对昊天信仰最坚定的弟子。道痴叶红鱼能修行神术便是因为她做到了这两点，而隆庆皇子对昊天的信仰足够坚定，却因为燕国的那些皇室俗务无法让道心保持清明，所以即便是他也无法修行真正的神术。

程立雪因为某种原因，也不能修行神术。所以他无法理解，宁缺为什么能。

直到他想起先前静静站在大青树下的那个小姑娘。

他认得那个小姑娘，因为那个小姑娘便是天谕神座亲自率领西陵使团来到长安城的理由和目的，所以他以为自己猜到了事情的真相。

书院湿地的深处有一座院落，宁缺和陈皮皮站在院外湿地岸边。不知道是不是因为唐小棠被余帘师姐喊去练功，陈皮皮有些沉默，低头看着湿地里的水草发呆。不知道过了多久，他忽然抬起头来，看着宁缺说道："那道神辉是从刀里出来的。"

宁缺知道他想表达什么意思，沉默片刻后说道："特殊道法？"

陈皮皮摇了摇头，说道："西陵神术不是这样的。"

宁缺微微皱眉，说道："我提前用神符，把昊天神辉注入了刀内，所以挥刀之时，神辉才会从刀里出来，这种解释怎么样？"

"不怎么样。"

陈皮皮认真提醒道："你那一刀最开始的时候裹挟的是天地元气。"

"第一次，没有什么经验。"宁缺很诚恳地说道，"以后不会出这种漏洞。"

陈皮皮嘲讽说道："你以为真能骗世人一辈子？"

宁缺问道："就算被感知到问题，但这种事情谁能找到证据？"

陈皮皮想了想，摇头说道："还确实没有。"

宁缺放松下来，说道："那就行了。"

便在这时，院落里忽然响起一声凄厉的惨号，然后惨号声戛然而止，一片寂静。二人对视一眼，转身向院内走去。

院落僻静的一间厢房内，那位穿着蓝布大褂的老妇人，看着痛得在床上打滚的柳亦青，摇了摇头，把手中针匙之类的医用物事收入囊中，说道："不行了。"

二师兄微微点头，说道："辛苦。"

厢房门被推开，宁缺和陈皮皮走了进来。柳亦青咬着牙，忍住眼中传来的痛楚，左手紧紧握着床畔的木条，大声喊道："你们究竟想做什么？"

他受伤的双眼上缠着白色的布带。

宁缺看着他说道："你应该很清楚。"

听出宁缺的声音，柳亦青露在白色布带之外的脸上流露出怨毒的神情，声音微哑地幽幽说道："你今日盲我双眼，日后必有所报。"

宁缺向来是个不肯吃亏的角色，无论是在刀剑战斗中还是在口头战斗中。听着此人威胁自己，说道："如果你真要报仇，何必日后，现在你便可以杀我，因为你清楚我真的很想杀死你。"

柳亦青没有想到他竟会如此赤裸裸地用言语表达杀心，微微一僵后寒声说道："家兄是剑圣柳白，你凭什么敢杀我？"

修行者讲究的是心境意志，但凡开始搬背景靠山，除了宁缺这等不怎么讲究风度的人之外，大多都是绝望甚至崩溃的前兆。不过柳亦青确实还有几分希望和底气。剑圣柳白的名头确实太过强大，虽说书院想来不会畏惧此人，但要招惹世间第一强者，似乎也没有什么必要。

这时候，一直安静站着的二师兄忽然开口说道："既然是柳白的亲弟弟，书院自然不会苛待于你，且请放心。"

柳亦青知道这道声音的主人在书院里一定很有地位，甚至有可能便是传闻中书院后山的大先生或者是二先生，诚恳说道："多谢先生照拂。"

"不用谢。"

这句话不是客气，而是因为二师兄乃堂堂正正的君子，不愿意撒谎骗人，不觉得自己做的这些事情有值得对方道谢的地方。他说道："因为我打算让你留在书院养伤。"

柳亦青怔了怔，带着最后的希冀问道："那你们什么时候才肯放我离开？"

二师兄思考了片刻后很诚实地说道："什么时候柳白把朝小树放了，我就放你离开，如果朝小树死了，那么你就再也不用离开了。"

柳亦青听出了对方言语间的认真，双眼传来的痛楚和被幽禁书院终生的恐惧交杂，让他变得更加慌乱，焦急说道："朝小树真的不在剑阁，他也没有死，家兄闭关不能出，所以只能夺了他的剑伤了他的人，便让他跑了。"

宁缺终于知道，原来朝小树果然是遇到了剑圣柳白，自然不敌，难怪佩剑被夺。只是他究竟伤得有多重？

二师兄忽然问道："你怎么证明？"

房间里一片安静。

柳亦青说道："朝小树不在剑阁，难道不是证明？"

二师兄说道："你怎么证明朝小树不在剑阁，怎么证明他还活着？"

柳亦青心想，现在根本没有人知道朝小树在哪里，自己怎么证明给你看，越想越是焦虑，说道："书院怎么能不讲理？"

二师兄平静说道："欠债还钱，杀人偿命，囚人留人，天地至理。什么时候柳白能够证明朝小树不在他那儿，而且还活着，你再离开。"

穿蓝大褂的老妇人在旁淡淡说道："我给柳白写封信问问。"

二师兄微微一怔，说道："多谢。"

走出院落，来到湿地畔，宁缺压抑不住心中的好奇，想要问二师兄书院这位喜欢打扫卫生的名誉老教授究竟和柳白有何过往，却不料二师兄根本没有给他开口的机会，微笑拍了拍他的肩膀，说道："不错。"

二师兄一向是严肃守礼之人，讲究顺孝友悌，对待老师像春天般温暖，对待大师兄像夏天般热情，对待师弟师妹们像秋天一般肃杀，对待敌人像冬天一般冷酷，面对宁缺这些人他的脸上很少有笑容，更少称赞。

所以看着师兄脸上的笑容，耳中听着不错二字，感受着肩头传来的力道，宁缺双脚一软，险些跌落在地，觉得浑身舒坦到了极点。

陈皮皮在旁羡慕地撇了撇嘴。

二师兄转身看着陈皮皮，脸上的笑容早已敛去，肃然说道："虽说你比小师弟入门要早，修为境界更高，但有些方面却是不如他。所谓闻道有先后，得道无定时，你要忘记自己师兄的身份，向他多多学习。"

陈皮皮心想你何时忘记过自己师兄的身份来向我学习？而且本天才还需要向宁缺学习什么东西？

他心中这般想着，脸上却是露出恭谨神色，连连应下。

宁缺有些不自信地问道："师兄，我究竟哪里不错？"

二师兄很满意地看着他，说道："最后你与那人说，我终有一日会把柳白揍成一堆狗屎，这等眼光和气魄很是不错。"

片刻后，陈皮皮看着二师兄离去的背影，幽幽说道："我还以为要我学什么，原来说来说去不过是喜欢你拍马屁的本事。"

宁缺拍拍他的肩膀，安慰说道："皆学问，皆学问。"

长安城内。

皇城前的南门观如往常一般安静。

只不过和往日比较起来，今天南门观的安静里更透着几分紧张和肃杀气息。美丽的道观建筑群内看不到走动的人影，但在道观外的数条街巷中，不知隐藏着多少大唐军方和天枢处的强者。

南门观最近的防御甚至要比皇宫更加森严。这不能怪大唐朝廷紧张，实在是因为南门观里住着的那位大人物地位太过尊崇，如果让那位大人物在大唐境内出现什么意外，整个天下大概都会陷入战火之中。

西陵神殿天谕大神官，如今便居住于此。

南门观深处的道殿中，乌黑亚光的木地板深处，有位穿着华美神袍的老人静坐其间，闭合的双眼四周，尽是干涸土地一般的皱纹。

天谕司司座程立雪恭恭敬敬跪在老人身前。

"当初隆庆师弟毁于他手，神殿里都认为那是仗着书院给他提供的恐怖神物，即便是观海僧人和道石连续败在他手下，依然没有人觉得他有多强。"

程立雪在心中组织了一下词语，停顿稍许后，继续恭敬说道："今日弟子亲眼观看了他与柳亦青一战，确认他应该已经晋了洞玄上境。和荒原相遇时相比，此子境界修为的提升速度可称恐怖。"

能够让程立雪如此恭敬的人，自然便是天谕神座。

天谕神座缓缓睁开双眼，眼角那些深刻的皱褶随着睁眼的动作渐渐舒展开来，如同久旱的大地被春雨滋润了一般。

"夫子回到了书院，能够亲自指点他，如果他修为境界的提升速度还如庸人一般，那才是真正的恐怖。"

天谕神座看着身前的弟子，问道："只是他为什么能够修行神术？"

程立雪说道："我在想是不是与桑桑师妹有关。"

天谕神座静静看着他，说道："你如何证明？"

104

程立雪犹豫片刻后摇了摇头。

天谕神座悠悠回思着多年前的过往，淡然说道："那你可曾知道，书院当年那位轲先生，也曾经在世间展露过神术？"

程立雪震惊无语。除了西陵神殿之外世间居然还有别的人能够修行神术让他觉得惘然失措，因为桑桑的关系，他能勉强接受宁缺身上发生的事情，但此时从神座口中得知多年前书院便有人已经掌握了神术，这实在是他无法接受的事情，哪怕那个人是传说中的轲先生。

天谕神座说道："宁缺无论是从桑桑处学会西陵神术，还是从轲先生衣钵中觅得关键，对于道门而言，本来都没有什么区别。"

"但……轲先生对昊天的信仰不可能坚定，他怎么能够修行神术？如果宁缺是从轲先生处学会了神术，这神术究竟是什么？"

程立雪神情惘然地说道："宁缺即便是颜瑟师伯的弟子，我们也要多加警惕才是。"

"信仰是什么，本身就是一个很复杂的问题，至于什么才叫作坚定，那更是只有伟大的昊天自己才能做出判断。"天谕神座淡然说道，"你的疑惑，不是天谕司的职责，而是裁决司的问题。稍后修书一封回西陵，让他们自行处理吧。"

程立雪应下，又想起西陵前些天传来的讯息，微微皱眉说道："听说裁决神座身上的伤一直未曾痊愈，最近情绪……"

天谕神座静静看着他的眼睛，说道："神殿三司各司其职，裁决司那边最近你最好远离，切莫被那盆污水脏了自身。"

程立雪听着这话，吃惊问道："弟子不明白。"

天谕神座看着身前乌黑的地板，仿佛看着桃山深处幽暗的囚狱，感慨说道："当初裁决司授意道门千观宣扬宁缺之名，乃存着要让剑阁起怒的念头，今日书院门口这场战斗便肇始于此，甚至其中那些关键处，也是由裁决司一力筹划。然而这些惯用阴谋暴力的人，却始终没有想明白一点，这是书院和柳白之间的事情，神殿插手本就是错误，做得越多便错得越多。"

程立雪这才知道，原来西陵神殿竟在今日这场决斗的幕后做过手脚。

天谕神座眼帘微垂，眼角的皱纹渐深，悠悠说道："光明师兄去了，我也老了，眼看着裁决司即将出一件大事，我有些不安。"

程立雪紧张问道："既然已经知道要出大事，为何不能提前阻止？"

天谕神座抬起头来，怜爱地看着他，说道："你跟随我也有二十余年，在天谕司也有很长时间，难道还不清楚所谓天谕只是奉天之谕。我们或许能比世人提前知道一些事情，但那是昊天让你我知道。提前阻止？那岂不是要逆天行事？更何况裁决司这件大事，对神殿而言或许不见得是坏事。"

知守观是不可知之地。没有多少人知道这座破落道观的存在。

就算知道知守观存在的人，也不知道这座处于昊天道门云端的道观就在距离桃山不远的一座深山中，静静看着那片辉煌庄严的道殿群。

道观后方那片湖畔的第一间草屋里，湖风再次透窗而入，翻开了天书日字卷的封面，停留在某页纸上。桌畔的中年道人看着书页上的那个名字，沉默不语。

中年道人看管天书多年，却从来没有见过日字卷上发生过这样的情形。

三个月前，那个名字消失。

昨日，那个名字再次出现，却没有出现在原来的地方，而是随着湖风的翻动，时而出现在前一页，时而出现在后一页，始终不肯停留，直到最后才老实地回到了最开始的那页纸上，但位置却变了。

那个名字从不起眼的角落里一下来到了书纸的上方，就如同一朵烟花从原野间升起，瞬间快要触到天穹。

"从洞玄下境，马上便要看到知命境的门槛……夫子真是了不起。"

中年道人看着那个不安分的名字，微笑说道："我看管天书多年以来，你境界提升的速度可以排进前五，但你境界的难以捉摸，却肯定是第一。"

不远处，隆庆皇子的名字如往常一般淡至不可见，然而庆字的最后一捺却似乎比原先要浓了些，似乎被人添了一记墨笔。

中年道人没有注意到隆庆皇子名字的变化，他的注意力全部在那个不安分的名字上。然后他抬头望向天书这页纸的最高处，欣慰地点了点头。

那里有叶红鱼三字高悬其间，仿佛随时可能破纸而出，显得极孤傲地把这页纸上其余的所有名字都远远甩在身后。

西陵桃山仿佛被神斧劈开的山崖间，有一座无数巨大的黑色岩石砌成的道殿，一个青色身影安静站在殿前石阶下，显得格外渺小。

从荒原归来之后，不知道是厌倦了那些像血一般的红色还是想要遮住自己肩上那两道恐怖的伤口，叶红鱼再没有穿那些鲜红美丽的衣裙，而是如神殿最低贱的道役仆妇般穿上了宽大的青色道袍。

神殿裁决司的执事们看着殿前的她神情复杂，有鄙夷，有黯然，有怜悯，有嘲弄，有不屑，还有愤怒，绝大部分都是负面的情绪。

以往那些年月里，她是裁决司神座之下万人之上的大司座，是整个昊天道门都传颂其名的道痴。她骄傲而且冷漠，虽然把裁决司里的具体事务都交由隆庆皇子处理，但一旦下属执事犯了错处，她惩处起来绝不留情。

当时裁决司里所有人都因为她的冷酷以及强大而感到敬畏，而如今所有人都知道，道痴已经不是原来的道痴。她不再强大，所以不再冷酷，那么便再也没有人敬畏她，甚至基于某种情绪而刻意用嘲弄的眼光看她。

为了那卷流落在外的天书明字卷，去年西陵神殿向荒原投入了大批力量，具体事务由裁决司负责处理，换句话说，便是由叶红鱼负责。裁决司筹谋已久，最终却是惨败而归。从神殿骑兵统领被杖责，到两名黑衣执事离奇失踪，再到隆庆皇子被毁，直到抢夺天书失败，过往以冷酷强大形象出现在世间的裁决司，竟显得那般衰弱。

既然叶红鱼是裁决司的大司座，那么失败便是她的责任。

西陵神殿是信奉昊天之光明所在，但道殿之中却不见得是完全光明，尤其是裁决司行走黑夜之中，最为崇奉力量。所以只要叶红鱼还是西陵神殿强大的道痴，那么这些事情根本不会影响到她。

问题便在于，叶红鱼自身出了问题。

在荒原之行里，她在魔宗山门遇到了恐怖的莲生大师，被对方用饕餮大法吞噬血肉。生死存亡之刻，她用道门秘法强行降境，换取片刻的强大光华，终于与宁缺、莫山山联手从死亡边缘走了回来。

然而她在雪崖间刚刚晋入知命境，境界尚未稳定，便又强行降境，竟引发了更可怕的反噬。从离开荒原开始，她的境界便一直在向下跌落，连停留在洞玄上境都无法做到。依目前趋势看，恐怕要跌到洞玄下境甚至更低的层次，她的修为才能最终稳定。更可怕的是，她此生可能再无希望重回知命境界。

不再强大的道痴，还是道痴吗？

唯实力为尊的裁决司众人自然不会再像以往那般敬畏她，而叶红鱼面对身遭的变化，却是变得越发沉默平静。她搬进了一间幽静偏僻的石屋，似乎想要通过这种举动向众人传达某种讯息。

然而越是如此，人们越觉得她不再有资格被敬畏。西陵神殿里的人们，看她的目光越来越复杂，很多人眼神里的奚落嘲讽神情，越来越赤裸，裁决司里甚至开始流传一种说法。

隆庆皇子死了，道痴也已经死了。

站在殿前的那个青衣少女，只不过是一个叫叶红鱼的废物。

一名执事走出裁决道殿，神态温和地请她进去，叶红鱼微微点头致意，然后平静地走进了黑色道殿。

黑色道殿内部空旷开阔，最深处有一道珠玉织成的帘。叶红鱼走得很慢，走了很长时间才走到珠玉帘前。珠玉帘后是那座由整块南海墨玉雕成的神座，玉色如凝固的血。

裁决神座以手撑额，坐在神座之上，似乎在养神，没有说话。叶红鱼在珠帘外安静地站着，也没有说话。空旷的道殿里连丝风都没有，沉默一直在持续。

她明白了一些什么。

然后她缓缓掀起青色道袍的前襟，对着帘后的神座跪了下去。

裁决司任何人都必须跪在裁决神座之前表示服从和敬畏。以往这些年里，只有道痴可以不跪，因为她骄傲并且强大。

但她现在不是道痴，所以她必须跪，而且要跪得比别人更加恭谨。

105

坐在墨玉神座上的裁决大神官缓缓睁开眼睛，看着帘外低头跪地的少女，脸上没有什么表情，眼眸里却似乎隐藏着很多复杂的情绪。不知道过了多长时间，裁决大神官冷漠说道："虽说你现在已经变成了一个废物，但我希望你的眼光依然还在。"

这道声音微显嘶哑，从容优雅里隐隐透着一股掩之不住的暴戾气息，直接将神座前那道珠帘震得摇摆撞击不停。清脆的声音回荡在空旷的道殿之中，仿佛暴雨不停落在空着的漆瓷空碗里。

叶红鱼安静跪在帘前，没有因为这些杂碎的声音以及声音里所蕴藏的威压有丝毫动容，只是把头埋得更低了些，显得更加恭谨。一名裁决司执事从帘后走了出来，双手拿着一份宗卷走到她身前，温和安慰一笑，然后把宗卷递到她的手中。

叶红鱼安静接过宗卷，没有起身，依旧跪着，认真地把宗卷里记载的内容仔细看了一遍，然后陷入了长时间的思考。

宗卷由出使唐国的神殿使团经由秘密途径传回西陵，执笔是天谕司司座程立雪，宗卷里的内容是对书院侧门宁缺和柳亦青一战的详细描述，而描述的重点当然放在宁缺那一刀最后展露出来的神术。

"你见过那个人，有什么看法？"

裁决大神官冷漠而肃穆的声音，再次从珠帘后响起。

叶红鱼静静听着珠帘撞击的声音，缓声说道："宁缺修为境界之快，超出了我的预判，至于天谕司所以为的神术……在我看来只是徒有其形。因为根据细节看，当时宁缺那一刀凝结的天地元气最终化作的昊天神辉，应该是由刀内迸发而出，并不是从自然里撷取。"

道殿内一片死寂。

叶红鱼通过卷宗上的细节，对宁缺那一刀的真实手段，产生了某种怀疑，这种怀疑指向某个很惊人的事实，所以场间一片沉默。

不知道过了多久，裁决大神官声音微低地问道："你能确认？"

叶红鱼摇了摇头，说道："当年轲先生也在世间展露过神术。而且宁缺的小侍女既然拜在了光明神座门下，那么在没有证据的情况下，谁都无法怀疑他，就算能怀疑，也无法把这份怀疑昭示天下。"

裁决大神官毫无情绪地看着跪在身前的她，忽然说道："你能不能证明？"

叶红鱼平静说道："以往能，现在不能。"

裁决大神官看着少女这副恬静神情，便觉得有股燥意自胸腹间生出，沉怒说道："那你还有什么用？"

叶红鱼沉默片刻后说道："至少还有眼光。"

一道沉闷如雷的咳嗽声，忽然在珠帘后响起，然后无法停止。

过了很久以后，裁决大神官才止住咳嗽，隔着珠帘冷漠注视着她，说道："你已被莲生那个魔头污了身躯，需要净化，选择石屋苦修避世是个不错的选择。这段时间，你先不要理会司里的事务了。"

叶红鱼跪在神座之前，沉默不语，没有接话。

裁决大神官有些疲惫地重新向后靠去，以手撑额，看着帘外的少女，幽深的眼眸里流露出一丝厌倦和轻讽。

如他这等端坐在云端的神殿巨头，绝对无法接受神座之前有人试图保持着骄傲，不肯谦卑地下跪低头。以往那些年，因为叶红鱼的天资，掌教欣赏她，他也器重她，再加上观里那人，所以他能平静看着她骄傲，甚至扶植她的骄傲。但现在既然她没有骄傲的资格，那么便归于沉寂吧。

"这件事情，本座已经修书入观，你那位兄长，对本座的处置表示感谢。"

裁决大神官冷漠看着帘外的少女，击碎她最后的心理依赖。

果不其然，听到这句话后，叶红鱼的神情变得有些黯淡，身体微微颤抖起来，眉宇间尽是自嘲和失落的情绪，就像是一个看似坚硬的鸡蛋，终于被人击碎了最外面的那层薄壳，露出脆弱的内在。

不知道过了多长时间，她似乎终于清醒了过来，唇角泛起一丝有些凄婉的笑容，对着珠帘后的神座行了一个大礼，说道："这些年来，靠着神座大人庇佑，才有了今天，容弟子拜谢大恩。"

裁决大神官皱眉看着行礼匍匐于帘前的少女，忽然间觉得自己的决定似乎匆忙了些，总觉得少女唇角那丝凄婉的笑容，还有这句听上去有些绝望悲伤的话，隐藏着一些自己没有看明白的意思。

叶红鱼行礼完毕，缓缓站起身来。就在离去之前，她看着帘后墨玉座上的神座大人，轻声说道："南晋剑阁与书院之间的这场故事，弟子以为裁决司还是不要插手为好，虽然这是事后之言。"

裁决大神官看着她忽然再次痛苦地咳嗽起来，厉声呵斥道："境界跌落不可怕，你道心怯懦如斯才是真的可怕。我西陵神殿统领世间，裁决司执行教典戒律，任谁人又胆敢对此发问？"

叶红鱼不再多说什么，走出了这座黑色的道殿。

站在道殿外高高的石阶最上方，看着桃山外的田野炊烟，她沉默片刻后忽然叹息说道："又有人要死了。"

先前那名把卷宗递给她的执事，把她一直送到殿外，此时正安静站在她的身旁，听着她的感慨，也忍不住感慨起来，声音细若呢喃说道："神座大人最近这些月常患伤风，咳嗽得有些厉害，脾气也暴躁了些，还请司座大人不要往心里去。至于剑阁一事，该死的人总是要死的。"

作为西陵神殿最强大恐怖的大神官，境界早已晋入知命巅峰，端坐云头看世人皆如蝼蚁，似这样的人早已百病不侵，又哪里可能伤风。不可能伤风，又怎么会咳嗽，不咳嗽又怎么会脾气暴躁？

叶红鱼看着远处那些用嘲弄鄙夷怜悯目光看着自己的裁决司执事，忽然同情地说道："被光明神座伤了，要好可不是那么容易。"

西陵神殿有一位掌教大人，有三方神座。无论坐在神座上的人是老是病是伤还是被囚，但只要他们还活着，他们便是地位无限尊崇，受到世间亿万民众膜拜敬仰的大神官。

去年某时，被囚幽阁十余年的光明大神官叛教逃离，然后在长安城郊外某座无名山上与颜瑟大师同归于尽。

西陵神殿上便空了一方神座。

神座空以待人。

西陵神殿不可能允许这种情况持续太长时间，所以当知晓光明大神官曾经在世间留下传人后，神殿急迫要做的事情，便是把那位传人带回西陵。

对西陵神殿里的人们来说，这件事情非常自然，因为叛教的光明大神官依然是光明大神官，更因为无数年来桃山三方神座的传承，从来不是由掌教或大神官自己决定，而是由昊天决定。

三方神座的传承，各自依循着不同的路径。

裁决神座的传承，是昊天通过对力量的评判而做出选择。

天谕神座的传承，是昊天通过对预言的显露而做出选择。

光明神座的传承，是昊天通过对光明的延续而做出选择。

将死的光明大神官在长安寻觅到自己的传人，这必然是昊天的意志，那么那名传人，便一定是未来的光明大神官。

尤其是南海传来消息后，西陵神殿掌教和天谕神座越发坚定了自己的信心，毫不犹豫地让光明神座等待它真正主人的归来。

临四十七巷，老笔斋中，宁缺看着身前的程立雪，沉默了很长时间。

在荒原右帐王廷里，他曾经与这位神殿天谕司的司座大人相遇过。在那次争端中，程立雪表现得平静甚至公正，给他留下了良好的印象，但今天看着对方银白如雪的须发，他却觉得很不自在。

宁缺端起桌上的茶杯，思考片刻后说道："我大概明白了这件事情的来龙去脉，但我真不能应承你什么。"

程立雪静静看着他，忽然蹙眉说道："虽说这些年来，神殿与书院之间偶有误会，但彼此还算尊重。"

宁缺说道："我很尊重昊天道门。"

程立雪叹息说道："桑桑师妹日后是我神殿的光明神座，包括我在内，世间亿万昊天信徒对着她都要下跪行礼，不敢多言多视。然而十三先生你却让她在此间铺床叠被端茶倒水，那么对道门的尊重究竟在哪里？"

106

听着这话，宁缺望向后院里正在生火做饭的桑桑，沉默片刻后，摇头说道："说实话，直到现在我还觉得这整件事情里都透着股荒唐的感觉。我看着她从一个小不点长成现在的小姑娘，我知道她身上有些特殊的地方，但真没有想到会是这么特殊，特殊到居然能惊动西陵神殿。"

程立雪说道："桑桑师妹就算是一个普通到不能再普通的人，但既然昊天通过光明神座的手选择了她，那么从那一刻开始，她就不再普通。而我们，则是一定会秉承昊天的意志，把她接回神殿。"

"我不喜欢听到一定这种词，还有这种语气。"

宁缺看着手中的茶杯，沉默片刻后说道："因为这会让我感觉，你们是在威胁我，会让我觉得你们是想把她从我身边抢走。"

程立雪静静看着他，说道："你完全可以从别的角度去理解。"

宁缺啜了口冰冷的残茶，微嘲说道："既然你们一定要把她带回神殿，那我还能怎么理解？如果我不同意，难道你们会就此罢手？"

程立雪摇了摇头："光明神座总不能常年无主。"

宁缺放下茶杯，看着他的眼睛问道："如果我坚持不同意，神殿会怎么做？"

程立雪听出他言语里的强悍意味，沉默片刻后微笑说道："你应该很清楚，光明神座对于整个昊天道门、对于西陵神殿来说意味着什么。"

"我不是很清楚。"宁缺依旧盯着他的眼睛，问道，"哪怕不惜一战？"

程立雪微笑看着他，毫不退避，平静说道："如果光明神座的传人流落在世间别的地方，那么神殿不惜让整个世界流血，也要把她找回去。"

宁缺说道："既然你也说是别的地方，那么想必你以及神殿里的大人物们都很清楚，桑桑现在是在长安，是在我的身边。"

程立雪沉默片刻后，说道："所以我是来请桑桑师妹回去。"

"请字相对好听一些。"宁缺说道，"但我是想确认，神殿的决心究竟有多大。"

程立雪微微蹙眉，看着他说道："你想知道神殿会不会因为这件事情对大唐宣战、对书院宣战？那你认为大唐和书院会不会因为桑桑师妹而与神殿开战？"

宁缺想起多年前长安城里的血雨腥风，想起现在还好好活着的夏侯大将军，沉默了很长时间，然后他摇了摇头说道："帝国和书院自然不会因为一个小丫头就和神殿开战，但如果你们真想强行把她从我的身边带走，那么我可以明确告诉你，帝国和书院一定会卷入到这场战争之中。"

程立雪面色微寒。直到此时他才发现，原来在宁缺的心中，桑桑师妹似乎不是一个相处多年的小侍女那般简单，也直到此时，他才发现宁缺此子竟是真的有为了桑桑师妹不惜让洪水漫过人间的决心和狠劲。

"大唐和书院凭什么要为了你的蛮横而与神殿开战？"他严厉训斥道，"夫子和大唐天子难道是你这等为了一己私欲，不惜让世间大乱的无耻之人？"

宁缺神情不变，看着他说道："你不要忘记我的身份。如果真到了那一天，我有足够的办法把书院和帝国拉进这趟浑水里。"

老笔斋里一片沉默。

程立雪看着他苦笑说道："你为什么不能把这件事情想象得更美好一些？桑桑师妹去西陵，不是去做苦囚，也不是去受苦受难，相反她会接受昊天道门最完美的教育，她会成为桃山上最尊贵的光明神座。无论对大唐对书院还是对你来说，这件事情都没有什么坏处，那么我们之间为什么要有战争？"

真的是为了一己之私欲，所以才不想让桑桑去西陵神殿，所以才不想让桑桑变成光明大神官，所以才想让她一辈子跟着自己服侍自己？

宁缺看着杯中残茶，陷入了长时间的沉默。

然后他忽然抬起头来，说道："让我再想想。"

程立雪看着他的眼睛认真说道："天谕神座不可能在长安城里久留，希望你能认真地想，而不是用想为借口糊弄我。"

当天夜里，宁缺带着桑桑来到了大学士府。

曾静夫人看着好些天没见的女儿，大喜过望，牵着她的手进了后宅，把安静的书房留给了宁缺和曾静大学士。

"这件事情，大人您究竟是怎样想的？"

宁缺认真问道。他想从对方的神情中寻找到一些精神支持，比如父母对女儿的不舍，然而下一刻他发现这是痴心妄想。

曾静大学士的脸上确实有几分不舍，但更多的还是兴奋和极度惊喜之后的惘然无措。对于世间的昊天信徒们来说，哪怕是大唐子民，忽然发现自己的女儿有可能成为西陵神殿的光明大神官，都会认为那是无上的荣耀。

"我在想后年是不是应该回故乡重修宗祠。如果不是列祖列宗在天上保佑，我家怎能出此盛事？说起重修宗祠一事，便是这规制也要做大修改。唐律上虽然没有明确规定，但按照清河郡崔氏一百多年前出的那位西陵大神官的旧例，我曾家宗祠可以比拟亲王规制。"曾静大学士满脸光彩，声音微颤地说道，"这还是在我大唐境内，皇权至上，如果是在南晋或是宋国，甚至可以按照帝王之制重修宗祠。十三先生，你说我这辈子何德何能，怎么就有这么大的福气？"

忽然间，他注意到了宁缺的沉默，有些不好意思地笑了笑，说道："失态，失态了，不过总比早年前清河郡崔氏那位族长要强。据传那年西陵选定大神官的消息传回清河郡后，那位族长惊喜过度，竟是变成了一个傻子。"

宁缺微涩一笑，说道："当西陵大神官……真有这么好吗？"

曾静怔住了，脸上满是吃惊的神情，心想您是夫子的亲传弟子，怎么会问出如此荒唐甚至有些弱智的问题。

对世人而言，能成为西陵大神官，那是比做皇帝更加完美的事情，这还不好，那世间可还有别的什么好事？

曾静忽然醒过神来，看着他有些不可思议地说道："您不想桑桑去西陵？"

宁缺沉默了很长时间，说道："不是不想，是没想好。"

曾静颤声说道："十三先生救小女于苦厄之中，这些年来照拂有加，我自是万分感激。我也知道您与小女之间并非普通主仆情分，只是这件事情，还请先生您多多思忖，切不可随意便做了决断。"

宁缺沉默不语。

曾静想到一种可能，却觉得不太可能，捋着颌下的胡须犹豫挣扎了半天，压低声音试探着说道："听闻教典不禁神座娶妻或嫁人。"

宁缺霍然抬首，看着他问道："真的？"

曾静看着他骤然明亮的眼睛，吓了一跳，心想难道妻子平日里的猜测是真的？

想到那个猜测可能是真的，曾静顿时忘了宁缺是书院二层楼学生的事实，下意识里端起了长辈的架子，捋须皱眉问道："如果桑桑不去西陵，十三先生日后准备如何安置我这可怜的女儿？"

宁缺没有注意到对方神情的变化，说道："等她过了十六，我就娶她。"

曾静捋须的手指一抖，胡子掉了三根。

"正妻？"

曾静声音微颤问道。

宁缺摇了摇头。

曾静微怒。

宁缺摇完头后说道："当然是正的，难道还是歪的。"

曾静轻松了很多，微笑问道："纳妾否？"

宁缺苦涩说道："我倒是想，你觉得可能吗？"

曾静的笑容越发盛放，自己的女儿可能嫁给夫子亲传弟子为正妻，对方还承诺不纳妾，这等将来，似乎不做西陵大神官也算不得太遗憾。

"既然如此，那桑桑去不去西陵，全部由你说了算。"

曾静大学士向来是个很决然的人，不然当年桑桑被他正妻所害之后，就算有皇后娘娘的压力，他也不可能顶着清河郡大姓的威名直接休妻杀奴。所以当听到宁缺的话后，稍微想了想两种选择的优劣，他便毫不犹豫地把他们夫妻从这件事情里择了出来，把压力全部扔给了宁缺。

宁缺痛苦说道："这种事情不应该是大家商量着办吗？"

曾静轻抚微痛的下巴，摇头晃脑说道："桑桑如今还在先生的户籍上，而且你们感情深厚，论情论理，此事也应该由先生做主。"

宁缺忽然发现这个未来的老丈人，还真心不是一个好糊弄的角色。

曾静看着他冷笑想道，不要以为你是书院二层楼的学生，便可以糊弄老夫出口拒绝西陵神殿的请求。

夜渐深。曾静夫人带着桑桑从后宅走了出来，脸上满是不舍。

曾静把妻子拉到一旁低声说了几句，曾静夫人掩嘴微惊，再看宁缺时，那眼神便与从前有了极大的不同，疼爱喜欢到了极点。

"想着日后先生您会时常来府上，所以先前命人在后宅腾了间客房出来。"曾静夫人看着宁缺笑眯眯说道，"不若今夜便在这里歇着吧。"

宁缺忽然觉得自己走进了《聊斋》的世界，生出落荒而逃的冲动。

"稍后还有件要紧事去办。"他站起身来，让桑桑今夜便在学士府里多陪陪父母，便离了学士府。

他去了春风亭横二街。

朝小树的宅子便在这条街上。

107

齐四一直等在朝宅外，见着宁缺终于现身，顿时松了口气，领着他便往宅子里走去，一路上低声说了说最新的情况。

已是深夜，但朝宅大厅依然是灯火通明，数人沉默地坐在厅内，气氛显得有些压抑。当他们望向坐在首位的那位老太爷时，脸上总会带着温和的笑容，只是那笑容未免显得勉强了些。

齐四带着宁缺走入厅内。所有人都站了起来，抱拳行礼，自报家门。

"常三，常思威。"

"刘五，刘思。"

"费六，费经纬。"

"陈七。"

今日朝宅里这些人都是鱼龙帮当年的头领，在春风亭一案后，他们的身份现了明路，只能离开鱼龙帮回到朝廷里，如今在骁骑营和侍卫处里都有极重要的身份。此时众人聚于朝宅，自然是为了那件事情。

朝小树离开长安城之前专门带着自己手下这些兄弟去了一趟临四十七巷，让宁缺见过面。宁缺知道这些人的身份，如果从暗侍卫那边算起，大家还要算是同僚，对他们出现在这里并不奇怪。

常三等人看着宁缺的眼光有些复杂。

朝小树离开之前，曾经隐隐有把鱼龙帮和他们托付给宁缺的意思，只是宁缺没有接受。对此事他们心中一直有些困惑不解，不明白朝小树为什么如此信任对方，然而近两年的时间一晃而过，如今的宁缺早已成为长安城里的名人，他们才明白原来朝二哥早就看出了此子的不俗。

"这位是朝老太爷。"齐四介绍道。

宁缺看着那位白发苍苍、面有忧色的老人家，不知为何便觉得有些恼怒，蹙眉说道："父母在不远游，他倒是游得快活自在。"

朝老太爷叹息一声，替自己儿子开解道："最早要他考功名，后来要他谋官位，羁了他半辈子，如今好不容易有机会摆脱这些，便让他去吧。"

宁缺微微一怔，没有想到这位朝老太爷竟如此想得开，又想着朝小树在长安城黑道里当了多年皇帝，朝老太爷出身书香门第，竟是不闻不问，想来也是个极有主意却不擅出主意的精明人。

想明白了这件事情，他也不用再避着老人家，看着身旁的诸人说道："那名南晋剑师已经审过，朝二哥应该是和柳白战了一场。"

厅内顿时响起一阵惊呼。他们和朝小树同生共死多年，对朝小树拥有一种近乎愚妄的信心，但听着出手之人真是剑圣柳白，依然难免觉得震撼茫然无措。

剑圣柳白乃当世第一强者，就算朝小树离开长安之后境界又有增益，又如何是此人的对手，只是不知那一战的结果究竟如何。

宁缺说道："柳亦青也不知道那一战的具体结果。朝小树佩剑被夺，他肯定是受了重伤，只是现在不知道他人在哪里。"

齐四挠着头，很苦恼地说道："以朝二哥的性格，断不至于做出剑亡人亡的蠢事，现在需要确认的事情是，他现在伤得到底有多重？他是自己藏在哪个小山村里，还是被南晋人囚禁了起来。"

"不在剑阁。"

宁缺看着众人说道："柳亦青不敢在这件事情上撒谎，因为在找到朝小树之前，书院会一直囚着他。另外书院已经去信到剑阁，问柳白。"

场间诸人虽说在长安城黑道间曾经拥有赫赫之名，如今更是朝廷里的重要人物，但对于修行者的世界确实没有什么了解，也不知该如何着手。此时听着宁缺的话，知道书院竟是亲自出面，顿时觉得安心了些。

常三补充说道："陛下也知道了这件事情，明天就会正式修书给南晋国主向他要人，我想南晋人应该要掂量下。"

陈七一直沉默地站在角落里，藏身在人们的身后，似乎很不习惯让自己被太多人看到。忽然间他说道："我觉得这件事情有问题。"

所有人望向他，包括宁缺。

宁缺先前就注意到，众人自我介绍身份时都能报出自己的名字，只有这个陈七没有。同时他想起，长安城黑道江湖里对鱼龙帮诸人的那个形容：常三冷、齐四狠、刘五横、费六凶、陈七阴。

陈七究竟有多阴？

"剑圣柳白会对朝二哥出手，可能是因为他见猎心喜，可能是他要打压我大唐气势，可能是因为朝二哥吃了剑阁地里的一根苞谷。"

陈七仿佛感受不到众人的目光，低着头缓声说着，虽然说的内容有些好笑，但声音阴恻仿佛阴影里的老鼠。

"这并不重要。重要的是，柳亦青为什么会来挑战书院？他为什么要拿着朝二哥的剑，为什么要让所有人都知道这件事情？

"我不是修行者，也不知道修行者平时都在想些什么东西，但我想如果修行者还是人的话，那么他们的思考方式和我们这些普通人没区别。"

宁缺点点头，说道："这点我可以证明。"

陈七缓缓抬起头来，有些小的眼睛里闪烁着幽光："柳白是世间第一强者，所以他不可能是个白痴。派自己的亲弟弟来打书院的脸，可行；哪怕输了，通过书院的手磨砺自己弟弟的修为，也行；为了两年前在春风亭死于你们二人之手的弟子，想要收拾朝二哥和你，都行；但拿着朝二哥的剑，让你误以为朝二哥死了，从而让自己的亲弟弟变成一个瞎子，我想他不会认为这么做可行。"

宁缺沉默，回忆在书院侧门的那场战斗，确认陈七说得有道理。如果当时不是看见柳亦青手中握着朝小树的剑，自己绝对不会选择那般强悍地出手，把剑圣柳白的弟弟整瞎对他又没有好处。

"如果我是柳白，我先胜了已入知命的朝二哥，然后让自己的弟弟击败宁缺，已经足以弥补春风亭的事情，我没有什么必要与书院与大唐结死仇。"

陈七继续轻声说道：

"根据侍卫处的情报，当你进入书院二层楼之后，你的名声顿时传遍了整个修行界。我们虽然不是修行者，但都知道你的名字上了天书，而且春风亭一案的很多细节也被传了出来。

"讯息的自然传播速度绝对没有这么快，那就是有人在背后推波助澜，想要南晋剑阁把注意力放在朝二哥和你的身上。那么我相信这两件事情的背后，也有人在动手脚，柳亦青会拿着朝二哥的剑，便是手脚之一。"

陈七平静地看着场间诸人，说道："有能力有胆量挑弄大唐书院和南晋剑阁之间的关系，并且还有资格从这件事情里谋取好处，看遍整个世界也只有一个地方需要这么做，那就是西陵神殿。"

南晋都城外，临崖有黑白二色古阁，是为剑阁。

剑阁建筑往山崖里去，是一方清幽的大洞。洞顶直通峰顶，有天光洒落，洞底有一片碧潭，一间草屋，仿佛一个单独的小天地。

柳白坐在自己的小天地里，看着碧潭里盲鱼喷出的细密水泡，缓缓伸手把肩头的长发拨至身后，淡然问道："谁能给我一个解释？"

柳亦青在书院惨败、双眼瞎了的消息已经传回了南晋，随着这个消息抵达南晋的还有来自大唐的两封书信。

其中一封书信是由大唐皇帝陛下亲手所书，现在正在南晋国主的寝宫之中，让国主愤怒到了极点，也无奈到了极点。

另一封书信由书院某位老妇书写，现在正安安静静摆在柳白的腿畔，封口已剪，大概他已经看过了。

碧潭侧方，跪着十余名剑阁二代重要弟子，听着师尊的问话，他们沉默低头，根本不知该如何回答。柳亦青在正面挑战中落败，这能怎么解释？

柳白看着身前的碧潭，面无表情地说道："我的亲弟弟，居然变成了一个瞎子，这件事情究竟谁能给我一个解释？"

有剑阁弟子悲愤说道："书院下手太狠，我们一定要……"

"一定要什么？报仇？为什么要报仇？"柳白神情冷漠地说道，"剑道在于一往无前之精神气魄，我既然要他去败宁缺，杀宁缺，那么他被宁缺所败所杀，都是理所当然之事。更何况我让他去书院，本来就是想让他求败，能够磨洗剑心。"

众弟子震惊无言，这才明白原来师尊早就料到柳亦青会败。

柳白看了一眼身畔那封信，声音渐寒地说道："我只是不明白，我让亦青去洗自己的剑，为什么他却带着朝小树的剑去了？"

剑圣柳白身上的一切都是剑，无论是披散的黑发，腰间的系带，微摆的衣袂，目光背影还是他的声音。当他的声音渐寒，潭畔的剑阁弟子们仿佛看到一柄神剑正缓缓从万古寒冰中抽出，双眼被凌厉剑意所侵，顿时开始刺痛流泪。

众弟子惊恐万分，匍匐于地，战栗不敢多言。

柳白缓缓转身，神情冷漠地看着潭畔的弟子们，说道："我那弟弟除了剑道之外别的方面都比较白痴，正因为他白痴，所以他白痴到连用朝小树的剑去激怒宁缺的方法都想不到，那么是谁帮他想到的？"

剑阁后的崖洞里一片死寂。

不知道过了多长时间，匍匐于潭畔的弟子中有一人缓缓直起身来。然后他站起向潭畔前行两步，长揖行礼，却没有说话。

柳白看着这名弟子，神情冷漠地说道："裁决司就一定比剑阁好？"

碧潭里的盲鱼还在吐着水泡，潭畔的黄草依然凄黄无力，仿佛那间草屋的同伴。

听到柳白的问话，那名走到潭畔的剑阁弟子身体剧震。他已经决定坦承一切，却没有想到原来师尊早就知道了自己的真实身份。

柳白说道："我养了你七年，教了你七年，就算是一把冰冷的剑也能焐热，却没想到裁决司的人，天生就是冰坨子。"

那名剑阁弟子沉默了很长时间，再次长揖及地行礼，诚恳致歉说道："抱歉，我没有想到最终会是这样的结果。"

柳白面无表情说道："裁决司要借我剑阁的剑杀人，事先应该要和我说一声，不问而取那就不是借，而是偷。"

那名剑阁弟子感慨说道："职司所在，我也不想这样。"

"我知道你不想这样。"柳白很乏味地重复了一句。

那名剑阁弟子缓缓直起身体，平静注视着碧潭对面的柳白。能够承受柳白身上所散发出来的凛冽剑意，表明他的真实修为境界要比平时强上很多。当然就算他的修为境界比现在再高出数个层级依然不可能是柳白的对手，只是他的脸上看不到任何畏惧。

剑圣柳白是世间第一强者，令无数修行者敬畏惧怕，但他是西陵神殿的执事，他所执行的命令来自桃山那座黑色的道殿。

用柳白的话，他只是凭借自己管理剑阁的权限，把那把朝小树的剑借了出来，然后再借给即将远赴长安城的柳亦青，同时对他说了几句话。

不问而取确实不是借，是偷。

但既然是西陵神殿要借剑杀人，那么借便是借。就算在世人眼中是偷，依然是借。

柳白终究是西陵客卿，要奉昊天之命而行事，又能把自己如何？

"不管隆庆皇子死还是没死，但想来他已经毁了。"柳白看着他说道。

那名弟子恭谨应道："正是。"

柳白又说道："听说叶红鱼自荒原回来后也废了。"

那名弟子平静说道："正是。"

柳白大笑说道："你回桃山会接任大司座？"

那名弟子也笑了起来，用沉默表示承认。

柳白笑得愈发开心，说道："那岂不是日后你可能成为裁决大神官。"

那名弟子微笑不语。

柳白脸上的笑容骤然敛去，看着这名弟子面无表情说道："虽说我剑阁弟子能继任神座，也是我这个做老师的光荣，只是我忽然想到一件事情，你若真成了裁决大神官，我要杀你便有些不方便。"

那名弟子身体骤僵，看着潭对面。

"既然你还不是裁决大神官，那么偷东西，总要付出一些代价。"

那名弟子表情骤寒，想要说些什么，却发现自己的嘴里多了一丝甜意，齿间多了一段滑软的物件，然后他发现那是自己的舌头。

紧接着他的脑袋从颈间断开，坠落在潭畔的地面上，骨碌碌滚动着，滚进碧潭，片刻后潭水里多出了几道血色。

盲鱼感知着食物的味道，越发欢快地开始喷吐水泡。

一直沉默跪在潭畔的剑阁弟子们走了上来，开始收拾那具无头的尸身。杀死神殿裁决司的一名重要人物，对柳白来说，仿佛就像杀死了一只老鼠般随意寻常。他脸上的神情根本没有任何变化，只是当目光落在身旁那封书院来信上时，眉头渐渐皱了起来。

"找到朝小树，把他安安全全送回长安城，把我弟弟换回来。"

剑阁弟子们互视一眼，领命而去。

这时候一名中年男子从阁外走了进来，他看着碧潭里浮沉的血花水泡，轻轻叹息一声，走到柳白身后恭谨问道："师兄，问题解决了？"

柳白说道："如果杀人就能解决问题，那我眼中的世界会美好很多。"

那名中年男子苦涩说道："听闻裁决大神官对他很是看重，这次真的准备让他回桃山接任叶红鱼的位置，师兄斩他一只手便罢了，何苦非要杀了他。"

柳白沉默片刻后，说道："拿笔纸过来。"

108

天光从峰顶洞口洒下，凝成一束笼罩着碧潭，以及潭畔的草屋和人。柳白坐在潭畔，坐在天光下，静思了很长时间，才拾起身畔的笔与纸，在微黄的纸张上缓慢而看似随意地涂写。

他不是在写字，而是在画画。

柔软的墨笔在无法铺平的纸张上行走，线条扭曲打结，不时颤抖，简单几笔艰难地构成一个中空狭长的物事，却看不出来是什么。这幅画非常拙劣，看上去就像是顽童瞎弄出来的作品。

然而就这样一幅拙劣而简单的画，却似乎让柳白耗尽了心神，在水光的映衬下，脸颊显得有些微白憔悴。

中年男子看了一眼那幅画，忽然身体僵硬起来。

"你看得出来我画的是什么？"柳白问道。

中年男子沉默片刻后，声音微涩说道："师兄画的是一把剑。"

柳白满意说道："能看出这是一把剑，师弟你的境界看来有所增益。"

中年男子强行压抑着心头的震惊，问道："师兄这把剑要给谁？"

柳白平静说道："寄到西陵，寄给叶红鱼。"

中年男子再也无法控制住情绪，双膝跪倒在柳白身后，颤声说道："师兄你为什么要这样做！为什么要寄给道痴？"

柳白端详着手中画着剑的纸，说道："因为光明神座死在长安城后，这整座桃山，就只有这个女人还让我有几分欣赏。"

"但……但剑阁与裁决司之间已然决裂。"中年男子焦虑不安颤声说道，"如果叶红鱼真的悟了师兄您的剑意，日后成长起来，岂不是要成为剑阁的大敌？"

柳白说道："就算没有我这把剑，道痴一样能够再次走过那道门槛，我只不过是希望她能更快一些。"

他抬起头来，看着峰顶洒落的天光，面无表情说道："裁决老儿借了把剑给亦青，我就借把剑给叶红鱼。"

借剑，自然为的是杀人。

西陵桃山，某间偏僻的石屋。

"司座大人，卑职只是个传话之人，还请千万不要见怪。"

陈八尺看着身前的叶红鱼，目光被她身上那件有些宽大的青色道袍闪了闪，然后再次落到她美丽而清媚的容颜上。

他曾经是神殿骑兵统领，虽然因为墨池苑弟子遇马贼一事被宁缺硬生生逼着领受了教律惩罚，被打了棘棍，又被夺除了一应职务，但他洞玄上境的实力犹在，所以在裁决司内依然极有地位。

以往他的直属上司是隆庆皇子，真正最敬畏的人却是面前的叶红鱼。就算如今叶红鱼落魄如此，面对着她，他依然感到有些呼吸困难，很自然地用起了旧时的称谓，言语极为小心翼翼。

但毕竟事情在发生着变化，神殿里所有人都知道，裁决大神官已经暂停了叶红鱼司座的职务，让她清修反省。或许是受到这件事情的影响，陈八尺的目光变得比以前放肆了些许，趁着叶红鱼平静注视屋外的时刻，在她美丽的脸颊和身上来回打转。

陈八尺的眼神有些秽亵，但他心里不敢秽亵，因为他没有这种勇气。这和道痴在他心中的威严回忆无关，和他今天要说的这件事情有关。

"罗克敌大人是神卫统领，又是掌教大人的亲信，司座大人您应该很清楚他的修为境界。如果他愿意加入到裁决神座的争夺当中，胜算很大。"

看着叶红鱼转过身来，陈八尺恭谨低下身去，说道："如果司座大人觉得此事可行，统领大人会亲自前来向您表明他的情意与决心，大人还说只要您同意，他便立即去掌教大人面前提亲。"

叶红鱼看着身前这个看似恭谨的旧日下属，沉默了很长时间，然后平静说道："给我些时间考虑考虑。"

陈八尺连声说道："理所当然，理所当然。"

叶红鱼缓缓关闭石屋的门，然后坐回被阴暗笼罩的石床上。

堂堂神卫统领前来提亲，对于一个已经快要一无所有、只剩下容颜与身躯的道门女子来说，不只是理所当然，更是惊喜吧？

她神情依旧平静，然而宽大青色道袍下的身体却压抑不住颤抖起来，石床发出吱吱的声音，似乎随时可能崩塌。

在荒原魔宗山门里，莲生不只污了她的血肉，更污了她的心境，让她本来清明无双的道心因为旧年某事而蒙上了尘埃，又因为她知命境本就不稳的缘故，一朝强行堕境，竟是再也看不到恢复的可能。

如果是一般的修行者，遇着这等挫折，想必会就此绝望放弃。

但她不是一般的修行者，她是视道如痴的道痴。

她很清楚所有挫折都是昊天的考验，只要自己道心足够坚定强大，便能把所有这一切变成漫漫修行道畔最美丽的风景。在荒原上，她见过千年之前那位光明神座布下的块垒阵，她见过轲先生斩开天地的浩然剑，这些风景都在沉默地等着她观赏，然后吸收。

但西陵神殿里别的人不知道。

裁决大神官不知道。

想逼她成亲的神卫统领罗克敌不知道。

不知道的结果便是，如今的西陵神殿，不只给予她冷漠嘲讽鄙夷羞辱，甚至要把她现在最需要的时间都要剥夺。

叶红鱼需要时间，需要时间来看透那些风景，来看破蒙在眼前的纸。所以她可以平静无视那些神情复杂的眼光、那些字字诛心的议论，她可以显得怯懦，甚至卑贱，她可以跪在神座之前，恭谨得仿佛无希望的废物。

然而现在她所面临的局面，却忽然变得艰难起来。

叶红鱼沉默地坐在石床上，双手紧紧攥着青色的道袍，指节有些发白。

"难道真的要回观里？

"陈皮皮你这个死胖子，你这个贱人，你这个白痴，小时候我就是吓了你两句，你为什么就要逃跑？你为什么现在还不回观里？

"你不回观，哥哥就不会原谅我，那我怎么回去？"

不知道是因为想起陈皮皮那个可恶的家伙，还是因为自己兄长，叶红鱼这些日子里面对着无尽羞辱依然可以平静自持，此时却再也无法控制住自己的情绪，默默低头，眉眼间尽是委屈难过和怯弱。

这时候的她不再是道痴也不是失败者，只是一个很普通的少女。

普通少女被人逼婚时自然是容易愤怒的，所以叶红鱼这时候变得非常愤怒。她目光寒冷看着石屋紧闭的门，心想自己应该把陈八尺杀死，把罗克敌杀死，把所有敢用那等目光看自己的人全部杀死。

然而眼眸里的愤怒渐渐化作惘然和自嘲，因为现在她没有了时间，她不能回观，那么她似乎只能这般愤怒而无助地坐在石床畔。

便在这时，有人来到了石屋外。

"大人，有您的一封信。"

石屋外那人没有称呼她为司座，没有刻意恭敬，但这样简单的一句话，却表明了足够的尊敬，这是只有她才能感受到的尊敬。

叶红鱼微微挑眉，神情微异。

在神殿里，她已经很久没有被人如此尊敬过。

石屋门打开，她认得那人是裁决司一名很普通的执事。那名执事恭敬地双手递过一封信，然后什么话也没有说，转身离开了石屋。石屋门重新关闭，幽暗复生。

叶红鱼走回石床畔坐下，静静看着手中的那封信，很长时间都没有说话。

信封是普通牛皮纸，没有任何特殊的地方，封皮上没有字迹。她曾经是裁决司的大司座，虽然不怎么具体管理司中事务，但一样有双能识世间一切细节，然后从中发现线索的慧眼。

看似普通的牛皮纸，宽约二指，乃是丹州纸坊最常见的工艺，那么这封信来自南晋。

叶红鱼确认自己在南晋不认识什么人，所以她不知道写信的人是谁。她揭开信封，抽出里面的信笺，缓缓展开。

信笺是微黄的草纸，草纸上画着一个图案。

画图之人明显不擅丹青，线条歪扭颤抖，难看到了极点，也拙劣到了极点，根本无法看明白他画的是什么东西。叶红鱼看着微黄信笺上那个狭长中空的图案，捏着信笺两角的手指微微颤抖起来，沉默了很长时间都没有说话。

她看明白了信笺上画的是什么。

那是一把剑。

剑圣柳白的剑。

109

越国在南晋之南，大河之东，临着相对安静的南海，所以渔港要比宋国那边显得繁华热闹很多。一名身着布衫的青年从一艘渔船上走了出来，对着朝阳伸了个懒腰，然后眯了眯眼睛，示意下属去完成随后的事宜。

这名青年的容颜异常俊美，颊畔那道凄厉的伤疤也没能让这张脸显露出狰狞的意味，反而让他平添了几分沉着。

他眯眼看着红融初升的朝阳，感受着微湿海风拍打在脸颊上，忽然生出前所未有的满足，低声说道："就这般过完一生，似乎也不错。"

青年的下属们与鱼商和盐商激烈地争论着价钱，但这些事情似乎与他无关，他只是沉默地看着那轮朝阳。

青年人曾经是燕国的皇子，是西陵神殿最风光的年轻强者，是曾经在知命门槛上种过几枝桃花的煌煌美神子。

然而如今，他是一名贩鱼的商人。

就算他被宁缺一箭射穿胸腹，废了一身境界修为，就算他自甘堕落，在破庙里与乞丐争食，但他毕竟曾经是隆庆皇子。没有修为境界，还有拳头，拳头如果无法抵抗世间的风雨，他还有智慧。最关键的是，既然他没有死，那么他便想活得好一些。

潦倒不堪的他，用半个月的时间统一了燕国成京城内城外的丐帮，成了帮主。然后他带走了帮里的一部分财富和一些忠诚跟着他的下属去往宋国，开了一家酒铺，只用了很短的时间就打垮了街上所有的同行。

再然后他把那些酒铺茶楼食居半卖半送给宋国某个官员，拿着到手的一千两银子开始做贩卖生意。从越国收购咸鱼，再贩卖到南晋或是燕国，生意很好。

隆庆有时候也不免生出一些唏嘘，自己似乎做什么都能做得很好。

只用了这么短的时间，他便成为一名大商人，还有什么不满足的？

然而看着竹筐里的那些腌好的咸鱼，他又不禁在想，就算自己成为世间最有钱的大商人，但和筐里的这些咸鱼，又有什么区别？

对沧海发感慨是很常见的事情，对着咸鱼发感慨的人却很少。只不过想着过去一年发生在自己身上的事情，即便对着一筐咸鱼，隆庆也忍不住唏嘘起来。

忽然间，他停下了脚步，精致的革履在湿漉黏滑的地面上缓缓碾压，带动着身躯缓缓向后转去。

只见满是晨光的海面远处，有一艘小船正在浪间不时起伏。隆庆现在眼力依然比普通人锐利很多，能看到船上站着一名青衣道人。

小船上那青衣道人形容寻常普通，没有任何特殊的地方，但他却无法移开自己的目光，因为他的身体因震惊而变得无比僵硬。

渔民和苦力们背着沉重的渔获在滑溜溜的甲板间穿行，岸上的商人们叼着烟杆颐指气使呼三喝四，海鸟在海面与船桅间来回飞翔，越国这座渔港忙碌嘈杂依旧，似乎没有任何人看到那艘小船。

隆庆隔着数百丈的距离，沉默地看着那艘小船和船上的道人，目光随着远处波涛的起伏而不安。他现在已经算不得一名修行者，但他的见识眼光依然还在，很清楚这名青衣道人肯定是个修行者，而且是他根本无法看出深浅，哪怕是曾经强大的他也无法看出深浅的强大修行者。

远处小船上的青衣道人，负手站在船首，微微抬头看着东方初升的朝阳，整个人仿佛都要融化在微红的晨光之中。

隆庆看着那名青衣道人的背影，忽然生出想要逃离的冲动。

就在这时，他脑中响起一道平静而充满威压感的声音。

"人世间真的有满足这种东西存在吗？"

远处海上那名青衣道人没有转身，自然也看不到他有没有说话，但隆庆明白脑中那道声音，便是那位道人的问话。

听着这个问题，他英挺的双眉微微蹙起，显得有些痛苦，低着头看着脚旁黏液中正在挣扎的一只小虾，喃喃说道："无法满足又能如何？"

然后他抬起头来，看着远处小船上那名青衣道人，带着几丝怨恨和惘然说道："光明已经遗弃了自己，黑暗都不屑于杀死自己，像我这样的废物，还有什么资格说不满？我还能企盼怎样的人生？"

青衣道人的声音隔着数百丈的距离，再次在隆庆脑中清晰响起。

"你是光明的，眼中必是光明的，你是黑暗的，眼中必是黑暗的。这一年来你经历了这么多的事情，难道还没有明白光明与黑暗之间真正的关系？"

隆庆想起书院登山时的那场梦，那场令他无比痛苦无比骄傲无比辉煌最终却无比惘然的梦，想起梦里的万丈金光，忽然间想明白了一些事情，身体却骤然寒冷起来，在深春的朝阳下开始颤抖不安。

"但那不是我最初的信仰。"

他盯着远处船上那名青衣道人，颤抖的声音像船桅上的风湍般，生硬而寒冷地从唇齿间传出来，带着无尽的绝望。

青衣道人没有转身，依旧负手看着红融的朝阳。

"信仰可以让你满足吗？"

隆庆回答道："曾经可以。"

青衣道人沉默。

隆庆低下头去，看着脚畔依然在挣扎的那只小虾，痛苦问道："这样真的可以吗？"

青衣道人说道："可以。"

隆庆有些惘然地问道："值得吗？"

青衣道人说道："值不值得，要看满不满足。你若满足于现在，就不值得，如果你还有一丝不满足，那便值得。我一向以为人世间从来没有真正的满足，那么我认为无论何时这都是值得的。"

终究又回到了满足这个最初的问题上。

隆庆强行压抑住惘然震惊无措的情绪，拼命地蹙着眉头思考，在长时间的沉默里回忆过去的时光，猜想未来的人生。

自己真的满足吗？

在成京城领着乞丐抢食物争地盘坑蒙拐骗偷银子，终于挣着一笔钱去宋国开店挣银子，又开始贩咸鱼挣银子。就这样平平静静安安乐乐地活下去，成为世间一名普通的成功商人，娶一个美丽温婉的妻子，纳两房小妾，生很多孩子。直至很多年以后自己垂垂老矣，确认燕国再没有人在追杀自己，才偷偷带着一家人回成京，跪在皇宫外的御道旁，指着御驾那名同样苍老的皇帝，颤声告诉孙子，爷爷当年和他的关系不错，但我本来应该坐在那里才对。

然后便要死了，让家人把自己抬到西陵神国，来到那座开满桃花的神山之下，挤进无数来拜天求医的病人妇人中间。他虚弱地躺在担架上，看着冷漠骄傲的神殿骑兵和黑衣执事们走过，看着高处那几座巍峨壮观的道殿，两行浊泪淌过老皱的脸颊，虚弱哭喊道我本来应该是坐在那里才对。

隆庆站在海畔的晨光里，站在咸鱼的腥味和海风的腥味间，无识无觉，不闻其臭，仿佛一具失魂的肉躯，忽然间他跪了下来。

啪的一声脆响，他的双膝把身前黏液里的挣扎的那只小虾碾死。

他看着数百丈外那只小船，看着那名青衣道人的身体，双手扶地跪拜不起，眼泪在脸上无声纵横，颤声道："请指引我的道路。"

青衣道人的声音在他脑海里再次响起："随我来。"

跪在地上的隆庆有些惘然，他不知道该怎样靠近那艘小船，也不知道应该怎样才能追随船上那名青衣道人的背影。但当他抬起头来时，却发现自己眼前已经不再是渔港，而是一片浩瀚幽蓝的海水，海鸟不时落入海面，扰乱晨光与海色。

青衣道人的背影，离他只有两步之遥。不知何时，他已经来到了小船之上。

隆庆看着站在船首的青衣道人，震惊无语。当他余光看到船舷上那幅画面时，更是忍不住眼瞳微缩。

南海相对东海要平静很多，但风浪依旧极大，能在南海里行驶的船舶，无论大小工艺都极讲究，所用船木在构造之前，都要堆在船场放很长时间，任由风吹雨淋日晒，消解应力之后才能使用。

换句话说，任何船木都是死木。

然而小船的舷边，此时却生出了一朵桃花。

那是一朵黑色的桃花，在海风里微微颤抖，在晨光中墨色逼人。

110

一名中年男子正在大河国某村池塘边的榕树下钓鱼。

他的脸上缠着一条白布，遮住受伤的双眼，看不到池塘里鱼儿吐的水泡，也看不到鱼线的起伏。如果换作普通人，想必会烦躁郁闷不堪，但他握着钓竿的手依然那般稳定，神情平静，不急不躁。

细细的竹竿微微下垂，拉成如弓般的曲线。渔线向池塘水中伸进，惊得一只水爬虫急速避开，水底隐有摆尾响动。

中年男子右手微紧，提起竹竿，一尾并不肥大的鲤鱼被提出水面，啪嗒啪嗒拼命挣扎着。他收竿伸手，把鱼从钩上摘了下来，随手扔进身旁浸在池水中的鱼篓里，动作显得熟练至极，想来最近时常做这些事。

一名穿着素色衣衫的妇人走到他的身后，看着鱼篓发出喜悦的赞叹。妇人容貌寻常只是清秀，一身衣着朴素简单，却透着干净，看眉眼似乎二十出头，看眼眸里的喜悦深处的落寞麻木，却像是三十几岁。妇人和他说了几句话，扶着他向树后走去。榕树后是一个小院，篱笆微斜，茅草渐败，看着有些破落，但院子里和屋中却被收拾得非常干净，就如那妇人给人的感觉。

"看来你真是喜欢钓鱼，如果还有剩的鱼，明儿我去镇上换些酒曲子回来，听说鱼儿就喜欢吃那些东西。"妇人说道。

中年男子说道："倒不是喜欢钓鱼，只不过这么多天都看不见东西，不免有些着急，心境不安，想让自己的心静一静。"

"宋大夫说了，如果药没问题，今天就应该好。"妇人扶着他在椅上坐下，紧张地看着他的脸，想要伸手解开蒙在他眼睛上的白布，却又因为担心而不敢动手。

中年男子目不能视，却仿佛能看到她的一举一动，微笑安慰说道："即便不能好，也是天数，解开吧。"

妇人的手指紧张地绞在一起，责怪说道："可不敢这么说话，一定能好，你眼睛一定能看到的。"

微微颤抖的手指在中年男子脑后解开白布的结，然后小心翼翼向前绕过耳畔，一层一层地剥离，直至最终全部解开。

天光从榕树上方洒进小院漏进屋中，落在朝小树的脸上，被白布裹了很多天的部位，因为久不见阳光，而显得有些苍白。

他眉头蹙得很紧，眼睛闭得很紧。虽说他能安慰妇人一切都是天数，虽说他是世间第一流洒脱人，但此时依然紧张。

妇人站在他身前，低着头紧张打量着他的眼睛，轻声细语替他加油："没事，睁开看看，说不定你便能看到。"

中年男子眼帘微颤，不知道过了多长时间，终于缓缓睁开了眼睛，稍微下陷的眼窝里，眼眸黯淡无神。

妇人有些失望，带着最后的侥幸问道："能看见吗？"

便在这时，有风在院外的榕树里穿行而过，带动着天光摇晃起来。一抹天光落在中年男子黯淡无神的眼睛里，仿佛再也不肯远去，只肯停留其间。光泽渐亮，有如钓竿轻颤，池塘水面起了波纹，生命气息复生。

眼前画面由模糊渐趋清晰。

他看见一个容颜清秀的妇人，看见她身上那件简单的大河国襦裙，看见她紧张焦虑的神情，看见她颈间滑落的一颗晶莹汗珠。

中年男子静静看着她，说道："能看见了。"

妇人很是喜悦，然后有些慌乱地整理衣衫，避开了他的眼光。

中年男子微笑看着她，眼神里满是感激。这些天如果不是得到这位妇人悉心照顾，不惜顶着村民的异样眼光寻医买药，他的眼睛根本不可能这么快便医好。直到现在，他依然不知道这位妇人究竟是谁，这是他第一次看见她，在过往这些天的闲聊中，他只知道对方是位寡妇。

"这些天多谢你的照顾。"中年男子很诚恳地说道。

妇人整理好衣襟，缓缓转过身来，轻声说道："还不知道你叫什么名字。"

中年男子说道："我叫朝小树，大唐朝的朝，村口有棵小树的小树。"

妇人看着他清俊却成熟的眉眼，微感慌乱，又有些黯然，心想这个男子肯定是个很有故事的人，眼治好了大概便会走吧？

"这是剩下的药钱。"她忽然想到一件事情，伸手在裙中取出一把碎银子，递到朝小树的身前。朝小树想了想，接过碎银子放回衣中，没有多说什么。

看到没有把剩银子留给自己表示感谢，妇人反而觉得有些高兴，嘱咐他好生休息，不要贪着看太长时间，便去烧水煮饭。

吃过晚饭，自眼睛受伤后第一次认认真真洗了个澡，朝小树神清气爽，然后穿上妇人有些羞愧地递过来的一件普通农服。他走到院中，看着夜穹里的黯淡流云，看着那些云旁边的晕，知道眼睛虽然可以视物，但依然需要时间才能完全恢复。

想着当日自云外袭来的惊天一剑，朝小树微微眯眼，然后笑着摇了摇头，感慨想道，剑圣柳白果然不愧是世间第一强者。

败在柳白的剑下，朝小树很平静甚至有些欣慰，因为这是理所当然的事情。和隆庆那些年轻人不同，在长安城黑夜世界里浸淫挣扎多年的朝小树，虽然是真正的黑道君王，但他从来没有什么老子必须天下第一的执念。正因为如此，他从来不害怕失败受挫，反而只要失败和受挫没有让他就此死去，他便能从每一次失败和受挫中学习，然后进步。

正回思着与剑圣柳白的那一战，妇人洗完澡，走到小院，走到他的身旁。微湿微香的气息，渗进朝小树的鼻端。

"你什么时候回家呢？"妇人问道。

"不急。"朝小树回答道。长安城虽好，有朋友有陛下有老父，但他现在不想回，因为这里很平静，因为这里有榕树，有疼惜自己的妇人。

妇人轻声说道："但你家里人会担心。"

朝小树说道："我会给他们写信。"

当夜，朝小树和妇人依旧分床而睡，至于究竟谁在辗转，谁在反侧，谁在后悔，那就不得而知。清晨时分，小院外骤然嘈杂，打破了此间的安宁与暧昧。

数十名村民手里拿着钢叉锄头之类的物事，在几名白发苍苍的老者带领下围住了小院，然后极其粗暴地推翻了已然将斜的篱笆。正在做早饭的妇人擦掉额头上的汗珠，紧张地看着这些族人，颤着声音讨好说道："四老爷，您有什么吩咐？"

她说话的对象是族人前方那名白发苍苍的老人。老人是族长，在整个村子甚至是整个镇上都拥有说一不二的权威。族长没有答她的话，冷漠看着她就像看着一个死人。回答她的是一名壮汉和几团稀烂的泥巴。

"不守妇道的贱人。"那名壮汉恶狠狠说道。

几团稀烂微臭的泥巴被族人狠狠砸到她的身上，把她刻意穿着的那件干净的襦裙污得难看到了极点。

看着族人们的阵势，妇人便知道自己最害怕的事情终究还是发生了，看着身上的稀泥，闻着臭气，想着可能发生的事情，恐惧和委屈在心中交织，眼泪止不住地流了下来，看着族长颤声说道："这是怎么了？"

那名壮汉愤怒看着她，咆哮道："你把一个外乡男人放在屋子里，还敢问我们怎么了？你这个不守妇道的贱人，简直让全族人蒙羞。"

妇人沉默低头，惊慌得不知该如何言语。虽然她很想辩解自己和那个外乡男人之间什么事情都没有发生过，但她知道族人根本不可能相信，而且更重要的是，她很清楚自己确实不守妇道，确实想和那个外乡男人之间发生些什么事。

族长轻轻咳了两声，阻止了村民四处打砸的行为，走到妇人身前，看着她微低着的头，目光在她丰满的胸脯上瞥了瞥，叹息说道："霖子啊，虽说你是个月轮国人，但你嫁到我们村子后，我们可有对你不好？"

妇人低着头，颤声乞怜说道："这些年来全亏四老爷和族人们照顾。"

族长面色骤寒，说道："诚哥死后我做主让你改嫁，你不肯嫁，说是要替诚哥守节，那我们便依你。但你现在这又算是什么？"

妇人听到这话，抬起头来看了先前那名壮汉一眼，悲伤想着，族长你要我改嫁给你的儿子，这怎么能行？诚哥采药坠崖而死时，他就在身边，谁知道当时究竟发生了什么事情。

就在这个时候，朝小树从屋里走了出来。村民们看着那个外乡男人居然没有逃跑，还胆敢出现在自己面前，顿时更为愤怒，手里挥舞着锄头，便准备上前把他打死。

族长老爷却很奇怪地拦住了众人。

朝小树先前在屋中已经听了片刻，看着场间局面，便知道发生了什么事情。在长安时，他便知道南晋民风守旧传统，尤其是乡野村镇里的妇人地位极其低下，然而却没有想到会惹出这样一场风波。

他走到那名族长面前，很诚恳地解释了几句。族长面无表情摇了摇头，说道："此事涉及我族中声誉，岂能随意放过这等不知羞臊的妇人？"

朝小树平静说道："如果我与她真有私情，族长莫非也要治我的罪？"

族长看着他沉默片刻后说道："我知道你是唐人，所以只要你道歉赔礼，再留下一笔银子做补偿，便可以离开。"

朝小树看了一眼瑟瑟发抖的妇人，问道："那你们准备怎么处置她？"

族长还没有发话，那名壮汉恶狠狠说道："浸猪笼！"

浸猪笼三字，对这些村民来说仿佛有异样的诱惑，顿时呼喊声响彻小院，纷纷喊着要把妇人浸猪笼，最好脱光了衣裳先打一顿板子。朝小树环视四周，看着那些男人眼中贪婪淫亵的神色，看着他们因为兴奋而扭曲变形的嘴脸，轻声说道："这等人似乎杀得。"

大榕树下的小院骤然安静。

族人们似乎觉得自己听到了些什么，却有些不相信自己听到了些什么，族长脸色骤然阴沉，看着朝小树准备说些什么。然而不等他开口，朝小树转身望着妇人，温和问道："这些人你说杀不杀得？"

妇人身体微僵，片刻后才醒过神来。她本来已经绝望，然而此时看着朝小树温和的神情，却觉得似乎希望正在重新回到身体里。她看着那些面目可憎的族人，身体忽然剧烈地颤抖起来，哭泣着说道："我不是这个村子里的人，我是月轮国森林里的人，我是被人贩子卖到这里来的。我丈夫死了，他们想让我嫁给族长的儿子，我不想嫁，我不想嫁……"

这些话她从来没对外人说过，因为这个闭塞偏僻的村落里没有外人，没有人相信她的话，就算相信，也没有人敢同情她。

所以她想知道外面的故事，想和外面的世界发生一段故事。此时她终于把这些话都喊了出来，因为她想活下去。

"杀得就好。"朝小树看着院子里的人们，问道："哪些杀得？"

妇人指着白发苍苍的族长和那名壮汉，颤声说道："这对父子最该死。"

朝小树向前走了两步。院子里的族人们举起了手中的锄头铁叉，想要打他，篱笆被这些人踩得四处零落。

朝小树拾起一根竹片，他挥了两道。族长的头颅和壮汉的头颅飞了起来。

族人们怔怔看着这一幕，脸色骤然变得苍白，不知谁发了一声喊，所有人疯了般四处逃散，也没有人管倒在篱笆墙上的那两具尸体。

"杀人啦！"

"快去报官！"

惊恐而绝望的呼喊声在村落里凄厉响起，惊了池塘里的鱼儿，扰了榕树里的鸟儿，撕碎此间已经延续千年的平静和规矩。族长父子的无头尸身还躺在简陋的小院里。妇人脸色苍白，身体微微颤抖，但眼睛里的光泽却要比以往十几年里都明亮。

朝小树看着她问道："对这个村子和这个院子还有留恋吗？"

妇人摇了摇头，喃喃说道："怎么会有。"

朝小树说道："那便随我走吧。"

妇人吃惊地看着他的眼睛，眼中满是惊喜的神情，紧张说道："好！"

她很紧张，所以她没有问他要去哪里，她要跟着他去哪里。只要能离开这个村子，他去哪里，她就愿意跟着去哪里。

然而这个时候，朝小树忽然沉默了起来，双眉微蹙，似乎有些犹豫，有些话应不应该这时候说出口。

妇人身体微僵，沉默片刻后苦涩说道："是啊，我是一个不知羞耻、不守妇道的女人，哪里能带回家呢？你还是给我些银两，我自己去活着。最后还是要朝你要银子，不过也顾不得被你耻笑了。"

朝小树看着她说道："我只会给一种女人银子。"

妇人脸色苍白，凄楚说道："原来如此，可惜我虽然是个不守妇道的寡妇，想把身子给你，但要靠身子挣你的钱，却是不愿意的。"

朝小树静静看着她的眼睛，温和说道："你误会了，我是说我只会给妻子家用，却不知道你愿不愿意拿家用。"

妇人怔了半天才醒过神来。

她揉了揉眼睛，想哭，但又觉得有些丢人。

朝小树看着她笑了笑，进屋收拾好行李，然后走进小院，看着依旧在发呆的妇人，说道："走吧。"

妇人接过他手中的行囊。

二人就此离开。

图书在版编目（CIP）数据

将夜 4：精修典藏版／猫腻著 . −− 北京：作家出版社
2022.2（2022.7 重印）

（网络文学名作典藏丛书）

ISBN 978 – 7 – 5212 – 1743 – 8

Ⅰ.①将… Ⅱ.①猫… Ⅲ.①长篇小说 – 中国 – 当代
Ⅳ.①I247.5

中国版本图书馆 CIP 数据核字（2021）第 274573 号

将夜 4：精修典藏版

总 策 划：何　弘　张亚丽
主　　编：肖惊鸿
作　　者：猫　腻
责任编辑：王　烨　袁艺方
装帧设计：天行云翼·宋晓亮
出版发行：作家出版社有限公司
社　　址：北京农展馆南里 10 号　　邮　编：100125
电话传真：86 – 10 – 65067186（发行中心及邮购部）
　　　　　86 – 10 – 65004079（总编室）
E – mail: zuojia@zuojia. net. cn
http: // www. ZUOJIACHUBANSHE. COM
印　　刷：唐山嘉德印刷有限公司
成品尺寸：152 × 230
字　　数：430 千
印　　张：31.75
版　　次：2022 年 2 月第 1 版
印　　次：2022 年 7 月第 2 次印刷
ISBN 978 – 7 – 5212 – 1743 – 8
定　　价：45.00 元